再见了，木星

[日本] 小松左京 著

马彦荣 徐莎莎 译

译林出版社

图书在版编目（CIP）数据
再见了，木星 /（日）小松左京著 ； 马彦荣，徐莎莎译. -- 南京 ：译林出版社，2025. 1. --（译林幻系列）. -- ISBN 978-7-5753-0370-5
I. I313.45
中国国家版本馆CIP数据核字第2024JN4111号

再见了，木星　[日本] 小松左京 / 著　马彦荣　徐莎莎 / 译

责任编辑　宗育忍　李玲慧
特约编辑　潘丽萍
装帧设计　DarkSlayer
内文设计　叶金龙
校　　对　王　敏
责任印制　闻媛媛

出版发行　译林出版社
地　　址　南京市湖南路1号A楼
邮　　箱　yilin@yilin.com
网　　址　www.yilin.com
市场热线　025-86633278
排　　版　南京展望文化发展有限公司
印　　刷　安徽新华印刷股份有限公司
开　　本　889毫米×1270毫米　1/32
印　　张　17.25
版　　次　2025年1月第1版
印　　次　2025年1月第1次印刷
书　　号　ISBN 978-7-5753-0370-5
定　　价　69.00元

目 录

序章

火星

1. 极冠[1]融解行动（“三角洲”行动）

“麦克斯！”

“虎妞”凯特那尖厉的声音陡然响起，划破了指挥中心的宁静。

“你好，麦克斯！……你能把装置B6的中子增加率用线形图显示到3F区域吗？……比例尺大约为4……你在听吗？麦克斯！”

坐在前排座位上的两三个工作人员吃惊地回过头来，显然他们是被凯特的声音吓到了。

“凯瑟琳……”坐在邻座的莱普克博士也缓缓抬起头，语重心长地对着凯特说道，“凯瑟琳·帕尔默小姐，你没必要吼那么大声，这里不是有麦克风吗？”

“哦，对不起，教授。”凯特闭上一只眼，脸颊上形成了一个浅浅的酒窝，她赶忙解释道，“我不是有意要大喊大叫的，我只是想强调一下。”

但让人完全没有想到的是，刚刚还在批评凯特的莱普克博士，在下一刻却双目圆睁，猛地一把抓住话筒，声色俱厉地喊道：“查理！ 7区和8区之间的温度梯度是怎么回事？是测量仪表发生故障了吗？请马上检查！”

在约20米见方、屋顶很高的指挥中心内，由于极冠融解装置即将投入运行，指挥中心内的气氛变得越来越紧张，操作员的声音也随之变得急促起来，他们的动作甚至显得有点神经质。控制台上的灯在不停地闪烁着，屏幕上的数字和图形也在飞快地变化着，好像在这个房间里，就连秒针的转动也比其他地方更快一些。

埃里克·高桥副主任是这次行动的实际推动者，他的样子看起来更是紧张无比。高桥刚过30岁，皮肤白皙，个子不高，外表看起来就像个学生。此刻，高桥正站在呈阶梯状排列的各个控制台中间的平台上，他那满是血

---

[1] 极冠：火星两极附近白色明亮的部分，科学家认为这是由薄冰层构成的。——译注

丝的双眼死死地盯着正前方的大屏幕一动不动，苍白的脸上到处都是密密的汗珠。高桥那瘦骨嶙峋的双手死死地抓着平台上的栏杆，肩膀随着呼吸一起一落，他的舌头反复舔舐着自己干燥的嘴唇，整个人看起来就好像是生病了一般。

“距离行动开始还有5分钟。”一个毫无感情的电子语音从指挥中心天花板的某个角落传来，“系统一切正常，准备工作进展顺利。”

听到这个声音，高桥不由自主地抽搐了一下。他略显紧张地向周围看了看，然后如风箱般深深地吸了一大口气。

“系统倒是没出问题，但这样下去，负责人倒有可能先疯掉。”“虎妞”凯特压低声音对莱普克博士说道。

但莱普克博士只是略微耸了耸肩，就马上投入到手边显示屏上的数字和图表的检查工作中去了。

“小伙子！别担心！不会有问题的，一切都将顺利进行！”凯特冲站在她侧前方的高桥喊道。

“谢谢你，帕尔默小姐，”高桥稍稍回了下头，表情略显僵硬地笑了笑，然后用略显嘶哑的声音说道，“计算……应该不会出问题，但我还是觉得……我们是不是忽视了什么比较重要的东西。”

“这可是我们这么多人用多达15台智能电脑反复检查过的，怎么可能还会有疏漏呢？”凯特耸了耸肩，不屑地说道，“而且，即使真的失败了，我们也可以再来一次。冰原又不是只有这一个……”

凯特话音刚落，周围的人便纷纷回过头来，他们的眼神中满是不可思议，仿佛听到了一件多么可怕的事情。

“距离行动开始还有3分钟……系统一切正常。”广播声再次响起。

“D6点的温度为零下62摄氏度，气压7.2毫巴，风向西南偏南，风速为每秒6米，目前无变化。正在进行倒计时。”

“帕尔默小姐，”突然，高桥副主任好像完全换了一个人似的，用极为平静的声音说道，“倒计时2分钟时，请帮我将现场的画面投到屏幕的中央。”

在“三角洲”行动指挥中心的正面墙壁上，安装了一个宽16米、高5米的巨型多视图显示屏，此刻，上面五颜六色的图表、数字、符号和实时图像正以令人眼花缭乱的速度不停变换着。

这个巨大的显示屏正对着的，则是呈阶梯状逐渐降低的平台，平台上放置着多个监视控制台，在这些控制台前坐着20多个男性和女性工作人员。此刻，他们正在对12个不同的系统进行着认真的检查。莱普克博士和凯瑟琳·帕尔默则一直紧盯着整个系统的综合进展情况。各个系统的进展情况都会以图表、数字或符号的形式显示在相应控制台的显示屏上，同时也会投射到前方大屏幕上各个2米见方的区域内，这样，所有系统的综合进展情况便能通过大屏幕一目了然了。

在大屏幕的上方还有一个大约1米宽的长条形方框，里面是各种颜色的进度条和各种数字时钟，以显示总体进度。此外，在大屏幕的一个角落里，是一幅火星墨卡托地区的地图，围绕卫星轨道运行的无人和载人观测机的位置以光点的形式显示在了上面。

各个系统的进展情况被投射到大屏幕上各个2米见方的区域中后，又会分别被从橙色到绿色的各种颜色和亮度的边框包围，用以表示不同的进度。随着各个系统的进度变得完全同步并相互锁定，边框的颜色也会一起变为亮度相同的亮绿色。现在，大部分的边框已经变为绿色，只有两块还被略带黄色调的淡绿色包围。不过几秒钟后，这两个边框也变为同样的绿色。不久，大屏幕上方出现了一个不停闪烁的亮紫色光点，这表明整个系统都已经被成功锁定。

当看到亮紫色的光点出现在大屏幕上方后，凯特迅速用手指划过她面前的那个长方形显示屏。伴随着她的动作，原本占据大屏幕几乎3/4面积的12个正方形区域随即缩小，并被限制在了大屏幕左边1/3的区域内；而右边原本只占一小块区域的影像则被迅速放大，并被转移到了屏幕的中央位置，占据了大屏幕中央约1/3的区域。

影像中展示的是一个由白色和灰色组成的不规则的三角形平面，其边缘是略显暗淡的红褐色沙漠。

这里就是D6冰原，一个大致呈三角形的永久性冰原，冰层平均厚度约为5.2米，边长约为6千米。它位于火星北纬78度32分、西经226度01分，非常接近北极点。

火星上的大气极度稀薄，其密度甚至还不到地球大气的1/70，地表大气压力也仅为地球海平面大气压力的1/130。火星大气的主要成分是二氧化碳，此外还包括2%至3%的氮气、1%至2%的氩气、0.3%的氧气，以及大量的水蒸气。

火星大气中的水蒸气，会以霜的形式凝结在山峰和沙漠的岩石上，或是在黎明时分以雾霭的形式弥漫在环形山和峡谷的底部，又或是以薄云的形式飘浮在有上升气流的地方，具体的存在形式取决于火星昼夜之间的温差和季节变化。而在两极地区，除了有因季节变化而出现增减的季节性冰层，还有牢牢盘踞在地表上的万年冰层。不过，即使将火星上所有的季节性冰层和万年冰层都融化掉，所产生的水也只够覆盖地球表面1/5至1/3的面积，而且深度不会超过2米。

即使是这样，如果火星上的冰层能够被人类利用的话，其水量也是相当可观的。此外，在火星的极冠部分，特别是在北极圈的地下，沙子和岩石之间的永久冻土层中，还蕴藏着比地表要多很多倍的冰。

在很久以前，大概在几亿年前到几千万年前，火星表面曾经有过这么一段时期，到处都能看到从巨大的火山中喷射出的岩浆，绵延几百千米的大洪水一度席卷整片大地。即使是在今天，火星上也依然留存有无数巨大而又“年轻”的火山：比如奥林匹斯火山，其底部直径达到了600千米，和平原的相对高度则达到了27.4千米；还有阿尔西亚火山，其巨大的破火山口[①]直径甚至达到了120千米，这在地球上是绝对令人无法想象的。此外，在早已干涸的火星赤道附近的沙漠中，也存在着以克律塞盆地为代表的侵蚀性地貌，这都是大地长期遭受水流侵蚀的结果。

至于从火星内部挤出来的大部分“水”究竟去往了何处，目前还不太清楚。火星的表面重力很小，尚不到地球的40%，因此自火星诞生以来的40多亿年里，肯定有部分水逸散到了太空中，不过其总量绝对不会太多。

对火星进行开发的一个世纪以来，专家们已经有了一个定论，即大部分水很可能是从高纬度地区渗透到了极冠地带的地下，并以冻土层的形式被储存了起来。

直到最近，针对火星的水资源开发依然没有太大的进展。然而，早在一个半世纪前的20世纪70年代中期，即首批无人驾驶探测器“维京1号”和“维京2号”相继登陆火星之前，美国艾姆斯研究中心的科学家们就预见到了行星工程学的广阔发展前景。他们甚至讨论了在未来可以将火星极

---

①破火山口：火山爆发后，由于后期自然或人工的破坏而变得不完整的火山口。——编注

冠上的冰融化，形成若干人工海洋，然后利用能适应火星环境并进行光合作用的生物，逐步改造火星上的大气，最终使火星适合地球上的人类生存。

这种情况并不仅仅局限于火星。在地球上，因为人类社会历史上的一些纠葛，太阳系开发在许多方面都已经明显落后或是陷入了停滞不前的状态，特别是与技术的进步相比。今天，虽然太阳系开发终于步入了正轨，但因为传统社会体系的关系，依然残留着一些让人颇感头疼的问题。

第一次大规模技术测试“三角洲”行动终于要启动了。该行动的初衷是开发火星上的水资源，但长期以来一直悬而未决。现在，经过慎重考虑后，终于选定了一个测试点——被命名为D6的小型永久性冰原。该冰原位于火星西经220度和240度之间的乌托邦区域的北极冠附近。与大多数冰原不同的是，D6并不在沙漠质的冻土层上，而是位于向三角形的一个顶点略微倾斜的火山基岩上。在最靠近顶点的两条斜边上还留有两条颇为古老的水道痕迹。水道在顶点汇合，形成了一个遍布沙砾与岩石的荒凉峡谷，峡谷又连着几千米外的一块巨大凹地。凹地上面覆盖着一层薄薄的沙层，看起来像是远古陨石坑的遗迹。凹地的沙层下方是发黑的基岩。如果通过土方工程来加固它周围那些容易崩坍的地方，并在其周围和底部富含硫黄的地层表面撒上化学物质，制造出一个防水涂层的话，那么不管D6冰层以何种方式融化，这里都将形成人类定居火星以来的第一个，或许也是这个星球几百万年来的第一个湖泊。

当然，在接近零下80摄氏度的极地气温下，湖水很快会再次结冰，因此在坑底铺设了加热管道。这种加热管道能够充分利用附近核聚变发电站的二次冷却气体产生的热能。在第二阶段的计划中，这些水将通过管道从人工湖的底部被输送到中纬度地区一家被称作“农场”的生化工厂。

在D6冰原的周围，一共安装了10处可以发射强大粒子束的融解装置，又在面积约15平方千米的冰盖上钻了8个孔，将被称为“靶子”的大容量发热装置深埋在岩盘和冰盖的交界处。整个系统是受控核裂变与核聚变反应，以及21世纪下半叶取得飞跃性发展的超级基本粒子工程学的巧妙组合。设计这个系统的人正是埃里克·高桥副主任。而莱普克博士又将该系统与永久性冰原融解计划很好地结合了起来。

莱普克博士曾在位于地球北极圈的火山岛（冰岛）上，两次观测到覆盖该岛中央高地的巨大陆地冰川下，一座名为米巴特的火山喷发造成的冰河奔流的现象。一旦“三角洲”行动系统正式启动，强大的粒子束就会在瞬间抵达D6冰原和基岩的接触面，并引起与大电流瞬间流动相同的现象，粒子束会扣动8个靶子的扳机，使之产生相当于小型核爆炸的高热。估计超过1亿吨的D6冰原基底部分将在一瞬间被彻底转化为水和蒸汽的混合物，而冰原也会因其本身的重量在破裂的同时，沿着缓坡滑向水道，进而与持续散发高温的靶子一同化为夹杂着冰块的湍流，流向火山口。

现在，“三角洲”行动的扳机即将被扣动。大屏幕左侧1/3处代表剩余秒数的红色发光数字，已经只余个位数和小数点后一位数，几乎无限接近于0。几分钟前还沉寂无比的指挥中心内响起了电脑合成的倒计时声音，机械且毫无情感地在房间内回荡着。几十双眼睛紧紧盯着巨型屏幕中央那个凹凸不平的灰白色影像。屏幕发出的光芒在黑暗中映照着20多张表情略显僵硬的面庞，看上去就像是一张张阴森无比的白色面具。就连“虎妞”凯特的表情也在此刻变得异常严肃。她把手指放在“紧急停止”按钮旁边，一动不动地盯着屏幕，仿佛一尊雕像。

“咕咚！”也不知是谁在过度紧张之下不由得吞咽了一下。然后，就在这一刹那，所有数字全部变为0并停止了闪烁。左边12个框的边缘也都在瞬间变为了白色。

位于大屏幕中央的D6冰原的影像似乎在这一瞬间略微晃动了一下。但在仅仅0.1秒或0.2秒之后，晃动便立即停止。从冰原表面各处突然飞起不少冰屑或是类似冰片状的东西，紧接着又猛烈地喷射出一股白色蒸汽，蒸腾着扑向天空。喷射蒸汽的喷口在整个冰原表面开始不断增加，那黑暗的龟裂缝隙也开始迅速延伸，逐渐将那些喷口连成一片。

接下来的景象让指挥中心里的所有人都产生了一种类似大脑缺氧一样的眩晕感，甚至是轻微的呕吐感。只见宽达6千米的冰原在突然之间变得绵软而又无力起来，在微微的痉挛中开始越缩越小。而远处的冰原边缘早已是一片朦胧，彻底被翻滚的蒸汽和缭绕的灰色烟雾淹没。

巨大的冰原上到处可见白鲸吐雾般喷射出的白色蒸汽。冰原的轮廓开始一点一点地崩塌，冰原表层的斜面也开始颤抖着移动起来。

“成功了！”有人用嘶哑的声音大声喊道。

几乎同时，指挥中心内也开始喧闹起来。“虎妞”凯特似乎也终于回过神来，她用手指在控制台上灵活地操作着，先是关掉了大屏幕左侧的数字显示，接着又调出了冰原边缘的特写镜头。只见镜头里碎裂的冰块正随着褐色的湍流不断滚落到水道里，然后又被源源不断的水流冲走。看着干涸的峡谷中肆意奔腾着的水流，指挥中心里终于响起了一片毫无掩饰的喜悦之声。有好几个人冲到高桥副主任身旁，一边拍着他的肩膀，一边与他握手庆贺。

这时，电脑合成的广播声再度响起，告诉大家计划进行得非常顺利。流量正在像原先计算的那样不断增加，但这会儿已经没人顾及这些了。

“帕尔默小姐……”几分钟后，一直满意地盯着大屏幕的莱普克博士突然发出了略显惊愕的声音，“你看那个……你觉得那是什么？就是冰原移动后出现在基岩上的那个东西。”

“是的，那上面好像确实有什么东西。”“虎妞”凯特紧盯着屏幕小声说道，“可能是岩石上的裂缝，或者是冰原造成的划痕。”

“不，不是的……”莱普克博士一时过于震惊，以至于声音都变得有些嘶哑，“虽然我不太确定……但那看上去很像是一幅巨鸟的图画。”

2. 冰原下的纳斯卡

“是纳斯卡巨画！”

昏暗的指挥中心里突然响起了一个略显低沉的声音。

“纳斯卡……是南美洲的那个纳斯卡吗？”高桥副主任略显不安地望向大家，用难以置信的语气问道，“可是……为什么火星上会有这种东西？”

但是周围没有一个人能回答他的问题。

火星极冠融解行动（“三角洲”行动）的指挥中心再次被异常紧张的气氛笼罩。所有人都全神贯注地紧盯着前方大屏幕中央的影像，表情十分凝重。

大屏幕上，那片面积达18平方千米的D6冰原已经崩塌了超过1/3，一块泛红的深灰色坚硬火山基岩正从下面冒出来。

现在可以清楚地看到，在基岩上画着一只巨大的鸟。它振翅欲飞，长长的脖子和尾部的羽毛在身体前后延展开来。在这只鸟的右边，又有一个巨大的双螺旋图案半露在外面。而鸟的左边则是无数条相互交错的直线图案……火星北半球上正值晚春，所以当阳光从地平线处照射过来时，正好将这些深深镌刻于基岩之上的奇妙图画清晰地投射到了众人的视野中。

“虎妞”凯特原本已经站了起来，见此情景，她又再次扑通一声重新坐回到了自己的座位上。凯特在显示屏上飞快地操作着，随着她指尖的飞速跳跃，D6冰原周围的几个观测塔，以及有人或无人观测卫星从各个高度和轨道倾角处拍摄到的多距离、多角度图像开始接二连三地被投射到大屏幕的左侧。

但这些图像没有一个能让凯特感到满意。她看罢屏幕，随即拿起外部通信话筒，用她那特有的大嗓门喊道：“查理！你和卫星业务部当面沟通一下，看能否让正沿着极轨道靠近的‘歌鸲3号’稍微调整一下航线，让它从D6的正上方通过。如果他们能把卫星的高度降低到100千米左右，那就更好了……‘歌鸲3号’是载人卫星吧？我听说你朋友正在那上头，那就请务必……啊，等一下！”

控制台上“紧急通话”的指示灯突然闪烁起来，表明有人想要接入“虎妞”凯特正在使用的外线。于是，凯特马上切换到了另一条通话线路，她讲话的口气也随即变得严肃起来。随后，她拽了拽旁边正全神贯注地盯着大屏幕的莱普克博士的袖子。

“是乌托邦市总部来的……上头的人。”凯特按住话筒轻声说道，“请使用那边的那个话筒。”

“我是‘三角洲’指挥中心的莱普克……”莱普克虽然拿起了话筒，眼睛却依然紧盯着大屏幕，“你那边也看到了吗？请赶紧派遣专家过来。没错，那是纳斯卡巨画。我很确定。我也会尽快赶到现场。好，那就拜托了。”

“博士，您见过真正的纳斯卡巨画吗？”高桥副主任用略显颤抖的声音问道。

“见过两三次。”莱普克说着，从控制台前走开，再次将目光投向大屏幕，“纳斯卡巨画位于秘鲁南部干燥的沙漠中，其中比较古老的作品距今已经超过2000年。因为这些画实在太过巨大，所以在20世纪飞机诞生后，人们才终于得以从上空一览其全貌。但是直到最近这半个世纪，也就是到了21世纪下半叶之后，人们才第一次清楚地认识到，它对于太空考古学究竟有着多么重大的意义……但我完全没想到，同样的东西竟然会沉睡于火星的冰层之下。”

“这应该是人类自小行星谷神星上有过发现之后，最大的一次发现了吧。”“虎妞”凯特喃喃自语，“估计我们这边的工作又要被大幅推后了。”

“不，说不定工作进度反而会加快呢。”莱普克笑着说道，“也许会给我们增加临时预算，让我们把各处的冰都挪开来看看。”

纳斯卡的地面巨画……

那是一组沙漠之上的巨型标记，曾被认为是新大陆古代文明最大的谜团之一。

在南美洲大陆靠近太平洋一侧的海岸沿线，狭长的安第斯山脉纵贯南北。在其西坡干旱地带，南纬14度40分、西经74度50分处的西海岸山脉下，就是广阔的纳斯卡高原。

高原位于秘鲁首都利马东南方向，与利马之间的直线距离约为400千米。

高原东侧，海拔1000米至1300米的山峦呈南北方向绵延。北部的因赫尼奥河与南部的纳斯卡河自东向西流淌而去。高原上地势平坦，表层覆盖着干燥的红褐色沙石与棱角分明的岩石碎片。沿泛美公路顺着东侧山麓从西北一路向东南方向行驶，横穿过台地后再驶下河床，就进入纳斯卡城了。

纳斯卡巨画的范围极其广阔，从纳斯卡城横跨过高原，直达遥远北方的帕尔帕市附近。从东侧山麓斜坡到西侧沙漠之间的大地表面上留存有无数巨画，整个区域南北长50千米，东西长二十四五千米，总面积达数百平方千米。这些巨画中既有全长150米、羽翼蹁跹的鹈鹕，也有翅膀水平展开、尾羽呈细长的扇形并与喙完美对称的蜂鸟，还有卷着尾巴的蜘蛛猴，以及虎鲸、蜘蛛和人类。每幅画都是如此巨大，以至于若不是从空中俯瞰，根本难以一览全貌。除了这些特征明显的巨画，在一些地方，尤其是在沙漠里，还经常能看到一种由无数交错的线条构成的直线画，其中某些较长的直线画甚至绵延达5000米。

当年的绘画者们将覆盖在干旱土地表面那层棱角分明的碎岩清除后，在碎岩层下面的柔软沙地上描摹出所有的曲线和直线，最终完成了这一幅幅纳斯卡巨画。

从公元前100年至公元700年，远在著名的印加帝国——南美洲最后一个大帝国诞生之前，以精美陶器和纺织品著称的纳斯卡文化在此处曾盛极一时。现在，人们已经得知，在这片高原上发现的罕见“人类”绘画在风格上与更为古老的帕拉卡斯文化有关。

2000多年来，在这片辽阔土地上镌刻着的无数幅纳斯卡巨画虽然历经无数次的风吹雨打，却始终未曾被风雨冲刷走。它们一直在南半球强烈的热带阳光的炙烤下，与沙漠上方那片没有一丝水汽的天空相互守望至今。

直到20世纪20年代末，科索博士才首次在飞机上发现了这些画。也正因为有了这一发现，航空考古学才得以在第二次世界大战后诞生并发展至今。

然而，古代印第安人是如何，又为何要在广阔的平地上绘制这些只能从天空中识别的巨画呢？这些问题又为原本就充满谜团和神秘感的新大陆古代文明增添了新的谜团。巨画附近虽然有山，但距离较远，即使登上山顶俯瞰，也看不出到底画了些什么。一位学者推测，作画时可能有人在风筝上进行指挥。还有人将这些画作与散见于英国和法国等古代凯尔特人地区的巨型人、巨型马的形象联系起来，并猜测是受到了罗马时代以前凯尔特人航海家的影响。

不论持何种观点，巨大的动物画都可以解释为“给上天的供品”，因为它们与古代纳斯卡祭祀用具上的图案极为相似。然而那无数条相互交错的线条就很难解释清楚了。这些线条中有的宽几十米、长五六千米，如同用尺子画的一样笔直；有的则呈细长的梯形，其宽边的线条又常常会以非常奇怪的角度相互交叉。有的线条中间碰到了一座小山，但绘画人丝毫不加理会，而是直接从小山上翻越过去，一路画到底。当时想要画这么多线条，肯定需要相当多的劳动力。那么，画这些巨画的目的究竟是什么呢？一些看上去完全像是随意涂鸦而成的交叉又究竟隐藏着什么样的深意呢？因为其中几根条状物的组合方式看上去很像是现代的机场，所以有人认为，这很可能是公元前飞经该地区的外星人建造的飞船跑道。

当然，这些巨画并不是飞船的跑道。不过，直到21世纪下半叶，人们才发现，纳斯卡巨画中那些乍看像是胡乱涂鸦的直线，其实与宇宙存在着千丝万缕的联系。2071年，在一次利用人造卫星进行新的激光-激微波[①]通信系统地表散射测试时，人们意外地发现了解开这个谜团的线索。这次发现遂成为推动太空考古学井喷式发展的助推器。

---

① 激微波：受激放大微波辐射（英文缩写为MASER），利用电磁波与原子或分子等量子系统的共振相互作用，在微波波段获得放大或振荡。——编注

然而，现在……

火星极冠融解行动（“三角洲”行动）的成员们面对的是过去半个世纪中这一领域最大的一次发现——在距离地球轨道8000万千米的红色“死亡星球”（火星）北极附近的万年冰原之下，竟然也隐藏着一幅如此巨大的纳斯卡图案。

“这已经超出了我们的能力范围，”身着宇航服、戴着头盔的莱普克博士看着笼罩在薄薄雾气中的D6台地，喃喃自语，“得尽快找专家过来看看。不然实在不知道该怎么处理。对了，莫西怎么还没来？”

“我听说他现在正在火卫一上，”站在斜坡下方的“虎妞”凯特回答道，“我已经联系过他了，他应该很快就能赶到。”

高桥副主任不由自主地回头朝南边的天空望去，并没有看到火卫一的身影。火卫一是个小不点儿，直径仅有18千米。它每天总是匆匆忙忙地自西向东两次从火星的天空穿梭而过。火卫一的轨道距离火星表面只有6000千米，与地月之间36万千米的距离相比，它的轨道显然要低得多，几乎可以说是紧贴着火星的表面在公转。所以，在纬度69度以上的极地地区根本不可能看到它的身影。

不过，在火星的地平线附近可以勉强看到呈半月形的火卫二，它是白色的，比火卫一还要小，在夜空中几乎难以分辨。即使火卫一的公转周期为7小时39分，火星的自转周期为24小时37分，火卫一自西向东一周的地表可视时间也仅为11小时。然而与火星表面的距离大约是火卫一6倍不到的火卫二，其可视时间却长达132小时，它的公转速度更是慢得可怕，以至于给人一种错觉——它一晚上始终停留在天空中的同一位置。

从可以看到火卫二的位置望去，只见一个红色的闪烁光点正在不断靠近。眼见光点越来越近，它竟又突然间一分为二。

“终于来了，”莱普克博士喃喃地说道，“找个人引导他们去着陆点。虽然可能性不大，但我还是担心他们会直接冲到我们好不容易才找到的纳斯卡巨画上面，那样我们就真的欲哭无泪了。”

斜坡下面已经聚集了不少人，此时有一个人正从人群中走出，向通信器走了过去。这个人身着宇航服，臀部又大又翘，上臂还佩戴着少校的臂章，一看便知这人正是“虎妞”凯特。

3. 火星—小行星—木星

一大一小两艘离子飞船很快就接近了D6台地。飞船巨大的碗状喷嘴中喷出一阵等离子气流，将极地上的冰冻沙石一扫而空。已贴近地面的离子飞船在D6冰雪台地上空短暂盘旋一圈后，随即在斜坡上挑选了一个大石头相对较少的区域成功着陆。

首先从飞船上走下来的是莫西·恩扎罗，他是目前火星上为数不多的太空考古学家之一。只要看到头盔下那黑黝黝的面庞和胡须，就能立刻认出他来。

“莫西，你终于到了。”莱普克博士向这位高大的黑人学者喊道，后者此刻正朝他大踏步走来，“你觉得怎么样？对你们的研究会有帮助吗？”

“您这是什么话？”刚刚拿到博士学位的黑人青年激动得声音都有些颤抖，“这次发现给太空史前考古学界带来的冲击，恐怕要比特洛伊城的发现引起的轰动还大。我们本来已经对火星不抱任何希望了，所以才会只留下像我这样的菜鸟。您知道，火卫一可能分裂这种事本来和我的研究没什么关系，但没想到下面竟然隐藏着如此惊人的巨大发现。我想顺便问一句，您知道巨画上的冰存在多少年了吗？”

“往多了说应该有五六万年了吧。”莱普克博士低头看着混杂在浑浊水流中一路向南奔腾的冰块说道，“我们的研究发现，火星的旋转轴正好在那段时期发生过一次剧烈偏移，所以极点的位置才移动到了这附近。这一带原先的纬度应该比现在更低。”

“也就是说，巨画就是在那个时候被刻下的。”“虎妞”凯特两手叉腰，低头俯视着D6台地，“如此看来，它应该比南美洲的纳斯卡巨画还要古老。”

“这一点毋庸置疑。只要看一眼就能知道，这些画比地球上的纳斯卡巨画更接近‘原版’。”莫西挥舞着他那修长的手臂，在光线变得越来越暗的台地上指来指去，“你看那幅关于鸟的画，虽然看上去确实像鸟，但实际上应该是某种极坐标。而蜘蛛的图案也是……”

“你的解说不妨先放一放。我们现在该怎么做？”莱普克博士打断了莫西的话，“需要把其他地方的冰也融解吗？”

“当然了，但请先保护好这里的现场。调研用的科学卫星明天早上应该就能到了。此外我们的人手太少了，我已经向地球方面请求增援。”

“地球现在正处于冲日[①]期间，”“虎妞”凯特仰望着星光灿烂的天空自言自语道，“地球现在距离火星大约有3亿千米远，指望地球增援的话，估计我们得等上一段时间了。”

“对了，你通知伯纳德了吗？”莱普克博士走之前向莫西问道。

“希望那位老伙计听到这个消息后不至于血压飙升，直接晕厥过去。”

“当然啦，我第一时间就联系了他。按照老师的要求，我从一开始就把影像和其他东西都一股脑儿交给了他。但他目前距离我们有点远。”

“伯纳德现在在哪里呢？”

“在小行星带上。”莫西看了一眼周围，似乎在夜空中搜寻着什么，“我想他已经回到了位于谷神星的基地。”

宇宙就像是一个无边无际的大海，我们的太阳系就漂浮在这个茫茫的大海上。而在太阳系内的火星和木星的轨道之间有一个宽约5.5亿千米的环状空间，在这个环状空间内漂浮着超过10万个小天体，它们星星点点地环绕在太阳的周围。这些小行星中大的直径有数百千米，而小的直径只有数百米。在这些如同沙砾般的小行星中，谷神星是最早被人类发现的，它也是小行星中体积最大的一颗，直径达到了770千米。谷神星目前即将抵达近木点，与此同时，一艘千吨级的宇宙定期联络飞船——“皇后号”也正在驶向这颗小行星。为了从以谷神星为核心的小行星调查基地顺利接上一名临时乘客，飞船对原来的航线略微进行了变更，因此“皇后号”抵达最终目的地木星的时间将比原计划晚7个多小时。

① 冲日：水星运行到太阳与地球之间时，即为水星上的地球冲日。——编注

第一章

木星

1. 密涅瓦基地

灰色的云层低垂在空中，下面是一望无垠的荒野。枯萎的芒草在萧瑟的秋风中拼命地挣扎着。

就在这时——

从横亘至地平线的漆黑山脉中，猛地窜出一个黑影，出现在了荒野的另一侧。随着人影的逐渐靠近，他的身姿也变得清晰起来。原来是一名身材魁梧的武士，他穿着一条皱巴巴、脏兮兮的裤裙，上面依稀可见黑色的家纹。

这名武士似乎是一名浪人。他的双手隐藏在袖子里，正耸着肩膀，一边大步走在枯败的荒野中，一边警惕地留意着周围的环境。他那随意扎成一束的头发看起来毫无光泽，正在强风中凌乱地飞扬着。在他紧闭的嘴唇周围，是一团乱糟糟的胡子……

突然，在浪人左上方的灰色天空中出现了一个橙色的光圈，它开始急促地闪烁起来。

“有客人来了。”一个年轻女人的声音响起。

“就说我这会儿不在。”英二回答道。

突然，武士停下了脚步，好像发现了什么。他那浓密的眉毛立时紧紧地皱在了一起，眯起的双眼中露出鹰一般锐利的光芒。他伸出一只手，缓缓地摸向自己的下巴。

旁边先是传来一阵枯草被踩踏而发出的簌簌声。紧接着，又一名武士缓缓地从芒草中走了出来，与刚才的那名浪人相对而立。新来的武士里面穿着一件宽松的裤裙，外面罩着一件短褂，颧骨高耸，看起来精悍而冷酷。新来的武士貌似颇有些身份，虽然看起来要比刚才那名浪人年轻，但整个人像闪耀着青光的发条一般，被包裹在强烈的杀气之中。

浪人的两只手此时早已从袖子中伸出，并悄悄地垂在了身体的两侧。他的嘴唇微微动了一下，似乎想要说些什么。

“有紧急来客！”橙色的光圈再次闪烁起来，年轻女人的声音也再次从里面传来。

“就说我现在很忙！”英二不耐烦地大声吼道。

就在这时，对面的武士嗖的一声抽出一把长刀。浪人向后退开一大步，以极快的速度同样拔出一把长刀，抡过头顶，猛地向对面劈砍而去……然而，刀才劈到一半便停在了空中，浪人和他对面的武士都如石化了一般，瞬间呆立不动。

英二缓缓地转过了头。

“好臭……”英二从鼻子里哼了一声，然后从牙缝间挤出几个字来，“你还是老样子，从来不洗澡。”

英二的身后突然出现了一个皮肤黝黑、身材高大的年轻人，看起来和刚刚电影中出现的那名精悍武士颇有些相似，不过眉毛要更浓密一些。这名身材高大的年轻人此时正将手指放在电视遥控器的暂停键上，一边不怀好意地看着英二，一边讪笑道：“说什么自己很忙，原来还是以前那副德性，整天看这种老掉牙的娱乐片。”

这位年轻人名叫霍贾·金，此时他正露着一口大白牙，嬉皮笑脸地看着英二。突然，他伸手抓住了英二的椅子靠背，猛地向后一拉。

说时迟，那时快，就在即将向后倒下之时，英二猛地伸脚夹住了霍贾·金的脖子，利用摔倒的反作用力，将他朝前扔了出去。霍贾·金的身高足足有1.85米，但还是在英二的巧妙反击下以一条近乎优美的抛物线被狠狠地砸在了地上。

接下来的一段时间里，屋内被闹了个天翻地覆。两人一边放声大笑着，一边不断地向对方的腹部施以拳脚，又是推搡又是飞踢，激烈互殴了好几分钟，完全不顾各类小物件和文件早已散落了一地。

“等等！”霍贾·金突然喊道。当他把英二压倒在地后，他的下巴也迎来了英二的一个上勾拳，霍贾·金的脸痛苦地几乎挤成一团。

“紧急来客……不是我，是那个人……”

直到这时，英二才注意到，一位手拿文件袋的高个子老人正颤颤巍巍地站在房间的入口处。老人的眼睛瞪得溜圆，满脸都是惊骇之色。为了让霍贾·金松手，英二用膝盖冲着他的肚子就是狠狠一击。随即，霍贾·金犹如一只大虾般痛苦地弓起了身体。英二用不屑的眼神瞟了他一眼，然后才晃晃悠悠地站起身来。

“不好意思，我没注意到您，失礼了。”英二说着，用手背擦拭从嘴唇裂口处渗出的鲜血，“欢迎来到密涅瓦基地，我叫本田英二，是基地的负责人，也是‘JS计划’调查主任。”

“我叫伯纳德。”老人的脸型偏长，头发几乎掉光了，他伸出一只瘦骨嶙峋的手，“雷·伯纳德。就在刚才，我和那位年轻人一起从谷神星上搭乘‘皇后号’抵达此处。途中好几次想和你联系，但想到你可能正在进行木星大气层的调查，担心打扰你，所以……”

“伯纳德博士，”英二反手握住老人的手，吃惊地喃喃自语道，“雷·伯纳德博士……您不就是那位太空考古学的……”

“顺便说一句，那边的那位年轻人……”老人用手指向仍捂着肚子哼哼唧唧的霍贾·金说道，“在你将对方压倒之前，其实有一个很好的机会可以使出断背锁，但你没有意识到吧？否则战斗早就结束了，真是可惜。如果你不了解摔跤技法的话，等会儿我倒是可以指点你一二。”

“谢谢您，博士。”霍贾·金的脸依然极为夸张地挤成一团，但旋即又嬉皮笑脸起来，“但无论如何，赢的都是我。您刚才也看到了，英二这家伙就爱出阴招。”

“博士，您专程来到我们基地，究竟有什么重要的事情呢？”英二一边说着，一边走到霍贾·金和老人之间，像是要故意把他俩隔开似的，“如果在木星的某颗卫星上发现了外星人在远古时期就来过太阳系的痕迹，他们应该会第一时间就报告给我。”

“不是在这里，”老人摇了摇头，“是一个月前，我们在火星上有了一个惊人的大发现。在火星北极的永久冰原下方。”

“在火星上？那可太了不得了。”英二的眼神瞬间变得凝重起来。

“可是，火星上的这个发现和木星有什么关系呢？”

“至少看上去存在着某种关系。”伯纳德博士的眼神瞬间变得锐利起来，“根据现场发来的信息，到目前为止，外星人留下的信息中只有很少一部分被解读了出来。也正因此，我才没有在谷神星上直接搭乘前往火星的飞船，而是先来到了这里。反正，要想尽快前往火星和地球，都需要等‘皇后号’抵达木星并再度返航时才行。所以我才提前和埃德·韦伯打了个招呼，特意赶到这里来见你。”

"原来是老板……啊，那个……韦伯总裁，您和他很熟吗？"

"我们是高中和大学时的同学。"伯纳德博士微笑着说道，"即使是毕业后，我们也因为工作关系时常待在一起。他读大学的时候曾是个非常优秀的四分卫[①]，听起来是不是有点让人难以置信？我是个对运动并不怎么热衷的人，但埃德居然打了整整3年的边卫。在对阵亚洲队的正式比赛中，他从我们这边的十码线上独自冲了进去，并成功打进了一个球。这件事虽然已经过去了60多年，但直到现在我依然记忆犹新。对了，本田主任，您现在有时间先和我单独聊聊吗？"

"南希！"英二冲着旁边的墙壁，大声喊着电脑秘书的名字，"从地球过来的调查小组什么时候到？大概还有多长时间？"

"太阳系标准时间（SSMT）21时30分。"一个年轻而又妩媚的女性声音回答道，"估计再过一个小时就到了。"

"想必您也听到了，我没有太多时间，不过还是请您给我大致介绍一下吧。"英二扫视着因为打斗而被搞得乱七八糟的房间说道，"请跟我来，我们找个安静一点的房间。"

"在我出发之前，可以借用下你这个房间吗？"霍贾·金一边在英二先前坐过的椅子上坐了下来，一边问道。

"当然可以，你顺便帮我把房间好好收拾一下。"英二在门口回头说道，"难道你又要出远门了吗？什么时候走？"

"6个小时后。"霍贾·金从电视播放机的插槽中取出英二刚刚看过的那部日本电影的磁卡，开始寻找其他电影磁卡。"等'太空之箭号'飞船装满木星产的氦气后就出发。"

英二抬头看了看墙上的多元时钟，喃喃自语道："还有6个小时的话，等会儿说不定我们还有时间好好喝上一杯。这次是不是要离开很长一段时间？"

"是的，毕竟我们要到冥王星轨道的外侧去调查'彗星之巢'。"

"去调查彗星源？"英二略显惊讶地问道，"那可不是一般的远啊。"

"距离这里大概有1万亿，甚至2万亿千米。往返最少也要2年左右的时间，飞行途中的大部分时间，我们都将处于冷冻休眠状态。对了，这次同去的还有一个叫井上的学者。"

---

① 四分卫：美式橄榄球中的一个进攻位置。——编注

“要去那么远的地方……究竟要调查什么呢？”

“近几年来，来自冥王星轨道外侧的彗星数量正在急剧下降。”

“然后呢？”

“我们已经派出了多架无人探测器，但一进入某个范围，这些探测器便会无缘无故地消失。这个范围非常小，所以可以肯定并非通信器发生了故障。”

英二突然间好像想到了什么，不禁陷入了沉默之中。

“你恐怕没时间了吧？”霍贾·金把新找到的磁卡放入插槽内，冲英二努了努嘴，“快去吧，客人还在等你呢。”

当英二正准备追向等在走廊上的伯纳德博士时，一阵俗不可耐的音乐恰好从房间里的电视机中传来。英二往后退了一两步，从门缝里探进头来，以一种戏谑的口吻喊道：“你还嘲笑别人看的东西老里老气，你自己又好到哪里去了？都一把年纪了，居然还看这么幼稚的片子？”

“一边儿去！”霍贾·金一边看着《星球大战20》的片头，开心地拍着手，一边毫不客气地大声吼道，“我最喜欢这部影片了。”

伯纳德博士沿着基地内的一条通道朝附近一个空着的小会议室走去。当他恰好经过通道墙面下方斜开着的一个大窗户时，不由得停下了脚步。

透过窗户，可以看到木星的一部分。只见巨大的木星闪耀着红色的光芒，上面布满了红色、褐色、橙色和白色的不规则横条纹，瞬间竟给人一种癫狂之感。木星几乎填满了窗户对角线的整个右下部分，随着密涅瓦基地的不断旋转，木星露出的部分也变得越来越大，最终将整个窗口彻底填满。透过这个窗户甚至可以看到位于木星赤道附近的木卫一的身影，它如同一颗灼烧的小铁球般发着炙热的红光，而闪着白光的木卫二则飘浮在木卫一的右侧。

木星是太阳系中最大的一颗行星，全身布满红白色大理石般的花纹，看上去是如此美丽，又是如此阴森可怖。在木卫一下方的木星南半球，有比木星本身更加阴森恐怖的大红斑。大红斑周围还环绕着一圈卡门涡街[①]花

---

①卡门涡街：空气动力学术语，指流体中安置的阻流体，在特定条件下会出现不稳定的边界层分离，阻流体下游的两侧，会产生两道非对称排列的旋涡，其中一侧的旋涡循顺时针方向转动，另一侧的旋涡则循反方向旋转。这两排旋涡相互交错排列，各个旋涡和对面两个旋涡的中间点对齐，如街道两边的街灯一般，故名涡街。该现象由匈牙利裔美国空气动力学家西奥多·冯·卡门最先从理论上阐明而得名。——译注

边，其上不时有巨浪翻起。在伯纳德博士望向大红斑之时，大红斑似乎也正朝着这边直直地望过来。

“果然充满了压迫感。”伯纳德博士用沙哑的声音讷讷地说道，“你们每天如此近距离地盯着如此骇人的景象，神经该不会出问题吧？”

“在新来的伙伴中，也确实有人会出现神经衰弱的情况。”英二也驻足望向窗外，“不过久而久之也就慢慢习惯了，没什么大不了的。我们这些人，自从启动木星大气层调查以来，每天都需要观察木星云的情况。看看木星今天的情况怎么样，赤道附近的天气如何……”

“啊，那颗卫星上有东西在发光！”

伯纳德博士发出一声轻呼，身体亦朝前探去。

“是木卫一上的火山又喷发了吧？”英二凝视着前方说道，“那颗卫星上经常会发生大规模的火山喷发，喷出物中时常还会夹杂有因高温而熔化的硫黄和硫酸，喷发的势头非常剧烈，有时甚至会喷至距离地表数百千米的高空中。”

密涅瓦基地整体呈圆柱形，长约2000米，直径约450米，位于木卫二和木卫三之间一条距离木星赤道表面约79万千米的轨道上，每46小时环绕木星旋转一圈。因此，当从窗口正好能看到整颗木星时，无法看到伽利略卫星（伽利略1610年通过望远镜发现的4颗卫星，每颗都是直径达3000千米至5000千米的巨型卫星）中的木卫三和木卫四。此外，基地本身为了在周围制造平均0.5G（标准重力加速度）的人工重力也一直在维持着自转，伴随着基地的自转，木星很快就从窗口的视野中消失不见，取而代之的是一片黑漆漆的星空。这时，在木星红色光芒的掩映下，一艘正在从基地旁边的油轮上补充助推剂的超远程高速飞船映入了英二和伯纳德博士的眼帘，飞船的船体像根针似的又细又长，还带着一个巨大的复合型喷嘴。

“是‘太空之箭号’。”英二小声说道，“刚才和我打闹的那位朋友，马上就要登上这艘飞船，然后飞往冥王星轨道之外。”

“更远处那些不停闪烁的光芒也来自飞船吗？”伯纳德博士指着窗户正对面呈月牙形的木卫四旁边那一小团光芒问道。那团光芒此刻正闪烁着红色、蓝色、白色和绿色的光芒。

“是的，”英二向那团光芒略略瞥了一眼，随即点头道，“那团光芒……可能是一艘来自地球的远程飞船。要不我们就在这个房间里聊聊怎么样？

因为时间多少有点紧。”

在窗户外数十千米处，自重达2200吨的超大型远程客货两用飞船‘东京3号’，正朝着密涅瓦基地缓缓驶来。在飞船移动的同时，中央船体向各个方向伸出的横梁末端处，乘客和货物集装箱单元亦以船轴为中心在缓缓地转动着。

“密涅瓦基地调度室……这里是‘东京3号’……”在密涅瓦基地的调度室内，夹杂着些许杂音的广播声随即响起。

“哎呀，可算是到了。”坐在控制台前，正与旁边沉默寡言的胖同事下3D国际象棋的大胡子值班员，在听到广播后，立即一一按下监控视频上的按钮，然后一边拿起话筒，一边还不忘催促自己的对手。

“没时间让你细细琢磨了。实在不行，就先下到这里吧。——喂，你好，这里是密涅瓦基地调度室……‘东京3号’，请进港。”

“‘东京3号’正在通过贝塔点……”广播声中混杂着些许木星电波爆裂的噪声，“即将进入密涅瓦基地的轨道……请检查轨道和导引系统，谢谢。”

“这里是密涅瓦基地调度室……轨道正常……导引系统正常……一切准备就绪。”大胡子值班员看着显示屏面板上不停闪烁着的各种颜色的数字、图表和符号，飞快地敲击着键盘，“4分20秒后将通过阿尔法点……给自动切换信号传感器的降噪增加两个点。今天木星的雷声有点吵。乘客们都还好吧？”

“31名乘客都精神倍儿棒。”“东京3号”的飞行员笑着回答道。

“他们看到木星全都兴奋着呢。是不是有点让你失望了？”

“听到这个消息，估计密涅瓦基地上的所有人都会大吃一惊吧？对了，船上没有那种很招人烦的人吧？”

“有议员、记者，还有自然保护团体和宗教团体的大妈们，尽是不好伺候的主儿。你们一定要提前做好心理准备。”

“船上就没有年轻女孩吗？”

“有一个，是个非常漂亮的小妞。不过，感觉好像不是那么好相处。”

“明白，‘东京3号’。”大胡子值班员回答道。他身旁的肥胖男人听到这里，满是佩服地朝他竖起了大拇指。

“请在B甲板驻泊。长途旅行辛苦了，祝愿各位旅途愉快。”

2.“东京3号”的乘客们

在距离太阳约7.8亿千米的黑漆漆的宇宙空间里，飘浮着一颗巨大的行星——木星。

木星与太阳的距离约为太阳和地球之间平均距离的5.2倍。从太阳发出的光和电波要穿越茫茫太空到达木星，大约需要43分钟。

木星是太阳系八大行星中最大的一颗，直径约为14.3万千米，是地球直径的11.2倍，质量相当于地球的318倍，体积更是达到了地球的1300倍。仅木星一颗行星，其质量就占太阳系全部行星总质量的70%以上。

木星虽然体积巨大，但其自转速度一点也不慢，自转一周仅需10个小时。因此，其赤道部分的自转速度相当于地球的100倍。木星的自转会产生巨大的离心力，在它的作用下，木星表面又形成了条纹状的白色冻氨云和红色硫化氢铵云，同时来自木星内部的高热气流又会将含有磷和有机物的暗红色气体高高吹起，形成奇异的椭圆形斑点。

近百个人造天体此刻正沿着各自不同的轨道，环绕在这颗巨大的行星周围。而造型奇特的远程客货两用飞船“东京3号”正在减速，朝着这些人造天体中最大的一个——密涅瓦基地缓缓靠近。

“客舱即将与飞船实施分离，即将抵达密涅瓦基地的B甲板……”一名30来岁的女乘务员走在通道上，对两边的乘客说道，“很快，我们将处于失重状态，请各位不要离开座位，并系好安全带。”

客舱内的空间看起来非常宽敞，31名乘客基本都已坐回可兼作卧铺的座位。女乘务员扫了一眼位于最后面的4个空位，以完全适应低重力的步伐快速穿过了后部的舱门。

穿过后部的舱门后，出现在眼前的是一个生活空间，沿着走廊的两边分别有游戏室、酒吧、餐厅、图书馆、休息室、健身房等。因为这不是一艘短途载客专用飞船，所以并没有配备豪华舞厅、带舞台的剧院等。但即便如此，由于联邦议会的一名众议员担任了视察团的副团长，位于月球的太阳系开发机构总部的公关科还是煞费苦心，在“东京3号”上装了一个虽然有些年代，却极尽奢华的客运集装箱。

因为即将抵达基地，所以食堂前的气闸已经被放了下来。游戏室内的灯也已关掉，只有酒吧里的灯还亮着。向酒吧内望去，会看到四个年轻人——三名男子和一位姑娘，此时他们正紧紧围坐在靠近角落的一张桌子旁，神神秘秘地说着什么。

三名男子都蓄着胡须，头发蓬乱，不过看起来都非常年轻。他们穿着随意，甚至看起来有些邋遢。唯一的姑娘留着一头浅金色的长发，如瀑布般披于肩上，肤白似雪，四肢纤长，清纯美丽得简直不可方物。但是，她穿得很朴素，甚至过于简朴了。她身着一件略带茶色的褪色苔藓绿外套，一条长至脚踝的同色长裙，头戴一顶帽檐极宽的浅棕色麂皮帽。宽大的帽檐压得很低，甚至将她的面容都遮住了一大半。除此以外，她没有佩戴任何首饰，也没有化妆。不过在那压低的帽檐下，隐隐可见她那极为精致而且小巧的鼻尖，以及鼻尖下那极度惹人怜爱的淡淡朱唇，性感得让人不禁心神荡漾。

“广播上的通知你们都听到了吧？”女乘务员从酒吧门口向内望去，轻声说道，“再过4分钟客舱就要和飞船实施分离了，暂时先别聊天了，赶紧回到你们的座位上去吧。”

年轻人都不约而同地抬头望向女乘务员，然后又互相看了看，才默默地从桌边站起身来，低着头一个接一个地从女乘务员的身旁走过，刻意不去和她对视。当走在最后面的那名女孩经过时，女乘务员不经意间发现，女孩的面色极为苍白，且面部表情多少有些僵硬。

“你是不是身体不太舒服？”女乘务员用手轻轻扶住女孩的肩膀道，“长途旅行肯定很累吧？要不我给你倒杯茶？”

“不用……”女孩摇了摇头，用小到几乎听不见的声音说道，“我没事。”

女孩低着头，甩开女乘务员的手臂疾步而去。她的嘴唇看起来毫无血色，而且在微微哆嗦着。女乘务员耸了耸肩，随即关掉了酒吧内的灯，然后跟在女孩身后，缓步走向前舱。

“这也太壮观了！”

坐在座椅上的一个老妇人将她那布满皱纹的脸紧紧贴在窗户的玻璃上，不由得发出了这样的叹息。

“同样的话你还要说多少次？”坐在老妇人旁边座位上的一名肥胖女子一边说着，一边努力地想要把缠在一起的安全带整理好。

“不管说多少次，壮观就是壮观。”老妇人反驳道，“不是从电视上，而是这样直接用肉眼近距离观察……简直叫人毛骨悚然。你快看，这花纹真的太美了。光是那个大大的红色斑点里面，估计就能装进三四个地球吧！……太壮观了，这无边无际的星球……这么大，这么美，简直令人窒息！”

“没错！确实如此！”突然，从前面的座位上传来一个颇为尖细的声音。

“不管别人怎么说，木星就是天界的王者！所以，各位，我们绝对不能放任人类的手去肆意折腾，破坏这颗巨大而又美丽的行星。”

“好了，好了，韦恩小姐，”一个身材高大、看起来上了些年纪的男人苦笑着，安抚似的轻轻拍了拍他邻座的这位身材瘦小、精神却异常矍铄的老妇人的肩膀，“等到了密涅瓦基地，了解了‘JS计划’之后，你再发表这番演讲也不迟嘛。我们稍后将要抵达目的地了，现在就得出结论貌似还为时过早。”

女乘务员带着职业性的微笑，从乘客中间缓缓走过，待打开客舱前面的小门后，她再次回头扫视了一番客舱。然后，她在嘴边竖起一根手指，向着大家甜甜一笑后消失在了门后。

客舱前部的一个小房间被用作了商务通信室，在控制台的角落里安装有简单的紧急驾驶系统。女乘务员在驾驶系统前的座位上坐下，给自己系上安全带，然后按下开关。“乘客已全部坐好，乔……”她对着麦克风说，“客舱可随时实施分离。”

“时间也太久了。”控制台上传来驾驶员的声音。

“有四个年轻人在酒吧里聊天。”女乘务员捋了捋自己的头发，用略显疲惫的声音说道，“那几个人看上去有点奇怪，跟其他客人完全不交流，总是单独凑在一起，一脸严肃地悄悄说着什么。”

“不管怎么说，他们也是宗教团体的代表。肯定是在聊关于信仰的事情。”驾驶员用略显低沉的声音说道，“首先，他们和其他爷爷奶奶们的出生年代不同。不过我倒是想要超越无法逾越的代沟，和那个绝世小美女亲近亲近。”

“她看起来身体好像不太舒服……”女乘务员话说到一半，抬头看了看显示屏，随即皱起了眉头，“乔！你怎么又在吃热狗！这次出来，你又要胖多少斤才够？！”

“我只是在补充能量……”驾驶员一边大口吞咽着面包，一边回答道，“对了，芭迪……咱们要不要体验下密涅瓦基地的情人酒店？听说那里相当豪奢呢。要不你先去预订一个房间吧。”

“就你那副德行，也配？”女乘务员冷哼一声道，“你总是刚把人家推进洗手间，就猴急地去掀人家的裙子。”

“好了，我要进行客舱的分离了……”驾驶员说，“回头我们再聊。”

控制台上橙色和绿色的按钮开始同时闪烁起来。当客舱与飞船本体分离时能感觉到一阵轻微的颠簸感，随后的姿态控制和加速喷射又带来了一阵轻微的加速感。女乘务员操作着控制台上的开关，打开了通信室内的所有窗户。

“东京3号”的船体开始向左下后方飘移，客舱则循着引导光束不断向前飞去。在客舱的正前方，密涅瓦基地中轴线上敞开的长方形开口中，B甲板上的亮光已大幅度缩窄。

“本田主任……”嵌在小会议室墙壁里的扬声器中响起了一个声音，“‘东京3号’已经抵达。乘客现在正在前往B甲板的路上。还有五六分钟即将到达。”

“收到。”英二按下左手腕上通信器的通话按钮后回答道，“把调查团先带到迎宾室，让他们稍微休息一下。我15分钟后就到。在我到之前，先让布克接待他们。大家的态度尽量友善一些。”

这时，伯纳德博士在他身旁轻咳了一声。英二随即挂断电话，转身看向老人。

“那么……”英二缓缓开口道，似乎还在思索着他刚刚听到的内容，“你是说，在地球上的南美洲留下‘纳斯卡巨画’的外星人……后来又到了木星附近？”

“你说反了。”伯纳德博士摇了摇头道，“他们——为数众多的外星人来自太阳系外，他们首先到达的是木星附近。据推算大概是在10万年前。他们首先停留在了木星的某颗卫星上。然后七八万年前，他们在一些小行星上建立了基地。当时，有的小行星非常大，甚至比现在最大的小行星谷神星还要大得多，至少和地球的卫星月球差不多大。但那些人出于某些原因对其进行了破坏，让小行星变成了分崩离析的碎片。”

“也就是说，现在要把外星人刻在原先那颗大型小行星碎片上的痕迹重新拼凑起来。”英二叹了口气道，“这项任务简直让人一想到就犯晕。这些东西和这次在火星北极冰原下找到的纳斯卡图案，又要如何联系起来呢？”

“从火星的D6冰原下找到的图案被刻在了坚固的岩石上，所以保存状态要比地球上好得多……”伯纳德博士从文件袋中取出几张照片，放在了桌子上，“当然，冰层融化时多少会带来一些损坏……后来，我们又在附近的冰层下发现了另一幅描绘太阳系的图案，在我们的团队成员莫西小心翼翼的努力之下，这幅图案最终得以完整无缺地呈现在大家面前。这一发现填补了我们正在研究的一系列宇宙信息的重要空白。而这些信息正是史前时期来到我们太阳系，又消失于地球周边的外星人留下的。根据地球上的纳斯卡巨画，在月球上H.G.威尔斯[①]陨石坑一带沙子下发现的图案，小行星灶神星、爱神星、伊卡洛斯、谷神星，以及不复存在的巨型小行星的碎片上镌刻的零碎图案……再加上这次在火星上的发现，我们就能从更为宏大的层次上理解外星人遗迹的意义了。”

“也就是说，外星人留下的信息已经破译出来了？”

“不，离完全破译仍然还有很长的路要走。现在顶多也就破译了15%到16%。在过去几年中，有位叫米莉森特·威廉的宇宙语言学家一直在月球上的研究所致力于这项破译工作。从某种程度上来说，她可以算是个天才。因为这次在火星上的发现，她的工作再度取得了重大进展。这表明，对于外星人来说，木星周边区域曾经有着非常重要的意义。”

“您指的是木星的卫星？”英二望向小会议室里悬挂着的木星卫星配置图说道，“4颗伽利略卫星的表面状况都很糟糕，我们不能指望在它们上面找到多少外星人留下的痕迹。木卫一……你懂的，从遍布硫黄的地下、熔化的硫黄海洋中，经常会喷发出夹杂亚硫酸和硫化氢的熔融状态的硫黄。木卫二、木卫三和木卫四的表面也都覆盖着厚厚的冰层，冰层的下方则是融化后的水和碎冰，即使外星人走前真的留下了什么，过了10万年后估计也早就彻底湮灭了吧。五六年前，在较外侧的木卫十一、木卫十二上也曾经发现过疑似外星人留下的痕迹，这些你们都调查过了吗？”

①H.G.威尔斯（1866—1946）：英国小说家、新闻记者、政治家、社会学家和历史学家，代表作有《时间机器》《星际战争》等。——译注

“暂时还没有……”伯纳德博士略显苦恼地摇了摇头，“当然报告我们已经收到了，但实在没有精力顾到那么多。太阳系……我不知道对于你们来说是什么感觉，但对我们来说，它实在太大，大到让人犯怵。而我们这些太空考古学专家的数量又非常少。非但如此，太空考古学这门学问本身还很年轻，资金也不是很充足。”

“这项工作的确太难了……”英二点头道，“您刚才说……木星附近对外星人来说意义重大，这是什么意思？莫非轨道最内侧的木卫五上有什么？”

“不，不止于此……”博士吞咽了一下说道，“米莉[1]·威廉应该还没有完全搞清楚真正的含义，但她在破译时有着一种独到而敏锐的直觉。她刚开始破译火星图案时，就与身在小行星谷神星的我紧急取得了联系。在我亲眼看到火星图案之前，我就咨询了你的老板韦伯。在他的建议下，我先赶到了这里。事实上，在木星的大气层中，可能隐藏着对他们这些外星人来说意义重大的东西。”

“居然……是在木星的大气层中！”英二不由得皱起了眉头，“博士，您知道木星的大气层有多恐怖吗？在木星的大气层里存在着氢、氦、氨、甲烷、硫化氢、冰块等很多层，每层的厚度都超过了1000千米，各层又以每秒高达几百米的风速向着上下左右疯狂侵袭。大气层里面还存在着地球上绝对无法想象的剧烈的雷暴……因为重力太大，所以大气层底部的温度和压力也异常恐怖……距离大气层表面1000千米处的温度甚至超过了2000摄氏度。云层表面往下300千米到320千米的地方，就是我们能进行作业的极限深度。”

“我明白……”博士似乎有些难以启齿地说道，“不过，米莉说……在那个大气层中，有可能还留存着外星人曾经乘坐过的飞船。这艘飞船的体积非常庞大，甚至称之为城市也不为过。他们就是搭载这座‘城市’，从银河系的某个地方一直飞抵我们的太阳系，然后将飞船送入木星的卫星轨道，并将其作为他们的基地，从此开始了对太阳系的探索和开发。然而某一天出现了某种意外，他们宝贵的基地被木星的大气层吞噬。基地外的外星人也曾数次试图将它营救出来，但最终没有成功。于是剩下的外星人不

---

① 米莉：米莉森特的简称。——编注

得不乘坐其他小得多的飞船，移居到位于木星内侧的另一颗行星——火星上，后来又来到了地球和月球。这就是米莉的解释。”

“所以，您的意思是，想让我们帮忙去寻找那艘外星人10万年前乘坐过的、目前可能仍被遗弃在木星大气层中的飞船？”英二的眼神瞬间变得犀利起来，“博士，您该不会想要我们停止‘JS计划’吧？”

伯纳德博士略显忧郁地点了点头，说：“如果不停止……或者暂时中断‘JS计划’，你能否调拨给我们一些人员和器材，以便我们进行紧急调查？”

“本田主任，请立即到迎宾室。”就在这时，广播里传来了一个声音。

3.“木星太阳化计划”

“欢迎大家来到木星地区！”皮肤黝黑、手脚好似豹子一样敏捷的布克·拉法耶特，此刻正露出满口白牙，微笑着对正在迎宾室里休息的调查团说道，“欢迎来到密涅瓦基地！如果各位还不太累的话，那就让我来给大家简要介绍一下我们这个基地及‘JS计划’的一些情况吧……”

密涅瓦基地是一个长2000米、直径为450米的圆筒状人造天体，此刻，正有4辆竖井车行驶在它的长轴方向上。英二拦下了其中的一辆竖井车，然后和伯纳德博士坐了进去。

“我一会儿在中途下车，您可以一直坐到终点，在终点下车后，旁边就是长途通信室。”

“我还有很多话要和你说，英二。”伯纳德博士有些为难地说道。

“确实有必要好好聊聊……”英二按下目的地的按钮，然后启动了车辆，同时用略显生硬的声音问道，“您打算在基地待到什么时候？”

“我打算搭乘下一班飞往地球的航班离开。我会去趟月球，拜会下你的老板埃德·韦伯。”博士闭上双眼并用手指按压着自己的眉心，然后又说道，“而且……我打算请你一起去……”

“叫我一起去？”英二略显诧异地问道，“可是，我……”

“关于那件事，我打算和埃德好好谈一谈。”

就在这时，英二的目的地到了，竖井车缓缓停了下来，车门随即打开。

但英二没有马上下车，而是在座位上又稍稍坐了一会儿。

“不管它了……”英二小声说道，“那就让我们再聊一会儿吧。”

下车后，英二没有立即离开，而是在原地目送着竖井车渐渐远去。这时，英二听见头顶上方有人在喊自己，于是便抬头向上望去。只见公关科的一个人正在头顶斜上方朝他挥手。

英二这才抬起脚步，沿着圆柱形的通道向迎宾室的入口走去。

“布克正在给调查团介绍相关情况。”公关处的那位职员说道。

“经过这么长时间的旅行，想必调查团的人都累坏了吧？”英二在门口问道。

“他们全都精神着呢。现在的宇宙保健医学可真是不得了。他们离开飞船之前，肯定服用过疲劳恢复剂，或是吃过什么适应低重力的药物吧？”

“要是他们能感到些许疲劳就好了……”英二嘟囔着打开了迎宾室的门。

“或许各位都已经大致了解过了，不过出于慎重起见，还是让我再给大家介绍一下‘JS计划’推进机构吧。J是Jupiter的首字母，代表的是木星，而S是Sun的首字母，代表的是太阳……”

在宽敞的迎宾室内，布克正指着从天花板上垂下来的半透明电致发光（EL）屏幕上显示的“JS计划”组织结构图，用简洁明快的语言给调查团的成员们做着介绍。在屏幕的右下角可以清楚地看到代表“JS计划”的符号。

“‘JS计划’，即‘木星太阳化计划’，是由世界联邦总统府直属的太阳系开发机构（SSDO）负责推进的一个重要项目，由SSDO的下属机构——外行星开发机构（OPDO）直接管辖。OPDO目前的办公场所位于火星上的伊西斯地区，‘JS计划’推进总部就隶属于这个机构。我们现在所在的密涅瓦基地位于木星的密涅瓦轨道上——这是位于木卫二和木卫三之间的一条卫星轨道。密涅瓦基地进行‘JS计划’相关基础研究和调查，以及可行性研究，也就是说，密涅瓦基地承担着‘JS计划’最基础的相关工作……”

这时，布克正好瞅见了从迎宾室后门走进来的英二，于是略显夸张地伸手指向英二道：“大家请注意，现在走进来的这位就是‘JS计划’的调查主任，也是本基地的最高负责人本田英二博士。现在有请本田博士。”

“欢迎大家来到密涅瓦基地。”英二一边向布克走去，一边微笑着和听众们打招呼。

在迎宾室最偏僻的角落里坐着四个年轻人，他们看起来与调查团的其他人格格不入。待到英二进来后，四人中那个留着一头金色长发、身材苗条的女孩，不知为何突然垂下双眼，故意不去看他，而且还将麂皮帽的边沿深深拉下，遮住了自己的大半个脸。不过英二并没有注意到这一点。

英二站在布克旁边，深深地吸了一口气，脸上再度堆满了笑容。

“虽然我在太空已经生活了很久，但是一见到带着浓浓的地球气息而来的大家，我的思乡之情还是立刻被勾了起来。”

“主任可真能瞎掰。”站在门口的公关处职员对另一个人苦笑着小声说道。

“他明明是在火星上出生，在火星上长大的，压根就没怎么去过地球。”

“接下来，我会带大家参观密涅瓦基地，让大家亲眼看看我们究竟在干些什么。不过，在此之前，我还是想先给大家简要介绍我们的‘JS计划’。”

英二伸出手指，轻轻点了一下EL屏幕底部浮现出的按钮“10”。太阳系开发机构的组织结构图随之消失，取而代之的是从木星的北极方向拍摄到的影像。这是在地球上绝对无法看到的呈半月形的木星。

在极夜的部分，甚至可以看到微弱的极光。

“你好，我可以问个问题吗？”一位皮肤黝黑、长得像地方农场主的绅士举起了手。

“刚才，在屏幕的右侧浮现出来的那个奇怪的符号是什么？”

“啊，您说的是这个吗？”英二指着屏幕右下角的符号问道。

“这是代表整个‘JS计划’的象征符号。♃是代表木星的天体符号，⊙则代表太阳。您应该在占星之类的地方看到过这个吧？我们把这两个符号组合起来，作为‘木星太阳化计划’的象征符号。而旁边的这个图案，代表的是本计划正式启动的2100年，以及预计实现该计划的年份，即2140年。”

英二说着，将手放在了站在旁边的布克的肩膀上。

“设计这个符号的人，就是刚才为大家讲解的这位布克老兄。他不仅是一名优秀的研究员，同时也是一名优秀的设计师。各位将从我们基地带回去的小册子和纪念品也都是由他设计的。”

迎宾室内顿时响起了一阵稀稀拉拉的掌声，布克黝黑的脸上不由得露出了羞涩的笑容。

“我也可以问您一个问题吗？”随着一个略显尖细的声音响起，一只小而苍白、布满皱纹的手举了起来。

“您请讲。”英二冲着这位身材瘦小、皮肤苍白的老妇人微笑着说道。

“为什么你们这些人要把木星变成太阳呢？难道你们要彻底烧掉一颗如此美丽、如此巨大、如此了不起的星球吗？”

迎宾室后侧区域的气氛顿时变得紧张起来，而前面传来了一阵轻微的笑声。

英二略显尴尬地看向布克，而此时布克也正向他看来，于是他轻咳一声后说道：“您这个问题问得非常好。这位夫人……”

“请叫我小姐……”身材瘦小的老妇人用颇为坚定的口吻说道，“请叫我韦恩小姐。”

“对不起，韦恩小姐……您正问到了点子上。那么接下来就让我给大家解释一下这个问题吧……各位，请到这边来……”

英二触摸了一下EL屏幕。随着图像的消失，屏幕再度缩回到了天花板上方，正前方的一面墙壁也随之升起，露出了对面一间屋顶很高的大厅。

调查团一行人无不被这间大厅的宽广所震撼，纷纷从椅子上站起身来，向前方拥了过去。

当英二带着大家走向这间大厅时，他眼角的余光正好瞥到了坐在迎宾室最后面的那四名年轻人。此刻，他们正把脸凑在一起，看着一个小册子模样的东西，好像在偷偷摸摸地交谈着什么。这时，其中一人似乎察觉到了英二的目光，于是对其他人耳语了几句，四人随即站起身来。

“请看那边。”英二走到环绕这间大厅的回廊上，指向下方约4米处的中央楼层说道，“正如各位看到的，那个就是太阳系开发机构的象征——太阳系仪。”

大厅整体呈圆柱形，直径约40米，高约10米。大厅周围环绕着两层回廊，迎宾室的正面墙壁正好与大厅二楼的回廊相连接。

大厅的外围是一个直径达58米的粒子加速器用的粒子存储罐，而大厅正是利用这个存储罐的中央空间建造而成的。在这个到处都是机器的密涅瓦基地里，这里意外地宽敞，内部装修也非常漂亮，很适合休闲放松，正好为在基地工作的450名工作人员提供了一个绝佳的休闲广场。

在大厅中还有一个比中央楼层低约1米、直径15米左右的圆形空洞，里面放置着一个非常漂亮的金属制太阳系仪，实时显示着太阳及其八大行星的相对位置。

太阳系仪周围还有一些小的喷泉、会活动的雕塑、采用多色全息投影的“光雕”，且各处都栽有绿植。在密涅瓦基地工作的男男女女此刻正围坐在几张桌子旁，或是一边喝着饮料，一边小声交谈着，或是深情地相拥着。

“大家想必也都知道，自从进入22世纪以来，生活在地球之外的太阳系宇宙空间的人口已经超过了4亿，而且很快就将达到5亿。当然，与地球上的185亿人口相比，这个数字不值一提。”英二单手扶在回廊的栏杆上，说道，“不过，太阳系宇宙空间对于整个人类的意义正在与日俱增。实际上，在过去的3/4个世纪里，基础科学领域的重大发现和应用技术领域的划时代创新，有70%以上来自地球以外的宇宙空间。因为，在这片新天地中，有许多聪明的头脑——尤其是年轻的头脑，一直在不知疲倦地拼搏和努力着……”

“比如说，像你这样的年轻帅哥。”韦恩小姐又用她那尖细的声音说道。顿时，在调查团一行人中爆发出了一阵哄笑声。

英二的脸不由得有些发红。他挠了挠耳朵后的头发，继续说道：“不仅如此，今天地球上所消耗能源的40%都来自宇宙空间。想必大家也都知道，这些能源来自戴森装置收集到的太阳能。此外，地球上使用的大量具有极高附加值的精密工程产品、高纯度物质和特殊合成物，也都是在太空工厂生产出来的。太空有地球上无法模拟的真空和失重环境，而且它广袤浩瀚，无须像在地球上那样担心会破坏生态环境……这就是在太空生产的巨大优势。

“此外，可能大家还不知道，现在我们已经可以利用丰富的能源和无病虫害的环境，在地球周边的太空农场中生产出各种高级农产品和营养物质，然后大批量地供应给太空，以及地球。”

“这个我知道，”一个皮肤黝黑的男子皱着眉头小声说道，“不过，对我们这种传统农场的经营者来说，这并不是一件好事。”

“的确，直到21世纪下半叶，人类在太空中的死亡率依然高达地球上的10倍以上。不过，随着宇宙保健医学的不断发展，尤其是使用了基因工程的适应性医学的迅速发展，人类在太空中的死亡率目前已经降到和在地球上差不多了。太阳系宇宙空间已经发展成可以为人类提供各种丰富的产品、孕育着巨大机会的广阔空间……”

“霍贾·金上尉……霍贾·金上尉，请立即到B会议室来。”大厅中突然响起了一阵广播声。这阵广播声让英二想起了他那位即将前往太阳系冥王星轨道外侧并将停留两年之久的朋友。

“霍贾·金上尉……井上博士正在等你。请马上到B会议室来。”

“对了……”英二抿了抿嘴唇，似乎刚刚回过神来，“从21世纪末以来，太阳系的人口已经从地球附近陆续迁往更为遥远的外行星。今天，我们不仅在木星周围，在土星、天王星、海王星甚至冥王星的周边和轨道上，都建立起了用作研究和太空航行的基地，现在有很多人在那里工作……”

“他们在那里具体干什么工作呢？”

“一是天体物理学方面的研究，二是恒星间的星际旅行，为我们人类全面走出太阳系做准备。”

调查团一行人顿时陷入了沉默之中。一瞬间，他们看英二的眼神似乎有些异样，就好像在看来自太阳系外的外星人。

英二在回廊里来回走动着，似乎想要摆脱那种目光。

“但是，外行星区域与地球或金星周边的情况有所不同，在能源问题上存在着决定性的弱点。各位请看——”

英二说着，指向位于大厅中央的太阳系仪。

“这是因为，与地球相比，每一颗外行星距离太阳都过于遥远。木星与太阳的平均距离约为7.8亿千米，大约是地球与太阳之间平均距离的5.2倍。土星距离太阳的距离更加遥远，是地球与太阳之间平均距离的9.54倍。所以，木星附近能够获得的单位面积太阳能，仅为地球表面的1/27。土星附近能够获得的单位面积太阳能更是仅为地球表面的1/90。因此，我们在20世纪下半叶往木星和土星发射的‘先锋号’和‘旅行者号’探测器使用的并不是太阳能电池，而是核能电池。即便在今天，比木星更远的太空基地和去那儿的飞船的动力也依然完全依赖于氢和氦-3的核聚变能源。但这些设备本身过于庞大且造价昂贵，寿命也不长，因此一旦我们的探测范围超出木星周边，能源的使用成本将会呈几何级增长。”

“原来如此……”调查团中一位银行职员模样的中年男子点了点头说道，“所以才要把木星……”

“嗯，您说得没错。”英二再次向前方的门走了过去，“木星是太阳系中最大的一颗行星，从它的质量、内部温度和压力数值来看，都非常接近一颗小的恒星。所以早在150年前的20世纪70年代，就有人设想将木星变为‘第二个太阳’。而到了21世纪下半叶，这个设想再度被人们认真提起。”

4. 破坏分子

“卡洛斯！”这是一间从天花板到墙面遍布各种各样的机器和管子的房间。英二一踏进这个房间，就冲里面大声喊道：“卡洛斯！你在哪儿？快点给我出来！”

从大厅到这个房间只需经过一条短短的走廊。此时，跟在英二身后走进来的31名调查团成员，正呆立在房间中央一块略大的空地上，环视着那些看起来很复杂且巨大无比的机器和设备。

他们正前方放置着一个直径为四五米、高约15米、整体被涂成浅绿色的巨大储物罐，从它下面爬出一个留着一头栗色头发、蓄着栗色胡须、身材矮小的青年。他上身穿着一件黑色的短袖衬衫，下身穿着一条沾满油污的牛仔裤，脚上则是一双到处都是小洞、脏兮兮的浅灰色运动鞋，一看就知道颇有些年头了。青年那浅棕色的眼睛看起来有些神经质，不过眼神异常清澈且坚毅。

“我来给大家介绍一下。”英二对调查团一行人说道，“这位是卡洛斯·阿尔瓦雷斯。他是‘木星太阳化计划’中最重要的环节——反应过程的研究主任。他是基本粒子工程学，还有超级基本粒子方面的专家，曾获得过5项物理学大奖，包括恩里科·费米[①]奖和汤川[②]奖……”

“哎呀呀！”身材娇小的韦恩小姐向前略走了几步，下巴上扬，仰望着卡洛斯的脸说道，“也就是说，你就是那个想要烧掉我们美丽木星的人！”

“那个，请稍等一下……”卡洛斯像要辩白似的上下挥舞着双手，“怎么说呢……虽说是要把木星太阳化……但并不是要在木星内部突然引发类似太阳内部那样的质子反应和核聚变。从木星核心区域的温度和压力来看……这也是完全不可能实现的……搞不好还会发生爆炸……”

---

① 恩里科·费米（1901—1954）：美籍意大利裔物理学家、美国芝加哥大学物理学教授，被誉为“原子能之父”。——译注

② 汤川秀树（1907—1981）：日本理论物理学家、理学博士，日本首位诺贝尔奖得主。——译注

卡洛斯结结巴巴地解释着，但韦恩小姐似乎对他的话不怎么感兴趣，而是向他越走越近，突然把手伸向了卡洛斯的脸，卡洛斯被吓得赶紧向后退去。

“来，用这个擦擦脸，小帅哥。”韦恩小姐将手中的手帕按在了卡洛斯的鼻尖处，“你的脸上都蹭上油污了！”

调查团一行人顿时又是一阵哄笑。卡洛斯从小个子老妇人的手中接过手帕，他那张长有淡淡雀斑的脸顿时涨得通红。

“谢谢。”卡洛斯用手帕擦着脸，用蚊子般细小的声音说道。

英二哧哧地笑着，随即按下按钮，把EL屏幕从天花板上放了下来，然后把一支投影笔递到了卡洛斯的手上。

身材高大的霍贾·金身着一套非常合体的黑色宇航服，正从英二的房间大步流星地赶往相距20米的B会议室。他那笔直的身影宛如一条黑色皮鞭，坚韧而强健。

在会议室里等着他的，是密涅瓦基地太空航行控制室的秃头主任，以及一位气质沉稳、长相端正的学者。从外形上来看，学者应该是东方人，头发花白，年龄50出头，身材魁梧，几乎和高大的霍贾·金不相上下。

“我是霍贾·金上尉。”霍贾·金把脚后跟轻轻并拢，然后伸出手去。

“我叫井上龙太郎。”长相端正的学者用低沉的声音回应，紧紧握住了霍贾·金的手。

“这次旅行会非常漫长，单程就将超过10个月，一路上还请多多关照。”

“彼此彼此，也请您多多关照。”

“厉害了，居然是位帅哥教授。”霍贾·金在握手的同时也在心中默默地感叹道，“真没想到，和英二一样同为日裔的人当中，还有如此出众的人物，感觉就像一位英国贵族。女学生们在上他的课时能静下心来吗？”

“金上尉，你已经去过冥王星轨道外侧好几次了吧？”井上博士微笑着说道，“我听闻你对操作核聚变火箭非常有经验。”

“话虽如此，但我最多也只去过距离太阳大约10亿千米远的地方。”霍贾·金竟一反常态地不好意思起来，“但这次的距离要远差不多1000倍，单程就有1万亿千米。0.1光年的距离对我来说还是头一次。”

“要不我先把导航计划大致介绍一下？或者让井上博士为金上尉介绍

一下这次的任务？”控制室的主任插话道。

“那就先大致了解一下路线和这个计划吧。”井上博士说着，示意让霍贾·金在他旁边的椅子上坐下。

“关于本次调查，我后面还有足够的时间可以向金上尉介绍。”

“明白。”控制室主任点了点头，随即拉起桌上的视频面板。

“‘太空之箭号’将于太阳系标准时间4点20分出发。飞船3点00分就会从C6甲板起飞，所以请一定不要迟到。土星和天王星目前的位置距离我们都刚刚好，所以我们可以搭上前往土星的顺风车轨道，以每秒400千米的太阳系相对速度从天王星公转轨道后方120万千米处经过。届时，飞船将在天卫四的轨道补给基地进行最后一次燃料加注。一旦离开天王星的轨道，大家就会进入冷冻休眠的状态。我们暂且先把冷冻休眠的时长设定为9个月……”

在控制室主任讲解时，霍贾·金突然莫名地感到一阵眩晕。

1万亿千米……那就是0.1光年……真的太远了……

霍贾·金突然想起了自己在火星上的埃律西昂区[①]小学上三年级时的一件事。那天，年轻的女教师把全班同学都带到了体育馆，并从盒子里拿出一个直径约1.5厘米的塑料小红球，然后对同学们说道：“同学们，这就是我们的太阳。当然它的大小只有真正太阳的千亿分之一。现在，就让我们按照这个比例，把太阳到各个行星之间的距离在地板上画出来怎么样？”

老师把小红球放在体育馆的正中央，孩子们则用卷尺和小型计算器按照千亿分之一的比例，计算出了太阳系八大行星和矮行星冥王星的轨道位置，并将它们相继画在了地板上。

水星的轨道位于这个直径1.5厘米的小红球中心往外58厘米的地方。

“其实行星的轨道都是椭圆形的，其中冥王星的轨道更是近日点和远日点相差达29亿千米的扁平椭圆形……不过，这次大家还是先按照平均轨道来画吧。”老师对大家说道。

金星的轨道距离小红球只有1米略多一点，而地球轨道则是一个半径为1.5米的圆。当画出半径为2.3米的火星轨道时，这些在火星上出生和长

① 埃律西昂区：火星埃律西昂山南方赤道上的宽阔平原，又称极乐平原。——译注

大的孩子们立刻都鼓起掌来。

大家跳过小行星，在距离太阳7.8米处又画出了木星的轨道。当画到土星的轨道时，孩子们都不由自主地屏住了呼吸，土星轨道的半径达到了14.3米，几乎是木星的两倍。而天王星的轨道半径为28.8米，海王星的轨道半径则为45米。最后是冥王星，其平均轨道半径居然达到了59.1米，甚至已经超出了这个长120米、宽100米的体育馆范围。尽管如此，霍贾·金还是气喘吁吁地走向墙边。途中，他突然想要把轨道画成一个连接冥王星远日点和近日点的椭圆。

冥王星的远日点超过73.8亿千米，近日点也超过44.4亿千米，当它接近太阳时，它就会进入内一圈的海王星轨道的内侧。

即便如此，要达到相当于冥王星远日点千亿分之一的73.8米多的距离，也必须要从体育馆的一个门走出去，穿过走廊，再往仓库里走上10米才行。

在远处的体育馆中央，女老师和同学们看着霍贾·金愣头青似的做法，都不由得笑了起来。也不知道女老师蹲在地上究竟做了什么，那个代表太阳的小红球——从霍贾·金现在所处的位置已经无法再看到的小红球，突然发出了红色的光芒。

"你能看得到吗？"女老师用手做喇叭状，向他大声呼喊道。

"看得到——"霍贾·金大声回答，朝老师的方向挥了挥手。

当霍贾·金向着发出红色光芒的"太阳"走去，再次走进体育馆时，年幼的他一次又一次地眺望着体育馆宽广的空间中所描绘出的各个行星的轨道。

"真的好大啊……不过，真正的太阳系还要比这个大1000亿倍。"他不禁喃喃自语，"太阳系的行星，居然就这么稀稀拉拉地散落在如此浩瀚的太空中……"

而现在，霍贾·金一边听着控制室主任的解释，一边回想着他那间火星小学体育馆的大小。

"从现在开始，我必须飞1万亿千米的距离。如果和体育馆中那个太阳系一样，也使用千亿分之一的比例尺……那大概是多少距离呢？"霍贾·金在心里默默计算着。

"是10千米。我居然要前往一个距离体育馆中央那个发出红色光芒的'千亿分之一小的太阳'10千米远的地方！"

“木星也被称为‘没能成为太阳的行星’……”

在堆满了各种设备的超级基本粒子工程学实验室的一个角落里，卡洛斯将木星的横截面图投影到EL屏幕上，认真地给调查团一行人做着讲解。

“这颗巨大行星的直径是地球的11.2倍，质量更是达到了地球的318倍。光是这一颗行星，其质量就占到了太阳系全部行星质量总和的70%以上。即便如此，它的质量也只有太阳质量的千分之一……不过，如果木星的质量达到了现在的10倍左右，那么在它的内部就会爆发核聚变反应，从而使其变身为质量最小的一类恒星。”

卡洛斯用激光笔点了点木星的横截面。横截面开始发出3层不同颜色的光芒。

“木星大气层的主要成分是氢和氦，此外，其中还飘浮着甲烷、氨、硫化氢、水等形成的云团。木星大气最外层的温度约为零下120摄氏度，但从大气表层往下1000千米左右，温度和压力都会急剧上升。到了距离大气表层约2万千米处，也就是距离木星中心约5万千米处，由于高压，氢气会瞬间金属化并开始高速旋转，从而产生强度相当于地球磁场1万倍的强磁场。”

“氢气会金属化，这是什么意思呢？”调查团中一位身材肥胖的妇女小声问道。

“这个……我也不太懂。”她旁边的一位老人摇了摇头道。

“在木星中心处，有一个半径约1万千米的核，其表面的绝对温度约为5万开尔文[①]，压力约为4000万个大气压，如果继续往里去，接近重力中心附近，温度甚至会达到150万到200万开尔文之间，压力也将超过1亿个大气压。太阳内部的平均温度为400万开尔文，中心温度约为1700万开尔文。因此，只要把木星中心的温度人为地提高到目前的4到5倍，就有可能在此处引发质子-质子的核聚变反应[②]。

“我听说，你们为了提高温度，正在考虑向木星投掷氢弹！”调查团中的一名女子用尖厉的声音高喊道。这句话顿时让整个调查团都骚动了起来。

一时间，调查团中既有窃窃私语的人，也有因情绪激动而声调越来越

① 开尔文：热力学温度单位，也叫绝对温度，0开尔文为零下273.15摄氏度。——编注

② 即质子-质子反应，4个氢核聚变为1个氦核的一系列热核反应过程，是小光度、低质量的主序星的主要能源。——译注

高的人。为了能让他们尽快安静下来，英二不得不全力安抚他们的情绪。不过，英二突然发现，调查团中某些人的动作似乎和其他人颇为不同。

“好了，好了，请各位安静一下……”卡洛斯涨红了脸，满头大汗地抬手示意道，“刚才那位女士说的，不过是50年前的一个糟糕透顶的笑话罢了。要向木星中心区域投掷氢弹，在现实中根本不可能。因为木星内部的温度和压力都非常高，氢弹估计还没到达中心区域，就已经被彻底分解了。”

“那么，你们打算怎么做呢？”调查团中一位年龄最大的老人平静地问道。

“‘JS计划’——实际上，‘木星太阳化计划’这个名称也很容易引起误解。所以我个人认为还是换一个说法更好。为了在木星中心区域引发核反应，我们主要利用的是中微子这种基本粒子。中微子的质量几乎为零，很难与其他基本粒子发生反应，所以在正常情况下，它可以轻松贯穿一颗和地球差不多大小的行星。然而自21世纪下半叶以来，随着统一场论①的大获成功，超级基本粒子工程学开始在太空中迅速发展起来。依靠这门学问，原本难以控制的中微子也随着中微子学的进步开始变得能够为我们所用。在‘JS计划’中，我们将使用3种中微子中质量较大的那一种。此外，作为基本粒子的夸克粒子群中质量较大的粲夸克和底夸克也会被用于辅助性的工作。”

卡洛斯再次将激光笔指向EL屏幕，于是在木星图像周围又出现了一些小的光点。

“目前，在木星周围，一共有46个实验用粒子加速器在沿着椭圆形的轨道运行。带电粒子束在这些设备之间会被不断加速。如果是在地球上，为了避免带电粒子与空气中的分子发生碰撞，必须建造一个巨大的隧道，使其内部形成高度的真空，但在太空中没有这种必要。木星的强磁场和辐射带也被设计用来进行这项实验。当该计划被正式付诸实施的时候，设备的数量还将再次翻倍，而轨道半径则将进一步缩小。简单来说，这些设备既是粒子加速器，同时，它们中的每一个也是可以发射高能量中微子或反

①统一场论：从相互作用是由场（或场的量子）来传递的观念出发，统一地描述和揭示基本相互作用的共同本质和内在联系的物理理论。——译注

中微子的‘枪’，可以各自瞄准木星中心区域，射入中微子束，并将引发的核反应能量……”

卡洛斯话还没有说完，调查团的后方突然爆发出一阵激烈的骚动。

那个漂亮的年轻女孩和其他三名年轻人正举着可折叠的标语牌，大声喊着口号。

“坚决反对‘JS计划’！”

“保护木星！”

“别让人类肮脏的手伸向太空！”

“让人类远离太空！”

他们大声嚷嚷着，挥舞着可伸缩的铁棒，疯狂地砸向周围那些机械和实验设备。

5. 重逢

“我可以发誓，那群疯子加入调查团的手续，并不存在任何问题。”担任调查团团长的世界联邦众议院议员焦急地摆手道。

“我想也是。”英二舔着因制止那些年轻人而被金属片割破的指关节，若无其事地回答道。

“这帮人应该是某个很有影响力的宗教联盟的代表。”调查团里一位上了年纪的向导擦了擦汗，一边翻阅文件一边说道，“不过，这四人中的三个人，即其中一名女性和两名男性用的都是假名。我们现在正试图与地球那边取得联系，不过从我们目前的位置，要想把信息发往地球，单程也需要花费1个小时以上……那帮家伙说他们是朱庇特教团的成员。”

“朱庇特教团？”

英二正让人给他被抓伤的太阳穴上药，不由得皱起了眉头：这个名字我好像从未听说过。既然名为朱庇特教团，那就是说他们崇拜的是木星喽？所以为了反对“木星太阳化计划”，才特意大老远地跑到这个基地来？

“年轻人的情况我了解了……不过那个精气神很足的小个子老妇人又是怎么回事？”英二问道。

“哦，你说的是韦恩小姐吧？那个老妇人……她和他们不一样。韦恩小姐和那些年轻人没有任何关系。”

“可是，他们刚才明明合起伙来，将这里搞得一团糟。”英二指着刚涂上药的太阳穴说道，“这个抓伤也是拜那位老太……韦恩小姐所赐。她甚至还把布克抓伤了。”

“她是位名人——”众议员皱了皱鼻子，一边挠着头一边摇头道，“她担任某个动物福利组织的顾问，她已经去世的老父亲也曾是这一组织的理事。不过她父亲是被她硬拉过去的，并不是那么情愿。但最要命的是，她特别喜欢猫和狗，一看到猫就像丢了魂一样，她甚至把自己家附近整条街上的流浪猫都捡了回去。”

“于是，她的爱心也泛滥到了木星上？她难道一点也不担心她养的那些猫吗？”英二不无讽刺地说道。

“她又不是自己养。”众议员的表情变得越发苦涩起来，“她把猫捡回来就送给了亲戚朋友们。她是一个非常极端的人，为了把建设流浪猫收容所的费用纳入地区预算，竟然在我所属的地区议会召开会议时，将50只猫丢进了会场内，搞得现场一片混乱。”

“真有她的！”英二哧哧发笑道，“然后呢？是不是她被当场逮捕，通报批评？”

“谁敢逮捕她啊！她那有权有势的老爹就她这么一个宝贝女儿。反倒是议会服软了，最后不得不把附近一座带古堡的岛屿改造成了流浪猫收容所……去他的！那原本可是归属于我的岛啊！我本想在那儿建一幢带游艇码头的别墅，却遭到了这个老妇人的强烈反对。理由是那里是海龟的产卵地。从此之后那块地就被她盯上了，最后只能免费并无限期地借给了地方政府，就为了她的那些猫！那群畜生真是让我恨得牙痒痒！要是哪天猫和海龟大战三百回合，一起走向毁灭才好。”

“如果正好相反，猫和海龟坠入爱河，海龟猫这一新物种大面积繁衍起来的话，你又该如何是好？”英二憋着笑说道，“不过，你们那儿的地区议会也真是没用啊。”

“毕竟，这位韦恩小姐在我们那儿势力大得很，那个动物保护团体的组织也遍布全世界。所以每次选举的时候，我都会面对一大堆的麻烦事。”众议员无奈地耸耸肩说道。

“老妇人做事只由着她自己的性子来。她反对所有新文明的产物，自己却住在带自动扶梯和全自动空调的豪宅里，还能把‘克莱斯勒’悬浮车开出250千米的时速。”

“我懂了。她那抓人和咬人的高超技巧，原来是跟猫学来的……”英二看着浑身贴满创可贴的布克走进来，不禁喃喃自语道，“可是，她为什么要来木星？猫和木星难道有什么关系吗？”

“这个嘛……”众议员朝屏幕上的木星影像努了努嘴，意味深长地笑了，“我猜是因为木星的彩色照片让她想起了不久前死掉的那只她最心爱的流浪猫。那是一只肥滚滚、令人讨厌的棕色虎斑公猫……”

“韦恩小姐已经睡着了。”布克说，“她可算是睡着了。给她喝了掺有镇静剂的牛奶。”

“等她醒来后，再给她点猫粮吧。”英二说，“如果咱们基地有的话。”

这时，两名保安走了进来，他们平时都是负责仓库和维修工作的。他们将破损的标语牌和粗制滥造的武器一并放在了桌上。

“那帮家伙终于老实了。”其中一名保安说着，用手背擦拭脸上的汗水，顺便将垂下来的头发撩了上去，“好像没必要给他们注射镇静剂。他们虽然一个个地都板着脸，但看起来似乎并不打算保持沉默。”

“本来在太空港都已经检查过一遍了，但没想到他们还是偷偷携带了武器。”看到英二走向桌旁，负责向导的老人在他身后战战兢兢地说道。

“最近的检查都不过是走个过场而已。毕竟太空早已承平日久，几乎没有任何犯罪活动。”

英二从桌上拿起一根可折叠的超硬质合金棒，然后将其折叠并收缩。缩短的合金棒顿时变成了一支长约10厘米的圆珠笔，只是看起来比普通的笔要略粗一些。

“而且，我觉得这玩意儿也很难被称为武器或者凶器。”

英二扫了一眼用薄钢片做成的标语牌，然后将圆珠笔塞进了胸前的口袋里。

“不过，基地研究部门有很多精密设备都直接放在了外面，有些设备甚至徒手都可以砸碎。”

这时，旁边的呼叫蜂鸣器响了起来。

英二按下通信器的开关，问道：“损失情况都清点好了吗？”

“都清点好了。现在就上传到屏幕上。”通信器中传出修理人员的声音。

英二看着面前EL屏幕上显示的中微子工程学研究室的惨状，以及画面上不断打出来的符号和数字数据，不禁咋舌道：“看来，损失比想象中的还要大。”

一般来说，为了防备与陨石和太空航天器相撞等可能发生的事态，人造天体内部的设备都会做得轻巧且结实。不过，研究室内的不少机器都被打开了，还有些精密部件正放在工作台上等待组装，因此，一些昂贵的零部件和材料都遭受到了非常严重的破坏。

而且，这帮人没有选择在宽敞、有坚实的墙壁环绕的地方，而是特地选择在狭小、易破坏的地方突然出手。他们似乎事先对行动结果进行过非常细致的调查。除他们之外，调查团的其他27名成员都是地球上的普通人，且大多上了年纪。因此，他们这么一闹，其他人自然会被吓得不轻，从而陷入恐慌之中，导致周围机器遭受到的破坏和受伤人数都进一步增加。

报告数据显示，有六名调查团成员和四名基地成员受了轻伤；此外，还有三名调查团女性成员因受到过度的惊吓而晕倒。

非但如此，朱庇特教团的那帮年轻人还肆意乱拧、乱按、击打旁边各种把手和开关之类的东西。最重要的一些东西自然设置了双重或三重的保险，但有人把玻璃柜打碎后又按下了紧急排出开关，导致部分药品被排放到了基地外部。还有两个布线系统也被以奇怪的方式缠绕在了一起，稍有不慎就会酿成重大事故。看来，即使今后再有调查团从地球过来，也决不能再让他们参观过于敏感的核心部分了。

“全部修复大概要花多长时间？四五十个小时够了吗？”英二向修理人员问道。

“估计需要60小时以上。”修理人员回答道。

“卡洛斯的伤势怎么样？”

“没什么大问题，就是额头上肿了一个大包。”

“那就找个谁，去亲亲那个包。”英二说着，结束了通话。

“你们打算向议会索赔吗？”众议员问道。

“我们会向联邦安全局报告，但不会向联邦议会额外索取什么。即便提出申请，估计也要花两三年时间才能处理完毕吧？”英二重重地叹了口气，说道。

“不过，估计太阳系开发机构的人会提出一些要求。那些人做的事情就当作调查团中个别人的意见表达吧。不过，还是要告诉从地球过来的人，让大家在情绪的表达上最好克制一些。毕竟，在太空的生活中，到处都是易碎品。”

这时，英二向保安使了个眼色。

“现在要去审问他们吗？”众议员问道，表情有些僵硬，“我可以旁听吗？”

英二回过头，冷冷地望向众议员。

“没什么不可以，又不是审问或是调查。我知道你们所有人都拥有相当于过去外交豁免权的东西。而且，到目前为止，太空机构对地球居民还没有审判权。”

英二说着，露出了略带嘲讽的笑容。

“所以呢，我也就是问问情况，最多给他们一点教训。不过，只要他们还在这个基地内，我就有责任把他们和调查团的其他人分开，单独关起来。一有航班，就马上把他们送回地球。”

“韦恩小姐怎么办？”众议员有些担忧地问道，“也要和那几个年轻人关在一起吗？”

“那个老妇人就交给你来处置吧。她不过就是一时冲动，跟在别人屁股后头起哄罢了。”英二笑着说道，“至于惩罚，就交给团长您了。要不要掀起她的裙子，打一下她的屁股？”

大闹卡洛斯研究室的那四个朱庇特教团的年轻人低着头，靠墙站成一排。他们身处的这个狭长房间曾被用作医疗用品仓库，现在里面却空空荡荡，看不到一件家具。房间入口处站着两个手持麻醉枪的保安，不过四个年轻人都没有被戴上手铐。事实上，密涅瓦基地内压根没有手铐之类的东西，甚至麻醉枪也从未被真正使用过。

英二一走进这个房间内就不由得皱起了眉头，他使劲地嗅了嗅。

“看来你很久没洗澡了。”英二对离他最近的矮胖青年说道。那青年面色苍白，眼神躲躲闪闪的，不敢看向英二。

“一会儿去洗个澡吧。这里有的是水。木星大气层的上层水资源很丰富，要多少有多少。”

第二个年轻人瘦瘦高高，未经打理的头发就像鸟窝一样乱成一团。他的眼窝深陷，眼神空洞无光。在他左眼下方还有一块乌青，应该是闹事的时候被揍的。英二想用手去碰碰那块乌青，青年却猛地扭过脸去。

“疼吗？”英二平静地问道。

青年微微探出身体，似乎想要对英二说些什么，他那肮脏胡须下的嘴唇正不停翕动着。

为了让他老实点，英二从胸前的口袋里掏出那根圆珠笔状的合金棒，然后猛地将它拉长。青年的脸上顿时闪过一阵惊恐，身体随即紧紧地贴在了墙壁上。

“你们的意见我已经知道了，你们表达意见的方式着实让人印象深刻。不过，我并不打算和你们争论。”

英二的眼神从几名年轻人的身上一一扫过，接着有节奏地掰动着合金棒。合金棒并没有被掰弯，而是伴随着一声脆响，直接从中间折断。

“你们就是用这玩意儿，主动放弃了与我进行讨论的权利。所以我们之间也不用再多说什么了。请你们搭乘下一班的客货两用飞船直接返回地球吧。”英二说着，将折断的合金棒朝身后的地板上一丢。

“希望下次，我们可以更有条理地、不那么痛苦地进行意见交换。正如各位所见，密涅瓦基地非常小，如果不能安安静静地坐下来讨论的话，善后可是非常麻烦的。”

“你、你、你……你们……”排在第三个的年轻人突然面如土色，用略带嘶哑、结结巴巴的声音说道，“你们是宇宙的……太、太阳系的破坏者！”

“他们是不是嗑药了？”英二默默观察着年轻人的样子，思考着年轻人嘴里的气味究竟源自何处，“如今地球上到底在流行些什么东西呢？”

“即使我们完全不去管宇宙，它也会自己走向崩溃。太阳系是如此……”英二自言自语着，看了看第三个年轻人，继续朝前走去，“人也是如此。即便什么都不做，也会逐渐走向死亡。此时在你们的身体里，每分钟都有120万个钾-40和18万个碳-14的原子核在进行放射性衰变。作为一个物种，人类顶多能再撑个几万年。我一直在想，在崩溃和灭绝之前，我们该做些什么。”

英二已经走到了房间最里侧的位置。他在最后那名年轻女孩面前停下了脚步，然后回头看向站在墙边的青年们，问道：“你们中领头的是谁？”

青年们纷纷低下头，也有人抬眼偷看，但都一言不发。

“没人领头？如果有领头的，我倒是想和这人好好聊一聊。”

英二面前的苗条女孩猛地绷紧了身体，把宽边帽的帽檐越拉越低。

“这位小姐，莫非你就是领头的？”

说着，英二伸手摘下了她的帽子。女孩惊惶地朝四周张望，随即抬起了头，直视着英二。

摘下帽子后，女孩的一头金发犹如黄金瀑布般披在肩上，闪烁着耀眼的光芒。她的脸不施粉黛，但在一头金发的衬托下，愈发显得洁白无瑕和吹弹可破，清纯美丽得简直不可方物。女孩轻咬朱唇，挑衅似的看向英二。在那双清澈的眸子深处，仿佛燃烧着一团不灭的火焰。

“看来……这位就是领头的了。”英二的声音突然变得有些嘶哑，他慢慢地伸出右手，抓住了女孩的胳膊，女孩微微皱起了眉头。因为此处正好位于灯光的阴影处，所以保安看得不是很清楚，其实英二的脸色早已变得像纸一样苍白。

“我要和她……聊一聊，让其他小子先去洗个澡，然后给他们找个安静的地方。”英二说完，便粗暴地拉着女孩的胳膊，大步朝门口走去。

6. 情人酒店3号房

英二走出审问那几个年轻人的仓库后，正好看到一辆无人驾驶竖井车即将驶过，于是赶紧上前一把抓住，然后抓着女孩的手臂将她拖了过来，略显粗暴地将她推了进去。

紧接着英二自己也跳上了车，随即又将车门和窗户上的变色玻璃全部调为了黑色，然后麻利地按下了目的地的按钮。

“本田主任……”

行驶中的竖井车车厢内，通信面板上的灯光突然闪烁起来，电脑秘书南希的声音随即响起。

“伯纳德博士问您下次几点见面。”

“两小时后——你就告诉他大致是这个时间。告诉他，等我抽出时间就会主动联系他。”英二轻轻咬了下嘴唇后说道，“博士已经和韦伯总裁说过了吗？”

“是的。太阳系开发机构总部直接向您下达了去地球出差的命令。要求您在9个小时之后，在木卫七轨道上搭乘从土星返回地球的临时飞船‘龙津威号’。”

“收到。”英二用略显嘶哑的声音回答道，“还有，南希……情人酒店现在还有房间吗？”

“请稍等……”南希回答道，“目前还有4个房间空着。大约1个小时前，‘东京3号’的乘务员预约过，但很快又取消了。您现在要预约吗？”

英二不由得吞了下口水，然后轻咳一声道：“请帮我预约。”

“好的。已经为您预约了情人酒店3号房。”

“还有，在接下来的2个小时内，除了紧急事项，如果有打给我的私人电话，请全部掐掉。”

“好的。”南希回答道。

突然，坐在英二邻座的女孩抽泣似的深吸了一口气。英二从刚才开始就一直紧紧抓着她的胳膊，此刻，通过手掌，英二可以清晰地感觉到女孩的身体正在一阵阵地颤抖。

英二偷偷地向身旁的座位瞄了过去。

此刻，披在女孩肩膀上的那一头漂亮的金发，深深拉下盖住了眼睛的帽檐，以及放在膝盖上的那一双紧握在一起的纤纤玉手，都在微微地颤抖着。此时，女孩的肩膀和胸口剧烈起伏着，她的喘息声也变得越来越重，终于变为了尖厉的叫喊声，并从她的喉咙深处迸发了出来。

英二为了阻止她叫喊，加大了握住女孩胳膊的力量……

当英二和女孩乘坐竖井车，前往密涅瓦基地最远端的情人酒店3号房时，霍贾·金和井上博士刚刚在B会议室里听完了航行控制室主任关于飞行路线的冗长介绍。此刻，看起来颇有些疲惫的霍贾·金和井上博士同时举起了酒杯，互祝前途顺利，不过他们的心情看起来多少有些落寞。

“路上我再向您请教关于彗星的事情。”霍贾·金说着，拿着酒杯和井上博士的杯子碰了碰，“在我们进入冷冻休眠状态之前，还有两个多星期。”

“会是一种什么样的感觉呢？”井上博士盯着杯子里的冰块喃喃自语道，“会不会很冷？”

“你在感觉到冷之前就已经睡着了，不会感觉到难受的。”霍贾·金笑着说道，“我有个喜欢登山的同事，他对我说，那种感觉就和在雪山上快要被冻死时差不多。当然了，从睡眠中醒来时的感觉也不怎么好。”

“你是不是已经有过好几次这方面的经验了？”

“只有两次。不过，要睡6个月以上还是第一次。这应该可以算是我职业生涯中最漫长的一次旅行了吧。”

霍贾·金看着自己即将见底的酒杯，略微思考了一下，又倒了一杯。

“下次——大概就是要去恒星了吧。不知还要等多少个10年，我真的很想去一次，希望以后能有机会。不过这次等我们去往太阳系的边缘，真正看到我们与最近的恒星之间的‘宇宙大洋’后，或许我的想法会发生改变。”

“你是一位真正的宇航员。”井上博士举起酒杯说道，“看来，向空间和距离发起挑战，就是你生存的意义所在。”

“与其说是生存的意义，也许更应该说是对自己提出的诘问。我会对自己的内心发问，人为什么想要去探索远方。为了找到自己内心问题的答案，于是不断出发前往更为遥远的地方。”

霍贾·金的眼神突然变得有些疲惫。

“我的话，就显得平淡无奇了。学者的工作基本都是对平淡的不断忍耐。”井上博士苦笑道，“不过，这些年来从冥王星轨道外飞来的彗星数量一直在下降，我对此很好奇，仅此而已。”

“仅仅是出于……学术上的好奇心吗？”

“一半左右吧。”井上博士自言自语道，“不过，除此之外，还有一点其他方面的原因。”

“怎么说？”

“在距离冥王星轨道外侧大约0.1光年到1光年处，有一个由小块尘埃和冰块组成的圆环，被称为‘彗星之巢’。这个圆环因为受到距离太阳最近的恒星，即半人马座阿尔法星摄动①作用的影响，正在逐渐偏离其原有轨道。其中的彗星大约以每年3颗的频率朝太阳坠落。然而从十二三年前开始，这个数字突然下降。在过去的七八年中，甚至连一颗坠落的彗星都没有。这些事情我之前好像和你讲过。”

“是的，”霍贾·金点点头说道，“为了调查这个现象，4年半内我们累

① 摄动：一个天体绕另一个天体按二体问题的规律运动时，因受其他天体的吸引或其他因素的影响在轨道上产生的偏差，这些作用与中心体的引力相比是很小的。——译注

计派出了十几架无人探测器，不过，其中两架彻底失去了音讯。”

“没错。而尤其让我感到担心的是，失去音讯的两架探测器前行的方向完全相同。第一架在距离太阳系0.2光年处中断了信号，3年后派出的另一架探测器也在0.15光年处突然与总部失去了联系。”

“我们这次调查也是去往同样的方向。”霍贾·金轻轻笑道，露出一口洁白的牙齿，“或许我们的探测器已经被来自太阳系外的外星人截获了。”

“提到这个，我听说最近在火星上有了一个大发现。”井上博士突然想起了什么似的说道，“据说在极冠下面，发现了远古时期就来到太阳系的外星人留下的信息。”

“这件事等会儿可以问问太空考古学专业的伯纳德博士。他这会儿就在基地，他是和我一起从小行星带过来的。”

霍贾·金把酒一饮而尽后，迅即站起身来。

“我们收拾收拾，马上就准备出发吧。不过，来自外星人的远古信息和彗星的消失之间应该不会有什么关联吧。”

“目前还没发现有什么关联。”井上博士笑着说道，“不过，我有一位名叫米莉·威廉的朋友，她对太空考古学有着非常深的研究，她曾对我说过一件非常有趣的事情……”

英二乘坐的竖井车从全长2000米的密涅瓦基地一端径直开到了另一端的尽头，中间没有停过一次，全程仅仅花了两分钟不到。基地的另一端被称为“休息区”，设有医院、疗养所、体育馆、备用仓库等，不过基本都无人问津，很安静。

英二走出竖井车，双手扶着一直低着头、全身微微发抖的女孩。英二牢牢抓着女孩的身体，大步向着写有“LR3”的房门走去，随即进入了电梯。

电梯门一关闭，电梯便开始下降，开始朝不断自转的密涅瓦基地的外围移动。在电梯到达前的短暂时间内，被英二的一只臂膀环抱着的女孩的身体仍在不停颤抖着。

电梯很快停住，电梯门随即打开。出现在两人面前的是一条短短的走廊，走廊的尽头则是一扇木门，门上雕刻着美轮美奂的蔓草花纹和天堂鸟的图案。打开房门，里面是一间装饰极为奢华的房间，天花板很高，灯光微暗。厚厚的暗红色地毯几乎能把人的脚踝彻底淹没，地毯上面摆放着路易王朝风格和洛可可风格的椅子和家具。在前方的灯光略显朦胧之处，一张罩着薄纱的巨大圆形床若隐若现。英二先让女孩进去，然后自己也走了进去，顺势从里面锁上了门，打开了灯光按钮。顿时，一片柔和的橘色灯光照亮了整个房间，女孩略微惊诧地朝英二转过身来。

英二急匆匆地朝女孩奔了过去，一把将她那顶宽边帽摘了下来。女孩那一头瀑布般的金发顿时散落肩头，在灯光下如烟似雾，闪耀着美丽的光芒。

“玛丽亚……”英二喉咙里发出压抑不住的声音，“玛丽亚……没想到竟然会是你。”

“英二！”女孩急促地呼唤道，仿佛有一股激流正从她的身体深处喷涌而出，“啊，英二……我好想你！”

两人再也压抑不住，猛地扑在一起，疯狂地拥抱着，以至于两人都打了个趔趄。很长一段时间内，两人都一言不发，只是贪婪地吮吸着对方的唇。不久，玛丽亚开始抽泣起来。

“真没想到你竟然会到这里来……”英二紧紧搂着玛丽亚，小声说道，“而且，你居然和那帮家伙一起。”

“别这么说。”玛丽亚抽噎着说道，“毕竟，我是他们的领头人。”

“所以无论什么事你都要罩着他们……”英二再次捧起玛丽亚的脸，往她那被泪水沾湿的面颊和朱唇上疯狂地吻了下去。

“这些事情都不重要，以后再说。时隔3年，突然在这里又见到你。如此美妙的事情我之前连想都不敢想。”

在英二如雨般的亲吻之下，玛丽亚不由得娇喘连连。她纤细的身体慢慢开始发烫，变得愈发酥软起来，手臂和指尖不自觉地环住了英二的身体，并开始在英二的身上游荡。

“我爱你，英二……”玛丽亚娇喘着低声说道，“可是，我……和他们一样，都好久没有洗过澡了。”

“我不在乎……”英二一边褪去玛丽亚的上衣，一边说道，“我就想要现在这样脏兮兮的你。现在，马上就要……”

如雨点般的亲吻再度落下，英二的手指飞快地扯下玛丽亚的衣服。很快，玛丽亚的身上只剩下一件内衣。英二小心翼翼地抱起玛丽亚，朝房间的暗处走去，如同捧着一件娇贵的丝质婚纱……

“霍贾·金上尉……井上博士……”基地内响起了一阵广播声，“‘太空之箭号’马上就要开始登船了。我们将进行最后一轮检查，请尽快到C6甲板。再重复一遍……”

霍贾·金正在英二的房间里看《星球大战20》的后续部分。正在这时，井上博士从门口探进头来问道：“走吗？”

“嗯，走吧。”说着，霍贾·金关掉了宽屏电视机，站起身来。但他像是突然间想起了什么，对井上博士说道：“不好意思，请稍等我一下。”然后，他将电视切换到了录像模式。

“英二，我是霍贾·金……”他对着屏幕开始录留言，“很遗憾走之前没能和你一起喝上一杯。等我两年后回来了，咱们一定要不醉不休。到时候我们一定要好好决斗一番。不过你不许再玩阴招，你一定给我准备好了……”

玛丽亚赤裸地躺在圆形大床的正中央，她的身体仿佛包裹在一层朦胧的光晕之中，如梦似幻。那白瓷般的四肢纤细而优雅，大腿与腰身如大理石雕像般充满了质感，已呈半球形的乳房，与3年前英二在火星上第一次拥抱她时相比，明显丰满了很多。她浑身上下都散发着成熟女性特有的魅力。

英二站在床边，近乎撕扯似的拼命脱着自己的衣服。他感到一阵阵的头晕目眩，呼吸也变得愈发粗重起来，身体上的每个毛孔都瘙痒难耐，仿佛有什么东西即将从身体里迸发出来。

“玛丽亚……玛丽亚……”英二随手扔掉脱下的衬衫，在心中梦呓般地默念着，“你和3年前一样，依然像天使一样美丽，一点都没变。不过，现在的你比起3年前明显更具魅力，也变得更加性感。光是这样看着你，我都要近乎发狂了。是因为我在3年前为你打开了那扇通往成熟的大门，还是仅仅因为这3年的光阴？还是说……还是说……”

“英二……”玛丽亚丰满的胸部剧烈起伏着，她情不自已地扭动着美丽的胴体，仿佛再也无法按捺住体内即将喷涌而出的欲望。她将手伸向英二，用略显嘶哑、满含温情的声音说道：“来……快点，来……”

英二将自己脱得一丝不挂后，猛地朝床上扑了过去。他们再次热烈地亲吻着，赤裸着的肌肤犹如两条长蛇般紧紧缠绕在一起。

“没错，就是这个感觉。”英二恍惚中这么想着，“这滑腻的皮肤触感，柔软而又丰满的乳房，不断起伏着的发烫小腹，还有缠在自己腰上的那极富弹性的玉腿……这就是玛丽亚……”

一阵激烈的云雨过后，英二喘息着拿起了床头的对讲机。

“控制中心吗？”英二大口喘息着。

“能帮我切断情人酒店3号房的重力吗？”

“你是想要在失重状态下……和我……做吗？”玛丽亚在英二身下娇喘着问道，“催情瓦斯？……要用吗？”

“用一点吧。”英二说着，把手伸向了床边的调节按钮。

7. 旅人

情人酒店所在的位置基本已经抵达了密涅瓦基地的外围。不过，此时的情人酒店通过容纳电梯井的辐条，从基地的长方形外壁上向外延伸了十几米。

升降机轴的底座与镶嵌在基地外壁上的一个巨环相连接，巨环则又通过电磁锁扣被固定在了基地上。如果切断电磁锁扣，那么巨环和基地外壁之间的连接将不复存在，巨环、竖井和情人酒店都会从密涅瓦基地脱离，而密涅瓦基地始终在自转，使其表面产生0.5G的重力。如果使用喷射制动让巨环停止旋转，则情人酒店就会陷入失重状态。

情人酒店3号房在使用喷射制动后，英二一面感受着微弱的横向加速度，一面反复地抚摸着玛丽亚那赤裸的身体。当情人酒店3号房逐渐停止旋转，房间里的床单和枕头开始缓慢飘浮在空中时，英二再次将玛丽亚拥在怀中，同时将枕边的开关按了两下。于是，房间的地板如同舞台布景切换一般开始缓缓旋转，天花板也随之翻转过来，露出原先位于地板下方的穹顶部分。罩在透明双层塑料穹顶上的保护层也朝四面八方打开了，红色条纹环绕着的巨大木星，以及木星附近轨道上的数艘飞船瞬间出现在了眼前。在它们背后，则是闪烁着光芒的满天星辰。

英二和玛丽亚紧紧相拥着，慢慢地飘浮起来，一直飘到透明穹顶的中央位置。枕头、床单就如同小天体和星云一样从他们的身旁掠过。当房间里的灯光熄灭之后，两人顿时有种赤身裸体遨游在黑漆漆的太空中的感觉。

玛丽亚不由得小声叫喊起来，身体也开始微微发抖，随即紧紧搂住了英二。

“把腿环在我的腰上……”英二小声说道，“没错，就是这样……你看，你已经做到了，不是吗？”

“可是……在失重状态下，我还是头一次……总觉得不踏实。”玛丽亚喘息着说道。

英二小心翼翼地动了起来，玛丽亚亦伸直了脖颈，不由得发出阵阵呻吟。

玛丽亚的一头金色长发亦在失重状态下四散开来，犹如一缕缕美丽的卷云。

“检查完毕。”距离密涅瓦基地3千米远的超远程高速飞船“太空之箭号”旁，刚刚结束舱外作业的维修人员从飞船上卸下保险绳上的磁力锚，对着头盔内的麦克风说道，“维修小组撤离。”

“收到，各位辛苦了。”航行控制室发出的声音在维修人员的头盔里响起，“出发时间已提前。请尽快离开现场。”

“收到，控制室。”一名维修员随即按下开关，将连接小型维修艇和飞船船体的磁力锚收起。另一名维修员已先一步登上了维修艇，正打开维修艇的舱盖，向密涅瓦基地的方向张望着。

“怎么了？”第一名维修员向维修艇走来，问道。

“你快看……”他的同事从腰上的小包中取出一个电子望远镜，“情人酒店突然停止旋转了。有人正在里头快活呢。”

“应该是刚刚抵达的‘东京3号’的驾驶员吧。”这名维修员说着，灵活地滑进座位里，“所有的女乘务员都知道，那家伙是出了名的好色之徒。他每次来基地都少不了要拈花惹草，简直是饥不择食。有传言说，要是真的女人不理他，他估计连智能电脑南希都要追。”

“等等……喂！……那不是主任吗？！”

“真的假的？”另一名维修员回头向密涅瓦基地的方向望去，“那个女的是谁？”

“一个金发的……非常漂亮的女孩子。”戴着头盔的同事举起电子望远镜，声音略带兴奋地说道。

“喂，差不多得了，你对得住主任吗？控制室说了出发时间要提前，再不赶紧走就来不及了。”另一名维修员抓住同事的肩膀使劲晃了晃，“不过……也给我看看。”

因为已经很久没有使用过，英二只用了很少量的催情瓦斯。但又因为是第一次在无重力性爱过程中使用这种气体，所以英二完全没想到它不仅会带来性兴奋，还会引起十分显著的致幻效果。再加上这几个月来，他每天的工作都安排得非常紧凑，已经有好久没有做过爱了。这3年多以来，他与玛丽亚完全失去了联系。他无数次地给玛丽亚发出过热情洋溢的信息，却从来没有收到过任何回音。他只能按捺住心中的剧痛，用繁重的工作来麻痹自己。

对玛丽亚来说也是一样。（英二相信，她和那3个一起来的同伙……她和那几名青年之间绝对是清白的，而在两人失联的3年中，英二也相信她与他一样，绝对没有做过对不起彼此的事情。）自从情人酒店3号房进入失重状态后，催情瓦斯的效果就开始显现，玛丽亚的反应也变得异常强烈。她疯狂地喊叫着，身体多次像虾一样向后弯曲成不可思议的弧度，四肢在没有支撑的空间里疯狂扭动着。结束后，英二不知不觉放开了玛丽亚的身体。

在此之后，两人虽然没有再进行肉体上的交媾，但依然沉浸在性爱的海洋中。于是乎，空间本身亦化作性的一部分。两人朝着不同的方向，在突入太空的巨大透明穹顶的无重力空间中漫无目的地飘游着。当他们中的一人碰到穹顶壁后会迅即被反弹回来，于是两人便会再次靠近。随着距离的不断缩小，快感亦如浪涛般一波又一波地不断涌来。每当英二的手、唇抑或脚尖轻轻触碰到玛丽亚那如流水般舒展开来的头发，被汗水浸润的乳房和微微张开的柔滑玉腿，玛丽亚便会剧烈颤抖，高声尖叫。而每当玛丽亚柔嫩的手指或是白皙的手臂触及英二身体上的某个部位，英二也会感到一阵阵强烈的快感，以触及部位为中心，一股电流般的感觉会在他的身体里横冲直撞，让他不由得痉挛起来。

英二像蹦极一样摊开四肢，惬意地躺在空中，缓缓地旋转着。玛丽亚的身体则在穹顶正下方一边微微扭动着，一边飘浮在空气中。

两人在飘荡中慢慢向床靠了过去，然而英二又一脚踢开了床，与玛丽亚拥抱着，一起向穹顶外的巨大的红色行星飘去……

全长240米、重达2500吨的“太空之箭号”尾部装有4个巨大的喷嘴。此时，一艘小小的摆渡火箭正在绕过这4个巨大的喷嘴，往飞船的方向靠拢。

核聚变火箭喷嘴的直径达45米，其内表面在木星光芒的映照下，正闪耀着微红的银色光芒。

“真够壮观的。”井上博士从火箭驾驶席上抬头看着喷嘴，不禁咋舌道，“核弹会在那里面爆炸吗？”

“是的。那是‘代达罗斯3号改良型’，是使用复合型喷嘴的最终型。”霍贾·金说着，透过窗户仰望庞大的“太空之箭号”，“不过，同样使用核聚变助推器、专用于恒星探测的‘达·芬奇10号’更为先进。目前它正在地球和火星之间进行试航实验。”

摆渡火箭绕到了飞船的船头，与控制居住区的气闸室对接。与喷射嘴、巨型氦-3和氘存储罐相比，气闸室就小得多了。4艘助推器拖船断断续续地喷射着微弱的火焰，不断接近巨大的“太空之箭号”。这些拖船将把“太空之箭号”拖拽至核聚变助推器的起始点。

与摆渡火箭驾驶员挥手告别后，井上博士和霍贾·金随即脱下了紧身的宇航服，在“太空之箭号”的驾驶座上坐了下来。他们的整个身体都被包在了半球形的座位中，当座椅上方的塑料罩从上面扣下时，驾驶座位就会直接变为冷冻休眠舱。

霍贾·金从胸前的口袋里拿出一张皱巴巴的3D照片，贴在了座位内侧的右上方。

“是你的家人吗？”井上博士笑着问道。

“是我的妻子……和女儿，她马上就满5岁了。”霍贾·金微笑着说道，再度露出一口大白牙，不过他的微笑中带着几抹伤感，“博士您手上拿的是什么？也是照片吗？”

“这是保佑航行安全的护身符。”井上博士不好意思地笑了笑，“是成田不动[①]的符牌……是住在地球上的太太和我母亲帮我求来的。”

突然间，在两人面前的控制台上，各种指示灯开始闪烁起来，彩色的字母和数字接连出现在EL显示屏上。驾驶舱内随即响起了一阵嘈杂的声音，细听之下，才知道原来是控制室要求飞行员在出发前进行自我检查的

① 成田不动：日本新胜寺，因其位于日本千叶县成田市成田山，供奉有不动明王，俗称“成田不动”。——译注

广播。

英二和玛丽亚仍然在无重力的情人酒店的房间内飘浮着，继续着他们脱离肉身快感的幻想与心醉神迷的旅程。这一状态已到达使用催情瓦斯进行性爱活动的最终阶段。爱，是利用肉体进行交合的尽头，它能够彻底贯穿人类的肉体，直达对方的心灵深处，在那里，才会有更深层次的交流。

两人现在看到的是同样的幻象、同样的光芒。他们能够清楚地感知到肉体不过是视觉上的一个影子，几乎不再有重量和质感，时而如同云一样飘动，时而又会幻化为无数闪烁的光点，四散崩落。肉体不过是勉强将各种统一性维系在一个场域中的某种存在而已。

在两人面前，过去、现在，以及无限接近又远去的未来仿佛同时存在着。

年幼的玛丽亚长着一头蓬松的金发，还有可爱的豁牙……春天的原野上，黄色、白色、淡红色的鲜花遍地盛开，蝴蝶翩翩起舞，田野上的玛丽亚露出淡淡的、惹人怜爱的微笑。突然，玛丽亚奔跑了起来……摔倒在地……英二慌忙冲到她的身旁，在她尚未哭出声之前将她一把抱起，为她掸去身上的尘土……那年他8岁，玛丽亚3岁。地点则是火星首府埃律西昂的“春之花园”。当时玛丽亚和父母刚刚从地球来到火星不久，还没有完全适应火星上的重力。而英二则生于火星。他是通过将冷冻精子和冷冻卵子结合，并在人工子宫中培育后出生的。英二那美丽、聪明而且温柔的养母和养父在他4岁时告诉了他真正的身世，然后带他去了人工子宫工厂。英二看到了自己“诞生”的过程，却并没有什么特别的感觉。他只是觉得，人不过就是这样而已。从6岁起，英二就进入了寄宿学校。然后有一天，他去公园刚玩了一小会儿，就遇到了因为迷路而哭个不停的玛丽亚。

在玛丽亚12岁时，他们第一次接吻。爱情的种子开始在两人之间萌芽，很快就茁壮成长。在玛丽亚13岁时，她的父母在乘坐飞船前往地球时因遭遇巨大事故而双双身亡。玛丽亚的精神因此深受打击，并住进了精神疗养院。某天晚上，她偷偷溜出了疗养院，就此失踪。英二发了疯似的到处寻找她，最后在一个不可思议的地方找到了她，并陪她度过了一个晚上，直至救援队赶到。不久之后，玛丽亚的外祖母亲自赶到火星并接走了她。玛丽亚的外祖母一直害怕太空，害怕离开文明的地球。自从女婿与女儿在太空中遇难后，她更是动不动就诅咒太空。

玛丽亚当时还没有从精神打击中完全恢复过来。她满含泪水地看着英二，却说不出一句告别的话。英二在20岁的时候曾去地球接受培训，两人成功避开玛丽亚外祖母的严厉监视，偷偷摸摸地约会过几次。但不知为何，当时他们并没有发生性关系。再往后，玛丽亚去了月球和太空城市进行修学旅行，英二在获知消息后第一时间赶往太空城市。此时两人都已成熟，他们一起在那里度过了人生中最快乐的3天。英二说到了结婚，但不知为何，玛丽亚一直含糊其词，没有做正面答复。3年多前，两人在火星上再次相遇，他们之间的爱意，尤其是基于肉体上的爱意，比以前燃烧得更为炽烈和长久。可是，在玛丽亚心中，存在着另一种与对英二的爱完全不同的东西，或许可以称之为某种思想。玛丽亚明确感知到这种思想日益成形。玛丽亚对英二透露，她的外祖母快不行了，她将继承外祖母的财产和遗志，将外祖母留下的大笔财产都投入到某件事上——为了美丽的地球而奋斗。

此刻，英二和玛丽亚两人在共同的幻觉之旅中赤裸相拥着，径直穿过穹顶，飘浮着进入那黑漆漆而且没有空气的太空之中。他们的旁边就是那颗巨大的、有红色条纹缠绕的木星。

“好美、好大的一个星球……”玛丽亚喃喃自语道，“你们为什么想要毁灭一颗如此美丽、如此雄伟的星球呢？为什么不选择凝望它和赞美它呢？”

“我们并不是要毁灭它。我们只是在试图从木星的中心获取比其自身辐射更多的额外能量，并利用光束将能量有效地传输到土星和天王星的轨道上，以代替太阳能。这一切都是为了开发外行星区域。”英二一边温柔地亲吻着玛丽亚，一边抚摸着她那飞扬的秀发，小声说道，“我们正试图更有效地获取木星蕴藏的巨大能量，并让它成为太阳系中一座新的灯塔。”

“你们为什么要不断破坏自然呢？你们已经把地球上的大自然破坏成那样了……现在，你们又瞄准了月球、火星、木星，甚至是整个太阳系。”

“我们并不只是在破坏。我们是想利用太阳系中迄今没有人用过的东西，创造出新的可能性。如果对那些东西置之不理，它们也会在几亿年间慢慢衰亡。我们是为了让人类能够走向太空。”

“为什么——为什么人类要走向太空？为什么一定要去太空？人类不可能在地球之外生存。”

“准备出发。”霍贾·金完成最后一道检查步骤后，对井上博士竖起大拇指说道。

“好了，长途旅行就要开始了。”

4艘助推器拖船用电磁夹臂紧紧抓住了“太空之箭号”，接着从喷嘴中一齐射出一股蓝白色的火焰，随即那重达2500吨的巨大船体慢慢开始了移动。

8. 归来

尽管情人酒店3号房内的室温始终保持在二十六七度，但飘移到天花板透明穹顶附近的英二和玛丽亚此刻只觉得一阵阵寒意袭来。

激烈而反复的运动消耗了他们身体中的大部分能量，进而导致他们的体温下降。而在催情瓦斯的作用下，这种感觉再度被放大，让他们产生了一种身处无边无际的冰封宇宙中的强烈幻觉。

两人在失重和催情瓦斯造成的幻觉中，感觉自己赤身裸体地径直通过了情人酒店那透明的穹顶，从木星旁绕过，逐渐远离太阳系，穿过接近绝对零度的真空宇宙空间，如同两个小小的天体一样向着银河系的中心区域飘去。

在两人身旁，不时有星际气体喷涌而来，在鲜红色恒星的映照下宛如一朵朵巨大的血之花，让人不禁联想到了猎户座的大星云。时而又有超新星爆炸后产生的高热气体在环形轨道上扩散开来，达到了每秒1000千米的惊人速度。

“为什么人类一定要去太空？”在蓝色和红色的星光映照下，不着寸缕的玛丽亚朝飘在她前面的英二伸出手去，“你为什么要去太空？看看周围，英二……这里这么冷，甚至连空气都没有。我们这些赤身裸体的人类在这里根本就无法生存下去。”

“人类必须去太空，这是我们的宿命，玛丽亚。”英二说着，向落在后面的玛丽亚伸出手去，将她纤细而冰冷的指尖紧紧攥在手心，“6亿多年前，地球上的生物离开它们一直生存的海洋，陆续来到了陆地上。而陆地上充满了紫外线、酷热、寒冷、风、重力、干旱等种种危险。正如昆虫、爬行动物和鸟类离开地面飞向天空一样，人类，也注定要离开地球这个‘蚕茧’，奔向太空。”

“可是，地球上的生物根本无法在太空中生存。太空对于地球上的生命来说太广阔了。它是那么无边无际，广阔得让人发慌，而且星球与星球之间什么都没有，真的太冷清了。”

“的确，地球非常美，上面有各种各样的生命。”英二的目光越过玛丽亚赤裸的脊背，看向后方那颗被朦胧的蓝色雾气笼罩的小小地球，突然间如此想道。

“可是，你不觉得地球上的生命太过丰富，对我们来说，地球已经太过拥挤了吗？在地球上，我们不得不紧缩身体，以免撞到年长的生物、层层累积的历史遗迹和老人，我们不得不活得战战兢兢……这让我感到无法呼吸……如果我们想要活得精彩，又不想那颗充满美丽生命的星球被继续破坏，唯一的办法就是前往太空。”

“但是，只要大家互相谦让，始终拥有爱心，就可以和谐共存下去，难道这样的生活不美吗？”玛丽亚说着，几乎要呐喊起来。两人此时才突然意识到，他们的身体不知不觉间，已从玛丽亚脚尖的方向，朝他们熟悉的地球，朝那颗有着蓝色、白色和橙色大理石花纹的星球慢慢飘去。

“英二，回到地球来吧！我们的星球要比太空好一万倍！那里有鸟兽虫鱼，有茂密的森林，有野花盛开的草原，清风拂过，嫩叶轻摇，海浪拍岸，还有美丽的夕阳……所有生物都和谐共存，一边优雅地吟唱着温情洋溢的歌谣，一边生活……”

“这些我都知道，玛丽亚，你说的这些我全都看到过，也全都知晓。”

玛丽亚拉着英二逐渐靠近地球，但英二再度转身向太空奔去。在太空中，既有距离旋涡状银河很遥远的仙女座星系，也散落着不少旋涡状的椭圆形或球形的小星系，在浩瀚无比、无边无际的虚无中闪烁着淡淡的星辉。

“可是……我们已经看到了宇宙。我们已经看到了数百倍于太阳的红色巨星、密度大到令人叹为观止的白矮星和中子星，以及正在爆炸的超新星……在银河系之外，在那数百万光年、数亿光年、数十亿光年之外，还有无数的旋涡星系、椭圆星系、正在爆炸的星系、互相碰撞的星系，以及正在喷发出大得难以想象的能量的赛弗特星系和类星体……宇宙是如此无边无际，如此巨大和神秘，与之相比，我们地球上的每一个人都像一粒氢原子一样渺小。但就是这么渺小的存在，如今却亲眼看到了如此浩瀚的宇宙。既然已经看到了宇宙，既然看到宇宙的是人类，我们就不得不面对一个问题，我们这些渺小的、有意识的存在，对于这浩瀚的虚无来说究竟意味着什么？我们不得不去寻找这一问题的答案，直至宇宙的尽头……”

“等等我！”玛丽亚突然尖叫道。

两人在失重状态下的距离虽然只是稍微拉远了，但致幻气体无限放大了这种距离感，就像透过鱼眼镜头[①]看移动的物体。玛丽亚大口喘息着，一次又一次地向英二伸出手去，但每次都抓了个空。

“等等我，英二！不要去那么远的地方！无论你再怎么努力，这种问题都不会有答案的！”

“到这边来，玛丽亚。”英二略微停了停，向玛丽亚伸出了手。

“这个问题，即便在我们这个时代得不到解答，到了我们的下一代，抑或更为遥远的未来，也一定会有所进展。我能清楚地感知到这一点。我们的子孙将走出太阳系，甚至走出银河系，去往更广阔的宇宙。他们会无限逼近宇宙的奥秘，逼近其中诞生的生命和意识所蕴含的意义。而我们现在这个时代需要做的，就是朝着这个方向迈出坚实的一步。”

“为了达到这个目标，就要不惜烧掉如此巨大和美丽的木星吗？”玛丽亚以两人缠绕在一起的手指为支点，一边旋转着自己的身体，一边拼命地摇头。她的一头金发随着头部的摆动四散飘扬，闪耀出一片金色的光芒。“不能这样做，英二！求你了，不要再用人类肮脏的手去玷污和破坏我们的太阳系了！我们没有权利这样做！即使不这么做，只要花上足够长的时间，我们也一样可以研究出飞往宇宙尽头的技术。”

“不，我不这么认为。”英二说着，对着一头金发的玛丽亚轻轻地吻了下去，“今后，在地球上那么逼仄的生活环境里，绝对无法再度孕育出向宇宙发起挑战的雄心了，这种雄心只能源于太空中的生活。”

“无法孕育出来也未尝不是一件好事。”玛丽亚一边回应着英二的吻，一边反驳道，“在地球上仰望星空时，星空是那么美丽。无论在月球上还是在太空城里，我们都可以对星空进行科学观测。回来吧，英二……回到我们的地球！然后我们结婚。”

① 鱼眼镜头：视角接近或等于180度的镜头，前镜片直径很短且呈抛物状向镜头前部凸出，形似鱼的眼睛，因此而得名。——译注

“不，不行……玛丽亚……我做不到……”

玛丽亚突然收紧手臂，她紧紧地贴在英二身上，肌肤冷得像一块冰，但英二通过她的唇感知到她内心的炽热。

“我做不到，玛丽亚。”英二稍稍移开嘴唇，轻声说道，“我已经属于将要飞离太阳系的未来一代。”

“难道你已经不爱我了吗？”玛丽亚紧紧地搂着英二的脖子，同时，她美丽修长的玉腿如藤蔓般缠绕住了英二的腿。

玛丽亚冰冷的身体唯有小腹还残留着些许温度。她将那光滑的小腹紧紧贴上英二的小腹，英二清晰地感觉到，她那触感柔软的小腹某处突然间变得发烫。

“我真的很爱你……抱紧我，英二。用最大的力气抱紧我。这么孤寂、寒冷的宇宙……我不喜欢……我害怕……”

英二环顾四周，但他的视线因过度疲劳和催情瓦斯的残余影响早已模糊不清。抬头往上望，弥漫在他视野中的是一个激烈旋转着的蓝白色旋涡状小星系，异常绚丽，紧接着又在他的眼前化为了一片幻影。英二突然感觉到，他们两人紧紧相拥的身体开始朝与旋涡相反的方向旋转。

“来吧……英二。”玛丽亚的左手紧紧地搂着英二的脖子，滚烫的唇从英二的耳朵吻向颈间，“我想给你生孩子，英二。我们和孩子三个人，一起在地球上过与世无争的生活。”

英二用略显伤感和寂寥的语气在她的耳畔低声说道：“我做不到，玛丽亚……我也爱你……但是，我做不到。”

“英二！英二！”玛丽亚手指如鸡爪般地使劲抓着英二的脖子和后背。她用尽最后的力气试图唤回英二，身上满是冰冷的汗珠，但她依然在疯狂地大声呼喊着：“回来，英二！回到地球……回来！……回来！回来！快点回来！”

“你不冷吗？”英二搂着赤裸地躺在他身旁的玛丽亚的肩膀，轻声问道。看似昏睡中的玛丽亚，在听到英二的话后微微睁开眼睛，轻轻地点了点头。

在情人酒店3号房的透明穹顶和地板之间，两人并排平躺在床的正中央，看上去就像两片飘动的云朵，又像两艘白色和褐色的小型太空游艇。

床单也飘在空中，如朦胧的极光般摇曳着，即将从他们身旁飘开。英二适时伸出一只手，抓住床单的边缘，一把拉了过来。然后抱住玛丽亚一边旋转，一边用床单将两人包裹了起来。

“我们真像一对木乃伊。”玛丽亚扑哧一声笑道。

因为反作用力，两人的身体再度开始缓慢旋转，并向着透明穹顶的方向靠拢。巨大的橙色木星的一角出现在了他们视野的右下方，而木星最大的卫星——木卫三，则正好高悬于两人的头顶上方。这颗卫星比水星略大，直径达5270千米，此时已变为一轮暗淡的新月。木卫三和其他3颗伽利略卫星一样，总是以相同的方向面对木星。它那处于背光处的半球，在木星的反射下，被涂上了一层微微泛红的色彩。

在呈新月状的木卫三和木星之间的暗黑宇宙空间中，核聚变火箭喷射的4个强烈的蓝白色光点正在渐渐远去。

“快看，玛丽亚——”英二对与自己紧紧相拥的玛丽亚小声说道。两人浑身都被包裹在床单中，只露出了头部。“远程飞船马上就要出发了。那就是‘太空之箭号’。”

“那艘飞船要去哪里呢？”玛丽亚用鼻子蹭了蹭英二的肩膀问道。

“听说是要去冥王星的轨道外侧，去调查‘彗星之巢’。据说仅仅是单程就要花将近一年的时间。”

“要去那么远的地方啊。”

“是啊。那上面还有我的一个朋友，他是一位经验非常丰富的宇航员。啊，我想起来了！我忘了给霍贾·金饯行了！”

正在这时，情人酒店3号房的空气中传来一阵剧烈的震动。原来是穹顶外的保护层开始慢慢关闭，原本朝穹顶内壁移动的床也开始慢慢倾斜。

飘浮在半空中的两人感觉到了一阵微弱的横向加速度。预约的两小时已经到了，情人酒店3号房为了配合密涅瓦基地本身的旋转速度，开始加速。微弱的离心力感觉就像重力，裹在一条床单内的两个人，慢慢斜着“掉”到了房间角落的床上。

“本田主任，本田主任，请马上联系指挥中心。”解除免打扰状态后，房间内的扬声器立刻开始了广播，“伯纳德博士让你马上联系他。本田主任，请立刻联系指挥中心。”

“我是本田，”英二打开床边的通信器开关后说道，“什么？一艘前往地球的临时飞船因为需要更换劣质零件，马上就会抵达基地？伯纳德博士说已经联系好了，将搭乘这艘顺风船？那么，距离登船还有几小时？”

英二听到那边的答复后，半晌没说话，他回头看向身边的玛丽亚。

此时的玛丽亚正半裹在散开的床单里，趴在床上，伴随着均匀的呼吸声，早已沉沉睡去。

两艘大型飞船正在慢慢驶离高速自转的木星。其中一艘飞船配备的核聚变火箭引擎居然多达4个，这艘远程高速探测船还外挂着大量的巨型氦-3和氘燃料罐，看起来就像葡萄串一样。原来这就是准备利用来自燃料罐的巨大推力从特殊轨道飞往土星的远程高速探测飞船“太空之箭号”。另一艘则是来往于外行星之间的不定期客货两用飞船“撒旦·克里珀号”，只配备一架普通推力的核聚变火箭，正沿着改良后的霍曼轨道[①]朝地球的方向飞去。

在紧挨着密涅瓦轨道的航线上，“撒旦·克里珀号”从工作船上装载了需要更换的零部件和临时乘客，同时也卸下了部分货物，然后以稳定的加速度逐渐驶离木星周围。在飞船的前方是镶嵌着点点繁星的宇宙空间，是亮度逐渐提高的太阳。

在一间基本没怎么被使用过的简单的客舱内，正坐着三位临时上船的乘客——伯纳德博士、英二，还有玛丽亚。

① 霍曼轨道：与两个在同一平面内的同心圆轨道相切的椭圆过渡轨道。——译注

第二章

地球

1.“蒲公英”船队

在火星轨道和地球轨道之间的中间点附近，英二、玛丽亚和伯纳德博士乘坐的不定期客货两用飞船“撒旦·克里珀号”与一支规模庞大的船队擦身而过。

第一个发现该船队的人是玛丽亚。当时她正坐在旅客集装箱附带的简陋而又狭窄的休息室里，透过小小的观景窗百无聊赖地看着外面黑漆漆的太空。

“咦，那是什么？”玛丽亚几乎把额头贴在了窗户上，小声地惊叫道，“好多模模糊糊的光……正在靠近我们。”

英二和伯纳德博士正围坐在一起下棋，听到这话，他们立即抬起头向窗外瞥去。

“哦……是帆船，”英二漫不经心地回答道，“是太阳帆船的运输船队。你以前没看到过吗？”

伯纳德博士很快就重新低下了头，一边小声哼唧着，一边死死地盯着棋盘上投射出来的圆形棋子，光秃秃的脑门上渗出了密密麻麻的汗珠。

胜负似乎已经无须赘言——英二已经彻底锁定了胜局。于是英二站起身来，撂下仍在死死盯着盘面的伯纳德博士，径直走到休息室的墙边，然后按下了开关。顿时外面的宇宙空间浮现在了这面墙上，墙面上满是仿佛凝固了的点点繁星。

“驾驶室，”英二按下了墙上的通话按钮，“这里是休息室。不好意思，可以把刚刚从我们旁边经过的那支船队的完整影像上传一下吗？它们现在应该位于10点钟的方向。”

屏幕上的星星突然开始移动了。与此同时，屏幕中央出现了一些朦胧的白色光点，镜头亦朝着这些光点聚焦。

窗边的玛丽亚也站起身来，将目光投向了这面墙壁。

一艘鼓着巨大的十字形船帆的太阳帆船出现在了画面中。船身朝向太阳的一侧闪烁着耀眼的光芒，另一侧则呈深灰色。一条细长且闪闪发光的线条一端连着十字帆的中心处，一端则一直向后延伸到一个被涂成橙色的卵形集装箱上。

“船帆的边长大概是16千米。”英二把手搭在玛丽亚的肩上，说道。

“不论是船帆还是整个船身，都是利用太空基地的废弃物改造而成的。即便如此，它现在的时速也达到了数万千米。它的加速度非常慢，但单位成本和运营成本也很低，所以如果能多搞到几艘这样的帆船，也非常不得了。要是到了火星或者木星，其船体还可以拆解成各种材料。”

当位于画面中央的帆船从镜头处驶离时，顿时泛起一阵巨大的光晕，同时可以看到，在这艘帆船的后方，还跟着无数和它几乎一模一样的帆船，正不断向远方驶去。其数量之多，恐怕不在百艘之下。船帆由超级晶须和0.3毫米的超均质薄膜制成，在太阳光压和等离子风的吹拂下，船队就像顶部长着绒毛的植物种子一样，一个接一个地从眼前的屏幕上划过。

“太空快艇我倒是知道，不过像这么大的帆船还是头一次看到。”玛丽亚颇为震撼地说道，“那支船队上面有人吗？还是说……”

“现在应该还没有完全无人操控的船队吧。否则就会违反现行的太空航行条例。”英二用手拨弄着玛丽亚的金发，说道，“一般来说，每支船队都会配备一到两名监视员。他们煞有介事地管自己叫船队司令。”

“你是说，由100多艘飞船组成的船队，只有一两个人掌控？”

英二的手掌感觉到玛丽亚的肩膀在微微发抖。

“他们是不是要在太空中航行好几个月，甚至好几年？”

“太空浩瀚，仅仅是太阳系都这般广阔无垠，因此人手不足是很自然的事情。即使所有机器都能物尽其用，也还是远远不够。在木星轨道以内的宇宙空间，只有5亿人左右，根本不够用。”

“与之相反，地球上却……”即将说出口的话，又被英二强行咽了回去。那颗小小的行星直径只有1.2万千米，表面面积也仅为5亿平方千米，但就是在一颗如此小的星球上，却生活着多达185亿的人类。他们的居住环境是那么拥挤，想想都让人觉得窒息。与其说每个地球人都患有广场恐惧症[①]，倒不如说他们每个人都患有宇宙恐惧症吧？

① 广场恐惧症：一种焦虑症，患者在公共场合或开阔的地方停留会产生极端的恐惧。——译注

“住在太空中的人，是不是都会慢慢变得不太正常？”玛丽亚用沙哑的声音小声问道，“因为空间太广阔，人性会不会一点点地被瓦解，慢慢变得冷漠、疏离，和正常的地球人越来越不同？”

“你是说，我已经变成这样了吗？”英二搂住玛丽亚的肩膀，轻轻地吻向她的脸颊。

玛丽亚僵硬地站着，脸颊冰凉，似乎隐隐起了一层鸡皮疙瘩。

“驾驶室，”英二紧紧搂着玛丽亚，再次按下了通话按钮，“知道这支船队的司令是谁吗？”

“您稍等一下。”通信器中传来当值的副驾驶的声音，“船队的识别号码是……SSCX63-BJ‘蒲公英’，包括123艘帆船，船队司令是托比阿斯。”

“是‘蒲公英’船队？那么司令就是托比阿斯·霍华德夫妇了？”英二顿时两眼放光地大声喊了起来。

“嗯，没错。是托比阿斯·霍华德和凯尔玛·霍华德夫妇。需要我帮忙呼叫他们吗？”

“请以我的名义联系他们。托比阿斯那家伙怎么又到帆船上来了！之前他明明还跟我说，已经彻底厌倦了这种风吹日晒的生活，想要去做高速飞船的试航员呢。”

玛丽亚悄悄地从英二的怀抱中离开，英二的心思此时都在等待通话的结果上，一时没有察觉。

“那边说不行。”不一会儿，副驾驶的声音在通信器里响起。

“那边说，他们夫妻两人正忙着‘办事’，让我代他们向你问好。对了，托比阿斯还说让你向他好好学习，赶紧讨个好老婆。”

“托比！你这个王八蛋！”英二冷哼了一声道，“我们隔了一年半才好不容易再次相遇，净说废话！”

就在此时，背后传来了伯纳德博士的怪叫声。“太棒了！我要逆风翻盘了！”伯纳德博士把手伸向棋盘，得意扬扬地大声喊道，“哈哈，怎么样？英二，我看你还有什么招！”

英二站在墙边远远地瞥了一眼棋盘，然后兴味索然地绕到博士对面，仅用5步就再度让博士陷入死局。博士抱着胳膊，脸涨得通红，嘴里哼哼唧唧的。

在和博士下棋的同时，英二用眼角的余光看到玛丽亚正悄悄地从休息室的一扇门向外溜去。待到这盘棋结束后，英二立刻起身去追玛丽亚。玛丽亚离开的那扇门后面是一条狭窄的通道，穿过通道就是驾驶室、通信室等所在的控制区。英二打开了通道尽头的气闸室，然后顺着舷梯下来，进入驾驶室。

在最多仅可容纳六人的逼仄的驾驶室内，当值的副驾驶正把脚跷在控制台上，漫不经心地翻看着一本书，而领航员则趴在自己的桌子上打着呼噜。

“哟，你怎么来了？”副驾驶斜眼看了看走进来的英二，挑起一边的眉毛说道，“要再呼叫一次‘蒲公英’船队的霍华德司令吗？”

“不必了。”英二摇了摇头。他看到控制台那儿一共有6个屏幕，其中一个屏幕上出现的正是那支规模庞大的船队。此刻，船队在强烈的太阳光的照耀下，逐渐离他们远去。

“毕竟，人家正在兴头上呢。”

“要不动用紧急联系，吓唬一下他们？反正你们是朋友。”

“少来，那也太低级趣味了。而且人家正在兴头上，如果突然受惊，是有可能引起阴道痉挛的。他们可没有随船医生。”

副驾驶狡黠地闭上了一只眼，然后哧哧地笑了起来，把注意力转回到书上。

“玛丽亚刚才是不是来过这里？”英二环顾了一圈驾驶室后问道。

“啊——她刚才是来过，问我能不能使用通信室。”

“通信室？”

“大概是要和地球上的父母进行远程通话吧？毕竟再过48小时，我们就要抵达奥尼尔中转点了。”

当英二准备离开驾驶室时，副驾驶低头盯着手里的书说道：“那个女孩是你女朋友吧？真是个不错的女孩，就像开在地球上的一朵鲜花，气质也很好。我也出生在地球，看到她就会让我想起很多小时候的事。不过，太空并不适合她，她身上有太多地球的味道。我可不是在给你泼冷水。我只是想说，她并不适合在火星的红色沙漠或眼皮子底下就是木星的环境里生活。”

英二在舷梯旁停下脚步，略微转头向后望去。屏幕上那支逐渐远去的帆船队看起来犹如无数个光点，其中一个光点正闪烁着红绿相间的灯光，像是在向他致以问候。

“希望你们一路平安。”

看到船队发出的灯光信号后，英二不由得想起了此时正在其中一艘飞船上的霍华德夫妇。他的脑海中不由得浮现出了只剩下一只眼睛的托比阿斯那棱角分明的脸，还有他的妻子凯尔玛那一头乌黑亮丽的秀发、充满情欲的黑色眼眸，以及她那抹了油般闪烁着诱人色彩的曼妙身体。在英二的脑海里，凯尔玛与玛丽亚那雪白的胴体逐渐重叠了起来。

英二转过身，走上舷梯，接着又顺着通道，来到了通信室的门口。可是透过门上的窗户，他发现玛丽亚不在里面。这时，主任通信员从里头的值班室走了出来，一边走，一边还打着哈欠。他看见英二探头向里张望，便上前给他打开了门。

“你是在找玛丽亚吗？”通信员问道，“她刚刚来过，但很快就又走了。她说想进行远程通信。”

“是跟地球进行通话吗？”

“不，不是的。”通信员按下通信记录的检查按钮，摇头道，“她好像是要联系‘龙津威号’。那艘飞船和我们这艘一样，也是往返于土星和地球之间的不定期客货两用飞船。它比我们晚6个小时离开木星的密涅瓦轨道，目前正处于我们后方约40万千米的位置。不过它的速度比我们快，说不定会比我们更早一步抵达奥尼尔中转点。”

“她联系了‘龙津威号’？”英二低声说道，“难道她有朋友在那艘飞船上？”

“啊，这个我就不知道了。她发送的是加密信息，只有收信人本人才能打开。要不要联系一下‘龙津威号’的通信员？虽然他们肯定不会公开信息的具体内容，但应该可以告诉我们收信人是谁吧。”

“不，不用了。”英二说着，从通信室的门旁走开。

“那个姑娘长得可真好看，而且有一种无法用言语形容的清纯和性感。”通信员叼着镇静棒，在英二身后说道，“如果你认识她，可以帮我约一下她吗？在宇宙殖民地或其他什么地方都行，我知道有家餐厅非常不错。”

英二就当完全没听见通信员的话，径直沿着通道朝前走去。这条通道位于休息室外侧，一直通往后方的住宿区。

英二来到狭窄通道两侧的小型客房区，然后按下了玛丽亚房间的门铃，不过没有人应答。英二随即又试着转动门把手，发现门被从里面锁上了。

“玛丽亚？”英二轻轻敲了下门，低声说道，“是我，你在里面吗？我有话想要和你说。”

过了一两次呼吸的时间，英二正准备再次敲门时，房间里面终于传来了玛丽亚的声音。

“对不起，英二，让我一个人待一会儿……我……我感觉有点不太舒服。”

“你确定不需要去医务室吗？”英二问道，“还是我去帮你拿点药……”

“不，我没事。我只是想一个人静静，拜托了。”房间里的玛丽亚说道。她的声音中隐隐带着哭腔。

英二本想举起拳头再敲一次门，但听到玛丽亚这么说，只得压制住自己内心的冲动。英二站在玛丽亚的房间门口，像一个孩子一样浑身冒汗，拳头被自己咬出了血——他觉得自己十分狼狈。

当英二回到休息室时，伯纳德博士依然抱着胳膊，死死地盯着棋盘。不过他显然不是在思考如何从已经无法挽救的死局中摆脱出来。

“那个姑娘好像不喜欢太空。”博士看着棋盘低声说道，“即便还没有到憎恨的地步，至少也是非常恐惧。”

“在过去的几十个小时里，她似乎有些古怪。”英二瘫坐在椅子上，说道，“大概是长途旅行导致她太过疲倦了。”

“也有可能是我们距离地球越来越近的缘故吧。”博士抚摸着自己光秃秃的脑袋说道，“不知为什么，当我嗅到地球上……那种由生命、水和蓝天组成的浓郁气息时，就会没来由地感到兴奋。更不要说那些以地球为故乡、把地球当作母亲的人了。”

“我和她都是在火星上长大的。”英二看向窗外说道，“后来，她的父母在一次飞船事故中丧生，于是她就去了地球。直到几年前，我们还不觉得彼此之间有多么遥远。可是，这次……对于开发太空，地球上的反对声音真的有那么强烈吗？”

“也许人类现在还不知道自己正处于非常困难的境地。”伯纳德博士说着关掉了棋盘上的电源，“我感觉人类正在日益分裂成两个阵营。一个是传统的地球人阵营，另一个则是崭新的太阳系人阵营。其中也包含着代际冲突的成分，但我觉得更具决定性的亚文化似乎也在逐渐分化。我之所以投身于太空考古学，也是因为我觉得它有可能会成为一个克服这样的冲突和分离的契机。然而，现在我发觉，这种分离其实是一种无法逃脱的宿命。”

“这么说来，玛丽亚和我之间那道原本以为是刚刚才出现的鸿沟，在今后只会变得越来越大？”英二焦虑地想着，不由得攥紧了拳头，“难道这就是‘无法逃脱的宿命’吗？”

“还有……”伯纳德博士从棋盘旁站起身，欲言又止，“我想我还是应该告诉你，你的老板韦伯总裁最近的处境似乎也有点不妙……我是说在政治上……”

40个小时后，“撒旦·克里珀号”终于结束了从土星出发后近8亿千米的长途旅程，进入了月球围绕地球旋转的轨道，并朝着位于L5的奥尼尔中转点开始减速飞行。

而在这40个小时里，玛丽亚始终没有离开自己的房间。

2. 奥尼尔中转点

地球是一个遍布各种生命的星球，地球上有白色的云朵、蔚蓝的大海，还有棕色和绿色相间的广袤无垠的陆地……

在距离地球中心约38万千米的太空，人们异常熟悉的那颗巨大的卫星——月球正围绕着地球不停地旋转。而L5宇宙殖民地就位于月球的轨道上，与地球之间的距离相当于月地之间的平均距离。L5跟在月球身后，一直以和月球相同的公转速度围绕着地球旋转。L5的正式名称为“柯迪莱夫斯基太空城市群（SCG）”。那里正好位于地月之间的拉格朗日点中的一处。法国数学家拉格朗日曾在18世纪通过计算得出，如果围绕共同重力中心运行的两个物体的质量比达到一定比例，那么在以两个天体的距离为一条边的正三角形顶点处就会产生引力平衡。如果有另一个天体进入该处，那么这个天体将始终相对于前两个天体保持相对固定的位置。

早在20世纪初，人们就发现太阳和太阳系中的行星之间存在着这种关系。一组围绕木星运行的小行星被称为“特洛伊群”，它们被发现正好位于以木星与太阳之间的连线为一边的等边三角形的一个顶点处，在木星围绕太阳公转时，三者的关系一直保持相对稳定。此处的拉格朗日点共有两处，分别位于木星公转方向的前方和后方，以太阳为中心相隔60度角，分别被命名为L4和L5。

柯迪莱夫斯基太空城市群位于地月之间的L5上，早在一个多世纪前就已启动建设。最初，L5与位于月球公转方向前方60度角的L4一样，都是幽灵卫星[①]般的存在。从太空落到地球周边的宇宙尘、彗星的冰和气体、陨石碎片等被地月之间的潮汐力奇点吸附住之后，会不断在L4和L5上积聚。因为L4和L5与月球相比显得格外暗淡且朦胧，因此分别被称为“对月照”和“相月照”。当人类开始在L5上建设宇宙殖民地时，就将其命名为“柯迪莱夫斯基空域”，柯迪莱夫斯基是20世纪下半叶第一个在这片空域真正观察到天体光芒的波兰天文学家，后来“柯迪莱夫斯基空域”就成了行政区的正式名称。今天，它已发展成一个大型的宇宙殖民地，总人口达3200万，包括7座太空城市、3颗研究所卫星和1颗拥有太阳系内最大内存库的信息处理卫星。

在L5宇宙殖民地的7座太空城市中，历史最悠久的就是奥尼尔中转点。很明显，这个名字就是为了纪念G.K.奥尼尔。奥尼尔曾任普林斯顿大学的物理学教授，早在20世纪70年代就首次正式提出了太空定居计划和太空殖民卫星的构想。L5是人类最早建成的宇宙殖民地，与后来建造的以居住为主的太空城市不同，上面集中了大量用于与地球、月球和其他行星进行摆渡和货物中转的设备。所以比起其正式名称“G.K.奥尼尔纪念城市”，奥尼尔中转点才是更切合实际的名字。在奥尼尔中转点一共有8个去往月球和地球的渡轮码头、5个行星间联络船码头、3个各带36个泊位的巨型货物集装箱专用码头、1个大型仓库群，以及最先进的飞船建造和维修船坞、地球圈最大的太空导航控制中心。对于那些从遥远的外行星空域返回地球的飞行员来说，L5就是通往“地球母亲”的大门，它的名字会引发一种独特的乡愁。

现在，一艘长途客货两用飞船正在一边减速，一边驶向奥尼尔中转点。这艘飞船便是即将结束从土星到地球的旅程、暂时进入船坞进行修整的“撒旦·克里珀号”。

当飞船即将抵达太空码头时，玛丽亚终于从房间内走了出来，来到位

① 幽灵卫星：可能存在于地月系统的L4和L5两个拉格朗日点，由大量尘埃聚集而成的云气。——编注

于英二和伯纳德博士站立的驾驶室后侧上方的平台上。她仍穿着那件朴素的衣服，戴着宽边帽，还随手拎着少许行李，完全是一副已做好准备即将下船的样子。

当玛丽亚出现在平台上时，她的气色明显好了很多，与40个小时前将自己关在房间里时极度消沉的状态相比，现在的她简直判若两人。她的脸颊泛着动人的潮红，清澈的蓝色眼眸熠熠生辉。玛丽亚朱唇微启，一首古老民谣的旋律随即从她的口中流淌而出。那是诞生于20世纪下半叶、在22世纪再次流行起来的歌曲，歌名叫作《地球上的青山》。

“你看，英二……”玛丽亚兴奋地指着一块显示屏，用欢快的语气说道，“这就是地球！——我们终于回来了……你快看！你不觉得它很美吗？”

“确实很美。”英二说着，试图上前搂住玛丽亚的肩膀，“不管怎么说，这颗星球上有空气、水和生命。”

可是，玛丽亚甩开了英二的手，兴奋地沿着舷梯直奔驾驶室而去。在从舷梯上下去时，玛丽亚回头冲着英二大声喊道：“我们的朱庇特教团就位于这个美丽星球上最最美丽的地方。英二，你一定要来啊！然后，和我们的领头人彼得聊聊。说不定，你的想法也会因此而发生改变呢。”

伯纳德博士低头望向玛丽亚，此时她已经进入驾驶室，正站在与码头对接的飞行员身后急促地说着什么。博士用略带笑意的口吻对英二小声说道：“别露出一副女朋友被地球抢走的表情嘛。”

英二无言地耸了耸肩。

“所有和地球血脉相连的人都是这样，越接近故乡，心情就越激动。”

“博士您是什么感觉？”英二反问道。

“我？我嘛……不太好说。半个多世纪以来，我一直做着同样的研究，所以我自己构建起来的研究体系对我来说就像我的故乡。说实话，我对地球并不怎么关心，我只对外星人留下的信息感兴趣，他们在数千万年前就在纳斯卡沙漠、月球和火星上留下了地面巨画。”伯纳德博士说着，向远方望去，“也有些人在年纪大了之后，会变得怀念故乡，想要落叶归根。我的好几个同事就是这样。但对我来说，地球就像是已经蜕去的、少年时代的那身充满汗臭的躯壳。虽然有时候也会怀念，但还没有强烈到迫切想要回那里生活的地步。相反，地球给我留下了太多不愉快的回忆，我在那里曾苦苦挣扎于复杂烦扰的人际关系和组织关系，也曾为一些无聊烦琐的小事焦头烂额。所以即便我去了地球，也没怎么去过研究机构以外的地方。”

——对我而言，地球又究竟意味着什么呢？

英二一边这样想着，一边看着屏幕上浮现的36万千米以外的地球影像。被白色的云团旋涡和蓝色海洋点缀得色彩斑斓的地球，此时正一半沐浴在阳光之下，另一半处于阴影之中，位于阳光分界线位置的北美大陆中部，即将从傍晚进入夜晚。

英二发现，自己只是把地球当作太阳系众多行星中的一个。当他近距离看金星、火星、木星、土星和天王星等行星时，目光和看地球并无两样。当英二意识到这一点时，内心不由得感到一阵难受。

对英二来说，地球绝不是一颗特别的行星。虽然它确实是太阳系中唯一一颗孕育出生命并且40亿年来一直在持续进化的行星，也是人类及其文明诞生的地方，但对英二来说，这些只体现了太阳系行星的多样性而已。比如火星是一个大气稀薄、到处是红色沙漠和火山口的星球；金星则环境恶劣，大气基本由二氧化碳组成，会下很浓的硫酸雨，地表温度高达400摄氏度；木星的表面则裹着由氢气、甲烷、氨和硫化氢等组成的厚厚的大气层，大气层中时时都有可怕的风暴和雷电在肆虐；而地球则拥有由大约20%的氧气和80%的氮气组成、含水量丰富的大气层，地球上还有各种生命存在。这些区别对于英二来说，在本质上并没有太大的不同。

玛丽亚把地球作为“母星”，看作自己的故乡。于她而言，地球就像她身体的一部分。她爱地球，对地球有着很深的感情。而伯纳德博士却带着一丝淡淡的厌恶眺望着地球，因为那里埋藏着他青春时代的不甘和苦痛。于他而言，地球不过是已然蜕下的“过去”的一具躯壳而已。

——那么，于我而言，地球又是什么呢？

我的确是地球人类后裔中的一员，但当我面对地球时，只会感到紧张、疏离，皮肤上会产生一阵刺痛感，仿佛那是比其他行星或太阳系内的宇宙空间更陌生的异国他乡。

——那么，对于我来说，故乡又是什么？是我出生和长大的火星吗？不……倒不如说，真正能让我感到安心的地方，还是太阳系内的宇宙空间，是飘浮在其中的人工天体，难道不是吗？

“你听过‘城市老鼠和乡村老鼠’的故事吗？”伯纳德博士仿佛看透了英二心中所想，抚摸着自己光秃秃的头顶问道。

“没听过。”英二摇了摇头说道。

“城市里的老鼠认为，居住在高度繁荣的城市才是老鼠应有的生活；而乡村的老鼠则表示，即使文明程度不高，生活很贫困，也还是喜欢拥有广阔空间的田园生活。当然啦，这不过是个不相干的无聊故事而已。”博士苦笑着说道。

“地球这颗行星……现在已经完全变成了一颗‘城市行星’，而且处于过饱和状态。整个大自然——从海洋到森林再到大气，全部是受人类管理的人造环境。如果不这么做，那么所谓的自然早就不复存在了。因此，从某种意义上来说，现在的地球正在变成比宇宙殖民地受管控程度更高的‘城市’。你必须认识到这一点。”

“不知道玛丽亚对于这些事情是否了解……”英二喃喃道，“在这种状况下为什么还要……不，正因为处于这种状况下，所以才说要保护自然，对吗？”

“太空城市和作为‘城市行星’的地球之间的唯一区别就是，地球一直受到历史的牵绊。”博士微微地叹了口气，“其中纠缠着数千年的情感和怨念。情感和怨念是一种古老的记忆，一旦附着在人的思维上，人就很难再接受更正确和更新的思维方式了。不过呢，也有人说，正因为这样，意蕴才更深远，也才更值得细细品味。”

“也就是说，地球正在成为一个被长期积累的历史情感高度组织化的‘城市’。”不知为什么，英二突然感觉到有一股微弱的颤抖从体内涌上来，他用眼角的余光瞄着那个在太阳光的照射下呈半圆形的生命之星说道，“看来，我还是不适合居住在这里。不过玛丽亚是什么情况就不知道了。”

此时，“撒旦·克里珀号”与奥尼尔中转点那长长的太空码头之间的相对速度几乎已经降到了0。正面的大屏幕上，码头上显示为“3”的大大的红色霓虹灯瞬间逼近眼前，一座长长的栈桥正拖着一条气密通道向飞船靠近。

一阵轻微的撞击声通过飞船的船体传来。电磁锚固定住了飞船，紧接着传来自动对接装置和动力连接器卡入预定位置的声音。“撒旦·克里珀号”轻轻晃动了一下，便完全停了下来。驾驶室控制台的显示屏上各种灯光变成了柔和的琥珀色，飞船的引擎也全部停止了工作，绿色和白色的同心圆灯亮起，表示已经切换到太空城市的动力系统。

接着又传来气密通道一端的密封圈吸住升降门外侧的声音，接着是机器人打开气密门锁时咣当咣当的声音。很快，在一声宛如微弱叹息般的响声过后，紫灯亮起，显示飞船居住区的空气已和气密通道的空气彻底连通。

“终于到了！”玛丽亚在驾驶室里拍着手又蹦又跳，“是地球！英二，我们到地球了！”

“还早着呢。这里只是L5宇宙殖民地。”英二朝屏幕挑了挑下巴说道，“我们距离地球还有36万多千米呢。”

“不过，这里已经可以算是地球了，我们正在月球围绕地球公转的轨道上。”

玛丽亚从地板上拿起她的手提行李箱，朝船尾的升降口一溜烟跑了过去。驾驶员从座位上站起身，耸了耸肩，苦笑了起来，伯纳德博士也不禁放声大笑起来。

奥尼尔中转点的太空港内有两个外圈直径达1.8千米、宽约40米、被称为“环”的甜甜圈形状的建筑物。这两个巨大的环又通过6根辐条被连接到一个直径为50米、长约10千米的圆柱形中心轴上。从中心轴一端沿圆锥斜线方向又延伸出数条可移动的通道，通道的另一头是各类码头设备，包括客船、货物集装箱和渡口等。从码头上又延伸出数条带气密通道的可移动栈桥。

登上气密通道的传送带后，随着传送带的移动，检疫、行李检查和其他检查都会自动完成。从第三码头出发，通过可移动通道和中心轴后，便可去往酒店和餐厅所在的环了。在等待自动载人车时，英二透过码头的小窗向旁边的第四码头望去，看到那边的栈桥上也连着一艘和“撒旦·克里珀号”一样破旧、似乎同样是客货两用飞船的大船，在飞船携带的集装箱侧面，写着“龙津威”几个脏兮兮的、快看不清的文字。第四码头的灯此时已经完全熄灭，看样子，虽然“龙津威号”比“撒旦·克里珀号”晚出发6个小时，却先一步抵达了奥尼尔中转点。

在英二的意识深处，似乎有什么东西在隐隐作痛。通信员曾经对他说，玛丽亚在把自己关进房间之前，曾和那艘飞船联络过。她究竟和那艘飞船上的谁联络过呢？又究竟说了些什么呢？

自动载人车很快便到了，当大家坐到里面后，玛丽亚用欢快的语气大声说道："我提议，咱们先不去'酒店环'，而是去前面的'城市环'看看怎么样？那边要宽敞得多，外环的直径有5千米，环本身的宽度也有60米到100米。里面有绿色的森林、湖泊、带高尔夫球场的自然公园，还有好几家味道非常不错的餐厅……"

"不了，我还是先去酒店休息吧。"英二说道，"我得先试着适应地球上的重力。'城市环'的重力大概有1G吧。"

"那么，我就先自己去了。"玛丽亚说着，按下了代表目的地的按钮，"稍后，我们在渡轮码头会合吧。"

"6小时后在码头见。千万别迟到。"伯纳德医生说道。

3. 日本地区——东京

"各位先生，各位女士，接下来我给大家介绍一下这一片建筑物。"

一位长相甜美的导游小姐伸出她戴着蕾丝手套的手，指向一片高耸的建筑群。

"这些是东京新宿副中心的高层建筑群，建于20世纪下半叶，迄今为止已经有150多年的历史了。根据2025年签订的《世界十大城市保存协定》，建筑群与当时的部分高速公路于2045年一起被指定为历史遗迹，现在由东京都昭和村负责管理。"

导游小姐带领的是一个地球旅行团，成员主要是一群中老年人。他们胸前分别佩戴着"月球""火星""小行星""L5宇宙殖民地"等各式各样的徽章，一边听着介绍，一边抬头仰望着那些高耸入云、或白或灰或黑或使用了遮光玻璃的摩天大楼。

"竟然是150年前建造的。"一位满脸皱纹的老人不由得感叹道，"真没想到这些看起来不怎么结实的建筑物，居然能从那场大地震中留存下来。"

"不过这些建筑的内部破损得比较严重，再加上年久失修，维护费用非常高，因此，所有建筑的10层以上已全部停止使用。高楼层只有极少部分被当成仓库或资料室。"

导游流畅地解答后，面向旅行团举起了手。

"各位，接下来我们将前往下一个景点。我们一会儿先去上野转转，然后去旋转餐厅吃午餐。”

英二用疲惫的目光，呆呆地目送着这一大群游客离开。游客们坐车走后，眼前的这片地界顿时冷清了下来。只有温热的风在夏日强烈的光照下卷起薄薄的灰尘，从空荡荡的广场上穿行而过。

炎热、潮湿、浓郁的空气，以及地球上巨大的引力让英二几乎喘不过气来。他抬起被汗水浸透的脸，仰望着眼前的6幢高楼。尽管英二已经在奥尼尔中转点的保健所接受过适应地球环境条件的治疗，但面对梅雨结束后以高温高湿著称的日本气候，英二依然感觉自己像是泡在了滚烫的玉米浓汤中一样。

过于浓郁的空气让英二连呼吸都变得困难，他的肩膀也因为大口呼吸而起伏不定。英二痛苦地将目光从以前的陈旧高楼转向那刺目的蓝天。当然，因为大气层并不透明，所以他不能直接看到位于大气层另一侧的L5宇宙殖民地——那里有由奥尼尔中转点等7座太空城市共同组成的柯迪莱夫斯基太空城市群。即便看不见，英二仍下意识地不断用视线在天空中搜寻着。

当伯纳德博士和英二在奥尼尔中转点设有旅客住宿设施的“酒店环”等待飞往地球的飞船时，他们遇到了一个来自火星的黑人青年，他的名字叫莫西·恩扎罗。这位极具亲和力的年轻人是伯纳德博士的徒孙，当别人还在弧形转角的街道上时，他就第一时间发现了伯纳德博士。他一边大喊着“伯纳德老师”，一边飞也似的狂奔过来。这里的重力很小，因此奔跑时，他的身影不止一次高高地跃起到两米的空中。

“是你啊，莫西。”伯纳德博士双手紧紧拍在黑人青年柔软的肩膀上，满脸都是和蔼的微笑，“怎么样？之前你还发牢骚，说什么去火卫一调查就像被流放到了一个小岛上，结果你居然成了第一个发现火星信息的人，真是大显身手啊！”

“这纯属运气，我干考古学这么久，也就这次碰上了这么好的运气。”莫西露出一口大白牙，开心地说道，“话说回来，您有没有听说过米莉森特·威廉女士的事迹？她真是个天才，而且极其吃苦耐劳。她那股能吃苦的劲儿和天才的灵感，到底是怎么合为一体的？在我看来，这件事或许只能用神秘来形容了。据说，通过将新发现的火星图案与迄今为止的资料相结合，米莉已经破译了近80%的信息。”

“这也太厉害了！”伯纳德博士大叫道，“那，她……米莉现在在哪儿？还在计算机卫星上吗？”

“她已经离开了。直到前天，她都一直待在那个宇宙殖民地上。不过，她这会儿应该已经去了月球，因为她想在舒伯特通信基地使用一下某个程序。说不定她都没法亲自参加这次会议，只能像以前一样，通过全息投影远程参加了。”

“这么说来，在这次会议上，米莉又不会出现了。那等我们回去的时候，一定要想办法在月球上和她见一面。对了，她走之前有没有说什么？比如她破译了那条宇宙信息的80%之后，有没有发现什么？”

“其实我也没有问得很详细。大部分好像都是发给后来人的信息，其中好像有警告之类的东西。”

“警告？”伯纳德博士不由得蹙起了眉头，“究竟是什么样的警告呢？”

“这个嘛，好像她本人也还没有完全搞清楚。”

就在这时，一只大手搭在了一直在一旁倾听两人谈话的英二的肩膀上。

“兰森部长！”英二回头一看，不由得瞪大了眼睛，“您是从火星过来的吗？”

来人正是太阳系开发机构的下属组织——外行星开发机构总部的企划部部长霍华德·兰森。他朝英二使了个眼色，拍了拍英二的肩膀，然后便若无其事地从聊得正起劲的伯纳德博士和莫西身边走开了。

“老板下了死命令，让我去参加在地球上召开的太空考古学会的紧急临时会议。”兰森部长回头说道，“老板让我找你搭档，然后一起去向学会的领导和强硬派学者好好解释一下我们的计划的特点和现状，还让我去摸一摸学会的主流意见。”

“我们的计划，是指……‘JS计划’吗？”英二不由得停下了脚步，“也就是说，在火星上发现的类似纳斯卡巨画的图案，真的会影响‘木星太阳化计划’的推进？”

“老板并没有让我去和那些学者老爷们撕破脸，而是让我尽可能地倾听他们的想法，然后耐心地向他们解释‘JS计划’的意义和进展，跟他们好好沟通一下，争取让他们为我们的调查计划提供协助，并获取相关的讨论材料。”

兰森部长那棱角分明的下巴显得他的意志非常坚定。他用手指轻轻抚摸着自己的下巴，摆出一副若有所思的样子。

“话虽如此，这次在火星上的发现似乎相当不得了。你知道一个叫米莉森特·威廉的宇宙语言学家吗？”

“刚才，他们俩在谈话的时候也提到过这个人，不过我不认识。”英二说着，回头望向伯纳德博士和莫西。他们俩仍坐在露台的椅子上，热烈地交谈着。“我听说，她是位极其优秀的学者。”

“威廉女士在这个领域的成就应该无人能及。她和老板很早之前就认识了，总裁曾经向她询问过相关情况。据她透露，综合火星上的发现来看，在迄今已破译的宇宙信息中，木星及其附近也变得越来越重要。她说，信息的核心‘钥匙’，或者说缺失的一段极其重要的信息锁链，好像就在木星附近。”

“那……‘JS计划’是不是就要被暂时搁置了？”

兰森又朝英二使了个眼色，然后朝“酒店环”的几处灯光音乐喷泉的方向缓缓迈开了步伐。

“这就是问题所在。”兰森微微耸肩道。

“‘JS计划’的问题不是在技术上，而是在政治上。这个计划又关系到整个太阳系开发机构的未来，也就是说，关系到我们的老板韦伯总裁的政治立场。我现在不希望因为任何疏忽大意而导致‘JS计划’再起波澜。无论如何，都要避免让太空考古学的那次奇妙发现引发学会成员中那些缺乏政治敏锐性的‘纯粹派’的极端意见。这些意见很可能会惹得媒体到处煽风点火，甚至让联邦议会的保守派也卷入其中，最后导致‘JS计划’延期。你可能还不知道，这个计划现在其实对太阳系开发机构的未来具有极其重要的象征性意义。我们希望尽可能按照原定计划来推进这个项目。”

“所以，我们需要尽力去配合学会的方针？”

“对，我们需要积极配合他们，同时也要从他们那里寻求理解和支持。伯纳德博士之所以没有去火星，而是立刻从小行星带赶往木星，我想也是出于这个理由。估计博士在第一时间就找韦伯总裁商量过了，毕竟他们早在高中时代就认识，已经是几十年的铁杆好友了。”

“也就是说，伯纳德博士是站在我们这边的？”

“我可没这么说。博士的公开身份是太空考古学的拓荒者，也是太空考古学会的副主席，是组织内具有重要影响力和权力的人物。但这并不代表他就是我们的盟友，而只能说明他和总裁是很好的朋友，甚至可以说是刎颈之交，明白了吗？”

“明白了。”英二点头道。

“顺便说一句，就在你从木星出发前，是不是有个包括众议院议员在内的调查团去了密涅瓦基地？”兰森有些不放心地环顾四周，说道，“情况怎么样？你好好接待他们了吗？”

“嗯，是啊。”英二吞吞吐吐地回答道，“可是他们一到基地，就惹出了一场不小的乱子。”

听闻此言，兰森部长的眼神瞬间变得严肃起来。英二赶紧就朱庇特教团那群年轻人的胡闹行为向他做了简要汇报。

“原来是这样。”兰森喃喃自语道，表情缓和了一些，“不过，这对调查团来说，说不定也是一次不错的经历。”

“毕竟我们也抓住了他们的弱点。团长级别的众议员等人估计都被吓出了一身冷汗，一股脑地把调查团成员的内幕都告诉了我。”

“可是，那帮年轻人又是怎么混进调查团里的呢？我觉得，这绝非都是好事。”兰森的表情再度变得严肃，似乎陷入了沉思，“会不会是有人，或者某个组织，在想法子刺探‘JS计划’的情报，所以才会想方设法在调查团里塞进一些莫名其妙的家伙呢？”

“您的意思是，对方是想要看看我们究竟会如何对付这些人，以及究竟会有什么样的反应，是吗？”

兰森突然伸出手来，紧紧抓住了英二的胳膊。

“你就像现在这样，慢慢走到那个喷泉旁边。”兰森压低了声音说道，“走五六步，然后若无其事地转头，装作正在和我聊天。在左后方的酒店柱子旁边，有个微胖的矮个子男人，你看到了吗？”

“我看到了。”英二低声说道，然后停下脚步，伸了个大大的懒腰，乘机环顾四周，“那个人有什么问题吗？”

“小声告诉我，那个人长什么样。”

“身高1.65米左右。穿着一套白色的薄棉料西服，戴着一顶米色的帽子。留着黑色的小胡子，正在看色情类报纸。鞋子的颜色是白色和棕色相间。”

“有没有戴戒指？在右手无名指或小指上，是不是戴着一枚红色的戒指？”

“没错。他究竟是什么人？”

“跟踪我的人。”兰森小声说道，表情郁闷，“对方连窃听工具都用上了，不过这里有音乐声，估计他们也听不到我们谈话的具体内容。”

“跟踪您的人？”英二吃惊地看着兰森部长的脸，然后又看向离他们有三四十米远的那个看似无所事事的微胖男人，“您说什么？怎么会……”

“看来你一点也不懂政治……木星那边基本没有什么政治，但这里有。在地球上，政治这玩意儿的浓度要更高，也更为错综复杂，甚至把整个地球都裹挟在了其中。这里——也就是L5宇宙殖民地周围，已经离那个旋涡中心非常近了。”

兰森挠了挠耳根，夸张地皱起了眉头。

“那个男人从太空港出来后，就一直在跟踪我。原本我以为已经甩掉他了，但没想到他居然还紧咬着我不放……或许他还要继续跟着我一起搭乘前往地球的飞船。”

“可是，他为什么要跟踪您呢？是联邦安全局的人吗？”

“不，是敌对派系的人。”兰森深深地吸了一口气，然后抬头望向天空，“目前，对于联邦议会来说，太阳系开发机构处于一个略显尴尬的位置，尤其是参议院的某个集团……具体是哪个地区的集团我就暂且不说了。他们从很早之前就开始行动了。那些人貌似最近已经完成了相关的准备工作，正在打探局势，准备接下来去和大人物做交易。参议院副议长现在年纪大了，身体也不好，一直在疗养中，万一他死了……还有，3年后的总统选举，现任总统如果不参加的话……”

“如果真的发生了这种情况，太阳系开发机构将会怎样？”

“或许我们的组织真的太过于特立独行了。”兰森歪着嘴笑道，“而且，各方面的增长速度也都快得有些离谱。就看咱们的韦伯总裁今后要如何扛过这一关了。”

酒店那边突然传来呼唤英二名字的声音。原来伯纳德博士和莫西已经在桌子前坐下，正在点饮料，他们两人正招呼英二他们一起过去喝一杯。

“我们过去吧。”英二说道，“我来介绍伯纳德博士和您认识一下吧。”

“对了，你和玛丽亚·贝斯哈特是从小一起长大的吧……”兰森确定藏身于柱子阴影后的跟踪者已经离开后，才继续说道，“我刚刚在‘城市环’看到她了。她如今出落得愈发漂亮了……你在这里见过她吗？”

英二没有告诉兰森，玛丽亚·贝斯哈特其实就是那帮“年轻暴力分子”

的领头人。

一直到前往地球的飞船出发之前，玛丽亚的身影都没有再出现在渡轮码头上，而只是在登船柜台处给英二留下了一张便条："对不起，英二。我已经搭乘一艘途经月球的飞船先一步离开了。等你到了地球，一定要去见见彼得。——玛丽亚。"

英二仰望着东京、新宿那些已成为历史文化遗产的高楼和那一片充满灼热气息的蓝天，满脑子都是在L5宇宙殖民地上的回忆。就在这时，他胸前写有"WSAA SM TOKYO"的塑料卡片突然闪烁起了红色的光芒，随着"哔哔哔"的呼叫音，一个计算机合成的女声随即响起："本田英二先生，本田英二先生，会议即将开始，请速至会议室。"

4. WSAA特别会议

虽然通过胸前佩戴的身份识别卡，英二已被告知会议即将开始，但此前他为了调整自己的身体状态，已经从酒店一路闲逛到了旧西新宿这片保存完好的高层建筑群附近。此时的英二完全不知道会议地点究竟在哪里，以及如何才能前往。

不巧的是，储存会议介绍和资料的磁卡被他忘在了酒店里。更要命的是，英二突然发现自己连回酒店的路也忘了。

"真没想到，我居然迷路了。"英二不由得苦笑道。

不过，幸运的是，英二在广场的一个角落处发现了一个导引台。于是他赶紧走过去并按下了开关，屏幕上随即出现了一个长着一头栗色头发的碧眼美女。

"有什么可以帮到您的吗？"屏幕上的女人露出一副甜甜的笑容，用略带鼻音的沙哑声音问道。

屏幕上使用的并非立体图像，而是平面图像，这说明这个女人的面部表情和应答时的嘴部动作都是由计算机来控制的。

英二取下佩戴在胸口的身份识别卡，然后将卡片贴向屏幕。

"这个会议马上就要开始了。"英二说道，"我该怎么去会场呢？"

"WSAA……特别会议……"屏幕上的女人——更准确地说，是以实际存在的女人形象为基础，通过计算机控制所展示的形象——转动她那祖母绿色的眼珠，读取着卡片上的文字。然而，她眼睛的活动略显机械化，仔细观察就会发现，并非真人在阅读，而是与女人眼睛连接在一起的"机器眼"在读取文字。

"啊，原来是太空考古学会的东京会议。请您稍等。"

女人的影像瞬间缩小并移动到了屏幕的一个角落，紧接着，屏幕上出现了周边区域的地图。

"您现在位于这个位置。"女人将手里的指示灯指向地图某处，那里闪烁起红色的光点。

"会议地点则是这里——富士会议厅一楼的中型会议室。沿着这条路一直向前走大约5分钟即可到达。请将您的身份识别卡插入那边的卡槽里，我会把导航信息录入到您的卡内。"

英二按照指示将身份识别卡插入导引台的狭长卡槽中。在卡片录入地图时，屏幕上的女人变回到和真人大小相当的半身影像。她双手并拢，然后用交叉的手背支着下巴，用妩媚的目光凝视着英二。

"真是个年轻又英俊的大帅哥。"屏幕里的女人笑着说，"您来自哪里？是月球吗？"

"我来自木星，"英二拿起从卡槽中吐出的卡片，笑着回答，"你也很有魅力。我要如何做才能见到你本人呢？一会儿我们可以约个会吗？"

女人的影像原本是用双手支着下巴，故意露出两个乳房之间那条深深的沟壑，听到英二这么说，突然像定格了一样，整个人僵住了。但仅仅过了一两秒，定格的女人影像又缓缓动了起来，用与刚才略显不同的声音飞快地低声说道："原本不应该和客人开这种玩笑的……提供这个影像和声音的女人大约在两年前已经去世了。非常遗憾……"

"这么年轻，这么有魅力，居然已经死了？还是说，这是很久以前的她，两年前的她已经是一位老太婆了？"

"她因为失恋……死于药物中毒……是自杀。"

这时，屏幕中的影像有点卡顿，貌似是这台导引计算机的母机正在进行伦理线路的检查。

女人的影像再度恢复为最初的样子，带着甜甜的笑容问道："请问您还需要其他帮助吗？”

“不用了，谢谢。”英二说道，“不过要是你还活着，我倒是很想和你约会。”

当英二离开导引台时，心里不由得产生了一种奇妙的感觉。在密涅瓦基地，南希使用的也是计算机语音应答系统合成的女性声音，但地球上的技术明显要更进一步，还提供更生动而且颇具人情味的影像。如果那位提供容貌和声音的女人还在世，是否会暗暗地对应答程序做些手脚，从而让程序接受自己的邀约呢？

不过，话说回来，为什么那台导引计算机可以做到如此精准的个性化应对呢？简直就像一个活生生的女人。

想到自己竟和一个两年前因失恋而自杀的女人留下的活生生的影像相谈甚欢，英二的心头泛起一股难以言说的滋味。

英二根据胸前佩戴的内置超大规模集成电路（SLSI）的身份识别卡记录下的地图，来到了一处街角。这时卡片的一角再度闪烁起指示方向的光，并发出提示音。英二根据指示先向右拐，再向右拐后，由多层优美曲面层层叠叠拼建而成的白色和天蓝色相间的富士会议厅便映入了眼帘。在入口旁边的墙上，可以清楚地看到“WSAA SM TOKYO”字样的发光标记，标记旁边还闪烁着一个向右的箭头。

英二从入口进去后随即向右拐，走廊上方再次浮现出“太空考古学会特别会议·东京”的字样。英二打开中型会议室的门走了进去。会议室可以容纳200人左右，不过今天到场的与会者只有五六十人。此时伯纳德博士已经开始在大屏幕前给大家介绍自己的报告。

“你跑哪儿去了？”兰森部长放轻脚步声走到英二身旁，小声问他，“一大早你就没影儿了，我一直在为你担心呢。”

“对不起，我为了调整身体状态就出去溜了溜，结果却迷了路。”

“会议才刚刚开始。接下来专家们的发言还会持续很长一段时间。”兰森部长说着，小心翼翼地环视昏暗的会场，然后压低声音说道，“一定要谨慎再谨慎，与会者中好像有两三个比较棘手的家伙。”

“‘棘手’的意思是——他们是太空开发反对派的代表？”

“他们没有明目张胆地派反对派分子来参会，毕竟这是学术会议。不过，有那么两三个学者出于个人的倾向，主张将计划延期。学术文化局派来列席的几个官员中，有人和议会有着说不清道不明的关系。此外，还来了一个财团的理事，这个人也让我很不放心。虽说他原来是政客，却出身于安全局。”

“对了，那个男的也来了。”英二说着，朝入口旁的阴影处扬了扬下巴，“看，就是在奥尼尔中转点一直跟踪您的那个家伙。”

兰森部长的身体瞬间僵住了。

但就在这时，坐在他们前面的一位满头白发的学者转过头来，摆出一副很不高兴的表情，用刺耳的嗓音说道：“你们两个能不能安静点？”

兰森和英二立即闭上嘴，老老实实地把脸转向了讲台。

“正如我刚才所说的……”讲台上的伯纳德博士继续着他的演讲。在他身后的大屏幕上，出现了一个由无数条直线交错形成的奇妙图案。“这次在火星北极地区的冰原下发现的纳斯卡图案中，虽然只有部分激微波全息图被破译出来，但已经可以确定，它和地球上的纳斯卡图案之间存在着一种互补关系。现在我就为各位简单介绍一下，在新发现的火星信息和纳斯卡图案之间究竟存在着怎样的联系。”

“那个就是纳斯卡图案？”英二小声问兰森道。

“没错。”兰森点点头道。

“除此之外，还有鸟类、蜘蛛猴和蜘蛛等图案的巨幅地画，那些画在很早以前就受到了人们的广泛关注。但这些在沙漠中看似随意绘制出来的直线和带状图案，一直以来都让人们迷惑不解。任谁都不会想到，那些图案竟是外星人在上古时期就留下来的激微波全息图。”

直到2071年，在我们利用地面移动站、飞机和人造卫星对一种新型激光-激微波通信器进行大规模测试时，才第一次真正意识到，这些巨大的图案很可能是外星人留下的信息。这种新型激光-激微波通信器是一种使用振荡器的特殊的通信装置。它能够利用特殊气体和半导体，在可见波段到中波波段的范围内连续对光的波长进行转换。

当时，在140千米的高度，一颗人造卫星正由北至南沿着极轨道的方向运行。当卫星向地球球面的切线方向连续发射振动频率可变的高功率激光-激微波时，由于地表的散射，一部分激光-激微波会绕到地平线的另一边去，所以人们又通过设置于美洲大陆太平洋沿岸的地面站和飞机来确认究竟有多少激光-激微波会绕到地平线的另一边去。正在这时，位于赤道上方3.6万千米高度的静止卫星台报告说，来自地面的厘米波的反射波中，记录着一种奇怪的图案。再次测试后，人们发现，产生奇怪图案的源头正是沙漠巨画所在的纳斯卡高原。

不过，又过了20多年，人们才终于证明那确实是一段信息。

“现在我们才知道，这个纳斯卡宇宙信息一直都在向外发射一种求救信号，目标是那些以接近人造卫星的高度通过地球上空，并通过激微波或远红外激光对地面进行探查的飞行物。”

伯纳德博士随即在大屏幕上切换了另一张背景图像。这是一张实景的纳斯卡巨画，不过经过计算机的抽象处理和激微波散射后，可以清楚地看到浮现在其中的信号的波形和图形。图形看上去就像是加了几条辅助线的天体位置示意图，信号用的则是脉冲编码。

“不过，这次发现的火星信息所包含的内容要远远超过纳斯卡信息的内容，而且因为是刻在了火星极地冰冠下的坚硬岩石上，所以几乎没有像纳斯卡巨画那样遭受过严重的风化损坏。通过分析，我们发现了大量的二进制符号和图形，目前已经破译了部分内容。通过将破译结果与迄今为止在纳斯卡、月球和小行星上发现的宇宙信息进行比对，在地球人类文明诞生之前，从异星系抵达太阳系的外星人留下信息的全貌正在变得清晰起来。”

伯纳德博士再次切换了一张背景图像。这是一张火星北极的D6冰原下，以及继D6之后在邻近的D7和E3冰原下发现的纳斯卡宇宙信息的俯瞰照片。

“这就是我们最近发现的火星信息，这些信息应该是由从高空发射的毫米波超高功率激微波镌刻而成的，这样的激微波远比刻画在纳斯卡高原上的激微波精准。据推算，其年代也比地球和月球上的图案更加古老，大约在5万年前……”

“可以问个问题吗？”会场上有人举起了手，“伯纳德博士，为什么这些信息会被隐藏在火星的冰原下呢？”

伯纳德博士向讲台左侧伸出手去。一个年轻的高个子黑人男子随即从他旁边的座位上站起身来。他向大家打了一个招呼，然后开始发言。

“我叫莫西·恩扎罗，参加过火星信息的首次调查。等会儿我还会给大家做详细的报告，现在就先简单地回答一下吧。大约在4.5万年前，火星的自转轴曾经发生过一次巨大的偏移，这导致原先和纳斯卡信息一样被刻在低纬度地区的地面信息移动到了火星的北极一带。”

“接下来就有请负责破译火星信息和纳斯卡信息的宇宙通信工程学博

士米莉森特·威廉女士，为大家简要介绍一下宇宙信息的内容。”伯纳德博士转头朝向他右边的3D视频电话。不过在线路接通前还要等一会儿，屏幕上才会出现影像。

这时，英二耳边响起了一个女人的声音：“请问您是本田英二先生吗？”

英二回头一看，只见一个女保安向他递来一张对折的纸。

“有人让我把这个转交给您。”

“是谁？”

“我不清楚。那人没有说自己的名字。”

“是打电话说的吗？”

“不是。是一位年轻的女士让我把这张纸条交给您的，但不知道她是不是写信的人。”

英二接过了纸条。打开前，他瞥了一眼3D视频电话的接收器。只见上面出现了一位女性的上半身立体影像，大小和真人相仿。影像出现时还伴随着一段音乐，不过英二不曾听过那首曲子。

“我是米莉森特·威廉。”

女性的立体影像向会场内的参会者打了个招呼。她身材高大，一头泛着光泽的栗色长发披在肩上，看上去有30多岁。她是一名大骨架的女性，肩膀略宽，高颧骨，长下巴，乍一看似乎有些不太好相处。但她那棕色的大眼睛、弯弯的眉毛、略显坚毅的嘴唇等，却又透露出一种知性之美。

“我现在正在月球上的舒伯特通信中心，依然在忙着信息的破译工作，所以很遗憾我不能到现场参加东京会议。不过，我将通过3D视频电话在月球上参加这次会议。”

米莉森特·威廉很快开始了她的发言。她的声音有些沙哑，不过语调非常清晰。

“在将火星信息与之前发现的纳斯卡、月球和其他地方的信息碎片进行比对，并经过多次探讨之后，我们现在基本可以肯定，火星信息的语言结构与为其他宇宙通信计划——比如塞提计划[①]、库克罗普斯计

① 塞提计划：搜寻地外文明计划，英文缩写为SETI，是对所有在搜寻地外文明的团体的统称。这些团体致力于用射电望远镜等先进设备接收从宇宙中传来的电磁波，从中分析有规律的信号，希望借此发现外星文明。——译注

划[①]、奥兹玛计划[②]等开发出来的宇宙语言同出一源。尤其是根据火星信息中包含的用于破译的通用密钥可知，其语言系统与地球上开发的宇宙语AZ7000几乎完全相同。”

英二一边听着，一边悄悄地打开了他刚刚拿到的那张纸条。只见上面用很潦草的字迹写着一行字：“本田英二先生，我16点在浅草626S、43Q的‘Maue Tiki’（毛伊提基）等你。——玛丽亚。”

5. 绑架

英二手里攥着玛丽亚的纸条，抬头看了一眼场内的时钟。现在是13点15分。他又转头看向从月球舒伯特通信基地传过来的米莉·威廉的立体影像。此时米莉正使用各种专业术语，滔滔不绝地向参会者们介绍宇宙信息破译的基本步骤，看样子短时间内不太可能结束。

从木星出发直抵L5宇宙殖民地的这段时间内，尤其是在后半段旅程中，他几乎没有碰过玛丽亚。想到这里，英二不由得感到喉头一阵发紧。他若无其事地离开了自己的座位。在他起身离开时，兰森部长早已向旁边移动了两个座椅的位置。这个位置的对面正好是记录设备和计算机终端，兰森部长正利用设备全神贯注地聆听着威廉博士的讲解。

当英二悄悄溜出后门时，一个身材微胖但面容姣好的年轻女保安微笑着向他走了过来，仿佛在询问他是否需要帮助。

“我想问一下。”英二微笑着向她问道，“浅草离这里远吗？”

“不太远。”女保安歪着头回答道，“乘出租车的话，只需要15分钟左右。”

“浅草是个什么样的地方？”

---

① 库克罗普斯计划：1971年夏，在美国航空航天局艾姆斯研究中心举行的关于星际通信的技术性问题的研讨会上，20多位科学家和技术人员为捕捉来自地外智慧生命的电波信号而尝试设计并启动相关研究的大型天线群建造计划。名字取自古希腊神话中的独眼巨人。——译注

② 奥兹玛计划：1960年，康奈尔大学的天文学家法兰克·德雷克在美国国家无线电天文台使用位于西维吉尼亚州的绿堤电波望远镜所从事的早期塞提计划，实验的目的是通过无线电波搜寻邻近太阳系的生物标志信号。这个计划后来以虚构的奥兹国统治者奥兹玛女王命名。——译注

“什么样的地方……就是一个传统的商业区。那边还有观音菩萨。”

“观音菩萨是什么？”

“就是佛像啦。总而言之，那边有一个很大的寺庙。您是第一次来东京吗？”

“是的。出租车在哪里坐？”

女保安举起戴着白手套的手，指了指大厅入口外侧的出租车停靠点。

“谢谢你。啊，还有……”英二想了想后又说道，“你能不能帮我给两个人带个话？一位是伯纳德博士，是个高个子老人；还有一位是兰森部长，是个身材魁梧的大汉。他们这会儿正在中型会议室开会。不过你等我上了出租车后再告诉他们吧。就说我大概一个小时后就能赶回来。我叫本田英二……对了，会议大概几点结束？”

“预计是18点。”

“那就拜托你了。”

英二想尽量走得快一点，但是1G的重力给他的骨头带来了不小的负担，所以他的步伐多少显得有些沉重。待他从出口走出后，第一时间便按下了出租车呼叫按钮。

不到30秒，一辆电脑操控的双座无人驾驶汽车便开到了他的面前，并自动打开了车门。

“就您一个人吗？”英二刚坐进车内，一个带口音的电脑合成音就从车内右上方的小喇叭里响起，“乘客，您好，请问您要去哪里？”

英二在他座位前的屏幕上调出键盘，正当他准备输入目的地的代码时，出租车内的声音再度响起：“不用搞那么复杂，直接用嘴说就好了，或者直接把你那张便条放到屏幕前。”

英二苦笑了一下，将纸条贴向屏幕旁的小摄像头前。地址代码立即出现在了屏幕上。

“这个代码没错吧？”出租车问道。

英二按下确认键，出租车便迅即启动，开始沿着专用车道狂飙起来。风从打开的窗户猛地吹了进来，将浅浅地插在英二胸前口袋里的便条吹得飞了起来。待到英二急忙想要按住口袋时，便条早已飞到了窗外。英二不由得咂了咂嘴，然后赶紧将胸前的身份识别卡取下，并塞进了口袋。

“需要把窗户关上吗？”出租车问道。

“不用了。”英二往椅背上靠了靠，说道，“顺便说一句，你的口音有点重。”

“因为我是大阪制造。”出租车喇叭里的声音说着，发出一阵怪异的笑声。

出租车开到浅草的雷门前便停下了，然后对英二说道：“前面没法开过去了。”

“你从那边的仲见世商店街走进去，在第四个拐角处左转，就能看到那家叫‘Maue Tiki’的店了。那家店的门口立着一个丑陋的木雕，一眼就能看到。”

仲见世商店街上挤满了衣着清凉的男男女女，一个个都露着胳膊或大腿。这个区原本整体安装了空调系统，但因为最近在提倡回归自然，所以除非遇到天气异常寒冷或异常炎热的情况，否则很多地方的空调都不会打开。炎炎夏日里，又是在熙熙攘攘的人群中，英二还没走上10米便已浑身湿透。

英二尽量侧着身体走路，以免和别人那黏黏糊糊的皮肤相接触。当他穿过人群，在第四个拐角处左转后，街道变窄，行人也突然变少了。

眼前是错落排开的一家家装修典雅的餐厅和咖啡厅，其中还夹杂着一些看起来色彩和造型都颇显怪异的招牌，也不知是什么店。几近半裸的年轻男女们，正百无聊赖地在街上闲逛着。还有一些情侣正坐在长椅上，旁若无人地上演着激情戏码。

当英二看到一尊怪异的波利尼西亚航海神雕像时，立刻明白，这就是出租车告诉他的“Maue Tiki”的标志。他不知道这究竟是不是出自波利尼西亚本地的真品。只见这尊雕像高约2米，身形敦实，双目圆睁，张着一张巨口，透过它那突出的牙齿还能隐约看到里面的舌头。这尊黑漆漆的木制雕像就这么怪异地杵在店门口，仿佛要吓退来往的路人。在店门两旁的竹柱子上还钉着浮木，浮木上隐隐可见被海蟑螂啃食过的痕迹，上面用白色和红色的油漆歪歪扭扭地写着“Maue Tiki”几个字母。

英二拨开用橡果串成的仿竹门帘，然后又推开门帘后面的木门走了进去。刚一进门，一阵震耳欲聋的吉他声和咚咚的鼓声就迎面袭来。房间里的光线很暗，英二只觉得眼前一片混沌。不过在前方不远处似乎有闪闪发光的白沙和蔚蓝色的大海，满含大海气息的暖风正迎面吹来。当然，这并不是真正的海，而是利用全息投影技术制造出的南太平洋上某个岛礁的全息影像，再加上狭窄的人工沙滩和一个浅浅的海水泳池。在人工沙滩上，皮肤晒成古铜色、半裸或全裸的年轻男女们正横七竖八地躺着，沐浴在人工阳光之下，其中还有几对男女正毫无顾忌地在水中或床垫上亲热着。

音乐很是激昂，客人们的动作却好像嗑了药一般软绵绵的，毫无生气，步态迟缓。店内的棕榈树叶浓密得几乎要遮住天花板上方的光亮，在一张张昏暗的桌子旁边，各有几名客人在叽叽咕咕地说着些什么，也有个别年轻人正趴在桌上呼呼大睡。在英二的眼睛逐渐习惯店内的黑暗环境后，他开始意识到这是一家波利尼西亚风格的低俗酒吧。在仿棕榈小屋的昏暗房间内，到处摆放着热带植物的盆栽；在高至天花板的水缸里，五颜六色的热带鱼正在游来游去。

在最靠里的简陋的木制舞台上，三个波利尼西亚人模样的男子在演奏乐器。此外，舞台上还有一个舞者正跳着草裙舞，不过她好像也嗑了药，舞步慢吞吞的，完全不在节奏上，看着既不像夏威夷草裙舞，也不像大溪地舞蹈。她袒露着一对棕色的乳房，稀疏的草裙下好像什么都没穿。一个留着浓密红胡子的年轻白人男子仰面横躺在舞台下。英二走近一看，才发现他并不是有意偷窥舞者的裙底风光，而是喝得烂醉如泥，早已打着如雷的鼾声沉沉睡去。

英二感觉自己来到了一个不该来的地方。他小心翼翼地在黑暗中搜寻玛丽亚的身影，但找遍了每一张桌子，依然没有找到。

“请问您是本田英二先生吗？”伴随着一股浓浓的花香，一个略显沙哑的甜美女声从英二身旁传来。

英二回头一看，原来是一位身材高挑的女服务生。在她乌黑的披肩长发上，还插着一朵木槿花。黑色的大眼睛和涂了油般的棕色皮肤表明，她应该是一个有着东方血统的波利尼西亚人。她裸露着的傲人双峰将脖子上挂着的花环高高托起，翘臀上简单地挂着一片红色印花腰布，里面也一样什么都没穿。

“玛丽亚·贝斯哈特正在里面的房间等您。”女服务员说着，用一双媚眼上下打量着英二。

“怎么走？”英二问道。

“请跟我来。”女服务生向他眨了眨眼，“这边请。”

舞台下面那个烂醉如泥的男人仍在酣睡，传来一阵阵鼾声。女服务生若无其事地从男人的脸上跨过，径直朝里面走去。

舞台的另一侧有一个巨大的全息影像屏幕，它的曲面上荡漾着一层又一层五颜六色、充满情欲的波纹。英二看着女服务生裸露的棕色后背和裹着小红布的翘臀就这么穿过了光影的左半边，消失在了对面，于是赶紧跟着穿过了这个立体光影。周围的光线陡然变暗，有那么几秒，英二的眼前一片漆黑，只能用手摸索着前进。他的肩膀一不小心撞到了墙壁上，好像正在走入一条又窄又长的通道之中。

突然，从左边传来一个女人压抑的呜咽声。紧接着是一个男人的呻吟声和另一个男人的低沉咒骂声，以及重物相互碰撞的声音……黑暗中的英二条件反射般地摆出了防御姿势。他全身肌肉绷紧，内心不自觉地计算自己尚未完全适应的地球上的巨大重力。英二屏住呼吸，摸着右边的墙壁向前走了两三步。这时，左边墙壁上的门突然打开，粉红色、蓝色和绿色的光从门内倾泻而出。在半开着门的狭小房间内，一个全裸的女人正和两个同样全裸的男人以某种奇特的姿势交缠在一起。当这一切猛然出现在英二面前时，他不由得惊呆了。那个女人已经不再年轻，大概有35岁；两个男人看上去都超过了40岁。

“看什么呢？”女服务生的声音从英二的身后传来，“往这边走啦。”

她的目光越过英二的肩膀向房间内看去，当她看到房间内的情形时，不由得扑哧一声笑了出来。“他们已经在里面待了3个小时。”女服务员低声说着，将身体向英二贴了过来。

“你真帅。”女服务员将胸部蹭向英二的手臂，低声说道，“等会儿要不要和我睡一次？你带信用卡了吗？”

“太阳系信用卡……可以在这里刷吗？”

“啊，你是从地球外面来的？”女服务员略向后退了一步，凝望着英二的侧脸，“不过，也行吧。等会儿你来找我。我的名字叫琪琪。”

“好的，琪琪。”英二用手背擦了擦脸上的汗水，点头说道，“顺便问一下，玛丽亚的房间在……”

“就在那边。”琪琪指着走廊尽头右侧说道，“那个叫玛丽亚的女孩是你女朋友吗？她长得可真好看。不过，你应该不介意再多个床伴吧？等会儿一定要来找我哟。”

女服务生冲英二抛了个大大的媚眼，露出一口洁白的牙齿，然后转过身，扭着翘臀朝店门口走去。琪琪人虽然走了，但那股强烈的花香依然浓郁扑鼻。英二嗅着这强烈的气味，心情却突然暗淡下来。

——为什么玛丽亚……要选在这种店里和我约会？她是这里的常客吗？现在，玛丽亚究竟在这个诡异的地方做什么呢？不管怎样，这里不是太空，而是地球……

英二摇了摇头，试图甩开这些思绪。在这里，不论是生命、人际关系、性还是音乐，一切都高度密集，甚至是过度密集。

英二按照女服务生的指示，径直来到了玛丽亚的房间门口。他没有敲门，而是直接推门走了进去。

"玛丽亚？是我。"英二一走进房间，就对站立在昏暗灯光下的人影说道，"你找我有什么事？我时间不多，会议还没结束，得尽快赶回去……"

砰！

英二的后脑勺突然遭到重重一击。他闻到旁边传来一股浓烈的野兽般的体臭和发酸的汗臭味。英二踉踉跄跄地举起手臂，想要躲过第二次攻击，但那人换了一个方向，又从背部给了英二狠狠一击。英二倒在了地上，挣扎着试图躲避第三次攻击。但这一次，对方的攻击擦过他的脸，重重地落在了他的肩膀上。这一次，英二终于模模糊糊地看到，攻击他的是两个半裸的大胡子男人。他们疯狂地挥舞着波利尼西亚风格的棍棒，朝英二劈头盖脸地打来。

"住手！"里面传来玛丽亚的尖叫声，"快住手！你们怎么能这么胡来！"

"可是玛丽亚……"英二听到站在他脑袋旁边的一个男人说道，"你不是说无论如何都要把他带走吗？"

"但我没让你们动粗。我是说，如果我说服不了他，你们再出手！"

一个看似玛丽亚的身影朝英二跑了过来，几乎盖住了英二的头部。

"英二！英二！醒醒！你还好吗？"

此时的英二早已昏昏沉沉，好不容易才分辨出玛丽亚的声音。

"玛丽亚……"英二喃喃地低声说道，他只觉得难受得要命，很快便坠入了一片黑暗之中。

6. 大气层底部

“木星？”听众中一位学者惊讶地问道，“居然说是木星？”

“木星究竟……和外星人的信息之间有什么关联？”

其他学者也开始大声相互议论起来，WSAA东京会议的会场上顿时一片嘈杂。

“请保持安静！”坐在主席台上的伯纳德博士对着麦克风大声喊道，“关于这个问题，接下来由威廉博士依次为各位解释。请大家保持安静……威廉博士，请继续。”

“谢谢您，伯纳德博士。”从月球上的舒伯特基地传送过来的米莉森特·威廉的立体影像冲着主席台轻轻低头致谢，“正如我刚才所说，在对地球上的纳斯卡高原、月球背面、部分小行星，以及最近在火星极冠上发现的宇宙信息进行综合分析后，真相大致浮出了水面。这些信息整体上是在表达某种警告。”

“现在是不是还没有弄清楚究竟是什么样的警告？”一个小个子老人忍不住发问。

“目前还没有弄清楚，只知道这似乎是一种警告。”

“你觉得是对谁发出的警告？”

“这一点也尚不明确。但我认为，应该把它理解为是对可能到来的自己人的警告。又或者是……”

“该不会是对后世的我们这些地球人的警告吧？”有人插嘴道，“毕竟那些家伙来太阳系的时候，我们的祖先还住在山洞里，还处于用石斧捕杀猛犸象的阶段。”

会场内响起了一片笑声，但米莉·威廉反倒绷紧了面孔。

“这种情况也不是不可能。”她用谨慎的口吻说道，“还有一种可能，与其说是发给后来的自己人，不如说是发给宇宙中所有有能力破译该信息的智慧生命体。”

场内顿时安静了下来。所有人都能感觉到，米莉的话语背后隐含着别样的意味。

“要想将警告的内容准确破译出来，可能还需要将我手头的一份数据填补进去。但这个信息的其他部分，而且是相当大的一部分，是由飞临太阳系的外星人的编年史组成的。在对这部分内容进行破译的过程中，我们发现，警告中最重要的一部分内容很可能已经湮没在了木星空域的某个地方，尤其可能在木星的大气中。”

坐在主席台的伯纳德博士举起手，叫来了霍华德·兰森。当兰森走到博士身旁时，博士压低声音问道：“英二去哪儿了？我怎么没看到他。”

“他刚才还在我旁边呢。”兰森疑惑地环顾会场。

“米莉接下来说的内容最好让英二听听。”博士小声说道，“虽然还要等很久才能轮到他发言。”

兰森点了点头，放轻脚步离开了主席台。接着他又在会场内用目光搜索了一番，然后才朝出口走去。

伯纳德博士瞥了一眼出口处，看到兰森正在和女保安谈论着什么。然后他的注意力重新回到了米莉·威廉的立体影像上，继续听她用清晰而有力的语气介绍她的发现。

“得益于这次发现的火星信息，外星人编年史的内容很快变得清晰起来。目前已经清楚的是，在大约10万年前，地球还处于里斯冰期①和沃姆冰期②之间的第三个间冰期，外星人从距离我们太阳系十几到几十光年的恒星系飞来，并将他们的基地送到了木星的卫星轨道上。那座基地应该是他们用于迁徙的飞船，规模极其庞大，甚至称得上是一座城市。以基地为中心，外星人首先进入了小行星带，在距今5万多年前，他们中的不少人又移居到了火星。”

“他走了？”兰森的声音不由得提高了好几度，“他究竟去了哪里？”

“这个我也不清楚。”长着一张娃娃脸的女保安面对气势汹汹的兰森不由得有些发怵，“请问……您是兰森部长吗？”

“是的，他有给我留言吗？”

“有，我刚刚呼叫了您，但没有回音，还以为您不在呢。”

兰森一把扯下了胸前带通信装置的身份识别卡。他将手指按在印有“CALL（呼叫）”的红色字体的地方，却没有任何反应。

---

① 里斯冰期：20万年前至13万年前的冰河期。——译注

② 沃姆冰期：8万年前至1.1万年前的冰河期。——译注

“该死的！居然没电了！”兰森咆哮道。

“我马上给您换电池。”女保安慌忙在自己的口袋里摸索着。

“不用了。他的留言说了什么？”

“他的留言是给您和另一个人的。那个人的名字是……我这人很健忘，让我想想……叫布还是伯什么来着……”

“伯纳德博士？”

“对对，就是伯纳德博士！本田先生让我带话给兰森部长和伯纳德博士。”

“那本田说了什么？”兰森不耐烦地问道。

“嗯……他说自己离开一会儿，大概一个小时后就会回来。”

“一个小时？”兰森抬头看了看时钟。

“他是多久之前离开的？”

“嗯……20到25分钟之前。”

“他有没有说要去哪里？”

“没，什么都没说。有个年轻的红发女人带来了一张纸条，让我转交给本田先生，他拿到之后就立刻……”

年轻的红发女人？那就不是玛丽亚·贝斯哈特了。可是，这么重要的会议，他接受特别命令，大老远地专门从木星的密涅瓦基地赶来，却在会议中途被一个女人叫了出去，还要缺席会议整整一个小时，这叫什么事儿啊！莫非因为地球上的重力太大，而且正碰上日本闷热的夏季，所以脑子坏掉了吗？

兰森不由得怒火中烧，直接冲出了会场。当他冲出来之后，又不知道该往哪里去，只好一边任由乱糟糟的思绪在脑袋里飞扬，一边大步地朝会议厅的出口走去。

——肯定是这样。他肯定是脑子坏掉了。地球上虽然资源丰富，看上去一切都有条不紊，但其实最近几十年来，地球社会的某些地方已经开始松懈，各种对细节的处理也日益马虎和敷衍起来。就像刚才，用于紧急通话的那么重要的身份识别卡居然会没电，而女保安也忘记了她的另一个传话对象的名字。而且她在呼叫我时明明没有呼通，却就这样置之不理，也没有到会场内找我。

地球上对于细节处理的马虎大意和士气的低落，以及各种奇怪的享乐主义和黏黏糊糊的氛围等，最近也在其他宇宙空间内引发了不少问题，非地球居民在暗地里将这种现象称为“地球病”。住在月球、火星和太空城市的人们常说，如果你去地球，一定要当心患上“地球病”。毕竟那里的生活环境太过轻松优渥，不像在太空，一旦出现百分之一秒的差池，你就有可能直接迈进鬼门关。

兰森大步走出会议厅，左顾右盼，忍不住大吼起来：“你看到他去哪儿了吗？”

“他就是从这儿打车离开的。”

兰森身后，女保安满头大汗地跟了过来，也在不停地四处张望。突然她小声惊叫了一声，然后将紧贴在出租车呼叫亭下面的一张小纸条捡了起来。

“啊，就是这个！这就是我转交给他的那张纸条。”

那正是出租车启动时，被风从英二胸前的口袋里吹出窗外的那张纸条。

“果然是玛丽亚。”兰森哼了一声，“你，赶紧联系一下这家叫‘Maue Tiki’的店。地址在这儿。打紧急呼叫电话！”

女保安说了声“好”，随后立刻掏出腰间的手机联系起来。

听到对面有人接起了电话，女保安立刻说道：“是‘Maue Tiki’吗？有没有一个叫本田英二的人去了你们那儿？他应该已经到店里了。”

“琪琪，你过来接下电话。”

电话里传来对方呼唤另一个女人的声音，夹杂着嘈杂的音乐声。

“你好。”一个甜美且沙哑的声音说道，“本田先生刚才来过，不过他现在已经离开了。”

“他去了哪里？”兰森咬牙切齿地说道。

“我不知道。他和那个叫玛丽亚的女孩，还有两个男的一起离开了。他好像神志不太清醒，不知道是喝了酒还是嗑了药。我本来还想跟他玩玩，但他们应该是一起去别的店里了。”

“这是多久之前的事？”

“我想想，也就六七分钟前吧。对了，你是他朋友吗？要不要过来玩玩？这里是浅草的波利尼西亚天堂。”

兰森发出啧的一声，挂断了电话。就在这时，他刚换好电池的身份识别卡开始闪烁起来，伯纳德博士那刻意压低的声音随之响起：“兰森部长，还没找到本田吗？米莉马上就要讲到最关键的地方了。”

“我现在马上回去。”兰森冲着身份识别卡回答道。

“你知道本田英二的参会身份识别号码吧？”兰森一边加快步伐朝会场奔去，一边朝他身后的女保安喊道，“你现在马上用紧急线路呼叫他。可以找警察帮忙，打紧急电话！”

“这是什么意思？你是说他们……也就是外星人有可能已经破坏了一些小行星？”会场内，一位戴眼镜的亚洲面孔的学者站起来，对米莉·威廉的立体影像提问道。

“我们是这样认为的。”米莉的表情依然保持着冷静，“他们不仅仅粉碎了目前小行星带中的一颗大行星，为了采集金属资源，可能还破坏了好几颗相当于谷神星级别的小行星。”

“就像太阳系开发机构的那些人现在正在干的那样？”

伴随着这个略带恶意的提问，出现了好几个附和的声音，会场内顿时出现了一片骚动。

“各位，请保持安静！”伯纳德博士提高声音道，“我们之所以聚集在一起，是为了听取史前时代，那些飞临我们太阳系的外星人在各个行星和月球上留下的与宇宙信息相关的报告，然后大家一起相互讨论，集思广益，而不是为了讨论太阳系开发工作的是是非非。”

兰森这时刚好赶到了会场，他赶忙举手想要发言。但主席台上的伯纳德博士用手势示意他稍等，然后朝米莉点点头，让她继续讲下去。

“那么我就继续介绍我的报告。”米莉的语调一如既往地冷静，仿佛有着钢铁般坚强的意志。

“我们认为，位于木星卫星轨道上的外星人母船在6万年前至5万年前，因为某个突发性事故，朝木星坠落，并沉入了木星的大气层中。然后，在木星大气层的某个高度，浮力和重力达到平衡，从而导致母船在很长一段时间内都悬浮着。之所以这么说，是因为火星信息的某部分内容显示，他们曾先后几十次异常执着地想要将沉入木星大气层中的母船打捞上来。”

“你该不会是想说，那艘母船直到5万年后的今天，依然飘浮在木星的大气中吧？”不知是谁用讽刺的语气说道，“飘浮在那风暴肆虐、高温高压、带有强烈腐蚀性的气体之中。”

“关于这一点，可以让我说几句吗？”兰森在伯纳德博士的示意下站了起来，开口道，“我是兰森，目前担任太阳系开发机构外行星开发机构总部的企划部部长。关于这一点，有位木星开发计划的现场专家比我更有发言权。他本来也要来现场参加这次会议，但很不巧的是，他路上被一点事耽搁了，所以就由我代替他来给大家详细解释一下‘木星幽灵’吧。这是一种奇异的飘浮物体，飘浮在木星大气表层以下数千米处，长度达100千米以上……”

“‘JS计划’，本田主任……木星，密涅瓦基地的本田主任……”不知是谁在小声呼叫着，“你好……本田主任，请回答。”

鸟鸣般的声音由远而近，慢慢变得清晰，再加上一股扑面而来的热气，英二猛地清醒过来。当他睁开沉甸甸的眼皮时，一片刺眼的白光和蓝色顿时映入眼帘，他不由得皱起了眉头。

后脑勺依然在隐隐作痛，身体犹如灌了铅般沉重无比，他的四肢一时依旧无法动弹。他能清楚地感觉到灼热的阳光、大气层底部每平方厘米达到1千克的压力，以及1G的重力，这些将他牢牢地压在了坚硬的地板上。一阵“哔哔”的声响从他胸前的口袋中不断传来。他发现自己的手腕和脚踝都被绳子死死地绑着，他正横躺在地上。海风呼啸着吹过他的耳畔，身下的地板吱吱嘎嘎地摇晃着。他很快便意识到，自己正身处一艘行驶在陆地上的小型气垫船的后部。

他手腕上的绳索意外地绑得很随意，所以双手很快便从绳索内挣脱了出来。

英二用一只手迅速解开绑在脚踝上的绳子，另一只手在胸前的口袋里摸索着掏出那张身份识别卡，然后压低声音说道：“你好，我是本田英二。”

随着哔的一声中断音过后，伯纳德博士刻意压低的声音再度响起。听得出来此时的他满腔怒火。

“本田，你去哪里了？赶紧到会场来！现在轮到你发言了！”

“明白。”英二说着，看向甲板的前方。他看到驾驶座上坐着三个人，一个是玛丽亚，还有两个半裸的男人。

突然，周围溅起了一片水花，气垫船开始驶离陆地，进入海中。

英二用眼角余光看到，一艘可容纳2000名乘客的巨大飞艇正飘浮在前方。于是他匍匐着爬到船尾，然后纵身一跃，跃入了白色水花飞溅的大海之中。

第三章

月球

1. 从舒伯特到莱布尼茨

在月球舒伯特通信基地的3D视频通信室内，当米莉森特·威廉看到标示“ON（开启）”的灯光熄灭时，终于松了一口气，肩膀也放松了下来。

“辛苦了，米莉。”在副控制室里，杨一边隔着玻璃用手势示意视频通话已结束，一边通过扬声器对米莉说道。

“谢谢你，杨。”米莉关掉和地球相连的电脑显示终端上的电源，从椅子上缓缓站起身，伸了个大大的懒腰。

直到刚才，电脑的3D屏幕上显示的都是在东京的富士会议厅举行的太空考古学会特别会议的全息影像，不过此时，屏幕已恢复为珍珠色的圆筒形墙面，将米莉环绕在正中央。全息摄像机内置的暗色小玻璃窗上的信号灯已关闭，天花板上的灯光亦从柔和的激光被切换成了平时的间接照明。

米莉一边整理着散落在办公桌上的文件，一边品味着地月视频会议结束后惯有的那种寂寥之感。刚才还围在她旁边讨论得热火朝天的那些与会者的全息影像瞬间消失后，地月之间那38万千米的虚空距离仿佛陡然间倒流回了她身处的这个房间。那泛着淡淡珍珠色的墙壁后面的黑暗宇宙空间似乎也变得透明起来，米莉先让自己的手放松了一会儿，然后才将散落的发丝轻轻撩了上去。

副控制室的门打开了，杨吹着小曲走了出来。他用舞蹈般行云流水的动作迅速拔掉光纤连接器，整理好电线和辅助灯，然后将麦克风收进了盒子里。杨应该有三十三四岁了，不过因为身材瘦小，所以看上去也就20来岁。他上身穿着一件脏兮兮的黑色T恤，腰间的皮带上挂满了装有各种小工具的盒子，下身则穿着一条膝盖处破了一个洞的牛仔裤，脚上没有穿袜子，而是赤脚套着一双橡胶凉鞋。他留着一头参差不齐的黑色直发，一直垂到了肩上。杨的颧骨很高，皮肤呈棕色，下巴处还留着一绺小胡子，鼻梁上则架着一副硕大的偏光眼镜，乍一看还以为他是工厂里的一个临时工，怎么也不像是拥有3个博士学位和4项高级工程师职称的舒伯特通信基地的副主任。

“不愧是米莉。你也太敢说了。”杨合上话筒盒的盖子，对米莉笑着说道，“不过，你真的那么自信吗？你说有一艘外星飞船掉入了木星的大气层中，而且这艘飞船是解开宇宙信息中警告内容的关键所在。这话是不是有点……”

“这话当然多少有点夸大其词。但如果不这么说，就很难真正打动太阳系开发机构的高层——尤其是外行星开发机构总部的人，他们一个个都很古板，又有着极强的戒备心。”

“不过让我感到奇怪的是，那个叫兰森的部长，居然轻易就相信了有这么大一个东西一直飘浮在木星的大气中。”

“是啊。关于‘木星幽灵’，我也只是在L5宇宙殖民地的疗养院里，听一个从木星过来接受治疗的男人讲过一些。即便是在‘JS计划’的一线岗位，估计也只有很少几个人知道它的存在。所以我和伯纳德博士商量后，决定邀请木星密涅瓦基地上负责‘JS计划’的现场主任来参加这次会议。但那个人在关键时刻突然不见了踪影，刚听到这个消息时，我一度相当紧张，以为他们看穿了我的意图。但没想到那个兰森居然这么配合我。”

“可是，我们现在还没有搞清楚‘木星幽灵’的真面目，不能确定它就是一艘掉入木星大气层的飞船。而且它的位置始终在移动，观测设备也只不过模糊地拍到过它3次。”

杨先米莉一步离开了通信室，并关掉了副控制室内的灯。

“接下来，还要到木星附近去探索木星的大气层，这件事恐怕没那么容易。外行星开发机构总部把几乎所有的资源都投入到了‘JS计划’中，而‘JS计划’的日程表安排得非常紧凑。目前正争分夺秒地试图早一步进入测试阶段，每天都忙得像在打仗一样。毕竟现在人手极度短缺，你觉得他们会轻易把一线的器械和人力调去帮你们寻找‘幽灵’吗？其实想想也知道，一线的工作人员对此肯定非常抵触。所以，除非上层出来帮忙协调，再加上天时地利，他们才有可能下令放缓‘JS计划’的整体进度。”

“关于这一点，总会有办法的。太空考古学会的实际负责人伯纳德博士和太阳系开发机构的总裁韦伯是老朋友了，所以我想他们之间一定可以协调好的。伯纳德博士处理好会议的后续事宜后，估计也会马上来月球拜会韦伯总裁吧。届时说不定还会叫上我。”

“如果是这样，那你就得趁现在稍微休整一下了，米莉。”杨将手放在通信室的门上，有些担忧地抬头看着比自己还高10厘米的米莉·威廉。

“不论是在L5的计算机卫星上，还是来到这儿之后，我感觉你一直都在不眠不休地工作。WSAA会议期间，你还一度遭到那些人的‘炮轰’。为了工作能够顺利推进，我劝你还是稍微休息一下吧。”

“谢谢，”米莉淡淡一笑道，“估计我都有黑眼圈了吧？我知道自己现在的脸色很差，而且已经有3天没洗澡了。你是不是都能闻到我身上的馊味了？”

“米莉，你去我房间的浴缸里泡一泡吧。那是个日式浴缸，你可以在里面随心所欲地伸展胳膊和腿。”杨小声说道，表情突然变得严肃起来，“另外，冰箱里还有大半瓶2120年份的拉菲。那瓶酒相当不错，就像上等的雕花玻璃一样晶莹剔透。喝了它，再好好睡上一觉。”

“谢谢你，杨，你总是这么体贴。”米莉两手插进皱巴巴的风衣口袋里，她望向杨的目光里充满真挚的谢意，“可是，我现在只想一个人待一会儿。别担心，我会好好洗个澡，喝一点酒，再好好睡一觉的。但在此之前，我需要一个人静静，思考一些事情。我不知道该怎么说才好……现在，我总有种非常不好的感觉。”

“不好的感觉？为什么？”

“在会上，我明明对自己的讲解很满意，但不知为什么，心情却很低落，总感觉自己已经深深陷入了一个非常棘手、如泥潭般深不见底的困境。”

“你是说外星人留下的警告吗？”

“没错。我并不想去揭开蒙在警告上的那层面纱。我是不是很矛盾？虽然不清楚自己为什么会产生这种心理，但我有种预感，一旦谜底被揭开，势必会引发非常糟糕的事情。”

“你还是太累了。”杨把话筒盒放在通信室最前面的一个架子上，然后一边关门，一边无奈地摇了摇头，“好好睡一觉，醒来后，你这种奇怪的情绪自然就会烟消云散了。”

“或许吧。看来，我真的需要好好休息一下了。”

两人肩并着肩，沿着舒伯特通信中心的狭窄走廊向生活区走去。当路过一间通信室时，从里面传来一声口哨声。只见一个红胡子男人正坐在多元通信机前向他们打招呼："杨，威廉小姐①去哪儿了？"

"我在这儿啊。"米莉从杨身后探出头来，"不过，你居然称呼我为小姐，这是几个意思啊？是在拿我打趣吗？告诉你，我不仅结过婚，还离过婚。"

"是我冒犯了。这里有封给你的情书，是从莱布尼茨发过来的。"红胡子男人说着，用食指和中指夹着一张纸片递了过来。

"速度可真够快的。"米莉嘀咕道，打开信看了起来，"哎呀，真是太荣幸了。居然是胡子大叔——太阳系开发机构的韦伯总裁亲自邀请我过去。'12小时后，请务必来莱布尼茨一趟。'"

"韦伯总裁肯定是旁听过会议上你和地球那边的交流。"杨闭上一只眼说道，"看来你已经成功地引起了他的注意。你得好好休息，再把自己打扮一番，这样才能把老大迷得神魂颠倒。"

"虽说我对此很有信心，不过，我并没有这方面的兴致。这也是我的缺点。"米莉说着，扑哧一声笑了起来。她朝杨挥了挥手，径直向前走去，刚刚走出两三步，却又突然想起了什么，再度返回通信室，探头问道："能否帮我查一下……不久前，有一艘名为'太空之箭号'的太阳系外探测飞船从木星出发，现在它到什么地方了？"

"'太空之箭号'……代码是多少？"

米莉摇了摇头，表示她并不清楚。于是通信员迅速按下船名查询键，等待着结果出来。

"如果是太阳系外探测飞船的话，那应该隶属于世界天文学联合会，是载人飞船吗？"

"是的，飞船上有我的一个朋友。他的名字叫作R.井上。"通信员继续在键盘上输入查询信息。

"啊，就是这个，彗星源调查特别委员会。这趟旅程可真够长的，单程就要0.1光年。这艘飞船不久前刚从天卫四的补给基地经过，即将抵达海王星的轨道附近。"

"可以给那艘飞船发送信息吗？"

"发送信息可以，不过，按照航行计划，他们现在应该已经进入了冷

---

① 原文使用了法语单词"mademoiselle"，作为对未婚单身女性的称呼。此处带有揶揄之意。——译注

冻休眠状态。估计要等几个月后才能看到你发送的信息。着急吗？”

“唔……”米莉移开视线看向别处，“算了，不用发了。”

“你和那个叫井上的人之间有什么故事？”

“我们很早就认识了，不过当时他还有自己的家庭。”米莉把从门口塞进去的半个身子缩了回来，微微抽动着脸颊说道，“因为在火星上发现了外星人信息，所以我不得不推掉他启程之前与我的最后一次约会，甚至没来得及和他说声再见。”

当米莉再次回到走廊上时，杨的身影已经消失不见，或许已经去了居住区，又或许是因为他的提议被拒绝，所以杨并没有去居住区，而是转头去做其他事了。

“在太空中，每个人都非常忙碌，甚至疲于奔命，和在地球上完全不一样。”米莉拖着疲惫的步伐走在长长的走廊上，心里这样想着。

“人手太少，而太空又太大。可在地球上，却有那么多的人挤在一起。他们中的大多数人每天都无所事事，沉迷于颓废的娱乐活动中不可自拔。人类到底是怎么和太空扯上关系的呢？”

舒伯特通信中心给米莉分配了一个非常宽敞而又典雅的超贵宾级房间。这表明，整个基地都对这位天才的宇宙语言学家兼通信工程学家抱有极大的尊重。

当米莉进入房间，双脚踩在柔软的地毯上时，她的身体再也支撑不住了。她一把扯下风衣往椅子上一扔，整个人瘫坐在了沙发上。一股浓浓的困意瞬间袭来，她几乎马上就要跌入无底的黑暗之中。

但米莉还是挣扎着把自己从黑暗中拽了回来。她拖着疲惫的双腿走进浴室，拧开浴缸上的热水龙头。她听着哗哗的流水声，返回客厅，在墙角三角钢琴前的椅子上坐下来。接着，她久久凝视着钢琴上那张小小的立体照片，一动不动。照片上是一个长相英俊的东方人，这个人便是井上龙太郎博士。不过此时的他早已和霍贾·金一起登上了那艘巨大的超远程探测飞船“太空之箭号”，他们将前往1亿千米外的彗星源执行探测任务，这无疑是一段孤独而又寒冷的旅程。

米莉盯着这张小小的照片，把手伸进钢琴旁的冰箱，取出一瓶清酒，然后用拇指指甲打开盖子，轻轻地抿了一口。

“日本人……”米莉喃喃自语，慵懒地将照片扣倒在了钢琴上。随即她打开钢琴的盖子，用一根手指茫然地敲了两三个小节的旋律。过了一会儿，米莉摇摇晃晃地站起身来，走到客厅的另一个角落，拉开一张小桌子的抽屉，从里面取出一张金属磁卡，然后插入录音机的插槽内。

舒伯特《小夜曲》的合成音乐顿时从录音机中缓缓流淌而出，在整个房间中回荡着，仿若水面荡漾起无数银色波纹。米莉随即把灯光调成海底般的深蓝色，然后走到墙边打开窗户上的遮光板，拉开了蕾丝窗帘。

窗外是一片闪烁着点点星光的漆黑夜空，蓝白相间的地球飘浮在遥远的天尽头，只是被地平线遮去了少许。

米莉此时身处的月球与地球之间的距离约为38万千米，月球的直径约为地球的1/4，即3476千米。在整个太阳系中，月球都算得上是一颗巨大而又美丽的卫星。月球与木星和土星的大型卫星一样，总是以同一面朝着行星公转。也就是说，正因为月球公转周期与自转周期相同，所以地球上的人们永远只能看到月球正面的半球。

人类已经用不少学者、艺术家的名字给月球表面的数千个环形山命名。月球正面环形山的命名最早始于17世纪，而背面环形山的命名则要晚得多，一直到20世纪下半叶人类首次投放环月人造天体之后才陆续开始。被命名为“舒伯特”的环形山位于月球东半球的赤道附近，正好在月球正面和背面交界的区域。而位于月球东半球低纬度地区的中央通信基地——舒伯特通信中心则完全覆盖了整个环形山的表面。

此时，从舒伯特通信中心通过电磁加速器发射的一辆中型月球巴士，正循着弹道轨迹，飞向位于月球背面南半球中纬度地带的莱布尼茨环形山。这辆16座的月球巴士上只有一名乘客——米莉森特·威廉博士。

与此同时，从在月球子卫星轨道上公转的太空渡口卫星“月港7号”亦驶出了一艘6座的小型渡轮。渡轮此时正沿着下降轨道飞行，目标同样是莱布尼茨环形山。

这艘6座渡轮上的乘客有身材高大的秃头博士雷·伯纳德、始终愁眉不展的外行星开发机构总部企划部部长霍华德·兰森，以及本田英二。英二此前曾前往地球上的日本首都出席一场重要会议，却在会议中途擅自离开，在遭受玛丽亚一伙人的暴力对待后，终于逮到机会从船上跳海逃走。然而英二不会游泳，喝下了一肚子海水，幸运的是他在吃尽苦头之后终于得以顺利脱身。渡轮上的英二此时仍面色苍白，神情颇为沮丧。

2. 仁科纪念庭园

那些直到22世纪才第一次从地球来到月球的人一定会惊讶地发现，这个巨大的天体虽然自太古以来就一直是地球最亲密的伙伴，但其背面的景色与永远朝向地球的正面截然不同。自一个半世纪前的20世纪60年代以来，始终朝向地球的月球正面就已被从地球发射的各类观测设备环绕。1969年，人类乘坐“阿波罗11号”首次在月球正面留下了自己的足迹。但直至今日，除了通信设备，在月球正面几乎看不到任何基地或设施。被称为城市的地方也仅仅只有两处。

与之相反，从地球上始终无法看到的月球背面，却遍布着这个天体上的大多数城市和设施，集中了月球86%的人口。月球东经90度和西经90度的子午线，正好构成了从地球上看到的满月轮廓，可以说是“旧月”和“新月”之间的分界线。由于月球围绕其极轴会发生向左或向右的天平动[①]现象，在地球上偶尔也能看到东西经90度线另一侧的设施发出的微弱光亮。不过，几百万年来，地球上的生物看到的月球正面几乎从未改变过，依然保持着原来的样子。

然而，如果你登上环月球旋转的子卫星群，或利用月球表面的交通系统越过东西经90度线，从月球正面绕往其背面，那么你就能亲眼看到与月球正面迥然相异的“月球新时代”。你会看到，月球背面遍布着白、蓝、红、黄、绿等各色光点，恍若万千繁星散落一地。人们在月球背面无数巨大的环形山中建起了近百座人口在5万到20万之间的月球城市；平原和斜坡上则建有许多半地下的自动化工厂，这些工厂只需几个工作人员便可实现日夜连轴运转。在月球背面还建有40多个理论和应用型研究所，其中H.G.威尔斯重力研究所、罗巴切夫斯基[②]高等数学研究所、爱迪生高电压测试研究所、长冈半太郎[③]应用物理研究所等，都是以月球背面环形山的名字命名

① 天平动：从卫星所环绕天体上观察到的、真实或视觉上非常缓慢的振荡。——译注
② 罗巴切夫斯基（1792—1856）：俄罗斯数学家，非欧几何的早期发现人之一。——译注
③ 长冈半太郎（1865—1950）：日本物理学家，1903年独立提出“土星模型”，即围绕带正电的核心有电子环转动的原子模型，否定了英国物理学家约瑟夫·汤姆孙在同年提出的“葡萄干蛋糕模型”。——译注

的。这些研究所在21世纪末至22世纪初曾创造出了史上最辉煌的划时代成就。也正是这些成就才让人类真正进入了太空文明时代。

此外，在月球背面还建有好几座远程宇宙通信基地，它们同时也被用作大型天文台和无线电天文台。另外月球背面还建有24座质量驱动发射装置，可利用电磁加速器将货物、集装箱甚至是小型太空渡轮直接发射到地月之间的太空或月球子卫星的公转轨道上。在月球的背面还建有60多个大小不一，但均可通过计算机进行导航的太空港口。在这些港口之间，磁悬浮干线和月球车的高速导航路线如渔网般密密麻麻地相互交织在一起，将位于月球地上和地下的众多城市、研究所、工厂和其他设施连为一体。

“月港7号”位于月球的子卫星轨道上，是地球—月球—太空航线上的中转渡口卫星。此时，一艘小型渡轮正从“月港7号”驶出，沿着螺旋形轨道向月球不断靠近。渡轮内，英二透过窗户，一动不动地眺望着月球表面那不断流转的景色。

月球的正面一片荒凉，背面却充满了光亮、动感和活力。这两者之间的对比是如此强烈，以至于英二产生了一种奇怪的感觉，不知不觉看得入了神。

“你是第一次来月球吗？”坐在前排的伯纳德博士回过头来问英二。

“嗯，是的。”英二垂下眼帘回答道。

“五六年前，我曾经去过拉格朗日宇宙殖民地，也就是L5太空城。”

当时玛丽亚正在参加女子大学的修学旅行，英二为了和她约会，不顾一切地从木星空域赶到了L5太空城。玛丽亚则向领队谎称自己身体不舒服，然后和英二在酒店度过了整整3天。其间两人几乎不眠不休，过着不知天地为何物的日子。

想到这里，英二顿觉一阵锥心的剧痛。他的手轻轻地摸向自己的后脑勺——在那家名为“Maue Tiki”的店里，他的后脑勺被人用棍棒猛击，伤处至今仍未完全恢复。

“从你上次去过到现在，那个人造太空城的人口几乎增加了一倍，但月球上的人口几乎没怎么增长，一直保持在2000万左右。月球算不上是一个适合旅游或度假的好地方，因为这里和太空城不一样，没法模拟和制造出任意规模的人工重力。只有学者、技术人员、行政人员和专家们长期生活在这里，并不得不主动适应只有地球表面1/6的重力。”

“而这些人中的八成以上又都住在月球的背面，对吗？”英二望着远处荒凉而又昏暗的地平线，小声说道。此时，月球表面的地平线闪烁着红色和蓝色的光芒。

“这其中有什么原因吗？”

“你听说过《宇宙景观保存条例》吗？”伯纳德博士转过身来，看着英二说道，“这项条例是地球上《自然环境保护法》的延伸。因为这个条例实在太过于荒唐，上个世纪中叶后，还曾在地球上引起了相当规模的抗议活动。这可不是一个笑话，整个宇宙开发计划一度因此而大受影响。当时，在月球正面已经建好了不少和月面城市相关的设施，甚至在新月和半月期间，月球那照不到光的部分也能看到各种设施发出的光亮。除此之外，根据已经制定的十年规划和二十年规划，还将在月球正面建设一批城市。当然这一计划遭到了不少保护团体的强烈反对，不过在缩减版的《宇宙景观保存条例》，即《月球对地半球景观保存条例》在联邦议会上获批通过后，那些保护团体的悠悠之口也终于被彻底堵上了。但与此同时，月球正面的城市和研究设施也不得不全部移往月球背面。当时制订L5太空城市扩建计划的正是埃德·韦伯。韦伯那会儿才20多岁，是位很年轻的规划师，但从那时候起他就已经非常能干了。”

“咦，那就是说……是韦伯总裁把‘从地球上看到的月球形态’原封不动地保留了下来？”英二多少感到意外，再次望向距离他们越来越近的月球背面的建筑群。

“难道正是因为有了这些成绩，他才得以一路升迁，最终成为太阳系开发机构的总裁吗？”

“并不仅仅靠这件事。”和伯纳德博士并排坐在一起的兰森部长没有回头，却突然插话道，“这些对于老板来说只是细枝末节。不过呢，老板一直游刃有余地穿梭于议会、景观保护团体和开发团体之间，和他们各方之间的关系都维护得非常好，以至于后来被传得神乎其神。英二，你现在负责‘木星太阳化计划’的一线工作，今后也一定要多了解政治体系和相关的运作手段。不然，你又会像这次一样被人牵着鼻子走。明明是专程来参加一次重要会议，但到了关键时刻，一个女人朝你招了招手，你就直接被诱拐和绑架了。这也太丢人了，你又不是小孩子。”

“把埃德描绘成一个很有手腕的政治家多少有些夸大，其实他并不喜欢玩弄权术。甚至可以说，他有着孩子般浪漫的一面，这一点我很清楚。”为了不让英二觉得尴尬，伯纳德博士赶紧出来打圆场，“他原先的想法是将月球表面的大部分主要设施都迁移到月球背面。其实他从一开始就在考虑把最初设在地球上的太阳系开发机构的总部也搬到那里去。”

“这其中……有什么原因吗？”

“他也是不经意间对我提起过。他说从月球背面看不见地球，这一点非常好。”伯纳德博士的嘴角浮现出一丝苦笑，“这种观点听起来好像有点极端，不过这才是埃德的风格。如果你经常在近处端详地球，就很难纯粹地从根本上思考未来的太空开发工作，因为你始终无法摆脱那个古老世界中存在的各种错综复杂的关系。要问哪里离地球最近、开发的历史积淀最深，而且还完全看不到地球，那无疑只有月球背面了。埃德认为，在月球背面，太阳和行星被看作大宇宙的一部分，而不只是与地球相关的天体。埃德想这些的时候是非常认真且执拗的，这也正是他少年气的一面。”

突然，处于自动驾驶中的小型渡轮猛地向一侧倾斜，采取了主动回避措施。随即，一辆拥有优先航行权的大型月球巴士从渡轮右下侧加速超了过去。巴士和渡轮一样，走的都是去往莱布尼茨中心城的路线。

船体一倾斜，英二便觉得腹内升起一股强烈的呕吐感，忍不住剧烈咳嗽起来。

英二在尚未完全适应地球的巨大引力前就进行过大量的运动，特别是在被绑架后，他被塞进了开往巨型飞艇的气垫船中；而后又在不会游泳的情况下跳进了大海，在翻滚的海浪中颠簸沉浮，不知吞下了多少海水。这使得他的胃部一阵阵疼痛，并再次引发了醉酒一般的“地球综合征”。

“你怎么了？”兰森部长回过头，冷冷地看了英二一眼后问道，“是不是不舒服？你在海里泡了那么久，好不容易才爬上岸，应该挺遭罪的吧。不过，我这里有好药。”

说着，兰森部长把座位旁装有其个人物品的包递给了英二。

“拿着，侧袋里有一个装药的盒子。里面有在火星上专门配制的万能药，治疗‘地球综合征’效果再好不过。是黄色胶囊，你赶紧吃一粒吧。”

干呕感伴随着又酸又涩的唾沫一起在嗓子眼里不停地翻涌着。英二一边强行压制着这种感觉，一边迅速地将兰森包上的几个侧袋挨个翻了一遍，找到装药的盒子后，赶紧从里面取出一粒黄色胶囊并含在口中。当他把药盒塞回去时，突然想起刚才在翻口袋找药时，某个空口袋的布料似乎有种轻微的异物感，于是他再次用手指触摸了几下。

“部长，”英二说道，“侧袋底下的双层布之间好像夹着什么东西。是不是破了？”

“破了？我这可是新包。”兰森回答道。

于是，英二把那个空口袋对准了光源的方向，然后开始仔细观察。那的确不是破损形成的裂口。口袋是用一种无纺布缝制而成的，而这种无纺布的原材料主要是一种非常结实的晶须纤维。英二发现口袋内侧的一角像是被某种极其锋利的刀具——更准确地说，是被一种便携式超小型激光切割机之类的东西——割开了一个1厘米左右的小口。英二从双层布的底部慢慢挤出了一个宽1厘米、长2.5厘米、厚3毫米左右的黑色长方形塑料盒，然后小心翼翼地打开了盖子。

盒子里是一束五颜六色的类似蜘蛛丝的线，紧紧地缠绕在一块超大规模集成电路芯片上。

“你开会的时候是不是把这个包放在酒店的房间里了？”英二小声问道。

“估计是窃听录音机。这种窃听器的基本运作原理和密涅瓦基地用于无人探测器上的振动传感器是一样的。3年前，由火星上的阿尔巴山口研究所发明，一年前开始大规模投入生产。”

“它现在正在对外发送电波吗？”兰森问道，神情变得严肃起来。

“没有。我认为它现在只是在用极低的电力录下我们的谈话。在适当的时候，比如在它靠近母机时才会对外发送信号，把录下的情报以极高的速度传输给母机。说起来，在东京的酒店大堂时，我好像无意中看到了之前在奥尼尔中转点一直尾随您的那个胡子大叔。”

“这帮人可真难缠。”兰森生气地咋舌道，“把那玩意儿毁掉，英二。”

“嗯，肯定要毁掉的。”英二拽了拽那个小小的间谍装置的绳子，沉思着说道，“不过，真的只有这一个窃听器吗？除了这个包，您开会时还有什么东西也放在酒店的房间里了？”

“手提箱，还有这套衣服。”

“手提箱先排除在外，因为您密谈时不太可能带着手提箱。您的衣服上不知道会不会有什么东西。”

经过10分钟左右的认真检查，他们发现兰森上衣的一个纽扣十分坚硬，是被替换过的外形相似的另外一颗纽扣，在这颗纽扣里安装着一个结构相同的监听装置。

“怎么办？要通知开发机构总部的保安部吗？”英二将第二个窃听录音机压得粉碎，问道。

“不，先等等。”兰森部长用手指拂去额头上渗出的密密麻麻的汗珠，满脸苦涩地嘀咕道，“暂时先不要说，等查清楚情况后再说吧。”

“到底是谁干的？他们究竟想要偷听什么呢？”英二烦躁地说道，“在部长身边安装窃听装置，究竟想要刺探什么呢？他们究竟是什么人，您完全没有头绪吗？”

“他们的目标恐怕是韦伯。”伯纳德博士插话道，“从一开始，他们的目标就是韦伯。他们从太空城一路尾随兰森过来，并在兰森身上安装了窃听器。要知道普通人根本无法接近太阳系开发机构的总裁，除非有位外行星开发领域的著名人士被紧急邀请过去。”

“话说回来，你的直觉和才能当真不赖，英二。”兰森部长松了口气道，“来外行星总部试试情报方面的工作怎么样？”

“绝无可能。”英二面无表情地回答道，“我一直都在木星工作，也正因为如此，我才会对机械和系统的异常状况非常敏感。但在人际关系上，我向来都不太擅长。”

“两位，”伯纳德博士看着座位前方的屏幕，欠了欠身说道，“再过四五分钟我们就要抵达莱布尼茨环形山了。”

雾气从高耸的巨大杉树之间涌出。清澈的溪流在杉树林间缓缓流淌，形成了几个阶梯状的小瀑布，哗啦啦地顺着山势流下。溪流在苔藓覆盖的雄伟岩石之间蜿蜒前行，最后流进了一个巨大的心字池[①]。从瀑布中间又引出了一根水管，将水引入浓密绿植中的一个小竹筒里。每隔一段时间，“惊鹿[②]”的竹筒尾部就会以极其缓慢的动作叩向下方的岩石，发出清脆的撞击声。

隔着池塘，在杉树林的对面，有一片白色的沙滩。沙滩表面可以看到精

①心字池：日式庭园中草书体“心”字形状的池塘。——译注
②惊鹿：日式庭园中的观赏道具，利用竹子落下时敲击底座发出的声音惊走鸟类。——编注

巧的流水纹和细条纹，其间还镶嵌着星星点点的踏脚石。沙滩对面是一座盖着茅草屋顶、山间别墅风格的茶室。一道竹墙隔在庭园与茶室之间，庭园中种着郁郁葱葱的黑松和罗汉松。树影掩映中，隐隐可见一间日式茶室的屋顶。

方圆十几平方米的茶室内，带有冰雹纹样的小锅正在炉子的炙烤下发出松涛般的声响。炉子前，一个蓝眼睛的女孩正在安静地烹茶。她扎着一头美丽的金发，皮肤白得近乎透明。

女孩身旁坐着一位犹如小山般高大魁梧的老人。他身着深灰色的细格子轻衫裤裙，上面套着姜黄色的天蚕丝无袖羽织，腰上系着一条深棕色结城丝绸腰带。老人此时正一边拨弄着自己那团斑白的红色胡须，一边抬起绿色的双眸，凝望着月球仁科芳雄环形山内那巨大的富勒式穹顶下的仁科芳雄[①]纪念庭园。

这个老人正是太阳系开发机构的统帅——埃德·托马斯·韦伯总裁。

3. 叛乱的谣言

金发女孩泡好茶后，盈盈起身，双手捧着黑乐[②]茶碗，向坐在走廊旁边的主人走去。她的脚上穿着一双洁白的布袜，步态优雅至极。女孩白到近乎透明的肌肤透着一抹淡淡的粉红，一走到光亮处，在浅蓝色衣服的映衬下，愈发显得娇艳动人。

女孩腰间系着一根白色的腰带，上面绘有好几种草叶的图案，腰带扣擦得锃亮。

韦伯总裁盘膝而坐，轻轻拿起面前的茶碗，一饮而尽，然后眯起眼睛，满足地擦了擦嘴角。他那团红里泛白的乱蓬蓬的红胡子上依然沾有些许淡绿色的茶末，但他毫不在意，只是出神地凝望着庭园里的那些山石和汩汩的流水。

水管中的溪水在空中画出一条异常平滑的抛物线后，落入竹筒内。当

① 仁科芳雄（1890—1951）：日本物理学家，致力于在日本建立量子力学的研究据点，并在宇宙射线、加速器相关领域做出了卓越贡献，被称为“日本现代物理学之父”。——译注
② 黑乐：日式“乐烧”陶器的一种，采用黑褐色釉。——译注

竹筒前端被灌满水后，会自然下倾，将筒中之水倾倒而出，而后竹筒前端再度翘起，竹筒尾部则会相应地叩向下方的岩石，并发出一声清脆的撞击声。不过在这里，竹筒尾部叩向岩石时的速度十分缓慢。之所以会发生这一奇特现象，是因为庭园位于月球表面，重力只有地球上的1/6。

太阳系开发机构全权负责地球外几乎所有太阳系行星的殖民地，以及太空城市群的开发、建设、经营和特别行政事务等。韦伯虽然已经82岁了，却有一双不输孩童的闪闪发光的绿色眼眸和粉嫩饱满的嘴唇。他的鼻子硕大，下巴坚毅，发际线很高，还留着一团乱蓬蓬的红色胡须。他身材魁梧，体重达到了160千克，给人一种不可挑战的威严感和十足的压迫感。不过，他那双清澈的绿色眼眸中总是充满天真和好奇，嘴角也时刻带着一种说不出的亲切感。和他说话时，会让人错以为站在面前的是一个体形巨大的幼儿，甚至是婴儿。

经常有人腹诽，说韦伯之所以会选择待在月球背面莱布尼茨环形山的太阳系开发机构总部，几乎从不去别的任何地方，是因为他那重达160千克的体重在月球上会变轻很多，只有原来的1/6，也就是二十六七千克。但其实在韦伯的专用飞船中一直都放着一件为他特制的、像气球般宽大的宇航服，以备他前往火星、小行星带或木星附近时使用。不过考虑到自己的体重和健康状况，韦伯几乎从不去地球。

“对我来说，地球就是个可怕的重力刑房。”这是韦伯拒绝前往地球时最常说的一句话。

即便如此，在被联邦议会传唤做证时，他还是免不了要去地球。每当这时，他需要偷偷装上辅助人工心脏，否则他那异常沉重的身躯根本无法顺利爬上议会会场那多达15级的台阶。太阳系开发机构地球事务所的同事曾专门为他准备了一个巨大的玻璃水槽——在里面套上宇航服，体重就会因浮力而被抵消不少。不过，在他装上辅助人工心脏后，就没必要将这个水槽再带到会场了。在议会传讯结束之后，韦伯便以心脏不适为由，拒绝了所有采访。主治医生也就他的健康状况对外进行了说明。实际上，只要用上辅助人工心脏，韦伯完全可以在地球上活动自如。但这件事一旦被公之于众，韦伯今后就免不了会被经常传讯。为彻底避免此类麻烦，韦伯便索性装起病来。

当时韦伯住在一间非常安静、谢绝探访的豪华病房里。他觉得既然有这么一个机会，不如顺便减减肥，于是开始每日用器械健身。

经过一段时间的锻炼后，韦伯终于瘦了10斤。不过当他回到月球后，体重又迅速反弹了回来。韦伯认为，地球上的10斤，到了月球上也只有区区800多克。既然如此，那又何须在意呢？

金发女孩撤下韦伯刚刚用过的那只茶碗，用眼神询问他是否还要喝。韦伯摸了摸下巴上的胡须，摇了摇头。

这时，从茶室里间传来一阵微弱的铃声。女孩立刻起身，打开壁龛旁边的小壁橱。壁橱中，一部金色漆绘的小型可视电话机正在发出清脆的铃声。女孩接起电话，应答了一声后，并没有关上壁橱的门，而是径直来到了韦伯身后。

“伯纳德博士和另外两人已经顺利抵达奥本海默联络港。”女孩对韦伯说道，“您是否需要去总部一趟？”

“不，让雷直接到这儿来吧。至于另外两人，你就让他们先在总部等着。”韦伯望着眼前的庭园说道。

“伊冯娜。”当女孩站起身，准备朝壁橱走去时，韦伯又扭头叫住了她。

“金蛉子在这个时间叫是不是有点奇怪？”

“对不起。”女孩似乎吃了一惊，朝庭园的方向侧耳倾听，“昨天晚上茶会的时候，我把声音调低了，后来就一直忘了改。我马上去重新设置。”

“你去帮我迎接下雷吧。”

“好的，我先把电话线路切到您那边。”

待名叫伊冯娜的女孩起身并关上壁橱后，之前从地板下方隐约传来的金蛉子的叫声就消失了，转而变成了从杉树林深处传来的一阵阵蝉鸣之声。

紧接着，韦伯右膝前的烟灰缸中响起了一阵清脆的桌铃声。韦伯将烟灰缸拉到身前说道：“我是韦伯。”

“我是兰森，”烟灰缸中传来一个声音，“您何时到总部来？”

“现在，伯纳德正在往我这里赶。”韦伯说道，“我会留他喝杯茶。这样吧，你一个半小时或两个小时后，直接来我办公室旁边的小会议室。本田和你在一起吧？”

“是的，不过他现在心情低落。对了，据调查，本田被绑架这件事好像没有带来什么重大影响。”兰森部长的声音停顿了一下，“其实我……被‘虫子’跟踪了。从奥尼尔中转点开始就一直有人尾随我，在地球上……

东京的酒店里，我身上被偷偷安装了窃听装置。本田找到了两个，刚才又请专家进行了排查，应该没什么问题了。”

“唔。”韦伯轻哼了一声，若有所思地抚摸着下巴上的胡须。

“您有没有遇到什么麻烦？”兰森关切地问道，“比如联邦安全局……”

“别胡说。”韦伯打断道，“联邦安全局和我们是兄弟部门。虽然有时候我会和个别认死理的家伙吵到要动手的地步，但我们之间没有秘密，不需要相互试探。我的体重哪怕只变动1/10克，他们也很快就会知道。他们甚至知道很多连我自己都不知道的个人秘密。”

“那么……会是谁呢？他们究竟是什么人？”

“我大致能猜到。”韦伯抬起他那双清澈的绿色眸子，望向远处的杉树林，“那个‘虫子’……现在还活着吗？”

“没有，当时就毁掉了。”

“可惜了。如果他还活着，就可以通过‘虫子’对那帮家伙来一番洋洋洒洒的演讲，给他们好好洗洗脑。”韦伯不怀好意地笑着说道。

“唔，不过也别放在心上。等你回到火星，就把这事忘了吧。”

在奥本海默联络港和太阳系开发机构总部所在的莱布尼茨市之间，开通了线性马达推进的管道列车。列车在月球的地下运行，全程需要大约15分钟。为了躲避陨石，列车特意建在了地下，但管道内仍和月球表面一样处于真空状态，所以也就不存在空气阻力了。起初，它采用的是在地球上研发的线性动力系统，所以即使在今天，老一辈人仍然称它为“管道列车”，但其推进方式更接近加速带电粒子的线性加速器，所以最近人们又称它为“磁悬浮列车”。

在月球表面，除了电力，其他能源也非常丰富。在月球的正面和背面都安装了许多高效的太阳能设备，以及围绕子卫星轨道运行的规模巨大的太空能源站。它们通过与红外激光束、大容量光纤能源线或位于地下的巨大波导管相结合，形成了一个完整的网络系统。在21世纪中叶之前，这些太阳能工厂使用的一直都是改良型的太阳能电池，所以老一辈人称之为“太阳发电厂”。但后来随着效率极高的组合型半导体式能量整流器的问世，可收集的太阳光不再转化为电流，而是直接转化为激光束，于是年轻人便将其简称为SEP，即太阳能源工厂（Solar Energy Plant）。在真空的月球表面，能源不会像地球上那样，会因为大气层的吸收和散射而产生衰减。所以在月球表面基本不会使用电力传输损耗较大的电线，而是主要依靠以激光束为载体的能量供应体系。

这种光能不但被用来为农场、工厂和城市等提供能源，同时也会通过极其高效的半导体整流器直接转化为电能，为利用电磁弹射器向太空输送物资的质量加速器和磁悬浮列车提供动力。在真空的宇宙空间中，具备城市规模的人类社会的新能源体系先是从光电子学发展为光子学，随后又进一步发展为将二者结合在一起、以量子学为核心的新一代光能体系。而这一体系从最早的研发到真正付诸实践的过程正是在月球上完成的。大约在10年前，位于莱布尼茨市南部卡门环形山的大型生化工厂区和流体力学研究群也一起被并入该市，共同组成了新的大莱布尼茨地区。

而全权负责整个太阳系空域开发计划的太阳系开发机构总部设施群则占据了旧城近1/5的区域。此时，在这个巨大的半地下设施群的中心区域，从磁悬浮列车出来的兰森和英二，刚刚乘坐电梯来到总裁办公室的下一层。

“好像还有时间，我能去那边的酒吧喝一杯吗？”英二问兰森。

“你这次应该不会再迟到了吧？”兰森皱着眉头说道，“要是再发生地球上的那种事情，我真的会一脚踹飞你。你应该记得，我可是在全火星业余拳击赛上拿过第三名的人。”

“我当然记得，虽然已经过去了好久。好像还是在我小学升初中的时候。”

“给我听好了，等会儿我们要见的人可是总裁。”兰森威吓似的在英二的鼻尖处挥了下拳头，“虽然你发现了窃听装置，但这并不能抵消你犯下的错误。你要是喝得醉醺醺的，再干出什么不该干的事来，可别怪我对你不客气。”

“明白，部长，我一定会注意的。”英二向酒吧入口退去，朝兰森挥了挥手，“而且，这里应该也备有醒酒药吧？”

韦伯一边听着“惊鹿”的竹筒叩击岩石的声音，一边向雾气缭绕的杉树林望去，只见高高瘦瘦的伯纳德博士在身着和服的伊冯娜的引领下，向这边走了过来。伯纳德博士被庭园中的美景深深吸引，不禁看得入了神，以至于一脚踩空，从踏脚石上跨过，踩进了带有流水细纹的白沙中。看到这幅光景，韦伯不由得哼了一声。

“你好，埃德。”伯纳德博士把两手背在身后说道，“有阵子没来了，不过仁科纪念庭园依然紧跟着时代的潮流。”

“这里的园丁是日裔，在打理庭园上费了一番心思。”韦伯说道，扬起了半边眉毛，“可是总有些冒失鬼，轻易就毁掉了人家的一片苦心。”

伯纳德博士似乎完全没有听懂韦伯总裁话中的揶揄之意。他背着双手悠闲地环顾四周，然后直接踩着白沙来到了茶室的廊檐下。

“要不要喝点淡茶？”韦伯问道，“喝吗？要不喝点吧。这可是宇治的上等货，专门从地球上订购的，不是太空农场的东西。”

“好的，那就有劳了。”伯纳德博士在廊檐下坐下，点点头说道，“被你叫到这里来，不喝一杯也说不过去。”

伊冯娜分别给韦伯刚才用过的黑乐茶碗和博士面前的油滴天目[①]茶碗内斟上了茶水。

两位老人——一位又瘦又高，另一位则雄壮魁梧，就这样坐在茶室的廊檐下，一边静静地品着茶，一边欣赏园景，聆听蝉鸣之声和竹筒不时叩击岩石的声音。

“你们还是决定要对木星动手了。”韦伯放下手中的茶碗，对伯纳德说道，“让你们忍了这么久，看来这次我不让步是不行了。”

“米莉森特·威廉这次似乎对破译很有信心。”伯纳德博士仰望着杉树林的树梢，答道，“首先，‘木星幽灵’位于‘JS计划’的一线，一直飘浮在木星的大气层中，我想请你把关于‘木星幽灵’的所有信息都告诉我。”

“我当然会帮你。虽然一线的人可能会发牢骚，而且我自己对外星人信息也没什么兴趣，但这毕竟是我们地球人的老前辈留在太阳系内的东西。你们的调查大概需要多久？”

“怎么说呢，可能需要1年……也可能需要2年……这要在调查真正开始后才能知道。毕竟，到目前为止，我们得到的还只是间接的证据，真相依然处于迷雾之中。根据具体情况，可能需要5年，甚至10年。”

“那就难办了。”韦伯摩挲着手里的茶碗，低声说道，“无论如何，‘JS

① 油滴天目：南宋时期福建建窑烧制的一种天目茶器，因表面呈油滴飞散的纹样而得名。——译注

计划'都要在5年内进入实施阶段。所有的资源都将朝着这个方向集中。虽然目前还只是在秘密推进，但我一直都在想着法儿督促我的下属。”

“埃德，你为什么如此急切地想要把木星太阳化呢？”伯纳德博士说着，看向自己的老朋友，“真的有必要这么着急吗？真的有必要让木星太阳化吗？”

“我已经没有多少时间了。”韦伯叹了一口气说道，“而且，人类现在已经决定进军太空。下一代人还会进一步探索外行星，甚至前往太阳系之外……探索未知的空间、未知的未来。而带领人类的新一代前往新的宇宙空间，前往宇宙中未知大陆的责任，很大一部分都落在了我的身上。”

“即使在现阶段，你领导的逃离计划也已经相当……不，是足够成功了吧？你何不好好守住这份成果，将下一阶段的飞跃交给下一代人呢？”伯纳德博士皱起眉头，不无担忧地说道，“不知你有没有听过这样的谣言，埃德，说你企图把地球外的宇宙空间从世界联邦的行政管辖之下分离出去，使之彻底独立。眼下那些人虽然找不到任何真凭实据，但恶意中伤也好，无中生有也罢，如果有人大肆宣扬你对联邦的反叛意图，那么，长期以来给予你足够信任的联邦总统的立场可就……至少下届选举就……”

“原来问题是在下届选举上，”韦伯的眼神突然变得犀利，“那我算是看出点门道来了。关键在议会那边——沙德里克，他是一个……食古不化的野心家。”

“居住在地球上的185亿同胞中，也普遍潜藏着反太空情绪。如果有人刻意煽动……”

“比如，说太阳系宇宙空间将发动对地球的叛乱，或者我们将谋求独立。”韦伯揉着鼻子说道，“而且这并非凭空捏造，雷。”

当英二走进酒吧时，发现里面空荡荡的，只有一个顾客。他向酒保要了一杯“酒劲不是很大、口感清爽、醒酒很快的”饮料，在画着奇妙曲线的吧台前坐下。

“嗨。”坐在吧台另一端的一名女士朝英二举起了手中的酒杯，“你是日本人吗？要不要我过去陪你喝一杯？”

4.“幽灵”探测指令

英二抬起头，向吧台的另一端望去。

吧台上描绘着一些不规则的平滑曲线，看上去宛如摇曳的波浪。一位女士坐在吧台的正对面，她披着一头栗色长发，一部分头发遮住了半张面庞，垂落于肩头，而她另一侧香肩则裸露在外。她身穿一件设计大胆且怪异的裙子，上面饰有发光的斜条纹，使裙子在灯光的映衬下显得绚丽至极。此刻，她举起郁金香杯，微笑着等待英二的回答。

“你好，”英二也举起酒杯，冲女士笑了笑，“可以和你一起喝一杯吗？啊，要不我去你那边吧。”

但女士已然从凳子上起身，像捧着祭祀的火把一样，双手举着郁金香杯，绕过吧台径直向英二的座位走了过来。

女子身材高挑，至少有1.75米。她的肩膀很宽，裸露的右肩下方，漂亮的锁骨在酒吧昏黄的灯光下镀上了一层幽影。高耸的双峰半露在外，乳沟处还散落着几颗小小的雀斑。紧致的腰身下，是成熟女性才有的丰满翘臀。女子看上去已经喝了不少，但向英二走来时，步伐依然稳健。她每走几步，天花板上落下的灯光便会间歇性地照亮她的脸。虽然她的颧骨略高，下颌骨的线条也过于硬朗，不过依然属于难得一见的美女。

比起女子的容貌，更吸引英二目光的是她身上那条光怪陆离的裙子——一整块布料上似乎都布满了发光元件，红、白、绿、黄、蓝、紫等各色光带，编织出了倾斜、垂直或水平的条纹，以及呈旋涡状和格子状的图案。当女子走到英二身旁时，她那身“光裙”又被敷上了一层粉色的基调。

“噢，这个啊。”女子在英二旁边的凳子上坐下，莞尔一笑。

“这个据说是两三年前在地球上非常时兴的款式。我今天也是好不容易才下定决心第一次穿出来。这套衣服可以用小型调制器来生成图案，也可以通过感知穿着者的情绪来调节。现在发出来的光是粉红色，对不对？这代表一种身体信号，说明我对你很有兴趣哟。”

“原来是这样。”英二不由得有些脸红，“那我十分荣幸。”

“你好，”女人举起装有红色发泡酒的郁金香杯说道，“我叫米莉。”

“我叫本田英二。”英二也举起了自己手里的酒杯。

“你是从地球过来的？”

“是的，不过我平时都在木星工作。”

这时，背景音乐突然被切换成了晦涩而又喧闹的弦乐合奏曲。

“啊，这是……”米莉诧异地抬起眼眸。

“这是我刚才点的曲子，舒伯特的《死亡与少女》。虽然不是什么吉利的曲子，不过，自从我到月球之后，就喜欢上了舒伯特。”

这是一部弦乐四重奏，但听到一半便会发现，今天播放的是电子合成乐混音版。优美的金属旋律在酒吧里回响着，仿佛从天花板、地板等四面八方飞出了无数支发光的银箭。不一会儿，好像又有波涛汹涌般的低音从地板下方传来，数条金色的音线有节奏地在天花板与墙壁之间逡巡。室内蓝色、绿色、白色、橙色的灯光好似化作一阵阵光雨和光帘，配合音乐轻轻摇曳着、喘息着、飘动着。

很长一段时间，两人只是静静地品着杯中的酒，在光影缱绻中聆听着华彩纷呈的乐曲。

“我有一个日本朋友……”她喃喃低语道，将手里的酒杯举到与眼睛齐平，“那是一个和我关系非常好的朋友。虽然年纪比我大不少，但无论是在人格还是学术上，他都让我折服。而且他十分英俊，充满魅力。”

“你们曾经相恋过吗？”

“怎么说呢，虽然我们之间也有过浪漫时刻，但准确来说，那只能算是我的单相思。”

“现在，那个人去哪儿了？”

“不久前，去了一个很远的地方，一个非常遥远的地方。”

“你们分手了？”

“早在一两年前，就因为我太过忙碌而分开了。听起来是不是觉得很奇怪？”她将杯中的酒一饮而尽，然后在吧台上来回滑动着手中的玻璃酒杯，“所以，今天就是想找个日本人一起喝一杯。”

“太空太过浩瀚，太空中的生活也太过忙碌。”英二说道，“人类的科学技术有一天会突破光速壁垒吗？”

“嗯，这我就不知道了。其实在通信工程方面，我真正感兴趣的是心灵感应。”

“相爱的两个人之间的感应能超越光速吗？”英二笑着问道，“即便真的能够超越，也很难证明吧。首先……”

就在这时，音乐的音量骤然变小，紧接着广播开始呼叫："米莉森特·威廉博士、密涅瓦基地的本田英二主任，请马上到总裁办公室来。"

米莉和英二都从座位上站起身来。然后两人面面相觑，终于意识到了彼此的身份。

当米莉和英二来到位于酒吧楼上的太阳系开发机构总部的总裁办公室时，韦伯总裁、伯纳德博士、兰森部长都已经到了，他们三人正围在一起讨论着什么。

见两人进来，韦伯便伸出他那胖胖的手，示意他们到桌边来。

"威廉博士、本田主任，你们以前就认识？"韦伯问道。

"其实还没有做过正式的自我介绍。"英二看向米莉，吞吞吐吐地说道，"我们刚才……一起喝了点酒。"

"我胡乱说了些自己的情感经历。"米莉的脸上泛起一阵并非酒精引起的红晕，羞涩地摸了摸脸颊说道，"没想到和我一起喝酒的竟然是'JS计划'的现场主任。"

"本来英二能在太空考古学会的东京会议上见到威廉博士，"兰森瞟了一眼英二，插嘴道，"但他当时出了点事。"

"不提了，你们也坐吧。"韦伯说着，按下桌子上的按钮。两把安乐椅从地板下升了上来。

"对了，英二，"韦伯突然对英二说道，"我想尽可能地了解有关'木星幽灵'的信息。关于它，目前没有人比你这个'JS计划'现场主任了解得更多了。"

"好的。"

兰森部长之前就和英二说过，韦伯一定会问到这个问题。于是英二便将目光转向韦伯，开始讲述脑中早已梳理好的内容。

"虽然我们称之为'木星幽灵'，但它的实体究竟是什么，到目前为止我们一无所知。感觉它真的就和幽灵一样神秘。原本我们以为它是木星大气层中一种特殊的云，或是次级电波反射形成的回声。之所以给它取名为'幽灵'，是因为早期对木星大气层的各层进行无人探测时，在毫米波激微波雷达上曾显示出一个模糊的图像，据推测可能是它与强导电云或其他什么东西碰撞后产生的次级'幽灵'。"

“但是，经过多次探测，它已经被确认为某种存在，而不仅仅是大气涡流导致的偶然现象，对吗？”伯纳德博士问道。

“不，还没有确认到这种程度。就连密涅瓦基地的木星大气研究小组内部也存在着分歧。一种意见认为那不过是某种固态飘浮物；而另一种意见认为，那是一种经常反射毫米单位电波的特殊气体所形成的旋涡，且非常稳定，和大红斑一样。”

英二将手伸向韦伯的桌子，开始操作电脑终端，将木星的影像投射到了墙上的显示屏上。

“也就是说，在‘木星幽灵’这个称呼出现之前，就已经多次观测到原因不明的回声或噪声了？”米莉抬头看着木星的影像问道。

“没错。最开始它并不属于我们的主要探测目标，充其量也只是次要探测目标，或者说只是被当作妨碍探测目标的干扰现象或噪声来上报的。具体如何，还需要将大气层探测记录再从头到尾彻底梳理一遍。不过，在我的记忆里，类似的报告应该有过四五次。直到3年前，在无人探测的第一阶段已经结束，开始进入JADE——木星大气层探测艇和无人探测器同时开始探测的阶段后，才首次将‘木星幽灵’作为一种明确的现象记录了下来。第一份记录是JADE-Ⅰ在第三次探测时留下的，JADE-Ⅰ汇报称在木星云层顶部下方200千米处，毫米波雷达捕捉到了下方约1200千米处的‘一团巨大的阴影’。”

“有多大？”伯纳德博士问道。

“长四五十千米，宽十二三千米，呈狭长的椭圆形，在云层表面下方1200千米处，乘着快速气流，以与气流几乎相同的速度移动。”

米莉轻轻地惊叹了一声。

不过英二没有停下来，继续说道：“第二次遭遇‘木星幽灵’则是在半年后，距离第一次遭遇的地点约2.4万千米，由刚刚投入使用的JADE-Ⅱ记录下来。当时JADE-Ⅱ正在云层表面以下420千米处，针对机器的潜入深度和所能承受的压力进行测试，随即‘木星幽灵’被JADE-Ⅱ的厘米波雷达发现。这次‘木星幽灵’位于其下方约2000千米处，宽约20千米，但长度有100多千米。雷达操作员一开始还以为是云团之类的东西，一度想要中断观测，还因此和船长发生了争执。因为从雷达里看到的东西蜿蜒曲折，所以船长报告时将之称为‘木星尼斯湖水怪’，但我禁止他们再使用这种说法。”

“可不能再让早先那种荒谬无稽的‘木星生物存在说’死灰复燃了。”兰森部长苦笑着说道，“我们绝不能让那些只知道博眼球的八卦媒体和奇奇怪怪的神秘主义团体牵着鼻子走。”

“关于它到底是气体还是固体，曾引起了激烈的争论。它也被厘米波和分米波雷达捕捉到过，中途存在大量折射和散射，所以轮廓并不是很清楚。后来JADE-Ⅱ又捕捉到了一个类似的反射图像，但这次距离太远，无法进行确认。大概在8个月之前，当我们使用最新的JADE-Ⅳ进行观测时，捕捉到了相对清晰的影像。这一次是由毫米波和远红外激微波雷达捕捉到的，‘木星幽灵’的外形几乎和第一次发现时一模一样，长约50千米，宽约14千米，呈扁平的纺锤形。JADE-Ⅳ所在的云层深度为220千米，而‘木星幽灵’的深度约为1000千米，两者的直线距离约为2400千米至3000千米。图像持续了将近18秒，也是迄今为止持续时间最长的一次。自JADE-Ⅳ的这次观测之后，我们‘JS计划’的木星大气研究小组就将之命名为JUDO-X1，也就是木星未确认飘浮物X1，并将之正式列入研究观测项目之中。”

“也就是说，你们已经认定那是个可以强烈反射雷达波的物体了？”米莉马上提出了一个尖锐的问题。

“不，还不能完全确定。我们只是确认了这种现象的存在而已。但它可能是一种能够强烈反射毫米波的特殊的云；也可能是在木星大气层的云层表面以下1000多千米处，始终保持浮力平衡并不断飘移着的巨大物体；还有可能是在木星大气层的更深处，由局部强电磁干扰引起，并以幽灵的形式被雷达捕捉到的一种反射波的恶作剧。持最后一种观点的学者人数很少，不过他们的立场最坚定。由JADE-Ⅰ和JADE-Ⅳ捕捉到的数据非常相似，而JADE-Ⅱ的观测结果却与前两者在不少地方相去甚远，所以它们观测到的究竟是不是同一物体依然存疑。迄今为止最合理的假设是，从其大小、雷达波反射率，以及对其质量的大致推测来看，它很可能是因为固体层或液体层的一次大爆炸，从木星的核心位置被喷射而出，然后随着喷射流来到木星大气层上层的一种液态金属氢的巨型聚合物。卡洛斯已经根据某种模型试着进行了计算，结果显示，如果是那么大尺寸的盾状固体金属氢壳，一旦因内部爆炸而被喷射出来，并在某个温度的压力层中以倒扣状态飘浮的话，可以飘浮相当长的一段时间。换句话说，倒扣状态的盾状固体金属氢壳内部包裹着温度很高的气态氢和氦。”

“简单来说，就像一个以固体金属氢为外壳的热气球。”米莉大声说，“既然已经考虑到了这一步，为什么没有想到那可能是来自太阳系外的外星人飞船的残骸呢？”

“嗯？可是，威廉博士，从木星大气层的顶部往下约1000千米处，温度高达2000摄氏度。而JADE的下潜极限只有450千米，安全操作极限则在300千米至320千米之间。那么巨大、全长超过50千米的飞船，不但能长时间地抵御这种温度和压力，还能承受木星大气层中极为恐怖的高温风暴，以及高达数千万安培的雷电……”

“这种技术即便地球上暂时还不存在，如果是来自太阳系外，也并非全无可能。”伯纳德博士开口道，“毕竟比起我们走出母星的时间，早在10万年前，他们就已经穿越银河系，并成功抵达了我们所在的太阳系。我这里还有一个问题，上面你提到过的那几次观测，分别发生在木星表面的哪些地方？”

“全部都在南赤道带的大红斑周围。”英二说着，用激光笔指向木星的影像，“大红斑的面积正在迅速增大，现在其东西跨度达到了4.5万千米左右，JADE-Ⅰ首次发现‘木星幽灵’时就是在这里，位于大红斑的西南边缘。第二次则是在这里，在大红斑与南边大白斑之间的位置。然后JADE-Ⅳ的雷达在这里再次捕捉到了信号，加上我们在JADE-Ⅰ投入使用前的各种疑似发现，综合来看，‘木星幽灵’貌似被卷入了大红斑周围的巨大旋涡之中，并以逆时针方向不断运动。”

“好的，我明白了，英二。我们一定要搞清楚这个‘幽灵’的真实面目！”韦伯猛地拍了下桌子，“那就请你协助雷和米莉吧。”

5. JADE-Ⅲ

“请稍等一下！”突然，企划部部长兰森大声打断了韦伯总裁的话，“总裁，关于‘JS计划’的情况，已经逐一向您汇报过了。所以您应该非常清楚，现在我们的进度已经比原定时间晚了半年以上。一线部门一直在竭尽全力往前赶，在不引起事故的极限范围内，对那个怪物一般的巨大行星——那个不断冒出各种棘手的新问题、凶猛狂暴的木星一点一点地发动进攻。除此之外，我们有时要为一些飞往木星以外的特殊飞船提供支援，有时又要堆起笑脸去接待那些从地球过来的不懂装懂的大人物，为他们做向导。您只要问问本田主任就能知道，‘JS计划’的现场工作人员和设备正在以120%的运转率超负荷运作。在这种情况下，您觉得我们还有余力去协助别人寻找一个飘忽不定、连实体是什么都不知道的‘幽灵’吗？”

“不能。”韦伯说着，扯了扯他那乱蓬蓬的胡子，“虽然不能，但我们也得想办法帮助伯纳德博士才是。”

“那就没法再聊下去了。”

兰森啪地拍了一下桌子，站起身来。

“伯纳德博士，您觉得调查大概需要多长时间？”

“只有着手行动了才能知道。也许需要一年，或者两年。”伯纳德博士耸了耸肩，“总之，第一步需要确认‘木星幽灵’是否真的是外星飞船的残骸。”

“我觉得可能性在50%到60%。”米莉森特·威廉插话道，“刚才听本田主任介绍了与‘木星幽灵’接触的案例，我觉得可能性不低。虽然我们有必要对在火星上发现的大量宇宙信息做出更精确的解读，不过，到目前为止，我们获得的信息已经可以让我们看到大致的轮廓了。它——也就是史前时代到访太阳系的太空种族的母船，在形态上和‘木星幽灵’非常相似。”

“不管怎样，我们都需要花上一年或两年的时间，否则根本没办法搞清楚真正的情况。”兰森焦躁地在房间里踱步，摆手道，“这样的话……总裁，能不能把‘JS计划’的期限再往后推迟一些？”

“不行，‘JS计划’的进度绝对不允许有任何变动。”韦伯强硬地摇了摇头，“‘木星太阳化计划’必须按时推进。”

“可是……”兰森杵在原地，一时竟无言以对，“那么，为了探测‘幽灵’，能给我们专门调配一些设备和人员吗？”

“唔，这个我倒是可以想想办法。”韦伯扯了扯自己的胡须说道，“不过，要去搜寻‘木星幽灵’，就算把整个太阳系都翻个底朝天，估计也找不到多少真正用得上的设备和人才吧？是吗，英二？”

“确实是这样。”英二喃喃道，一股凉意从心底缓缓升起，且越积越多，“木星大气层探测艇——我估计这将是探测主力，一共有6艘，但目前能在木星圈使用的只有2艘。毕竟木星大气层中充斥着猛烈的风暴，还存在电流和化学方面的严重干扰，对飞船的磨损非常大。另外2艘正在船坞接受检修：一艘受到过非常严重的电击，内部设备需要彻底更换；另一艘则是动力系统出了问题，正在维修，大概要6个月后才能重新投入使用。剩下的2艘中，型号最老的JADE-Ⅰ已经无法在木星上使用，所以我们已经将它派往土星，用于探测土星大气的浅表层。天王星那边也已向我们提出要求，希望该探测艇结束土星的探测工作后立即前往天王星，不过，目前它仍然属于密涅瓦基地。"

"2艘在运行，2艘在维修，1艘被派往了土星。"韦伯小声嘟囔着，"那剩下的一艘呢？"

"您说的是JADE-Ⅲ吗？这艘没有任何故障，是6艘探测艇中状态最好的。只是搭载的传感装置过于老旧，需要更换。此外也需要进行改造，使其潜航深度再增加100到150千米。改造工作目前已基本完成。"

"听起来不错。好，那就用它吧。"

"请等一下，总裁。"兰森用沙哑的声音说道。他脸色苍白，额头上布满了密密麻麻的汗珠。"这一艘……恐怕也不行。大气层探测艇要保证至少有3艘在工作，其实按照最初的计划是4艘工作、2艘待命。而我们现在只有2艘在运行，这已属无奈之举。在整个'JS计划'中，JADE小组的调查进度都是倒数第一。如果再被调走一艘探测艇……"

"那就赶紧把正在维修的探测艇修好。"韦伯说着，将手伸向桌子，"还有，JADE现在只有6艘，难道就没有新的建造计划吗？"

"JADE-Ⅶ只完成了承压外壳的建造部分。"兰森垂眼说道，"由于预算有限，内部的建造需要等到明年再说了。"

"建造地点在哪里？"

"在小行星带——特洛伊群太空工厂的第8船坞。"

韦伯按下了桌上的一个按钮。

"我是韦伯。有一项紧急命令，需要立即传达给外行星开发机构总部部长和特洛伊群太空工厂的第8船坞。告诉他们无须再向我请示，直接执行即可。听清楚了吗？"

韦伯以极快的语速下达完命令后，朝兰森努了努嘴，似乎在询问他是否满意。

"就这样吧。立刻做好将JADE-Ⅲ投入到寻找'幽灵'的准备工作中去。

另外，马上从土星召回JADE-Ⅰ。”

“不过，还有一个……”兰森结结巴巴地说道，“关于母船的问题。仅有JADE是不够的，我们还需要用一艘母船将其拖到目的地，并为其提供相关支援……目前我们只有一艘母船，承担着两艘JADE的拖航和支持任务；而另一艘母船正在维修……如果要寻找‘幽灵’，那么因为目标完全不同，所以做法也要完全改变。”

“使用JADE-Ⅰ第一次进行木星大气层探测时的母船，现在被丢在了卡利斯托的垃圾工厂。”英二说道，“它是由作业飞船临时改造而成的，也就是将就用用，又小又旧，不过还没被解体。如果只负责JADE-Ⅲ一艘探测艇，或许……还能凑合。前不久还有人提出要把它的引擎和通信设备拆下来用，所以我想那些设备应该都还能用。”

“寻找‘幽灵’计划的支援系统可以立刻在L5宇宙殖民地上进行调配。”米莉·威廉说道，“调配就由我来负责吧。”

“最后还有一个难题……”兰森吞吞吐吐地说道，“还需要一名JADE-Ⅲ的驾驶员。能够驾驶JADE-Ⅲ潜入木星大气层中，并能平安归来的资深驾驶员……没有几个人。”

“到时候看情况，不行就交给我吧。”英二说道，“JADE操纵手册的编写者就是我。如果‘JS计划’需要驾驶员，我应该没有问题。”

“你还有空亲自干这个？”兰森咂了咂嘴道，“听好了，英二，总裁已经宣布，‘JS计划’必须如期推进，一天都不能延误！”

“没办法，只能试试看了。”

虽然英二嘴上说得轻巧，但身体内不由得一阵发烫，腋下也冒出了冷汗。他脑中浮现出了“JS计划”的日程表，里面密密麻麻地写满了一长串从过去到未来的各项计划，而其中一部分正从表示“延迟”的橙色逐渐变为红色，宛如噩梦一般。

哎！要如何才能把寻找“幽灵”的计划强行塞进这张日程表里呢？

“好吧，”兰森部长耸了耸肩说道，“那我现在马上和本田主任讨论一下具体的日程安排。不过，总裁，您得做好准备，把这项行程硬塞进去之后，‘JS计划’现场的事故率一定会飙升。当然，我们肯定会尽最大的努力做好预防措施，但这未必能起到多大作用。怎么说呢，在太阳系的最前线，我们每个人都恨不得变成几个人来工作。在这么忙的情况下，还要把宝贵的人才……”

“等等！霍华德。”韦伯从桌子后面站起来，两手紧紧抓住桌子的两端，双眼通红，眼眸中似乎燃烧着熊熊烈焰，“你说的我都明白，但你也要理解我。好好想一下，你从地球返回的路上还被人偷偷安装了窃听器。我的立场、太阳系开发机构的立场，甚至是太阳系宇宙空间的立场，现在都很敏感，因此我必须十二分地小心。我每走一步都犹如在踩钢丝……你听好了，在寻找‘幽灵’的过程中，我们必须全力协助伯纳德。另外，‘JS计划’也不允许再出现一分一毫的拖延。这个计划与地球外太阳系空间的未来密切相关。你听明白了吗？”

“明白了。”兰森很不情愿地回答道。

“那好，我会从总部和L4太空工厂区再挑选20个能干的人来增援‘JS计划’。如果你有想要的人，就列个名单给我。”

“谢谢您。”兰森说道，“还有，关于火星开发，我有3个计划需要做一些修改，想请您批准。”

“可以，放手去做吧。”韦伯重重地坐回到了椅子上，用肥大的手指抵在眉心处说道，“那就快去吧。”

当兰森和英二快步离开房间后，韦伯又按了一下桌子上的按钮，将木星的实况转播图像投射到了整面墙上，然后一动不动地久久凝视着。伯纳德博士和米莉的目光也都被这颗红色玛瑙般的巨大行星吸引了过去。

“叛乱……”韦伯突然嘀咕道，“生活在与地球基础环境条件不同、社会条件也不同的太空中的5亿人，想要获得属于自己的生活方式和未来，想要得到自治的权利，怎么就成了叛乱呢？”

听到韦伯的话，伯纳德博士被吓了一跳。但当他看向身边的米莉森特·威廉时，发现米莉仍然盯着木星的影像，表情十分平静。

“因为地球非常害怕被宇宙空间抛弃。”伯纳德博士说道，“毕竟，目前地球上40%的能源和25%的生产总值都依赖于宇宙空间的供给。”

“说占生产总值的25%其实也是在自欺欺人。如果把附加值也考虑进去的话，实际上应该有40%吧。地球上的环境已经因为人类和其他生物而满负荷了，再无余力创造出其他任何新的东西。我们能从地球带到这里来的唯一有价值的东西也就剩下宇治的新茶了。”韦伯哼了一声，“其实，和所谓的供给没多大关系。哪怕把这附近的全部工厂设施都给他们也无所谓。

只要别把那些历史包袱、各种充满复杂情绪的狭隘的人际关系、政治机构、官僚主义和价值观强加于这片崭新的土地就行。宇宙空间有属于宇宙空间自己的规则，应该建立属于自己的制度。”

“上世纪下半叶，这一带也曾爆发过一次名为‘让太空为太空时代的人类服务’的荒谬的激进主义运动。”伯纳德博士苦笑着说道，“运动之火一度蔓延到了火星上。”

“嗯，当时他们甚至还劫持了一艘飞船。而把那群黄毛小子打得溃不成军的人正是我。”

“不过，你窝藏了六成的余党，为自己所用。”伯纳德博士冷嘲热讽地说道，“当时，联邦安全局里有一部分人对你的做法相当恼火。”

“雷，你是在北美出生的吧？”

“是的，我出生在缅因州。”

“那么，我想问你一个问题。如果人类历史上没有发生过18世纪末的北美独立运动，如果北美仍然只是一块被旧世界、被欧洲不断掠夺的土地，还像南美一样，任由流氓一样的代理总督肆意摆布，就那样走向荒芜，如果北美没有诞生出一个崭新、年轻、强大的国家，你觉得20世纪的世界历史会是什么样的呢？”

伯纳德博士没有回答韦伯的问题，而是缓缓地站起来。

“接下来，我们讨论下寻找‘幽灵’计划的相关事项吧。”博士开口道，“顺便问一句，埃德，到现在为止，你一共有多少次差点被从总裁的位置上换下来？”

“3次，但每次我都挺过去了。还有两次，开发机构的组织架构面临被裁减的危机。”韦伯将椅子转向另一侧说道，“雷，你认为我对人类做了错误的事吗？”

“我不这么认为。不过，我真的不懂。”

伯纳德博士摇了摇头，转过身去。

“你到底是不是做错了，可能需要再过一两百年才能知道。不过，你始终是你，也只有遵从自己的信念放手一搏了。”

“啊，对了，米莉……”当伯纳德博士正要对身后的米莉·威廉说什么时，韦伯突然插话道，“米莉，我一直帮你保管着这个。是井上博士出发前让我转交给你的。”

米莉盯着韦伯抽出的那个白色信封，脸瞬间变得像纸一样苍白。

“总裁，您能继续帮我保管吗？”米莉用平静的声音说道，“直到他回来之前……我还没来得及和他好好道个别。”

“他这次的旅程很长呢。”韦伯嘟囔道，“你们相爱过？”

米莉轻轻地点了点头。

“他去探测彗星源有什么特别的原因吗？”

“我也不太清楚。不过，最近几年，来自太阳系外的彗星数量急剧减少，井上博士他们对于这一现象非常关注。”

“其实，我也觉得很奇怪。并不是因为他去了我才开始关注的。虽然这并不属于我的专业领域……”

“如果你想了解更详细的情况，可以去L5宇宙殖民地的世界天文学联合会秘书处问问。彗星源探测特别计划的总部就设在那里，负责人是一个叫穆罕默德·曼苏尔的男人。他以前曾在我这儿的统计局工作过，所以有什么问题你都可以直接问他。”

“好的，”米莉点头道，“非常感谢。”

JADE的名称源于木星大气层探测艇（Jovian Atmosphere Depth Explorer）的首字母缩写。此时JADE-Ⅲ正悬浮于木星附近的密涅瓦轨道上，工作人员正加班加点地对它进行改装。JADE-Ⅲ的外表面新贴了橙色的耐热陶瓷，在木星光芒的映照下，也带上了几道发光的红色条纹，看起来犹如瑰丽的玛瑙。木星上本就布满了红色、橙色、白色的条纹和斑点，像一个巨型玛瑙，而JADE-Ⅲ看起来像是从木星上掉落下来的一小块碎片。它的外壳不仅耐热而且耐压，由钨和硅酸的晶须丝盘绕成型，并加固成金属陶瓷。经过此次改装，JADE-Ⅲ可以承受2000个大气压和2200摄氏度的高温。相信在有条不紊的准备下，它很快就会被派往木星南半球的大红斑附近，去探测神秘的“木星幽灵”。

第四章

大红斑

1. 拖航

银河系整体呈扁平状，直径约10万光年，由1000亿颗恒星和稀薄的星际气体组成。

而整个宇宙浩瀚无比，可观测半径达到了465亿光年，其中与银河系类似的星系就有近10万亿个，它们彼此之间的平均距离超过了200万光年。

银河系中那个圆盘状的旋涡外面包裹着一层被称为“银晕”的物质。圆盘状的旋涡比银晕略小，直径大约有8万光年。而太阳系正好位于这个旋涡的一条旋臂——猎户座旋臂之中，距离圆盘中心大约有3.3万光年的距离。

与其他部分相比，旋臂中恒星和星际物质的密度要高得多。即便如此，其中的每个恒星系之间的距离依然达到了5到10光年。通俗地说，其密度相当于在太平洋里扔进两个西瓜。

现在，从那宇宙浮尘般的太阳系中，有一个远比它小的物体正在一点一点地向外滑出。

迄今为止，已有数百个携带观测设备的探测器从这个恒星系飞向了浩瀚无比的“宇宙大洋”。相比之下，载人飞船要少得多，仅仅派出了十几艘。那个从太阳系中飞出的小不点儿正是远程载人探测飞船“太空之箭号”。飞船内载有两个智能生命体，他们都已进入由计算机精密控制、漫长而又冰冷的冷冻休眠状态。“太空之箭号”的船体重达2500吨，携带着超过2万吨的补给燃料罐，总质量接近2.3万吨。以地球标准而言，这艘堪称“巨无霸”的飞船此时正在通过距离太阳60亿千米的冥王星平均轨道。从飞船的4个直径达45米的主喷嘴和8个辅助喷嘴中，喷射着由核聚变产生的令人目眩的青白色光芒。

“太空之箭号”全长240米，在飞船的中央位置可见一个长达170米的结构体，其形状类似船橹或桥梁。在这个结构体的周围摆放着大量呈球形的氘和氦-3燃料罐，看上去仿佛一串串巨型葡萄。

其中的24个燃料罐是在飞船通过土星附近的航道时被安装上去的，而另外30个燃料罐则是在飞船通过天王星轨道时被安装上去的。安装时，助推器拖船需要加速至与“太空之箭号”相同的航行速度，再与飞船主体对接。也就是说，“太空之箭号”是在航行过程中接受空中补给的。

但是，在出了天王星轨道之后，太阳系内的兄弟行星就再也看不见了。从“太空之箭号”的航线来看，它距离海王星和冥王星都非常遥远。飞船也很难再和外行星太空基地取得任何联络，只能接收飘浮于黑暗空间中的无人太空灯塔和太空信标发出的信号，然后继续远离母星，不断向前飞去。

飞船一越过冥王星的轨道，就立即处理掉了两个空燃料罐。虽然速度已超过每秒1000千米，但它依然保持着加速状态。通过电磁加速的氘和氦-3的气流以等离子体喷射流的形式从巨大的半球形喷嘴中心喷射而出，与从四面八方聚集过来的SHIVA型大功率激光束的焦点相撞，并瞬间发生核聚变反应，产生携带能量达到360万电子伏特的氦，以及携带能量达到14.7万电子伏特的质子和电子。这些高能带电粒子在喷嘴周围的超导线圈所形成的磁场的缓冲下，推动着航天器不断向前飞去。过去，氘和氦-3燃料是以核聚变燃料球的形式被压缩成小块，然后通过电磁加速器达到爆炸点，并在爆炸点被高能电子束轰击，从而引起核爆炸。不过，代达罗斯核聚变火箭[①]的最终改良型——Ⅲ型引擎，优化了磁场和点火方式，等离子体喷射流可连续不断地进入中空的半球形喷嘴中心的聚变“火球”中进行供给，从而使其效率超过理论极限值的70%。再加上罐体采用了由核聚变燃料氘化锂-6制成、带有增压喷嘴的燃料罐，质量比得到了极大的改善，因此加速性能也得以大幅提升。

不过，“太空之箭号”的漫长旅程才刚刚开始。在越过太阳系最外侧的矮行星——冥王星的轨道后，它仍需要继续向前飞行约5000亿千米，才能到达彗星源外壳的最内侧。彗星源外壳由冰和气体组成，质地分散且稀疏，将整个太阳系包裹成一个扁平的球体。“太空之箭号”要达到每秒8000千米的最终速度，仍然需要长时间的不断加速。

---

① 1973年至1978年间，英国行星际学会提出“代达罗斯计划”，目标是设计出一艘无人星际探测飞船，飞向5.9光年外的巴纳德星。该计划中提出了上述核聚变火箭的具体构思。本书写作时正值20世纪80年代的太空探索热潮，但其后热潮逐渐消退，该计划也几乎无人问津。——译注

“太空之箭号”载着井上龙太郎和霍贾·金这两位已经进入冷冻休眠状态的船员，沿着直径0.07光年、类似于长周期彗星轨道的路线向前飞行。“太空之箭号”凭借母恒星在此处仅有地球上1/2000辐射量的那点微弱光芒，以及将北极星、参宿七、天狼星等发光的恒星作为基准，正自行对其轨道进行着修正。在整个航行过程中它唯一能做的，就是不断向位置最合适的天卫四的轨道通信基地，以激微波和红外激光的形式发送“航行状态正常”的信号。在信号发出的同时，各类负责测算航行器概况的遥测仪也会发射相关信号，不过从信号发出到被成功捕捉，需要长达3个多小时的时间，而且所花费的时间还会在接下来的旅程中越来越长。所以如果“太空之箭号”能在1年多后顺利到达目的地，那么它所发出的光和电波需要花费3周左右的时间才能到达通信基地。

当“太空之箭号”越过距离太阳60亿千米的冥王星轨道，即将进入宇宙大洋的边缘时，木星附近有一艘飞船打算下潜并进入红色风暴疯狂肆虐的木星大气层中。

木星大气层探测艇JADE-Ⅲ已经做好了与母船MUSE12之间的拖航准备，即将驶离密涅瓦轨道。

伯纳德博士和米莉·威廉搭乘联络艇准备从密涅瓦基地前往母船，当他们抬头看向迎面驶来的MUSE12时，脸上不禁露出了难以置信的表情。

“虽说名字叫MUSE（缪斯），不过这位美丽的女神看起来可真够疲惫的，”伯纳德博士叹息道，“就像刚和来自太空的侵略者打了一场恶战。”

“仗倒是没打过，不过这艘飞船已经发生过两起严重的事故了。”英二一边操作联络艇，一边说道，“一次是一艘小型联络艇在它内部发生了爆炸，另一次是它不小心撞上了木星与土星之间的陨石群。幸亏船长是个性格坚忍的老手，所以最终还是凭借自己的力量成功返回了木星。对于该如何处理这艘飞船，大家的意见出现了分歧。有人认为修理后还能继续使用，但也有人觉得应该报废。它原本是艘多功能工作船，本身比较坚固，动力系统和操作系统也没有受损。所以当JADE-Ⅰ专用母船的交付日期被大幅推迟后，我们就把它的工作室和其他被陨石撞坏的部分都拆了，把它作为测试航行的代用母船使用过两次。”

“后来，它就被扔到木卫四的垃圾场上了，对吗？”米莉看着涂层早已斑驳脱落、外壳凹凸不平的MUSE12，担心地问道，“真的没问题吗？”

“不会有问题的。虽然发生过两次严重的事故，但并没有造成人员伤亡。”英二笑着说道，“也就是说，它不但相当结实，而且运气属实不赖。”

话虽如此，但即便不是米莉，换作任何一个精神正常的人，第一眼看到它时应该都会感到沮丧吧。因为曾与陨石群相撞过，所以船体的外壳上留有不少孔洞和凹痕，且到处可见来自木卫四表面冰层上的黑乎乎的火山灰颗粒，以及厚厚的宇宙尘，这让整艘飞船看起来污浊且充满了沧桑感。

此外，它的整体风格总让人觉得缺乏平衡感，看起来多少有点别扭。

为了在太空中组装特殊的大型机械和具备特殊用途的观测设备，也为了进行飞船的修理和燃料罐的建造，这类多用途工作船在船尾的动力系统和船头的控制室兼居住区之间，一般设有狭长的、暴露在外的桥梁状结构，上面还会经常停放大量的大型起重机、工作用的可移动横梁和可拆卸的控制室等。不过在那次事故中，陨石群好巧不巧撞到了这个部位，使它弯折得厉害。飞船原本长210米，但在维修时被截掉了中间的90米，船尾和船头几乎相连。就这样，带有巨大核聚变喷嘴和燃料罐的动力系统，与呈卵形的控制室兼居住区，被一条只有10米左右的桥梁紧密地连接在了一起。乍看上去，就像一个人的头被嵌进了躯干，形似侏儒，整体看起来极不协调。此外，在作为临时代用母船使用时，为了提高驾驶性能和总功率，工作人员又在短短的桥梁和船头上分别安装了万向型辅助引擎，使得飞船的外形愈发怪异，像极了中生代时期的甲龙型爬虫类生物。

更糟糕的是，在木星圈以低俗闻名的卡利斯托废品回收站的那帮家伙，用红、黄、绿、蓝等各种醒目的荧光漆，在船体侧面用一种很像经文的诡异字体歪歪扭扭地写下了“MUSE12”作为标记。他们本可以就此打住，却又用混杂了多种颜料、仿若腐尸的颜色，拙劣地描绘出了缪斯女神的半裸画像。但不知道是因为绘画者本人心有不快，还是因为他看到自己拙劣的画技而倍感挫折，女神脸部，以及宛如一个巨型西瓜的乳房并没有画完，而是都残缺了近一半，可谓惨不忍睹。

母船的腹部也像一件失败的前卫艺术品，抑或一个被肆意打砸后的空油罐。在母船腹部下方一根很短的横梁处，又伸出来一条带有曲柄的金属臂。长20多米、宛如一个拉长的橄榄球的JADE-Ⅲ被这条金属臂紧紧地抱住。JADE-Ⅲ通体覆盖着一层橘红色的耐热陶瓷，在木星红色光线的照射下，愈发显得光彩夺目。

乍看之下，JADE-Ⅲ整体呈纺锤形，但若靠近一些便会发现，它的底部其实是向左右平缓延伸开来的举升体[1]，延伸部分的前端是弧度优美的可变后掠翼[2]。它的尾部有一个面积很大的方向舵，下方则是离子火箭的4个喷嘴和起助推作用的两个核聚变火箭的喷嘴。在方向舵的下方还有一个隐蔽的进气口。一旦进入木星的大气层，为了节省燃料，飞船将使用核能加热的冲压式喷气助推器来维持飞行。

母船的居住区通过一条同样破破烂烂的管道与探测艇的舱门相连，而在探测艇的船头已安装好了拖航用的绳索，以及与母船联络用的电缆。

当联络艇驶入母船的左舷舱，气闸门随即关闭时，米莉有些不放心地环顾四周。在第一起事故中，小型联络艇的引擎就是在这里发生了爆炸。当时只做了应急处理，之后一直没有进行过彻底的维修。所以舱顶仍留着焦痕，部分墙壁上还能看到被高温烧化后的痕迹，涂料斑驳脱落，窗户上的隔热玻璃泛白，弯曲的管子被敲回原状，破裂的地方被简单粗暴地砸得稀烂，处处都留有那场事故的痕迹。

“喂，接下来怎么办？是不是回到探测艇内等候比较好？”米莉对走在通道里的英二说道。

“接下来，我们要经过木星周围不少危险区域。所以在拖航开始之前，还是待在母船里更安全。”走在米莉前面的英二回答道，“事实上，密涅瓦基地和这艘母船都处于辐射很强的电磁场内。这附近刚好属于木星的辐射带，能量很高的质子和电子在这里被木星的磁场捕获。在抵达木星大气层之前，我们还将穿越一片更强的辐射带，接着还会掠过木卫一产生的钠气体环，然后还需要从木星环附近通过。顺便说一句，探测艇上最多只能搭载两名船员。”

“也就是说，到时候会由你来操作探测艇，而我们两人中的一个则必须留在母船上为你们提供支援？”伯纳德博士回头看向米莉，说道，“我……”

“这第一次机会，我就让给博士您了。”米莉说道，“当然，前提是您对自己的身体状况有足够的信心。”

---

① 举升体：又称升力体，一种让机身能够自己产生升力的飞机外形。——译注
② 可变后掠翼：一种可随不同飞行情况而改变掠角的设计。——译注

“我得事先说明一下，一旦进入木星的对流层，人的身体所受到的负荷就会突然增大。”英二说着，打开了舰桥上的门，“虽然我们备有特制的抗重力座椅和抗重力宇航服，但有时候依然需要瞬间承受8G到9G的加速度。”

“那可真是不好受。”伯纳德博士看似轻松地嘀咕道，“我是不是该提前吃点降压药？”

舰桥上的门一打开，米莉就发出了一声尖叫。只见一个身高接近2米、职业摔跤手模样的半裸壮汉对着刚打开的门就是一记凶猛的闪踢。而英二只是歪了一下头，脚下没有丝毫的放缓，径直走进了舰桥内部。

“行了，辛。”英二挥手道，“可以了，我们出发吧。”

“好的。”

这个叫作辛的光头壮汉从操作台前的椅背上拿起一条几乎变成深灰色的、脏兮兮、皱巴巴的毛巾，一边使劲地擦着自己毛茸茸的胸口，一边抬眼向伯纳德博士和米莉望去。

“怎么来的是老头和女人……也就是说，我们得尽量把船开得稳当点喽。”

“这两位是伯纳德博士和威廉女士。”英二一屁股坐在控制台后面的椅子上，对辛说道，“嗯，你悠着点开就行。”

“你真的打算去驾驶那只‘瓢虫’吗？”辛随手将毛巾扔在了导航台上，摸了摸自己上唇那片细长的小胡子，“我去密涅瓦基地的时候，发现卡洛斯简直要疯了。因为人手不足，所以那家伙现在变得很歇斯底里呢。”

舰桥内到处都脏兮兮的，玻璃和亚克力板黯淡无光，墙上贴着一些褪了色的未打码的3D裸照。米莉环顾四周，心情瞬间变得低落。

当米莉准备坐到英二旁边的抗重力座椅上时，发现扶手残破不堪，座椅上还蒙着一层薄薄的灰尘。米莉赶紧掏出一块手帕，轻轻地拂去灰尘，然后才小心翼翼地坐了下来。

辛大口大口地喝着放在控制台上的罐装淡啤酒，同时挥动他那肌肉隆起的强壮手臂，看都不看一眼，将手背粗暴地砸向身后面板上的主动力开关。这一切让米莉目瞪口呆。

咚的一声轻响后，舰桥内的所有显示器都亮了起来，木星的影像随之出现在了他们面前的显示屏上。

“喂，你多少穿点衣服吧，辛。”英二说道，“毕竟这里还有女士呢。”

辛从控制台下扯出一件褪了色、沾满污渍、油腻腻的纯棉格子衬衫，套在了身上，然后一边扣扣子，一边逐一按下控制台上的按钮。

“好像有什么味道……”米莉翕动着鼻子小声嘀咕道。

“这是卡利斯托废品回收站的味道。”辛说道，“我前天喝醉后睡的地方就放着太空农场坏掉的蛋白质合成食物。闻起来是不是有点像鱼露或者卡蒙贝尔奶酪？”

“难道这个人……是独自驾驶这艘母船的吗？”米莉在英二耳边担忧地小声问道。

“是的。没有比他更适合的人选了。”英二回答道，“因为他原本就是这艘飞船的船长。”

2. 前往木星

“没问题了！”辛说着，啪的一声猛拍他那双蒲扇般的大手，而后兴奋地搓起手来，“接下来就让我们到处逛逛吧。”

辛那魁梧的身体在控制台前面的座位上重重地坐下，然后用手指轻轻按下了低速火箭的开关。

正面大屏幕中央，木星影像左侧的MUSE12的三维透视图中，低速辅助火箭突然染上一片红色的光芒。在各枚火箭的标志旁边，开始分别显示它们的喷射温度、质量流率[①]，以及每枚火箭所能提供的推力；在MUSE12的图像下方则标示了总推力、三维加速度、相对于恒星的运动速度等一系列数据。不过辛看都没看这些数据，而是仰躺在抗重力座椅上，扫视着控制台，十分满足地哼了一声。

“首先，让我们拉响象征好运的‘汽笛’吧。”辛说着，将手伸向了控制台的一端。

难道这艘飞船上还真有一个“汽笛”的按钮？米莉不可思议地看了看辛的手指，又看了看英二的脸。

这时，从舰桥右上方的扬声器里传来一阵刺耳的噪声。那是从木星方向传来的强烈的电波噪声。米莉不由得捂住了耳朵。

---

①质量流率：单位时间内通过截面的流体质量。——编注

“哈哈，要来了。”辛用一只手操作定向天线，另一只手操作滤音器，喃喃自语道，“真的来了！”

从滋啦滋啦的杂音中突然传来咻的一声，像极了低音笛被吹响时的声音。随即笛声渐渐弱了下去，仿佛被火箭的喷嘴吞没了。紧接着又响起一阵微弱的回声，同样越来越低，仿佛正在尾随刚才的笛声远去。

“这是惠斯勒波的声音。”英二回头朝米莉解释道，“这是木卫一从被困在木星磁场中的等离子区中通过时产生的一种大功率低频电波。”

“这里是MUSE12，我们已经出发。请问航线是否需要重新修正？”辛对着麦克风说道。

“这里是密涅瓦指挥中心，航线不需要修正。进入delta15后请立即加速。”扬声器中传来夹杂着噪声的声音。

“明白。对了，‘老爹[①]’的心情如何？”

“怎么可能会好？进入大红斑之前，你就一边哭泣一边祈祷吧。”

“你说什么？！小子，你知道你在和谁讲话吗？”辛大声呵斥道。

“听声音像是伊万诺夫？混蛋，你给我等着，等我回来一定会扭断你的脖子。你居然敢小瞧我！”

“好了，辛，还有30秒就要到delta15了。”英二戳了戳这个壮汉的腰，“别太较真。毕竟密涅瓦基地的日程安排得满满当当，每个人的神经都时刻处于紧绷状态。”

“我的神经也一直绷得紧紧的。我只花了短短3个星期，就让这艘破船起死回生，能够再度投入使用。你知道吗，他们只给我配了两名助手！无论如何都不肯再多派一个人来，期限却丝毫不放宽。”辛骂骂咧咧地将控制台上的主引擎启动器设定为自动巡航模式，“好了，还剩5秒。大家把抗重力座椅的安全带都系好了。因为要赶时间，所以会延长加速时间。”

木星是一颗体积庞大的行星，其直径达到了地球的11倍以上。木星两极的磁场强度相当于地球磁极的20至30倍，磁场延伸到太空的直径更是达到了木星本身直径的100多倍，相当于太阳直径的四五倍。不过因为木星距离地球非常遥远，所以从地球上望去，木星给人的感觉只有月球那么大。

---

①指木星。——译注

被困于木星的强磁场中的电子和质子等带电粒子，会沿着磁场线频繁往复于南北之间，并在赤道周围形成一个环形的辐射带，类似于地球大气层外的范·艾伦带①。和地球一样，这个辐射带也分为外侧和内侧。不同的是，在地球的范·艾伦带中，质子集中在内侧，电子集中在外侧；而木星的内侧是由电子和质子组成、拥有更广能量谱的等离子区，其延伸距离达到了木星半径的10倍左右，而外侧的电子和质子则形成了一个平坦且宽阔的高能量电子环，即电流薄层，延伸距离更是达到了木星半径的30至100倍。由于木星体积巨大，旋转速度又极快，自转周期只有9小时55分29秒，即使是磁场线的旋转也无法将带电粒子牵引过去，所以木星表面的电子便形成了一个扁平的环，扩散到了木星的磁赤道②平面上。这些带电粒子又被木星快速旋转的磁场线切割，电流随之产生，而电流又会再度制造出其他磁场。因此，木星上的电子能量达到了地球范·艾伦带中电子能量的1万多倍，质子的能量也比地球上的大好几千倍。

该电流薄层中的一些电子一旦与太阳的高速带电粒子喷射风（太阳风）相撞，能量还会进一步剧增，并以木星射电爆发的形式四散飞出，其传播距离往往可达数亿千米，甚至能够抵达水星附近。也就是说，被木星的磁场和太阳风的磁震加速后的带电粒子的能量达到了宇宙射线的水平。

在地球上，被困在范·艾伦带里的带电粒子几乎全部来自太阳；但在木星上，至少有部分内侧的带电粒子，是从流体力学和电磁学上都极为活跃的木星本体吹过来的。内侧的粒子带经常会延伸到木星直径的几倍到十几倍宽，其边缘甚至会触及木卫三。

密涅瓦轨道位于木卫二和木卫三之间，其磁轴相对于木星自转轴的倾斜度超过10度。也正是因为这一点，轨道上的太空基地和工作船只在横穿强辐射粒子带时，所耗费的时间才得以大大缩减。

为了尽量避开带电粒子，在飞船的表面一般都会专门铺设电磁场，飞船的飞行路线也是经过精心测算后提前设定好的。按照设定好的路线，MUSE12将从围绕最强等离子带运行的木卫一的“空穴”通过。“空穴”由磁场摄动形成，这里的等离子密度相对要低很多。

---

①范·艾伦带：地球附近的近层宇宙空间中包围着地球的高能粒子辐射带，以美国科学家詹姆斯·范·艾伦（1914—2006）的名字命名。——编注

②磁赤道：此处指木星表面磁倾角为零的各点的连线，与地理赤道不相重合。——编注

此时，将JADE-Ⅲ像婴儿一样抱在怀中的母船MUSE12已经慢慢驶离了密涅瓦基地所在的轨道。它要先在辐射带南边绕一个大圈子，然后才会向70多万千米外的木星本体进发。估计还要再飞好几个小时，它才能抵达木星大气层的外围。

MUSE12的舰桥内，巨大的木星南半球的影像几乎占满了正前方的整个屏幕。

木星橙中带红的表面布满了无数白色、茶色、微蓝的斑点和条纹，其中横跨十几个纬度的很宽的白色带状条纹尤为明显。

这些白色带状条纹基本都位于木星南北回归线区域和赤道区域之间。而无论是回归线区域还是赤道区域，又都被一种叫作“带”的暗红色条纹分隔开来，这些暗红色条纹横跨的纬度从几度到十几度不等。

白色区域被称为区（ZONE），这里存在着非常强烈的上升气流，最上层飘浮着由液态氨结晶体形成的冰云；而被称为带（BELT）的深色区域则存在着下降气流。位于气流中间的则是由氦和氢组成的厚约20千米的透明大气层，再往下是红褐色的硫化氢铵云层。透过白色的表层云的缝隙，可以清楚地看到这片红色密云。红色密云的下方依然是由氦和氢组成的大气层，再往下则是不断旋转的由水蒸气凝结而成的冰云。冰云非常厚，最厚处甚至达到了40千米以上。从木星内部不断有热量喷射而出，是木星从太阳所获得的辐射量的两倍以上。巨大的热量又引发了极其强烈的大气对流，再加上木星一直在以不到10小时的自转周期高速旋转，于是在木星大气层的赤道地带就形成了相互平行的白色区和红色带的条纹，其形态远比地球上的信风带和西风带鲜明。

从某个角度观察木星就会发现，北赤道带（NEB）偏北的深色地带比南半球的对应区域更宽广、更清晰。除此之外，无论是白色的“区”还是暗红色的“带”，基本上都以赤道为中心，沿子午线方向呈南北对称分布。然而，若换一个角度，南半球和北半球所呈现的形态又大不相同。

之所以会出现这种情况，是因为在南半球明亮的赤道区偏南，隔着宽阔的深色南赤道带（SEB），在南纬20度左右处，有一只由红色旋涡形成的“巨眼”——大红斑。

大红斑其实是一个巨大的红云旋涡，东西跨度约为南北跨度的两倍，像一个被压扁的椭圆形。在大红斑前后，即与纬度平行的方向，还拖着卡门涡街长长的尾巴。大红斑周围是肆虐的风暴，一刻不停地以逆时针的方向高速旋转。旋涡周围的旋转速度超过了每秒100米，而在旋涡北侧高速旋转的气流，又因为与旋转方向刚好相反的南赤道带的激烈气流相撞，相对速度超过了每小时800千米，即每秒220米以上。在瞬时风速达到每秒200米甚至300米的恐怖风暴中，气体与气体的碰撞又会产生冲击波和热冲击波，甚至还会交叉引发放电现象，其电流强度据说达到了地球上雷电强度的几百倍以上。

MUSE12舰桥内的显示屏上，在木星南半球影像的西侧边缘，能看到大红斑的一小部分。当MUSE12随着木星的高速自转到达大红斑的上空时，它又会向东边，也就是现在处于下午或黄昏的位置移动。数个世纪以来，虽然这只奇怪的“红色巨眼”在面积上发生了一些变化，却从未消失过，一直牢牢地盘踞在木星南半球南纬20度附近。其子午线位置因受到时速达到180千米的南热带偏西风的影响，正以11千米的时速，即不到偏西气流运行速度1/15的速度，从西向东缓慢移动着。大红斑在大约半个世纪前曾略微缩小过，现在却再次开始扩大，目前其东西跨度已经扩大到接近4万千米，南北跨度也超过了2万千米。也就是说，这个持续了好几个世纪的红色风暴圈可以极为轻松地吞噬3个地球。

MUSE12此时正沿着木星南纬20度附近大气层上层的切线，以每秒7千米的速度航行，并借助木星的引力不断缓慢加速。尽管飞船仍处于自动驾驶状态，但因为需要及时应对木星周围电磁场的各种变化、伴随而来的等离子流的变化，以及木星表面不定期发生的爆炸所产生的带电粒子喷射流，所以船长辛还不能离开，必须坚守在舰桥内。

“你们要不要去房间里睡一会儿？”辛一边检查和设置各种警报设备，一边不知从哪儿取来一罐淡啤酒，砰的一声打开了盖子，“如果外行人一直盯着‘老爹’那骇人的面容，迟早会被吓坏的。”

“我过一会儿再睡。”米莉说道，她的目光始终没有从显示屏上那个巨大的橙色行星上移开，“这还是我第一次如此近距离、如此长时间地盯着木星看。”

“那我先去休息一会儿。”伯纳德博士说着，从椅子上站起身来，“等会儿我们还要去大红斑的旋涡附近呢，我得好好积蓄一下体力。”

“那我也在这儿眯一会儿吧。”辛将手里的罐装啤酒一饮而尽，满足地长舒了一口气，然后将两条腿架在控制台的边缘，“主任您也去睡会儿吧？如果有什么事，我会按闹铃叫醒你的。如果舰桥里只剩我和美女两个人，我一定可以做个好梦的。”

“你看起来很强壮，辛。”米莉哧哧地笑着，满含柔情地看向壮汉的光头，“如果你袭击我，我不一定能保护自己。不过，一旦发生什么事，我的尖叫声可以把这艘船的舰桥震塌。”

“你不必担心。其实，我对真实的女人没什么兴趣。”辛用食指挠了挠他的光头说道，“我在宇宙空军第3管区连续3年拿过业余摔跤冠军。能够连续3年霸占冠军宝座的，迄今为止大概只有我一人吧。那时候长期做我助手的年轻人，就是我的老相好。我退役后来到一艘破旧的长途飞船上当船长，当时就想拉扯他一把，让他来我的船上担任高级船员。但谁知道那混蛋背叛了我，他看上了一个老女人，还娶了她。”

“这么说来，英二是不是更危险？”米莉笑着回过头来看向英二。

“我也会暂时留在这里。”英二盯着控制台说道，表情十分严肃，“辛，航线没问题吗？我总有种我们要撞向木卫二的感觉。”

“你就放一百个心吧！我选的航线乍看是紧贴着木卫二的，实际上还隔着2000千米呢。现在的位置刚刚好，为了节省时间，到时候还可以让木卫三再拉我们一把。然后……”

“你不会想让木卫一也来拉我们一把吧？”英二调整着影像的倍率和方向，嘀咕道，“不要妄想从环绕那条轨道的纳环横穿过去。氢环也别想了。万一不小心蹭到磁流管，我们就得承受百万安培级别的电流暴击。”

“放心好了，我们离木卫一还远得很。它和‘老爹’的相对角度在10度以上，实际距离估计有3万千米，我们会在木卫一的屁股后面通过。和这个相比，我们更有可能从距离木星表面大约10万千米的地方，紧贴着环的边上经过。到时，木卫十五会距离我们很近，而且会陪我们走上很长一段路，所以说不定会搞出点儿什么动静……不过，到那时候我一定会爬起来，完美地避开它。我可不想死，当然也不会让飞船有事。”

“木星周围的情况看起来确实比较复杂。”米莉喃喃自语道。

“是啊，木星周围比太阳周围要复杂得多。”英二说道。

“在很久以前的帆船时代，当水手们经过南美洲最南端的合恩角时，常常会大喊一声‘再也不想见到你’。这处岬角和南极之间的德雷克海峡是一处著名的险滩，被人们形容为‘咆哮40度’或‘尖叫50度’，而木星周围的危险程度毫不逊色于恶名远扬的德雷克海峡。”

“德雷克海峡算得了什么。咱们要去的可是‘老爹’的‘咆哮20度’区域中最恐怖的‘红色大旋涡’。”辛朝着显示屏努了努嘴后说道，“快看，英二……今天‘红色巨眼’南边的‘白色旋涡’可不小呢。万一被困在那里头，那可就危险了。”

3.“波涛汹涌的海岸”

米莉来到MUSE12的电脑控制室内，重新检查并修正了要输入JADE-Ⅲ主电脑的船舶驾驶程序参数后，再次返回舰桥。一回来，米莉便瞪大双眼，屏住呼吸，死死地盯着正面的显示屏。

只见屏幕左上角的黄色警示灯伴随丁零的轻响，不停地闪烁着，提示有质量很大的物体正在接近飞船。在警示灯下方的屏幕上开始显示出一排排的数字，标明了不断靠近的大型天体的质量、表面曲率、重力加速度、与MUSE12的相对距离、接近速度等等，随着时间的变化，其中一些数字也在不断地变化着。

而在这一排排的数字下方，则是天体表面的投影，以及该天体与MUSE12之间的位置关系图。这个位置关系图忽隐忽现，对飞船从天体旁擦身而过的预想路线不断地进行小幅的修正。

米莉瞅了一眼刚刚进入舰桥的英二，然后冲着面前的显示屏努了努嘴。

“快来看，这可真够震撼的。”米莉用嘶哑的声音嘀咕道，“是木卫二……不过，我还是头一次这么近距离地观察它。”

面前的屏幕几乎完全被一个半圆形的白色发光天体占据。它朝向太阳的那一面散发着微弱的白色光芒，其余的部分是略显肮脏的米色，布满了黑漆漆的斑点。在它白色的表面上，无数暗色的纤细曲线编织出了一张密密麻麻的巨网。

整个天体看起来就像一个又脏又旧、表面满是裂缝的白色台球，上面还有一两处小型的环形山。

木卫二是4颗伽利略卫星中最小的一颗，直径约为3000千米，比地球的卫星月球略小。它的轨道半径距离木星的重心约为67万千米，绕木星一周需要85小时以上。木卫二的特点还有其被冰雪覆盖的表面异常光滑，既没有山脉，也没有盆地。即便是如网格般覆盖整个表面、乍看上去像裂缝一样的黑色线条，也不存在任何凹陷。

木卫二被认为是太阳系中表面最光滑的天体。它的大部分表面被冻结的海洋覆盖，即使地表下面的岩石，其靠近地表之处也都覆盖着厚厚的冰雪。木星的巨大引力引起的潮汐使得这块“冰壳”发生了偏转，将地下的冰、水和掺杂有泥浆的海水通过“裂缝”挤压到了表面。

“这个人靠得住吗？”米莉看向将双腿搁在控制台上、正打着呼噜的辛，“总有种要撞上去的感觉。这艘飞船不会真的撞上木卫二吧。”

“你就放一百个心吧。”看似熟睡中的辛突然用含混不清的声音说道，“我已经跟飞船上的电脑再三叮嘱过了，你就当自己是在一艘稳当的大船上。如果发生什么事，电脑会立刻叫我起来的。”

说完，辛再度打起了呼噜。对于他这种体形的人来说，那鼾声已经算轻了。

“他刚才一直醒着？还是他在说梦话？”米莉小声嘀咕着，眼睛却仍未离开面前的屏幕。

“后者的可能性更大。”英二坐在米莉旁边说道，“能够在睡梦中与清醒的人交谈也是辛的一项特殊技能。”

米莉不再说什么，只是久久凝视着屏幕上的投影。半月形的木卫二占据着显示屏的中心位置，背景是木星那巨大身躯的背面。木星处于黑夜的部分并非一片漆黑，如果仔细看，可以看到不时被电光微微点亮的条纹状云层。除此之外，木星上还遍布着恍若火花的小斑点。

“木卫二上没有我们的基地吗？”米莉看着那个呈半月形的满是裂纹的“台球”问道。

“有，不过没什么用，因为大多数时候上面都无人值守。虽然木卫二的表面看起来非常光滑，但如果你真到了那里，就会发现冰面的状况非常糟糕，到处坑坑洼洼，像极了黏稠的糨糊……上面只有一个木星观测基地和一个用于采水的移动型无人工厂。木星周围最优质的水源就在木卫二上。”

“啊——我看到木卫一了。”米莉指着屏幕右侧的边缘小声喊道。只见一个同为半月形，但体积小很多的红色天体从木卫二夜间部分的边缘处慢慢探出头来，从木星的黄昏部分缓缓地移向夜间部分。

从木卫一那泛着红色和橙色光芒的表面可知，它的反照率[①]不低。

“那颗卫星会不会喷出液态的硫黄？”

“如果再靠近一点，应该就能看清楚了。”英二说道，“出于研究的目的，人们曾直接降落到木卫一上……不过，那颗卫星的表面状况真的非常糟糕，所以目前在上面运行的基本都是一些无人设备。木星的4颗伽利略卫星都非常巨大，几乎和小一点的行星差不多，却基本没什么利用价值……除非用来居住，否则自然天体的用处实在不大，反倒是人工天体对我们来说意义更大一些。自然天体最大的意义大概就在于能够为我们人类提供金属和非金属元素这些初级资源吧。”

“也就是说，木星附近的这些自然天体已经被你们挖了个底朝天，并且掰开揉碎研究透了。”

“不……还没到那种程度……”英二支支吾吾地说道，“我们从小行星带运过来的东西，充其量也就1000亿吨左右吧。”

“啊，木卫二好像开始加速了。”米莉盯着屏幕边缘加速度计上显示的数字，低声说道。

即使身处舰桥内，她也能隐约地感觉到MUSE12正在不断修正航向和改变速度。

像MUSE12这样拥有星际驾驶系统的飞船，一般都会根据太阳和附近3颗明亮的恒星计算出飞船的大致位置，再与事先经过精确测量而计算出来的轨道位置，以及附近行星的相对位置进行比对，然后对实际路线进行修正。不过MUSE12现在使用的是木星中心的极坐标，白昼一侧以太阳作为辅助，夜间一侧则以人工天体作为辅助。而眼下，一个巨大的天体正在挤入这些参照物之间。木卫二的引力已经开始影响MUSE12，让它的运行轨迹发生了些许的改变，并导致它开始缓慢加速。

位于显示屏最右侧的虚拟投影显示，MUSE12正在从木卫二公转轨道的前方擦身而过，较原有航线向内偏移了少许，速度也略有加快，目前正

① 反照率：物体反射太阳辐射与该物体表面接收太阳总辐射的两者比率或分数度量，也就是反射辐射与入射总辐射的比值。——译注

朝着木星南半球的方向飞去。

“你真的该休息会儿了，米莉。”英二转过头来，对依然一动不动地紧盯着屏幕的米莉说道。

“你打算一直待在舰桥里吗？我们还要好几个小时才能到达作业地点。”

“我明白。不过我还是想留在这儿再多看一会儿。”米莉说着，浅浅地笑了笑，“我平时的工作就是使用好几台电脑，在各种抽象的迷宫中来回探索，所以很难有机会像现在这样，可以和‘活生生的宇宙’如此近距离地接触。”

“原来如此，我非常理解你的心情。”英二苦笑道，“即使在‘活生生的宇宙’中，木星及其周边状况的复杂程度也绝对首屈一指。第一次到木星圈工作的人普遍都会患上‘木星狂热症’，看样子你也快了。”

“当木星及其卫星像现在这样真真切切地出现在你的面前时，患上‘木星狂热症’一点也不奇怪。毕竟这是太阳系中最大的奇观。”

“没错，确实是一大奇观……”英二望向逐渐逼近、已经变成弦月的木卫二，以及木卫二身后呈半月形的木星，喃喃自语道，“从远处看，‘飓风’这种东西确实颇为壮观。但如果你必须进入风暴之中进行作业的话，就不会有什么好心情了。随着它离你越来越近，你的心情也会变得越来越沮丧。”

“这话说得没错。”米莉点头道，“你们接下来就要靠近那波涛汹涌的木星大气层的边缘了。下次，我想乘坐JADE-Ⅲ体验一下……对了，母船是不是也会很颠簸？”

“母船的问题不大。当然也有可能会被高能粒子击中，但只要你留在舰桥内，防护屏障还是会起到很好的保护作用。总之，你相信辛的技术就行。”

“啊，快看那个！”米莉指着屏幕小声喊道，“你看，就在木星的南极附近……是不是有什么东西正在一闪一闪地发光？”

“那是极光。”英二从控制台前站起身来，说道，“在木卫一和木星的磁极之间，常常会出现高达数百万安培的巨大带电粒子流，从而导致木星大气层的上层被点亮，类似地球上的极光现象。”

“光在移动……”米莉用陶醉般的声音喃喃自语道，“真的好美……”

“看上去的确很美，不过我可不想靠近。”英二回头望向舰桥的出口，说道，“毕竟，那里的电流强度达到了3万亿千瓦。”

MUSE12穿过木卫二的轨道，逐渐靠近这颗巨大行星上气体分子和等离子体疯狂肆虐的大气层边缘。

与此同时，另一个在茫茫太空中犹如沙粒般的人造天体刚刚从广阔的太阳系边缘离开，进入到处都是黑暗与虚空的星际海洋中。

身负调查彗星源这一特殊使命的超远程高速飞船“太空之箭号”在完成第二阶段的加速后，与助推器火箭成功实施分离，已越过太阳系最外围的矮行星冥王星的平均轨道，很快即将抵达距离太阳80亿千米的目标位置。

相对于船体规模，“太空之箭号”的驾驶舱可谓小得可怜。驾驶员霍贾·金上尉和调查负责人井上龙太郎博士已经在抗重力座椅上进行了数百小时的冷冻休眠。他们的体温降低，新陈代谢减缓，生命体征被生命支持系统精确控制着，直至9个月后才会被解冻并醒来。在此之前，两人都将一直处于漫长而又冰冷的休眠之中，甚至连梦都不会做一个。

在极其狭窄的驾驶舱内，所有的照明系统都处于关闭状态，只有为数不多的红、蓝、黄三色的领航灯在不断闪烁着，似乎在表明这艘飞船的整个系统仍然“存活”并顺利运行着。

在通过距太阳70亿千米处并完成第二阶段的加速后，“太空之箭号”自动投射出6根巨大的天线。天线呈放射状，每根天线都长达400米，开始朝着飞船行进方向搜索迎面而来的各种信息。

“太空之箭号”的船尾仍留有用过的废弃核聚变火箭，这些火箭正好朝向太阳。它们的巨大喷嘴被当作了通讯天线，利用这些特殊的天线，飞船收集到的各种信息会在7个小时后被发送至地球附近。信息的电波会飘至地球轨道的稍外侧，然后被围绕太阳旋转的60多颗通信卫星中的某些卫星成功捕捉，最后被转送至位于地球附近轨道上的L5宇宙殖民地的世界天文学联合会秘书处。此刻，那里有一名男子正埋头处理着这些信息的解析作业。

在L5宇宙殖民地，一共有7座太空城市和3颗研究所卫星，其中LabSat2有1/3被分配给了天文学联合会秘书处，它的一个房间正是彗星源探测特别计划总部的办公场所。

说“计划总部”多少有些夸大其词，因为平时这里充其量只有一名负责人、一名秘书和一名助手。通信卫星发送过来的数据、卫星操作指令都会被汇集到这个小而整洁的房间内。虽然计划总部有自己单独的分析计算机，但用它来分析“太空之箭号”发来的数据的，仅负责人一个人。他会将所有数据汇总，每月向探测计划的推进委员会汇报一次。

这名负责人名叫穆罕默德·曼苏尔，今年42岁。他有阿拉伯贝都因①酋长的少许血统，身材短小精悍，黑头发黑眼睛，还留着一簇精心修剪过的黑黑的帅气小胡子。这个单身汉年仅8岁时，便在月球背面的城市，用父亲送给他的望远镜发现了一颗新的彗星。自那以后，他便一直致力于彗星的研究工作。而今他被公认为是太空中最了解彗星的人。甚至还流传着这样一个段子，说不论是迄今靠近过太阳的彗星，还是远在海王星的彗星，甚至是那些彻底飞入宇宙空间的彗星，乃至未来突然会出现的彗星，他全都了如指掌。

事实上，彗星这种天体已不再是热门的天文学研究对象。现在的学术界对彗星的兴趣已经没有多少，只有穆罕默德·曼苏尔始终对彗星充满了“爱”。这种情怀来自他幼年时充满宿命感的邂逅，也来自他那位地球人曾祖父当沙漠占星师时曾目击过大彗星的经历。

据推测，“彗星之巢”位于冥王星轨道外侧很远的地方。每年都有数颗“新彗星”从“彗星之巢”落向太阳，但最近几年，彗星的数量锐减。这成了穆罕默德目前最关心的一件事，但天文学界的泰斗们对此事没有什么兴趣，于是他便不厌其烦地进行游说，探测计划之所以能够实现，也全部源于他对彗星的那种非同一般的挚爱。

总而言之，穆罕默德就是最担心彗星的人，也是最关心彗星源异变的人。而对于那艘已越过遥远冥王星轨道、朝距离地球约5000亿千米至0.1光年的太空不断驶去的孤零零的载人探测飞船——“太空之箭号”来说，在这广阔浩渺的太阳系空间中，真正时时刻刻都在关注它的，其实也只有穆罕默德一个人。

除了木星大气层汹涌澎湃的“岸边”，以及太阳系空间尽头的“宇宙大洋的岸边”，在地球亚热带的海滩边还有一个“岸边”——佛罗里达半岛上那沐浴在阳光下、长着很多棕榈树的岸边。这里是属于朱庇特教团的

① 贝都因：在阿拉伯语中意为“居住在沙漠的人”，贝都因人是以氏族部落为基本单位在沙漠旷野过游牧生活的阿拉伯人。——译注

私有海滩，此刻，一大群半裸的年轻人正聚集在海边一排小屋中的某一间内。在这个小屋内，玛丽亚正面容严肃地和几个男人交谈着什么。

4.“朱庇特！朱庇特！”

从佛罗里达半岛尖端的萨布尔角，一直向北到拥有大片沼泽地的城市埃弗格莱兹之间，有一片宽阔的人造海滩。这片海滩全部是朱庇特教团的私产，也是其大本营所在地。

在地球上，存在着几十万个新兴宗教团体。在21世纪上半叶的“大动荡时期”，因为经济衰退、地区冲突，以及全球政治体系重组和变化加剧等，社会团体的数量一度减少。但从21世纪下半叶至22世纪，其数量再度急剧增长。某个时期，在北美西海岸的度假地，宗教团体的数量更是多到了极点，“三个人凑到一起说不定就会成立个什么教派，扔个小石子儿说不定就会砸到某位教祖”。社会心理学家认为，这种异常的教团增加现象是一种典型的“由地球社会‘饱和化’引起，转而向精神寻求帮助的逃避现象”。

当然，其中也充斥了不少诡异的团体，他们毫无顾忌地使用药物和精神控制法，导致不少成员生活颓废、精神崩溃，甚至一度出现了集体自杀或是大规模的屠杀事件，也有人莫名其妙地破坏公共设施。因此不少教团被取缔，抑或自己走向了消亡。进入22世纪后，这类教团中的一部分又相继被淘汰，过于另类和激进的团体数量大减，整体而言，留存下来的多是一些比较温和的社会团体。

朱庇特教团也是这种比较温和——用这个时代流行的说法来说，就是比较“优雅”的新兴宗教团体。朱庇特教团的成立时间很短，到现在为止也不过10年左右。和这个时代的诸多新兴宗教团体一样，朱庇特教团也是因为教祖的巨大吸引力才得以迅速发展壮大。

朱庇特教团的教祖彼得三十五六岁，具体几岁，彼得本人也没有明确说起过。只是从他讲述的经历来看，大致可以推定为这个岁数。从外表看，彼得要更年轻一些，不到30岁。他身高1.92米，体重超过120千克，性格开朗且充满活力。他长着一张粉嫩的娃娃脸，没有胡子，一头蓬松的、掺杂着灰色的栗色头发看起来有点稀疏。他戴着一副复古的无框眼镜，眼镜后面是一双清澈而又明亮的灰色眼眸，看上去有种婴儿般的纯真和温柔。如果他露出婴儿般的表情对你微笑，只要你不是患有严重的牙痛或是宿醉未醒，一定会情不自禁地报以微笑。

彼得身上最特别的地方就是他的体味和声音。他的身体自带一种香甜的气息，有人将其描述为“在饥肠辘辘时突然嗅到的上等猪油翻炒洋葱般的香味”，但其中还多了一些淡淡的鲜花芬芳。而他的声音甚至可以跨越3个8度，就像是从深邃神秘的洞穴深处吹来的柔滑而又和煦的微风。凭借着这独特的声音，彼得10年前仅用两张微型唱片，就赚到了设立教团所需的资金。这两张唱片各售出了2亿张。不过彼得没有因此成为一名职业歌手，而是在身边聚集了一批十几二十几岁，甚至七八岁的信徒，朱庇特教团就此成形。

彼得的身世颇为坎坷。他原本是一名孤儿，一直不知道自己的亲生父母是谁。22世纪初，密西西比河下游发生了一场罕见的大地震，并伴随有山体大滑坡，再加上正值雨季，一场滔天的洪水汹涌而来，将新奥尔良彻底掩埋于泥土之下。彼得当时还只是个婴儿，被放在了一艘浸了半船水的小小的塑料船中，当他漂流至佛罗里达州圣布拉斯角以北的巴拿马城时，才终于被一位老渔民搭救。不知为何，在彼得所在的那艘倾斜的小船里居然放着一块很大的石头，他也由此而得名①。

随着年龄的增长，彼得渐渐不愿意再使用他养父母的姓氏特鲁顿，虽然他们一直都对他很好。所以当他拿到特别奖学金并进入坦帕市的高中后，他对朋友作自我介绍时，用的是带英国味的姓氏道尔顿。不过，等彼得进入大学深造后，他才知道，养父母的姓氏其实与一位给热力学定律命名的著名科学家②相同，于是他重新把姓氏改了回去。彼得的养父母为人热情、朴实，不过十分贫穷，彼得的母亲还流着克里奥尔的血脉。彼得的外祖母待彼得也非常好，她是位虔诚的老妇人，有着浅咖啡色的皮肤。虽然她几乎不识字，却知道很多《圣经》上的故事。彼得的外祖母用自己的方式给彼得讲了很多经过她改编的故事。比如希律王杀婴的故事，婴儿被放进芦

---

①《圣经》中的使徒彼得也称西门彼得。西门是他的名，彼得是耶稣给他取的绰号，含义就是“石头”。——译注

②指爱尔兰物理学家特鲁顿。特鲁顿规则是指不同种类液体的汽化熵大致维持一个定值，此数值也称为特鲁顿常数。——译注

苇小船后被捡到的故事，还有约拿被鲸鱼吞下的故事……在她年老的头脑中，这样那样的故事会经常交织在一起，但她依然把这些故事一一讲述给一直屏气凝神、专注聆听的小外孙，而这些故事后来逐渐融入了彼得的境遇之中。彼得曾告诉他身边的人，直到小学三四年级，他依然深信，在那场大洪水中，父母为了躲避危险，把他放在“芦苇船”里，而养父则从巨鲸口中救下了这艘小船。对此，外祖母的说法却很混乱，有时候说是大群的鲸鱼和海豚将彼得的小船从鳄鱼的袭击中救出，并一直守护在他的旁边，而有时候又说想要把彼得吃掉的是巨鲸或鳄鱼。

由于学理科更容易拿到高中的特别奖学金，所以彼得选择了理科。但他当时还是个满脑子梦想的少年，所以也选修了法语课程，并沉迷于诗歌和神秘主义文学。因他成绩非常优秀，所以只用了两年时间就考入了坦帕大学的物理系。直至即将获得博士学位时，彼得还在研究氚核。然而就在这个当口，他突然对自己所走的路产生了强烈的质疑，并就此放弃了奖学金，转入位于内陆城市奥兰迪亚的迪士尼世界大学的海洋生物学系学习。因为他没拿到奖学金，所以为了贴补生活，他不得不去迈阿密或迪特纳海滩找与迪士尼合作的海洋乐园和研究所兼职。因为彼得的歌声十分出众，所以获得了在校园和度假酒店唱歌的机会，但他发现自己变得越来越抑郁。

彼得觉得，身高1.92米却长着一张娃娃脸的自己不论去哪里都很难融入周围的世界。虽然颇受女孩子们追捧，但他又偏偏性无能。终于有一天，彼得决定再次退学。他从研究所借了一艘帆船，将吉他和一些研究设备都搬了上去，然后便开启了前往巴哈马群岛的旅程。

航行途中，彼得曾登上华特林岛，也就是当年哥伦布横渡大西洋时到达的第一个新大陆岛屿——圣萨尔瓦多岛。在岛上，犹如命中注定般，他邂逅了朱庇特。

那是一个风平浪静的秋夜，身处海洋之中的彼得注视着远处西方地平线上的岛屿，试图观测天象。由于天空中云层密集，他只能勉强看清南边天空中天马座的一部分和海豚座。他想要扬帆启航，但海上没有一点风，于是他索性把船帆降了下来，任由小船在海上漂流。据彼得说，当时加勒比海的夜空中，只能从云层的缝隙间勉强窥见空中的满月和木星。

突然间，彼得想起了自己的悲惨身世，不由得泪流满面。他的脑中浮现出一段法语：“Je suis un clown（我是个小丑）……”由于心情太低落，彼得打算给这段文字配上一段旋律，于是便起身弹起了吉他。弹着弹着，彼得惊愕地看到，一个表面光滑的巨大黑色物体突然冲破海浪，出现在了他的面前。那个东西似乎并没有恶意，反而发出一种熟悉且奇妙的声音。那是一只体形很大、在海洋公园里经常能看到的大西洋瓶鼻海豚。于是彼得开始安心地弹奏吉他，而海豚则把头探出水面，专心地倾听着。这首歌的歌词——彼得曾多次告诉过他的信徒们——不知不觉就变成了“J'ai pitié（我心生怜悯）……”。旋律很快又发生了变化，从悲伤慢慢转向欢快且充满力量，不断重复的歌词也在一点点地变化着。海豚仿佛在配合这个节奏，像箭一般绕着帆船迅速游动，不时从海浪中腾空而起，旋即又猛然扎入海里，还发出奇特的叫声。

“我叫彼得！……”彼得终于忍不住站起来，用法语大声喊道。

“你叫什么名字？”

海豚随即发出了一声怪叫，然后又从水中探出了半个身子。这是一只相当罕见的大块头瓶鼻海豚，长度有4米多。彼得突然感觉自己与海豚之间存在着一种非常密切的关系，于是想也不想就一跃飞身入海。有一瞬间，彼得也担心自己会遇上鲨鱼，但这种担忧转瞬即逝。一种只有虔诚的信徒才能感受到的启示给予他当头棒喝。他那被外祖母粉饰得如同神话般的奇特身世……养父母的姓氏特鲁顿，他在拿到学位前一直潜心研究的氚核……与这或许被驯化过的海豚的奇妙邂逅……观测天象时看到的海豚座……这一切都在此刻重叠在了一起。海水是温热的，海豚用它那光滑的身体轻轻摩挲着彼得。

“我要骑到它身上去。”彼得这样想道。

“我是海神的儿子，所以一定可以骑到海豚身上去。”

彼得摸着海豚滑溜溜的背鳍，浮到了水面上。

“朱庇特……”彼得抬头看向云层缝隙中闪耀着光芒的木星，说道，“没错……你就是朱庇特，而我是彼得……”

“Je，Peter（我是彼得）……”彼得用法语说道。一时间，他为这个谐音梗放声大笑。

10分钟后，彼得将绳子系在海豚朱庇特的背鳍上，成功地让它在风平浪静的海上，牵引着帆船一直驶向西边的岛屿。

“是救世主岛[①]……”彼得凝望着月亮、木星及海豚的背影，在心里想道，“没错，这一切都是命运的安排。”

这便是朱庇特教团诞生的缘由，其唯一的教义就是“用爱联结生命和宇宙”。为了和海豚朱庇特生活在一起，彼得先后演唱并录制了与海豚、月亮、星星、奇迹、从信仰中得到的喜悦和对救赎的预感等相关的一系列歌曲，教团也由此成形。目前朱庇特教团在全世界共拥有数十万信徒，平均年龄为22.5岁。在他们的大本营——佛罗里达半岛西海岸的朱庇特海滩上，还常驻有1000多名被称为亲卫队的年轻人。除了彼得自己积累的资金，教团也接受信徒和自然保护团体的捐款，在这个海滩的共同体中，大家什么都不需要做，每天只是晒太阳、游泳、唱歌、聊天、做爱，或是偶尔抱着乐器去外面传教。

在朱庇特海滩上一间不大的茅草屋内，玛丽亚正和其他五六个人在秘密交谈着什么。

“用这种不温不火的办法，不管多少次都成不了事！”最年长的安妮塔长相硬朗，她猛地一拍木桌，用很不耐烦的语气说道，“我们得更大胆和果断一些……我不是说过吗？如果不用点炸弹之类的玩意儿，只是小打小闹的话，根本就不会有什么效果！”

“可是安妮塔，进入外行星航道时接受的检查比我们想象的更严格。”一个留着胡子的年轻人嘟囔道，“即使真如你所说，检查人员的检查不过是走过场，自动检查系统也和以前一样严格。”

“而且，因为你们之前的莽撞行为，现在的检查系统或许已经被设置得更严格了。”安妮塔的绿色眼眸中闪过一抹厉色，她扫视着房间里的人，“不过，如果真想成事，办法多的是。只要我们的计划更缜密。”

“但我们又不是专业搞这些事情的……”一个身材瘦小、满脸雀斑的年轻人不悦地说道，“只要我们的行动……能够充分表达我们的意见，不就够了吗？”

“还有，安妮塔……我还是反对带那些危险物品……”玛丽亚摇着头说道，她那美丽的金发也随之摇曳起来，“外行星最前线的基地正在进行高强度作业，非常危险……如果我们做得太过分，会死人的……”

---

①救世主岛：圣萨尔瓦多岛，“萨尔瓦多”在葡萄牙语中意为“救世主”。——译注

“你男朋友也在那边吧……”安妮塔撇撇嘴说道，“所以我才想趁他来地球的时候，找个机会把他关起来。可是你这个大小姐，无论干什么事情都心软得很，这才让他找机会逃了。我当时之所以想那么做，也是为了你男朋友好……”

“不仅仅是英二，我也不希望其他任何人死……”玛丽亚悲伤地垂下双眼，不过语气依然坚定无比，“如果那么做……我们就违反了彼得对我们的教诲……”

“说得没错。即使不惜用上炸弹或者武器也要全力阻止‘JS计划’……彼得真的这么说过吗？”一个胖墩墩的、脑袋上架着一副墨镜的年轻人说道，“我们可没直接从他嘴里听到过这种话。”

“不，这就是彼得的意思……”安妮塔用低沉而又沙哑的声音说道，“我……懂他。这10年来，我一直和他在一起，他发出的各种信号我都明白，我从没有读错过。这一点你们应该心知肚明吧？再说了，彼得会直接对你们说出来，给你们下达这样的指令吗？如果他真的这么做了，而我们之中又有叛徒的话……”

一听到“叛徒”这个词，小屋里的空气似乎一下子凝固了。每个人都看向脚底，或是局促不安，或是故意用咳嗽掩饰紧张。

“——彼得！——彼得！”

随着拂过椰树叶的一阵海风，一片欢呼声从远处传来。看来，教祖已经睡完午觉来到海滩上了。

“——朱庇特！——朱庇特！”

另一片欢呼声则从海洋上飘来。作为教团的吉祥物，不，更准确地说是作为教团象征的那只巨大的雄性瓶鼻海豚，游到了海滩附近。

“好在……对彼得来说，海豚朱庇特也好，太阳系的木星朱庇特也罢，都是一样的存在。”安妮塔站起身来，一边向门口走去，一边说道，“对他来说，太阳、月亮和宇宙中所有的星星与地球上的所有生命一样重要……既然如此，如果有人企图毁掉太阳系中最为夺目的木星朱庇特，那么以海豚朱庇特和彼得的友谊为核心纽带的朱庇特教团又岂能袖手旁观呢？”

在阳光的照耀下，安妮塔·琼·波普那头红色长发看上去犹如熊熊燃烧的火焰一样熠熠生辉。安妮塔今年27岁，是波兰裔和英国裔的混血儿，也是教团资历最老的几名骨干成员之一，从十七八岁起，她便舍弃了大好的青春年华和学业，一刻不离地侍奉在彼得左右。她出身于一个功勋卓著的军人家庭，还曾是一名政治系的高才生。

“你们听……”

安妮塔朝声音传来的方向努了努嘴，远处那“彼得、彼得……朱庇特、朱庇特”的欢呼声此刻一浪高过一浪。

“朱庇特……朱庇特……”看着屏幕上那个令人毛骨悚然的大红斑旋涡变得越来越大、不断逼近，伯纳德博士不禁喃喃自语道，“我终于要进入木星朱庇特的大旋涡了。”

“还得一会儿呢。”辛抱着手臂说道，“接下来，我们要先从木卫一旁边通过。”

5.“硫黄之月”

载有木星大气层探测艇JADE-Ⅲ的MUSE12的舰桥内，气氛隐隐有些紧张。

MUSE12即将沿着与木星赤道面呈15度角的航线，从距木星中心约43万千米的上空通过。这意味着，MUSE12将斜着横穿过木卫一的运行轨道。

在占据舰桥控制台对面近乎整块墙壁的多视图显示屏的右下角，显示的是距离MUSE12行进方向约6万千米的木卫一的雷达图像。因为木卫一与木星磁场之间存在着相互作用，且不断有硫和钠的离子被带电粒子喷射流吹离其表面，所以木卫一的图像看上去并不是很清楚，而且还有些诡异。

木卫一以略大于每秒17千米的速度，在距离木星中心约42万千米以上的公转轨道上围绕木星旋转。MUSE12则计划从木卫一的后方倾斜着接近它，然后在木卫一引力的牵引下，沿着与木卫一公转轨道呈13度倾角的航线，从其后方不到3万千米处通过。其时，MUSE12也将在很短的时间内直接穿越紧紧环绕在木卫一公转轨道外侧的呈甜甜圈形状的钠云——钠环。

由于木星的磁极轴相对于自转轴有10度左右的倾角，所以向木星本体外部延伸出去的木星磁赤道相对于木星本体的赤道也有10度左右的倾角。

而沿着木卫一轨道延伸出去的甜甜圈形状的钠云便和磁赤道一样，相对于木卫一的公转轨道有10度左右的倾角。钠云非常厚，可将离心率为0、轨道倾斜度也为0的木卫一公转轨道完整且紧密地包裹在其中。高能粒子在木卫一轨道附近，即整个木星周边电磁扰动作用最强烈的区域内会获得加速，在其冲击下，木卫一表面会迸发出钠等离子体。而钠等离子体又会被木卫一在运行过程中与木星磁场的相互作用产生的电磁场捕捉，从而形成极其稳定的甜甜圈形状的钠云。而在钠云的外围还包裹着一个直径更长的“激发氢云”环，这个环从木卫一后面延伸出相当于其轨道1/3的长度，并将纳云的外侧边缘包裹在其中。

与在距离木星表面5万多千米处盘旋着的薄薄的冰环相比，这第二个环在光学上几乎无法看见。而直径达3640千米、比月球略大一些的木卫一，就在这团钠和氢的云团中乘风破浪。

此外，由于木卫一本身是电的良导体，所以当它穿过从木星向外延伸的强磁场时，便会产生大量电荷，这些电荷会在木星和木卫一之间引发复杂而又激烈的电磁相互作用。而电磁相互作用的结果之一，就是流经木卫一和木星南北磁极之间的磁流管会携带高达500万安培的强电流。从某种意义上来说，木星及其轨道上的木卫一变成了一个天体发电机，在真空的宇宙空间中生产着数十亿乃至数万亿千瓦的巨大电力。

不断向木卫一的轨道和木卫一本体逼近的MUSE12上的各种传感器可以探测到氢等离子体、钠环，以及随着木星的自转而旋转的木星磁束，还有在木卫一和木星的两个磁极之间频繁往复，并以热电子束的形式不断流动着的大电流弧产生的二次磁场，等等。现在，MUSE12各种指示器上的数字正以数十、数百的速度不断跃升。它以木星周边各个轨道附近载人或无人的人工天体为中继点，一直和近木星航线管制卫星之间保持着交通和数据通信线路的相互开放。但即便如此，理应经过多重噪声过滤器过滤的声音从扬声器中传出时，依然会不时地混杂着滋啦滋啦的噪声。

“要不要把船体电磁屏障的强度再提高一点？”

英二说着，回头望向辛。辛正在控制台上紧张地忙碌着，他壮硕的身体几乎覆盖了整个控制台。飞船正在接近木卫一的磁场和木星磁场在木卫一行进方向的遥远后方制造的磁束汇聚点，从此处产生的钠等离子体，以及沿着磁流管从木星发射的高速带电粒子的不规则流动，逐渐开始对飞船带来强烈的冲击。除此之外，从电子显示器的色彩变化也可以看出，贯穿飞船外部屏障、冲进舰桥内的粒子的密度和能量都在时不时地逼近安全边界。

“我已经设定好了，当接近危险水平值附近时，屏障强度会自动做出反应。”辛用平静的声音回答道，“如果一下子把级别提得太高……一旦撞上比较严重的磁暴，航线就会发生紊乱。不过就算发生这种情况，也只需四五十分钟就能搞定。”

辛这样说着，将手伸向控制台，将电磁屏障的强度略微调高了一点。

不仅是MUSE12，木星周围还飘浮着其他无数的人工天体。不过只要是载人天体，此刻都纷纷使用大量液态氦，在各自周围制造出一个超导电流磁场。之所以这么做，是因为在木星周围盘旋着的高速带电粒子时不时地就会产生一股称得上是爆炸的高密度高能量流，并对周围的天体造成冲击，但制造出电磁场之后便可将这种冲击反弹开去。而在MUSE12等小型航天器上也开始使用超级铌合金等超导体来产生磁力，并以此替代人工重力。至于控制通信系统，因为基本使用的都是激光信号，所以不存在什么问题。

“近木星航线控制中心好像有话对我们说……”英二侧耳倾听着扬声器里的声音，说道。那声音并不是很清楚，还夹杂着犹如雷鸣般的噪声。

“请求PCM重新发送。”辛皱着眉头，一边检查接收情况，一边说道，“现在……来自木星的高速带电粒子流在环内发生了爆炸，对我们的通信造成了一定的影响，这个估计暂时没法解决。不过再等10分钟左右，应该就能收到K6的转播信号了。”

伯纳德博士和米莉紧紧靠在座位上，伸长脖子，专注地盯着显示屏中心的那片黑暗空间。那种黑暗不同于普通的宇宙空间。里面看不到一颗星星，只能感受到一股携带有巨大“暗黑质量”的气息正迎面扑来。现在，MUSE12正处于木星夜晚的那一侧。

从木卫一轨道附近向远处望去，只见木星夜晚的黑暗充满了整个屏幕，卫星和人工天体也全部隐没于木星压倒性的阴影中，被黑暗吞噬。

然而，木星的夜晚并非全是黑暗。在这片黑暗的南边和北边，即使是低纬度地区也能看到黑暗中不时亮起的极光。在木星表面汹涌翻腾的云层背后，亦可见一道道闪烁着白色光芒的闪电。虽不清楚这种放电现象的规模究竟有多大，但在中纬度地区，不时会有部分红色云流从黑暗中慢慢升起，骇人的电光亦会在木星大气层内部的红白色云海底部接连闪现。

此时，一个间歇性地闪烁着微微荧光的小天体正从弥漫着诡异夜色的木星一角穿过，出现在众人眼前。这就是木卫一，在围绕木星旋转的15颗卫星中，它是唯一会喷火的卫星。木卫一喷出的火焰不是像地球上那样的高温熔岩，而是呈熔化状态的高温硫黄和包含硅酸成分在内的亚硫酸气体。它们从木卫一内部被喷射而出，并与木卫一的电离层发生碰撞，从而迸发出耀眼的光芒。

“再过一会儿，木卫一就要从木星的阴影中出来了……”辛喃喃自语着，再次锁定了微调后的导航程序，“当木卫一冲出来的那一刻，也是我们距离它最近的时候。你们有没有近距离观察过木卫一？”

“当然没有。”米莉·威廉摇了摇头道，“我是研究语言学的，平时一直隐身于乔姆斯基纪念财团的数据库丛林中。”

“既然这样，那你一定得好好抓住这次机会。”辛咧嘴一笑，露出了满口的白牙，“毕竟，这么奇怪的天体在太阳系中还是很少见的。”

“那是什么？”伯纳德博士指着屏幕问道，“那个白色的、像雾霭一样的东西是什么？”

“哦，那是木星环。”

英二将影像的倍率略微调低了一点。

“木星环的直径超过3万千米，但厚度只有二三十千米，所以只有从这个角度看才是最清楚的。”

随着前置摄像机镜头的变焦，原先几乎占据整个屏幕的木星夜晚部分的浓重暗黑色开始朝左边移动，原先位于屏幕右侧边缘处、若隐若现、犹如雾霭的白色光斑则变成了一个高度弯曲的光弧。这就是木星环，由细小的岩石质尘埃，以及从木卫一的喷发口以逃逸速度喷射而出的岩石碎片等组成。

木星环最早于1979年由美国的无人探测器“旅行者1号”发现。它也是史上第一艘真正接近木星及其伽利略卫星的航天器。直到20世纪上半叶，土星还一直被认为是太阳系中唯一有环的行星。但到了20世纪下半叶，人们在观测天王星的过程中，以及采用无人探测器真正接近木星后，终于在这个巨大的外行星周围也发现了一个环。海王星环的发现则要晚得多，大致时间为20世纪末到21世纪初。但不论哪一次，都是从地球上用除望远镜观测以外的方式发现的，也都是值得人类纪念的伟大发现。

“如今想来，1979年正是人类开启木星时代的一个重要时间节点。”英二看着那变得越来越细、发出的光越来越强的木星环，这样想着。继最早的“先驱者号”探测器之后，“旅行者1号”和“旅行者2号”两个探测器又对木星进行了近距离的观测，它们观测到的数据对当时的人类造成了极大的冲击。那种冲击甚至动摇了人们对于太阳系宇宙空间的基本认知，其震撼程度是今天无法想象的。一个半世纪前的1979年，“旅行者号”有不少新发现，包括木卫一的喷发等。为纪念这些发现，当时新发现的木卫十四和木卫十五两颗卫星被分别命名为S/1979 J 2和S/1979 J 1，后通称为“旅行者卫星1号”和“旅行者卫星2号”。

MUSE12舰桥内正前方的大屏幕上，木星夜间部分的阴影不断向左移动，仿佛一块略呈曲面的黑色厚重幕布正在被人缓缓拉开。随着幕布的开启，隐藏其后的宇宙图景、无数闪烁着光芒的星星，以及银河系的一部分，一点点地在屏幕的右侧现身。那个弓形的环原本就淡而朦胧，甚至可以透过它一眼看到后面的星星。而此时，这个环变得比之前更纤细，在木星另一侧的太阳光照射下，它的亮度亦有所增加。尽管木星的白昼部分尚未出现，但由于木星的高速自转、剧烈的大气扰动，以及电磁爆发等原因，被喷射的气体和等离子体在木星赤道的上方膨胀开来，继而形成了一个薄薄的木星光环。这个光环对太阳光产生了轻微的散射作用，使得木星的黑色轮廓逐渐变得清晰可见。闪闪发光的呈月牙形的木卫三和呈半月形的木卫四也开始出现在木星左侧的天空中。而更近一些的地方，木卫一终于从拖着长长尾巴的木星阴影中滑出，它身形巨大，呈红色弦月状，闪耀着刺目的光芒。

“太亮了……简直亮得刺眼……”

米莉眯着眼睛嘀咕道。

“它曾经被称为‘太阳系中最光滑的天体’。”辛微一边微调航线，一边说道，“它的反照率大概是月球的6倍。如果把它带到地球附近，那么地球上的夜晚将会比现在明亮很多。”

“如果真的那样做了，地球上又会因为担心公害、太空污染而出现大规模的骚乱。”英二扑哧一声笑了出来，“毕竟那上头到处都是硫化物、亚硫酸气体和硫化氢之类的玩意儿。”

“看，它过来了。我们要从木卫一的身后绕过去，想看的话我就提高一下镜头的倍率。”

辛说着，把扬声器的音量也调低了一点。

加速度计和重力计上显示的数字都表明，木卫一的引力已经开始发挥作用，MUSE12正在不断加速。虽然辛已经将扬声器的噪声过滤功能开到最大，但声音中依然充满了波纹状的白噪声。这表明飞船已进入钠环内部，通信功能也将在一段时间内处于完全中断的状态。在此之后，噪声的深处又传来一阵哨音，比飞船出发时听到的那次要低得多，也粗很多，仿佛是从地狱发出的汽笛声，不过很快就又消失得无影无踪。

英二按下变焦器开关，慢慢放大从正前方逐渐靠近的木卫一的影像。然后他又针对木卫一的影像设置了自动跟踪和聚焦调整。

被称为“硫黄之月”的木卫一那无法言喻的奇妙身姿被放大在了众人面前的屏幕上。木卫一的直径为3640千米，表面覆盖着红色、朱红色、橙色、黄色和白色的不规则图案，且布满了各种奇形怪状的洞。可以看到在一些洞的底部，有类似白色或蓝色的烟雾状物体在飘动。不过，在月球、火星、水星表面随处可见，在木星的几乎所有卫星上都存在，甚至连“软冰之月”木卫二上也存在好几处的环形山，在木卫一表面完全不见踪影。木卫一表面的洞都是在喷出硫黄岩浆时形成的火山性洼地，经过不断喷出的呈熔融状态的硫黄和硫化物沙子的反复覆盖和冲刷后，大部分地方都变成了平坦的硫化物沙漠。此外，因为木卫一和木星之间存在着激烈的电磁相互作用，再加上受到从两个星球之间电磁场加速飞来的等离子体喷射流的影响，硫化物沙漠的表面物质亦在被反复地冲刷和侵蚀着。

覆盖在木卫一表面的硫化物沙漠和硫黄地壳下方是被高温熔化的硫黄和亚硫酸的海洋，再下面则是呈半熔融状态的硅酸盐核心。木星巨大的潮汐力使得木卫一柔软的地壳每隔1.7天便会在赤道上弯曲100米，地壳变形产生的热能会积聚在木卫一内部，并将硫黄部分熔化，然后时不时地将呈熔融状态的硫黄、亚硫酸气体、硫化物成分的火山灰和火山岩等从星球地表处喷射至上方280至300千米的高度。

“啊……琳达·莫拉比托[①]火山又在喷发了……”英二看着木卫一的影像，喃喃自语道。

---

①琳达·莫拉比托（1953— ）：美国天文学家，木卫一火山活动的发现者。——译注

“琳达·莫拉比托？”

“琳达·莫拉比托是一名美国女性。1979年3月9日，她在检查‘旅行者2号’发回的照片时，首次发现木卫一上存在火山喷发的现象。”英二答道，“后来，这座火山就以她的名字命名了。”

位于木卫一右上侧的莫拉比托火山也在喷出浓浓的烟雾。那烟雾高高升起，峰顶呈半球形，如同喷泉一般。烟雾中心呈红黄色，其中包含大量的硫化氢和其他各类硫化物。从中心往外，烟雾的颜色逐渐变蓝，最后变成了白色的亚硫酸冰冻颗粒，在木卫一的低重力和除地表附近外几乎完全不存在大气的环境下，又慢慢化为泛蓝的半透明白烟，朝四周扩散开去。

米莉咽了一下口水，紧紧盯着眼前木卫一上的这一幕。

6. 环、云雾、旋涡……

MUSE12的传感器显示，飞船正斜着从木卫一拖在身后的、由氨和钠离子组成的长长的“尾巴”尖附近穿过。

舰桥正面屏幕上的影像已从木星切换为木卫一，缓缓移动的木卫一表面被红色、橙色和白色的硫化物覆盖。镜头里展现的是正午时分木卫一赤道附近被红色沙漠覆盖的那片区域。因为距离实在太过遥远，所以在地平线上出现的是一条柔和的球面曲线。这一带非常平坦，且均匀覆盖着反照率很高的红色沙子，所以几乎看不出大地有起伏。到处都能看到呈不规则形状的黑色的火山喷火口，有的喷火口里正在喷射白色或蓝色的烟雾。红色或黄色的、高约千米的圆锥形火山，以及呈熔融状态的硫黄在流动中形成的黄色带状部分，导致周围的地形略微发生了变化。在红色沙漠的远方，则是一片黑漆漆的、由硫化铁之类的沙子覆盖的沙漠。

“那是……”伯纳德博士瞪大双眼问道，“那个，那个地方……好像有什么东西在闪闪发光。不会是火山喷发吧？看上去又有点像爆炸或旋风。”

“那里在打雷。”英二说道，“来自木星的巨大电流有时候会形成那样的浪涌电流[1]……一点一点地侵蚀木卫一表层的土壤，其中包括钠云中的钠，

①浪涌电流：电源接通瞬间，流入设备的峰值电流。——编注

当然还有硫黄原子。”

“可是，为什么木卫一上会有那么多硫黄呢？”米莉小声说道，“行星物理学这方面我不太懂。”

“不论在地球上还是从宇宙的平均值来说，硫黄都算是一种较为丰富的元素……如果没记错的话，含量排在第10左右。钠大概排在第13……”英二说着，把双手交叉放在脑后，整个人向后靠在了座位上，“木星大气层中的硫黄含量也不少——我们估计很快就会被它折腾一番的。在木星周围，如果重力、电磁力和化学能量达到了某个潜在的水平，硫黄或硫元素就会聚集起来。”

“可是，即便在环境如此恶劣的天体上，也依然有人类在工作。”米莉看到低纬度地带的黑色丘陵上有一处亮着灯光的设施，不禁叹了口气，“英二，你上去过木卫一吗？”

“我曾经上去过两次。哦，不，如果算上发生事故的那次，我一共上去过3次。这个星球可不是一个适合散步或修建别墅的好地方。”英二半开玩笑地说，轻轻地咬了下嘴唇，“现在木卫一上的工作基本都实现无人化了，但一般还是会派两个人常驻。目前新的设施还在建设中，所以无论如何都必须有人看着。原先是每两周换一次班，现在则延长到每3周轮换一次。无论是外部环境还是表面状态，木卫一都非常不稳定，很容易让人神经过度紧张。”

“在条件这么恶劣的天体上，还要新建什么设备呢？难道是要来开采硫黄？”

“当然了，我们一直都在采集一些物质。不过与之相比，我们还有更重要的事情要做。你知道，在木星和木卫一之间，沿着磁场线流动的电力达到了数万亿千瓦，我们现在已经在利用这一资源了，还要建造一种在将来可以更大规模利用这种资源的设施。目前，木卫一这个宇宙发电机制造出的极小一部分电力已经被转化为激光，为周围的人工天体提供能量。而现在正在建造的设施则属于‘JS计划’的一部分，这个装置将被用于一个预备性实验，用来引爆木星中心的核反应……到了计划正式实施时，流经木卫一和木星之间的磁流管的巨大电流也会真正派上用场。”

“如果这样做的话——‘JS计划’一旦启动，木卫一是不是也将不复存在？”

“不，它不会消失，只是会发生一些变化。我估计，到时候流经木卫一和木星之间的电流将大幅减少。伽利略卫星的轨道要素①等也多少会发生一些变化，但它们都不会消失。”英二停顿了一下，咳嗽了几声，然后继续说道，“不过……最接近木星的木卫十四和木星环的一部分很有可能会被木星吞噬。”

“也就是说，我们很快就将再也看不到木星环了，是吗？这次因为工作关系有幸得见，将会是我们最后一次见到木星环，对吗？”米莉问道。

“那……米莉……你怎么看呢？”英二从座位上站起身来，挠了挠头，看向米莉，“刚才我已经说过……无论是木卫一还是木卫二，在资源方面对我们的意义都不是很大，不过，那也只是从非常狭隘的意义上来说。在太阳系中，每个天体都有它存在的意义。在宇宙中……哪怕是很小的天体，只要上面存在秩序……就有其相应的价值。我，或者说我们都是这么认为的。这个宇宙太过广阔……其中的虚空太过浩渺，相对于虚空，质量和能量的局部秩序显得过于稀疏。宇宙中虽然能看到许许多多的星球和类银河系秩序，不过，它们之间虚空的范围更为广阔……而且，虚空每时每刻都在不断扩大……”

“秩序就是价值——这一点我明白。不过，你们把这种天体秩序的一部分……”米莉说道。

“不是这样的，玛丽亚……”话刚出口，英二顿觉不对，脸上瞬间变得通红，赶紧又说道，“不，米莉……所谓秩序，难道只是从远处眺望既有的事物，去欣赏它们的美吗？难道就不可以利用和改变其中的一部分，试着建立更高层次的局部秩序吗？在宇宙中，即使置之不理，虚空也会不断膨胀，而局部秩序也会逐渐走向崩溃……今天，在我们还有能力的情况下，利用我们现在所掌握的局部秩序的潜在存量，去创造更高层次的秩序，去挑战不断扩大的虚空……这对于诞生于太阳系的智慧生命来说，难道就不能被允许吗？如果不被允许的话，那在太阳系中，所谓的智慧还有意义吗？如果我们只限于远远地眺望宇宙，只限于惊叹它的浩瀚，只限于对它进行研究，并写诗赞颂局部秩序之美，难道就足够了吗？人类难道不应该利用太阳系来发挥自己的潜力吗？——当然，一个如此精妙且保持着完美

---

①轨道要素：描述卫星轨道形状、位置及运动等属性的参数。——编注

平衡的秩序确实不应该被破坏，而应该积极保护。但即便是为了保护，也是需要能量的……可是，太阳系中诞生出智慧生命，难道就是为了龟缩在地球上，仰望天空歌唱吗？还是应该在太阳系衰亡之前，利用它赐予的资源和作为存量的秩序来……”

“我不介意你发表一场精彩的演说，但你能不能先回到座位上去？”辛几乎咆哮着说道，“绕过木卫一的南极时，我会稍微提高速度，并重新调整航线，所以……”

英二有些不好意思地赶紧坐回到了抗重力座椅上。

MUSE12正朝木卫一南半球高纬度地带的最近点不断前进。屏幕上的木卫一影像也在慢慢发生变化，火山喷火口和红色或黑色的沙漠面积正在一点一点地变少，取而代之的是极地景观——在数个断层和下沉地貌的底部，由大片的亚硫酸气体凝结而成的“雪”。

米莉看着正前方的屏幕，玩味似的偷窥着身旁陷入沉思的英二。

“他，或许已经不再算是一个地球人了吧。”米莉不禁这样想道。

英二对于宇宙空间、天体、秩序、虚无等概念的思考方式和理解都让她深感震惊。尤其是英二把秩序看作价值的同时，又将其看作一种资源，这让米莉感到很新鲜。

“这个年轻人已经不再是地球人了，而应该被称为太阳系人。在他之后，大概还会出现宇宙一代的新型人类。他们会在太阳系内的月球、宇宙殖民地、火星、小行星带，以及化身为第二个太阳的木星周围的宇宙空间中不断涌现。在更遥远的将来，这些人或许还会孕育出真正的宇宙时代的人类，后者则会走出太阳系，生活在广袤的星际空间中。

米莉因为自己的想法而感到一阵轻微的眩晕，于是向后重重地靠在了抗重力座椅上。

“在这个冷清而又沉闷的恒星系中出生、性格孤僻且又多愁善感的人类的后代中，真的能孕育出所谓的面向宇宙的新一代吗？如果真的可以……那么此时已越过冥王星轨道、处在冷冻休眠状态中、正从距离太阳数百亿千米的黑暗空间向更遥远的、数千亿千米之外的太空飞去的井上——存在于他心中的、她无论如何都无法理解的‘对虚无的激情’之类的东西，是不是也应该被理解为这样一个时代即将到来的征兆呢？”

在木卫一的引力导致飞船的航线偏移后，木星的右侧边缘终于出现了呈狭长新月形的耀眼光芒——MUSE12再次在木星引力的牵引下，朝木星处于白昼的一面加速绕去。远离木卫一后，英二他们又迎来了一连好几个小时的单调飞行。在木卫一的内侧飞行时，飞船一度接近木卫五，最近的时候，相对位置仅为25万千米多一点。木卫五位于木卫一的内侧，沿着半径超过18万千米的轨道，以11.7小时的周期围绕木星公转。在即将绕行至木星本体的另一侧时，可以通过超长焦镜头捕捉到木卫五的身影。它的长轴不到100千米，在它的表面还能看到底部蓄积有白色冰雪的大型环形山，木卫五的岩石层整体泛红，看上去就像一支雪茄。

与此相反，当飞船从距离木星表面8万千米的上空越过时，可以看到平均直径仅为70千米、形状也不是很规则的木卫十五的身影。

这之后的几个小时里，MUSE12的船体曾受到过几次轻微的撞击。辛一直坚守在控制台前，小心翼翼地驾驶着飞船，MUSE12要从距离木星表面5.8万千米处，紧贴着宽约3万千米的木星环的外侧边缘通过。而这时，拖着无数小岩石碎片和冰粒的木卫十四也在靠近环的外侧边缘，这直接导致几个小型的宇宙尘颗粒击中了飞船的船体。

当然，MUSE12的船体并没有受到任何损伤，反倒让船上的几个人有机会亲眼看到了环的两种壮丽景色。

首先是在木卫十四附近，他们几乎从正侧面观察到了环。在靠近木卫十四处，构成环的稀薄物质高于平均水平，因此火山岩、小砾石、甲烷和氨成分的冰粒等，在木星旋涡翻滚的红白色条纹的映衬下，变为一条灰色的细长直线。然后，当飞船从斜下方钻进环中时，这个环又被散射的阳光和来自木星的红色反射光（即“木星反照”）进一步照亮。在阳光和来自木星的光亮映衬下，可以看到一个薄薄的低密度圆环正好将木星环绕。由于这个环十分稀薄，所以位于环背后的卫星和星星的身影虽然朦胧但依然可见。圆环的内部还存在一道狭窄的空隙，虽不如土星那样显而易见，但仍将圆环分成了内外两重环。

通过环的部分后，木星看上去已不再像一个球形的行星，更像是一片朝前后左右无限延伸的红白色的大地。当然，木星的表面并非真正的固体，也非液体，而是由无数层层叠叠的云层组成。这些云层动辄厚达1000多千米，在木星表面不停地翻滚、流动着，还不时地卷起一个个巨大的旋涡。云层形成的立体阴影一眼望不到尽头，看上去仿佛冒着泡的固体表面。在那极其遥远的天际，木星的地平线几乎呈一条直线。稀薄的高温气体在地平线和黑暗宇宙之间产生了光线散射，使得地平线附近弥漫着蓝色、时而又呈粉红色的雾霭。

MUSE12不断向木星靠近，直至抵达距离云层顶部约1万千米处。辛控制着飞船的姿态，让木星的表面处于MUSE12的船体正下方。如此一来，船上的人愈发感觉自己正在朝木星的方向“降落”。

“各位，希望你们已经做好了准备。”辛龇牙咧嘴地说道，故意装出一副很吓人的表情。不过，在他那光秃秃的脑袋上能看到一层密密麻麻的汗珠，他的脸看上去也极度疲惫。

“距离下潜还有2个小时左右。”英二抬头看了看时钟，然后说道，“米莉……你最好睡一两个小时，就像伯纳德博士那样……我也会去睡一会儿。一旦开始工作，需要你连续四五个小时在舰桥里为我们提供支援。”

“好的。”米莉点点头，用双手揉了揉脸颊，“你们……要潜入那片云层吗？说实话，我根本无法想象那里会是一番什么样的光景。”

在MUSE12的下方，在木星南纬20度至30度之间，一条云带正在快速地移动着。云带的最上层是闪耀着白色光芒的、薄薄的白色云层，通过白色云层的巨大裂缝可以看到下方翻滚着的红褐色云层。这些红褐色云层就像煮沸的汤一样，不断地向上冒着泡。

白色云层上到处都能看到肆虐的狂风，它们掀起了无数的卡门涡街，此处的云层阴影亦呈现出美丽的蓝色或绿色。另外还有一个巨大的、呈白色椭圆状的旋涡，在比云层的平均表面略高处缓慢移动着。

更可怕的是，诸多积雨云柱——更准确地说，是脏兮兮的红褐色，以及泛绿的灰色或是黑色的大龙卷风柱，从白色云层下方的红褐色云层中升腾而起，直冲上方的白色云层，就像火山喷发出的浓烟一般。虽然大的云柱没有几根，但当看到那些扭曲旋转的云柱中不断迸射出电光时，米莉不由得感到后背一阵阵地发凉。

在这里——不，在距离木星云层更近的地方，还能看到在木星极轨道和赤道轨道等各个轨道上空飘浮着的数量众多的人工天体。有无人观测机、工作船、“JS计划”所需的试验设备，以及从木星大气层中提取氦-3、氢、氚元素的液化工厂和储存用的巨大罐体，还有来运输这些东西的油轮拖船，甚至还有巡逻队。

为了对航线进行最后的确认，辛正和其中某些人工天体上的工作人员紧张地沟通着，认真地向他们询问关于木星南赤道地带大红斑附近的气象情况。当英二正准备跟在米莉身后去房间小睡一会儿时，辛朝他打了个响指。

“密涅瓦基地正在呼叫。”辛指着耳机说道。

“说是有事要找主任……你用这个讲，比扬声器好用。”

“这里是MUSE12……我是本田……”英二将耳机戴在头上后说道，“请帮我转接。”

“哦，你是主任？……我是布克。”布克的声音从耳机中传来，其中还掺杂着大量刺耳的噪声，“事情是这样的，卡洛斯突然病倒了。”

“是因为劳累过度吗？”英二的声音不禁拔高了几度，“肯定又没按我说的认真休息，一直在玩命工作吧？”

“他已经连续工作超过100个小时了。他还不让告诉主任您——但其实，南希的一部分已经因为过热而被烧焦了。”

“混蛋！这究竟要搞什么！”

“可是，如果不这么拼命的话，EK620程序的全面改写工作肯定会来不及的。卡洛斯倒下之前好歹把工作完成了，至于修改后的程序的调试，就交由我们来弄吧。我们会认真地检查的，这样可以吗？还是说……”

“故障保险循环要设置三重，现在就接入程序。”英二咬着嘴唇说道，“如果出现问题，就一边运行一边修改。”

7. 红色风暴

红褐色的云团在飞船一侧疯狂地翻滚和涌动着。

奇怪的是，飞船里却听不到任何声音。

英二的身体随着飞船上下左右剧烈地摇晃着。有时候，他们像是被人从后面猛地拖入了万丈深渊，下一秒却又仿佛被谁拽住领口粗暴地一把拉了起来。紧接着，身体又不断左右摇晃起来，像是被谁在推来推去。

英二不由得叫喊起来。他想呼唤某个人的名字，却怎么也想不起那人叫什么。

红褐色云团的流动速度变得越来越快，也越来越激烈。飞船另一侧的白色和蓝色云团则冲着相反的方向，或是倾斜的对角线方向开始移动。突然间，好像有什么东西发出了一道白光，这道白光旋即又崩散为无数道更细小的光芒。在这些光芒的中心处，可以看到一个正在疯狂旋转的红褐色旋涡，现在这个旋涡正在向飞船飞快地逼近。

英二很想别过脸去，可是四面八方都是这样的旋涡，全部都在向他逼近，将他紧紧包围。

“卡洛斯！……布克……”英二大声呼喊着。

他只感到两眼昏花，胸口一个劲地作呕。

就在此时，旋涡突然停止了旋转，摇身一变，成为一个个闪闪发光的血色“巨眼”，盘旋在涌动的红色云层上，目不转睛地瞪着他。

英二起了一身鸡皮疙瘩。

“辛！”英二大声喊道，同时扭动身体，企图躲避周围那些层层叠叠的“巨眼”投射而来的目光。

“辛！米莉！你们能听到吗？究竟发生了什么事？”

突然，一个黑色的庞然大物从红云底部升腾而起。这个巨物大到不可思议的程度，简直像一片大陆，但朦胧中依然可以辨认出那是一个细长形状的东西。

“出现了！……是‘幽灵’……”英二一边在脑袋附近寻找麦克风，一边尖声大叫道。

一个巨大的——长度貌似达到几百千米的巨大影子出现在了英二的面前，并以极快的速度掠过飞船的斜上方……很快，那个巨大的怪物便飞向了红色云层的深处，看上去就像是浮在宇宙空间中的一个巨大圆盘。

在这个圆盘周围的红云中，出现了一个小小的黑洞。黑洞周围的红云在剧烈地旋转着，但还是不停地被黑洞吸入。

在黑洞的正中央，隐约出现了一张苍白的脸。那张脸皱着眉头，紧闭双眼，那眉头和紧闭的嘴唇上还沾着雪白的霜和冰。

“金！”英二震惊地看向那张脸，不禁大声喊道。

这不是霍贾·金吗？！他怎么会出现在这个地方……

“本田主任，”有人晃了晃英二的肩膀，“起来了。再过20分钟，JADE就要和母船实施分离了。”

英二猛地惊醒过来，发现伯纳德博士正站在床边看着他。

英二歪了歪嘴，皱着眉头，很不情愿地从床上爬了起来。他原本只打算小睡一个小时，但往返于地球和月球期间积攒的疲劳，似乎在安眠药的作用下被充分释放了出来。

英二从枕边的药盒里胡乱摸索了一番，找出抗疲劳药塞进嘴里。这种药有提神醒脑的作用，应该可以帮助他尽快恢复精神。

“你是不是做梦了？”伯纳德博士站在房间的门口，回头向英二问道。

“是的……”英二揉着太阳穴，点头道。

“我好像听见你在喊霍贾·金上尉的名字……他早就在密涅瓦基地乘坐‘太空之箭号’离开了。”

走廊里似乎有什么动静，紧接着传来几声脚步声，下一刻米莉·威廉的脸出现在了门口。

“‘太空之箭号’怎么了？”她紧张地问道。

“不，没什么。”伯纳德博士摇摇头，苦笑着说道。

“是我做了个梦，在梦中喊出了一个朋友的名字，他恰好在那艘飞船上。”英二站起身，一边套外套一边说道。

“那艘探测船上的朋友……莫非是井上博士？”

“不……他的名字叫霍贾·金，是宇宙空军的一名资深飞行员。”

“你说的那个……井上博士……是你的朋友吗？”伯纳德博士问道。

“嗯，算是吧……”米莉的脸颊泛起一抹绯红，眼睛也很不自然地瞅向地面，“‘太空之箭号’的旅程应该比较漫长吧？虽然如此，但我没能和那个人道个别……所以心里总觉得有些过意不去……”

“他们这趟旅程的目的是去调查彗星源异常的原因，往返估计需要两年的时间……甚至更久……”英二正说着，走廊的扬声器中突然响起了辛的大嗓门。

“磨蹭什么呢？只剩15分钟了！如果他还没醒，就把马桶里的水泼到他头上！”

在MUSE12的驾驶舱内，辛正忙得满头大汗，他的目光一刻也不敢离开正面的显示屏。屏幕上显示的是木星大气的运动模式，以及不断浮现的各种数字，辛忙着将控制值分别输入母船和探测艇的电脑。

“‘老爹’的心情看起来好像不大好。”辛瞅了一眼进来的三个人，大声地说道，“‘红色巨眼’周围估计只有两个点适合我们下潜。第一次适合下潜的机会是43分钟后。第二次下潜机会则在2小时6分钟之后。如果想要下潜得更深，最好是从第一个‘洞’下去。虽然多少有点危险，但应该能在7.43N附近搭上下降气流。不过另一个‘洞’更大，安全性也更高……你们准备怎么办？”

“就选第一个吧。”英二从控制台后面摇摇欲坠的储物柜里拿出两套特制的抗重力宇航服，将其中一套扔向伯纳德博士，说道，“米莉……你帮伯纳德博士穿一下。辛，如果从第一个‘洞’下潜的话，母船还剩几分钟和JADE分离？”

“13分钟多一点。”辛指着显示屏右上角的红色数字时钟说道，“分离随时都可以，但考虑到最后的检查，估计你们没时间去上厕所了。”

“那我就先走一步了，博士……你知道去JADE-Ⅲ的路怎么走吧。米莉……等博士穿好衣服，你检查一下支援控制台。”

“嘿！都怪你睡过了头，否则哪会像现在这样手忙脚乱，真是活该！”辛摆摆手吐槽道。

在MUSE12内部，他们感受到了微弱的盘旋加速度。占据显示器左侧位置的三维坐标亦开始慢慢旋转。

“目前的高度是多少？”米莉抬头看了看显示云层、气压配置和风向的显示屏，问道。

“相对高度大约是4000千米，要看一下影像吗？”辛把手伸向控制台。

显示屏立刻亮了，木星上那呈红、白、蓝三色的旋涡被投射在了屏幕上。辛对摄像机进行一番操作后，旋涡开始向下拉平，木星那被厚厚云层覆盖的轮廓也慢慢变为一条直线。如果仔细观察，还可以看到木星略呈弧形的天空，它的上部呈苍白色，一部分被涂抹上了粉红色。

眼底的云团有着清晰的分层。由氨凝结而成的冰晶颗粒所形成的白色薄云，在云团的顶部形成了一层扩散开来的薄薄的膜，在阳光下熠熠生辉。在氨冰云层下方很远处，则是不断翻滚上涌、呈红褐色的厚厚的硫化氢铵云层。红褐色云层到处都是裂缝，从裂缝中可以清晰地看到极深处的那抹蓝色，以及一种不时闪耀着白光、类似冰云的东西。在整个云层的最深处，裹挟着蓝色、灰色和青铜色层云的巨大积雨云正在向上翻滚。上层云和中层云以近乎完全相反的方向飞快流动着，如果一直盯着它们看，估计很快就会感到头晕目眩。拖着一道道阴影的红褐色积雨云，不时冲破白色氨云形成的薄膜，成为一座座高耸的云峰，云峰周围盘绕着数不清的紫色电光。

“他们……真的要下潜到那里去吗？”米莉目不转睛地盯着屏幕，用略微嘶哑的声音问道。她不自觉地舔了舔干涸的嘴唇，然后吞咽了一下。

“英二可是个老手，你放心好了。”辛说着，将身体凑向米莉，“先不说这个，你还是赶紧去看看支援控制台吧。”

辛伸出的手中拿着一罐淡啤酒。米莉犹豫了一下，但还是接过啤酒，用拇指拉开拉环，轻轻抿了一口，然后绕过主控制台左侧，在专门用于联络JADE-Ⅲ和进行后备支援的小巧控制台前坐了下来。

英二貌似已经进入JADE-Ⅲ的驾驶舱，综合显示屏上闪烁着请求通信的指示灯。于是米莉赶紧戴上耳机，打开了主开关和通话开关。

“我是米莉……我已经准备就绪。”米莉说道，“你那边感觉如何？”

“说不上好也说不上坏……伯纳德博士呢？”耳机中传来英二的声音，“啊……他下来了。博士……快点坐到你的座位上去。”

“只剩不到7分钟了！”辛咆哮道，“怎么办？英二……要现在就开始检查吗？”

“我会尽量加快速度，但如果时间不够，就按你说的做。全部过程也就需要10分钟左右吧。”英二的声音从扬声器中传了出来，“好了，米莉……开始吧。”

米莉启动了最后的检查程序。它一共包括12个阶段，平均每个阶段会自动检查2000个步骤。

显示屏上开始闪烁令人目眩的光点，等所有的光点都变为一条光带，旋即又全部变为绿色时，米莉便会按下一个按钮。JADE-Ⅲ的电脑容量非常大，但在大红斑上空，当使用多频雷达监测气象整体情况的母船MUSE12与JADE-Ⅲ之间的通信莫名中断时——这在木星大气层的巨大电磁环境中并不罕见——JADE-Ⅲ便会对MUSE12之前发送过来的动态气象模式进行主动解析、做出精准预测并协助船员渡过难关。而要做到这一点，它必须具备相当程度的余力才行。

第四阶段……第五阶段……自动检查程序稳步地向前推进。虽然光点偶尔会卡住，导致红色警示灯亮起，随即屏幕上会出现一系列令人眼花缭乱的数字和文字，但在大多数情况下，支援计算机都会自行处理，无须米莉干预。

不过，在米莉对程序进行检查的过程中，MUSE12遭受了一次来自外部的强烈冲击，船体大幅晃动，主控制台前的所有显示灯瞬间熄灭，一个红色长条出现在屏幕最右边，并急促地闪烁起来。“该死的！刚刚飞船被超强的磁暴击中了。”辛大声嚷嚷道。

“辛，问题大吗？”米莉摘下耳机，回头问道。

“船体分离的时间要推迟了。调整航线估计需要2分钟……听得到吗？JADE-Ⅲ……”

“我们这边没问题……不过好像用来标示电场的一个EL屏幕坏了。”英二的声音从扬声器中传来。

“检查进行得非常顺利。你准备好了就马上给我发信号。”

“该死的！气死我了！还不快点恢复！”辛咆哮着，用拳击手套般大小的拳头狠狠敲着控制台，“英二，我会把屏障的强度调低一些。传感器好像被震坏了，现在听起来就像鸟叫一样。”

“距离分离还剩1分钟……”英二用手按住耳机，回头朝一旁的伯纳德博士说道，“感觉怎么样？”

“好极了……”博士深深地坐入抗重力座椅里，朝英二竖起右手的大拇指，“我虽然很想这么说……但其实感觉非常微妙，不知道该如何形容才好。”

“我一开始也有这种感觉……”英二摩挲着自动驾驶装置的开关，嘀咕道，“不过说真的，好像晃动得挺厉害的。”

“第十阶段……检查完毕。”伴随着一阵刺耳的滋啦滋啦声，米莉的声音在逼仄的驾驶舱内响起，“还剩两个阶段。”

“分离时间到。”英二说道，“别管我们，请继续，米莉……缆线还要再过3分多钟才会被切断。”

伯纳德博士反射性地抬头看了看驾驶舱盖上的联络舱口。虽然明明知道它已经完全封闭，但伯纳德博士还是感到十分紧张。

除了通信联络仍与母船MUSE12保持畅通，JADE-Ⅲ的动力系统和生命支持系统均已和母船成功分离。接下来，只要等MUSE12腹部回收装置的机械臂伸出，卸下支撑用的夹板和磁力锚，这艘小而结实、类似于潜艇的探测艇便将和母船完全分离。在MUSE12舰桥里的显示屏上能看到一个橙色的长条，它正在飞快地缩短，再过几秒钟，长条就将消失。

“那就……实施分离吧。”辛的声音从扬声器中传来，“我会继续拖着你们向前飞行4.5分钟左右。你们一定要多加小心。你们中有上了年纪的老人，所以千万不要逞强。”

这时，JADE-Ⅲ内的英二和伯纳德博士感受到了一阵轻微的晃动，这是因为夹着探测艇的回收用机械臂正在伸出。

2秒钟后，在全长120米的母船MUSE12下方，JADE-Ⅲ除位于前端的一根电缆外，其余部分均与母船完成了分离。在JADE-Ⅲ的四周，笼罩着略呈红色的木星大气层的散射光，它的下面则是木星那一望无际的广阔云海。在这片云海中，白色和红褐色的云朵不停地翻滚着、喷涌着。

MUSE12早已完成头尾的对调，船尾朝前，并不断喷出气体进行制动。因此，JADE-Ⅲ在和母船分离后，将从母船的船尾离开，内置于通信线路的拖航绳索被猛然绷直。

结束最后一个阶段的程序检查后，英二转头问伯纳德博士：“您要不要看看外面的景色？”

见伯纳德博士点了点头，英二打开了驾驶舱内显示屏的全屏图像。

逼仄的驾驶舱瞬间变得亮堂起来。显示屏上方，一条长长的拖航绳索伸向前方，绳索的另一头则是MUSE12那异常丑陋的黑灰色船腹。而在三面显示屏的整个下半部分，一团团白色、红色、蓝色的云朵正在不断扭曲和翻滚着，或是形成一个个旋涡，一直延伸到视野的尽头，仿佛一位疯狂的超现实主义画家创作的一幅描绘红色风暴的巨画。

8. 进入大气层

在被拖航4分30秒后，JADE-Ⅲ收到了一条来自母船的冷冰冰的信息，称即将切断两者之间的拖航绳索。辛似乎打算在接近危险速度的高速状态下实施强行制动，所以在刚切断拖航绳索后就来了个180度转弯，并立马加速。

JADE-Ⅲ的驾驶舱内，加速度瞬间降为0。与此同时，正面显示屏上的拖航绳索如一条扭曲的长蛇般飞快地向远方蜿蜒而去。

“这个疯子……”看着这一幕，英二忍不住苦笑，“米莉会不会感到头晕呢……”

MUSE12的飞行方向一改变，就以近乎倒飞的姿态猛然加速，如离弦之箭般朝JADE-Ⅲ的后方急驰而去。

“呼叫测试……JADE-Ⅲ，可以听到吗？”扬声器里传来辛得意的笑声。

“这里是JADE-Ⅲ……听得非常清楚。”英二回答道，“你这波表演可真够可以的。威廉女士还好吗？”

“还不是为了能尽量拖你们多走一会儿，我才不得不接近临界点时再减速。”辛说道，“不过也没什么大不了的，瞬间加速度只有6G左右……”

“这还叫没什么大不了？！你这个骗子！你要翻筋斗为什么不提前告诉我一声！”扬声器中传来了米莉·威廉的尖叫声，听起来她好像还没恢复到正常状态，“你看看！我的后脑勺都被撞出这么大的一个包！”

“好了，好了，千万不要这么兴奋，大小姐。”辛有些慌张地哄着米莉。

“大小姐！？你是在讽刺我吗？我告诉你，老娘不仅结过婚，而且还离过婚！”

“你们也都听到了，她现在充满了活力。”辛说道，“那么，就祝你们一路顺风……对了，雷达监测的情况如何？清不清楚？”

“目前非常清楚。”英二回答道，将MUSE12的多元雷达从上方拍摄到的木星云层，以及显示JADE-Ⅲ位置的影像都投射到右侧的显示屏上。

“不过已经开始有点模糊了……按照以往的经验，进入云层后，也就没法再指望你发送影像过来了。”

“到时候，我会直接用语音告诉你们，你可以先对电脑掌握的气象模式进行修改后再使用……听见了吗？”

“明白，辛……我已经是第三次来这里了！”

“依照惯例……”辛说到此处，不知为何打了一个响亮的喷嚏，“依照惯例，我会把紧急线路上的所有频道全部打开……你那边也全部打开吧……再见……”

“稍等一下……”这时，米莉的声音突然插了进来，“我这边怎么办？支援线路都没问题吧？”

“目前都是绿色。米莉……”这次回答的是伯纳德博士，他的声音听起来就像在梦游一样，“接下来就拜托你了……”

英二手握操纵杆，前后左右轻轻推动了一番，确认无误后，便用拇指解锁，将操纵杆推向右侧。

JADE-Ⅲ向右大幅倾斜，三面显示屏上的影像也随之倾斜了过来。在探测艇的表面检测到轻微的气体分子的反作用力，以数字的形式显示在了屏幕的右下方。但目前流体舵还没有起作用，仍然需要通过操纵杆来操纵方向控制火箭，进而让探测艇实现左右或上下移动。

英二手握操纵杆，在脑海里一遍遍地检查着："燃料……当然加满了。用于紧急逃生的储备物品也都装上了船。但这次旅程估计会相对漫长，所以最好还是节约点……"

左下方有一条长长的、犹如波浪般剧烈翻滚着的白色涡流。在涡流的前端，一个横跨数千千米的巨大白斑翻滚着升起。要是被那玩意儿吸进去，那可就麻烦了。白斑对面横亘着一个黑灰两色的巨大阴影。阴影背后，一个黑红色的东西在蠢蠢欲动。大红斑就位于这巨人般的灰色阴影的另一侧。

英二将母船发送过来的雷达影像投射在了左边的显示屏上。此时的影像看起来仍然非常清晰，英二借此再度确认了他们所处的位置。

"我们需要稍微调整一下航线，辛，"英二朝MUSE12喊话道，"这样可以节省燃料。我等下会从7.43N下降，然后在467SW附近进入8号气流。"

"随你的便，"辛的声音中带着几许疲倦，"我这会儿正在睡觉。"

"8号气流现在的流速是多少？"

"刚才说的那个点的水平分速，换算成时速是400千米左右，"米莉的声音传来，"情况看上去不错。这个'洞'的宽度达到了200千米，存在着很强的下降气流。"

"谢谢你，米莉。"英二说道，同时用操纵杆对航线进行微调，"那我们下潜吧。"

英二指向显示屏的左上角，向伯纳德博士示意。这个位置出现了一个由同心圆和十字架组合而成的三维加速度图形。但伯纳德博士只是呆呆地盯着三面屏幕上那无比壮观的木星云海，似乎压根没有注意到英二的手势。英二也没有介意，而是将新的航线图投射在了正面的显示屏上，然后轻轻推拉操纵杆，将光点对准中心圆，接着将操纵杆猛地用力向前推去。

位于木星南赤道地带的大红斑，其东西跨度约为4万千米，南北跨度约为2万千米，呈扁平的椭圆形，以每小时约300至360千米的速度逆时针高速旋转着。这种巨大的台风会从木星平均云层表面上方几十千米，甚至

100多千米处喷出含磷酸、硫化氢铵和甲烷等成分的云团。这个台风与地球上的台风不同，它非常稳定。从人们使用太空望远镜发现大红斑到现在，已经历经好几个世纪。大红斑虽然有一定程度的扩大或收缩，却始终牢牢地盘踞在木星南纬20度附近。

在大红斑附近，还有一股从东向西运动的、极为强劲的喷射气流，其时速达到了180千米左右。在这股喷射气流的推动下，这个巨大的台风正以11千米的时速缓慢向东移动。

大红斑的北侧是赤道上升风带，它自西向东运动，正好与大红斑的行进方向相反，速度达到了每小时500千米。当赤道上升风带与围绕大红斑以每小时超过300千米的高速旋转的气流在大红斑北部相撞后，大红斑便会吞噬向南流动的上升气流，形成一条向西延伸6万至7万千米的极为恐怖的卡门涡街旋涡。不过，就在大红斑的正西南方向，来自南热带地区的偏西风又与大红斑旋涡的旋转方向重叠，进而形成一个时速达350至400千米，却很少存在乱流的强大下降气流。

JADE-Ⅲ现在就顺着这股下降气流，准备下潜到大红斑的底部。

位于赤道上空的JADE-Ⅲ，在木星2.8倍于地球的重力作用下开启了加速度，直奔被选定为下降点的“洞”而去。因为还处于气体粒子稀薄的热层，所以探测艇的外壳和大气摩擦所产生的升温几乎可以忽略不计。但随着探测艇在下降过程中不断加速，驾驶舱内屏幕上显示的每秒气体分子的碰撞数量和能量值都在往上蹿。当发着绿光的新数字出现在那两排电子编号旁边时，英二不由得感到有些紧张。

这些数字代表了电离气体中的电子密度，而传感器被设计成每立方厘米103个以上才显示数值。也就是说，这些数字一旦出现，就代表探测艇已经进入木星大气电离层的最上层。

“吉姆，”英二第一次呼叫JADE-Ⅲ的内置智能电脑，“这一带的电离层一共有多少层？”

“根据4小时前观测飞行体的报告……”虽然在语音应答装置启动后，吉姆出现了一小会儿卡顿，但随后他很快就给出了答案，“从L1到L8共有8层。目前探测艇正在通过L1层，各层的高度为……”

“不用告诉我高度。标记点在哪儿？”

“L5。距离中间层的相对高度约为700千米……电子密度为每立方厘米

2.1×106个……正在不断增强。接下来是L3……相对高度是820千米……L8则位于中间层顶……”

“通过L3和L4时我们先做一次电磁绝缘测试。”英二说道，“虽然我估计问题不大，但毕竟电磁绝缘功能已经好久没有开启过了。”

“明白。”吉姆用低沉的声音回答道，“暂定在L3进行测试……”

在木星每秒约27米的重力加速度的吸引下，JADE-Ⅲ开始沿着近乎垂直的航线下潜。

下降的速度仍在不断加快，撞上探测艇外壳的气体分子和等离子体的数量和能量也在不断增加，这导致探测艇外壳的温度开始略微上升。

木星大气层和地球一样，是由一系列性质和密度各异的气流层组成的，从最下层往上，依次为对流层、平流层、中间层和热层。JADE-Ⅲ现在正从厚约4000至5000千米、包含若干个电离层的热层穿过，向下方的中间层下潜。

在相对于中间层顶约1000千米的高度，JADE-Ⅲ通过了被称为L3的强电离层，然后又在相对高度约700千米处通过了电子密度更大的L5。

“电磁绝缘系统运行正常……”吉姆说道，“自动应答装置设置完毕……第二次调整后的轨道已经锁定。”

“博士，抗重力座椅没问题吧？”英二松开已切换到自动模式的操纵杆，向后仰靠在座位上，说道，“这是我们遇到的第一个难关。因为航线缩短了，所以多少会有点难受。”

伯纳德博士没有说话，只是举起右手，做了一个“OK”的手势。

JADE-Ⅲ犹如一颗下坠的小石子，朝数千千米之下辽阔无比的木星云层顶部快速下潜。当与中间层的相对高度不到500千米时，主引擎启动，JADE-Ⅲ则开始慢慢侧滑，转而沿着中间层顶的切线方向行进。JADE-Ⅲ的机头向上抬起，覆盖着耐热陶瓷的船体底部因为热量的急剧升高而泛起暗红色的光芒。

JADE-Ⅲ采用的是老式冷却系统，依托的原理是耐热陶瓷的熔解损耗。但主要的防热方式是电磁隔热系统，即利用大量液氦在探测艇外壳传导超导电流。当探测艇高速进入木星大气层时，探测艇外壳和木星大气层之间的摩擦会在瞬间产生高达2000至3000摄氏度的热量，从而使气体电离并成为等离子体。等离子体因其强大的电磁场而与探测艇始终保持一定的距离，从而可以有效防止热量传导至船体上。

JADE-Ⅲ从中间层向平流层下降时，船体先是发出红光，接着转为橙光，很快又被一片刺眼的白光彻底包裹。船体底部的耐热陶瓷最初还只是发红发热，慢慢熔化，一段时间之后突然失去光芒，在距离船体表面不远处出现一层白色的发热气体，彻底包裹住了探测艇的整个表面。从远处看去，探测艇好似一颗熊熊燃烧、散发着蓝白色火光的流星，拖着由光和烟雾组成的长长的尾巴，朝着木星表面不断翻滚的红色云层顶部，一头扎了下去……

"JADE-Ⅲ……"在一片滋啦滋啦的杂音中，隐隐约约地传来了辛的声音，"能听到吗？JADE-Ⅲ……"

英二从抗重力座椅上强行坐直，将手伸向通信器的调谐控制器。伴随着一阵轻微的噼啪声，英二的指尖处有微弱的蓝色火花溅射出来，看来是电路某处的电容器或其他什么东西漏电了。不过随后辛的声音突然变得清晰了。

"可以听见……"英二大口喘息着回答道，"我们已从'洞'口顺利通过……第一次减速完成……目前通信已恢复……接收状态良好。"

"我这边也听得非常清楚……"米莉的声音从扬声器内传来，"数据通信恢复正常……摄像机也在持续追踪中。"

"你可真够猛的。"辛笑着说道，"老头子没事吧？"

"看起来没事。"英二向旁边的座位瞅了瞅，然后回答道，"刚才是有点凶险……毕竟，8.5G的加速度持续了足足50秒。"

"我没事。"邻座的伯纳德博士用略显嘶哑的声音说道，"不过，如果再持续10秒钟左右，那我估计就要从座位上掉下去了。"

"这才刚刚开始。"英二一边确认航线，一边说道，"等一会儿到云层中间后，我们遇到的冲击力会更大，所以最好再检查一下抗重力宇航服和座椅。"

右侧屏幕显示，随着探测艇下潜速度的大幅放缓，标示水平分速度的图像变大，船体开始产生向上的浮力。如果再动一下操纵杆，就能感觉到流体舵的存在。

英二将操纵杆向左右推动，确认探测艇并无大碍后，朝伯纳德博士竖起大拇指示意，然后看着显示屏上的三维速度显示图，用力将操纵杆向前推去。与此同时，船体被等离子体包围时变为黑屏的三面显示屏上再度投射出艇外的景象。

“啊！”坐在英二旁边的伯纳德博士不由得发出了一声惊叹。

只见JADE-Ⅲ前方出现了由红褐色云团形成的一片巨型“大陆”。在一片白色、灰色和橙色混杂的云海中，这片“大陆”的地势较周围略高，像极了从翻滚着泡沫的海浪中探出的一只巨大的红色海龟或某种怪物的背部。

随着JADE-Ⅲ的进一步倾斜，可以清楚地看到，一串扭曲的卡门涡街旋涡正从这片隆起的巨大红褐色云层中绵延至飞船的正下方。在犹如串珠般的卡门涡街的最前端，是一片泛着白光的椭圆形云团，看上去好像正在云海上方一点一点地升起。每个卡门涡街的半径都超过了100千米。在黑暗的阴影之间，可以清楚地看到深灰色、灰蓝色或是呈鲜艳的蓝绿色的云团和大气，里面肯定有不少肆虐翻滚着的湍流，而湍流中也肯定在一刻不停地发生着剧烈的化学反应。

“现在……我……”伯纳德博士小声嘀咕着，声音好像卡在了嗓子眼儿里，“居然在如此近的地方……看到了木星云层里的旋涡……”

“是啊……”英二盯着航线图点头道，“到现在为止……一共有多少人真正到过木星的云层中间呢？”

“你是问人数吗？这个我不是很清楚。或许有40人左右吧？……不过你肯定在前一百之列。”

此时大气压超过了10毫巴，大气温度从150开尔文，即零下120摄氏度迅速下降。大气成分中除了氢分子，氦的密度也开始增加。JADE-Ⅲ在木星的平流层中抵挡着不时从侧面袭来的风，继续往下潜。在木星平流层和对流层的交界处，大气温度降到了零下170摄氏度左右。探测艇的下方，木星云层顶部形成了一个向下方延伸的无边无际的“表面”……

通过JADE-Ⅲ内的三面显示屏可以清楚地看到，如沸水般咕嘟咕嘟往上冒的红、白、灰三色云团，以及在云团上方缓缓流淌着的犹如一层白纱般的高层云正在向飞船逼近，好像下一刻就能触手可及。

9.“幽灵”的影子

突然，探测艇内感受到了一股强大的冲击力——这表明探测艇已进入木星的对流层。

大气压力此刻已突破100毫巴，温度也从零下170摄氏度左右逐渐回升。这里的大气成分主要是氢和氦，当然也混有少量的甲烷、乙炔和氨，此外还检测到了部分游离态的氮。

“接下来飞船可能会有一些颠簸……”英二回头对伯纳德博士说道，“我会尽可能地避开湍流……右边的屏幕上会显示超级望远镜、红外和雷达的图像，您能帮我检查一下吗？”

“没问题……”伯纳德博士在抗重力座椅上调整坐姿，说道，“记录仪的开关在哪儿？”

“亮灯的那个地方。飞行记录仪会保持运转，如果遇到异常情况，请务必精确记录下来……”

这时，驾驶舱正面的屏幕上出现了一个恐怖的云雾峡谷。峡谷左侧是呈红黑色的绝壁，到处闪耀着刺眼的朱红色，白色和灰色的云朵不时从绝壁上飞速卷过，仿佛一团团被撕碎了的棉絮。峡谷右侧则是一座蜿蜒曲折的云雾长城，比左侧的绝壁更高一些，云雾长城整体呈白色和红褐色，气势恢宏，一直延伸到遥远的地平线上。在云雾长城的顶部还覆盖着一层薄薄的白云，紧贴着白色云层的下方是无数暗淡的、蜿蜒起伏的红褐色云壁，云壁上面还有很多斜条纹。在两面云雾峭壁之间的峡谷底部则可以看到一片掺杂有混浊的红褐色和蓝色的薄雾，薄雾中不时有电光迸射而出……

在薄雾上方，此刻正有一层犹如面纱般的白色薄云在掠过，薄云将下方近乎一半的景色都遮掩了起来。云雾峡谷上方是一片浅蓝色的天空，其中不少地方还隐隐泛着粉红，而更高处则是黑漆漆的宇宙空间，不过偶尔也能看到几颗闪烁着光芒的星星和呈月牙形的卫星。

从这个位置望过去，木星环已经变成了一条模糊的灰色云线。

云雾峡谷的峭壁略微起伏，在前方极远处向下蜿蜒。眼前的这一幕不禁让人眩晕。当来到看似有几百千米宽的云雾峡谷中心时，大气温度骤降，数据显示，此时温度跌至100多开尔文……即零下160摄氏度左右。此外，右侧屏幕上的气象雷达图像显示，此处存在着数股极为强劲的下降气流。

“MUSE12……这里是JADE-Ⅲ……辛，可以听到吗？”英二呼叫辛。

“可以听到……”扬声器中传来辛那破锣般的嗓音，“还没下潜就开始害怕了？如果想打退堂鼓，我可以为你准备好婴儿床和热牛奶。”

“别废话了……”英二苦笑着回答道，“我把气象雷达图发给你。这里有4股下降气流，你用红外测定哪股气流最强，看看前方什么情况。”

“明白，稍等一分钟……”辛说道，“对了，这位小姐有话要对你说。”

“博士……您还好吗？”米莉的声音响起。

“说不上好还是不好。”伯纳德博士微笑着答道，不过神思有些恍惚，“我正在欣赏极其美妙的风景。米莉，人的一生中，可没有几次机会能够看到这样的风景。”

“在前方五六百千米处，气流A和D都被卷入左右两侧云层的上升气流。气流B……也在前方大约1000千米处，刚刚和3个大型湍流擦身而过。我们还没有下到第二层云层。气流C……这家伙的长度有差不多2000千米。它在前方700千米处急剧下降。下降点与K400的相对高度约为130千米……它的前端也向下潜入得非常深。”

“明白……那我们就搭乘气流C下去吧。”英二说着，将操纵杆向前一推，“请继续观测相关情况。”

“小心一点……气流C上方的中心流速达到了每秒160米，所以宽度相当有限……还有……因为前面视野模糊，我也不太确定，从下降点往下究竟有多深。”

“明白……MUSE12。”

JADE-Ⅲ的智能电脑吉姆仿佛听到了辛和英二之间的对话，在正面屏幕的右上角显示出飞船和左起第二个下降气流之间的相对距离和位置关系。英二盯着屏幕，启动了加速功能，同时让JADE-Ⅲ的头部朝下，向左大幅滑行。

“吉姆……开始导航。”英二对电脑呼叫道，“我需要进入气流C的中心。请马上提供航线和距离。”

“明白……我们距离中心气流末端还有200千米……”吉姆用平静的声音说道，“左转1.8个点……将船头压低一点。船头还需要再压低一点。现在的进入角度刚刚好。继续加速3个点……保持每秒6.3千米的速度，40秒后将抵达目标地点。中途需要越过一股较小的气流……水平速度为每秒

200米，与船体前进方向的夹角为20度……垂直分速度为每秒负2米……请小心不要被气流冲走……即将抵达……”

一阵冲击感过后，JADE-Ⅲ的船头被向上冲起，随即向右剧烈摆动。

“请保持航线不变……向左偏0.2个点……船头再下降3个点……另外，舷角保持负2度不变……进入角度就绪。22秒后到达目标地点……在目标地点将进入角度提高1度，速度减3个点，舷角回调5个点……还有18秒……”

JADE-Ⅲ斜着从肉眼不可见的细长喷射气流中穿过，船头左右剧烈摇晃着，仿佛在努力通过一段凹凸不平的道路。英二不断对操纵杆进行微调，尽力避开其他气流的冲击，按既定航线向前飞去。

正面显示屏的外部投影图像也在上下左右地不停晃动，不过很快前方就出现了一股淡淡的蓝白色气流。气流正从探测艇的右上方向左下方流去，随即又朝着红黑色的云雾峡谷奔涌。

“还有5秒……开始减速……进入气流……航线向右偏6度……船头抬得太高了……继续减速……航线再往左回调6个点……现在可以了……”

突然，加速度感消失了。云雾峡谷那深不见底而又巨大无比的裂口开始向左缓缓弯曲。远远望去，可以看到裂口深处蓝绿色和白色的雾霭卷起的一个个旋涡。

“我们会继续向前飞行一段时间。”英二扭头对伯纳德博士说道，“要不要听听木星大气的声音？”

“声音？”伯纳德博士惊讶地问道，“木星大气还会发出声音？”

“是的。”英二点头道，伸手按下了一个开关，“目前的大气压力为200毫巴……相当于距离地球地表约1万米的高空处、对流层和平流层交界的气压，所以自然是有声音的。”

驾驶舱舱顶的扬声器里突然传出一阵嗡嗡的噪声。对倾斜度进行调整后，噪声又被风的呼啸声取代。这声音来自船体周围氢和氦元素形成的风，相对流动速度约为每秒3千米。

“这是什么声音？”博士仔细聆听着扬声器里的声音，“听起来很像某种……爆炸的声音。”

“是雷鸣声。”英二抬头看着扬声器说道，“这是雷鸣声在撞上云墙后产生的回声。这附近的声音还比较温和，如果我们继续下潜的话，你最好不要再听，否则很容易疯掉。”

接着又传来一阵类似铁皮车被拖动的轰鸣声。这声音似乎是从云层底部涌上来的，层层叠叠地回荡着。其中不时还掺杂着物体被撕裂，抑或巨石从悬崖上滚落的声响。

此外，还隐隐传来一阵仿佛瀑布隆隆而下的声音。这或许是大气层底部风暴呼啸的声音，也可能是由剧烈的上升气流和横风相互碰撞后引起的一种化学爆炸的声音。

不管怎么说，与由氮、氧和水蒸气组成的地球大气层不同，木星的大气层主要由氢和氦组成，此外还混合着甲烷、氨气、氰酸和一氧化碳等。所以它产生的声响也自然与地球上的声响不同，听起来有些诡异，令人胆战心惊，这声响就像是对来自这颗巨大行星外的入侵者发出的无言的愤怒和警告。

“大气压力为500毫巴……很快就会抵达氨冰晶云的上层……”吉姆说道，“距离气流C的下降点还有300千米……前方约40千米处气流扭曲得很厉害，请务必保持航线。”

“下降点的情况可以看清楚了吗？”英二推动操纵杆说道，“我们的下降角度是多少？”

“极其陡峭。俯角超过45度……和乘电梯直线下降差不多。所以前方更远处的情况根本看不清楚。MUSE12发来了报告，说可以一直追踪气流C到前方1000多千米处……”

突然，正前方的显示屏上出现了一个白色的扁平状物体。JADE-Ⅲ很快就冲入了这个物体中，随即显示屏彻底变为一片灰白色，扬声器里传出的噪声也变得与先前迥然不同。

“我们已进入氨云中。”吉姆汇报道，他的声音依然沉稳无比，和之前相比并无二致，“七八秒后就能出来。”

“注意防雷，”英二说道，“我们的电磁屏障没有问题吧？”

“或许我们应该将空速略微调低一点……”吉姆说道，“目前船体表面的温度已经达到了220摄氏度……”

“不管它，继续前进……”英二看了下右边屏幕上的多方组合参数后说道，“启动液氦预冷装置……”

JADE-Ⅲ的空速一直维持在每秒3千米左右。相对于由氢和氦组成的大气来说，这个速度相当于3马赫。穿过一团由冰氨颗粒形成的白色云雾后，周围突然变得一片昏暗。两侧是巍峨耸立的云雾大峡谷的绝壁，山腰上不时闪现着紫色、蓝色或是绿色的电光。

“距离下降点还有150千米……”吉姆报告道。

在大红斑西南角上方4000千米处的高空，因为受到强气流的影响，MUSE12只能上下颠簸着采取蛇形路线前进。同时为了尽量给返程节省能量，MUSE12将燃料消耗水准设在了最低点。MUSE12的雷达显示器上，JADE-Ⅲ已经变成了一个只能发射厘米波信号的小小黑点。

“马上就要开始坐滑梯了。”辛看着JADE-Ⅲ的三维航线图，喃喃自语道。

“好像没有那么简单。”米莉看着显示屏小声嘀咕道，“更像是过山车或瀑布。”

“等他们滑下来之后，要不要问问他们的感觉如何？”

“不用了……等他们主动汇报吧。”

米莉将双手的手肘搁在控制台上，然后用手指按压眉间。随后她将双手在下巴处交叉，摆出祈祷的姿势。

仿佛走路时突然间踏空，JADE-Ⅲ猛地向下坠去。接着又开始一会儿左一会儿右地剧烈晃动起来。

右边的显示屏上，温度、压力、相对于第二层云的高度、船体表面温度等的数值令人眼花缭乱地变幻起来。正面屏幕上显示的外部影像肉眼可见地暗了下去，掺杂着红雾的蓝黑色云团开始翻滚上涌。

“下降速度正在加快……”吉姆机械地汇报着，“前进速度为每秒3.5千米……下降速度为每秒320米……每秒350米……”

突然，正前方的显示屏上闪过一道炫目的光芒。紧接着，从一直处于开启状态的舱顶扬声器内传出一阵恐怖异常的呼啸声，不过很快断路器就自动跳闸，扬声器也随即沉默下来。英二赶紧关掉了舱顶扬声器的主开关。JADE-Ⅲ刚才受到的冲击不太像是来自大气湍流，因为那种冲击和震动就像是一个巨大的玻璃吊灯从侧面被撞得粉碎。尽管舱顶扬声器已关闭，但驾驶舱内还是回响着一种奇异的声响，仿佛船体正在产生很多细小的裂纹。这时，探测艇驾驶舱内的灯光闪烁了几下，正前方显示屏上的影像随即消失，转而又出现了一连串乱七八糟的数字。伴随着“哧、哧哧……”的声响，舱顶每一个凸起的地方都迸出了很小的电火花。显示屏边框右上角的“重启”按钮飞快地闪烁着，刚开始是红光，不过很快就变为了绿光。随后，正前方显示屏上的影像和左右两面显示屏上的影像也都恢复了正常。不过在正前方屏幕上不知怎的，留下了一条电击后的痕迹，歪歪扭扭的，犹如蚯蚓爬过一般。但当把垂直同步（VSYNC）移开并认真擦拭后，痕迹又消失不见了。

“这是‘老爹’给我们的第一个问候……”英二松了一口气，喃喃地说道，“不过今天这个问候好像来得有点早……”

“其实并不早……”吉姆说道，“刚刚，我们一口气下降了足足有25千米。很快就要抵达第二层云的表面了……”

JADE-Ⅲ的水平分速度为每秒2.2千米，下降速度为每秒25米。大气压力已在不知不觉间增加到了1500毫巴——相当于地球海面上方压力的1.5倍左右。除了甲烷和氨，大气中乙烷和硫化氢的密度也有所增加。气温大幅上升，达到了零下120摄氏度。

“我们与第二层云的相对高度是多少？”

“我们距离第二层云表面还有10千米左右……气流C在水平方向300千米处突然变弱，下降分流也趋于消散……前方150千米处，存在第二层云的积雨云……同时还有氰化铵的上升气流……”

JADE-Ⅲ又是猛地一沉，随后从舱底传来一阵“砰砰砰”的撞击声。寒冷的下降气流C开始升温，下降速度变小，甚至变为一股潺潺细流，慢慢汇入周围的浓密大气中，形成一股股湍流和旋涡，轻轻地荡漾和起伏着。

“如果我们下降速度再加快，然后直接穿过第二层云，你觉得会如何？吉姆……云层的厚度是多少？”

“肯定点数为8……下方的第二层云的厚度约为7千米，里面存在着上升气流和朝左40度方向的强劲气流，目前航向偏右2度、前方100千米处，在云雾之间有一处裂缝，如果从那里下潜的话……”

“英二……”伯纳德博士突然压低声音说道，“你觉得这个东西像什么？超远程雷达刚刚捕捉到了它的影像。”

“什么？”英二也回头问博士，也看向左边的显示屏，“会不会是电离氢云团？不过……高度还……”

“你先看看这个……”伯纳德博士把手伸向控制台，检查了各类参数，

“偏左32度……距离我们不到1000千米……与我们的高度差为……负300千米……对方大小……长度约为120千米……宽度约为……40千米……”

10. JUDO-X1-E5

“原来是它！”英二飞快地扫视着伯纳德博士面前的显示屏，不禁兴奋地大喊道，“是‘木星幽灵’！我现在马上确认一下。”

他随即命令电脑吉姆寻找超远程雷达捕捉到的目标，同时呼叫母船MUSE12。

“我们也确认了……”坐在支援控制台前的米莉兴奋的声音伴随着一阵噪声传了过来，“肯定没错，那就是‘幽灵’……”

“确认和木星未确认飘浮物X1是同一物体……肯定点数为9……登记为4号目击案例。”只有吉姆的声音依然波澜不惊。

“计算追踪航线……”英二舔了舔上唇说道，“给我找到一条可以最快接近它的航线……不管有多危险。你可以计算到第三级……”

“与目标的距离正在拉大……”伯纳德博士看着三维雷达上显示的数值说道，“它的时速比我们快220千米……探测艇前端似乎被雷云遮挡了……目标好像已进入第三层云下方的快速气流。到目前为止……尚未发现任何自主航行的迹象……”

“英二……那个怪物发出微波信号了吗？”辛那粗犷的声音再次响起，“还是说那不过是连续落雷引起的反射现象？……我感觉好像看到了脉冲之类的玩意儿，但不是很确定。”

“这边也因为噪声太大，所以不是很清楚。”伯纳德博士对接收频道进行连续切换检查，低声说道。

“无论如何，先记录下来，以后再慢慢分析。”

“让吉姆别计算航线了，先去分析目标，怎么样？”米莉的声音从扬声器中传来，“航线计算就交给我们的电脑来做吧。目前的通信状态看起来还不错。”

“追踪航线计算完毕……”吉姆说道，“将从等级A依次显示。”

吉姆在右边的屏幕上逐一显示追踪“幽灵”的3条航线的各类参数。

从等级A至等级C时间依次缩短，危险性和操作难度系数却增加不少。

JADE-Ⅲ在正式进入追踪航线之前仍沿着原来的航线飞行，与目标的距离以每秒60米的速度不断拉大。探测艇的下降速度略有加快，目前已经超过了每秒30米。

时间很紧张，必须马上做出决定。

“采用等级C……”英二用略显嘶哑的声音说道，“MUSE12，你们觉得如何？”

“这我就不知道了……”辛回答道，“我从未阻止过一个想要自杀的人……在等级C航线中间位置，大概在AS403点的左后方，有一团化学爆炸云正在向上翻涌。不快点的话，你们很可能会撞上它。我会把数据马上发给吉姆。剩下的就看神的旨意了。”

“博士……请将锥形天线B和C对准目标……”米莉说道，“此外，在接近过程中，请尽可能减少来自雷达的干扰。虽然目前的噪声很大，但我会尽量记录下可能是脉冲的东西。”

“收到，米莉。”博士说道，“我们暂时就以1分钟为间隔。根据情况，我会与英二商量后再进行修改。”

英二设定好追踪航线后，随即竖起大拇指向伯纳德博士示意，然后把操纵杆一口气向前推到底。

主引擎的启动大约花了0.5秒的时间。紧接着探测艇感受到了一股巨大的冲击力，英二和伯纳德博士两人的身体瞬间深深地陷入抗重力座椅中。虽然捕捉外部声响的麦克风已关闭，但是探测艇表面与木星大气摩擦所产生的沙沙声穿透JADE-Ⅲ的船体传进了驾驶舱内。电磁隔热系统自动开启，不过，探测艇前端的温度依然在飙升。

英二在正前方的屏幕上调出了外部的影像。JADE-Ⅲ刚刚一头扎进了翻滚上涌着的红褐色硫化氢铵云层中。显示屏中的视野彻底变为一片红黑色，等离子化的白热气体犹如闪电般断断续续地闪烁着。多频雷达和红外图像仍处于黑屏状态，能听到的只有大气和云层粒子与船体外壳激烈摩擦所产生的一阵阵呼啸声。

穿过红黑色的第二层云的稀薄处后，吉姆立即拉起JADE-Ⅲ的头部，让最耐高温的船腹正面迎向大气的冲击。尽管英二和伯纳德博士身着抗重力宇航服，但起步时那几乎要撕裂腹部的加速度还是让两人眼前一黑。此时的大气压力飙升到了3000毫巴，相当于地球表面大气压力的近3倍。不过，周围的大气再次变为氢和氦的透明混合物，前方的能见度也逐渐恢复。

不知何时，红黑色的云层已蔓延到了探测艇的上空。周围顿时暗了下来，光线变得像黄昏时分一样暗淡，但有一些光束从云层的裂缝透射而出，所以下方的能见度仍然比较高。主要由氢和氦组成的大气中似乎还飘浮着甲烷和氨的硫化物、磷化物、冰微粒子等，因此从云层的缝隙中射出的光束在某些地方呈橙色，在某些地方呈略微泛蓝的灰色，在某些地方则闪耀着白色的光芒。

探测艇在拉升的过程中产生的升力让JADE-Ⅲ几乎跳了起来。不过，在吉姆的操作下，探测艇就像飘落的树叶一样，灵巧地左右滑行，抵消升力的同时，成功保持着通往目标的最短和最快的航线。英二和伯纳德博士在驾驶舱内不受控制地左右摇晃着。从已恢复的超远程雷达显示器来看，他们与神秘且巨大的“木星幽灵”之间的距离正以平均每秒2.2千米的速度不断缩短。

虽然他们与那神秘的“幽灵”——JUDO-X1之间的直线距离已不到1000千米，但两者之间到处都是汹涌的湍流、喷射流，而且上升和下降的气流都十分强烈，所以探测艇很难一直保持现在的速度。否则，只要再过七八分钟，应该就能追上目标了。

不过，吉姆为了确保探测艇的安全，已开始降低空速。自冲出云层后，大气压力又增加了一倍，外界温度也瞬间上升了100摄氏度。尽管如此，这里的绝对温度仍然只有220开尔文，即零下50摄氏度左右。

视野恢复后，可以看到正前方横亘着一堵棕色和深灰色混杂在一起的巨大云墙。墙面上汩汩地冒着泡，被吹散的灰色、棕色和蓝绿色的云带犹如离弦之箭般，飞快地从探测艇附近掠过。云墙穿透红褐色的第二层云的顶部，向更高处延伸。云墙上电光四溅，仿佛频闪板。即使没有扬声器，那雷鸣般的轰然巨响也能穿透厚厚的大气层，并穿透JADE-Ⅲ的船体，传进舱内。

“目标的飘移速度正在加快。”伯纳德博士看着屏幕上恢复正常的超远程雷达的三维影像，平静地说道，“我们应该正在进入快速气流。目标的飘移速度……已经超过每秒100米，而且还在继续增加！”

“和我们的相对速度是多少？”

“每秒负170米……探测艇似乎在减速……相对速度正在下降……相对直线距离已不到900千米……”

就在此时，只听咣当一声，两人顿觉好像有什么东西猛然撞在了探测艇坚硬的外壳上。紧接着，飞船开始上下左右不受控制地摇晃起来，仿佛正行驶在一条崎岖不平的山路上。

不知不觉间，视野已被一片灰色的雾霭笼罩。船体外壳上响起了一阵阵啪嗒声，犹如雨点打在了船体表面。看来探测艇已进入第一个湍流之中，正前方的显示屏被大片的云团占据。这些云团正以极快的速度向上翻涌，并不断向左右分开。

震动持续了二三十秒，随后突然停止。此后视野再度恢复，探测艇下方厚厚的灰白色云层清晰可见。

这是第三层云……主要由冰和水蒸气的云团组成。

眼前犹如日落时分的暗淡光芒中，大部分云团都覆盖上了一层灰蓝色，只有从第三层云的缝隙中透射而出的光带处，才闪烁着微弱的白色光芒。仔细观察后便会发现，云层一层叠着一层，形成道道云流，一直朝着大红斑侧翼的红黑色云墙盘旋而去。一旦靠近云墙，云流便会翻滚上涌，或是从左到右被吸入云墙，又或是被吹着飘向斜上方。从云层顶部到周围一带的雾霭都非常浓密，能见度很低。

“吉姆……我们还要多久才能追上目标？”英二斜眼盯着右侧屏幕上每隔一秒便变化一次的数字，问道。

“正在重新修正轨道元素……请稍等片刻……”吉姆回答道，“与最初的估算相比……追上的概率正在大幅下降……原本我们15分钟后就能抵达可视预测点……现在正在修正……PBT.72……前方出现高温喷射气流……21分钟后抵达目标可视预测点……再次修正……PBT.60……26至40分钟后抵达可视预测点……”

探测艇穿过第二层云后已经下降了近25千米。现在的气压为4个大气压，外部空气温度为零下40摄氏度，但探测艇腹部的温度超过了400摄氏度。而电磁绝热装置只有在大气摩擦热接近2000摄氏度时才会开启，所以现在探测艇上只是设置了一道用以抵御雷击的屏障。

探测艇的下方是一片咆哮着的云海，而“幽灵”就隐藏在这片云海的深处。在由冰粒和小水滴形成的厚达二三十千米的云层下方约100千米处，

“幽灵”保持着浮力平衡，缓缓地飘移着。“幽灵”所在之处的气压大约为20个大气压，温度在200开尔文左右。

“我能在雷达上看到目标的轮廓了……”伯纳德博士兴奋地喊道，“轮廓……正在变化！不，它似乎在一边飘移，一边缓缓旋转。”

“红外图像呢？”

“用远红外可以看到一个模糊的轮廓。我会每个频道都试一下！”

“JA……Ⅲ……这边是……莉……”扬声器中断断续续地响起了米莉微弱的声音，夹杂着大量噪声。

“JADE！……这里是MU……”

“MUSE12……这里是JADE-Ⅲ，信号不太好……你听得到吗？这里是JADE-Ⅲ……噪声太大了……”

“螺旋F……明白了吗？”辛的声音响起。

英二动了下手，切换了通话天线。

“信号变清楚了……”这次米莉的声音听得清清楚楚，“博士……刚刚收到了来自目标的极强脉冲，持续了大约有3秒钟。我正在做快速分析，看样子，脉冲信号中可能还嵌入了一些小信号。……你们还要继续追踪下去吗？”

博士用询问的眼神看向英二。他本人则继续用电脑将从分米波到厘米波、毫米波、远红外线、中红外线和近红外线等多频道获取的目标图像叠加在屏幕上。

“米莉……你能听到吗？”博士清了下嗓子说道，“我马上给你发送合成影像，但‘幽灵’的轮廓一直在变化。目前正好能看到它最长的侧面。它似乎卷入了旋涡之中，正在不停打转。你刚才说接收到了强脉冲，可能正好是它最小的轮廓，也就是它的正前方或正后方在对着我们的时候发出的吧。也就是说，这个类似信号的东西，可能是沿着目标的长轴方向定向发射出来的。我把影像发给你，你对比一下时间变化。”

“吉姆……”英二下定决心似的说道，“像刚才那样，我们一口气穿过下面的那片云层会怎么样？”

“否定……我们将面对无法预测的危险，应对起来会非常困难。”

“请你用‘肯定’来回答。我要冲进去。你来给我提供支持。如果出现危险，就立刻依据你的判断，直接从我手里夺走操纵杆的控制权……怎么样？”

“肯定……点数0.7……点数0.8……点数1.1……点数0.6……”

“到底怎么样？请明确回答！到底是高于还是低于点数1？”

“这要看博士的健康状况。”

英二猛然醒悟，不由得看向身旁年逾80的伯纳德博士。

“吉姆，你相不相信精神头这种东西？”伯纳德博士继续忙着合成影像，用平静而又坚定的声音说道，“我现在……发现了猎物，想要拼命去追赶，浑身热血沸腾，精神头越来越好……我想说的是，你不必仅仅从身体的状态去推算危险性。相信我所说的话。”

“肯定……点数2.1……”吉姆犹犹豫豫地回答道。

“那就行动吧。”英二再次握住了操纵杆，“等级C基础上还有加成，那我就继续往下冲了，吉姆……我们要通力配合。你一旦觉得我胡来，随时都可以从我手里夺走操纵杆。”

“‘神风’——或许你没有听说过这个名字……”伯纳德博士皱紧了眉头，嘀咕道，“在两个世纪前的一场战争中，你祖辈那一代的年轻人，曾对我祖辈那一代的年轻人发动过一场极其鲁莽……但又十分勇敢的袭击……”

英二双手紧紧握着操纵杆，不由得咬紧了牙关。超现实主义雕塑一般杂乱无序地堆叠在一起的云山已经近在眼前。英二操纵着JADE-Ⅲ，倾斜着向下方猛冲了下去。

之后就一直处于噩梦般的状态之中。JADE-Ⅲ在积雨云中不停地颠簸着，遭受了十几次雷击，甚至让人怀疑探测艇的外壳上出现了裂痕。

然而，这还仅仅是开始。

当JADE-Ⅲ穿越厚达二三十千米的第三层云时，它很不幸地被卷入一场倾盆大雨之中。四下里一片昏暗，仿佛被夜幕笼罩，但又不是完全的漆黑一片，而是不时有电光在四面八方闪现，此外还有从极遥远处照射过来的诡异红光、断断续续传来的巨响，以及弥漫整个空间的朱红色、淡紫色、绿色的光芒。在它们的映照下，对流层底部云雾翻滚的景象变得分外清晰。

给人的感觉就像是JADE-Ⅲ在遍布木星表面的巨大火山口上方紧贴着飞过去——更准确地说，就像是身处沸腾的地狱大锅里面。而在下方极远处，透过云层和蒸汽能看到的那抹淡红，则是由超过500摄氏度，以及更下方达到几千摄氏度的高温高压的液态氢海中发出来的亮光。周围不时迸射出各种彩色的光芒和冲击波，它们是由氢、碳、硫、氮和磷等元素组成的气体分子，在放电过程中爆炸性“燃烧”所形成的火焰。即使还没有到爆炸的级别，也会形成气压差达几千毫巴的巨大气团，然后裹挟着冲击波的旋涡，宛如强级雪崩或破坏性大海啸，在超过10个大气压的大气层中以极快的速度扩散开来，并在JADE-Ⅲ的船体侧面迸射开来。

JADE-Ⅲ就这样一会儿被抛向高空，一会儿又像落石一样坠入深渊，下一刻又会被横着撞出去老远。这样的状态几乎每隔几分钟就会上演一次。英二早已将操纵杆交给了智能电脑吉姆。现在他唯一能做的，就是盯着屏幕上不停闪烁的指示灯，祈祷自己的抗重力宇航服和抗重力座椅能发挥出应有的保护作用。

11. 依稀相遇

“英二……”

突然间，似乎有一个女人的声音在他耳边响起。

是玛丽亚吗？……

英二心中一惊，随即抬头看去。

“英二……回答我……”

这次，女人的声音变得分外清楚。

“是玛丽亚！”英二猛地睁开双眼，向四周望去，大声喊道。

“玛丽亚！……你在哪里？”

英二被自己的声音吓了一跳后，方才缓缓回过神来。他发现自己依然身处JADE-Ⅲ的驾驶舱内，整个人扭曲着斜靠在抗重力座椅上。

英二赶紧朝旁边的抗重力座椅望去，只见伯纳德博士的脑袋耷拉着，四肢僵直，正痛苦地呻吟着。他那光秃秃的脑门上渗出一片密密麻麻的汗珠，脸色煞白。

“水平分速度为每秒1.5千米……下降速度为0……11点方向上发现热气团……”

“相对速度为每秒2.1千米……距离16……”电脑吉姆的机械报告声在

驾驶舱内回响，“正在接近……距离14千米……没有异常……8、7、6……即将穿越……3、2、1……0.5……”

只听哐当一声，船头向上抬起，随即驾驶舱内感受到了一阵轻微的颠簸，但很快又恢复平静。现在的气压约为24个大气压，探测艇外的温度约为120摄氏度。

“JADE-Ⅲ……”旋涡般的白噪声中断断续续地传来一个微弱的声音，“JADE-Ⅲ……请回答……能听到吗？……这里是MUSE12……”

“MUSE12……这里是JADE-Ⅲ……我能听到……”英二回答道，“辛……刚才是不是米莉在叫我？”

“没有……”米莉的声音很快响起，“刚刚不到1分钟的时间里，你那边的影像突然变得不太正常……几乎彻底黑屏……信号和遥测数据也都消失了40秒左右……博士还好吗？”

“目前脉搏80，血压170……不过正在下降。脑电波正常……经络脉搏处理继续……估计很快就能恢复清醒……”吉姆报告道，“HIL在2分46秒前达到橙色级别，之后的42秒情况不明……目前正在恢复到绿色级别……”

“一定要小心，英二……博士已经82岁了……”

“等一下，吉姆……”英二追问道，“‘42秒情况不明’是什么意思？”

“我不知道。因为在这段时间内，我的记录也完全是一片空白。大概2分钟前才重新开始记录。”

“什么！”英二顿觉后背发凉，“这到底是怎么回事？到底发生了什么？”

“目前还不清楚……等回去后再好好检查吧。还是说，现在就开始检查？”

英二一时间不知该如何回答。

他的大脑飞速运转着，企图把握事态，但未能如愿。

“我刚才到底怎么了？”英二嘀咕道，“我也在那42秒里彻底失去意识了吗？”

“肯定点数为5……但要想知道这段时间是否和我这里记录的空白时间一致，还需要经过检查才行。要不要现在就开始检查呢？”

英二内心涌起一股冲动，想要立即就启动检查。

MUSE12刚才报告说，JADE-Ⅲ的雷达图像曾消失了不到1分钟的时间，通信也一度中断了40多秒。很可能就是在那段时间内，优秀的智能电脑吉姆出现了长达40多秒的记录空白，英二自己……估计连伯纳德博士也……同样失去了意识……

在那段时间内，究竟发生了什么呢？

突然间，英二的大脑中似乎有一些模糊的记忆正在苏醒过来。

就在失去意识之前，他隐约记得好像有什么东西正在靠近JADE-Ⅲ。虽然不知道那是什么，却能感觉到一种压迫感从JADE-Ⅲ上方的天空掠过……

英二很想马上对JADE-Ⅲ的所有航行和观测记录进行检查，同时联系MUSE12，查查到底发生了什么。可是……

“目标的影像消失了……”突然，邻座的伯纳德博士用平静的语气说道，“它好像进入了左5度的密集电离气体云团中。和我们的最终相对距离为220千米，相对速度为负0.8千米……”

英二不由得回头看向旁边的座位。此刻伯纳德博士虽然大口喘着粗气，额头上密布着汗珠，却挺直了身体，仔细观察着面前的显示屏，试图再检查一遍“幽灵”的雷达影像消失之前的各种运动参数。

“重启追踪……”英二对吉姆说道，“您还好吗？博士……”

“我这是怎么了？难道是被雷电击中了吗？”博士用手背擦了擦额头上的汗珠，深深地呼了一口气，“刚才探测艇摇晃得太厉害了……我好像中途就昏了过去。”

“不，其实……”

英二本想说“其实不止你一个人昏了过去”，但还是把话咽了回去。

解释只会让事情变得更加麻烦，而且还会耗费大量的时间。现在最重要的是去追上跟丢了的JUDO-X1，即所谓的“木星幽灵”。毕竟，这次他们真的非常幸运，刚下降到木星大气层中，就顺利捕捉到了它的身影。而且与此前的几次接触相比，这次是距离“木星幽灵”最近的一次……

“从我们联系中断的地点开始，你能否准确预测目标的飘移路线？预测的精度大概是多少？”英二向吉姆问道，“如果能够预测，就汇报一下到预计接触点之前的大气情况。”

“明白……”吉姆回答道，“我会将报告依次显示在屏幕上……”

吉姆正在自主驾驶着JADE-Ⅲ。虽然联系中断，但自从在木星红褐色的第二层云上首次捕捉到“幽灵”的踪影后，吉姆显示驾驶功能的指示灯就一直亮着像血一样红的“H（狩猎）”信号。当探测艇不顾一切地从第二层云的上方急速下降，冲到通往目标的最短航线上时，英二按下了这个指示按钮。

此时吉姆就像一条嗅觉敏锐、斗志昂扬的猎犬，用上了全部的探测手段，努力搜寻那个长120千米、宽40多千米、形同超级巨兽的“幽灵”的行踪，并预判它的下一步行动，在调查周边情况的同时，也在计算追上那头“猎物”的最佳路线。

就在刚才，“猎物”的身影消失在了沸腾的高温电离气体后面。虽然还没有再次被发现，但那个家伙身形巨大，没法灵活转动。既然被盘旋流动的大红斑下部的气流裹挟，那就应该不会被带到什么不可思议的地方去——除非发生异常情况……

现在，外部气压约为30个大气压，温度约为150摄氏度。探测艇外壳的温度也达到了160摄氏度。虽然JADE-Ⅲ受到举升体带来的升力和木星大气的浮力，但仍在一点点地持续下降。吉姆似乎想尽可能地深入液态氢海和密度极高的旋涡电离气体中，以尽量减少雷达波的散射，从而更好地捕捉目标。

经历了大气化学爆炸产生的热冲击波和雷击，又经历了上升、下降和湍流之后，JADE-Ⅲ在这六七分钟内一直处于相对稳定的大气定常流中。不过，它只是暂时进入了一个周长达数十千米的巨大“气泡”中，周围是上升气流和下降气流形成的巨大风暴，以及随之而来的强度达几十万安培的闪电巨网。

英二将外部的影像投射在了正前方的显示屏上。

通过显示屏可以看到，JADE-Ⅲ被笼罩在一片淡淡的暗红色光芒之中。这里在三重云层之下，处于大红斑周围的旋涡云墙的底部，而太阳和此处的距离5倍于地球。因为太过遥远，太阳光几乎无法照射到探测艇所在的位置。那宛如浑浊血液的阴森红光并非来自太阳，而是来自更深处的那片高温高压下沸腾不止的液氢海洋。如果深入正在喷发的海洋性火山的喷火口，会不会就是这样一种感觉？

在JADE-Ⅲ四周，放眼望去皆是淡淡的黑色云雾，不停地向四面八方翻滚、盘旋。呈红褐色的厚厚的“爆炸云”里不时迸射出一道道电光，翻滚着升腾而起，发出一阵阵巨大的爆破声。一层泛蓝的薄薄云层缓缓下降，随即又被狂风吹散。远处的红色和黑色的云团旋涡中，亦不时迸射出泛着朱红色的白色闪电，爆炸带来的冲击一次又一次地狠狠晃动着JADE-Ⅲ。片刻之后，伴随着一阵沙尘暴般的噪声，火山灰似的固体微粒紧贴着擦过探测艇的外壳，并星星点点地粘附在了摄像机的防护玻璃上。

用液体雨刷擦拭玻璃后，视线再度被一片橙灰色的薄纱笼罩。驾驶舱内顿时听到一阵沙沙的声音，探测艇开始前后左右地晃动起来。

“怎么回事？”英二问吉姆。

“我们进入了雨中……”吉姆回答道，“这里有一片低温云，里面正在下雨。我为了节省能源，所以给船体降降温……”

虽说是低温云，但雨水的温度高达80摄氏度，如果人类与之直接接触，立刻就会被烫伤。对其成分进行分析后发现，雨滴里含有高浓度的硫酸和硫酸钠。即使是拥有超级陶瓷外涂层的JADE-Ⅲ，也无法长时间滞留在这种雨中。在云团中，云雾在局部遇冷凝结出液体后，便会以雨的形式落下，到了云层的底部，又会因高温而再度气化，转变为上升气流，并在周围引发小规模的放电现象。即使探测艇外部的麦克风处于关闭状态，那噼里啪啦的放电声依然会传导至探测艇的外壳，并在显示屏上爆发出一个又一个小小的雪花。

“我们距离预测相遇点还有多远？”伯纳德博士问道。

“距离第一个预测点还有150千米……”吉姆回答道，并在屏幕上标示出了示意图，“正在搜索前方顶角60度的锥形区域……再过5分钟，我们就将抵达第一个预测点……”

JADE-Ⅲ的水平速度降低到了每秒0.5千米。虽然慢得让人心焦，但吉姆计算了所有情况，正以最佳状态进行搜寻。

“要不要试试声呐？”英二问道。

“我对此不抱期待……”吉姆以一种少见的有人情味的方式回答道，“不过可以试试使用加强波束……”

声波准备了20秒左右，不久，从探测艇的某个部位传出一声闷响——这代表锥体超声波已在充满雷声、风暴和爆炸轰鸣声的大气层底部扩散开去。伯纳德博士面前的屏幕右上方出现了声呐形成的一个图像。

接着又是一阵刺耳的摩擦声，JADE-Ⅲ终于冲破了肆虐汹涌的气流墙，视野再次被打开。探测艇的前方出现了另一堵旋涡状的云墙。透过醒目的蓝绿色的薄薄云层，一片明黄色的云雾正从下面翻涌上来。

“那是什么？”伯纳德博士小声问道。

“不知道……看上去好像含有不少氯气，”英二突然轻轻笑了起来，“在密涅瓦基地上，我们曾经讨论过一个奇怪的话题——在木星的大气中，人要是赤身裸体，究竟能存活几秒钟？一旦走出这艘探测艇，外面到处都是骇人的轰鸣声，还有高温、高压、具有腐蚀性的酸和强烈的恶臭。用不了几秒钟，人就会窒息吧。”

“通过第一个预测点……”吉姆报告道，“附近没有什么反应。即将重新检查计算结果，并前往第二个预测点。我们马上要进入一个异常凶险的气流区域，请一定要多加小心……”

“明白……考虑到博士的健康状况，请不要太过冒险……”

“我……没事的……”博士用干巴巴的声音嘀咕道，“我这条命死不足惜。不过——我们是不是把‘幽灵’跟丢了？”

“目前还不好说……我们还有希望。不过……”

“最坏的打算是不是要冲进大红斑里去？根据目击案例，似乎‘幽灵’会在大红斑的旋涡周围，沿着涡流飘移，有时被吸入其中，而有时又会被吐出来。”

“我唯一不想进去的，就是这个‘红色巨眼’。”英二摇头说道，“虽然过去了一个多世纪，但‘巨眼’的中心区域究竟有什么，我们仍然一无所知。很明显，仅靠大气循环的能量，根本不足以将旋涡维持得如此稳定。我们曾经用无人探测器下潜到旋涡底部，那个大旋涡很像龙卷风，能将下方的高温液态氢吸上来。但我们知晓的仅此而已……大红斑内部和木星上的其他地方截然不同，属于另一个世界。里面存在着大量的有机合成物，会不断分解……但具体情况究竟如何，从来没有人知道……因为从来没有人敢进去……”

“在木星大气层内，发生过死亡案例吗？”博士低声问道。

“只有过一例……他在大气层的上层被大气和卫星之间产生的电流击中，连带着整艘作业艇都掉进了木星的大气中……为什么问我这个？”

“哦，只是随便问问……”博士盯着显示屏，平静地说道，“只是……我一看到这么恐怖的木星大气层……就会不由自主地想，在这个距离地球如此遥远的庞然大物中，一个人类的死亡究竟意味着什么……”

博士的话还没说完，就被一阵突如其来的巨大冲击力打断了。他们的身体被狠狠地抛向舱顶，猝不及防的英二差点咬断了自己的舌头。然后从侧面又传来一股巨大的冲击力，导致他们的肚子差点被安全带勒爆，接着又是朝向另一侧的猛烈摇晃。轰鸣声不断在艇外响起，当他们好不容易看清显示屏上的警报时，才知道原来是一场近距离的大规模化学爆炸和特大号炸雷同时击中了探测艇。

此后，双倍的剧烈湍流和冲击波接连袭来。JADE-Ⅲ就像一个陀螺一样，绕着船轴不停地旋转。好不容易停下来后，下一秒又被一阵巨浪冲上了天，随后又如乘坐升降梯般急速坠下。探测艇也完全掉了个个儿，向后方驶去。

“吉姆……”英二强忍着痛苦尖叫道，“离开这里！吉姆……想想办法……快点离开这里！”

“发现目标……”吉姆的声音听起来好似来自一个非常遥远的地方，“正在通过左上方……距离120千米……即将投射影像……”

英二勉强睁开铅铸般的眼皮，强撑着看向正面的显示屏。随后，他不由得倒吸了一口凉气。

只见屏幕上红色、棕色、黑色、蓝色和黄色的云团正疯狂地盘旋着，不时卷起滔天的云雾巨浪。一个暗黑色的巨大纺锤形物体在旋涡中不停地翻滚，但很快被吞入更远处的火焰和云层的旋涡中。无数的闪电像白色寄生虫一般环绕着这个长达120千米的巨大物体。它的一部分在周围亮光的映射下，闪烁着红黑色的光芒，另一部分则散发着灼热的白光。

“博士！……我看到了！它在那里！”英二在周围的隆隆巨响中疯狂地叫喊着，“赶快记录！吉姆！……一定要记录下来！”

第五章

不断逼近的暗影

1. 林德伯格之海

1927年5月20日清晨，25岁青年查尔斯·奥古斯都·林德伯格二世登上他心爱的飞机“圣路易斯精神号”，冒雨从纽约长岛的罗斯福机场起飞，开启了他人生中首次横跨大西洋的空中之旅。在抵达巴黎郊区的布尔日机场前，他需要不间断地飞行5776千米。这次飞行的总时长为33小时30分钟，其中有15个小时林德伯格需要从遍布冰山的北大西洋上空飞过，那里看不到任何陆地的影子，只有浓雾与肆虐的风暴；还有7个小时需要在伸手不见五指的暗夜中度过。

飞行期间，睡意与孤独始终伴随着林德伯格。由于这架小型单翼飞机上装载的燃料重达7250千克，将整架飞机塞得满满当当，所以他连活动的空间都没有，只能孤零零地坐在连窗户都没有的、极其狭窄的座舱内，不眠不休地连续飞行33.5个小时。为了将飞行所需的1700升汽油全部带上，用于观测天体的六分仪、无线电，甚至向地面和船只发送摩尔斯电码的手电筒都不得不从飞机上拆下。在整个航程中，他所能依靠的唯有罗盘、航海图和航空时钟。由于无法与地面上的基站、海上的商船或是渔船联络并寻求支援，他只能凭借座舱内的微弱灯光，使用指南针和钟表来计算飞机在航海图上的大致位置。直到天亮后，当他远远看到爱尔兰的陆地时，才终于确定自己的计算是正确的。非常幸运的是，这架瑞恩航空公司的单翼机并没有被海上的强风吹离航线，220马力的星形气冷往复式引擎在33个多小时的飞行过程中也幸运地没有发生任何故障。当林德伯格看到陆地时，飞机的位置与计划着陆的位置仅仅相差了5千米。

但仅仅十几年后，军用飞机的海上作战就成了家常便饭。半个世纪后，在宽达大西洋两倍以上的太平洋上空，重达300吨、载有几百名乘客的客机在人们眼中早已见怪不怪。它们的速度大幅提升，达到了林德伯格“圣路易斯精神号”的五六倍。再之后，航天器更是征服了平流层，人们可以在机舱内自由地观测天体，也可以随时与地面和海上的基站通信，并获得信号台和远程导航的支持，甚至可以借由大气层外的导航卫星来确认自身的位置。到了现在，当年林德伯格所挑战的充满黑暗与未知危险的广阔空间，已经被无数交织的信息、通信开发殆尽，并有序地组织起来。

在“圣路易斯精神号”的时代过去整整两个世纪后的今天，太阳系的边缘地带再度出现了一个“林德伯格之海”。

尽管“圣路易斯精神号”为全金属材质，但它也只不过是一个可装载1.2吨汽油，能以172千米的平均时速飞行5800千米，由引擎、机翼、方向舵和承载人的座舱组装而成的简单机器而已。相比于“圣路易斯精神号”，肩负彗星源探测特别计划任务的超远程探测用飞船“太空之箭号”则携带有重达2万多吨的核聚变燃料，最高速度可达每秒2万多千米，时速达到了惊人的7200万千米，约为林德伯格飞机的40万倍。“太空之箭号”计划飞行的距离是往返2万亿千米，大约是人类首次飞越大西洋时所飞距离的3亿倍左右。

瑞恩单翼机的引擎拥有近220马力的功率，相当于163.7千瓦，而“太空之箭号”的4个巨大的“代达罗斯3号改良型”核聚变火箭引擎的总功率高达数百亿千瓦。由此可见，两者的规模可谓天差地别。但若是对比它们所面对的空间规模，两种航空器都搭载着渺小的人类，试图挑战完全不了解且隐藏着众多未知危险的广阔空间。从这个意义上来说，“太空之箭号”所要前往的茫茫黑暗宇宙空间，和两个世纪前的青年林德伯格所挑战的太西洋，在本质上并无区别。

当然，林德伯格的飞机不可能配备小型计算机。要了解飞机的飞行状态，他能依靠的仅仅是各种极为简陋的与压力、温度、电压电流相关的测量设备。他唯一的导航设备是指南针，他必须一个人完成判断飞机状况、确定航线和位置、应对周围环境状况、驾驶飞机等所有工作。因此，从起飞到降落的33.5个小时内，林德伯格必须不间断地与疲劳和睡意做斗争，让自己时刻保持清醒。对于一个拥有血肉之躯的普通人来说，从事这样的工作本身就是在挑战精神和体力方面的极限。

这大概就是“太空之箭号”与林德伯格的飞机之间最大的区别吧。

“太空之箭号”拥有超大容量、超高性能的多中枢型智能电脑纳瓦霍，它可以不间断地检查、测量、判断和预测飞船庞大而又复杂的系统状态和整个航行状况，同时负责飞船的操控。为了执行这次特殊任务，科学家们对“太空之箭号”进行了接近技术极限的改造，使其性能得以大幅提升。而为了让拥有多达7个系统的智能电脑能够与“太空之箭号”完美契合，他们还专门编写了任务所需的整套程序。该团队的最高负责人，正是在北美广为人知的印第安纳瓦霍部落大酋长的后代，“太空之箭号”的智能电脑系统因此而得名。负责人所在一族在三代以前就开始使用“大酋长”作为姓氏。但遗憾的是，纳瓦霍的缔造者迈克尔·桑顿大酋长在系统完成后不久，就在火星上死于一场车祸，年仅24岁。了解相关背景的人们经常说，纳瓦霍系统就是大酋长的遗作，流着大酋长的血。

200年前，林德伯格在驾驶“圣路易斯精神号”跨越大西洋的整个过程中始终保持着清醒。但在“太空之箭号”上，井上龙太郎博士和霍贾·金上尉两副血肉之躯，在刚出发两周后就进入了漫长的冷冻休眠状态，他们苏醒的时间设定在9个月后。

在22世纪的“林德伯格之海”上，超级复合型电脑系统纳瓦霍始终精神奕奕，独自驾驶着这艘巨大的飞船。如果在“太空之箭号”上醒来……井上龙太郎博士和霍贾·金上尉可能会比200年前的林德伯格更加痛苦和艰难。为了更好地完成此次特殊任务，飞船上省去了所有的娱乐室、健身房、游戏室、运动场、餐厅等。作为远程飞船，生活的舒适度可以说降到了极限。不过，当初瑞恩公司的那架特别定制的单翼机，飞行员从坐进座舱到降落为止，身体都几乎无法动弹。而“太空之箭号”的环境要好很多，至少还有单独的房间和宽敞的浴室。只是，人如果一直生活在四面都被机器包围的逼仄空间内，面对漫长而又单调的岁月，恐怕会变得更加无聊、焦躁和难以忍受吧。

而且，前方的虚无空间是如此空旷无垠和漆黑一片，这无疑给处于清醒中的、拥有血肉之躯的人类带来种种沉重的压力。他们能深刻体会到林德伯格在飞行中感受到的空间的广阔，也能体会到他那源自无聊与孤独深处的自我的渺小，只是他们的感觉要远远超过林德伯格。尽管他们身处按人类标准来说已经算是巨大的飞船之中，但那艘巨大到无与伦比的飞船不断消耗着足以将一两颗小行星碾作尘埃的能量，而人类的足迹仍然难以踏遍这片无边无际的空间……它是如此浩瀚，估计能让目睹它的拥有血肉之躯的渺小人类的意识彻底堕入绝望的深渊，并在难以治愈的虚无感中粉身碎骨吧。年轻而质朴的林德伯格尚可以放开思绪，尽情想象在那一望无垠的广袤天空和大洋彼岸，他要前往的欧洲大陆上，夜晚的巴黎灯火通明。但是，在“太空之箭号”的前方……究竟会有什么样的景象呢？任务程序中设定的目标地点只不过是由3串连续的数字绘制而成的空域而已。到达那里之后，究竟需要寻找什么、获得什么，以及发现什么呢？

冷冻休眠系统与其说是为了降低身体的新陈代谢水平，节约食物和生物能量的消耗，不如说是一个用于保护人类意识不被伤害的胶囊。人类的意识是如此敏感，如此容易受到伤害，周围弥漫着的裸露的时空又是那么单调，甚至单调到了惨不忍睹的地步。所以唯有将两者隔离开来，才能起到保护作用。现在，两个意识在胶囊的保护下，被冻结在了无梦境的假死状态中。在这艘重达2万多吨的飞船中，始终保持清醒的只有不会感到疲倦、不知伤害为何物的“机械智慧”纳瓦霍。它一刻不停地从事着事无巨细的工作，包括检查船内的所有状况、操控飞船，以及探测和检查来自前方的信息等。

自“太空之箭号”出发以来，已经过去了预定航行时间的1/8，并按预定计划走完了往返全程6%的距离。目前，它的速度已经达到了每秒1万千米左右，而且还在不断加速。

“太空之箭号”距离太阳系中心早就超过了1000亿千米，而且很快就会达到1200亿千米。“太空之箭号”在这个位置上发出的电波需要4天再加五六个小时，才能被传送到太阳系的中心。往返则需要8.5天。如此一来，人类之间的对话就变得跟用普通邮递的书信差不多了。

然而，如果对话是发生在电脑之间，那它们是绝对不会感到无聊或烦躁的。即便收到对方的回复需要等8天的时间，也完全不成问题。“太空之箭号”自出发后，就一直与太阳系中心区域保持联络，并在这个过程中通过多普勒频移①，对不断增加的反应时间差进行自动修正。信号在天卫四航行基地经过中转后，接着又被传送到土星、木星、小行星带，以及火星上的外行星宇宙通信航行管制局的计算机上。距离地球轨道不远的行星轨道上更有多达数十颗的通信卫星，它们一旦捕捉到“太空之箭号”发回的信

① 多普勒频移：波源和观察者有相对运动时，观察者接收到波的频率与波源发出的频率并不相同的现象。例如，远方疾驶过来的火车鸣笛声变得尖细（即频率变高，波长变短），而离我们而去的火车鸣笛声变得低沉（即频率变低，波长变长）。——译注

息，就会立刻转送至L5宇宙殖民地上的研究所卫星LabSat2，再由该卫星上的大型计算机进行分类，其中的一部分信息会被发往宇宙通信航行管制局总部，一部分信息会被发往月球，而大部分信息则会被发往天文学联合会中的彗星源探测特别计划总部。

在这里，除了纳瓦霍，还有一位活生生的人——穆罕默德·曼苏尔。他与纳瓦霍一样，无时无刻不在关注着“太空之箭号”的飞行状态，并对周边的情况进行认真的观测和检查。

作为一个沉默寡言的人，曼苏尔没有直接用语音转换器和纳瓦霍交谈。因为哪怕只是说一句“你好”，也要等一个多星期才能收到对方的回复。

一直与纳瓦霍保持紧密联系的是LabSat的大型电脑中专属这个项目的单元，通常被称为“蒂姆兔”。蒂姆兔认真聆听、整理和记录纳瓦霍发回的各种数据。一旦发现问题，就会立刻通知纳瓦霍，并根据情况，请求其他几个关联子电脑给予支援，一起对问题进行分析和讨论。如果发现情况较为严重，则会立即用语音汇报给计划主任曼苏尔。

如果纳瓦霍和蒂姆兔之间用面向人类的语音转换器，并忽略往返所需的8天应答时差，它们彼此之间一直在进行如下的对话：

“定时报告SA60245——E·D2029N16-0800SMT，对于总结暂无特别补充，已对处于冷冻休眠状态的A和B进行定期生理检查，已对导航状态进行检查，已对飞船内整体系统的运行状态进行检查，燃料消耗状态，目标区域定时观测记录的相关数据已全部由0830SMT以压缩代码发送。”

“蒂姆兔收到。”

“高能量天文学会总部要求在未来24小时内对武仙座的胡马森-兹维X射线源进行观测。HZ武仙座的X射线脉冲星出现了周期性紊乱。HZ武仙座的恒星也出现了变光周期扰乱，所以他们要求在观测X射线的同时进行光学观测。同步观测中的‘太空之箭号’与太阳系中心的基线之间存在某种引力。根据我们的判断，将在当天的0938SMT开始进入同步观测模式。是否需要向你报告观测结果的数据？”

“不，不需要这些数据。”

“除此之外，还收到了许多关于观测X射线源天体、伽马射线源天体、类星体、碰撞星系等的请求。我将整理出一份申请清单并发送给你，再请示主任的意见。”

"蒂姆兔收到。目前，主任已前往月球参加天文学联合会和太阳系开发机构共同举办的一场会议。主任回来后我会立即向他汇报。"

"上次报告中提到，用于冷却3号引擎超导线圈的液氦系统中的旁通阀出现了泄漏问题，修理后未再出现异常。但阀门二次侧①的压力传感器的信号依然不太稳定。"

"关于这一点，制造超导线圈的特洛伊天体太空工厂的电脑给出了如下建议：怀疑在第三次喷射时，旁联系统出现了超过标准的压力冲击，从而导致传感器暂时过饱和通电。请先切断传感器的电流，切换到备用传感器，再观察一段时间。一会儿应该就会恢复。"

"纳瓦霍收到……我的报告到此结束。你那边是否还有其他报告或要求？"

"只有一件事。你们的激光-激微波的多普勒频移，存在一个非常微小但又有些奇怪的问题。负责对航行数据进行精密检查的子电脑报告称，虽然目前观测误差尚处于极低范围内，但调阅近期的多次记录后发现，该误差正呈逐渐扩大的趋势。……我发出的通信状况如何？你试着检查一下。"

"纳瓦霍收到……精密检查需要一定时间，不过我会立刻启动检查。还有其他事吗？"

"天文学联合会目录部的电脑要求提供NT6070和NT6080之间的一系列静态图像，这些照片在目标方向观测记录中曾被直接跳过。请将这段时间的视频和具体的航行数据一起发送过来。……而且，图像中的恒星位置与目录中标注的位置存在着微小但奇妙的偏移，所以劳烦认真检查一下……纳瓦霍收到。我会立即发送静态图像和视频。"

事后看来，这种多普勒频移的微妙偏差具有非常重大的意义。

蒂姆兔虽然仍在与纳瓦霍沟通，却迟迟未收到纳瓦霍的答复。换句话说，纳瓦霍本应在蒂姆兔发出消息的8天又数小时后就传回答复，现在却不知为何再无消息。蒂姆兔与纳瓦霍之间的沟通再无下文。

纳瓦霍曾说会"立即发送"静态图像和视频，也确实在此后的几小时发送了过来。但本应有8张的静态图像只发来了6张，而且第6张并不完整，

① 一次侧指变压器或互感器的输入端侧，也称初级；二次侧指其输出端侧，也称次级。——编注

仅有2/3。

2."太空之箭号"遇险

超远程高速飞船"太空之箭号"肩负着探测彗星源异常情况的特殊任务。此时它的智能电脑纳瓦霍却陷入了些许恐慌。

当"太空之箭号"越过位于太阳系最外侧的冥王星的平均轨道，并通过距离太阳100亿千米的观测点后，飞船上搭载的由7个高性能电脑系统合而为一、可对任务全过程进行有效控制、拥有极端复杂的综合性程序的智能电脑纳瓦霍，决定只运行部分系统和程序，而让其他6个系统全部进入休眠状态。从木星的密涅瓦轨道出发后，纳瓦霍先是对4个巨大的核聚变火箭引擎和8个辅助引擎进行了反复的测试和调整，接着在天卫四基地完成了最后一次燃料补给，然后在海王星轨道附近让霍贾·金和和井上龙太郎两位船员进入冷冻休眠状态。在完成这一系列出发程序后，接下来的9个月中，它只需在抵达目标位置前的数千亿千米的行程中定期加速，更换空燃料罐，检查运行状况，以及定期与L5宇宙殖民地LabSat5上的彗星源探测特别计划总部的智能电脑蒂姆兔通信，偶尔接受一些主要任务外的宇宙观测协助任务就可以了，总之都是一些单调而且乏味的工作。

现在，纳瓦霍的工作变得越来越少，它的大部分系统都进入了休眠状态，每200小时才会接受一次自我探测系统的检查。

在纳瓦霍内部，清醒的那部分系统一直在对"太空之箭号"的动力系统、驾驶系统、航行系统、通信系统和生命支持系统进行定期检查。整个控制系统的能耗都被降到了非常低的水准，而这部分被消耗的能量中的大部分又都被用在了通信系统上。

在遭遇异常情况前不久，纳瓦霍按照自己的判断，决定提前启动最终阶段的加速。"太空之箭号"的核聚变引擎由4个主系统和8个辅助系统组成。在往返距离长达1.5万亿至2万亿千米的整个飞行过程中，按照设定好的程序，这些引擎将以数个月为间隔，分几次启动，以便检查行进过程中的动力系统。虽然氘和氦-3的核聚变燃料罐在用完之后，就会连同锂金属材质的容器与附属系统分离并被直接丢弃。但在单程就需要一年到一年半的高速飞行过程中，动力系统仍然需要被测试并启动好几次，确保它们不会因震动或与宇宙尘埃碰撞而发生故障。

原计划在飞船距离太阳达到1200亿千米时再启动最后阶段的加速。虽然“太空之箭号”的引擎和负载燃料足可使其加速到最高每秒2.1万千米，但暂时只会先加速到每秒1.2万千米，并一直按此速度飞行至预定最远行程的恰好半程处，即距离太阳0.05光年左右的位置。在此之后，将开始对周围地区进行大范围的搜索，并视具体情况决定是在附近减速还是进一步加速。

纳瓦霍之所以选择在距离预定地点还有相当长一段距离时就提前启动最后阶段的加速，是因为在第四次加速之后，纳瓦霍发现其中一个辅助引擎出现了故障，后来又发现辅助引擎系统中的一个燃料罐也发生了泄漏。——当然，这些问题都不难解决。另外，经过几次检查和测试后发现，出现故障的辅助引擎只是在启动和关闭时不太顺畅，当输出功率从额定功率运转到最大功率时，状况却非常良好。

不过，纳瓦霍在很短的时间内进行复杂的计算后认为，与其花时间在飞船外部修补燃料罐或调整引擎，不如提前启动最后阶段的加速，把正在泄漏的燃料罐中的燃料尽快用完，再切断泄漏的燃料罐和辅助引擎与飞船的连接，将之直接丢弃。

这一决定当然已经向蒂姆兔报告，不过纳瓦霍自己判断，此事并没有重大到需要获得特别计划主任曼苏尔亲自批准的程度。

纳瓦霍决定，将泄漏的燃料罐中的部分燃料转移到其他空着的燃料罐中，同时将发生故障的辅助引擎和与之相匹配的另一台辅助引擎的输出功率尽可能调高，只要不被烧毁即可，并分两个阶段以额定功率启动其余6台辅助引擎。随后，纳瓦霍启用3G的加速度。只要维持3G的加速度二十六七个小时，原本以每秒9200千米的恒定速度飞行的“太空之箭号”肯定能提速至接近每秒1.2万千米。

加速刚开始时一切都非常顺利。存在故障的辅助引擎虽然在刚启动时不太顺畅，但当它的输出功率从额定功率提高到最大功率时，其表现反而比与之相配对的另一个引擎的状态更好，以至于几乎难以维持二者之间的平衡。

在启动加速的9小时后，发生泄漏的燃料罐里的燃料已经被用光，罐体内壁的金属锂也被电磁熔解后转化为等离子，并被送入了核聚变反应装置。2小时后，整个罐体的附属设备与“太空之箭号”成功分离，随即被弹射进了黑漆漆的太空之中。在启动加速16小时后，以最大功率连续运转的那对辅助引擎中，无故障的引擎由于局部温度升高，难以继续维持电磁绝缘屏障的超导性。

这一现象的出现比预想的早了一个多小时，但纳瓦霍没有丝毫犹豫，让这对还在运转的辅助引擎与船体分离，并将它们丢弃，同时又将另外两对辅助引擎的输出功率提高到了额定水平。

两个引擎与正在加速的“太空之箭号”成功分离后，随即犹如利箭一般朝着后方的黑暗迅速飞去。由于失去了液氦的冷却作用和电磁屏障的绝缘作用，且巨大的半球形反射板内依然残存着超高温的燃料离子，转眼间这两台引擎就发出炽热的白色光芒，最后在一团小小的爆炸闪光后向四面迸散开来。在失去了总重量超过500吨的燃料、燃料罐附属物和两个辅助引擎之后，虽然“太空之箭号”船体本身加上剩余的燃料仍有将近2万吨，不过飞船明显轻松了许多，微微一颤之后，加速度又提升了一小截。

不久，纳瓦霍的整体感知水平出现略微的失衡。如果将它比作人类的意识，或许可以形容为一种诡异的不安全感。

在最后阶段的加速启动的80小时前，纳瓦霍收到了来自蒂姆兔的通知：“从‘太空之箭号’发回的通信电波的多普勒频移出现了可能是误差的微妙偏差。”纳瓦霍回应，虽然需要花一点时间，但他会进行全面细致的检查。

不过，当时已经提出了“是否比原计划提前启动最后阶段的加速”的问题，所以纳瓦霍除了要与蒂姆兔进行对话级别的通信，还必须让未休眠系统也参与到讨论之中。当然，与“太空之箭号”的飞行状态相关的数据仍在不断以非对话级别，即单方向传输的形式发送过来，而决定提前加速一事，也已经通过该线路被发送给了LabSat。

在启动加速的16个小时后，当两个辅助引擎与飞船实施分离时，纳瓦霍对于加速状况产生了一种微弱但又奇妙的不安。

“太空之箭号”仍在不断加速，它的智能电脑纳瓦霍则开始着手检查这种不安的来源。“太空之箭号”在宇宙空间中的物理运动状态，基本上是通过内置的累计加速度计和飞船前后方的传感器测量光和电波的多普勒效应来获知的。除此之外，也会通过对基准恒星的天体测量来进行姿态控制，并测量其与太阳的相对位置。一旦速度超过每秒5000千米，还会补充性地观测恒星的光行差[①]。测量的主要基准为太阳的光谱——虽然太阳远在飞船的后方，早已变成一个小小的光点，但仍是视野中最明亮的恒星。其他测量基准还有从内行星、外行星轨道上的通信基地发来的微波，以及专门朝这里发射波束的宇宙灯塔681的中微子指向标的多普勒频移。

当然，也会针对飞船前方可见的恒星群进行蓝移[②]的测量。然而，在"太空之箭号"的前方，并没有可作为合适基准的电波源天体或X射线脉冲星。在这个距离上，只能以最明亮且光谱对人类来说最熟悉的太阳，以及通信基地和宇宙灯塔的电波、中微子脉冲作为基准。

一旦离开行星轨道，还能够对"太空之箭号"的航行状态进行精密检测的，只剩下装载有4个系统的累计加速度计了。该测量仪通过记录"太空之箭号"自出发以来接收到的朝各个方向的加速度，再去除微振动和噪声，并对与时间相关的数据进行二次积分后，才最终得出飞船的飞行距离和飞行方向。将这些记录与来自太阳系或其他天体的光和电波的多普勒频移进行比对，就可以对飞船相对于宇宙空间的相对速度和加速状态进行检查了。……现在，纳瓦霍感受到的那种模糊的不安，或者说整体上的微妙的别扭感，就来自加速度计和多普勒频移检测系统之间的关系。

然而，在加速过程中，因为后者的准确度有所下降，所以在加速结束后，纳瓦霍会对双方的记录进行细致的比对，并仔细检查两个系统中是否存在故障或运行不畅的部分。在加速刚刚结束后，蒂姆兔便发来了天文学联合会要求发送静态图像和视频的信息。于是，纳瓦霍决定优先处理这个请求。

此时，纳瓦霍并没有唤醒处于休眠中的整个系统，也没有对"太空之箭号"的运行状况进行全面和细致的检查，因为它觉得还没有这个必要。

纳瓦霍在记录中找出了天文学联合会要求的星体静态图像和视频影像，并启动了连续传输。然后它将加速度计系统的记录与多普勒频移检测

① 光行差：运动的观测者观察到光的方向与同一时间、同一地点静止的观测者观察到的方向有偏差的现象。——译注

② 蓝移：电磁波由于某种原因导致波长变短、频率升高的现象，在可见光波段，表现为光谱的谱线朝蓝端移动了一段距离。相反的，电磁波的波长增加、频率降低的现象被称为红移。——译注

系统的记录进行了比对。与此同时，纳瓦霍再次对太阳光谱和信标波的红移进行精确测定，以便重新检查多普勒频移检测系统是否出现了误差。

就在检测启动后不久，纳瓦霍便彻底陷入了恐慌之中。当加速结束后，飞船进入了定速巡航的状态。虽然飞船内的加速度计显示加速度为0，但来自太阳和其他恒星的多普勒频移则显示，无论从后方还是前方看，“太空之箭号”仍在不断加速。

于是，纳瓦霍立即向其他所有正处于休眠状态的系统发出了具有冲击性的紧急呼叫，命令使用每一个可用的传感器，对飞船和周围空间的状态进行所有级别和精度的紧急检查。同时，它也对生命支持系统下达了指令，要求其对仍处于冷冻休眠状态的两个生命体进行几乎达到危险水准的紧急唤醒。

前方的雷达开始对包括远距离、超远距离、中距离、近距离等所有范围启动最高功率的扫描，却没有发现任何异常。不过，光学图像监视器在“太空之箭号”行进方向的正前方检测到了一颗正在向它靠拢的恒星，并发现图像中出现了微弱的模糊重影。在此期间，飞船内也出现了一些很诡异的事情。长达240米的“太空之箭号”前部和后部的加速度计显示的数值不知为什么出现了微小的差异。另一方面，从“太空之箭号”船头以60度角向前伸出的6根400米长的传感天线的横梁越绷越紧，这种张力很快就增长到了需要发出警报的程度。

直到此时，纳瓦霍才意识到，情况已从异常级别上升到了紧急事态级别。于是，纳瓦霍立即对控制系统发出指令，让其做好准备，以便随时转换至紧急事态级别……

霍贾·金隐隐约约地觉得，有一根长长的钻头正从他的后脑勺直插入大脑中心，继而伴随着一阵咔嚓咔嚓的声音，将他的头盖骨敲碎，直接从前额穿了出去。与此同时，一股钻心的剧痛刺进黑暗的大脑空间。紧接着，一阵冰冷的感觉像风一样嗖的一声从皮肤表面掠过，心脏也好似被一只冰凉的手反复地用力揉搓。而喉咙中则好像被强行插入了一把长有很多尖刺、犹如刺猬的金属刷子，一直插到肺管中，将整个肺部搅了个天翻地覆，发出极为刺耳的咯吱咯吱的声音。

霍贾·金在极度的痛苦中发出了一声尖叫。就在下一秒，他整个人又遭受了一次强烈的电击，浑身冒出一阵烟雾，头颅内炸出一道令他头晕目眩、带着朱红色与紫色火花的白光。

霍贾·金不由得发出了好几声惨叫。不过，伴随着一次又一次的电击和惨叫，他的意识逐渐清晰起来，身体也从肩膀、手臂到手腕陆续恢复了知觉。

“这种唤醒方法也太混蛋了！”霍贾·金试着强行撑开自己被冻僵的眼皮，因为太过用力，他的整张脸都缩成了一团。霍贾·金全力挣扎着，用低沉的声音咆哮道：“这……难道是要弄死我吗？”

当霍贾·金口中发出的声音传到他自己的耳中时，他才第一次注意到自己所处的环境。

暖暖的风，表面凹凸不平的按摩仪，还有从辅助人工心肺送入他身体各个部位的温热血液，得益于这些外力的共同作用，霍贾·金的脸部终于恢复了知觉，他也终于睁开了仍然覆盖着一层冰霜的眼皮。

眼睛虽然睁开了，但视线仍被一片乳白色的雾气笼罩，只能隐约看到前方远处闪烁着的微弱的红光和蓝光。当他打开面前沾满冰霜的塑料罩时，视野瞬间变得清晰起来。在“太空之箭号”狭小的驾驶舱内，代表“警报”“紧急事态”的红、蓝、黄三色信号灯正在胡乱地闪烁着，警铃和蜂鸣器也响个不停。

“金上尉……”霍贾·金身旁的另一个冷冻休眠舱内传出了井上博士的声音。井上博士的脸上结满了雪白的霜和冰屑，他痛苦地皱着眉头，缓缓地开口说道：“已、已经……抵达目的地了吗？”

“应该还没有……现在先不要乱动。”霍贾·金好不容易把头略略扭向博士，回答道，“要先从指尖开始……一点点地动，一定要慢慢地……”

突然，驾驶舱像是遭遇了一场大地震，开始剧烈地摇晃起来，部分仪表甚至被震飞了出去，操作台上也开始喷出火花和白烟。

“纳瓦霍！”霍贾·金挣扎着想要从冷冻休眠舱内坐起身来，大声喊道，“究竟怎么了？发生了什么事？”

“遇到紧急事态……飞船已失去控制……”纳瓦霍的声音断断续续地传来，其中还混杂着强烈的杂声，“在飞船正前方……”

此时的霍贾·金猛然睁大了双眼，嘴巴也不由得大张开来。——只见眼前的驾驶舱开始吱吱嘎嘎地崩塌，仿佛被对面一只巨人的手紧紧捏住一样，驾驶舱迅速向内凹陷、碎裂，并朝着飞船行进的方向飞了出去。

在他身后，黑暗、真空的宇宙空间在一瞬间猛地张开大嘴，将舱内的两个人一口吞了下去，速度快到霍贾·金甚至都来不及发出一声尖叫。

与此同时，在木星大气层内，正朝着大红斑附近的云谷进行第十次探测下降的JADE-Ⅲ驾驶舱中，坐在英二旁边抗重力座椅内的米莉·威廉突然发出一声凄厉的惨叫，随即浑身瘫软，晕了过去。

3. 梅西耶纪念室

“米莉！”

扬声器里传来了伯纳德博士焦急的呼喊声。现在，留在MUSE12上负责JADE-Ⅲ支援工作的人已经由米莉换成了伯纳德博士。

“米莉！……怎么了？发生了什么事？”

“我也不太清楚。她突然就晕了过去……”英二用右手操作着操纵杆，伸出左手轻轻拍打着米莉的脸颊，“吉姆，她的情况怎么样？我们是不是应该先行返回为好？”

“她似乎受到了某种精神上的打击……”JADE-Ⅲ的智能电脑吉姆回答道，“现在，她的脉搏和血压都正在逐步恢复正常。血糖值为……”

“什么先行返回……哪有这么夸张……”

米莉突然用十分清晰的声音说道。只是她的脸色依然十分苍白，眼睛也仍然紧闭着。

“我已经没事了。只要稍微休息一下就好……”

“你到底怎么了，米莉……”

“其实……就是突然想起了某个人……”

米莉深深地叹了口气，紧蹙眉头，用双手轻轻地按摩太阳穴。

“不！不！……已经没事了，真的没什么。”

“可是，你为什么会突然想起他呢？”

“原因……我自己也不太清楚……”米莉呆呆地看向前方，咬着拇指的指甲说道。

“不知道为什么，就是突然……想起了他……”

“大概是因为寻找‘幽灵’而累到了，导致神经有些过敏吧。”英二抬头看向显示屏，喃喃道，“其实我们也一样，在木星大气层中工作的时候，很容易就会产生幻觉。因为受到的刺激过于强烈，而且一直都处于紧张状态之中……”

“别再闲聊了！……前面有片巨大的雷云飘过来了。”辛那沙哑的声音突然在扬声器中响起，“如果你不想在雷击中洗澡、出一身汗，那就随你的便。”

“距离下降还有40秒……”吉姆用平静的语气汇报道，“将航线向右偏4个点，下降角度增加1.3，加速率增加6个点。20秒后开始下降……”

英二看了看坐在旁边的米莉，伸出左手，将她的抗重力座椅的抗压水平稍微调高了些。

米莉的后脑勺紧靠在头枕上，两眼直直地盯着前方的显示屏，不过她的眼神中一片茫然，并没有去看那些不停变化的彩色数字。

米莉反复回味着刚才那个没有任何征兆且颇为不祥的幻觉，只觉得心里一阵阵地发寒。她在幻觉中看到了自己曾经的恋人……也就是井上龙太郎博士。井上博士此时本应在一艘正向遥远的太阳系外进发的孤零零的飞船上，并且已经进入冷冻休眠状态，但米莉在幻觉中看到，头部和脸上都蒙有一层白霜的井上博士的眼睛、鼻子和嘴里突然喷出鲜血，伴随着一阵惨叫声，他的身体瞬间被彻底撕成了碎片……”

“下降开始……”

吉姆用单调的声音说道。一阵颠簸之后，JADE-Ⅲ的船头开始向下倾斜，米莉的身体随之慢慢陷入抗重力座椅中。

由世界天文学联合会宇宙飞行物探测部门会议实施的彗星源探测特别计划的主任穆罕默德·曼苏尔刚刚收到一份报告称，为该计划专门设计的载人飞船“太空之箭号”好像出现了异常情况。收到报告时，他正独自待在L5宇宙殖民地的研究所卫星LabSat2的梅西耶纪念室内。

梅西耶纪念室位于占据了LabSat2上1/3空间的天文学联合会总部一个毫不起眼的偏僻角落里。

不用说，“梅西耶纪念室”这个名字就是为了纪念活跃在18世纪下半叶至19世纪初的法国著名天文学家夏尔·梅西耶的。

夏尔·梅西耶曾发现了109个星团和星云，并对它们进行了分类和编号。这些星团和星云都以他名字的首字母M加上一个数字来命名，被统称为“梅西耶星云”。而梅西耶本人的名字也因此得以流传后世。但梅西耶真正的专长其实是发现和观测彗星，他在当时甚至被称为“彗星的守护者”。他一生中共发现了21颗彗星，其中14颗是首次被发现。之所以为100多个星云和星团分类和编号，也是为了区分彗星和其他可能被误认为彗星的天体。

因此，在梅西耶纪念室内专门留有一个角落，用来展示和纪念梅西耶所取得的成绩。而房间内的其他部分则几乎全部用于收集有史以来被目击观测到的彗星的历史资料和记录。换句话说，你可以在这个房间内以最快的速度检索并获取关于彗星的所有记录、资料和影像。

到了22世纪，穆罕默德·曼苏尔也得到了和梅西耶一样的雅号——“彗星的守护者”。他不仅是这个纪念室的管理者，同时也是LabSat2的登记居民中，在这个房间里停留时间最长的人。他最大的爱好就是把21世纪上半叶突然出现在冥王星轨道另一侧的梅克尔-阿布达尔彗星的静态图像，以及由观测设备拍摄到的相关视频一一投影到巨大的液晶屏幕上。该彗星是成对出现的，而且随着它们距离太阳越来越近，拖着的尾巴也会变长至2亿千米，极其雄伟壮丽。因此它们还获得了一个绰号——“双子巨人21C”。曼苏尔的曾祖父曾是一位阿拉伯贝都因酋长，同时也是一位继承了古代东方传统的伟大占星师，曾目睹过梅克尔-阿布达尔彗星，并给子孙留下了一个和该彗星的出现相关的秘密预言。这对巨大的双子彗星是最早在头部的多个“核”中被植入用于追踪的超小型微波振荡器的彗星。由此，人们就能够在更长的时间内通过脉冲信号，追踪到这对沿着双曲线轨道再次远离太阳系的双子彗星。

在曼苏尔和井上龙太郎博士的多番努力下，彗星源探测特别计划终于被立项和通过。在此之后，曼苏尔来这个房间的次数就大大减少了。这是因为被分配给该计划总部的房间和纪念室隔着整整6层楼，距离相当远。不过曼苏尔一有空闲时间，或者在纪念室附近开完会，就会第一时间过来。他通常都是独自坐着，随意地调出一些资料来看，或是叼着烟斗，放些安静的音乐，让自己陷入冥想之中。可以说，梅西耶纪念室之于曼苏尔，就是一间心灵的休息室。

收到“太空之箭号”出现异常的消息当天，曼苏尔为了参加天文学联合会和太阳系开发机构的联合会议，专门去了趟月球上的莱布尼茨市。等他返回LabSat2，并在天文学联合会总部参加了一个小型会议后，才终于再次来到这间久违的纪念室。他一边喝着咖啡，慢慢地抽着烟斗，一边将古老的文献投影到屏幕上，慢慢地看着。这时，彗星源探测特别计划的专用电脑区块蒂姆兔将紧急信号发送到了屏幕上，并尝试联系曼苏尔。

“有个坏消息，主任……”蒂姆兔说道，“我们与‘太空之箭号’的通信中断了……”

曼苏尔动作缓慢地关掉了文献阅读电路，然后用手指按了按自己的眉心。

“是通信设备故障吗？”曼苏尔揉着眉心问道。

“经由3个系统发送过来的航行状况的数据通信也和航行信号一起中断了。‘太空之箭号’应该是遭遇了某种异常情况……”

曼苏尔轻轻地抚摸了一下他的小胡子，把手撑在下巴上，面色凝重地思考了好一会儿。

“最后一次收到信息时，‘太空之箭号’的情况如何？”

“正在进行最后阶段的加速。‘太空之箭号’的智能电脑纳瓦霍以报告等级向我发来信息称，飞船为了丢弃存在故障隐患的辅助引擎和管道系统出现泄漏的燃料罐，提前启动了最后阶段的加速……”

“这样的话……就有可能是引擎发生了爆炸事故，或者是其他问题……”

“不可能……航行状态的数据清楚地显示，最后阶段的加速非常顺利，存在故障隐患的辅助引擎和燃料罐也在途中与飞船成功实施了分离。加速已按计划完成，速度只比最终预计速度略高一点。加速完成后，纳瓦霍对在加速过程中收到的信息也回复了‘收到’，并开始传输天文学联合会索要的视频和静态图像。通信中断是发生在传输静态图像的过程中。”

“纳瓦霍有没有发来什么？……关于发生异常情况的信息？”

“什么也没发来。我没有收到任何关于异常情况的报告，我是在普通的通信过程中发现来自‘太空之箭号’的所有电波突然消失的……”

曼苏尔的身体瞬间蜷缩起来，眉头也越皱越深，他不停地揉捻起自己的胡子来。

“具体是哪里和哪里的接收站负责接收来自‘太空之箭号’的信息呢？”

“是两颗位于火星轨道上的电波通信卫星，以及位于海王星轨道上的宇宙通信灯塔NB6。刚开始加速时，天卫四基地也能勉强接收到来自‘太空之箭号’的信息，但后来信号就被天王星遮挡了，所以接收工作就交由NB6负责了。”

“宇宙通信航行管制局呢？关于通信中断一事，他们有没有发表什么看法？”

“暂时还没有，外行星宇宙通信航行管制局只是向宇宙通信航行管制局总部发送了关于通信信号中断的报告。总部现在正集中力量调查上周驶往金星的一条货船的爆炸事故，所以还没有给出初步判断。”

“好，我明白了！夕起子在哪里？”

“她正在记忆库卫星上整理数据。预计18点返回。”

“马上叫她回来。还有，把天文学联合会的帕帕乌秘书长也叫过来……算了，我直接过去找他吧。秘书长现在在哪儿？帮我给他打个电话。”

“帕帕乌秘书长——正在游泳池里。”

“游泳池？是奥尼尔中转点的那个游泳池吗？”

“不，是我们这颗卫星的运动场馆里的游泳池……我现在就帮您打电话给他。”

显示屏上的影像闪了两三次后，出现了一个小型室内游泳池。随着呼叫的声音响起，波浪翻滚的水池那边，一个巨大的、仿佛棕色海豚的身影来了一个急转弯。一两秒钟后，靠近镜头的水面猛然被冲破，一张沾满水珠的棕色大脸随即露了出来，拳曲的黑发上还滴着水珠。

“我是帕帕乌。”水里的壮汉转动着巨大的眼球说道。

“我是穆罕默德。”曼苏尔轻咳一声后说道。

“其实我有件非常重要的事情，需要和你当面说。”

“非常重要的事情？”帕帕乌秘书长的眉毛微微皱起，接着又摸了摸他那圆圆的鼻子，“是关于什么的？是不是‘太空之箭号’出了什么事？”

“现在‘太空之箭号’和我们之间的所有通信都中断了。出事的可能性非常大。”

“30分钟后，秘书处见。”秘书长说着，一个飞身从水池中跳了出来，顿时激起一片水花，“从我的房间到后面的B会议室来。因为那边一般不会有人去……还有，你去联系一下温克尔副主席，请他也来B会议室一趟。今天是温克尔博士值班，他应该正在总部资料室查阅资料。”

“好的。”

“另外，私下里再通知管制局总部通信研究班的亚历克斯·帕德罗普斯和事故调查部副部长冈特，就说是我找他们。”帕帕乌秘书长用浴巾擦拭着他那褐色的肥胖肚子，语速极快地吩咐道，“亚历克斯是遥感仪分析的老手，副部长冈特对所有宇宙事故案例的记忆就像电脑一样精确。他们两人都是我的老熟人，嘴也很严，应该能帮助我们。我们有没有继续呼叫‘太空之箭号’？

“我想应该还在呼叫。”

“与现在可用的太阳系最外侧的通信基地之间的通信，就使用S回路。我会把天文学联合会总部拥有的回路中的一个频道分拨给你们。应该不会被其他飞船接收到，但还是小心一点为好。毕竟有发生人员伤亡的可能……”

与秘书长通完话后，曼苏尔长长地叹了一口气，从椅子上站起身来。他的额头上不知不觉间已是密密麻麻的汗珠。

彗星源探测特别计划简称为COSREP，不过人们更喜欢称之为“太空之箭计划”，或者进一步简称为“SA计划”。当初正是井上龙太郎博士强烈主张以载人形式而非无人形式实施该计划，并坚持为之做了大量工作，穆罕默德·曼苏尔对此给予了全面支持。刚开始时，当时还是秘书处副处长的希尔德布兰·帕帕乌博士为了该计划能够成功落地，也在机构内部构建起了强有力的支持制度。当时的常任干事候选人、恒星载人探测计划的负责人是奥托·温克尔博士，而帮着和他搭上话的人正是帕帕乌秘书长。

温克尔博士是航天工程学和航天飞行物工程学的权威和极具影响力的人物，帕帕乌则将彗星源探测特别计划与温克尔的载人恒星旅行计划巧妙地结合在了一起。彗星源探测只是整个天文学联合会放在第二位或者第三位的课题，而载人恒星旅行则是一项十分宏伟，但目前尚处于模糊状态的长期计划。于是帕帕乌便将彗星源探测特别计划作为无人恒星探测旅行计划的前一阶段，并将之糅合进了温克尔博士的计划。正因此，太空之箭计划才得到了工程学技术界的大力支持。

尽管如此，直至最后阶段，天文学联合会内部都存在着反对载人的声音，尤其是来自地球方面的意见。而计划的发起人井上博士本人要登上超远程飞船一事，也遭到了支持方一些人的强烈反对。井上博士品格高尚，在太阳系形成的理论和实证方面都曾取得过不少杰出成就，因此提名他为天文学联合会的常任理事候选人，甚至是理事长候选人的呼声很高。

不过，井上博士本人对政治或管理并没有什么兴趣。他只热衷于研究工作，时不时地就会去观测基地、天文台卫星，或小行星带和外行星的卫星，并在那里待上几个月甚至几年。

刚开始，曼苏尔打算亲自乘坐“太空之箭号”前往太空进行探测，但最终还是被井上博士的热情打败。另一方面，如果不是霍贾·金的自我推荐，温克尔博士的团队也很难找到合适的人选。霍贾·金是个独来独往、性格古怪，但天生有一股子冲劲的飞行员，隶属于一个让人很难想到的组织——宇宙空军。在疏通这一连串堪称侥幸的关系之后，SA计划终于得以立项和通过。正因为如此，一部分人对该计划始终抱有强烈的担忧和反对情绪。在取得明确的成果之前，他们对该项目的评估依然存在着不少微词。在计划的推进过程中，曼苏尔常常如履薄冰。

而现在，最坏的情况还是发生了，而且是在远未抵达目的地的阶段……

想到这里，曼苏尔不禁有些眩晕。为了消除这种眩晕感，他再一次深深吸了一口气，紧紧抿住嘴唇，走出了梅西耶纪念室。

*4. B*会议室—火星

位于研究所卫星LabSat2上的世界天文学联合会秘书处的B会议室内，穆罕默德·曼苏尔与秘书长帕帕乌和副主席温克尔相对而坐，曼苏尔正用指尖不断地敲击着桌面。

秘书长帕帕乌和副主席温克尔都紧锁着眉头，表情十分凝重，曼苏尔看起来要平静许多。然而，曼苏尔眼眸深处不时闪过的阴影暴露出一个事实，那就是他虽然具备超常的自制力，但依然难以抑制此刻内心的波动。

B会议室位于秘书长办公室靠里侧的位置，室内的显示屏可通过秘书长个人专用的秘密线路，直接与火星上的宇宙通信航行管制局总部事故调查部副部长弗里茨·冈特的个人办公室相连。就在刚才，副部长冈特表达了他的个人观点，即“太空之箭号”的信号之所以突然中断，只可能是遭遇了爆炸、破坏等一级事故。

聚在B会议室里的三个人正在等待管制局总部的资深遥测分析师亚历克斯·帕德罗普斯从太空飞行物上通过电波发送过来的报告。虽然此时火星距离地球只有7000万千米左右，但通信往返仍然需要花费将近8分钟的时间。三人不得不在烦躁中忍受着光速障碍造成的令人沮丧而又漫长的等待时间。

副部长冈特的办公室与B会议室之间一直保持着连线，从办公室的影像中可以看出，冈特副部长也同样一直处于焦虑不安的状态之中。冈特副部长要求帕德罗普斯尽快确认“太空之箭号”最后发送回来的遥测数据，并给出个人意见。帕德罗普斯的回答应该会通过副部长的个人专用回路传输到屏幕上。“太空之箭号”的通信信号突然中断这件事，到目前为止还仅仅是被计算机网络系统捕捉到，且只报告给了特定的相关人员。这究竟是一场不祥的事故还是一场灾难性的遇险，现在还没有被人们确认，也没有被组织和集团的情绪反应放大。身在天文学联合会总部B会议室里的三个人，以及与此相距7000万千米的火星上的两个人将不得不扮演验尸官的角色，第一时间确认“太空之箭号”的“死亡”，以及飞船上两个人的死亡。

这时，显示屏的一角，表示紧急通信的橙色灯突然闪烁了起来。

穆罕默德的手略微一动，闪烁便停止了，紧接着上面出现了一个小小的影像。

影像中是一位东方少女，留着整齐的刘海，面容略显稚嫩，看上去只有十四五岁。

“我是夕起子……”穆罕默德的这位女助手开口说道，“我刚刚收到了蒂姆兔发来的消息。难道这不是一次单纯的通信故障？”

“我们正在调查……”穆罕默德轻轻地揉搓着他的小胡子，说道，“不过，最坏的情况可能已经发生了……”

“是百分之百……没有希望了吗？”

夕起子的声音有些哽咽，泪水在她的大眼睛里打转。

“我们不能自己先乱了阵脚……”穆罕默德以平静的语气安慰夕起子，“继续照常工作。暂时先不要对秘书索尼娅说什么，之后我会亲自跟她说。”

“明白了，老板……”夕起子用手指抹去溢出眼眶的泪珠，点头道，“实在抱歉。”

“我需要你全面梳理关于太空之箭计划的所有数据，切记不可大张旗鼓。包括当初建造‘太空之箭号’时的各种规格、改装前的航行履历、冷冻休眠系统……还有纳瓦霍的过往经历。另外……”穆罕默德将目光投向空中，看了好一会儿，然后才接着说道，“从彗星源探测特别计划最初期开始到现在的完整资料都在哪里？”

“是从无人探测时期开始吗？”

“是的……从第一次开始……”

“蒂姆兔已经把资料发给我了……如果是全部资料，应该已经被转移到了档案所卫星上……”夕起子歪着头说道，“我会马上确认。”

“那就这么办吧。”

就在这时，副主席温克尔轻咳了一声。“亚历克斯发来信息了。”他用沙哑的声音说道。

穆罕默德做了个手势，切断了与助手之间的通话。

显示屏上“紧急通话”的指示灯闪烁着，随即画面略微模糊了一下，一个头发灰白、额头宽阔、看上去有些神经质的中年男子出现在了冈特旁边。

“我是帕德罗普斯……”屏幕里的男人说道，“我大致看了一遍‘太空之箭号’通信中断后100到150小时内的航行数据。虽然目前我还不能下太过肯定的判断，但至少在通信中断之前，‘太空之箭号’的运行状态基本正常，而且不论是动力、机械、控制还是通信系统，都没有任何发生大型事故的征兆。”

“最后阶段的加速较原计划提前了1600小时，关于这一点，没有什么问题吗？”屏幕上的冈特问道。

“关于这一点，我做了更为详细的调查。我认为‘太空之箭号’的智能电脑纳瓦霍采取的措施是恰当的，并不存在任何问题。”亚历克斯·帕德罗普斯看着笔记说道，“报告称，提前启动加速的理由是，其中一个辅助引擎在启动时状态不太稳定，而且还发现外部核燃料罐的部分管道存在泄漏情况。虽然可以使用修理机器人进行船外修理，但从这次任务的性质来看，我们必须尽可能多地保留动力，用于到达目标地点后开展的行动。所以纳瓦霍并没有选择投入时间、能量和两台机器人到不确定因素较多的飞船外修理，而是决定提前启动最后阶段的加速，并在管道有漏点的燃料罐里的燃料彻底耗尽时，让这个燃料罐、存在问题的辅助引擎，以及与之配对的另一台辅助引擎一起与飞船实施分离。这个判断是恰当的，做出变更决定也在纳瓦霍的自由裁量权范围之内，它也向蒂姆兔发送了报告，具体的执行过程也不存在任何问题。”

“也就是说，纳瓦霍本身的功能直至此时都是完全正常的，并没有发生任何故障或是判断方面的失误，是这样吗，亚历克斯？”

“是的。虽然当时智能电脑纳瓦霍的7个系统中，有6个系统都处于休眠状态，但只要有一个系统仍处于清醒状态，那就足以支持它做出正确的判断。从目前掌握的情况来看，该系统做出的判断也是完全正确的。”

“纳瓦霍不可能出现故障或失误……”B会议室里的曼苏尔喃喃自语道，“那可是……整个太阳系中最高级的船载智能电脑系统了。”

“嘘……”帕帕乌秘书长将一根手指抵到嘴唇上，小声说道，“先听亚历克斯讲……”

“在启动加速后的16小时内，存在问题的燃料罐已按计划清空，与该燃料罐相连的管道系统和两个辅助引擎也与飞船成功实施了分离。在这段时间内，没有出现过任何问题。之前提到的那个启动时存在问题的引擎，当其功率从额定功率被逐步提高到最大功率时，表现反而相当不错。当它们与飞船分离后，剩下的6台辅助引擎的功率从备用状态被提升至额定功率，继续保持3G的加速度……”

“等一下……”副部长冈特举手打断了亚历克斯，“启动最后阶段的加速时，没有用到主引擎吗？”

“是的——根据航行程序，到达目标地点之前的所有中间阶段的加速都是由辅助引擎来完成的。根据到达目标地点后剩余能量的多少，至少会留下两个辅助引擎用于轨道探索，返回时会丢弃所有剩余的辅助引擎和备用燃料罐，仅依靠主引擎完成返程。”

“在这一加速过程中，主引擎系统的状况如何？”

“检查系统一共包含4个监控系统，如果仅从遥测结果来看，不存在任何问题……在辅助引擎工作期间，4台主引擎一直处于紧急加速的待命状态，我大致看了下数据，没有发现任何异常或事故的征兆。”

“明白了……”冈特副部长扫了一眼B会议室里的三个人，点了点头道，“请继续……”

“此后，加速顺利持续了大约10个小时，在开始加速后的第26小时11分，速度达到了预定的每秒1.2万千米，6台辅助引擎随即被关闭。加速时长在26至27小时之间，比原计划还多出了大约1个小时。但因为达到最终预定速度的时间比预计时间早了很多，所以就关掉了引擎。”

“等一下……这里还希望你能再解释一下……”冈特说道，“为什么达到预定速度的时间会比纳瓦霍预想的时间大幅提前了呢？”

“关于这一点，如果只看数据，似乎是一个非常简单的问题。因为有故障的辅助引擎，一旦启动并提高运行功率，其实际运行情况反而比预期要好得多。另外，在通常情况下，引擎和使用完毕的燃料罐系统的分离是分阶段进行的，但纳瓦霍决定将出现问题的燃料罐中的燃料转移到另一个燃料罐中，只留下加速必需的部分，待燃料耗尽后又将其与两个辅助引擎一起丢弃，所以等于跳过了中间阶段的检查，直接提升了功率。”

“没有爆炸的危险吗？”

“好像它的判断是没有。事实上，两个引擎和空的燃料罐都已经与飞船分离，剩下的6个辅助引擎在接下来的10个小时里的加速也很顺利……”帕德罗普斯不知为何，突然咯咯地笑出声来，听上去有些怪异，“抱歉——总而言之，燃料罐里的燃料在提前耗尽，并和两个辅助引擎一起与飞船实施分离后，飞船的质量有所减轻，所以加速也就更快了。”

“继续说下去……”冈特叹了口气，揉了揉眉心道，“也就是说……加速结束的时间要早于预期。那然后呢？”

“加速一结束，‘太空之箭号’就按照天文学联合会的要求，立即开始传输之前拍摄到的部分天体的静态图像和视频。关于传输的具体内容，我一会儿再向大家介绍。”

“提出这个要求的人正是我……”天文学联合会副主席温克尔对着B会议室里的另外两人低声说道，“总部目录部门的计算机经过比对后，发现‘太空之箭号’拍摄到的静态图像和视频中，某颗恒星的位置和目录中记载的位置出现了略微的偏差，所以我发出指令，要求再仔细确认一下。”

“彗星源探测特别计划总部的智能电脑蒂姆兔将信息发出后，又过了几个小时，加速一结束，‘太空之箭号’就开始往回传输拍摄到的部分天体的静态图像和视频等相关信息。刚开始时，传输和接收都进行得非常顺利。视频已经基本传输完毕，使用了压缩代码E，并通过4个频道进行了补充和修正。原本那边说要发送8张静态图像，但实际上只发送了6张，而且第6张图像刚发过来大概2/3的像素，通信就突然被切断了……”

“问题就在这里！”冈特副部长猛地拍了一下桌子。

“没错……问题就出在这里……”B会议室里的温克尔副主席也嘀咕了一句。

“关于‘太空之箭号’航行状态的遥测数据一直都是通过3个系统传输过来的，对吧？如果包括视频传输在内，那一共就是4个系统。”副部长冈特看着笔记说道。

“可是，整个系统的通信被瞬间切断……通信到底是在什么情况下被切断的？是在毫无征兆的情况下被突然切断的吗？”

“不，这取决于你如何看待信号消失的时间长度……主观地说，我认为是在瞬间被切断的……”亚历克斯耸耸肩道，“大概在0.01秒到0.1秒之间，传输功率骤然下降，传输波的频率也开始下降……就好像是突然断电一样。”

“你的意思是，‘太空之箭号’的传输电源出于某种原因突发故障，导致无法继续供电？”

“嗯……我觉得是这样。而且是非常突然的、全面性的……”

“这简直让人难以置信！”冈特副部长咆哮道，按下了他桌子上的好几个开关。屏幕上两个人的影像之间，“太空之箭号”的示意图再次浮现。冈特继续发送图像，示意图上又出现了一些闪烁的绿色光点和光线。

“看好了，LabSat2的人也请好好看一看。从基础设计阶段开始，我就对‘太空之箭号’非常熟悉了。在改装之前，它曾与一艘太空驳船发生过轻微的碰撞，我正好参与调查这起事件。对其进行改装时，我也认真听取了事故调查部呈报上来的意见。在改装计划被批准后，我又参与了改装后的系统检查。‘太空之箭号’的主动力和电力系统基本都是以三联系统为基础的，特别是控制、通信系统的电源和信号系统，采用的都是双重的三联系统。通常情况下，三组电源中的两组电源会分别作为主电源和副电源，并以一定的时间间隔交替工作。因此，即使其中一组电源的线路发生故障，另一组电源也会立即顶上，第三组电源则会作为备用副电源承担起第二组副电源的原有职能。与此同时，纳瓦霍会对拆卸下来的线路的故障部分进行检查和修理。装有双重独立电源的三组电路，每一组都可以随时切换使用。如果遇到突发情况，‘太空之箭号’内部的主动力和电力系统也会被紧急投入使用。而且……你们看这里。这个双重三联线路的每个单元中，都有6处设置有应急电源，8处装有电池。甚至可以说，哪怕‘太空之箭号’被撞得粉身碎骨，只要还剩下1/5，那么通信系统也能将信息继续传送过来。不，在某些情况下，即便飞船只剩下1/10，也能够发出求救信号吧。……事故调查部根据以往飞船发生重大事故的经验教训，提出了这样的意见，所以最后我们才安装了这样一套系统。”

B会议室内弥漫着令人窒息的紧张气氛。帕帕乌秘书长下意识地抬起手指，似乎想要对着屏幕说些什么，但又改变了主意，于是咽了下口水，把手放了下来。

位于月球轨道上的LabSat2与位于火星上的宇宙通信航行管制局总部之间……有着8分钟的往返通信时差，这一时差对双方进行激烈的问答多少造成了阻碍。

“原来如此……”屏幕上同在管制局总部的亚历克斯点点头道，“也就是说……‘太空之箭号’的突然失联并不是由于飞船内的电源故障。”

“这一点，我可以打赌。”冈特副部长用力点头道。

5. 火星·月球·木星

“如果‘太空之箭号’的失联不是源于电源故障，”画面中的亚历克斯·帕德罗普斯神经质地眨巴着眼睛说道，“那么，副部长，您觉得那艘飞船上到底发生了什么呢？”

“现在还不好说，”冈特副部长重新展开不知何时早已被他攥成一团的便条，目不转睛地盯着它道，“有一种可能性是……主引擎失控或发生了爆炸。”

“根据我从遥测仪上读取的数据，答案应该是否定的。”亚历克斯说道。

“在结束最后阶段的加速之后，4台主引擎中，有2台已经解除了待命状态。如果飞船失控，燃料和动力系统中肯定会有征兆。”

“不过……”事故调查部副部长冈特用手背揉着他的大鼻子，喃喃道，“根据我的经验，以前也有……算了，不论如何，你从主机失控和爆炸这条线上，再认认真真地彻底排查一遍吧。除此之外，还有可能是与陨石或其他飘浮天体发生了碰撞……毕竟，如果以每秒1万千米左右的速度飞行，并以3G加速，一旦撞上什么东西，冲击力肯定会非常大。”

“对于这一点，我持否定态度……‘太空之箭号’的前置障碍物传感器精度非常高，而且被分成了好几个范围，既有到顶角为30度、辐射距离达30万千米的超强雷达，也有到顶角为60度至90度，辐射距离为100万、500万和1000万千米的激光传感器。除了通信天线，船体本身还设有电磁屏障，所以小型陨石应该不会对飞船造成什么影响。而且在加速前和加速过程中，前置障碍物传感器肯定会对飞船的前方进行特别细致的检查，如果前方真的存在有可能撞向飞船并会给飞船造成损伤的小型天体，应该不会检测不到吧。”

“也就是说，‘太空之箭号’的智能电脑纳瓦霍应该是在检查过该类事项后才启动加速的？”

“那是当然。在所有的船载智能电脑中，纳瓦霍都是极为优秀的，所以不太可能在这种事上出现失误。”

“也就是说，关于‘太空之箭号’信号中断的原因，目前我们依然一无所知。”冈特不悦地哼了一声，晃了下身体说道，“不过，至少可以确定，这不是内因性事故。”

“我也这么认为。只是……”亚历克斯用手背抹去大脑门上渗出的密密麻麻的汗珠，吞吞吐吐地说道。

“只是……什么？”

“在我没有进一步研究遥测数据之前，我不敢说得太过肯定……不过有迹象表明，纳瓦霍在通信即将中断之前，曾对智能电脑中正在休眠的其他6个系统发出过紧急呼叫……”

在火星上的宇宙通信航行管制局总部内，亚历克斯·帕德罗普斯与事故调查部副部长冈特之间就这么一问一答着。与此同时，远在7000万千米之外的月球轨道上，围坐在LabSat2的一个房间内，正在倾听他们讲话的世界天文学联合会的三名成员心里，却犹如要遭受电击一般紧张无比。计划主任穆罕默德·曼苏尔下意识地从椅子上站起身来，仿佛要对屏幕上的亚历克斯和冈特说些什么，但又突然改变主意，不停地搓起手来。其实即使从LabSat2上向火星发出呼叫，没有4分钟以上，电波是不可能抵达对方那边的……

“也就是说……当时的纳瓦霍可能已经发现了某种异常情况……”冈特副部长低声说道，“那个异常情况到底是什么，现在有眉目了吗？”

“如果不做进一步调查，很难说清楚原因究竟是什么，也很难有机会搞清楚。纳瓦霍似乎曾经发出过紧急呼叫，但如果不仔细分析遥测仪数据的最后部分，很难弄清楚真相……总之，我们目前获得的唯一信息，就是在通信中断的一两秒之前，曾收到过疑似信号。”

“除此之外……纳瓦霍有没有发现其他征兆？”

“我想想……除此之外，就没有别的了。在加速的后半段，纳瓦霍正在检查多普勒传感器的精度，这也是应一直与其联系的项目专用智能电脑蒂姆兔的要求而进行的。”

“检查多普勒传感器的精度？”B会议室里的温克尔副主席不禁喃喃自语道，“这究竟又是怎么回事？”

“这个等会儿再讨论……”帕帕乌秘书长举起他那犹如棒球手套般巨大的手掌，制止了温克尔副主席继续说下去，“等会儿我们再慢慢检查你觉得有问题的地方。”

“你的意见都说完了吗？”屏幕里的冈特副部长叹了一口气道，“那么，到目前为止，你的看法是什么？”

“‘太空之箭号’……”亚历克斯欲言又止，吞了一下口水说道，“到目前为止……我的个人意见是……在距离太阳大约1800亿千米的位置上，飞船遭遇了重大事故，船体也已经完全损毁。”

冈特副部长举起他那长满金色毛发的双手，不停地在脸颊上揉搓着，用几乎难以听清的声音说道：“也就是说，你认为……‘太空之箭号’已经遇难了？而不只是单纯的通信系统故障。”

“是的，没错。再补充一点个人意见，我认为飞船遭遇的极有可能是一级遇险事故。”

“确实……如果是事故，那绝对是一起极其突然的事故，不仅夺去了两位船员的生命，而且让他们连发出求救信号的时间都没有……”冈特副部长抬起满是血丝的眼睛，对着B会议室里正屏气凝神侧耳倾听的三个人说道，“还有，我的看法也大致相同。虽然还没有进行详细的调查，无法断言，但根据我以往的经验，可以说下我的感想——‘太空之箭号’遭遇了一起重大事故，甚至船体也已经完全损毁的可能性非常大。但即便如此，根据我们了解到的数据，这起事故极其不正常。因为过于不正常，反倒有可能存在意想不到的侥幸情况。不过，从我的直觉来看，还是不要抱太大的希望。”

屏幕上的亚历克斯向B会议室里的三个人点了点头，随即从屏幕上消失了。剩下的冈特副部长整个人陷在椅子里，双腿交叉着，毛发浓密的双手亦交叉着放在肚子上，自言自语道：“这些就是我和亚历克斯目前所能说的一切了，帕帕乌先生……通信中断后你那里的蒂姆兔一直在呼叫‘太空之箭号’，在通信中断1小时后，也向我们总部的通信网络智能电脑发出请求，进入了D级紧急呼叫状态。目前除了常规通信，还在外行星空域部署了两颗天线卫星，用于紧急呼叫。很快，再过40分钟左右，我们就可以向‘太空之箭号’，以功率高达两位数的强指向性波束尝试发送‘强心呼叫’。现在，‘太空之箭网络’还处于蒂姆兔的管辖之下，总部的主控制电脑收到报告称，与‘太空之箭号’之间的通信出现了异常。如果启动‘强心呼叫’后还是没有收到任何回应，那么12小时后，就会发布一份‘发生通信事故’的报告；再过12小时，则会自动发布‘通信中断’报告。在此之后的最多6小时内，我还有权扣留‘太空之箭号’的事故确认报告和上报给总部领导的遇险报告。但过了这段时间，宇宙通信航行管制局总部就必须立即召开紧急常任委员会会议，对报告进行讨论，并通报给天文学联合会总部和联邦宇宙委员会了。当然，一旦到了那个阶段，新闻媒体也会对此进行报道，同时事故调查部将组织特别调查总部。只要不是中途出于某种原因而导致信息泄漏，你们就还有30多个小时。在此期间，我相信你们的组织能够采取措施来缓和即将遭受的打击。关于这件事，在目前这个时间点，我也给不了你们什么特别有用的建议。总而言之，你们要妥善处理。如果有什么特别想要了解的事情……关于宇宙事故的所有数据我们调查部都收集得非常齐全，所以如果要查询，记得一定要通过我。接下来的48小时内，我都会待在调查部。要联络我，就使用现在这条线路，或者另外一条特殊私人线路S6038GW。我的话说完了。”

“收到，弗里茨……非常感谢您。”帕帕乌秘书长说道。

“谢谢你帮了我们这么多。也代我向亚历克斯问好。”

B会议室侧面墙上的那面显示屏上，身在火星宇宙通信航行管制局总部的事故调查部副部长冈特的影像略微晃动了一下，随即便消失了。浅灰色的画面中，只剩下浮现的亮绿色字母“READY（准备就绪）”。

“距离召开新闻发布会只剩下30个小时左右了……”天文学联合会副主席温克尔长叹了一口气，低声说道，“那么，在这期间，我们到底该做些什么呢？”

穆罕默德·曼苏尔也不知道该怎么回答这个问题，因为这是世界天文学联合会80多年来遭遇的第一起涉及人员伤亡的重大事故。

“我觉得……”帕帕乌秘书长那犹如一座小山似的庞大身躯离开椅子站了起来，他扫视了一眼会议室里的另外两个人，接着说道，“最好还是咨询一下韦伯总裁。”

“韦伯？”温克尔博士诧异地问道，“你是说埃德·韦伯？可他是太阳系开发机构的。”

“是的……”帕帕乌秘书长将特别秘密线路列表依次拉到电子备忘录上，点头道，“只要是在太空中发生的问题，他就一定知道最佳的处理方法。”

“‘太空之箭号’？”位于月球背面莱布尼茨环形山的太阳系开发机构总部的总裁办公室内，埃德·韦伯不由得皱起了眉头，“这是真的吗？已经确认遇险了吗？”

“已经私下里询问过宇宙通信航行管制局总部专家的意见了……”在私人秘密线路专用的小型显示屏中央，帕帕乌秘书长的脸色苍白，神情非常紧张，“确定性已经超过了90%。”

“天文学联合会的主席知道了吗？”

“还没有，到目前为止，只有副主席温克尔知道。”

“是奥托吗？如果是他，就不用担心了……你晚点再通知主席吧。或者等管制局总部的通知……12小时后，你去见一下秘书科科长伦纳，还有她的贴身护士——名字好像叫米兰达吧，你先去找她们通个气。毕竟主席年事已高，受不了太大的刺激。你偷偷告诉伦纳就行，不要让秘书科的其他人知道……因为秘书科里有两个人，正好是那个很难对付的理事的眼线，他们很可能会向那个理事汇报。至于联邦宇宙委员会的委员长，我会告诉他的。联邦议会那边就交给你了……你们现在需要马上做的，就是让霍贾·金上尉和井上博士的家人赶快来这里。只要不超过30个小时，就一定会有办法的。井上的夫人和母亲都住在地球上，好像是在日本一个叫作鹿儿岛的城市里。他们家是传统的武士家族，所以不用太担心……但霍贾·金的老婆就住在火星上，她其实在火星上有个情人，因为涉及离婚问题，所以会有点棘手……不过问题应该不大。她那个情人正好是我的部下。我会让‘虎妞’凯特和他的直属上司莱普克博士叫他提前回避。让霍贾·金的孩子去冈特那里，井上博士的家人就去你们那里，在新闻发布会结束之前，所有人都不能离开。还有……”

韦伯麻利地给出了一连串的指示，随即挂断了电话。他静静地凝望着太空，好一会儿才按下办公桌上的按钮，让太阳系的各大行星和人工天体的实时影像依次显现在墙面上。韦伯晃动着他那肥胖的躯体，渐渐地入了神。

到了茶歇的时间，一阵门铃声响起，随后，一个穿着银色工作服的年轻金发女孩端着饮料走了进来。

“伊冯娜……”韦伯看着刚刚投影到屏幕上的土星那巨大的多重环，用毫无感情的声音说道，“自从我担任总裁以来，太空中因事故而丧生的人数是多少？”

“什么？”伊冯娜诧异地望向韦伯那魁梧的身影，随即从口袋中取出了一个微型电脑，开始查询起来。

“截至上周末，一共是4876人。”伊冯娜答道，“但这里面不包括往返于地月轨道的摆渡飞船的事故。”

“4876人……”韦伯自言自语道，“现在又多了两人……”

“啊？”

“不，没什么……”韦伯仍然背对着伊冯娜，轻轻地摇了摇头，“我只是在想，无论是谁，最终都免不了一死……但自然死亡和在事故中死亡，留给他们身边那些幸存的人的责任和悲伤，又是如此不同。为什么会有这么大的区别呢？其实不论何种情况，先死的人总会把悲伤留给幸存的人，而幸存的人也许会因为无法承受这份悲伤，而追随前人而去……”

韦伯的话让伊冯娜听得云里雾里，她一脸困惑地呆立在原地。韦伯回头看了看伊冯娜，微微一笑。

“所以我这把老骨头还需要继续努力，坚持活下去。毕竟，我的体重——惯性质量要远超普通人。要是我死了，抬棺材的人会很辛苦吧？说不定有些人还会因为滑倒而受伤。”

“老板，您别这么说。”

伊冯娜的脸上浮现出尴尬的笑容。

“我有件事要拜托你，伊冯娜……”韦伯说着，背过身去，“在事故死亡人数即将达到5000人的时候，你记得通知我一声。这是我的私人请求。当死亡人数超过5000人时，我就打算隐退了。不管采取什么形式……”

伊冯娜一时不知所措，韦伯挥了挥手，示意女孩退下。随后他打开办公桌的抽屉，拿出纸巾，正准备擤鼻涕时，突然发现抽屉里有一个没有写收信人姓名的白色信封，于是将它拿了出来。信封的边角已经被折得皱皱巴巴的了。

此时墙壁上显现的正好是木星的影像。韦伯看了一会儿，然后犹豫地按下了“机密信息”的开关。

“木星密涅瓦基地转交JADE计划小组米莉森特·威廉博士亲启……SSDO-HO，E.T.韦伯……”说到此处，韦伯停顿了一下，清了清嗓子，继续说道，“米莉……这是一个坏消息。你没有机会再和那个人来一次‘正式的告别’了。永远都不会有这个机会了……那个人写给你的信还放在我办公桌的抽屉里。如果有机会，我想把它交给你。还是，你希望我直接把它烧掉？”

韦伯暂停了录音，等了一会儿才再次按下开关，用低沉的声音说道：“顺便问一下，这对你来说是经历过的第几次悲伤？对我来说，已经是经历过的……第5000次悲伤了，韦伯……”

6. 木星·地球

在位于木星卫星轨道上的密涅瓦基地，当本田英二路过分配给米莉森特·威廉的房间门口时，发现她正呆呆地立在敞开的门后，样子看起来有些异常，于是英二赶紧停下了脚步。

“米莉……”英二忍不住问道，“你怎么了？

“不！”米莉用沙哑而又尖厉的声音喊道，“别过来！……不要进来！”

英二犹豫着停下了脚步。米莉的右手好像攥着什么东西，双肩不停地抖动着，看上去实在太过异常。英二顾不了太多，急忙大步赶了过去，想要看看米莉手里究竟攥着什么东西。

但米莉突然转过身来，与英二正面相对，她的右手猛地推向英二的胸膛，神情狰狞地喊道："我不是说了不要过来吗？"

"你冷静一点！"英二将目光投向米莉的右手，说道，"到底发生了什么事？"

"前几天……"只说了这几个字，米莉便沉默了。

她的眼睛瞪得大大的，眼珠几乎都要掉出眼眶。虽然她的眼眸中依然闪烁着炽热的光芒，但皮肤苍白而又干燥，下巴与脸颊上的肌肉也过于僵硬，横添了几道深深的皱纹。她好像瞬间老了十几岁甚至二十岁，面容宛如一个老妇人。

"前几天……我们乘坐JADE-Ⅲ的时候，我看到的幻象……"米莉用沙哑的声音说道，"那……居然……是真的……"

"你究竟在说什么？"

英二一时没有明白米莉话中的意思，微微皱起了眉头。

"井上龙太郎……"米莉睁得大大的眼睛中突然间噙满了泪水，"……他死了！"

井上这个名字，仅仅花了0.5秒到1秒的时间，就立即极为精准地嵌进了英二各种记忆拼图中的某个位置。

"你刚才说什么？"英二深吸了一口气，脸色骤变，"你是说……'太空之箭号'……"

"虽然还没有完全确定……"米莉的双眼中涌出的泪珠滑过她鬓发蓬乱的脸颊，留下两道清晰的泪痕，"可是……事实就是这样。一定是这样……在我看到的幻觉中……"

米莉突然转过脸去，将右手拿着的一张小小的塑料卡片递给了英二。

"这是埃德寄给我的……"她用低沉的声音说道。

"埃德？……韦伯总裁？"

"是的……"

"我可以听听吗？"

米莉用双手捂住脸，点了点头。

"亲启需要的代码已经输入了……"

英二看了一眼米莉递过来的黄色个人信息卡，然后将它放进了播放器的卡槽内。

米莉不在的这段时间，发给她的信息都由通信计算机进行分类整理并记录在这张卡上，但需要“亲启”的部分必须输入只有米莉才知道的特殊代码才能成功读取。因为代码已经被输入了，所以英二便直接按下了播放器的开关，并戴上了耳机。当韦伯总裁那熟悉的声音在他耳畔响起时，英二顿时感觉自己的脸好像僵住了。

“仅靠这些消息还无法判定……”英二自我安慰似的说道，“我可以用视频终端看一下吗？”

米莉背对着英二，抽泣着点了点头。

英二将同一份信息投影在阅读用的小型屏幕上，一遍又一遍地反复查看着。随后他关掉了播放器，把卡片递还给了米莉，然后打开了戴在左手腕上的个人线路通话开关，喊了一声“南希”。

“请讲，主任……”密涅瓦基地的智能电脑南希的声音从安装在墙上的扬声器内传来。

“请帮我检查一下宇宙通信航行管制局总部的报告。在过去24小时内发布过关于飞船事故的信息吗？”

“请稍等……”南希回答道，“一共有两次。一次是一艘度假用的太空游艇在月球和L4宇宙殖民地的中间点上因引擎故障发出过求救信号。四名船员不久之后全部被L4救援队成功救出。另一次是，一艘从火星驶向小行星带的无人货船由于操作故障而在中途偏离了航线，并开始了无目的飘移，但预计不久就会被成功回收……”

“只有这些吗？”

“目前只有这些……啊，请稍等一下……”

南希说完，就传来一阵噼里啪啦的微弱噪声。

“刚刚从火星发来一条关于外行星网络系统的新闻……世界天文学联合会的彗星源探测飞船‘太空之箭号’的通信SSMTO3M16D08H30中断了……要将文字内容显示在屏幕上吗？”

“显示出来吧。”英二说道，“这是新闻机构的报道，还是管制局总部的官方消息？”

“管制局总部在大约1小时10分钟前发布了这一消息。请稍等……现在将通过密涅瓦航行管制的线路直接联系总部……”南希沉默了几秒钟，然后继续说道，“现在……如果算上通信时差，38分钟前，火星上的宇宙通信航行管制局总部就‘太空之箭号’的通信中断问题发布了第二次公告。我会马上将公告内容投影在屏幕上……”

米莉房间内的一面墙上亮起了绿光，并开始播放冷冰冰的文字。

管制局总部已就……世界天文学联合会的彗星源探测飞船“太空之箭号”的通信中断问题……召集常任委员会进行讨论，暂时认为这很可能是一起一级遇险事故，并命令事故调查部尽快组织特别调查总部。目前仍在通过紧急通信系统不断联系“太空之箭号”。“太空之箭号”是为探测彗星源异常情况而改装的载人超远程飞船，船体重2500吨，飞船上共载有乘客船员……

“井上……”米莉盯着屏幕，用颤抖的声音喃喃自语道，“啊……井上……”

——霍贾·金……

看到画面上出现的船内人员的名字，英二的内心涌起一股难以言说的悲痛，不由得默念起了那个人的名字。

——亲爱的兄弟……你怎么可能在事故中死亡呢？……我不相信……一定是骗人的……

——亲爱的兄弟……即便你身处距离太阳系1000亿千米，甚至2000亿千米的远方，也一定还活着……一定要活下去……你一定能回来……

地球，北美大陆……

在一年四季都是夏天的佛罗里达半岛的西南部，大沼泽地市的南部，有一片私人海滩，这里就是朱庇特教团的大本营所在地——朱庇特海滩。无数年轻人聚集在墨西哥湾5月明媚灿烂的阳光下，正在为6月的“朱庇特音乐节”做准备。

不过，聚集在一起的这群年轻人中，真正为音乐节忙碌的其实只有一小部分人，他们或是忙着搭建舞台的脚手架，或是手拿图纸走来走去，以确定用于空中投影的人造云发生器的位置。距离音乐节还有3个多星期，但已经有不少人相继从世界各地赶了过来。他们或是半裸着躺在沙滩上晒太阳，或是尽情地玩着游戏，抑或是以小乐队的形式，一边演奏乐器，一边唱歌。还有些人躲在水中或树荫下，相互爱抚着。

玛丽亚一脸倦容，缓缓地从这群年轻人聚集的海滩边走过。

她穿着一件无上装泳衣，头上戴着一顶褪了色的绿色草帽，上身还套着一件薄纱材质的无袖沙滩罩衫，没有扣上纽扣。她那一头披在肩头的美丽金发在海风的抚弄下，时不时地轻轻摆动着，她手中还拿着一根长长的树枝，乍看上去，好似突然现身于白昼的月亮女神阿耳忒弥斯。

玛丽亚的绝美风姿让海滩上的一众年轻人无不瞪直了眼睛。他们兴奋地吹着口哨，赶紧给玛丽亚让路。认识玛丽亚的人则纷纷向她打招呼，不时发出一阵阵惊叹声。

前方不远处，几棵巨大的大王椰子树高高地耸立着，那粗壮的树干如同恐龙的脖子一样直插灼热的碧空。树下慵懒地躺着四五个年轻男女，玛丽亚缓缓地向他们走了过去。

“嗨，玛丽亚……”

一个趴在地上、长着一头红发的大胡子年轻人看到玛丽亚后，赶紧抬起手，朝她打了个招呼。一个身穿比基尼、身材曼妙的亚裔女孩正骑在他的裸背上，给他做精油按摩。

玛丽亚小声地回以问候，然后伫立在原地，用疲惫的目光环视着这群人。

被按摩的男人旁边还躺着一个身高足有1.8米的女孩。她的腿长得简直不成比例，浑身不着寸缕，只有脸上盖着一顶黑色的棒球帽，鼻头上放着一个折成三角形的防晒用纸板。她随意地躺成了一个大字形，正在睡梦中发出一阵阵轻微的呼吸声。

“英格丽……”玛丽亚皱着眉头嘀咕道，“你至少盖条毛巾啊！”

“她就是这样……”红发男子一边因背部按摩带来的疼痛而不时发出呻吟声，一边苦笑着说道，“对北欧人来说，因日照不足恐惧症而诞生于19世纪的日光浴信仰，已演变成了一种文化创伤，即便现在维生素和抗生素早已普及，他们的创伤也没有随之消失。这就像印度人中至今仍有超过60%的人是素食主义者一样……我刚才趴在这儿，让莉莉娅帮我把臀部的肌肉舒展开来。另外也想让肛门晒晒太阳，好好吸收太阳的神秘力量……”

“你知道安妮塔在哪儿吗？”玛丽亚问道，顺势坐在了红发男子身旁的草地上。

“她刚才一直在那边和一个看上去不像是教团成员的外来者聊着什么，然后好像就去那边了……”红发男子抬起眼说道，“她一定是去找彼得了吧。”

“这样啊……”玛丽亚拿起放在男子面前的凝结着水珠的冰凉带柄锡杯，将里面的饮料一饮而尽，然后撇了撇嘴。

“哇，好冲……”玛丽亚啐了口唾沫小声嘀咕道，“这究竟是什么酒……”

“把龙舌兰酒与朗姆酒混在一起，然后加上青柠汁。因为没有加糖，所以不太适合女人喝……”男子咯咯地笑了起来，“对了，玛丽亚……你最近看起来怎么无精打采的？”

“有吗？”

玛丽亚将双手枕在后脑勺上，仰面躺了下来。

“你最好别和安妮塔走得太近，我最开始还以为她是一个女同性恋呢。”

“够了！”玛丽亚生气地噘起嘴，“我没有那方面的兴趣。”

“听说你好像在火星还是木星上有个青梅竹马的男人。”红发男子闭着眼睛小声嘟哝道，“就算是这样，我也劝你千万别和安妮塔那帮人扯上太深的关系。我一开始也被撺掇得有点上头，但中途突然醒悟……她骨子里有种莫名的狂热……虽然我并不清楚那到底是什么……”

“你这人啊，整天懒懒散散、吊儿郎当的，没有一点信念和信仰……”玛丽亚语带娇嗔地说道，“你从来没有萌生过为保护美好的东西而燃烧自己的念想，也从没有豁出自身的决心……”

“呵呵……你这种讲话方式倒是越来越像安妮塔了……不过呢，这种话可不适合可爱的玛丽亚哟……”男人流着口水，笑着说道，“还有——她每次要搞点什么动作的时候，总是要给周围的人吃药，还说那种药能让人‘头脑清晰，信念坚定，增加勇气’，这一点我无论如何都接受不了。我看啊，那玩意儿肯定是和赛车手或是试飞员所吃的亢奋剂类似的东西。”

“不是的！”玛丽亚大声喊道，“那种药物没有任何副作用，也不具有成瘾性。何况，就算不吃那种东西，我也……”

“可是，你最近一个人的时候，总是会莫名地无精打采，看上去很消沉……”红发男人继续说道，“你应该去找彼得的医生给你仔细检查一下。我觉得安妮塔小组里的那个医学生不太可信。他惧怕与人接触，不吃药的话甚至连话都讲不出来。”

“喂，鲍勃……按摩结束了。”一直跨坐在鲍勃背上给他按摩的那名少女轻拍了一下鲍勃的背，然后用手背抹去额头上的汗水，“现在轮到你给我服务了，你答应过我的。——你一定要喂饱我……从里到外好好疼我……”

“唔唔……”被唤作鲍勃的男人仍面朝下趴着不动，“不行啊……被你按摩了这么久，我已经累得不行了，动不了了……”

“混蛋！……骗子！废物！臭大叔！”少女甩了甩乌黑顺滑的秀发，站起身来，叉着腰大喊道，“你总是这样……给我记好了！”

少女用脚往鲍勃身上踢了不少沙子，然后飞也似的跑开了。

玛丽亚看完这一幕随即翻了个身，向稍远处两个正在看3D电视的年轻人问道：“你们在看什么？”

“歌舞伎……”其中一个稚气未脱的年轻男子回答道，“名字叫作《娘道成寺》[①]。”

“是日本的转播？”玛丽亚用手撑着脸，看着电视屏幕问道，“你们喜欢这种节目？”

“还好啦……”年轻男孩摇了摇头，“只是没有其他什么可看的……”

另一个年轻人早已遁入梦乡，正张着嘴轻轻地打鼾。

全息电视如今已发展完善，即使在直射的阳光下，全息影像也依然生动鲜活。凹面的接收器上，一个高约30厘米的艺伎头戴黑漆帽子，身着美丽的长袖和服，伴着欢快的音乐，展示秀丽的舞姿。

“这个女孩是一个男人扮演的，是真的吗？”年轻人问道。

“应该是的……”玛丽亚点了点头，“不过，扮相确实很漂亮……”

突然，三维影像的底部出现了一行绿色的滚动文字。

“这是什么？”玛丽亚问道。

“是临时插播的新闻……”年轻人说道，“好像有一艘飞船发生了事故……是一艘名为‘太空之箭号’的飞船在距离太阳系极其遥远的某个地方遇难了……不过跟咱们没什么关系。你听说过这艘飞船吗？”

“没听说过……”

话说到一半，玛丽亚突然感到后脑勺一个激灵，像是被什么东西狠狠击中了一样，于是她赶紧站起身来。

---

①《娘道成寺》：歌舞伎传统剧目之一。现在演出时的正式剧目名为《京鹿子娘道成寺》。——译注

在距离地球7亿千米之外，围绕木星旋转的密涅瓦基地的无重力情人酒店3号房内，她曾和英二度过了一段狂热而又短暂的幸福时光，那段记忆此刻苏醒过来，清晰得仿佛就在昨日。

那时候……他们刚刚做完爱，正互相搂着对方，当他们的目光不经意间投向窗外时，玛丽亚看到一艘喷吐着蓝白色火焰的巨大飞船正在驶离木星……英二说他的朋友也在飞船上。而那艘飞船的名字好像就叫“太空之箭”……

7. 穿西服的男人

当玛丽亚和朱庇特教团的几个伙伴在3D全息电视上观看关于“太空之箭号”遇难的临时插播新闻时，在教团海滩最远端的一间简易的私人小屋内，教团头号人物彼得·特鲁顿正坐在露台上，捧着他那把心爱的作曲家吉他，为今年的朱庇特音乐节创作着新歌。

这把作曲家吉他连接着一台将声音处理器和液晶显示屏合而为一的小型电脑，只要拨动琴弦并哼唱旋律，电脑就会立刻将其记录下来，根据操作，重复哼唱的旋律会显示在乐谱上。它还可以放缓节奏，调节音程，转换调式，并添加各种修饰音，从而大大提升乐曲的丰富性。虽然这只是一台小型电脑，但可以用人声与使用者交谈并给出建议。

电脑的存储器中几乎有所有的作曲技巧，甚至可以逐渐记住使用者的习惯和偏好，并从庞大的记忆库中挑选出最适合使用者的技巧。当乐曲创作完成后，它会立刻被复制下来，然后就可以交给其他合作伙伴用于练习了。

但在创作今年音乐节开幕式主题曲时，彼得始终没能写出让自己满意的曲子，这让他很焦躁。其实这段时间他的情绪一直都有些低落。他自己也不清楚为什么会这样。教团并没有出现什么问题，年轻人一如既往地欢乐，教团的基金也非常充裕，包括彼得第一张专辑在内的各首歌曲都非常热销。他还收到了来自各方的大量捐赠，年轻人就算什么都不做，也可以每天纵情声色，随意地吃喝玩乐。在这片海滩上，所有的饮食和住宿都是免费的。

但是，彼得的内心深处隐隐有一种不祥的预感，让他感到莫名的恐惧。这种预感好似一道转瞬即逝的黑色暗影，来去匆匆……只要继续为蓝色的大海、银白色的云朵、风、沙沙作响的密林、太阳、月亮、星星、美丽的地球和地球上的生命尽情讴歌，这种预感或许就会马上消失得无影无踪。尽管如此，彼得还是因为这种莫名其妙的预感而感到惶恐不安。

彼得自己也无法准确描述出那是一种怎样的预感。总觉得……所谓的自我会在某天突然从内心深处发生改变……而自己迄今为止一直认为应该做且一直在做的所有事情，包括歌唱、曾经说过的一切都将被彻底否定，就是这样一种预感。

至于为什么会变成那样，彼得自己也找不到头绪。只是，他隐隐约约地感到自己体内似乎正在滋生某种新的力量，一种激烈的、不祥的力量……他一方面觉得，必须要与这股正在滋生的狂暴力量做斗争，将其掐灭在摇篮之中；另一方面，他又有一种无力感，觉得即使自己想要控制也压根控制不了……

彼得抱着作曲家吉他，琢磨着新的旋律，却又不禁想起了那个不祥的预感。他的心情一时难以平静下来，于是他轻轻拍了一下吉他的侧边道："好了，今天就到此为止吧！再过两三天……等到满月的时候，应该就能想出好的旋律了吧。"

彼得关掉了吉他上的电源，正准备伸手去拿掺了青柠的冰椰子汁时，突然发现一个陌生的身影出现在了扶桑花的树篱旁。那是一个身材不怎么高大的男子，旁边还站着安妮塔。

"嗨……彼得……"安妮塔嫣然一笑道，"这位是恩里科·莱昂内先生，他说想找你谈点事。"

"欢迎……"彼得放下吉他站起身来，朝那人伸出了手，"很热吧？……要不到里边来坐，顺便喝点冰镇饮料？"

那个名叫莱昂内的人也伸出了手，漫不经心地与彼得握了握手。面对身高1.92米、体重达120千克的彼得，他看起来就像个孩童一样。莱昂内身高只有1.65米左右，蓄着黑色的小胡子，鼻梁上架着一副深色的墨镜，头上戴着一顶白色的太阳帽，帽檐拉得很低。他身上则穿着一件白色的热带西服，西服里面是一件暗红色的开领衬衫，右手无名指和小指上戴着镶有红宝石的戒指，脚上则穿着一双棕白相间的皮鞋。

这是一个外表不怎么起眼、乍看上去颇显阴郁的中年男子。如果本田英二和他的上司——企划部部长兰森看到此人，一定会被吓一跳。因为他正是在L5宇宙殖民地的奥尼尔中转点跟踪过兰森的那个人。

恩里科·莱昂内从胸前的口袋里掏出一张名片，递给彼得。彼得把他的无框眼镜往上推了推，读起上面的文字来。

上面写着某个很有影响力的文化团体经纪人的头衔。

“你找我有什么事？”彼得微笑着说道，“莱昂内先生。”

“简单来说……”莱昂内说着，取下头上的太阳帽，用一块花哨的手帕擦了擦额头，“我想问问，你的教团是否有意开展太阳系推广活动？”

“太阳系推广活动？”彼得不解地侧头问道，“您是指……”

“也就是说，前往月球、太空城市、火星……甚至是木星一带，用你的歌声和说教去推广你们教团的教义。”因为莱昂内没有摘下墨镜，所以彼得无法看到他的眼睛，也无法通过眼神来猜测他内心的真实想法。莱昂内继续用低沉而又浑浊的声音说道：“一切费用都由我们来承担。当然，从布置场地、宣传到动员观众，也全部由我们来负责。你可以带一大群教团的年轻人过去。整个太阳系都有你的歌迷，如果能听到你的现场演唱，肯定会有不少观众前来捧场。”

“所以……你说的是赚钱的事吗？”

“我可以抽支烟吗？”

莱昂内故意岔开了话题，试图回避彼得的问题。彼得心不在焉地点了点头，目光望向树篱的另一侧。只见扶桑花微微摇曳着，虽然没有看到安妮塔的身影，但显然她正躲在树篱后偷听两人的谈话。

“因为是布道活动，所以可以免费入场。你不想收取门票费用，也没问题。我们的条件不变。”恩里科·莱昂内叼着一根细雪茄说道，“我觉得这是一笔不错的买卖。”

“我不是很明白……”彼得在莱昂内旁边坐下，说道，“你们这么做的目的是……”

“你难道就不想让自己的教义传播到整个太阳系吗？你作为教祖，难道就不想让自己的信仰和理念让更多人知晓，不想获得更多的共鸣者和信徒吗？”

“可是……”彼得先是低下头，然后轻轻地摇了摇头，“我自己并没有做过任何传教活动。我只是唱唱歌，把自己看到的东西编成小曲唱给别人听，和别人聊聊天，仅此而已。我这个教团既没有什么教义、教堂，也不存在什么组织，也从来没想过要去传教，给别人灌输信仰，获得大批信徒，然后把他们组织起来，获取巨大的权力。”

“是吗……”莱昂内吐着烟雾，略略歪嘴道，“对你自己来说可能无所谓，但你教团里面的一些年轻信徒，倒是相当跃跃欲试，而且野心勃勃。”

“这个我多多少少知道一点……”彼得有些痛苦地说道，“有些年轻人对我的理念存在误解。但我这里没有开除教籍的制度。我有时会提醒他们，也会尽自己最大的努力让大家以正确的方式看我所看到的东西……但即便是我，也不知道歌什么时候会变。”

“歌会变？”墨镜后的莱昂内微微皱了一下眉，“什么意思？”

“先不说这个。到底是哪位大善人，要特意花一大笔钱来搞我完全没有意向的传教活动？”彼得用咄咄逼人的语气问道，“到底出于什么目的？”

“某个人……”话刚出口，莱昂内便轻咳了一声，“某个非常有权势的议员在了解到你们的教团和教义后非常感动，也产生了极大的共鸣。我们人类确实应该对宇宙和自然保持更为谦逊的态度。绝不该把宇宙当成自己的私有物品，随意地蹂躏和玩弄……即使是对太阳系进行开发，也应该始终保持谨慎，不能丢掉对于宇宙的敬畏之心……议员先生基于以上的考虑，才愿意为你提供这样一个机会，希望你能把这一思想推广到整个太阳系去。”

“我还是拒绝好了……”彼得斩钉截铁地说道，“我也不觉得你们的好意有多难得。你们的用意太显而易见了……如果你们真的对我传达的信息有共鸣，希望能更清楚地看到我所看到的东西，那么就不该绕弯子，让那个人直接来这里找我不就行了？在我们这里，一日三餐和住宿都不用花钱，而且欢迎任何人。不论是谁，都可以和年轻人享受同样的待遇。如果想把有共鸣的东西用到各自的工作中，请自便。”

“我曾经做过很多工作……”莱昂内将只剩下一小截的细雪茄丢在草地上，嘟囔道，“也搜罗到不少有潜力的新人……在我看来，你有成为超级巨星的潜质。不仅仅是地球上的巨星，而是整个太阳系的巨星。不论是在全球的视频网络、畅销唱片还是银行方面，你都可以拥有支配性的地位……你或许能成为真正的王者。会被邀请作为世界联邦总统公开派对的主宾，在行星的每个角落都会矗立起你的铜像。”

“如果我真有这方面的心思，我可能早在遇到你之前就已经这么做了。”彼得淡淡一笑道，“但不巧的是，我对这种事情完全不感兴趣。虽然钱源源不断地被汇到这里，但这里所有的东西都属于宗教法人，而属于我个人的估计只有3年前买的这条百慕大短裤和这副眼镜了。”

“看来今天我们是谈不拢了……”莱昂内从椅子上站起身来，用白色的太阳帽在胸口扇着风，“就我个人而言，还是劝你再好好考虑考虑。如果我那位老板真的横下心，他可是有很多办法的。”

“你什么意思？你是在威胁我吗？”

“威胁？有人在威胁你吗？”恩里科·莱昂内耸了耸肩道，“这只是一个忠告而已，我只是个代理人。不过，你们这个教团过于庞大了，在外界看来，已经存在很多可以施加压力的把柄了。”

“你走吧，”彼得冷冷地说道，“不要再来了。如果你带了自己的照片，那就给我一张吧。”

“你要照片干什么？难道想要我给你签个名？”

“不——我要把它放大，贴在海滩的入口处……旁边写上‘禁止此人进入’。”彼得笑着说道，“我还从来没有在这里做过这样的事——你会成为获此殊荣的第一人。”

“别自以为是和虚张声势了，肥仔……”莱昂内将帽子戴在头上，回头嘲讽道，“我承认你是个大块头，但你的肌肉跟个黄口小儿没什么两样。”

彼得摘下眼镜，揉了揉眼睛，打了个大大的哈欠。待听到小个子男人的脚步声在树篱后逐渐远去后，便闭着眼睛大声喊道：“安妮塔！出来吧！……你过来一下。”

扶桑花摇晃之处，安妮塔像一个即将受罚的小学生一样，畏畏缩缩地从花篱后走了出来。她那头鲜红色的头发犹如熊熊燃烧的火焰，在午后已然偏西的阳光照耀下闪闪发光。她身着透明薄衫，鲜红色的热裤包裹着紧致的腰肢，散发出一股成熟而又性感的味道。

“对不起，彼得……我没想到他会说出那么无礼的话。”安妮塔在身材高大的彼得面前蜷缩着身子，满脸通红，吞吞吐吐地说道，“不过，我觉得他最初的提议很不错。借助你开演唱会和见面会的机会，我们教团也可以跟着去太阳系的各处看看。”

“那个家伙是你的熟人？”

“算是吧……是我常去的一家冷饮店的老板介绍给我的。我只见过他两次——但他似乎对朱庇特教团非常感兴趣，也很了解。”

“你听好了，安妮塔……”彼得把手放在安妮塔的肩上说道，“你不可以没经过我的同意，就擅自带这种来路不明、非常可疑的家伙来见我。”

“知道了！我已经知道了，彼得！”

安妮塔突然踮起脚尖，用双手搂住了彼得的脖子。

“我非常了解你，对你的了解甚至超过了你自己……今天的事，确实是我没有考虑周全。虽然我对你十分了解，但对于那个人的情况却不太了解。你就原谅我这一次吧，好吗……”

安妮塔企图亲吻彼得的唇，却发现根本够不到彼得的脸，彼得尴尬地把目光投向上方。于是安妮塔不再犹豫，对准彼得那长满灰色体毛的厚实胸膛吻了上去。

“确实，你很早以前就非常了解我，教团财务上的事情如果缺了你，我真不知道会变成什么样子。”彼得轻轻挣脱了安妮塔环在他脖子上的胳膊，俯视着她说道，“可是，有时候我又觉得，你的想法和对事物的看法正好和我的相反。”

“没错……我就是与你互为镜像……因为我是女人……当正面与反面结合在一起，我们才能真正完整，超越历史，达到新的高度。你想做却没法做的事，肮脏的、见不得光的事，我都可以为你去做……所以，哦，彼得……期望某一天你可以真正地拥有我。你的性无能是心理因素造成的，总有一天我会给你治好的。如果治好了，你一定要让我成为你的女人！……答应我……”

“我知道了，安妮塔……”彼得用一种为难而又温柔的语气说道，“不管怎么说，以后不要再带奇怪的人过来了。”

“我知道了……”安妮塔终于放开了彼得，痴痴地抬头望着他，“可是彼得……也许有一天，我们的教团也会不得不为信仰而战。”

“绝对不要！”彼得的脸突然涨得通红，“我绝对不会投入战斗。不管我是什么样的人，我都不会用歌唱去鼓动大家作战！”

“我明白，彼得……你绝对不会投入战斗……”安妮塔点头道，“不过……”

就在这时，海边传来一阵窸窸窣窣的声音。紧接着，一个巨大的黑色物体哗啦一声跃出了水面。

“嗨！朱庇特！”彼得大声喊叫着，蹦跳着朝海边跑了过去，“你这家伙，这段时间跑哪儿去了？”

8. 休斯顿—密涅瓦

彼得像孩子一样欢呼着，从沙滩上冲入海里，和那只体形巨大的海豚朱庇特开心地嬉戏着，不时溅起大片的水花。安妮塔则在原地抱着胳膊，眯起眼睛，用犀利的目光凝视着这一切。

“朱庇特……那只海豚……”

教团的那些年轻人也立刻欢呼起来，一边游泳一边向朱庇特和彼得凑了过去。安妮塔看着那些年轻人，思考着。

“可是……难道……彼得……”

只见彼得已经爬上朱庇特那黑色的光滑背部，紧紧抓着它的背鳍，然后咻地吹了一声尖锐的口哨。哨音刚落，朱庇特就背着彼得冲向了被落日染成红色的墨西哥湾，无数全裸或半裸的年轻人也纷纷追了过去。

海豚驮着彼得，在金光闪闪的海面上乘风破浪，逐渐远去。彼得看上去就像是希腊神话中的特里同[①]。

安妮塔轻轻咂了咂嘴，慢吞吞地离开了小屋的露台，然后穿过扶桑花丛，沿着排成一列的大王椰子树向前走去。

“安妮塔·琼·波普小姐……”突然，从茂密的灌木丛后传来一个低沉的声音。

声音来自一个身着热带西服、双手插在上衣口袋中的小个子男人。这个人正是恩里科·莱昂内。他斜靠在椰子树的树干上，一副心不在焉的样子。

“蠢货！”安妮塔回头瞥了一眼莱昂内，语中带刺地骂道，“你怎么敢用那种语气和彼得说话？你已经把他惹火了。”

“我觉得这样也挺好……”恩里科和安妮塔并排走着，轻轻一笑道，“我有我做事的风格，这件事由我全权负责。当然，我已经事先征得了总部的同意。”

“可是你已经不能再来这里了，彼得不是说过吗？”

“没关系，我不需要亲自来。接下来会有其他人过来的。他会更有绅

① 特里同：古希腊神话中的海之信使，海王波塞冬和海后安菲特里忒的儿子。海卫一以其名命名。——译注

士风度……”恩里科叼起细雪茄，点着了火，“我从一开始就知道，彼得这家伙肯定不会同意的……但我觉得，是时候跟他打个招呼了。”

“打了招呼之后……又能如何……”安妮塔停下脚步问道，表情有些困惑，“接下来……你打算怎么做？”

“培养分支……”恩里科朝飘浮着暗红色云朵的黄昏的天空喷出一缕烟雾，“这个教团的成员几乎都是年轻人。虽然他们都是冲着彼得来的，但我相信，这里面一定有人想要超越彼得，成为一个比他更受人崇拜的超级明星。如果能让朱庇特教团变得更有力量，甚至成为一个足可撼动整个太阳系的超级社团，那么就一定会有人愿意和我们联手。年轻代表着野心……我要把这种人找出来，给他提供机会……这里的二号人物是谁？”

“才没有什么二号人物呢！”安妮塔结结巴巴地说道，隐隐有些慌乱，“这里只有彼得……还有围绕在他周围的幸福家人们……”

“真的吗？”恩里科狡黠地笑了，黑色墨镜后的眼睛闪烁着光芒，“安妮塔，你不就是我说的那种人吗？”

“我……我是彼得背后的代理人。”安妮塔紧绷着脸，略显生硬地说道，“我是他潜意识中悲伤和痛苦的代理人。”

“也就是说，你是女版的斯乜尔加科夫[①]？”

“什么？”安妮塔不禁皱起了眉头，“你说的斯乜尔……是什么人？”

“对了……下次你打算在哪里动手？”恩里科环顾四周，压低声音问道。

“数据库……我是这么打算的……”安妮塔也放低声音，看着海面的方向说道。

“哪里的数据库？是卫星上的吗？”

“L4……比较近的地方……下下次打算以月球为目标。”

“暂时不要太深入……要是惊动了联邦安全局就麻烦了。”

“我知道。还是像以前那样，不超过警告级别……”

“一旦确定动手的日子和目标，就立刻通知我。”恩里科说着，将吸剩的细雪茄扔到了地面的沙子上，用鞋头踩了踩，“我会像往常一样，提前一周把东西运到离动手地点最近的地方。”

---

① 斯乜尔加科夫：陀思妥耶夫斯基的小说《卡拉马佐夫兄弟》中的人物。他是卡拉马佐夫家的厨子，传闻是老卡拉马佐夫的私生子，对伊万宣扬的无神论十分钦佩。——译注

“亢奋剂也快用光了……”安妮塔压低声音说道，她的嘴唇甚至都看不出在动，“再送点到马齐的店里来！”

“消耗量是不是大了点？”恩里科望着大海，从内侧口袋中取出一块薄薄的无线电控制板，然后按下了开关，“我想你们在使用的时候应该会注意剂量吧。但如果遇到难缠的家伙，别怪我立刻抽手。保健局那边最近不太好应付。”

“我知道……最近，加入我们的人有点多……”

一艘无人驾驶的直升飞船拖着长长的水波，悄无声息地朝两人面前的海滩靠了过来。恩里科·莱昂内没有和安妮塔道别，也没有举起手，而是一脸警惕地环顾四周后，向着直升飞船走了过去。

“那个……”安妮塔在因背光而化为一簇黑色剪影的恩里科身后喊道。

“你刚才说的那个……斯乜尔，到底是什么？”

恩里科没有回答，而是轻轻跃上了这艘小小的直升飞船。小船随即微微晃动了一下，然后掉转船头，划开一道长长的水痕，径直冲向了大海深处。离开岸边百米左右时，原本向后折叠的旋翼突然间朝四面伸展开来，咻咻地快速旋转起来。伴随着一阵刺耳的引擎声，直升飞船在如血般的夕阳映照下，在空中盘旋了一大圈，随后向北飞去。

“恩里科回来了吗？”

一个身材魁梧、身穿考究的灰色法兰绒西装的灰发男人，盯着小型可视电话问道。

“不，不用叫他到我这儿来。简单汇报一下就可以了。……是吗，彼得还是拒绝了吗？……没关系，那边就让恩里科照着他自己的意思来弄就行。哪怕再夸张一点也没问题……”

“是的——可以再稍微使点劲……”一个满头白发的高个子男人站在窗边，望着即将落山的血色残阳，附和似的小声说道。

得克萨斯州休斯顿……从20世纪下半叶至21世纪，这个南方城市里曾经到处可见各个石油巨头的总部大楼。如今，休斯顿已经成为北美大陆最大的宇宙联络中心，拥有26个太空摆渡码头和庞大的宇宙通信天线群。

位于休斯顿市中心的商业区内，聚集着大量的高档酒店，科莫多酒店就属于其中之一。在科莫多酒店第111层的一间贵宾室内，两位气质不俗、衣着考究、年纪在四五十岁的男人正一边品着味道醇厚的茉莉花茶，一边小声交谈着。

“如果把这事和‘太空之箭号’的遇难扯上关系，是不是可以让对方改变主意？”灰头发男子挂断可视电话，喃喃自语道。

“不，虽然如果一切都顺利的话，那起事故会给他们带来麻烦，但我们还是谨慎一点的好，等调查结果出来再说吧。目前看来，由于那个计划太过不合理，天文学联合会很可能会被问责。但原因在于技术的不完备，所以就算是太空工厂被调查，也不会给太阳系开发机构带来多大的打击。当然，联邦议会宇宙开发问题特别委员会也会着手专门调查，到那时候，媒体就会对此事口诛笔伐了……但即便如此，应该也没法把韦伯传唤到地球上吧。”

“这样的话，现在只能还像以前那样，借用治安问题说服对方了……”灰头发男子有些无奈地说道，“不过，联邦安全局虽然会为了行星系的治安问题而着手检查，但接下来还需要做多少工作呢？从安全局的立场来说，这反过来也会牵扯到他们自身的责任，弄不好就会陷入两难的境地，肯定会慎之又慎。”

“你是不是觉得这种做法太过卑劣？”

白发高个子男人挺直脊背，面朝夕阳，微微挑起半边眉毛。

“看来你没怎么睡好。到目前为止还没有出过人命，我也提醒过他们尽量不要闹出人命来。”

“这个限制也差不多该取消了吧。”白发男子用沙哑的声音说道，“不管通过什么手段，总有一天，或许就在不久的将来，我们一定会在太阳系开发机构的墙上凿开一个洞，从洞里伸手进去，掐住韦伯的脖子。必须把太阳系开发机构拉到从漫长而又惨淡的历史中好不容易才获取智慧的政治舞台上，并对它进行全面改组……”

“但埃德·韦伯确实很有能力，意志也很顽强。”灰发男子叹着气低声说道，“不管怎么给他使绊子，他都从来没有出过错。他能精准地看穿我们的所有意图，并使出相应的化解招数。”

“正因为他非常有能力，格局也很大，所以才一定会有问题……”白发男子斩钉截铁地说道，“照现在这样下去，太阳系开发机构……或者说地球以外的整个太阳系都将会变成韦伯设计的宇宙。那家伙打算让太阳系宇宙殖民地从地球的政治体系中独立出来……绝对不能让他得逞。让太阳系宇宙殖民地变成只属于韦伯，以及那些试图走出太阳系并向宇宙更深处进发的科学家和技术人员的乌托邦……这对地球人来说没有任何好处。太阳系……还是应该被纳入地球孕育的、在漫长的流血历史中艰难获得的地球政治秩序……曾几何时，盎格鲁-撒克逊人和俄罗斯人都摆脱过旧世界的秩序，盎格鲁-撒克逊人掌控了这片北美大陆，而俄罗斯人则掌控了旧大陆和亚欧大陆的东部。他们都曾自诩摆脱了旧世界的“毒”，并拥有了自由的全新世界，他们都曾无比自豪地讴歌过新时代。但结果又如何呢？……对于全人类来说，这究竟是好还是坏呢……”

“究竟是好还是坏呢……”灰发男子不由得皱起了眉头，“韦伯那家伙……有没有可能把自己当成了乔治·华盛顿？他是不是想让太阳系宇宙殖民地彻底从地球的统治体系中独立出来，站到地球的对立面去？”

“我绝对不会……容许他那么做……”白发男子从牙缝里狠狠地挤出这句话，“地球的政治体系……也必须改变了。无论在格局上还是内容上，都必须囊括整个太阳系……”

紧挨贵宾室的房间内传来几个人的说话声。其中一个人的声音尤为高亢和尖锐，即使隔着中间的门也能听得一清二楚。

“宇宙？宇宙是美好的，是庄严的。整个宇宙，包括地球，都存在着由伟大的造物主建立起来的神秘秩序……在我们人类企图用微不足道的技术和文明的力量，急匆匆地想要破坏这些神圣而又美丽的秩序，或是为了利益试图篡改和玷污这些秩序之前，我们应该用内心被赐予的理性和神智，仔仔细细地思考究竟该如何对待它。放眼整个世界，能做到这一点的人非常有限。只有远离俗世，为真正聆听神的声音而坚持每日苦修的人，才能告诉人类究竟该如何对待这个宇宙。现在，人类应该听从神的教导，在神双手的指引下开拓宇宙。而在听到神的指示之前，一切开发行为都应暂停……否则，人类将在地球之外犯下更严重的罪行。这将导致人类神圣的精神从内部走向崩溃……”

听到这里，贵宾室内的两人面面相觑。灰色头发的男人整理了一下领带，径直走向门边，伸手拉开了这扇门。

“这就是……政治……”白发男子也挺直了背脊，早早地伸出双手，走向门口，极为礼貌地笑着说道，“您能来真是太好了。没想到您会提前这么早到，没能及时相迎，失礼失礼……”

在木星卫星轨道上的密涅瓦基地内，米莉森特·威廉收拾好个人物品后走出房间，回头望了望房间里面。她敲了敲与隔壁相连的另一扇门，和伯纳德博士打了一声招呼。

“到出发时间了？”博士的声音从房间内传出。

“还有二三十分钟……”米莉回答道，“需要我帮您搬行李吗？”

门打开了，伯纳德博士从里面探出头来。博士脸上的皱纹看起来更深了，满是疲态。

“行李只有这些，我直接带过去就行……”

博士把自己的两个行李箱推到了过道上。

“和我的行李一起都搬到渡轮上去吧。”米莉说道，“一会儿在B甲板见。”

米莉按下过道上的按钮，叫来了正在墙后管道里飞驰的货物推车，然后把自己和博士的行李扔了进去。她用数字键盘设置好目的地后，关上了墙上的门。

米莉信步朝竖井车的方向走去，但又好像突然想起了什么，转身快步穿过通道，来到了英二的房门前。

半开的门后，英二正忙着整理信息。待他察觉到有人来时，立马回过头来。

“要出发了吗？”英二微微一笑道。

“嗯，那个……”米莉因疲惫而略显苍老的面庞上终于露出了一丝微笑，“我是来跟你做最后一次告别的。我这个人总是不能好好和人告别，事后却又会感到后悔。”

“最后一次告别……我们应该还会再见面的……”英二把信息卡片放进插槽，然后一边检查着视频，一边说道，“对了，关于‘木星幽灵’，虽然第一轮调查已经结束了，不过，接下来就要启动正式的调查了。到时候还要视具体情况，看是否需要打捞……”

“是啊……不过，我还是打算回归自己的本职工作，暂时致力于解读在木星、小行星带和木星的卫星上发现的宇宙信息……那之后，在火星上也发现了新的图案……‘木星幽灵’发出的信号说不定也能派上用场……”

“你要在火星上工作吗？”

“我会去一趟火星……之后打算去L4宇宙殖民地的档案所卫星……因为那里有整个太阳系最大的数据库……”米莉吞吞吐吐地说道，“还有……你刚才看的你朋友发给你的信息，可否帮我复制一份？那后面拍到了井上……”

英二没说话，只是按下复制键，并把转录好的卡片递给了米莉。

“谢谢……”米莉接过后道，“那就……再见了。”

听到米莉的脚步声渐渐远去后，英二把刚才卡片里的内容重新播放了一遍。

“英二，我得出发了。很遗憾没能和你喝上一杯……”画面中的霍贾·金说道，“等我回来，咱们一定要痛痛快快地喝一场……”

英二默默地往旁边的玻璃杯里倒满了酒，然后把这杯酒倒在了视频终端上。

第六章

危机的真相

1. 档案所卫星

穆罕默德·曼苏尔在火星上停留了一个半月后，终于再次回到了LabSat2上。当他突然出现在秘书布朗肖·夕起子的面前时，后者一时之间甚至忘记了呼吸，只是呆呆地立在原地。不知是不是因为火星传输过来的影像调整过色调，此时的曼苏尔与视频上判若两人——他原本浅黑色的皮肤变成了毫无光泽的暗黄色，眼睛下面还有非常严重的黑眼圈，脸颊也深深地陷了下去，唯有一双眼睛还算炯炯有神，依然如燃烧的火焰般闪耀着熠熠光辉。乍看上去，曼苏尔像是一位染上了严重的热病、长期卧病在床的病人。

“啊……先生！”夕起子的声音中带着些许沙哑，话刚出口，她就哽咽了，“那个……您没事吧？您的身体怎么样？”

“哦——就是有点累，不用担心。”曼苏尔用嘶哑的声音说道，脸上浮现出僵硬的笑容。

“你怎么样？夕起子……索尼娅是不是已经返回地球了？”

“是的。她说中途要顺便去趟月球，在那里溜达一段时间再回去。她听说总部要解散了，多少有点伤心，不过看起来好像又有一点开心。她说她在奥尼尔中转点认识了一个很不错的人，打算和那个人一起回地球。”

“这样啊……”曼苏尔点了点头，似乎对此不感兴趣，“啊，对了，夕起子……这位是宇宙通信航行管制局总部的工程师亚历克斯·帕德罗普斯。他在通信研究班工作，是一位资深的飞船遥测分析师，今后将和我们共事一段时间。”

“初次见面，请多关照。”夕起子拢了拢乌黑亮丽的秀发，向亚历克斯·帕德罗普斯欠身致意道，“您累了吧？要不要给您找个单间先休息一会儿？我可以现在就带您过去。”

“那我就先去休息一会儿？”留着一头灰发、额头很宽、看起来有点神经质的帕德罗普斯朝曼苏尔的方向瞥了一眼后说道，“我可以在晚饭前先睡一觉吗？”

“没问题……之前多亏了您的大力帮忙。今后我们打交道的时间还长着呢……在适应LabSat2上的生活之前，不用过于着急……”曼苏尔说着，抬头看了看墙上的数字时钟。

“那我们就定在SMT（夏令时）晚上6点，在总部餐厅见面吧。我会用自己的名字订个包间。到时候，小组成员小温克尔应该也会过来。”

目送帕德罗普斯在夕起子的引导下拐过通道的拐角后，曼苏尔便朝着另一边走去，来到通道尽头的梅西耶纪念室。穆罕默德·曼苏尔是最常使用这个纪念室的人，但自从他为调查“太空之箭号”的事故前往火星后，在长达一个半月的时间里，这里再没来过一个人。曼苏尔打开文献阅读器的开关看了一下，他在大约两个月前读到一半的文献仍保持着离开之前的状态。

大约两个月前，曼苏尔去月球参加了一个会议，回来后便来到这个房间，放松地读起了那篇名为《银河系内氢氧基的起源和动态》的文献。正当他读得入神时，彗星源探测特别计划的专用智能电脑蒂姆兔给他发来了第一个坏消息。

在此之前，曼苏尔一走进这个房间，就会顿生一股专属于他个人的安宁之感。但这一次，那种感觉怎么也找不到了。曼苏尔将公文包扔在桌子上，用不安的眼神环视着四周。他突然觉得脸上黏糊糊的，于是走进纪念室的盥洗室，用热水和液体香皂好好洗了把脸。

当曼苏尔用毛巾擦干脸，无意间看向镜子时，不禁被镜子里的自己吓了一大跳。

他那原本弧度优美、乌黑浓密的眉毛之间，竟然出现了一道深深的竖纹，明显得就像是用锋利的刀子凿刻出来的。

虽然两个月前这里也能隐约看见一道竖纹，但他确信绝无这般明显。曼苏尔尝试着用中指去抚平这道竖纹，接着努力睁大眼睛，想让双眉之间尽量舒展开来，但那道深深的沟壑并没有就此消失。

“这是‘太空之箭号’刻下的皱纹……”

曼苏尔盯着镜子中的自己，心情沮丧地想道。然而他的心情越沮丧，眉宇间的竖纹就越明显、越阴暗，周围似乎弥漫着一股不祥的气氛。

“这道竖纹是我个人为井上博士和霍贾·金所刻下的墓志铭……今后

是否还会增加呢？”

突然，曼苏尔发现自己那张表情凶恶的面容旁边，出现了一张小巧而又白皙的脸庞，只是上面写满了惊恐。曼苏尔回过头，朝身后的脸庞笑了笑。

站在曼苏尔身后的夕起子有一头乌黑亮丽的披肩长发，额头处则留着齐刘海。她那白皙的小脸精致得仿若京都的人偶，乍看上去就像个只有十四五岁的少女。但若仔细端详，便会发现，或许是过于心痛抑或疲劳，在夕起子那张看似天真无邪的小脸上，眼睛下面和脸颊上都蒙有一层淡淡的阴影。

“帕德罗普斯先生很快就睡着了……”夕起子说道，“他一进房间就趴在了床上，瞬间鼾声大作……晚饭的时候他起得来吧？”

“即使是在从火星乘坐客船过来的路上，我们也一直在埋头工作，完全顾不上休息……”曼苏尔一边用毛巾擦着脸，一边说道，“事故的调查工作目前已经告一段落，但到了这边之后，我们必须马上着手在联合会内部组建解析研究班，并拿下预算……不然就来不及了。”

“可是，主任您撑得住吗？”夕起子不无担心地问道，“您难道不觉得累吗？吃过抗疲劳的药了吗？要不我给您针灸一下吧？”

“不……针灸就不必了……”曼苏尔摇了摇头，向与盥洗室相连的浴室望去，“如果可以的话，我倒是希望你能帮我做一下指压按摩。”

浴室里有一个简易的按摩台，曼苏尔脱下衣服，直接趴在了上面。一阵难以遏制的睡意顿时猛烈地向他袭来。

曼苏尔的意识开始变得模糊，在意识深处的某个角落，他听到了细微的声响，似乎是夕起子在准备着什么。

不一会儿，曼苏尔就感觉到背部的皮肤上沾上了一层凉飕飕的光滑液体。夕起子那小巧而又柔软的手掌和手指将液体从他的肩膀慢慢涂往肩胛骨和脊椎两侧。慢慢地，他感觉到背上的皮肤开始发热。

与此同时，夕起子那纤细却格外有力的手指开始按压他的头盖骨、颈椎和脊椎两侧，曼苏尔随之发出了一阵微弱的呻吟声。很快，浸透了药水的后背上又被撒上了香气浓郁的爽身粉，夕起子随即卖力地按摩起来。因为太过舒服，曼苏尔的意识愈发昏沉。待到夕起子唤他翻身的时候，曼苏尔几乎已经进入了梦乡。

昏昏沉沉之中，曼苏尔梦见自己吸入了大量刺激性的浓烈花香，他这才猛然惊醒。芳香依然萦绕在身边，在微暖的轻风吹拂下飘荡着。

香味来自夕起子的身体。她正匍匐在他的身体上，不断为他的肌肉做着粉推式按摩。她身上披着一件毛巾质地的长袍，里面什么也没穿。她那雪白的肌肤犹如丝绸般光滑，身材娇小却充满肉感的裸体微微沁着香汗，像抹了油一样闪耀着光泽。

“主任……”夕起子一边继续卖力地按摩，一边用低沉而又沙哑的声音说道，“如果可以的话……您要了我吧？”

“你和皮埃尔……分手了？”曼苏尔依然闭着眼睛，嗅着那诱人的芳香，小声回应道。那令人着迷的香味不断从夕起子的身上飘来，令他心神荡漾。

“其实，就在收到蒂姆兔的事故报告的前一天……我就已经和他在殖民地的登记处办好了离婚手续。本来想等您一回来就向您汇报的……但因为那件事闹得太大……”夕起子说着，用黑水晶般剔透的湿润眸子看向曼苏尔，“所以，我现在已经不姓布朗肖了……您无须再有顾虑。”

“谢谢你……夕起子……”穆罕默德紧紧地攥住了夕起子的腰身，深情地说道。

“多么纤细的腰啊……”曼苏尔盯着夕起子的眼睛想，“细得简直像斯佳丽·奥哈拉穿了束腰。”

“不过，这会儿还是算了……如果我今天和你发生了关系……我真的会哭出来，会崩溃，会一蹶不振的……甚至可能在很长一段时间内都无法恢复。那样的话，计划就会被彻底打乱。”

夕起子的发梢垂在曼苏尔的胸口，她眼中噙满泪水，但还是乖巧地点了点头。

“但是……如果哪天我可以尽情哭泣了……到了那个时候……”

曼苏尔低声说着，搂住夕起子那小巧的脑袋，深情而又猛烈地亲吻起来。

正在这时，有人轻轻敲了敲盥洗室的门。

“是这里吗？！”一个年轻的声音喊道，“我是温克尔。刚刚赶到。”

曼苏尔没有理会外面的呼喊声，而是继续热烈、忘我地与夕起子吻了一分多钟。——待到两人的唇终于分开时，夕起子再也站立不住，跪倒在了地板上。

“来了。”曼苏尔一边穿着衬衫，一边从盥洗室中走了出来，他神清气爽地向还在环视纪念室的年轻人伸出手去，“我是曼苏尔，请多关照。”

“我是小奥托·温克尔。”

年轻人也伸手握住了曼苏尔的手，但不知为何他的脸红得发烫。

年轻人的声音听上去很年轻，不，与其说是年轻，不如说是孩子气，听起来就像刚刚变声没多久。年轻人身材瘦削，个子不高，脸颊粉嫩，眼睛下面的皮肤上散落着些许雀斑，看起来很可爱。小奥托·温克尔给人的整体感觉是青涩，虽然他特意在上唇蓄了一撮浓密的金色胡须，不过这撮胡须和他那双蓝色中透着紫色的清澈眼眸，以及脖颈处散发出来的香皂的味道，反而让他更像一名高中生。

小奥托·温克尔是世界天文学联合会副主席奥托·温克尔博士的小儿子，今年才21岁。他在14岁时就获得了理论数学博士学位，17岁时获得了太空物理学领域的一个重要奖项，19岁时又获得了亚光速飞船理论设计的工程学博士学位，目前在世界天文学联合会由他父亲负责的恒星际旅行计划部门从事研究工作。也就是说，他是天文学联合会副主席为这次“太空之箭号”遇险事故解析调查准备的一张王牌。

“从火星调过来的亚历克斯，现在还在蒙头大睡。”曼苏尔说着，示意小奥托·温克尔在椅子上坐下，“在来这里的飞船上，我们两个人在通宵制作文件……我们约好了6点一起吃晚饭。”

“那个……我能和您说件事吗？”奥托带着几分年轻人特有的冒失，从公文包里拿出几张记录卡，放进了旁边的终端插槽中，“在‘太空之箭号’最后发出的各种信号中，不知您是否注意到了这一部分？所有的通信都在极短的时间内因为发生多普勒频移而突然中断了。就在这极短的一瞬之后……也就是说，在通信波消失之后——虽然不是太准确，但差不多就在千分之一秒之后，捕捉到了少许类似X射线耀斑的东西。”

“X射线耀斑？”曼苏尔不禁皱起了眉头，“难道……这个耀斑和‘太空之箭号’有什么关系不成？还是这个耀斑来自更遥远的天体？”

“这就涉及另一个尚待明确的问题了。毕竟，在这个方位上，几乎不存在可能成为恒定射线源的X射线天体，所以性能较好的X射线望远镜卫星完全不会对准这个方向……而且，在与‘太空之箭号’通信时所使用的微波波长范围内，也不可能捕捉到这种东西，但碰巧的是，一颗正在测试新型测距仪的观测卫星意外地捕捉到了非常微弱的耀斑现象。这个X射线耀斑虽然十分微弱，但貌似出现了多普勒频移。……天文学联合会特意对此进行了检测，想看看遇险时这片空域是否曾发出过其他信号，结果还真的非常幸运地找着了……虽然无法计算出该耀斑距离太阳的准确距离，但其方位与‘太空之箭号’的遇险位置几乎完全重合。更重要的是，记录下该耀斑的时间也与‘太空之箭号’遇险的时间近乎一致。”

“也许是核爆炸……”曼苏尔绷着脸喃喃道，“‘太空之箭号’上应该还携带有近2万吨的核聚变燃料。”

“是的。所以我想就这一点再次找您确认。我想知道之前的那两颗无人探测卫星在通信中断时，有没有发生什么异常情况？那上面有没有携带核燃料呢？”

“第一颗采取的是飞越（flyby）方式，所以携带的燃料几乎为零……第二颗采取的是往返式（round-trip）……自重约200吨，同时携带有3000吨左右的燃料。”

“有没有这两颗探测卫星……消失时的详细记录？”

“这里没有……”曼苏尔身后突然传来夕起子的声音，“不过在L4的档案所卫星上全部都可以找到。”

小温克尔的脸突然像喝了酒似的变得通红。他站起身来，盯着夕起子，叽里咕噜地说着一些莫名其妙的话，脸上不断有汗珠滴落。曼苏尔看着他，眼神中充满了不解。

一艘定期飞船从木星出发后，先是经过小行星带，接着在中途与来自火星的联络船进行了对接，然后继续向月球飞去。在这艘飞船上，本田英二再次从来自火星的乘客中发现了伯纳德博士和米莉·威廉的身影。

“咦？你也在？”米莉惊讶地睁大了双眼，“你又要去地球？”

“总裁紧急召见我。”英二耸了耸肩，一副不快的样子，“你们呢？”

“我们要去L4殖民地的档案所卫星，”米莉回答道，“宇宙信息的解读工作已经接近尾声了，我想把之前所有的记录重新梳理一遍。”

2."狩猎"开始

乘坐着从木星出发、经由火星前往地球的定期飞船，英二、米莉和伯纳德博士三人顺利抵达位于月球轨道上的L5宇宙殖民地，在G.K.奥尼尔中转点的酒店住了一晚。第二天，英二早早地登上了前往月球表面的渡轮，直奔位于莱布尼茨市的太阳系开发机构总部。而米莉·威廉和伯纳德博士则搭乘晚2小时出发的直达L4宇宙殖民地的航班，飞往档案所卫星。

L5宇宙殖民地位于月球轨道上，在月球行进后方的38万千米处，而L4宇宙殖民地则位于月球行进前方的38万千米处。在地球和月球之间引力的摄动作用下，这两个人工天体始终与月球保持着这一恒定距离。在L5上，以连接地球和太阳系宇宙空间的最大太空港口城市奥尼尔中转点为首，一共有3个人口达700万的太空城市，此外还有3颗研究所卫星。而L4这边，则有3个人口达250万的太空城市、巨大的太空工厂、实验场、面向地球圈的能源工厂，以及3颗档案所卫星和太阳系内最大的信息处理卫星群。

在奥尼尔中转点第四码头那极为宽敞的休息室内，在等待前往L4的太空渡轮起航的这段时间里，米莉再次将手提电脑放在膝盖上打开，一次又一次地检索她提炼的那些针对问题的关键线索。这台使用HLSI、容量仅有几千兆字节的便携式电脑一度被她的提问搞得焦头烂额，液晶显示器上的数字、图表和光点挣扎似的疯狂地闪个不停。这场面不禁让人怀疑，如果语音应答装置也被打开，就可以清晰地听到电脑发出的各种痛苦的呻吟或尖叫声。

"这么拼命，不会把身体搞垮吧？"伯纳德博士盯着米莉不停敲击键盘的手，小声问道，"很久以前，我认识的一个男人，因为在填字游戏上太过投入，结果得了半年左右的失语症。"

"我正好相反，一旦开始做，就必须一直做下去。"米莉撩起散落在脸上的头发说道，"而且，我现在所做的可以被看作对电脑进行的某种训练。"

"像我这种搞太空考古学的，从事的都是一些粗糙的学问，所以不太能理解。"博士苦笑道，"连这么发达的电脑都搞不懂的问题，人类能弄清楚吗？"

“嗯……在这种情况下，人类会发挥‘愚蠢者’的作用……”米莉关掉电脑说道，“虽然电脑也可以出色地完成推理……但它的推理方式太过理性和教条，怎么说呢，就是它很难查出‘荒唐或愚蠢的可能性’。也就是说，电脑并不擅长处理荒谬和幽默的东西。因此，当我想到一些只有在《爱丽丝梦游仙境》中才会出现的乱七八糟的可能性，并一个接一个地要求电脑给出解答时，电脑真的会痛苦到直翻白眼。即便这样，我也不会轻易接受电脑给出的‘无法解答’之类的结果，而是会不断变换角度输入问题。在如此不停歇地反复训练之下，电脑就会慢慢地变得聪明起来。”

“真可怜，原来那台电脑是在接受你的魔鬼训练。”博士笑着说道，“那么，现在有眉目了吗？”

“这台电脑估计还需要再增加一些内存才行。我们需要再一次大范围地梳理问题的整体结构，然后把档案所卫星上零零散散的、未完全解读或尚未解读的碎片化数据全部嵌入其中……再添加一个‘荒谬的视角’，进行一番多角度探讨。”

伯纳德博士将双手放在脑后，靠在沙发背上，闭上了双眼。博士在一片漆黑中，试图重新整理出宇宙信息这一宏大问题的轮廓。

说起来……被认为是古代美洲大陆最大谜团的纳斯卡巨画中，有一幅在沙漠中胡乱涂抹的图案，被人们冠以“飞机跑道”的绰号。上世纪下半叶，由于一个偶然的机会，人们才发现这幅画原来是冰河时代飞临地球的外星人留下的激微波全息图。以这一发现为开端，紧接着又在月球背面、小行星和木星的部分卫星上，发现了类似这种宇宙信息的种种痕迹。通过对这些痕迹的研究，一门名为太空考古学的学科初具雏形。

最近，科学家们又在火星的极冠下发现了“大信息群”，米莉在其中找出了一系列类似通用钥匙的东西，然后将星星点点留存在地球—月亮—火星—小行星—木星卫星群上的宇宙信息近80%的内容一口气解读了出来。

根据解读的结果，这些信息出现的时间约为第三冰河期，即大约10万年前，远在人类建立现在的文明之前。信息的来源为一颗位置不详的恒星。天文学家们从火星上发现的那些信息中的星图中，大致得出了这样一个结论，即这些信息应该来自距离太阳系10光年到几十光年、相对较近的恒星系。当时一群外星人乘坐一艘巨大无比的飞船飞临太阳系。他们首先在木星周围建立起了据点，并利用木星的氢、氦和木卫一之间流动的巨大电流，将一些小行星作为资源进行了分解。

到了六七万年之前，不知出于什么原因，那艘飘浮在木星卫星轨道上、外星人用作基地的巨大母船突然丢失了，很可能是由于某种原因坠落到了木星大气层内，随后化身为不断围绕大红斑旋转的“木星幽灵”。而那些幸免于难的外星人则陆续迁徙至火星，或是火星周边的卫星轨道上，并在那里继续生存和繁衍了数万年之久。在大约5万年前，他们留下了巨大的纳斯卡信息。这些信息后来由于火星的极地移动而跑到了极冠冰原的下方。再然后，他们在大约3万年前抵达了月球，又在第四冰期的后期，也就是距今大约2万年前抵达了地球……

外星人似乎并没有选择直接降落在小行星、火星、月球、地球等天体上，而是选择让他们的运载工具或人造天体停留在上述天体周围的卫星轨道上，并围绕这些天体旋转，而他们依然生活在它们的运载工具或人造天体上。即使他们偶尔会降落到上述天体上短暂居住一阵，也依然以他们的运载工具作为基地，而他们离开时也依然乘坐这些基地离开。之所以做出如上推论，是因为在小行星、火星、月球、地球等天体上虽然有外星人开采资源留下的痕迹，却几乎没有任何居住、建城等留下的生活类痕迹。

相反，他们在这些天体上留下的，只有由奇怪的圆形和乍看上去毫无意义的直线组合而成的激微波全息图。这些信息要么存在于地球美洲大陆的沙漠上，要么被掩埋在火星的极冠下，经历了长达几千年甚至是几万年的风化，等待着在未来某一天能够被后来者解读，颇似东方的贝希斯敦铭文[①]……

从木星的岩石卫星到小行星带，再到包括火星、月球和地球上各个地区的广阔的太阳系空间，散落着来自其他恒星系的外星人留下的大量“铭文”。有的“铭文”的留存时间甚至长达10万年。这些铭文在漫长的岁月中受到过严重破坏，也蒙受过巨大损失。据推测，3万多年前留存在月球

① 贝希斯敦铭文：位于伊朗克尔曼沙汗省贝希斯敦山上的一处多语言铭文。该铭文刻在山崖处，由阿契美尼德帝国（又称波斯第一帝国）国王大流士一世在位时所立，铭记他镇压高墨达政变和各地人民起义及他取得王位的经过。英国学者劳林森1835年到达此遗迹并拓取了其中古波斯文的铭文，1843年重访此地，拓取了其余铭文。在劳格森及其他学者的努力下，古波斯文铭文和其他两语铭文先后被成功解读。——译注

背面的信息就在3万年前遭遇了一次陨石撞击。这颗陨石几乎正好砸中留存信息的中心部分，巨大的陨石坑导致信息的85%遭到彻底破坏。此外，当科学家们把残留在各个小行星上的碎片一点点收集起来后才发现，这些信息原来都是记载在一颗直径约为月亮一半的大型小行星上。但在六七万年前，由于某种原因——很可能是小行星的内部开发，或是为采掘附近小行星的资源而进行的“破坏工作”失败——小行星碎裂为多个碎片，留存在上面的绝大部分记录也在瞬间化为气体和无数颗粒，并迸射开来，一些比较大的碎片则留存在了小行星轨道上。伯纳德博士通过自己的研究发现，原来的信息只有百分之几能够被识别出来。

此外，在地球上撒哈拉沙漠的部分区域、红海海底、印度洋上的某些小岛屿群中，也发现了类似的“痕迹”。但是当伏尔姆冰期于1万多年前结束后，这些地区的气候发生剧变，海平面上升了100多米，再加上其他诸多原因，这些“痕迹”几乎被彻底抹除，只留下一些勉强可以推测为痕迹的东西。人们在对红海进行海底探测时，在很明显曾经属于陆地的某些浅海海底发现了类似的痕迹，其中一部分用似曜岩摆成了长达数千米的长列，一度引起了人们的关注，但最终还是没能解读出来。

只有刻画在南美大陆安第斯山脉西坡纳斯卡高原上的图案经受住了强烈的紫外线和干燥的环境，奇迹般地留存了下来。即便如此，当人们开始解读后才发现，原先的“文字”中有五成以上要么被后来的人类破坏，要么因风化而变得模糊不清，因而几个关键信息始终无法明了。直至人们在火星上为获取水源将极冠的冰融化，并在冰盖下发现了留存的信息时，解读工作所遇到的瓶颈才得以跨越。虽然最初的融冰作业损毁了一小部分信息，但4.5万年前留下的这一系列图案中，仍有74%被完整地保留了下来。因此，在地球人类文明诞生前飞临太阳系的外星人所留下的信息，其解读工作才得以迅速推进。

宇宙语言学界的翘楚米莉森特·威廉成功解读了外星人信息的80%。以此为基础，科学家们对外星人在地球史前时代造访太阳系的经过进行了大致重构，并得出了以下推论：

在距今10万年前，地球上的人类仍处于尚未掌握农耕技术的旧石器时代。外星人以巨大的母船为中心，组建了一支庞大的船队，从距离太阳系十几光年甚至几十光年的恒星系迁徙而来。根据他们留下的信息，他们之所以选择离开原来的恒星系，是因为它们的母恒星遭受了某种毁灭性灾难的袭击，他们不得不举整个文明之力开展了一次大逃亡。船队被分成了好几支，有的来到太阳系，有的向附近的其他恒星系四散而去。抵达太阳系的似乎是其中一支规模较小的船队。根据“克拉克进化尺度”推断，他们的文明发达程度较地球至少要领先15万至20万年。

到这一步，太空考古学家们的意见却出现了分歧，分歧点在于外星人与母恒星系以外的其他宇宙种族之间是否有过交流。米莉和伯纳德博士倾向于认为他们已经进入了复恒星文明时代，但到现阶段为止还没有找到积极的证据。另一些学者则基于其他语境下解读的信息认为，由于突发性危机降临到了他们的母恒星，一小部分外星人死里逃生后来到了太阳系，但他们的文明还另有一支规模巨大的船队正在银河系猎户座附近长期巡航。这些学者认为，外星人之所以会在太阳系留下宇宙信息，是为了将“母恒星发生异变”这一消息传达给将要归航的大船队。

总而言之，外星人在太阳系生活得并不怎么幸福。在整个太阳系中，只有一颗行星孕育出了生命。而且，那颗行星上的智慧生物的发展水平还停留在原始阶段，与宇宙文明存在着极大的差距，所以无法期待获得技术上或是经济上的援助。再加上他们在木星周边因失去母船而遭受了巨大的打击，所以只能在火星、月球和地球周边过着捉襟见肘的孤岛生活。由于技术水平的下降，事故越来越多，这些外星人的内部出现了士气低落、智能水平降低、小团体矛盾等各种各样的问题，人口也开始减少。最终剩下来的那一批人在地球上留下了最后的信息，然后集合全部力量制造了崭新的移居飞船，向其他伙伴可能去往的恒星系飞去……

这就是他们留在木星和地球各处、跨越8万年的信息所描述的事件的大致轮廓。而令米莉森特·威廉尤其在意的是，这些信息中都包含着一种警告的语气。

可是，这个警告到底是针对谁发出的呢？又究竟在警告什么呢？——是针对他们后来的伙伴吗？还是针对与他们存在交流的其他宇宙种族呢？又或者是针对像地球人类这样的，在很久很久之后才会到达宇宙文明的初级阶段，拥有足以识别其信息的技术的落后智慧生物，所给予的某种建议呢？

而且，这个警告似乎与降临在他们遥远母恒星系上的那场巨大危机有关，不过，这个危机的真相——或者说性质，因为信息中丢失的环节而一时难以被解读出来。目前虽然只差临门一脚，却始终无法弄清楚。

不过，语言解读方面的“天才猎人”米莉森特·威廉，已再次布下天罗地网，在四面八方周密地部署了驱赶者和猎犬，将逃脱的线索包围在了这张巨网之中，并一点一点地收紧。这一次，在这张崭新的巨网中，作为宇宙信息核心的危机也许将暴露原形。L4的3颗档案所卫星汇集了迄今为止收集的全部相关数据，而与之联动的信息处理卫星的超高性能电脑上还安装了程序Q–7。该程序由米莉本人在过去的摸索过程中编写完成，并写入了解读所需的所有可能性。正是上述的数据和程序构成了米莉撒开的那张天罗地网……

“伯纳德博士……”不知何时已经起身的米莉在沙发后面说道，“差不多该登船了。”

一直沉浸在宇宙信息问题中的伯纳德博士，这才回过神来，环顾四周。休息室内除了他和米莉，已经没有别人，开往L4的渡轮正闪着表示出发的橙色信号灯。

太空渡轮的额定载客人数为200人，但此时客舱里只有二三十个客人。在人事调动频繁的季节，经常会把五六个这样的200人客舱连接起来，看上去就像一列太空火车。其时，在渡轮上很难看到拖家带口的人，几乎清一色的都是技术人员和商务人士。

虽然客舱内没什么人，但渡轮还是晚了几分钟才出发。广播解释说是因为有的乘客还没到，紧接着就传来一阵慌乱的脚步声。只见三个满头大汗的男人从入口处急匆匆地冲了进来。其中一个留着一头黑发，小胡子，皮肤呈浅黑色；第二个是一名面容略显稚嫩的金发青年；第三个男人则留着一头灰发，额头很宽，看起来有些神经质。

三个人刚在前面的座位上坐下，渡轮就在电磁加速装置的作用下开始缓缓移动。

“狩猎终于要开始了。”伯纳德博士喃喃道，“信息处理卫星的主计算机在我们到了后可以马上投入使用吗？”

“从预约情况来看，我们到了之后估计还得再等一段时间。”米莉说道，“貌似在我们前面，有人临时申请了紧急使用。不过，在等待期间，我们应该可以使用子计算机。”

3. 破坏行动

从乘坐定期渡轮抵达L4宇宙殖民地的信息处理卫星，到轮到使用主计算机，大约有7个小时的空当。在此期间，伯纳德博士去了宿舍的单间休息，而米莉则在单间里把便携式电脑连接到这颗卫星的电脑线路上，继续为自己的工作做准备。

在连续工作了大约1个小时后，米莉终于感觉到了疲惫。她通过客房服务点了咖啡，然后靠在椅背上打算眯一会儿。

这时，突然有人特别大声地敲门，米莉被吓了一跳，差点从椅子上摔下来。

"我听到了！不用敲得这么响！"米莉大声喊着，起身向门口走去，"到底想干什么啊……难道是发生了火灾？"

米莉气鼓鼓地将门打开，发现站在外面的是一个男人，但看起来不像是宿舍的管理人员。他的皮肤呈浅黑色，戴着一副墨镜，披着一头垂肩的长发。上身穿着一件褪了色的黑色T恤，下身则是一条洗得发白的牛仔裤，脚上没有穿袜子，趿拉着一双凉鞋。这是一个身材矮小的东方人，此刻他正把咖啡托盘举到与自己肩膀齐平的高度，微微一笑。

"这是您的咖啡，威廉女士。"

"杨！"米莉不禁大声喊道，张开双臂准备给他一个大大的拥抱，"这不是杨吗！你怎么会在这里！"

"喂……米莉，能让我先把咖啡放下来吗？我并不是真正的服务生，弄不好会打翻的。"

月球舒伯特通信基地的副主任杨·塔奥鲁踉跄了一下，赶紧用一只手制止了米莉想要拥抱他的举动。他手中的咖啡杯盘发出了一阵叮叮当当的碰撞声。

"舒伯特基地的伙伴将你要来这里的消息告诉了我。"杨把托盘放在桌上，兴高采烈地说道，"我四五天前就到了。我让这里的伙伴帮我记下了渡轮乘客的名单。你这次来，肯定是有事要去档案所卫星吧。说实话，你来的时间刚刚好。再过两三天，档案所卫星就要进行10年一次的信息盘点了。这项工作一旦完成，老旧的记录，尤其是原始资料，就会被转移到新的档案所卫星上，在很长一段时间内，检索系统都将处于混乱状态，很难直接访问。”

杨说着，将醇香的咖啡倒进两个咖啡杯里。倒完咖啡后，他再度回头看向米莉，发现米莉竟也直直地盯着自己，而且眼眶中满是泪水。

“要不……一起喝杯咖啡？”杨用逗趣的动作指了指桌子，“如果那家伙也能陪我们一起喝，那可就太荣幸了。”

米莉突然扑了过来，紧紧地抱住了杨，将脸贴在他的肩膀上抽泣起来。

“你肯定是累坏了，米莉……”杨温柔地抚摸米莉的背部，低声说道，“我就知道你肯定累坏了。密涅瓦基地的朋友告诉我，木星上的工作辛苦到连职业摔跤手都受不了……朋友还告诉我，遇险的‘太空之箭号’上的R.井上曾经是你的恋人。”

“对不起，杨。”米莉将湿漉漉的脸从杨褪色的T恤上移开，然后拿出手帕擦了擦眼睛，“我在通信基地工作时，你一直对我很好，所以才忍不住……”

“其实，我一直很喜欢你。”杨拉起米莉的手，让她在椅子上坐下，“但是，我知道你是位非常了不起的学者，自视甚高。而且我也隐约知道，你有一位非常优秀的恋人……所以我就像个单恋女老师的高中生一样，主动扮演起了热血骑士的角色！”

“谢谢你，杨。”米莉用手帕捂着发红的鼻子，勉强笑了笑，“可我是个离过婚的女人，而且年纪也不小了。自从井上死了之后，我感觉自己一下子苍老了许多……感觉自己突然变成了一个80岁的老尼姑。”

“咖啡要凉了。”杨把杯子连同托碟递给了米莉，同时略有些不忍地将目光投向了别处。

“要加糖吗？”

“最近一段时间，无论是咖啡还是红茶，我都不加其他东西。”米莉接过杯子喃喃道，“就像在服丧一样。”

“你一定要记得稍微休息一下。”杨往自己的杯子里加了不少牛奶，说道，“你一直都把神经绷得非常紧，甚至给人一种几乎要崩溃的感觉。”

“杨，我们到底在做什么呢？”米莉摩挲着咖啡杯，眼神空洞地低声说道，“我也没见你闲下来过。最近，我常常在问自己，如此奋力地奔跑到底是为了什么，又究竟要去往哪里……”

“是不是因为人类压根就不该染指太空呢？”杨嘴里叼着镇静棒说道，“当初，人类冒冒失失地闯入太空，但我总感觉，对于现在的人类来说，还没有足够的能力去和太空打交道。”

“那么，你打算何时从太空隐退？”

“不……”杨缓缓地摇了摇头道，“我完全没有那种想法。我喜欢太空……而且我觉得在奋力猛冲的过程中死掉未尝不是一件快意之事。”

米莉扑哧一声笑了出来。

见米莉笑了，杨似乎松了一口气，站起身来。

“那，米莉姐……你有什么需要我帮忙的吗？你是不是一直在忙着搜罗资料，希望能够尽快破译宇宙信息？这点小事我完全可以帮你做。”

“谢谢。那就请你帮我分担一部分工作吧。”米莉回头看了看仍未断开线路的个人电脑，说道，“我正在确认卫星上有多少资料可以和存储在这里的解析程序框架相对应。因为只是估算一下需要多长时间，所以用极其粗略的大分类代码略微查了一下……比对程序已经设定好了，剩下的按照指示一步一步做就可以了。”

“明白，这点小事就交给我吧。你要不要去睡一会儿？等会儿几点叫你起床？”

“是啊……”米莉打了个哈欠，看着手表嘟囔道，“应该能睡三四个小时吧。我真的需要休息一下了。”

一股强烈的睡意突然袭来，几乎让米莉分不清自己是真的说出了这句话，还是迷迷糊糊梦到的。她只记得自己从椅子上站起来，摇摇晃晃地朝着床走了过去，却不记得自己是如何倒在床上的。

直到又一阵轻轻的敲门声传来，米莉才再次睁开了眼睛。

醒来时，米莉发现自己刚才是和衣趴在床上睡着的。有人在她的背上盖了条毛毯，不过房间内并没有看到杨的身影。

“米莉……是我……”门外传来伯纳德博士的声音，“你还在睡吗？我们差不多该去操作中心了。”

米莉猛地坐起身来。桌上的咖啡杯等已经被收走，办公桌上便携式电脑的电线也已经被拔下，电脑合着，上面放着一张杨留下的便条，字迹很潦草。

代码的比对工作已全部完成，保存在了存储盘2和3上。碎片式资料似乎比你预想的多很多。因为鄙人的团队比你们更早一步拿到了中心的使用许可，所以我就先赶过去了。或许我们还会在那边相遇。我使用的隔间是B栋的206d。

杨·T

又及：现在的工作告一段落后，建议你务必请假好好休养一下。鄙人向你真诚推荐一个位于亚洲大陆的地方。那是一个如香格里拉般美好的疗养胜地，且我和当地的权贵关系很不错。如有需求，敬请垂询。

Y.T

再及：你梦话中所说的“英二”究竟是谁呢？

在L4宇宙殖民地上，信息处理卫星只能算是一个规模并不太大的人造天体，但常住人口也有6500人，其长轴方向的距离更是达到了1.5千米。因此，从米莉宿舍所在的居住区到另一头的巨型计算机操作中心，一般都需要使用小型联络车。

虽然现在就出发的话，米莉和伯纳德博士抵达信息处理卫星另一头的时间，将比预定时间早三四十分钟，但他们还是决定早点去办手续，然后参观一下中心的部分区域。于是他们借了一辆联络车，向计算机操作中心的方向驶去。

可是，联络车开到全程的2/3时，前方突然传来一声沉闷的爆炸声。

紧接着，街道上响起了刺耳的警报声，好几辆负责安保的车朝爆炸声传来的方向疾驰而去。

“发生什么事了？”坐在车内的米莉不安地望向前方问道。

联络车被交通管制系统自动切断了电源，只得停在路边。

“是发生什么事故了吗？”伯纳德博士从座位上站了起来，“中心那边好像正在冒烟！”

街上的很多人都停下了脚步，望着道路的尽头交头接耳起来。米莉随即打开联络车上的收音机。可是不管调到哪个频道，都是一样的暂停播报的旋律，广播中也只是重复播报说，让大家等待几分钟后的即时报道。不过调频时可以隐约听到疑似安保人员之间的无线通信信息，其中似乎有“操作中心”和“炸弹”等字眼。

“开什么玩笑！”米莉关掉收音机，小声嘟囔了一句，从座位上站了起来。

“炸弹？”伯纳德博士从联络车上走下来，不可置信地小声嘀咕道。

“操作中心怎么会有这种东西……到底是什么人……”

“反对宇宙开发的激进团体最近好像又开始到处捣乱了。”米莉不再管联络车，一边下车快步向前走去，一边小声说道。

“是不是一群年轻人？”伯纳德博士说道，紧跟着米莉的步伐朝前走去，“说起来，已经是很久之前的事了。一群激进的年轻人混进了从地球过来的考察团中，在木星的密涅瓦基地大闹了一场……其中一个姑娘还是基地主任本田英二的朋友……哦不……说是恋人更合适吧。”

“年轻人只是被煽动起来胡闹的棋子，他们的背后似乎还存在着一股棘手的政治势力。”米莉从大马路拐到了旁边的小路上，皱着眉头说道，“在火星上，也有四五个这样的年轻人被从地球上送过来……但他们还没动手，就被监控了起来。开发机构保安部的人也一直在抱怨。总感觉太空里的火药味正变得越来越浓。”

伯纳德博士很快就明白了米莉为何不沿着大路直行，而是要绕小路了。——两侧建筑物的内部有一条与大马路平行的传送带。米莉的直觉没错，传送带没有受到交通管制，仍处于正常运行的状态。虽然途中要换好几条传送带，但仍比正常步行快得多，而且可以直达操作中心附近。

两人在紧挨着操作中心的大楼里走下了传送带。中心前面聚集了数百名群众，正在吵嚷着什么。几辆安保车和救护车停在那里，中心入口前拉起了警戒线，身穿制服的安保人员正在维护现场的秩序。中心入口的玻璃门碎了一地，里面冒着淡淡的烟雾。

“发生什么事了？”米莉越过人们的头顶朝前方望去，向身旁的一名男子问道。

“中心的入口处有炸弹爆炸了。”被问的中年男子回答道。

“不过不是特别严重。估计也就是想骚扰一下。正在服务台附近的两三个人受了伤，刚才已经被救护车拉走了。”

“中心的功能没受到什么影响吧？”

“这个嘛，我就不知道了。”

“好像抓了四五个年轻的嫌犯。”另一个人开口道，“安保车的广播刚才说，还有人在别的地方投石闹事。”

“不好意思……”

在米莉和伯纳德博士之间，一个黑发黑须、肤色浅黑的男人正满头大汗地拨开人群，试图向前挤去。米莉一眼就认出了他，这人正是在L5的奥尼尔中转点，最后才登上渡轮的那三名乘客中的一名。于是，米莉和伯纳德博士跟在他身后，不自觉地向前走去。

头戴钢盔的安保人员举起手，示意已走到警戒线附近的男子回去。

“我是世界天文学联合会的穆罕默德·曼苏尔。”满头大汗的男人递过去一张纸片，“我有非常重要的事情，已经拿到了中心的紧急使用许可。操作的准备工作应该也已经做好了，我想尽快去看看准备工作有没有受到影响。”

“目前还不行……”安保人员摇了摇头道，“爆炸处理小组正在排查有没有其他炸弹。”

“不过，排查工作好像已经结束了。”米莉在一旁插嘴道，“你看，那边出来的不就是处理小组的人吗？”

只见三个身着灰色护具的男人正提着工具箱从中心里面走出来，到了入口处，他们又伸出脚尖踢开了散落的玻璃。他们三人都把面罩拉到头顶，其中一人还举起双臂比了个“OK”的手势。

“应该没事了。”曼苏尔探出身子说道，“不好意思，请马上让我进去。我已经得到了总部的特别批准。因为这场骚动，我们的工作计划已经被严重耽误了。”

正在安保人员犹豫之时，车子那边一个队长模样的男人突然冲着这边喊道：“是天文学联合会的人吗？如果是，就让他进去。总部已经发过通知了，让他进去！”

穆罕默德·曼苏尔猫下身子，从警戒线下面穿过，大步向着入口走去。米莉和伯纳德博士也紧跟着一起从警戒线下穿了过去。

“你们也是天文学联合会的人吗？”安保人员问道。

“嗯，是啊——我们和他是一起的。”米莉抢在慌乱的博士前头说道，随后便立刻向曼苏尔追去。

当走入门廊时，米莉发现地上到处都是玻璃和水泥的碎片，还有血迹。

米莉心头一紧，不由得停下了脚步。只见血泊旁还有一只破旧的凉鞋，米莉突然觉得那只凉鞋似乎是杨的。但因为伯纳德博士已经大步紧跟曼苏尔而去，她也不得不加快脚步从那只凉鞋旁走了过去。

4. 操作中心

刚进入操作中心入口处的大厅，一股刺鼻的火药味就扑面而来。

米莉隐约听到安保人员说，好像爆炸的是一枚硼烷成分的塑料炸弹，被安装在了问询台往里走的通道边上。

问询台的一部分被直接炸飞，通道旁边的墙壁也被炸出了一个大洞，里面的动力线和光纤等都露了出来。

墙洞对面的房间貌似也遭到了严重的破坏，到处是散乱的电脑显示器和全息光盘盒等。脚下的地板上散落着玻璃、塑料和金属的碎片，踩上去就会发出嘎吱嘎吱的声音。

“损失大概有多大呢？”伯纳德博士肩并肩地和曼苏尔大步沿着通道向里走去，自言自语道，“好像也不是很大……”

“我刚刚和里面的人取得了联系，他们说，受损的只有子系统的很小一部分。因为针对整个系统的精密检查还没有完全结束，所以我有点担心，不知道我们那个基本已经完成嵌入的程序会变成什么样……”曼苏尔说道，“啊，不好意思，忘记做自我介绍了……我是世界天文学联合会的穆罕默德·曼苏尔。”

“我叫雷·伯纳德，专业方向是太空考古学。”伯纳德博士说着，回头看了一眼，“另外……”

“我叫米莉森特·威廉！”米莉在他们后面几步远的地方，气喘吁吁地喊道，“我是研究宇宙语言学的。在你们世界天文学联合会之后，就轮到我们来使用这里的主操作室了。”

“请多关照。”曼苏尔转过身，向米莉点头致意道，“我是不是在来这里的渡轮上见过你？”

“是的……就在L5的渡轮码头，你们当时是不是差点没赶上航班？对了，你的那两位同伴呢？”

“他们大概3个小时前就到了这里，一直在调试程序。”曼苏尔也有点气喘吁吁地说道，“说起来……我们为什么要走得这么着急呢？”

伯纳德博士放慢脚步，笑着说道：“那是因为……我们为了追上你。”

米莉也笑着解释道：“我们和你不一样，没有得到安保部门的特别批准，只好伪装成你的同伴，跟着你一起穿过警戒线。”

“我说呢，原来是这样啊。”曼苏尔不禁笑了起来，“不过我们已经到这里了，就没必要再像刚才那么着急了。”

咻——就在这时，从拐角处传来一声尖锐的口哨声。

三人朝拐角处一看，只见操作室入口处出现了一个灰头发、宽额头的男人，正在用夸张的动作朝他们招手。

“亚历克斯，准备好了吗？”曼苏尔问道。

“随时都可以开始。”来自火星的亚历克斯·帕德罗普斯点了点头道，“奥托也在等你。”

“那么，我就先走一步了。”穆罕默德·曼苏尔看了看表，对米莉和伯纳德博士说道，“你们预约的时间是在1个小时之后吧？我们今天需要粗略做一下估算，应该能按时交给你们。”

“不着急。”米莉亲切地说道，“我们会在副操作室先做准备。准备工作也需要花不少时间。”

一进门就是副操作室，再往里走则是主操作室。两个房间之间隔着一扇宽大的玻璃窗。

“哟……”控制台前一个看起来像是主操作员的壮汉回过头来。他头发略显花白，年纪在50岁上下。

“要马上开始吗？现在已经比预定的时间晚了4分钟。”

“因为炸弹风波，我们刚刚差点被挡在了外面。”曼苏尔掏出手帕，一边擦着额头上的汗，一边环视多功能显示屏，“看样子爆炸没有对已嵌入的程序造成什么影响，终于可以松一口气了。”

“那起爆炸只是对处于终端的办公级别的系统造成了一定影响，和主系统没有什么关系。”壮汉眯起一只眼，微笑着伸出手来，“我叫布里特。接下来，就由我来介绍将要充当你们工作伙伴的智能电脑，它叫塞卡尔。”

“请多关照。”扬声器里响起了一个响亮的男中音，同时在正面的显示屏上出现了一组由罗马字母和印地语字母组成的彩虹色文字，并不停地闪烁着。

“请多关照。”曼苏尔在椅子上坐下，说道，“怎么感觉像是个印度人。”

“而且还可能是印度教徒哟。”房间里面，一脸稚气的小奥托·温克尔哧哧地笑着说道，“刚才我们还在一起讨论了婆罗门教的奥秘。”

“请问你们是……”操作员向站在入口处的米莉他们走过去，开口问道。

“我们是排在他们之后将要使用这里的人……我叫威廉，他叫伯纳德。我们是通过太空考古学会提出的申请。”米莉说道，“可以让我们先在副操作室里做一下准备工作吗？”

“可以。不过需要先验证身份。”

说着，布里特指向位于副操作室一角的身份验证器。米莉把右手掌放在验证器的玻璃板上，副操作室的显示屏上很快便出现了“READY（准备就绪）”的字样。

“将作为伙伴与你们一起工作的是……克莱尔。”布里特打开小型控制台上的电源开关说道。

“你们好，米莉森特·威廉博士，雷·伯纳德博士……”克莱尔用花体在屏幕上打出自己的名字，用优雅的声音说道，“能和你们这样的著名学者一起工作，我深感荣幸。”

“在着手准备之前，需要先看一下档案所卫星吗？”

布里特按下了控制台上的好几个按钮。

显示屏上瞬间显现出飘浮在太空中的3个巨大的人造天体的影像。这3个人造天体是由几个同轴环重叠在一起构成的，两端各连着无数条天线。这些天体以相当快的速度不停地旋转着，又因为装有自动驱动装置，所以它们在宇宙空间的位置并非固定不变，而是在一点点地发生着改变。

位于显示屏右下方的是呈半圆形的地球影像，而位于显示屏左上方的是高悬的半轮明月。随着摄像机位置的移动，画面上又出现了另一个貌似正在建设中的档案所卫星的影像。

“现在我们正在为10年一次的信息盘点做准备，同时也在着手建设一颗新卫星。”布里特叹了口气说道，“我也不知道今后还需要建造多少颗档案所卫星。不过我听说，这里再建造4颗新卫星就不会再建了，而是会在火星上再建造一颗规模特别巨大的卫星，是真的吗？”

“是真的。”米莉回答道。

“最近有关外行星的情报急剧增加。和太阳系开发相关的各个中心，也都在陆续移往火星，说不定未来哪天这些中心的总部都会搬去那里。”

“我对此持反对意见。”布里特用生硬而又不满的语气小声说道，“中心还是……应该放在像我们这种能够看到令人怀念的地球和月亮的地方。一旦搬到火星上去，大家可能就会慢慢忘掉地球了。”

布里特扔下这句话便走了出去。米莉回头望向伯纳德博士，两人面面相觑。

“那么，克莱尔，请开始准备工作吧。”米莉在控制台前坐下，把带来的便携式电脑的光纤连接器接到控制台的插口上，说道，“程序已经调试好了，你再检查一遍后，就把程序输入进去吧。”

“明白。”克莱尔用悦耳的女高音回答道，“我会在您的指示下进行设置。此番操作的目的是，在比对保存的宇宙信息的全部数据的过程中，类推出火星信息语句中的缺失部分。”

“这就是彗星源无人探测器CSP-2和CSP-6在通信发生中断时的全部遥感数据。”主操作室内的塞卡尔用沙哑的声音说道。

“CSP-2确实在中途因通信系统出现故障而不得不切换到了备用系统，自我修复进行得也并不顺利。CSP-6的推进系统中有两个发生了故障，一个系统差点失控，虽然已将其切断，但因为飞船已经偏离了原有航线，所以曾试图使用剩余的系统对航线进行修正。但这时好像再次发生了失控的现象，飞船大幅偏离了原有航线，此后通信便彻底中断了……原因应该是发生了爆炸。”

“无论是CSP-2还是CSP-6，在通信即将中断之前，都出现过频率突然下降的情况。”亚历克斯说道，“把这种模式尽可能地放大，然后和‘太空之箭号’的情况做一下比较。”

“明白，40秒后，我会把结果显示在右侧的屏幕上。”

“还有，在那两架无人探测器通信中断时，它们所在的那个方向是否有X射线源的爆炸记录？”曼苏尔焦急地问道，“因为可能只是非常轻微的爆炸，所以就算被记录下来了，也只会被当作观测噪声。”

“明白了。天文学联合会的天文事件编年录上没有发现任何相关记录，所以现在正在从第一手资料中检查是否有类似情况。毕竟资料规模过于庞大，还请稍等一会儿……”

“这可不容易啊，穆罕默德。”小奥托·温克尔抱着胳膊摇了摇头道，“在那个方向上，纵使在有事件记录的地方，通过两点观测也很难测算出距离……毕竟，X射线的耀斑或爆炸都不算特别罕见。”

“在全面检查结束之前，先把编年录的记录拿出来看看。”曼苏尔不耐烦地说道，“从CSP-2消失时的记录开始看……我想想，大概是10年前。”

“明白了。”塞卡尔的声音依然从容不迫，“我会从2分25秒开始，将记录依次显示在右侧的屏幕上。”

“可真够辛苦的……”克莱尔一边读取米莉提交的程序，一边叹着气说道，“资料我也能全部调取出来……不过要想进行解析和推理，最好再增加一个区块……”

“有空着的合适区块吗？”伯纳德博士问道。

“我想想……我觉得富田那部分可以用。等正式开始时就让它来试试吧。富田曾经参与过一起犯罪的调查工作，它在庞大的通信文本中找到了混杂在其中的密码，并将其破解了出来。它也非常擅长把握微妙的语感。”

“如果是这样，那就没问题了。”米莉说着，尝试重放了她往火星上的电脑里塞得满满当当的火星信息。

“好暗……危险……危险的……好重……要爆炸了……让它爆炸……失败……”

扬声器里传来一段机械、沉闷的语音。

“这应该是火星信息中最重要的一段信息，但由于缺损太多，无法再进行解析了。——看来，可能是我通过前后语义进行解释时搞错了方向，或者说，可能是我对此处所叙述的事件的性质理解得并不到位……这一部分我想重新梳理一下。”

“那估计需要花费很长时间。”克莱尔说道，“要不把刚才那部分信息的SI再提高一个级别试试看？”

“好暗……好重……危险……”

扬声器里传出更加沉重和扭曲的声音。

“好暗……好重……危险……”

这时，从主操作室的方向好像传来了谁的叫喊声。

两个房间之间的门没有完全锁上，还留着一道缝，主操作室内的男人们的声音就透着缝隙传了过来。

“真主啊！”穆罕默德·曼苏尔从椅子上起来，大喊道，“怎么会……怎么可能……”

“塞卡尔！……把那个耀斑标记调个个儿试试。”帕德罗普斯大声喊道，“相对于太阳系的平均旋转面，调转至三维轴上……对，就这样，比对一下它的矢量和太阳系在银河系内公转的轨道要素……”

“这简直是精准撞击……”奥托用沙哑的声音说道，“我的天……这也太令人震惊了！”

“发生什么事了？”米莉回头对伯纳德博士小声问道。

“那边好像受到了什么刺激。”伯纳德博士不由得皱起了眉头。

“塞卡尔……这里能连接到紧急线路吗？就是紧急秘密线路……L5的LabSat2——天文学联合会总部。”

“没法显示在这块屏幕上。隔壁的副操作室有连接外线用的隔间，那边可以……”

两个房间之间的门被猛地撞开，紧接着曼苏尔从主操作室里冲了出来。他径直冲到副操作室一角专门用于连接外线的视频电话隔间，然后以极快的语速提出了使用紧急秘密线路的申请。

曼苏尔之后是年龄最小的小奥托·温克尔。他脸色苍白，额头上全是密密麻麻的汗珠，一边摸着自己的小胡子，一边摇摇晃晃地走了出来。

只有帕德罗普斯仍留在主操作室内，正用他那阴郁的声音和塞卡尔说着什么。

“你脸色好差啊……”米莉说道，“怎么了？到底发生了什么事？”

“没……就是有点……”奥托勉强挤出一丝僵硬的笑容，摆了摆手道，“现在还没弄清楚……”

奥托打开了曼苏尔刚才进入的那个隔间的门。

“是的，温克尔副主席……虽然这令人难以置信，但可能性非常大。”曼苏尔用沙哑的声音对着视频电话说道，“我们会马上把得出的结果发给总部。也请把此事报告给帕帕乌秘书长……我希望能够立即召集大家举行紧急讨论会议……”

“爸爸……是我……”隔间的门还半开着，奥托便急忙插话道。

“最重要的是，我们必须集中观测‘太空之箭号’的遇险位置……我们需要大量长基线的电波和X射线观测网。我认为应该把几颗望远镜卫星从行星轨道上撤下来，立刻投放到太阳的极轨道上。是的……我也和曼苏尔持同样的意见，认为那是黑洞。”

5. 黑洞

黑洞……

当这句话从小奥托·温克尔口中说出时，穆罕默德·曼苏尔不由得吃了一惊，转头望向视频电话隔间半开着的玻璃门。

门外的副操作室里，米莉·威廉和伯纳德博士也都惊讶地朝隔间里面望去。

他们的视线刚触碰到曼苏尔的视线，曼苏尔就慌里慌张地用力关上了门。不过，他用很严肃的语气低声对奥托说了几句话后，再次打开了门，并从隔间里走了出来。

“不好意思……”曼苏尔看着米莉和伯纳德博士，咕嘟一声吞了口口水。他那张浅黑色的面庞显得苍白而又僵硬。

“刚才的话，两位想必也都听到了吧？”

两人点点头。曼苏尔的脸上不知何时渗出了密密麻麻的汗珠。

“这是真的吗？”

“到底是怎么回事？”

米莉和伯纳德博士几乎同时问道。

“您两位最好都……”曼苏尔用沙哑的声音说道，“忘掉刚才听到的那些话。——不……至少请两位不要透露给其他任何人，可以吗？暂时……在正式公布之前还请一定保密……或许，永远都不会对外公布。但愿是这样……”

“我是雷·伯纳德博士……是太空考古学会的副主席。这位是米莉森特·威廉博士，是一位宇宙语言学家。请再次记住我们的名字和长相。我们都是世界天文学联合会的成员。”伯纳德博士正色道，“如果从你们所能接受的渠道之外传出流言，那么尽可首先怀疑我们，并进行调查。如果是我们泄漏出去的，那就让我们下地狱吧。”

“谢谢……”曼苏尔掏出手帕擦了擦脸，“当然，我并不是不相信两位。不过，这还只是极不确定的推测，如果是事实，那将成为一个极其重大的……必须由全人类共同面对的问题。所以在确认之前，我觉得必须尽可能严格地对信息进行管制。”

“我懂你的意思……”米莉紧张地小声说道，“请您放心好了。”

“那我——再重申一遍。我是穆罕默德·曼苏尔，隶属于世界天文学联合会太阳系天文学部，主要从事彗星及彗星源的研究。我目前正在调查一个与我有关的探测计划发生事故的原因……而在调查过程中，发现了一些令人震惊的征兆……”

“我明白了。不用再往下说了……”伯纳德博士举起手，制止曼苏尔继续说下去，“您的同伴好像在叫您……”

隔间的门被打开了，奥托从里面探出了头。

“已经和月球上的爱因斯坦市取得了联系。”奥托低声说道，“是天文学联合会的主席和理事长接的电话。我们马上可以和L5的联合会总部进行三方通话。”

“只有一件事……仅仅一件事，我想问一下可以吗？”当曼苏尔正要返回隔间时，米莉在他身后突然开口道，“那些……征兆，是在距离太阳系比较近的地方发现的吗？”

曼苏尔本已打开了隔间的玻璃门，但听到米莉的话后，他再度回过头来。他的脸上写满了踌躇和为难。

“是的……”曼苏尔压低声音说道，“既然你问了，那我就索性告诉你，那些征兆是在距离太阳远小于1光年的距离内发现的，而且……”

说到这里，曼苏尔露出竭力克制自己的表情，然后立刻冲进隔间，关上了门。随即，隔间里传出一阵忙乱而又嘈杂的声音。米莉和伯纳德博士愕然地朝那边凝视了好一会儿。

黑洞……通常，比太阳稍大的恒星在进化末期会发生超新星规模的爆炸，在某些情况下，其中心区域会发生引力坍塌，进而形成“空间吞噬”……在较小的区域里，巨大的质量在重力的作用下会不断向中心集中，最终在其周围一定区域的内侧，空间会因为巨大的重力而封闭起来，形成一个黑暗的重力陷阱。在这个重力陷阱内，甚至连秒速达到30万千米的光也无法逃脱……

20世纪初，爱因斯坦的广义相对论发表后不久，史瓦西就提出了黑洞理论的可能性。但此后一段时间，人们对黑洞的兴趣逐渐淡薄。直至20世纪下半叶，由于电波天文学的兴起，以及电子学被大规模引入到太空观测中，各种各样的线源异常天体相继被发现，黑洞理论才再度成为学术上的热门话题。天鹅座X-1等X射线源天体也一度被当成黑洞。

到了21世纪，随着来自行星、宇宙殖民地、宇宙天文台等全天候观测技术的迅猛发展，人们意外发现，无论是在银河系、超星系团还是超远距离天体中都存在众多的黑洞。20世纪70年代，坐在轮椅上的天才宇宙物理学家霍金曾预言过迷你黑洞的爆炸现象，而此种现象后来也多次被捕捉到。人们甚至做出假设，认为宇宙中存在质量相当于银河系的超大黑洞，以及质量远小于恒星爆发机制所产生黑洞的理论极限值——大概只有理论质量1/10的“中型黑洞”。

然而，对于“宇宙的终极之谜”——引力现象的解释，还远远没有达到完美的程度。黑洞本身距离太阳系十分遥远，而银河系内平均每年都会出现20到30次新星现象，每数百年会出现一次超新星现象。与之相比，黑洞对于人类文明来说遥不可及，似乎永远都不会扯上关系。

可是，曼苏尔刚才说，疑似黑洞的征兆就位于太阳附近，与太阳的距离甚至远远小于1光年……黑洞，顾名思义，可以吸入包括物质、光、电波在内的所有东西，周围看不到任何光。只有当附近的物质被黑洞吸入时偶尔发出X射线，抑或当恰好有恒星位于黑洞的背后，其发出的光在黑洞强大的引力磁场作用下发生扭曲，进而形成双重虚影，即所谓的引力透镜现象时，黑洞才有可能被发现。若非发生以上现象，就算黑洞距离我们再近，也根本无法被发现。

“如此说来……”伯纳德博士轻轻打了个响指后嘟囔道，“米莉……我们正在调查的外星人的母星，距离太阳系大概有多远？”

“粗略估计的话，在十几光年到几十光年之间……不过我觉得可能更近，或许在10光年左右？”说到这里，米莉回过神来，回头看向博士，“可是，这难道有什么问题吗？”

“唔……”博士按下了副操作室内的智能电脑克莱尔的启动开关，“问题就在这里，米莉。”

“好暗……好重……危险……”

扬声器里再度传来一阵低沉而又压抑的声音。

这就是刚才米莉给克莱尔输入程序，要求它进行检查的宇宙信息中严重残缺的那部分核心文本。——10万年前，地球尚处于冰河期，当时的人类还处在用棍棒和石斧猎杀猛犸象的阶段。而这段残缺的宇宙信息涉及的正好是，当时来到太阳系的外星人的母星系所遭受的危机真相。而这部分宇宙信息是在极偶然的情况下，在火星极冠的冰层下被发现的。

“好暗……好重……危险……”

阴郁而又沉重的声音不断重复着。

“好暗……好重……危险……”

“请等一下，博士……”米莉吃惊地张大了嘴，“那个突然降临在外星人母星系的危险莫非就是……”

“我的意思并不是它们一定属于同一个黑洞……”伯纳德博士摆摆手道，“不过……如果这场危机严重到让他们都不得不逃离母星……我总感觉很有可能……”

“好重……好暗……危险……”

声音单调而又执拗地重复着。

“好重……好暗……危险……”

“还要继续重复播放吗？”克莱尔用悦耳的声音问道。

这时，隔间的门突然打开，曼苏尔和小奥托·温克尔从里面猛地冲了出来。

“亚历克斯！”曼苏尔打开主操作室的门，大声吼道，“现在我们全员前往月球。带上所有存有记录的全息光盘。快点！”

曼苏尔说完，转头看向米莉，语速极快地说道：“不好意思……我们的工作暂时就到这里了，主操作室接下来就交给你们了……”

灰发男子手里拿着上衣和光盘盒，像一颗炮弹一样从主操作室里猛地冲了出来。然后三个男人如疾风般迅速穿过副操作室，跑到了过道上。

“啊，稍等一下……”米莉像是突然想起了什么，慌忙站起身来，紧追着男人们来到了过道上。她对曼苏尔刚才说的“彗星源探测”和“事故”这两个词非常关心，原本是想等他们忙完了再去问的。

可是当米莉紧赶慢赶地跑到过道拐角处时，三个男人已经踩着玻璃和塑料的碎片，从爆炸后还没来得及打扫干净的操作中心门廊冲了出去。

当米莉和伯纳德博士抵达L4宇宙殖民地的信息处理卫星时，“JS计划”总部的密涅瓦基地主任本田英二也来到了位于月球背面莱布尼茨环形山内的太阳系开发机构总部，正等待着与总裁埃德·韦伯会面。

韦伯总裁原本已经非常忙碌，而计划外的紧急问题偏偏接二连三地找上门来，所以他与英二的会面时间只能一拖再拖。

没办法，英二只好来到位于总裁办公室下一层的酒吧，一个人百无聊赖地在吧台边坐下，小口小口地喝着酒，喝醉后就直接在包厢里睡了一觉。醒来后，他又坐在吧台边，迷迷糊糊地喝着一杯名字古怪的鸡尾酒，这种酒叫作“醒酒”。

和上次来的时候一样，酒吧内空荡荡的。英二在酒吧里枯坐了好几个小时，但除他以外只进来过一个客人，而且只待了十五六分钟就离开了。英二坐在吧台前，目光呆滞地望着对面。他突然想起，就在几个月前，他同样坐在这个吧台前，等待着韦伯总裁的“接见”，而米莉森特·威廉正好坐在他的对面，于是两人有了第一次对话。

在此之后，为了探测“木星幽灵”，他和米莉在长达3个月的时间里，一直都待在一起。他们一起乘坐JADE-Ⅲ，先后十几次进入木星那汹涌的大气层中，潜入大红斑周围由氨和硫化氢铵构成的云层的底部，努力搜寻着“木星幽灵”的身影。

时移世易，米莉已不在身边。而最大的不同则是……两人因为同一场事故，失去了各自最亲近的人。因为“太空之箭号”的那场事故，英二失去了高中以来和他志趣相投的朋友霍贾·金，而米莉则失去了她曾经的恋人井上龙太郎博士。

霍贾·金他们的任务是前往太阳系的外侧边缘进行探测，往返需要花费两年多的时间。本来英二答应在霍贾·金出发前为他饯行，却因为和玛丽亚的相互缠绵而错过了这个机会。想着等他回来后一定要好好喝一场，把当初没来得及喝的酒补回来，但霍贾·金再也无法回来了……

想到这里，英二便觉得心里异常难受，于是把目光从米莉曾经坐过的位子上移开，望向对面的全息影像。

只见在那蜿蜒摇曳的五彩光瀑的中心，一位青春靓丽、留着一头金发的清纯女歌手，正在用她那与长相形成强烈反差的沙哑嗓音演唱着比彻姆·桑德克莱恩的《呼唤蓝天》——这首歌在一个多世纪前红极一时，最近不知为什么在地球圈周围再度流行起来。

火星的天空是淡淡的红……

而我却在那片遥远的天空之下，

呼唤着地球的蓝天……

比彻姆·桑德克莱恩是20世纪末的一位宇航员，在火星开发初期因为一场事故而失去了一条腿，之后便放弃了飞行员的工作，成为一位超人气的创作型歌手，被人们称为“火星吟游诗人”。据说当年有不少年轻人正是因为听了他的歌，才开始向往太空中的生活。

但是，现在，比起这首歌本身，那位如痴如醉地吟唱着的金发少女更让英二着迷。

少女的某些地方像极了玛丽亚。

4个多月前，玛丽亚领着一帮想法激进的毛头小子来到了密涅瓦基地。随后英二和她在情人酒店的无重力房间内度过了一段疯狂而又销魂的时光……在那之后，除了从木星到地球的短暂旅途中他们曾一起度过，就再也没有见过彼此了。再后来，英二前往地球上的东京参加太空考古学会紧急会议时，玛丽亚中场把他叫到了一家诡异的店里，让几名暴徒袭击了他，并企图将他绑架。虽然实施暴力并非出自她的本意，但可以肯定的是，她加入了一个不太正常的教团，且热衷于反对宇宙开发的运动。

“这些事情我都可以不在意，可是你到底在哪儿，玛丽亚……”英二望着少女的全息影像，不禁在心底喃喃道，“我想见你……我想和你好好谈一谈。我想要你一直待在我身边……我想和你永远在一起……”

“可是，宇宙实在太过广阔……”这个想法再次浮现在了他的脑海中。每当英二累过头，大脑中就会冒出这样的牢骚……虽说有着“男孩遇见女孩的故事”[①]，可宇宙这么大，男孩到底在哪里才能遇到女孩呢……

---

①塞林格的短篇小说《破碎故事之心》中的最后一句是“In a boy-meets-girl story, the boy should always meet the girl”。对此句解读甚多，被认可较多的解释为：“在一个男孩遇见女孩的故事中，必须以两人的相遇为前提（或是男孩必须先遇到女孩）。”——译注

“我把你叫过来，却让你等了这么久……”埃德·韦伯用他那粗壮的手指按压着眉心，说道，“我想单独和你好好谈一谈。”

“原来如此……”英二别过头不去看总裁的眼睛，嘟囔道，“这样的话，我大概知道您找我是为了什么了。‘JS计划’的工期需要加快到什么程度？”

“我希望把4年半的期限缩短为2年……不管采取什么方法……”韦伯瞥了英二一眼道，“怎么了？不要摆出那么伤心的表情！”

“我不是伤心，是真的太累了。”英二回答道。

6. 橙色警报

“我知道这对你们来说太勉强了……”太阳系开发机构总裁埃德·韦伯缓缓转动他那超过160千克的庞大身躯，朝英二说道，“什么都别说了。为了尽快实现‘JS计划’的第一步，我已经下令将开发机构内所有能调动的物资、器材、人员都调拨给你们。刚开始的阶段，我会尽量不引起别人的注意，所以应该也不会有太大的问题。但一旦到了某个阶段，太阳系开发机构就会举全力支持‘JS计划’。即便这样做会导致其他项目延期甚至取消，也必须提前完成‘JS计划’。我并不是说仅凭现有的那点物资和人员，就要你们将原本需要5年左右的工期强行缩短至2年。而是说，太阳系开发机构的所有计划，都要为这个目标的达成而重新安排……”

“看来您是打算越过兰森部长，直接来说服身在一线的我了。”英二垂下眼睛喃喃道，“即使是现在，我们的日程也已经安排得不能再满了……此外，还会遇到像不久之前在JADE-Ⅲ上那样，需要临时帮太空考古学者做调查的情况，有时还会遇到关键员工生病，或是中枢系统因为过载而烧坏等各种意外情况。不管您给我们调拨多少物资和人员，有些东西都已经到达了极限，特别是时间，谁都拿它没办法。如果完全忽略科学规律行事，只会平白增加事故。”

“只要不死人就行！”韦伯道，“就全权委托给你了……我有个心愿……”

“您到底为什么这么着急？”英二叹了口气道，“联邦议会和委员会那边的情况如何？”

韦伯默默地按下了扶手上的密匙，墙面的显示屏上顿时浮现出地球上的某座山。山腰处的森林里冒着淡淡的烟雾，镜头放大后，英二在湖面上发现了一架飞机的残骸。

“大约两周前，联邦议会宇宙开发问题特别委员会的委员长和另外两名委员一起死于一场飞机事故。委员会内的平衡被打破，对联邦议会的影响力应该也会随之下降。”韦伯用拇指按压着眉心说道，“最近，在地球上，保守化的倾向再度趋强，社会上对于宇宙开发的反对情绪也在不断高涨。这是因为居住在宇宙空间的人和留在地球上的人之间的观念和思维方式存在着一条鸿沟，而且这条鸿沟变得越来越大……原本这种情感上的问题并不算什么，但麻烦的是，有一帮人看中了太阳系宇宙空间的高生产率，试图将其政治、经济、开发都尽可能地纳入地球的政治体系，而且这股势力还在不断抬头。这帮人已经把触角伸到了相当广的范围内。总而言之，他们打算利用联邦议会，在极端的情况下甚至想冻结太阳系宇宙空间的自我管辖权。”

“也就是说，他们想要换掉总裁？”

“恐怕事情不仅仅这么简单。他们似乎想要对太阳系开发机构本身进行改组——甚至是直接废除，然后重新建立一个联邦议会可以直接操控的组织……”

“可是……如果是那样，在宇宙空间工作的人是不会配合的。或者说，即便想要配合，也有心无力。他们会变得意志消沉，无所适从，情绪低落……”英二略微停顿了一下，然后补充道，“宇宙空间的生产率和技术创新能力会出现断崖式下降，甚至彻底走向荒废。”

“这种事他们早就算计好了。那些家伙——尤其是那个叫作沙德里克的男人……”不知为何，韦伯突然咧嘴笑了，露出一副要吓唬英二的表情，“他的想法是，即便会导致太空开发的计划和太空居民的社会乱成一团，也要在这里贯彻其统治原则。在他看来，给现在的5亿太空居民来个大换血才是更好的选择吧。这个人有着钢铁般的信念，也正因为有这股信念，他的力量才更为惊人。他对太空文明该有的样态有自己的愿景和构想，甚至对此有一种坚不可摧的哲学理念。在沙德里克看来，人类进军太空、对太阳系的开发行为正在不知不觉加强，如果放任不管，就会不受地球文明的控制，野蛮生长，不讲规矩。他对此有着深深的忧虑，所以他似乎已下定决心，把现在当成他大刀阔斧动手的最后机会……”

“有机会的话，真想见一见这个人……”英二皱着眉头说道，“感觉他是一个典型的大家长式的人物。”

“还是别见了。此人看起来很是威严，而且颇具魅力，很容易就能聚集一批死忠粉……在这一点上，他和我正好相反。有很长一段时间，我都喜欢捉弄他。大概有50年的时间，我一直在背后嘲笑他，我会轻轻甩开他伸过来的手，然后趁他不备，先下手为强……他身上有一种大家长般的赫赫威严，而我却像个淘气的小毛孩。虽然他已经快90岁了，但依然和以前一样雷厉风行，身板笔直。而我，你也看到了，胖得就像是月球上特制的肉丸一样。尽管如此，我还是一如既往地喜欢捉弄他，戏耍他……或许我做得确实有些过分了。不过，捉弄他已经变成了我的一种条件反射。所以这么多年来，他对我的愤怒和憎恨越积越深。”

“您的意思是，现在的太阳系宇宙空间里不存在威严吗？”

“充满汗臭味，行事散漫，毫无秩序和品位。你也是这么想的吗？”韦伯皱着眉头苦笑道，“这就是见解上的差异……我认为，我们对所谓新世界的形成和进化都不用太过在意，这一切在不知不觉中就会自动形成。如果没有年轻且乍看起来毫无秩序的自由，就无法孕育出新的事物。秩序和威严之类的东西是日后自然而然形成的，到了那时，也就是我们离开生身父母开始自立的时候了……但沙德里克并不这么认为。他觉得秩序和威严是人类从森严的文明历史的进程中逐步建立起来的，如果先行者不对后来者进行严厉的灌输，就会演变成野兽社会。”

“所以——为了再次压制这个人，你决定把‘JS计划’的工期缩短到原来的一半以下？”英二打断了韦伯的长篇大论，“如果强行这样做，万一引发了大的事故……不是更会给对方带来攻击的口实吗？”

“可是除此之外，现在……我还能做点什么呢？”韦伯表情严肃地说道，“不过，3年后就会迎来总统大选。现在的总统虽然是我的盟友，但他年事已高，很可能不会继续参选下届总统……在此之前……我也想和他最后赌一把。”

“我明白了。”英二说着，从椅子上站起身来。

不知为何，英二感到一阵深深的疲惫。从脖颈一直到肩膀，仿佛都被心头的万千思绪压得喘不过气来。如何才能把将近5年的工期成功缩短为

2年呢……一想到这个问题，英二就感到呼吸困难，心脏也几近崩溃……

"如果说我的宇宙开发计划还存在唯一一个缺点……"韦伯将视线从英二身上移开，喃喃自语道，"那可能就是……操之过急了。"

"这一点我同意……"英二转过头来说道，"本来需要5年才能完成的计划，现在却要我们2年就完成。"

韦伯没有接话，而是按下了墙面显示屏的开关。紧接着，播报声响起，似乎是月球轨道系统的新闻。

"今天，太阳系标准时间16点27分，在L4宇宙殖民地的信息处理卫星上，一枚被安装在该卫星计算机操作中心的定时炸弹发生了爆炸，接待大厅和与之相邻的办公室的部分区域遭到破坏，致使现场的四名男女分别受到了轻伤和重伤……"

英二正要从总裁办公室的门口走出，听到新闻后不由得停下了脚步。虽然他很想回头看一下画面，但由于下一班前往奥尼尔中转点的渡轮马上就要出发，所以还是决定去船内再观看，于是走出了总裁办公室。离开时，他隐隐听见韦伯在他身后低声说道："又是那帮人……"

"炸弹被装在工具袋内，并放在了中心的接待处附近。爆炸前后，在该卫星的管理总部大楼前，来自地球的十几名男女前来大吵大闹，还砸坏了总部接待处的器材等物件，后被卫星保安部逮捕。其中有几人明确表示，操作中心的定时炸弹就是他们亲自安装的……"

新闻的措辞非常谨慎，并没有说出被安保人员带走的那几个年轻人的名字。但摄像机拍下了他们喊叫时被拉上车的影像，并清晰地拍到了几个人的面孔。韦伯看着屏幕，不由得微微皱起了眉头。

"英二……"韦伯突然问道，"这个女孩不就是大闹密涅瓦基地的你那青梅竹马的恋人吗？好像叫玛丽亚·贝斯哈特……"

但韦伯没有听到任何回应。他看向入口处，才发现门已经关上，而英二早已不见了踪影。

韦伯靠在椅背上，目光再度投向屏幕。只见安保车走后，地面上散落着不少标语牌和折叠杆，虽然镜头只在其中一张标语牌上一闪而过，但韦伯还是看清了上面的内容："罢免宇宙的独裁者和暴君——韦伯！"

"宇宙的独裁者……我？"

韦伯苦笑了一声。过了一会儿，他又咯咯地轻笑起来。之所以发笑，是因为他突然回想起自己很小的时候，他也和其他小孩一样，沉迷于那些面向儿童的太空题材的影视剧和动画片。在这些影视作品中，坏蛋都是脸谱化的，最常出现的就是“宇宙的独裁者和暴君”这样的角色。小时候的自己也时常挥舞着小小的拳头，对着屏幕大喊：“对！干掉他！”一晃过去了80年，没想到他也被当成了当年自己恨得牙痒痒的坏蛋。想到这里，韦伯不由得感到好笑。

韦伯把胳膊肘支在桌子上，用手指按住眉心，咯咯地笑个不停。他突然在想，自己的脸是不是已经苍老无比，而且充满了落寞。

韦伯没有再看屏幕，而主播仍在一边切换画面，一边平静地播报新闻。

“此外，在操作中心发生的爆炸中，离爆炸点最近的月面舒伯特通信基地副主任杨·塔奥鲁的一条腿被炸断，身负重伤，因为失血过多，所以至今尚未脱离生命危险。其他伤者……”

英二先是从月球背面的莱布尼茨环形山乘坐月球轨道渡轮来到了L5宇宙殖民地的奥尼尔中转点，接着又在中转点登上了前往外行星的最早一班渡轮，朝木星飞去。

前往外行星的定期客运飞船上的设备相当不错，坐着也很舒服，但因为途中还要经停火星和小行星带，所以飞行时间多少有点漫长。于是，英二狠狠地使用了一把奥尼尔中转点的航行电脑，虽然有些胡来，但还是让电脑计算出了回到木星的最快办法。

在奥尼尔中转点，他可以让宇宙空军——虽说是“军”，但其主要职责是进行危险和紧急作业、长途巡逻、救援活动——出动救生艇，然后他乘坐救生艇前往距离月球轨道不远处，搭载一艘正在装载燃料和进行最后检查的工作船。如果现在就出发的话，应该能在工作船出发前十五六分钟赶到。

电脑拼尽全力反复查询后，才终于找到了这么一艘工作船。根据该工作船的规格推断，它原本用于小行星带，但因为交货期突然提前，所以被临时安装了专门的高速助推器。——作业区虽然可容纳五六十人工作，不过在搬运过程中始终处于封闭状态。驾驶区正常可容纳16人生活起居，但因为搬运工人手不足，所以现在只有5人。搬运工的主管说，如果英二愿意帮忙，就可以两人一组三班倒地交替值班，并会尽快为他准备一个房间。

“中途能稍微加快一下速度吗？”英二向正忙着准备出发的主管说道，“也不用加快太多，每秒增加5到6千米就行。如果能加快7千米，我会给你们提供特殊补偿。”

“别做梦了！”主管大声怒斥道，“多余的燃料上哪儿去弄？如果按照你说的来做，那连我们的飞行计划都得更改。”

“燃料问题可以在中途再想办法解决。如果助推器的燃料用完了，可以连同燃料罐一起与船体分离，如此一来，驾驶不就更轻松了吗？”

“喂！你脑子里到底在想些什么啊？运输指令说了，必须把助推器一起运过去！要是把它扔在半路上，事后我会挨罚的……”

“只要做好标记，把它放在月球和火星轨道之间的某个位置，之后自然会有那附近的救援拖船把它拾起来。——我可以对此负责。”

“你究竟是什么人？难道在运航总部有门路？”

“虽然没有直接的门路，但我可以找人帮忙。我不会骗你。只要你能听我的，我会在抵达目的地之前把事情搞定。”

“你能找的人是谁？”

“是老爹……”英二答道，“就是韦伯总裁……”

对方沉默了一会儿，然后不情不愿地把事情应承了下来。但在挂断电话之前，搬运工的主管撂下一句话：“不管怎么说，在你登上这艘飞船之前，你得让我搜身。我多少有点担心，你该不会是想要劫持这艘飞船吧。”

说实话，主管至少猜中了英二的一半心思。英二设想的更改飞行计划，除了提高最终速度，还想在抵达小行星带后，与从火星开往木星的高速货运飞船会合。如果能与货运飞船顺利接驳，那么只需花乘定期飞船所花1/3左右的时间，便能顺利返回密涅瓦基地了。

在此之后，为了让宇宙空军的救援艇能够紧急出动，英二再次与韦伯总裁沟通了一次。又是安排在中途给工作船提供备用燃料，又是安排在宇宙空间的某个位置回收与船体分离的助推器，并送到小行星带……韦伯立即从月球向整个太阳系的各个重要部门发出了可随时采取一切必要措施的授权。

“啊，还有……”韦伯在切断通话前突然补充道，“刚才在信息处理卫星上发生的爆炸和示威活动……在那群来自地球的年轻人中，好像有你那位青梅竹马的恋人。”

“玛丽亚？”英二顿时怔住了，不知说什么才好，“反正我们也没有审判权，估计她会被遣返回地球吧……如果有机会的话，希望总裁能为她说几句好话。”

英二从宇宙救援队总部借来了一台小型超高性能电脑。他打算在返回密涅瓦基地的途中，用这台电脑好好修改一下计划，尽可能地缩短“JS计划”的工期。

英二已经事先通知密涅瓦基地，等他一回来就立即召开紧急会议，但他并没有透露会议的具体内容。他不在时，大家一旦获悉“压缩工期”这一命令，搞不好会发生罢工运动，甚至是叛乱。

工作船出发后不久，主管就把英二叫到了舰桥里。

“航线需要稍微调整一下，”主管指着显示器说道，“管制局总部向附近航行的所有飞船发出了橙色警报。”

7. 玛丽亚

“橙色警报？”英二吃了一惊，仔细地盯着舰桥里的显示屏看了又看，“到底发生了什么事？”

“不清楚……只是接到指示，让在这附近航行的所有飞船撤销原有的飞行计划，随时准备执行宇宙通信航行管制局的指示。”

“要持续到什么时候？”

“这个我就不知道了，不过应该不会太长吧？现在前方部门已经开始依次下达变更路线的指示了，我们估计也会很快接到指示。”

“指示来了！”值班人员看着显示屏上闪烁的光点说道。

只见屏幕上显现出一串字母和数字，很快又形成了一个全息彩色图形。随着这个图形缓慢旋转，路线指示的标志向前方延伸。

在这个色彩斑斓的图形上，有一根薄薄的彩条正在从左端向右端滑动，表示工作船的智能电脑正在读取来自管制局的指令。

“哈哈，看样子没什么大事。”搬运工的主管看着屏幕说道。

“估计要多花一小时到一个半小时，才能回到预定的航线上。可恶！要是能再晚一点就好了。”主管朝英二微微一笑道，“还不如索性晚一两天，那样就彻底没有机会在小行星带附近和定期航班接驳了，然后我们就可以随心所欲地到处溜达了。”

“别开玩笑了，”英二也终于松了一口气，笑着说道，“你还是赶紧想办法把耽搁的一两个小时补回来吧。”

飞船按照管制局的指示驶入新的迂回路线。显示屏上图形中的点分别代表在附近航行的各艘飞船，可以看到这些光点几乎同时改变了路线，沿着各自的迂回航线飞行。

“那是什么？”英二发现在图形的下方出现了一个很大的圆形光点，不由得睁大了眼睛。

“不知道是什么……好大的家伙……”值班人员说道。

圆形光点一边发出相当于地球上警报级别的电波，一边以极高的速度飞入因周围其他飞船迂回而空出来的空域内。在圆形光圈的部分位置还可以看到一些闪烁着红色光芒的光点，这代表正在发出的警报电波。

“就是为了让它通过才让我们变更航线的吗？”主管小声嘀咕道，“怎么可以让那么大的东西以那么疯狂的速度飞行……到底发生了什么事？”

“要不把影像调出来看看？”值班人员把手伸向控制台，说道。

“这个距离应该能显示得比较清楚。”

“调出来看看吧。”英二说道，“我也想知道那个东西到底是什么。”

值班人员切换开关，将超长焦镜头调到最大限度。

那是一个巨大的、直径达几千米的碗形物体，尾部拖着由核聚变火箭喷发的青白色火焰，正从屏幕斜下方向上方横穿而过，势不可当。

“是射电望远镜卫星！”英二不禁大声喊道。

“那边也有……”主管指着极遥远处的苍白色光点说道，“2个……不，有3个……”

“到底发生了什么事？”

英二的内心感到一阵不安，他死死地盯着屏幕，眼见着那巨大的射电望远镜卫星喷射着炫目的核聚变火焰渐渐远去。

“不知道发生了什么事情……竟然导致这么大规模的射电望远镜卫星移动……”值班人员小声说道，“快看，那上面居然装了6个那么大的核聚变助推器……”

在以太阳为中心、半径达1.8亿千米的轨道上，环绕着数百颗望远镜卫星。其中有的是巨型光学望远镜，有的是射电望远镜，主要用于红外线、紫外线、X射线、伽马射线等的观测。大多数望远镜卫星上面都没有人，有人的那种则被称为天文台卫星，既有带自动驱动装置的，也有不带的。

现在，其中数十颗各类望远镜卫星开始了自该卫星群被设置于这条行星型轨道以来的首次大规模移动。在四处搜罗的大小不一的核聚变助推器的推动下，这些卫星群开始离开与太阳赤道面平行的行星型轨道，向与太阳子午线平行的极轨道移动。原本飘浮于地球和火星轨道之间、由数百颗望远镜卫星形成的环的一部分脱落了，脱落的那部分在与太阳系各大行星的公转轨道平面垂直的方向上不断上升。

这条基线长度达3.6亿千米的电波，以及X射线观测装置群所瞄准的地方，是距离太阳1000亿至1200亿千米处的某一点，而这一点正是那艘不幸的“太空之箭号”崩碎为齑粉，并被黑暗空间彻底吞没的地方。

“那个姑娘怎么样了？”

在过去的20多个小时中，韦伯不停地发布着各种指令，时间安排得满满当当，现在总算能松一口气了。歇下来之后，他第一时间想起了英二的嘱托，于是立刻拨通了L4宇宙殖民地安全局的视频电话。

“她还在你们那儿吗？”

“不在了——地球方面通过联邦法务局提出了引渡要求，所以刚才已经把她送走了……”安全局的人板着脸说道，“只有那两个喝醉了酒、叫嚷着是自己安装了炸弹的男人在我们提出抗诉后被留了下来。但等调查结束后，估计还是不得不把他们转交给地球方面。听说他们的律师已经从地球赶了过来。”

“重伤的那个通信技术人员怎么样了？保住性命了吗？”

“性命算是保住了。但是因为他受到了爆炸气浪的正面冲击，所以一只脚被炸飞了，失血过多，必须休养很长一段时间才行，很可能会留下后遗症。”

安全局的男人停顿了一下，窥探着韦伯的脸色，接着才小声补充道：“或许会成为重度残疾人……”

与其这样，当时还不如索性……韦伯的眼神瞬间变得阴暗。不过他立即提醒自己，绝不可以有这种想法。

宇宙空间的审判采取的是复杂而又混乱的“准属人主义”原则。据韦伯说，这是因为最早进行宇宙开发的主体虽然不是军事组织，但也是以绝对的纪律和士气为前提的体系。而且，在宇宙开发早期，在宇宙空间内工作的每个人都是拥有高超技术的宝贵人才。在某一时期，地球上各国间纠纷频发，基层司法极度混乱，导致从太空前往地球出差的人不时被卷入其中，并且受到惨痛的教训。由于这样的例子越来越多，所以在附加了种种特例后，决定以“准属人主义”原则作为临时性措施并加以推行。

虽然存在宇宙法院，且居住在太空的人口达到了5亿之多，但几乎没有举行过较大规模的审判，顶多也就是认定一下重大过失，从没有处理过什么像样的纠纷。而在此期间，地球处于颓废与繁荣混杂的奇妙状态之中，真正支撑地球的经济乃至粮食的，一直都是宇宙空间的超高生产效率和创新成果。

这项在很久以前被作为临时性规定并沿用至今的审判权，现在却被反向利用了。只要是来自地球的游客，无论在宇宙空间做了什么，都必须回地球接受审判。

宇宙空间的安全局虽然拥有逮捕权，却没有审判权。当然，他们可以起诉。但是，地球上的起诉状堆积如山，计算机都不堪重负到快要爆炸，所以地球上案件的公审时间总是一拖再拖，大多数时候都是以简易审判的形式草草结案。而且因为是本地开庭，所以审判结果自然也会偏向本地人。

不过，截至目前，还没有发生过什么大事。即使偶有事情发生，也大都是由游客引发的荒唐事件，还从没有发生过太空居民在地球犯罪的案例。说起来，与高居不下的地球犯罪率相比，宇宙空间内的犯罪率一直为零，堪称十分奇妙的社会。

然而，现在出现了“准属人主义”被反向利用于攻击太阳系社会的征兆。

只有一种情况属于例外，那就是在涉及杀人罪时，宇宙空间除了拥有逮捕权，还拥有拘留和调查的权力。因此，如果身负重伤的月面舒伯特通信基地副主任杨·塔奥鲁死了，那么现在被拘留在安全局的两个男人就可被继续拘留两个星期。

“此外……我也去调查了一下那颗塑料炸弹是通过什么途径被从地球运过来的……”安全局的人绷着脸说道，“有迹象表明，危险物品移动许可验证码疑似被泄漏。我们正在调查太空港各关口所有自动检测装置的记录……最近一段时间，货物和小件行李中经常有指定危险物品和准危险物品，其中似乎有一件贴着自动检测装置的验证码，于是就让它顺利通过了检查。”

“自动检测装置的验证码重新设定过了吧？”

“当然，已经重新设定过了。不过……这仅仅是担忧……有迹象表明，验证码是从根源被泄漏的。”

韦伯深深地皱起了眉头。

“我们没有对来自地球的旅客停止自动检查，并一律改为随身行李检查和身体检查吧？”韦伯说道，“现在到哪里去找这么多人手？而且如果针对地球籍贯的旅客这么做的话……”

“当然，我知道以现在的状态无法做到这一点，”安全局的男人说着，无奈地耸了耸肩，“所以部下正在努力想办法……”

“暂且只能尽可能频繁地更换验证码了。当然更换的频率要随机。然后再观察一下情况。这是我的建议，如果有更好的办法，也可以马上实施。比如……在检查从地球运来的行李时，除自动检测装置外，还可以额外增派一些监视员。”

“我明白了。另有一件事要向您汇报……”安全局的人说道，“就是……玛丽亚·贝斯哈特已经被送回地球。但有位女医生曾在安全局和她进行过深入交谈。您是否需要和她聊聊？”

“不用了……”话说出口，韦伯又改口道，“安全局……这么说来，是杜妈妈了？”

“是的。”

“那我还是和她聊聊吧，已经好久没看到她了……”

画面一转，一位褐色皮肤、体格健美、看上去上了些年纪的黑发女性出现在了屏幕上。

“有一阵子没见了，总裁。”杜妈妈对着韦伯微微一笑道。

“你又多了不少白发。”

杜廷金妈妈——她其实是一位没有姓氏的缅甸裔女性，“杜”是对女性的尊称，意思是“伯母”，不过这里的人都叫她杜妈妈。她养育了6个孩子，还有一大群孙子孙女，拥有内科、外科、妇产科、精神科等多个博士学位，目前仍然在一线工作，是位名副其实的女中豪杰。

“玛丽亚·贝斯哈特被带到安全局时，正处于非常严重的歇斯底里状态。因为她闹腾得太厉害，所以我给她注射了镇静剂。她当时的样子并不像喝了酒或嗑过药。不过我感觉她或许经常服用某种药物……最近，地球上对于新型兴奋剂副作用的检查很敷衍。可我也实在腾不出时间为她再做一次细致的检查。”

“她是本田英二的女朋友。本田你应该还记得吧？就是密涅瓦基地上的那个……他2岁的时候还把尿撒在你的身上，当时他是个十分淘气的小鬼……”

“这我知道。她全都告诉我了……”杜妈妈点头道，“镇静剂一起作用，她就哭了起来，主动说出了一切……”杜妈妈叹了口气道：“她非常漂亮……也是个好孩子。”

“那你下次见到她时记得告诉她，一定要乖一点，不要大老远跑到这里来瞎折腾，也不要搞什么炸弹袭击。”

“不幸的是，她曾经受到过很深的伤害。在她13岁的时候，她的父母乘坐客运飞船从火星飞往地球时因事故而丧生。这件事您知道吗？”

“不知道……”

“玛丽亚和她母亲长得像是从同一个模子里刻出来的。当初，她的母亲不顾父母的强烈反对，和在月球工作的玛丽亚的父亲结了婚。当玛丽亚3岁时，一家人又在一片反对声中移居到了火星。失去双亲后，玛丽亚被接到了地球上的外祖母身边，但当时她已经和比她大3岁的英二恋爱了。外祖母知道此事后，狠狠地骂了她一顿，说她是一个坏女孩……”

“早熟的孩子就是早熟……”韦伯嘟囔道，“接下来呢？”

“虽然她妈妈长得很像外祖母，但因为外祖母出身于世家豪门，且已去世的外祖父是入赘到她家……所以她一直是个非常守旧而且极度傲慢的女人。听说这位外祖母会经常咒骂玛丽亚的父亲，以及背着自己偷偷结婚并离开地球的玛丽亚的母亲。执拗地……反复地咒骂……时不时还会对玛丽亚施以体罚。”

“所以，因为这些创伤，她就开始憎恨宇宙了吗？”

“请继续听我讲。事情没有那么简单。以下是我根据玛丽亚支离破碎的叙述总结出来的，只是我的一种推测……尽管如此，她一直都深爱着英二，英二也同样深爱着她。据说只要她试图往火星寄信、打电话，一旦被负责监视的女管家发现，就会受到极其严厉的惩罚。不过，当英二因为某些事情正好来到地球的时候，两人还是偷偷幽会了好几次。等英二回去之后，这事就被玛丽亚的外祖母知道了……当时她的外祖母在盛怒之下狠狠地惩罚了她，严重得差一点就要惊动人权委员会了。”

“那个老太太现在还活着吗？”

“不——她好几年前就去世了。就在她去世之前，玛丽亚在太空城市和英二第一次发生了实质性的关系。等玛丽亚回到地球后，外祖母很快就去世了。”

“那就没什么再需要害怕的了。”

“但是，外祖母的诅咒一直残留在她的心底。对于夺走双亲的宇宙的恐惧和怨恨……和对外祖母的恐惧重叠在一起……玛丽亚害怕宇宙，诅咒宇宙，现在又害怕英二被宇宙夺去，一直想要把他夺回来……”

“她现在是靠遗产生活吗？”

“外祖母把遗产捐给了富得流油的动物保护财团，她作为财团名义上的理事只能领取生活费。而且前提是必须居住在地球上……然后，她通过财团接触到了某个宗教团体。在这个宗教团体内，她认识了一位颇似她那位‘可怕的外祖母’的女性，以及一位与‘居住在地球上、按外祖母喜好生活的父亲’一样的男性……”

“紧急通话……”屏幕上出现了“紧急通话”的信号，同时智能电脑开口提醒韦伯，“即将同时与联邦副总统和世界天文学联合会主席连线。”

8. 碰撞路线

“紧急通话？”韦伯挑了挑眉毛，对着屏幕说道，“再等我一分钟。”

“我已经没有别的事要说了。”杜妈妈深深地叹了口气，“关于玛丽亚·贝斯哈特父母的死和外祖母的压力带给她的精神创伤，我已经把我了解到的全都告诉你了。”

“现在我还有一件事情想问你，就一件事。”韦伯抿了抿嘴唇，轻声问道，“玛丽亚……那个女孩的心灵创伤，以及由此产生的那种坚不可摧的偏见和执念，是否有办法消除？”

杜妈妈那美丽的褐色脸庞瞬间蒙上了一层阴霾，长长的睫毛也垂了下来。

“能做到这件事的——可能只有那个女孩的恋人……本田英二吧。”杜廷金摇着头喃喃道，“就像我刚才说的那样，那个姑娘从心底里深信，自己对于英二的炽热的爱，受到了宇宙这个可怕恶魔的阻碍，所以……玛丽亚对英二的爱恋越深，她就越可能会采取过激的行动。最好的办法是让英二在地球上待一段时间，陪在她身旁，用他的真爱一点点化解她的心结。”

“果然是这样……”韦伯把目光从杜妈妈的脸上移开，“玛丽亚虽然可怜，但是……太空当局现在还不能放英二走。总之，需要等这边的事情消停之后再说了……谢谢你，杜妈妈，你的话让我了解到了很多东西。如果地球上有你信得过的精神科医生，可否让他多注意一下玛丽亚的情况？就这样吧。”

说完这些话，韦伯立即切换了画面，然后对智能电脑说道：“好了，帮我接通紧急通话。”

“这是一级绝密通话。”智能电脑回答道，“通话请求来自联邦副总统。——请您先检查保密的处理情况。”

画面中央闪烁着一行红色的英文字母——“TOP SECRET（最高机密）A1”。韦伯立即按下了位于扶手上的秘钥。

这行字母随即从橙色变为黄色，很快又变为绿色，并停止了闪烁。这样一来，总裁办公室的门就被完全锁上了，通话过程中任何人都无法进入。通话线路的秘密频道采用随机数做代码，设置了3个阶段的扰码，能够防止任何形式的窃听。而且该线路的普通频道也采取了慎重的防泄密措施，智能电脑会根据过去的通话记录适当合成并播放虚假的视频通话。

尽管如此，韦伯还是在谨慎地戴上耳机，并关掉扬声器里的声音后，才按下了确认键。

哔的一声后，屏幕上闪过一个扰码信号。紧接着，身在地球的联邦副总统舒克洛夫斯基和身在L5宇宙殖民地研究所卫星LabSat2上的世界天文学联合会主席纳里卡的脸出现在了屏幕上。

“副总统阁下，”韦伯说道，“纳里卡主席，您二位同时出现可真是稀奇啊。难道是发生了什么大事吗？”

纳里卡主席的胡须花白，皮肤呈浅黑色。他紧绷着脸，开始了发言。

“黑洞？”韦伯不由得皱起了眉头，“它居然距离太阳系如此之近……

它究竟会对太阳系造成什么样的影响呢？”

位于月球背面莱布尼茨环形山的太阳系开发机构总部，与地球和L5宇宙殖民地的研究所卫星之间的距离都超过了36万千米。电波的单程传输时间超过了1秒，往返则需要耗费2.4秒。虽然大家早已习惯这种传输中的延迟，但对话一旦升温，这种停顿还是会让人感到些许的焦躁。

“现在还不能确定。在调查‘太空之箭号’遇险事件时，彗星源特别探测计划总部的人在偶然情况下发现了疑似黑洞的征兆。他们目前已经调用了行星轨道天文台群的一部分望远镜卫星，并将它们全部放置在与太阳赤道面垂直相交的轨道上，然后对准‘太空之箭号’的遇险空域启动了精密观测……”纳里卡主席说道。

“那么——找到了吗？”

“目前情况仍不清晰。虽然有几颗光学望远镜卫星捕捉到了疑似起因的现象，但目前还在与其他天文台卫星合作，希望能够对其位置及是否真的是黑洞进行确认。”纳里卡主席停顿了一下，接着说道，“如果那真的是黑洞……因为黑洞会吞噬光、电波和物质，任何东西都无法从中逃离，所以用一般的方法是无法找到它的。”

“只能以这里和周围的空间点为中心，尽可能地捕捉其背后那些我们比较了解的恒星和星云因重力透镜现象而扭曲的影像……”韦伯点头说道，“不过……好像那些东西的质量也并不是很大。如果质量比太阳大很多，根据方向的不同，遥远的外行星轨道多少会受到摄动作用的影响。”

“到目前为止……这一点也还没有弄清楚。过去出现的不少奇异现象都曾被怀疑与黑洞有关，如果这些现象的确是由黑洞引起的……那么这个黑洞很有可能是个质量只有太阳1/10的中型黑洞。”

“中型黑洞？”韦伯咂了咂嘴道，“如果真是这样……那想要发现它可就太难了。毕竟施瓦氏半径[①]只有几百米。”

“即便如此，那也是一个相当了不起的存在。因为它的质量将是木星的100倍左右……”纳里卡主席说道，“而且……”

“请稍等一下……”韦伯似乎吃了一惊，抬眼道，“如果那家伙……真

① 施瓦氏半径：任何具重力的质量之临界半径。太阳的施瓦氏半径约为3千米，地球的施瓦氏半径只有约9毫米。——译注

的和‘太空之箭号’的遇险有关，那是否意味着它和太阳的距离只有1100亿到1200亿千米？”

“你说得没错……”纳里卡主席表情僵硬地点了点头，“而且，如果假设很久以前和‘太空之箭号’飞往相同方向的彗星源无人探测器CSP-2和CSP-6，同样也是因为受到黑洞引力的影响，导致路线被打乱并被黑洞吞噬……或者再进一步假设，在此之前，位于距离太阳0.1光年到1光年附近轨道处的彗星源有相当一部分是被黑洞吞噬，才导致来自太阳系外的彗星数量减少的话……那么，黑洞的大致行进路线就可以计算出来了。但这只不过是一个假设叠加另一个假设而已。”

“虽然只是双重假设，但事实上，此处已经隐含了一个足以让我们感到担忧和恐惧的可能性……”秃顶的舒克洛夫斯基副总统的蓝色眼眸闪耀着光芒，突然插嘴道，“一种……政治上的担忧和恐惧……”

“你该不会是想说，那个黑洞会直接冲向地球吧……”韦伯用拇指揉了揉鼻子，耸耸肩道，“这种事情只会出现在以前的三流科幻小说或者科幻电影里，我不觉得真的会在我们这个宇宙中发生。首先，就概率而言……”

“像你这样的人竟然会马上考虑到概率，真是不可思议……”副总统不无嘲讽地说道，“确实，这还只是基于一个假设的多重假设，但在此基础上确实存在一种可能性，那就是这个黑洞有可能会直接冲向太阳。”

“可是，太阳系也很大啊……”韦伯侧眼望向副总统，嘟囔道，“或许黑洞会径直从太阳旁经过，而不引发任何事故，这种概率应该会很高吧？”

“我应该没有说到太阳系吧……”副总统反诘道，“我只是说‘冲向太阳’……”

有那么几秒钟，三人陷入了尴尬的沉默。

“原来如此……”韦伯低声说道，“我差点忘记了……能干的政治家——特别是从能力很强的行政官僚升上来的政治家，措辞都是极其谨慎的。那么，根据这个假设之上的假设得出的‘担忧和恐惧’……那个很可能是黑洞的东西的行进路线是笔直朝向太阳的吗？”

“我已经说过好几次了，这只不过是现阶段的假设和推测而已……”纳里卡主席接过话头道，“假设其为X点，那么质点X相对于太阳系的速度约为每秒2000千米，而它的行进方向几乎直指太阳系。”

“假设它现在和太阳系的距离为1200亿千米……那么，大约在两年后，它将抵达距离太阳系最近的一个位置……”

“是的。如果将X点的假定行进路线直线延长的话，那么X点将从距离现在的太阳约160亿千米的位置通过。”

“从距离太阳160亿千米的位置通过？”韦伯似乎终于松了一口气，接着又问道，“这么说来，岂不是要比冥王星的远日点距离太阳还要再远上一倍多？看来只要我们在最远行星轨道外航行时小心一点就好了……”

“埃德……”纳里卡主席平静地说道，“你确实不是天文学方面的专家，但你有渊博的知识，我想你一定还记得这件事吧？——我刚刚说过，如果将X点的假定行进路线直线延长的话，那么X点将从距离现在的太阳约160亿千米的位置通过。而这个时间点大约是在两年后。但是，在这两年间，太阳也会不断移动，且移动的距离大概也是这么多。也就是说，在两年后，那个黑洞会直接撞向太阳……”

韦伯不由得屏住了呼吸。

银河系是一个由恒星和星际物质等组成的巨大的旋涡状天体系统，而太阳只不过是其中一个再普通不过的G型恒星。

银河系的直径约为10万光年，呈扁平的圆盘形状。从银河的北极看去，其内部的恒星和星际物质都在以逆时针的方向旋转。至于旋转速度，则是越往银河中心越快，越往外侧越慢。

在银河系这个大圆盘上，太阳系位于较其平均平面略微偏北的位置，距离银河中心的距离约为3万光年。而银河的半径是5万光年，也就是说，从银河的北极看去，太阳系位于银河半径中间位置略微偏外处，正在和整个银河系统一起，以每秒250千米的速度逆时针旋转着。

按照这个速度来计算，太阳系绕周长18.84万光年的轨道旋转一圈大概要花2.5亿年。而在地球上，2.5亿年前还处于古生代末期的二叠纪，人类最早的祖先爬虫类刚刚诞生。那时，太阳相对于银河经度的位置正好与现在一样。当太阳系旋转一圈又回到原来位置的这段时间中，地球上先后经历了中生代大恐龙时代的出现和灭亡、泛大陆的分裂和移动、哺乳类和鸟类的诞生，以及人类文明的出现和进军太空等一系列的巨大变化。太阳系自诞生以来已有大约50亿年的历史。如果它从一开始就位于银河圆盘的这个位置，那么迄今它已经围绕银河中心旋转了20圈。然而，太阳系诞生初期“夜空中的星星”的形态——当然包括星座的形状——与现在相比应该都已发生了非常巨大的变化吧。

不管如何，太阳始终牵引着8颗行星，以每秒250千米的速度沿银河旋转面运动着。它的移动距离在两年间大概有160亿千米。

“这么说，质点X目前的假定行进路线，将会从太阳系运动方向的前方通过，对吗？”韦伯再次确认道，“那家伙……应该是从银河系中心的方向过来的吧？”

“根据第一假设……确实如此。”纳里卡主席点了点头道。

“质点X的行进路线相对于太阳赤道面的角度是多少？”

“这个目前还不清楚。但根据之前的假设推测，两者几乎是平行的。而且，如果质点X与太阳的距离接近到一定程度，还必须考虑强大的潮汐引力作用。”

“可是……即便如此，和太阳发生精准碰撞的可能性也微乎其微……”

“埃德……我依然清晰地记得大约10年前，你来到地球，在联邦参议院议员的午餐会上发表的那场演说。那时的我还是议会的宇宙开发委员会秘书处的副秘书长……”舒克洛夫斯基副总统略显焦急地插嘴道，“你的演讲主题是‘宇宙环境与太阳系的相互影响’，你滔滔不绝地讲了很久，解释了为什么6000万年前白垩纪末的大恐龙会突然走向灭亡。你说太阳系当时所在的银河经度90度附近的高密度氢臂发生了超新星爆炸，而正是爆炸产生的大量放射线导致了恐龙的灭亡……‘银河系宇宙的状况和我们太阳系的生物环境之间的关系，似乎比我们过去所认知的更紧密，也更广泛’——这句话是你内心坚信的真实想法，还是因为你想扩大特别预算而故意虚张声势？”

“好了好了，副总统阁下，”纳里卡主席劝解道，“对于黑洞，我们也还是半信半疑，更何况，这对于埃德来说简直是晴天霹雳……不过呢，埃德，最近有两位年轻的物理学家——亚斯金和米克斯已经证明，1908年发生在西伯利亚的通古斯大爆炸，有90%的可能源于迷你黑洞与地球之间的碰撞。这件事你知道吗？”

“我不知道。在斯蒂芬·霍金提出存在迷你黑洞后不久——也就是一个半世纪前，叫杰克逊和瑞恩的两个美国人就曾提出，通古斯大爆炸是迷你黑洞的撞击导致的。但根据他们的假说，是一个质量和小行星差不多，但仅有原子大小的迷你黑洞，在1秒钟内从地球表面以每秒30千米的速度通过，使得接触到的大气瞬间达到了约10万度的高温，进而引发了氢弹级别的爆炸，随后迷你黑洞就远离了地球。但这一假说有一个很大的问题，那就是黑洞离开地球时正处于大西洋一侧，但这里并没有冲击波，这一点很难解释得通……”

“亚斯金和米克斯正是在这一点上找到了解决这一问题的可能性。”纳里卡主席说道，“他们计算出了这个只有一个原子大小的迷你黑洞没有贯穿地球，而是在地核附近被捕捉到的概率，并已证明这种可能性非常高。”

“居然会去证明这么无聊的事……也就是说，在地球内部存在一个原子大小的迷你黑洞？”韦伯夸张地皱起眉头道，“这么说来，还有一种说法认为，我们能观测到的太阳内部核反应所产生的中微子之所以比理论值少很多，是因为在太阳内部存在好几个迷你黑洞，是它们吞噬了那些中微子。不过嘛，这种学说最多也就能流行一段时期罢了。”

“但是，现在的情况与学术问题不同，而是整个人类社会需要面对的政治性问题。”副总统说道，“即使危机的可能性还不到1%，站在我们的立场上，也必须秘密地开始讨论。估计近期应该会让你到地球来参加联邦公共安全委员会的秘密会议吧。你已经很久没来地球了，希望你能在一周内制订好计划。”

“我知道了。”韦伯嘟囔道。

“如果危机真的到来……应该还有两年……两年左右的时间吧。”

第七章

黑色旋涡

1. 内部恐慌

这一年，地球的北半球迎来了气候变化异常剧烈的夏天。

6月，北欧突然遭遇了一波汹涌的寒流，连巴黎和马德里都下起了雪，莫斯科的气温更是在一夜之间下降了7度，甚至有人被冻死。但在阿拉斯加，超过30度的高温天气足足持续了一周，雪崩、流冰、蚊虫灾害、动物大量死亡等异常现象接连发生。而这场席卷大半个欧洲的寒流又在一周之后抵达了中国，给露天农业带来了巨大损失。

进入7月后，美国南部又遭受了热浪和干旱的袭击，亚利桑那州、得克萨斯州、新墨西哥州等地连日来持续高温，温度一度高达43至45度，超过百人死于休克。地方政府反复提醒大家白天尽量不要外出，部分养老院为了安全，甚至将病人、老人和身体虚弱者陆续空运到了五大湖地区。

待热浪稍稍平息后，墨西哥湾又出现了中心气压达920毫巴的大型飓风“猛龙”。飓风“猛龙”在墨西哥湾上空缓慢移动着。当它在古巴西部登陆后，中心气压已经增大到了950毫巴，半径500千米以内的区域皆被风速达每秒25米以上的暴风圈笼罩。随后，飓风又朝东北方向移动。

位于佛罗里达半岛西南部海岸的朱庇特教团总部虽然幸运地躲过了飓风的直接袭击，却被卷入了风速达每秒40米以上的暴风圈内。

瞬间风速达每秒20至25米、夹杂着雨水的强风在教团所有的朱庇特海岸上咆哮着。海滩上的简易小屋和其他设施都被提前收进了地下的仓库内，教团的成员们也都各自躲了起来。在空无一人的昏暗海滩上，只剩下横冲直撞、恣意呼号的狂风暴雨。高达5米的巨浪一次又一次地疯狂撕扯、击打着眼前的这片大地，几棵巨大的大王椰子树被狂风连根拔起并掷于地上。

教团的吉祥物——那只巨大的瓶鼻海豚朱庇特，也早被引导着游到了地下那个直径达200米的大泳池避难。虽然这里几乎听不到外面的狂风暴雨声，但朱庇特还是通过闸门外的水道隐隐感觉到了外面的动静，变得心神不宁。它以极快的速度在泳池里游来游去，有时还会高高跃起，几乎要跳出泳池。朱庇特教团的教祖彼得·特鲁顿在婴儿时期曾经历过密西西比河下游地区的大地震，并曾在伴随地震而来的大洪水中漂流了很长一段时间，所以一遇到异常情况，他会变得有些神经质。不过此时彼得不停地弹奏着吉他，试图让朱庇特冷静下来。但朱庇特显然被4米以上的地面处那条不断逼近的“猛龙”的狂暴气息吓坏了，它就像发了疯一样在泳池里不停地左冲右突，上下跳跃着。

唱累了的彼得疲惫地抬起头，望向墙壁上的大屏幕，里面有气象卫星刚刚传过来的影像。日落线已经越过新奥尔良，佛罗里达半岛和墨西哥湾彻底被夜色笼罩，唯有屏幕的左侧还隐约可见飓风“猛龙”形成的一个长长的白色云层旋涡。彼得把频道调为红外模式，顿时，飓风“猛龙”的旋涡所造成的巨大温差以极为刺眼的彩色图案形式显示在了屏幕上。

太阳从1.5亿千米外向这颗小小的星球——地球不断输送辐射能，到达地球表面后，一部分辐射能又转化为热能，并通过大气和水之间的热湿交换进一步转化为动能。这一过程构成了地球热机的基本工作原理，而“猛龙”是地球热机极微小部分的不均衡所引发的一个再小不过的旋涡。不过，对于生活在地壳表面的小小生物来说，“猛龙”却是一头能在很大的范围内对他们的生存造成巨大威胁，但又让他们无可奈何的异常凶猛的怪物。

在距离地球7亿千米的遥远太空中，有一颗体积约为地球1320倍的巨大行星。在这颗巨大的行星上，同样有来自太阳的热能。而抵达这里的太阳热能又和从行星内部自发喷射出的巨大热能发生了相互作用，形成了一个可吞进两个地球、令人望而生畏的红色椭圆形旋涡。

而在比这个巨大行星还要遥远的宇宙空间内，在距离银河中心1100亿千米甚至1200亿千米的地方，也有一个漆黑的“空间旋涡”。此刻它正不断地向太阳系逼近。

这个“黑色旋涡”和地球上的台风、木星上的大红斑一样，都是由热能驱动物质形成的，不过在性质上它又与台风和大红斑截然不同。这个“黑色旋涡”具备一种神奇的力量，它可以源源不断地吞噬任何东西，却从不会将吞进去的东西释放出来。因为重力的存在，“黑色旋涡”周围的空间出现了极度的扭曲，从而形成了这样一种在无底沼泽周围不停旋转的力场旋涡。

巨大的质量因其自身的重力而不断向中心集中，由此产生的重力势能的释放所产生的压缩热，以及核聚变所释放的能量，都无法扭转这种集中。于是这一空间就会变成一个无限小的点，能够吞噬从恒星规模到无限大质量的所有物质，形成所谓的黑洞状态。黑洞的状态完全超出了常识范围，在它的周围除了强大的引力场，什么都感知不到。如果它带有电荷或是正在旋转，那么在其周围还会形成电场。另外，光和粒子在黑洞的引力场的作用下也会被赋予能量，从而产生能够逃脱的能层。但是，如果连这样的东西都没有，那么黑洞周围就只剩下与坠入其中的质量相对应范围的事件视界了。一旦超过这个范围，进入事件视界的内侧，哪怕是高速基本粒子或光也绝不可能逃脱。

在事件视界的内侧存在温度非常高的热量旋涡，所以即使是存在超过伽马射线和宇宙射线的高能光子，也绝对无法从事件视界的内侧逃逸。事件视界的半径由内侧的质量决定，根据第一次计算出这一半径的学者之名，它被命名为施瓦氏半径。假设黑洞的质量与太阳差不多，那么它的施瓦氏半径大约为3000米。

最初，根据科学家的计算，只有当恒星的质量达到太阳质量的两倍左右时，才有可能在进化末期形成黑洞。因此，宇宙中应该不存在比这更小的黑洞……然而，20世纪70年代，S.霍金声称，在宇宙诞生时的大爆炸过程中，一定存在迷你黑洞的产生和爆发，这一预言在21世纪初得到了证实。在此前后，人们在数十亿光年外的一个星系团中发现了一个达到星系规模的黑洞。此后，16岁的拉曼·拉曼又对质量介于恒星和行星之间的黑洞——中型黑洞形成的理论模型进行了考察。2075年，刚刚成立的行星轨道天文台群和位于特洛伊群小行星中的一个引力波观测小组联手，对三角座星系的旋臂处一场足以将旋涡星系旋臂的一部分炸飞的大爆炸发生时的引力波进行了分析。分析结果显示，这是两个质量达太阳百倍乃至千倍且已形成双星系统的巨大黑洞发生碰撞，或者是一个大黑洞和一个中子星发生碰撞，并在相互吞噬后形成一个规模更大的黑洞时所产生的现象。不过，在这一过程中，融合而成的更大的黑洞的一部分出现了碎裂，接着这个碎裂的中型黑洞又以惊人的速度向远方遁去。

现在，以每秒2000千米的相对速度向银河系第三悬臂中的太阳系中心逼近的“黑色旋涡”，正是这种中型黑洞。

在这个中型黑洞仅仅几百米的事件视界内侧，有相当于木星几十倍或太阳几十分之一的质量，黑洞周围的空间被与质量和容积相对应的重力扭曲。除此之外，它不会再释放光、电波和粒子等哪怕一点点信息。光也好，星际气体也好，飞船也好，只要掉入这个“重力的磨盘洞”，就会立刻被这个无底洞的中心吞噬，成为黑洞的一部分，并不断地向太阳逼近。

“真的拜托您了！谁都可以……哪怕是个学生也行，一定要帮我们找个重力理论方面的专家过来！”在火星上的希多尼乌斯综合研究中心，米莉森特·威廉正在自己设置的宇宙语言解析专用计算机旁，带着哭腔对视频电话里的人苦苦哀求道。

但另一头那个服务中心的男人不耐烦地耸了耸肩，说道：“我都已经说过好多次了——我把名单上的每个角落都找遍了，甚至按您说的，连研究生也没放过。我让服务型智能电脑把老早以前的论文都全部筛查了一遍……但不知为什么，无论是火星、小行星带还是月球，所有重力方面的专家都被天文学联合会一股脑儿弄走了。宇宙物理学方面的专家也有一半以上都跑去了那边，搞得现在有些部门人手短缺，一个个都忙得不可开交。木星那边，‘JS计划’的那帮家伙也像疯了似的，从火星和小行星上把机器、人员和工作船都一股脑儿调了过去……到底发生了什么事？你知不知道？米莉……这段时间，好像到处都是一片忙碌……难道是发生了什么事情吗？”

那个事情貌似和我的工作有关系……米莉刚想这么说，很快又闭上了嘴。——关于为什么重力理论方面的专家会一股脑儿被世界天文学联合会调走，以及为什么连宇宙物理学家都被纷纷拉到位于行星轨道上的天文台去……她和伯纳德在L4信息处理卫星中心时，就从穆罕默德·曼苏尔那里听说了，但因为她曾答应过曼苏尔要保守秘密，所以她现在还不能对外说出来。

“如果都这么找了还是找不到的话，那也太说不过去了……”莫西·恩扎罗充满同情地对米莉说道。他正坐在米莉旁边，往电脑里输入零散数据，黑亮的面孔皱成一团。

在火星极冠融解行动开始后，莫西曾在火卫一上对融化后的火星极冠D6冰盖下露出的外星人信息进行过首轮检查。此后，他几乎一直留在火星上，致力于采集残留在附近冰盖下的纳斯卡图案的碎片，并试图使用激微波全息图来填补这一巨大拼图的一角。

“无论如何都需要重力理论专家的协助吗？”

“对，没错。”米莉噼里啪啦地在键盘上敲打着，在大型显示器上调出一连串残缺不齐的文字，然后从各种维度令其变形，“你看，这些文字似乎是外星人留下的信息中关于过去事件的数理性说明。而且，我和伯纳德博士也发现了，这里面似乎有与宇宙物理相关的重力现象的内容……但不管我们怎么折腾，依然一无所获。怎么说呢？毕竟我和伯纳德博士都不是理论物理或是重力理论方面的专家。与重力有关的某种现象，无论是一般解还是特殊解，即使你能够逐字逐句地解读出文章本身，如果缺乏专业的知识和概念，估计也还是很难弄懂其真正含义吧。这就好比，如果你对电波这种东西的基本性质缺乏理解，那么无论你怎么逐字逐句地翻译包含诸如天线形状、增益、方向性等单词的文章，都始终搞不懂其真正含义，对吧？”

“那个……”突然一个略显迟疑的声音从两人的身后传来，“说到重力理论……如果只懂一般相对论和黑洞理论也可以吗？”

米莉猛地转动椅子，向身后望去。

只见她身后站着一位身材矮小、略显干瘪的老人，看样子有七十五六岁，穿着一身沾满油污的工作服。老人看起来像是一名电子系统的维修人员，双手拿着替换用的电脑模块。

“你懂重力理论？”米莉轻咳一声道，“不好意思，请问您的专业是……”

“我是一名工程师……”身着工作服的老人把模块放在桌上，挠了挠头道，“不过，我年轻的时候对数学和重力问题特别感兴趣……当然这已经是五六十年前的事了……20岁的时候，我发表过一篇论文，讨论的是超高速旋转的黑洞……即在施瓦氏半径的圆周速度接近光速时旋转的黑洞中，奇点和能层究竟会发生什么样的变化。这篇论文曾在当年的《世界物理》杂志上获得过一等奖。虽然……不太清楚我最近的水平有没有退步，不过基本的问题还是可以应付的。”

“没关系，您应该能行……可是，您现在的工作怎么办？”

“我的身体出了点状况……打算后天就去L5宇宙殖民地的疗养院。所以，现在只是在处理收尾工作。”

“不好意思，那您可以帮我看一下这个吗？”米莉指着大屏幕对老人说道。

“嗯，我从刚才开始就一直在看……”老人说道，“这里……不应该这么翻译，这样的话就错了，我想这句话的意思是粒子对的生成，以及其中一个粒子的能层加速。哦……看起来很有意思。他们是……10万年前就来到这里的外星人吗？他们……想要从黑洞中提取能量……而且好像已经成功了。”

“你说什么？”米莉不由得瞪大了眼睛，“不是没有任何东西可以从黑洞里逃出来吗？”

“不是的，在黑洞旋转时，只要利用其赤道面上的能层……其实即使黑洞不旋转，只要保持足够谨慎，依然可以利用黑洞周围强大的重力势能使物体获得加速。也就是说，我们可以让黑洞为我们工作。如果黑洞带电，还可以利用带电粒子来获取电力。那帮家伙……哈哈……看来，是想利用黑洞发电吗？——请再多发一些句子给我……咦，这是什么？……这是量子引力……这是引力波的计算公式……为什么这里会出现类似激光的概念？……增加自旋……不，不对……这应该指的是双星吧。让它们围绕共同质重中心高速旋转……用黑洞双星……高能引力波脉冲星？……提高角动量……拓展能层……要把两对黑洞双星……怎么样呢？……引力波放大……干涉……究竟要干什么？……引力波激光？”

老人的脸色突然变得很苍白，他那张布满皱纹的脸上渗出密密麻麻的汗珠，身体摇摇晃晃地差点就要摔倒了。

“小心！”莫西赶紧从椅子上一跃而起，从后面扶住了老人。

“您怎么了？”米莉掏出手帕，一边给老人擦拭着汗水，一边问道，“您身体不舒服吗？”

“不……不是……”老人急促地呼吸着，摇了摇头道。

“内容过于震撼……我……有点跟不上。”

“来，先休息一下。”米莉扶着老人在椅子上坐下后说道，“不用追求那么复杂的理论，只要帮我们解读就行了。”

重力研究所位于月球背面的H.G.威尔斯环形山，在研究所最里侧的一个房间内，太阳系开发机构总裁埃德·韦伯、世界天文学联合会主席纳里卡和副主席温克尔、彗星源探测特别计划负责人穆罕默德·曼苏尔、企划部部长兰森，还有黑洞研究领域的一众权威学者，已经在这里连续开了20

多个小时的秘密会议。

突然，研究所的秘书室主任匆匆走了进来，在韦伯的耳边着急地说了句什么。

“是从总统府……秘密过来的？”韦伯挑起半边眉毛道，“是舒克洛夫斯基吧？在我找他之前，他倒自己先找上门来了。”

2. 太阳近旁

万籁俱寂的H.G.威尔斯重力研究所的地下6层，电梯门随着一阵叹息般的吱呀声打开了。几个人从里面走出来，静悄悄地穿过走廊，向最里侧的房间走去。

在月球背面为数众多的研究机构中，这个研究所无疑是最僻静的，听不见一点声音。研究所在设立之初安装了巨大的改良型韦伯引力波检测装置，现在它已然落后于时代，估计很快就要成为文物了。所里还有同样古老，将水星、人造行星和木星结合在一起、作为“太阳钟摆”测量太阳系整体重力势能分布变动的金·约瑟夫测量仪的计数中心。这两台设备的运行都需要非常安静的环境。不过现下的安静并非仅仅源于此。

相较于实验，这里的重力研究更注重思考。研究人员只用纸和铅笔，几乎从不用电脑。为了找出隐藏的逻辑和头绪，他们经常一连好几天都处于沉思之中。有位学者一边坐禅、冥想，一边试图从凝练的意象背后总结出某种超越性的模式。一位年仅十几岁的学者则使用一台超高级别的推理计算机，专门用于拓展自己的假说。他会在一个完全无声的房间里，将计算机的所有信号都调为静音，然后托着腮，一直死死地盯着眼前那些以肉眼难以捕捉的速度不断显示出来的公式和模型。

另外，这个研究所还提出了“重力—宇宙记忆说”。150亿年前，现在宇宙内的所有物质和能量都集中在某一点上。后来，因为发生了大爆炸，宇宙开始向外扩散，过程中局部的些许不均衡导致到处出现了延迟，由此产生的时间和空间的扭曲便发展成了质点，并进一步形成了一种欲使扩散重新恢复为原来状态的力量——重力。因此，重力就是宇宙初始状态的一种记忆。他们还提出了质量空洞说，即重力总是不断向质点的中心移动，而之所以我们看不到与之相对抗的万有斥力的存在，是因为大爆炸导致的时空向各个方向的等向性扩散，恰好与万有斥力相互抵消了。因此，只向中心产生引力的质点，就相当于这个空间的等向斥力的“正空洞”。这一现象恰好可以和宇宙中反物质极其稀少的情况相互印证。半个多世纪以来，他们一直在孜孜不倦地研究类似的理论。

在这个无比静谧的研究所内，最里侧有一间没有任何窗户的会议室。会议室的隔音门内，坐着十几个眼睛布满血丝、蓬头垢面的男人。他们在过去的20多个小时里，一步都不曾踏出过这个房间，时而大声叫嚷，时而敲着桌子，滔滔不绝地向通信器和智能电脑，以极快的语速下达着各种疯狂的指令。

在通往会议室的走廊上，有四五个人的脚步声正从电梯间朝尽头的隔音门靠近。这些人穿着几乎不发出脚步声的运动鞋，看起来像是特工。在那几双运动鞋中间，有一个人拖着一只有些不便的脚缓缓走来，其间还掺杂着手杖敲击地面的声响。

很快，一行人在隔音门前停了下来。领头的壮汉用手指在门旁的10键键盘上飞快地输入了什么。几秒钟后，低沉的询问声响起，壮汉用同样低沉的声音回了一句口令。

伴随咻的一声轻响，厚重的隔音门轻轻地打开了。混杂着十几个男人的汗味和体臭的浑浊热浪顿时扑面而来。房间中央一张椭圆形的桌子上放着多视图显示屏和触摸屏键盘，还有四处散落的便条和计算用稿纸、只剩半杯的冷咖啡、盛放吃剩三明治的碟子、折成一半的镇静棒残片、塞得满满当当的桌面垃圾盒等。在房间角落的沙发上，躺着一个50岁左右的男人，他的衬衫敞开着，裸露着胸膛。他小声地打着呼噜，半张的嘴角隐隐有口水流出，但他浑然不觉，沉浸在甜蜜的梦乡之中。

房间里其他男人个个蓬头垢面，胡子拉碴，目光凝滞而充满疲惫。当他们齐刷刷地看向门口时，表情却全都一震。

坐在隔音门正对面的韦伯不由得张大了嘴巴，他那肥胖的身体随即从椅子上微微起身。

“您是……总统阁下……”韦伯用沙哑的声音说道，“没想到您会亲自过来……联邦公共安全委员会的委员长也和您一起来了吗？”

“啊，埃德，好久不见……”世界联邦总统雅各布·明博士身材矮小，一头漂亮的银发整齐地向后梳起。他看到韦伯后，脸上顿时浮现出亲切的笑容：“你最近没怎么来地球，我妻子一直都在念叨你。今年地球北半球的夏季气候极度异常，我的健康也受到了些许影响。我从前天开始请了3周的假，一直待在班夫的私人山庄里，谢绝拜访，平时都在静养和写作。这段时间我把事情都交给了舒克洛夫斯基。无论如何，我都觉得应该找你和纳里卡主席好好谈一谈，所以就过来了。”

“两天后……不是要召开公共安全委员会的秘密会议吗？”韦伯双手撑在桌子上问道，“您要在那之前赶回去吗？”

“会议延期了。”身高近2米、体格健壮的道格拉斯·奥弗特公共安全委员长用淡金色眉毛下的蓝色眼睛环视了一圈室内，说道，“我和总统、副总统商量了一下，决定暂时延期。不过，我回去后会马上重新讨论召开时间，估计会在两周内召开。即便如此，总统考虑到你在这个问题上的重大作用，似乎打算特别允许你使用绝密线路，在月球上参加这次会议，埃德。”

“这个……非常感谢，总统阁下。”韦伯的表情终于放松了下来，颔首道，“您快坐。”

“这个房间的空气好像不太好。”公共安全委员长将魁梧的身躯塞进一张椅子内，抽动着鼻子说道，“总统感冒了。能稍微开会儿空调吗？”

“与其这样，还不如让其他人都休息一下，顺便洗个澡怎么样？”总统撑着拐杖坐下，打量着会议室内众人的脸，“我和委员长想先和埃德、纳里卡主席四个人一起聊聊。”

其他人相互看了看，终于松了一口气，于是纷纷从座位上站了起来。有人刚要把睡在沙发上的男人摇醒，谁知那个男人一骨碌从沙发上摔了下去，然后又着急忙慌地爬起来。男人不知在想什么，揉了揉惺忪的眼睛，突然拿起桌上的便条说道：“对，现在距离X点最近的无人飞行体是……”他正要继续汇报时，被同事拍了拍肩膀，顿时老脸一红，赶紧从这里离开，去了隔壁房间。

当其他男人也都去了隔壁房间休息和小睡后，剩下的四人遂隔着这张椭圆形的长桌坐了下来。韦伯和世界天文学联合会主席纳里卡坐在里侧，对面则是雅各布·明总统和奥弗特公共安全委员长。此外，两扇门的旁边还各留下了一名特勤人员。韦伯若有所思地低着头，将投影在桌上和墙上的电脑公式、图形一一消去。

“埃德，”总统将拐杖杵在身前，双手交叠放在拐杖上，下巴抵着手背，用和缓却又不失严厉的语气说道，“现在还不能确定危机是否一定会到来。我也很清楚，这是在假设的基础上再次假设后得出的结果。即便如此，危机出现的可能性还是非常大。虽然概率只有百分之几，但我和公共安全委员长身上肩负着地球人类的命运和安全这一政治责任，我们认为现在已经到了必须设想最不幸的情况并开始考虑对策的阶段……我认为你对地球社会的状态，尤其是政治形势和社会心理都非常了解。而且对于太阳系宇宙空间内部，特别是技术和生产潜力方面，也比我了解得更多。因此……我想非常坦诚地和你聊一聊。如果，我是说万一，目前在某种概率范围内可能出现的危机发展到了最坏的地步……包括地球和太阳系宇宙空间在内的我们人类，对此究竟能做出何种应对呢？而最坏的情况又会以何种形式出现呢？”

“你说什么？”

木星卫星轨道上，密涅瓦基地的“JS计划”总部指挥中心内，卡洛斯·阿尔瓦雷斯正对着通话中的无线对讲机咬牙切齿地怒吼。他那茶色的头发已长及肩膀，曾经修剪得非常精致的栗色胡须也乱成了一团，上面还沾了些许碎屑和食物残渣。他的脸颊消瘦，面带土色，眼睛虽然布满了血丝，却依旧闪耀着熠熠光彩。

“混蛋！为什么都到这个时候了，还要在那种地方保留6艘货轮？从特洛伊群出发的工作船，其先遣队早就到了，而且已经参与到了中微子枪的组装工作中！现在这个时间点，材料哪怕被稍微耽搁一下，U阶段也会面临极大的风险！”

“冷静点，卡洛斯，”黝黑的皮肤上满是汗水的布克从控制台上抬起头来说道，“你再怎么喊叫也无济于事，掉链子的不仅仅是那边。”

“吵死了！”卡洛斯拳头紧握，额头上青筋暴起，厉声大叫道，“到底要我怎么办啊？原本要4年半才能勉强完成的项目，现在却要我们在2年内就搞定！这个时候哪怕只是掉了一根针，所有的日程和系统也都会立刻乱成一团。我喊几句又怎么了？”

“卡洛斯！”在指挥中心一角，负责运输计划的男人按着耳机说道，“我也有一个坏消息。原本应该从土星空域和天王星空域将材料和工作船运送过来的高速推船中，有3艘被临时征用了。”

“被临时征用了？”卡洛斯的脸瞬间变得和纸一样苍白，他猛地从椅子上站起来，“你说被临时征用了？到底是谁的命令？为了U阶段，我们得到了行星空域的机械和工作船的所有使用权限！到底是哪里的混账家伙，竟敢擅自介入我们的系统和日程？”

“不清楚……对方一直含糊其词，没有表明他们的身份。似乎是凌驾于我们权限之上的人物发出的指令，想越过我们悄悄搞事情。”

卡洛斯眼角上翻，气得直打哆嗦。看他那副表情，好像又要忍不住骂出声来了。

就在这时，指挥中心的门被狠狠地撞开了，英二急匆匆地走了进来。

“可恶……”

他搓了搓胡子拉碴的脸，嘴里嘟囔着什么，一屁股坐在了椅子上。

“帮我呼叫总裁！”英二使劲挠着乱蓬蓬的头发，回头对通信设备前的工作人员大声吼道，“尽快帮我呼叫那个像弹球游戏中的玻璃球一样牢牢嵌在莱布尼茨环形山中的胡子肉球！”

“我一直在呼叫……”通信器前的年轻姑娘战战兢兢地回答道，“可是，在这20多个小时中，不管是普通线路还是个人线路，打给总裁的电话一直都处于占线状态。哪怕是紧急秘密线路，也无法接通。”

“知道了，继续呼叫！”英二从椅子上站起身来，将手里的文件啪的一声甩在控制台上，生气地大吼道，“这个老狐狸！简直要将我们逼上绝路……这个机制太让人无语了！完全没有按我们的想法来。”

“主任，”卡洛斯面色铁青，双目圆睁着猛地冲到了英二的面前，两手弯曲着向前伸出，“这到底是怎么回事？有6艘满载各种器材的高速货轮原本在10多个小时前就应该出发了，但目前依然滞留在火星空域！其中2艘更是被要求卸下货物，等待下一步命令！到底是哪里的哪个家伙在故意为难我们？而且，从天王星空域和土星空域往返运送物资和工作船的3艘高速推船也被临时征用了，这到底是怎么回事？——喂？到底是怎么回事？这样下去……U阶段就……”

卡洛斯的声音变得尖锐而歇斯底里，他握紧双手，连指关节都泛白了，拳头一直伸到了英二的脸旁，止不住地颤抖着。布克察觉到了危险，于是如同一头敏捷的野兽般悄悄从控制台前站起来，第一时间来到了卡洛斯的身后。

突然，卡洛斯圆睁的双眼里有大颗的泪珠滴落。他紧握着拳头，肩膀一抽一抽地哭了起来。

“不行……这样的话，我做不到……”卡洛斯抽泣着说道，“我……究竟该怎么办才好？……究竟应该怎么办……”

“冷静点，卡洛斯，”英二紧紧握住卡洛斯的双手手腕说道，“我也很生气……没关系，别管了……再过一段时间，一切都会好起来的。我向你保证。”

然而，卡洛斯依旧不停地抽泣着，喃喃道：“不行……不行……”他的双手手腕还被英二握在手中，人却一下子跪在了地上。

“谁带他去趟医务室，让他好好休息一下。”英二对周围的人说道。

“老这么拼命，神经肯定会吃不消的。”布克说着，迅速走了过来，可是英二冲他摇了摇头，向女通信员打了个手势，示意她送卡洛斯去医务室。

“他的神经会出问题一点都不奇怪。”布克不无痛心地嘀咕道。

“好像正在发生什么我们并不清楚的诡异事情……在U阶段的各个环节，我总觉得有个权限在我们之上的人在不停地踩刹车……虽然我不认为他是想要阻碍我们……但目前能够顺利运行的只剩下小行星带的质量驱动器了。”

“布克，”英二环视整个指挥中心后，抓住布克的胳膊轻声说道，“这段时间你能不能……暂时代替我一下，帮我承担项目的运行管理工作？卡洛斯应该很快就能恢复过来……我无论如何都得再去一趟月球。我这次一定要勒住那个老狐狸的肥脖子，让他保证我们的计划绝对不会再被其他事情耽搁。”

“主任，”代替女通信员负责联络工作的一名男职员对英二说道，“月球那边……要求与您进行秘密通话。”

3. 紧急召集

“你是说通话是月球那边发起的？”英二回头冲通信员咬牙大声喊道，“是不是总裁打来的？是那个胡子肉球打来的吗？”

通信员耸了耸肩，然后摇头表示自己也不清楚。

因为是秘密通话，所以除了本人，不可能有人知道通话的对象究竟是谁。

英二在指挥中心角落的一张可调整办公桌前坐下，然后掀起小型显示器的遮光罩，将显示器的按键设置为“接收”，随即输入了自己的身份识别码。

于是信息从通信员面前的显示屏上被转到了显示器上。只见“英二”和“机密”的红色文字在屏幕上交替闪烁着，随即通信计算机开始确认本人的身份。在一连输入3个阶段的密码后，秘密通信解锁，画面上出现了一个人的脸。

然而，就在这时，耳机底部突然传来了一阵刺耳的杂声，屏幕上的画面一度模糊起来。英二皱起眉头，赶紧把耳机从耳边移开，耐心地等待画面恢复。

此时的密涅瓦基地正好位于木星夜晚的那一侧。也就是说，基地隔着这颗巨大的行星，与太阳遥遥相对。

当然，在这段时间内，基地是无法与地球和月球实现直接通信的，必须通过木星附近的6颗中继卫星，才能与在木星内侧运行的行星实现通信。这6颗中继卫星一直以某种组合方式围绕木星旋转，远距离秘密通信的文本会被暂时转存到中继卫星上，再从中继卫星上寻找和发给通信对象。而现在，在木星的夜晚这一侧，大气层中雷电肆虐，产生的极端强烈的噪声电波更是对通信造成了严重干扰。

“木星，今晚看来又将是不平静的一夜……”英二听着耳机里的杂音，心不在焉地想着，“总觉得……好像会有什么事情发生……”

滤镜终于起作用了，显示屏上的影像逐渐恢复正常。看到显示屏上的那张人脸，英二露出意外的表情。

“英二……我是兰森……”太阳系开发机构企划部的部长兰森开口说道，“你现在马上……以最快的速度来月球H.G.威尔斯环形山的重力研究所。这是一级紧急命令，属于最优先级别。……当然，我很了解你现在的处境……但我希望你尽量不要让团队的其他成员产生太大的慌乱和疑问，要妥善地……想办法妥善处理好之后，尽快赶到这边来。现在，总裁、世界天文学联合会主席，还有……联邦总统和公共安全委员长都在这里。我这么一说，你就明白这个命令有多重要了吧。但究竟发生了什么——或者将要发生什么，我就不方便在这里告诉你了……这个信息，当然也希望你能对其他人保密……”

兰森停顿了一下，舒缓了一下情绪，然后疲惫地用指尖揉了揉眼皮。

一向注重仪表的兰森此时头发乱蓬蓬的，脸上胡子拉碴，满是尘垢，眼袋非常明显，脸颊消瘦，脸色也很不好，看起来就像是个病人。看到兰森这个样子，英二立时意识到这不明真相的事态有多严重了。

“还有，总裁有口信带给你……”兰森松了松看起来好几天都没换过、脏兮兮的衬衫的领子，继续说道，“现在，‘JS计划’U阶段的各个环节都停滞了。你一定很恼火吧……这些都和这个问题有关。我会尽快将其处理好，但在那之前，U阶段的日程绝不能放松。”

“听明白了吧？这是韦伯总裁带给你的特别口信……我要说的就是这些。”

兰森的影像突然不动了，屏幕上出现了“等待回复”的符号。英二输入需要兰森亲启的密码后，又输入了自己的密码，略微犹豫了一下，随即下定决心。

“请对总裁说：‘滚蛋！’……”英二说完，咳嗽了好几声，然后继续说道：“你也给我‘滚蛋’……”

接着他咬了咬嘴唇，低声补充道：“刚才说的话和正事无关……总之我知道了。我会马上赶过去。”

英二结束通话，拉下遮光罩，微微皱起眉头，然后用手指挠了挠脸颊。从木星的角度来看，地球现在几乎处于西边的最大偏角位置，因此通信电波到达这里需要43分钟多一点。当他的直属上司兰森部长43分钟后在月球上收到英二的回信时，会是什么样的表情呢？一想到这里，英二就感到很高兴。

指挥中心内的众人依然忙得不可开交。英二突然听到一个熟悉的尖细嗓音，他朝声音传来的方向一看，本应去了医务室的卡洛斯·阿尔瓦雷斯竟不知何时又返回了这里。卡洛斯一屁股坐在主控制台前，看着大屏幕上显示的图案和数字，对着话筒麻利地下达着各种指令。

坐在离卡洛斯稍远处的布克朝英二耸了耸肩，露出苦笑。

“不让他休息不要紧吧？”英二向背对着他的卡洛斯努了努嘴，小声问布克道，“有没有打镇静剂？”

“没有……医生碰巧不在，他让护士给他倒了点地球产的橙汁，又往里面滴了两三滴伏特加。喝完后他说自己已经没事了，然后就急着赶回来了。”

“从现在开始，我得随时为他备点度数低的螺丝刀[1]了。”英二也苦笑着说道。

“对了……跟月球那边的通话都说了些什么？”

听布克这么一问，英二便把手搭在了他的肩上，带着他来到指挥中心的一个角落，然后环顾四周，压低声音说道：“内容现在还不能说，总之就像我刚才说的那样，我需要马上去趟月球……大家要是问起，你就说我去火星总部了。我不在的这段时间，日程的管理就交给你和卡洛斯了。虽然貌似正在发生不少奇怪的事情，但我们对于U阶段不能放松。要尽可能地赶上进度。还有……你要尽可能地照顾好卡洛斯。”

“这我明白……”布克看了一眼正抱着胳膊、露出一口大白牙、忙得团团转的卡洛斯的背影说道，“他刚才应该是承受了太过巨大的压力……只要能冷静下来，他绝对是最出色的管理者。在整个太阳系，如果玩商业棋，没有人能赢得了他。”

“确实，卡洛斯的杀伐果决，加上布克的冷静、面对压力时的灵活和坚忍不拔，就真的无懈可击了……”英二这样想着，久久凝视着顶着一头乱蓬蓬的头发、朝耳麦喊着什么的卡洛斯的侧脸。

卡洛斯的专业原本是超粒子理论研究，后来进入基本粒子工程学领域，研究如何制造具有任意性质的基本粒子，进而又将研究的触角从夸克工程学拓展至中微子工程学。这时候，英二向他伸出了橄榄枝，卡洛斯因此入选并成为“JS计划”的核心成员。乍看上去，卡洛斯就是一个老实巴交、略带神经质的学者，但在“木星太阳化计划”的初期测试阶段，他在实验用中微子枪的获取过程中发挥出了惊人的谈判能力。卡洛斯在说服上级组织、获得预算、收集材料、缩短工期等方面展现出的统筹规划才能深受英二赏识，实际上英二早已把他和布克当作核心成员，特别是在U阶段中，卡洛斯更是承担起了推进进度的管理责任。

现在，卡洛斯就像一辆由4匹烈马拉的马车上的驭者一样，一边熟练地操控位于木星和小行星空域的4台超级计算机，一边对整个太阳系的信息处理系统发起了惊人的沙盘模拟挑战。他将事先盯上的这片空域的4台超级计算机从其他系列的工作中巧妙地剥离出来，然后编入U阶段的专用

① 螺丝刀：一款用橙汁和伏特加调制的鸡尾酒。因最初用螺丝刀搅拌而得名。——译注

序列。这种操作对他来说毫无难度。这4台超级计算机的每一台都在行政、开发、综合项目方面有着非常丰富的经验。它们不仅拥有在一般情况下无法使用的特殊数据，还储备有驱动程序，属于自主开发型，兼用于诺依曼型和非诺依曼型，且都属于特立独行、个性鲜明的资深计算机。卡洛斯通过密涅瓦基地的智能电脑给这4台计算机都套上了缰绳，并把缰绳紧紧地握在了自己的手中，时而并驾齐驱，时而让它们像猎狗一样独自狩猎，寻找开发机构系统中的各种破绽。还有的时候，卡洛斯会让它们充分发挥自主判断能力，像野兽一样扑向开发机构系统中的某处要害……也就是说，这4台计算机与密涅瓦基地的智能电脑之间虽然时刻保持着联系，但时而独立，时而联合，不断晃动着太阳系开发机构的整体系统。

在卡洛斯的构想中，在“JS计划”U阶段的最后阶段，外行星空域的材料、设备、飞船、人员，应该暂时都会处于接近真空的状态，转而全部集中于木星空域。现在攻击体系终于接近完成，正处于蚕食巨大的开发机构末端系统的阶段。各个系统单元内置的法令、法规判断机构，以韦伯的授权（当然，这已在总裁的保证下被编码化了）为盾牌，正在一个接一个地被消化和吸收。U阶段所需的东西，在任意时间都可以无条件地从各个单元通过调配管道被抽走……然而，太阳系开发机构的中枢系统依然处于某个遥不可及的地方，而且还会突然从那里传来超法规的指令，这自然会让一直紧绷着神经的卡洛斯感受到巨大的压力。

不过，他现在已从暂时性的打击中恢复过来。他把4台超级计算机从直线攻击的编队中摘离，转换成了用于找出事态破绽的搜索体制，正在努力重新安排计划表。

英二离开卡洛斯和指挥中心，悄悄地来到中央走廊的通道上，然后拨通了密涅瓦基地的智能电脑——他的专属秘书南希。

“我现在需要马上去趟月球。请帮我预定最早的航班……再难也要帮我找到前往月球的最快方法。”

“明白……”南希回答道，“请稍等一下……”

在南希搜索航班的时候，英二沿着通道大步朝自己的房间走去。

因为南希确认航班需要花费一些时间，所以英二打算利用这段空隙先回去取一下旅行用的私人物品。

密涅瓦基地智能电脑的事务处理系统，目前大部分都掌握在卡洛斯手里。因为不少算力都被投入到了U阶段，所以南希的效率明显比以前降低了不少。

“报告……”当英二距离自己的房间还有50米左右时，墙上终于传来了南希的声音，“最早出发的航班是‘雨燕’——这是一艘2800吨重的高速货运飞船，直飞地球，但估计您很难赶上了。接下来的航班是7小时40分钟后，经由希尔达小行星群，飞往火星的……”

“等一下！”英二对着从前方滑行过来的竖井车发出停止信号，大声说道，“你说赶不上的那趟航班……是几分钟后出发？”

“17分钟后……不过2分40秒后，最后一艘联络艇就要从F6甲板上起飞了，所以……”

“把联络艇的起飞时间推迟1分钟，南希。”英二说着，跳进了急停下来的竖井车内，“去航行管理中心，告诉他们这是我的命令！”

待竖井车再次开始飞驰后，英二才发现车内除了他还有一位乘客。这是一位栗色头发、大眼睛、极富魅力的年轻女性。

“哎呀，失礼了……”因为竖井车突然加速，英二一时间失去平衡，刚好倒在了她的胸前。英二赶紧坐起身来，向目的地指示装置伸出手去，“我有点急事，在到达终点站的起飞甲板前就先不停车了。你要在哪里下车？”

“医务室……”女孩说道，“我叫卡罗琳……是一名护士。因为工作紧急调动，所以前天刚从火星过来。”

“啊，这样啊……我叫本田英二……是这个基地的负责人，也是‘JS计划’的现场主任。请多关照……”英二把手伸向邻座，然后说道，“对了，卡罗琳……你有没有带安眠药？我想在飞船里好好睡一觉。”

“我手头没有这类东西，而且已经驶过医务室了……”卡罗琳转动着圆圆的大眼珠，噘起涂得红红的小嘴道，“但是……如果你想休息一下，不妨试试这个？主任——来个晚安吻。”转眼间，英二的脖子就被卡罗琳紧紧地搂住了。英二惊慌失措，挣扎着想要把护士的胳膊从自己的脖子上拽下来。这时，竖井车抵达终点并来了个紧急刹车，两人差点被一起甩出车外。为防止被甩出去，英二只好将头狠狠地撞向车的顶棚。

“进入U阶段后，基地上来了各种奇怪的家伙……”英二这样想着，朝起飞的甲板飞速奔去。

身后的卡罗琳一边挥手，一边好像在喊着什么，但英二只是用余光瞥了一眼，就冲进了闪烁着红灯、写有“F6”的门内。

“解读出来了吗？”伯纳德博士走进火星希多尼乌斯综合研究所的一个房间内，轻声问道。

米莉·威廉从控制台前抬起头来，脸上写满了疲惫。

“嗯，基本上差不多了。”米莉点了点头道，“但是，没法全部解读出来，依然有一些地方留有疑问……不过，这个人的确帮了我们的大忙。”

米莉将目光投向旁边的桌子。那个小个子的老维修工正趴在桌子上，不知何时已经沉沉睡去。

老人把半边脸贴在桌子上，面色苍白，眉头紧锁，嘴巴半张着，发出轻微的鼾声。

“这个人叫什么名字？”

“其实，我还没来得及问呢。”米莉苦笑着说道，“不过他真的非常认真，投入了全部身心。”

“那现在都有哪些发现呢？”

“那些外星人……好像确实对来到自己母恒星系附近的黑洞进行了各种研究和利用。也就是说，他们从中获取了能量。这已经是距今十几万年前的事了。”米莉看着散落在桌上的便条说道，“虽然不清楚那件事是不是直接原因，但那个黑洞应该就是导致他们不得不大举逃离母恒星的原因之一。为了避免这种事态，他们牺牲了那个恒星系的一颗行星，但似乎仍然失败了——这部分目前还不是很清楚，都是源于他的解释。”

“等一下，米莉……”伯纳德博士若有所思地说道，“这件事……是不是应该告诉韦伯他们？你怎么看？”

4. 发现“X”

飘浮在距离太阳1.2个天文单位——半径达1.8亿千米的行星轨道上的众多望远镜卫星、天文台卫星中，有十几颗被紧急转移到了与太阳子午线平行的轨道上，而小奥托·温克尔就在其中的一颗卫星上。

这颗卫星的类型是COS型——属于综合天文台卫星的一种，它本身搭载有光学望远镜、射电望远镜、X射线望远镜、伽马射线望远镜、引力波探测装置等观测设备，同时具备天文观测卫星群指挥卫星的功能，可以集中分析从其他天文台卫星和无人望远镜卫星传输回来的观测数据，并向各卫星下达行动指示。

即使是相邻的卫星之间，电波通信单程也要耗费将近5分钟的时间，所以数据传输和指令并不是实时的。但因为压缩后的信号需要通过从毫米波到紫外区域的激光-激微波通信系统来回传送，小温克尔所在的COS-7的主计算机需要“展开”并分析传输回来的数据，忙得不亦乐乎。而且，除了位于3.6亿千米的基线上的观测群，距离太阳约14亿千米、位于土星卫星轨道上的天文台卫星，以及距离太阳达45亿千米之遥、恰好位于相对于银河中心方向的最大偏角处、海王星周边的无人复合望远镜卫星等也都被纳入了观测网。从海王星轨道发出的电波信号单程甚至需要花费4小时左右才能抵达COS-7附近。

距离太阳的平均距离约为1.8亿千米、和太阳赤道面平行的行星轨道上飘浮着的好几个天文观测卫星，也加入了这个被命名为“巨眼-X”的观测系统。27台大小各异的观测装置朝着银河系的中心方向，在距离太阳1000亿至1200亿千米的位置，以“巨眼”作为托盘，在璀璨繁星和气体星云构成的背景下，一直在努力搜寻那个名称尚未被公开的黑洞——那个在浩瀚的宇宙空间中犹如针眼的一个点——X点。

那是一个实实在在存在的、没有长度也没有面积的几何学意义上的点。因为这个奇点中包含着巨大的质量，所以它周围的空间出现了异常强烈的扭曲，而这也成为检测它的唯一方法。黑洞可以吞噬一切物质，甚至包括光和粒子，一切都无法从中逃离。由于黑洞周围的空间发生了扭曲，所以从其背后发射过来的遥远天体的光也会发生一定程度的扭曲，从而形成海市蜃楼般的双重影像。要想寻找黑洞，除了捕捉这种重力透镜现象，再也没有别的方法了。

话虽如此，但正如基于当初几个征兆假设的那样，如果它是一个中等规模的黑洞，其施瓦氏半径将只有数百米，重力透镜现象就会变得非常微弱，这将导致检测工作异常困难。

因此，小奥托·温克尔反而对由X点的引力场引起的、位于较近位置的恒星光谱的偏移抱有更大的期待。他将X点的设想位置和“巨眼”所指方向的延长线上的天体的光谱目录一并发送给了整个观测团队，让他们进行检查和确认。

最先捕捉到疑似这个“太空针眼”的是海王星轨道上的无人望远镜卫星。望远镜卫星Np-ATS4突然发现观测视野的某个角落中，原本相对稳定的红巨星的光谱，由于宇宙空间内星际物质等的影响而出现了某种程度的波动，且产生了性质迥异的明显变化，于是发出了“发现！”的信号。这一信号经过4个小时，和数据一同被发送回COS-7。随后，分析计算机立刻启动了确认工作，并计算出了其为X点的概率。计算机报告称，光谱的波动虽然仅有几百分之一秒，不过X点从红巨星光像的部分区域横穿而过的可能性很大。

接收到信号后，“巨眼”中的两架光电子镜面直径为15米的电子超施密特望远镜便立刻开始对相关空域进行集中观测。之后，监测毫米波波段的电波望远镜卫星也发来了“发现！”的信号。不过，这个信号被分析计算机判断为“误认”。

时间一分一秒地流逝，位于COS-7的“巨眼”指挥中心内焦躁和疲劳的气氛越来越浓。自收到Np-ATS4发送回来的“发现！”信号后，以小温克尔为首的16名工作人员虽然轮班进行了休息，但20多个小时中，他们没有一个人离开过指挥中心。

在最初的信号发出约21小时40分钟后，超施密特望远镜再次捕捉到了X点的影子。接着，一台电波望远镜报告称，在较弱的电波源天体的背景下，捕捉到了类似的影子。

分析计算机立刻将最初的数据和另外两个数据进行了比对，同时向“巨眼”系统的所有观测卫星发出指示，要求将观测方向全部调整到可视的0.1秒的范围内。于是各个观测卫星纷纷瞄准了X点的预测位置和与之相对应的背景处的恒星、电波源、X射线源、气体星云等，开始进行精密检查，以求不错过任何一点光谱的波动。根据卫星的相互位置关系，它们有时会独立寻找“背景天体”，有时则会互相配合，对准同一恒星群进行观测……终于，有两架光学望远镜和一架红外线望远镜也发回报告说已“发现”目标。

又过了40分钟，位于土星空域的X射线望远镜偶然发现，有什么东西正从背景处的X射线脉冲星前方通过。望远镜捕捉到了脉冲的周期变化，以及在极短时间内放射线源产生的重影。

COS-7指挥中心内疲惫不堪的众人顿时发出了一片欢呼声。分析计算机立即对X射线脉冲星的长期观测数据和突然发生的变化进行了精密比对。尽管无法做到非常精确，但还是以比之前高得多的准确率，将X点的位置和距离，以及与太阳系之间的相对速度计算了出来。

指挥中心内的众人随即进行小组讨论。他们就是否从行星轨道观测卫星群中抽调更多的X射线观测装置群来观测X点，以及是否需要在宇宙空间的X射线背景辐射中标记X点展开了激烈的讨论。

小奥托·温克尔没有参与讨论，而是一个人站在指挥中心的中央控制台前，用那双因睡眠不足而布满血丝的眼睛，凝视着面前这个宽25米、高4米的巨大屏幕。从"巨眼"观测网的各个观测点陆续传输回来的报告都显示在了屏幕的两侧，而大屏幕正中央则是银河系中心区域，其下为银经，以及单个刻度代表100亿千米的图表。图表上显示有从太阳的北极方向看到的太阳系和X点的相对位置示意图。每次收到从各个观测点发回来的报告，用橙色的"X"字符表示的X点便会闪烁红色的光芒，并在旁边显示出经由计算机确认的修正数据的符号和数值；待红光闪烁一段时间后，便会被移动至画面右下角，并被置于前一数值之上。

谁都没法直接看到的这个太空中的黑色旋涡，现在就像一个飘忽不定的摇曳幻影，从星光、电波、X射线等宇宙辐射前横穿而过，并被逐渐锁定了位置。虽然误差依然在正负1亿千米左右，但人们还是根据这个"太空针眼"的位置和速度，大致推算出了它的行进路线。

但是，要想更精确地计算出它的行进路线……

小奥托·温克尔刚才就通过绝密线路，申请与身处月面某处的世界天文学联合会副主席温克尔通话。沿着太阳的极轨道移动的COS-7，此时刚好来到距离地球最近的位置，所以他们通话时的单程传输时间只有10分钟左右。

当看到控制台个人通话显示屏上闪过一条代表绝密线路已接通的信号后，小温克尔便咚的一声坐在了显示器前的椅子上，然后对着耳麦低声说道："爸爸……是我……X点已被我们撒下的巨网捕获……"

话刚说完，一阵强烈的睡意倏地袭来，小温克尔的头差点磕在了桌子上。他赶紧使劲摇了摇头，然后揉了揉惺忪的眼睛继续说道："我觉得非常有必要动用高速无人观测机去精密跟踪和标记X点……您能帮忙申请许可吗？一旦错过这个机会，我们和X点的下次相见或许就要再等半年多了……”

当本田英二来到月球上的H.G.威尔斯重力研究所时，他发现这个过分安静的研究所的地下弥漫着一股异样的气氛。

地下4层以上依然保持着22世纪重力研究所独有的那种静谧和思辨的氛围。但是，从地下6层最里侧的一个房间内散发出的某种异样的气氛，却在过去的两周中，除了重力相关的观测装置室，已将原本拟用作扩建预备空间的地下6层全部占领，并侵蚀了地下5层约1/3的空间，且有继续扩大之势。

这种异样的气氛通过货梯源源不断地被带往各处、各个房间，有时甚至是走廊上杂乱摆放着的各种各样的机器设备。其中大部分设备都属于特殊通信器和特制的电脑终端，以及连接这些机器设备的数不清的光纤通信电缆。此外还多了一批走路风风火火、与研究所显得格格不入的男人，他们每个人身上都脏兮兮的，浑身散发着汗臭，说话速度快得像要咬人。

接待大厅异常安静，安静得让人连咳嗽都不敢，英二从这里乘坐客梯下到地下6层。电梯门打开后，英二刚走到通道上，就听到一阵急促的脚步声。紧接着一个外表看起来很像职业摔跤手的男子犹如短跑选手一样飞快地跑了过来，猛地撞到了英二的肩膀。英二瞬间被抛出2米远，后背重重地撞在了墙壁上，一时间甚至都无法呼吸。

“对不起！”那个头发蓬乱的大汉一边汗流浃背地向前跑去，一边回头朝英二大声喊道，“啊，对了，小心那边的光缆，千万别被绊倒！现在连接器依然有点问题，仅仅能凑合使用。”

英二靠在墙上喘着粗气，摇了摇头，随即摇摇晃晃地想要迈步向前走去。

这时，通道中间的门砰的一声被撞开了，一个40岁左右的瘦削男子敞着衬衫前襟，头戴无线耳麦冲了出来。他双手拢成喇叭状，大声喊道：“比尔！比尔！你上哪儿去了！给我快点！”

看到那个男人冲过来，为了不让自己再被撞倒，英二赶忙反射性地将背紧贴墙上，让出一条道来。那个男人像一发炮弹似的冲进走廊，随即在英二面前来了个急刹车。

“比尔去哪儿了？”

男人像是要甩掉脸上的汗珠一样甩了甩头，然后指着英二的鼻尖，咬着牙大声吼道。

“不，不知道……”英二目瞪口呆地回答道，“我……刚从木星来到这儿……”

“有没有看见一个大块头来过？顶着一头乱蓬蓬的头发……”

“啊，你说的是他啊……”

英二赶忙指向通道的另一边，也就是刚才那个大汉拐过去的方向。

瘦削的男人当即向走廊尽头跑去，并冲着那个叫比尔的大块头拐过去的方向，把双手放在嘴边拢成喇叭状，大声喊道：“比尔！快点！‘巨眼’又有新的数据传过来了。如果不尽快更换电缆D和G的连接器，噪声会越来越大，甚至大到连智能电脑都无法修正！领导正在发火，你一定要加快速度！”

吼了一通后，瘦削男子喘着粗气，转身大踏步走了回来。当他即将从英二身旁走过时，英二赶紧加快步伐追上那个男人，问道：“请问……兰森部长在哪个房间？”

“兰森？——兰森是谁？”

“就是太阳系开发机构的……企划部部长。”

“太阳系开发机构？哦，在通道尽头应该有几个那边的人……我是从L5上被紧急叫过来负责通信工作的，所以也不是很清楚。”

“通道尽头的那个房间，对吗？”

“对，门锁编码是468-2025。密码是什么就不知道了，到时候随便喊一下自己的名字就可以了吧。”

男人很快就冲进了之前穿过的那扇门，门再次发出一声巨响，男人的身影随之消失在了门后。

英二小心翼翼地避开通道上像蛇一样摆放着的大大小小的电缆和中继器，朝正前方的那扇门走去。突然，从背后传来一阵杂乱的脚步声，同时有人轻轻拍了一下他的肩膀。

英二回头一看，发现是兰森。兰森满脸胡子拉碴，像是完全变了一个人似的，他的身后还跟着两个身穿工作服的男人。兰森低下头，与英二肩并肩地向前走去。

“你刚到？”兰森用低沉而又沙哑的声音说道，“虽然知道你很累，不过还是进来听一听吧……密涅瓦貌似一片混乱，其实我这边也一样，乱哄哄的。这种状态已经持续两个多星期了。”

“到底发生了什么事？”英二抬起像机器人一样不见一丝表情的脸，回头看着跟在兰森后面的两个穿工作服的男人，问兰森，“这又是闹的哪一出？”

“现在没时间跟你细说了……先去那个房间听听大家怎么说，你很快就能弄明白事情的来龙去脉了。”

“听说总统来了？”

“不，总统10天前就回地球了。虽说是休假，但也不能一直待在这里……作为替代，副总统舒克洛夫斯基过来了，联邦公共安全委员长奥弗特也一直都在……”

“总裁呢？”

“他当然一直都在这里。说不定你也要在这里待很长一段时间呢。”

“这样啊……”英二不由得屏住呼吸，停下了脚步，“虽然我已经把密涅瓦基地的工作暂时托付给了卡洛斯和布克……但我肯定不能离开现场那么长时间。”

“好了，英二……”兰森突然转过脸，用冷峻的声音说道，“‘JS计划’什么的，说不定都没法再继续推进了。”

“你说什么？”英二的声音不由得拔高了好几度，“有没有搞错？！你当初可是对我们说U阶段……”

就在此时，位于通道尽头的房间的门打开了，原来刚才兰森已经按了门锁密码。门打开时，房间里面正好传来一声怒吼。

“你再说一遍，韦伯……”坐在椭圆形桌子右边的一个上了些年纪的大汉站起身来，拍着桌子怒吼道，“你的意思是，只有2.5亿人能够获救？——在190亿人类中，只有区区2.5亿，是这样吗？”

5.“诺亚”的计算

大会议室里那种异样的气氛吓得英二大气都不敢出，赶紧在房间一角找了个靠墙的椅子坐了下来。他刚坐下，从房间的另一侧就传来一声怒吼。

“喂！你最好离那个地方远一点……那儿有显示器……”

英二只得赶紧起身站到了旁边。大会议室的装潢以米色、焦茶色、墨绿色为主基调，给人一种沉稳平和之感。但现在墙边堆满了大大小小的通信器材、电脑终端、小型控制台等。墙上除了背投式显示器，还挂着液晶型、等离子型、放射型等各种类型的显示屏，将墙面挤得满满当当。

十六七个男女正围着这些机器，一边对着无线对讲机飞快地说着什么，一边噼里啪啦地敲打着键盘，场面混乱得几乎要赶上火灾现场了。

在会议室的中央摆放着一张巨大的椭圆形桌子，桌子上面放满了显示屏和触屏键盘。六七个表情严肃、一看就是VIP级别的人物围坐在桌前，旁边还有七八名外表精干、疑似助手的中年男子，他们的面前散落着便条和复印资料，每个人的脸上都写满了紧张和无尽的疲惫。

不过，无论是这些VIP还是其他人，都没有穿外套，一个个都卷起了衬衫袖子，敞开了衣领。其中一些人的衬衫早已被汗水浸透。他们的脸上毫无例外地都泛着油光，头发也乱蓬蓬的，没有一个人刮过胡子。室内弥漫着一股甜腻的气味，混杂着汗臭，以及带着酒精味的体臭。虽然空调开到了最大，但这么多人每时每刻都在散发热气和臭气，加之机械的运转本身也在产生热量，所以此时如果有人从外面进来，一定会觉得室内的空气闻起来像极了一碗坏掉的黏糊糊的豆汁散发的酸臭味。

英二从墙边的座椅上起身，一边用余光搜寻着不致影响他人的地方，一边寻找着韦伯总裁的身影。

韦伯正坐在那个大声叫嚷的人的斜对面。他的双手交叉着放在桌上，光秃秃的脑袋无精打采地耷拉着，看起来仿佛睡着了，但那张长着浓密胡须的嘴仍在嚅动，仿佛在自言自语。

看到韦伯这副模样，英二心里不由得一惊：“开什么玩笑！总裁居然瘦了……”

当然，这很可能只是一种错觉。

但韦伯的样子看起来确实不是很好，他面容憔悴，眼窝深陷，甚至连脸颊都有些凹陷，胡须和脑后的头发也在短时间内明显变白了不少。

站在韦伯斜对面的是一位70岁左右、身高近2米、身体非常结实的老人。老人留着一头金发，长着一双蓝色的眼睛。他的脸因为过于激动而涨得通红，与韦伯形成了鲜明的对比。他那毛发稀疏的头顶隐隐可见不断升腾而起的热气，一如他此时的内心。

“所谓的2.5亿人……当然只是暂时性的数字……”韦伯用沙哑且含混不清的声音说道，“刚才突然有人询问我的意见，所以我也只是粗略地说了一下自己的预测。”

“那是自然……”站着的这名壮汉——联邦公共安全委员长道格拉斯·奥弗特稍稍放松了一下肩膀，点头道，“通过今后的努力，或许可以把这个数字提高到目前的几倍，或者几十倍。”

“你别误会，道格……”韦伯总裁挑起半边眉毛说道，“刚才我所说的——在我看来——是最乐观的数字。即使现在我们立刻调动全部力量，两年后能否让那么多人脱离危险区域，依然需要打问号……我觉得实际的数值可能要远远低于这个数字。”

只听哐当一声巨响——原来是奥弗特一下子瘫坐在了椅子上。

椭圆形桌子的周围顿时陷入一片凝重无比的沉默之中。整个房间瞬间安静了许多，只剩下墙边传来的那些刻意压低音量、对着麦克风说话的声音，以及屏幕上信号变换时发出的微弱的哔哔声。

在兰森的示意下，英二战战兢兢地坐在一张临时放在桌边的凳子上。虽然他对于整个事态依旧云里雾里，但已经意识到大家正在讨论的问题有一种不祥的迫切感。

——逃离？……要让2.5亿人从哪里逃离、又为了什么而逃离呢？

“现在，能用于运送人员的飞船到底有几艘？”坐在奥弗特旁边的一个看上去很精明的人插嘴道。因为曾在地球的电视节目上看到过这个人，所以英二知道他就是联邦副总统舒克洛夫斯基。

“运输用的所有飞船加起来大概有8000艘……”与韦伯隔着一个座位的一名中年男子回答道，“其中专门用于客运的飞船不到1000艘，能马上改造为客运飞船的客货两用飞船大概有400艘。然后就是集装箱飞船，如果安装上居住集装箱，也可以用来运送人员，不过……”

“不过——什么？”舒克洛夫斯基目光锐利地问道。

“就算我们能把8000艘飞船全部改造成运送人员的逃亡用飞船，我们又该把这些人运到哪里去呢？”那个看起来有些神经质的中年男子努力睁开惺忪的睡眼说道，“到底要运到多远的地方，以及要花费多长时间呢？据我理解，刚才总裁所说的‘2.5亿’这个数字，是将现在的运输能力发挥到极致，让飞船多次来回，才可以把这个数量的人从地球上转移出去。”

这次轮到舒克洛夫斯基把椅子弄得哐当作响了。他把椅子转了一大圈，然后啪的一声把手拍在了桌子上，仿佛在告诉别人自己已经束手无策了。

“我也正在思考这个问题……”韦伯咬着上唇耷拉下来的胡须，小声嘀咕道，“怎么办？道格，副总统……如果要让一定数量的人类，不管是几百人、几千人还是几万人逃离太阳系，那要让他们去往哪里呢？是不是要让他们躲到离我们最近的恒星系……半人马座阿尔法星附近呢？”

“半人马座阿尔法星是双星系统，有两颗主恒星，而且那里的行星系不是很稳定，所以不太推荐……”英二左边隔了两个座位的一个看起来很健壮的老人大声插话道，“如果要移民，或许巴纳德星才是最佳选择，虽然它比半人马座阿尔法星还要远1.6光年。”

“奥托……”皮肤微黑、身材矮小且长着一副亚洲面孔的世界天文学联合会主席纳里卡坐在距离英二最远的椭圆形桌子的另一端，他对刚刚发言的奥托·温克尔副主席说道，“你们那边的载人恒星探测计划是几年后实施？”

“暂定4年后……”温克尔副主席回答道，“15年前飞向巴纳德星的那两架第二次恒星探测计划的无人探测器，也差不多快把信息传回来了。我们准备在讨论探测结果后就决定计划的细节。就我个人而言，如果可以的话，还是希望尽可能早一点——最好在3年后就出发。”

“到时打算派几个人去呢？”

“6个人……”温克尔副主席说道，“单程需要12年……船员在绝大部分时间内都将处于冷冻睡眠状态，途中会以两个人为一组，每两年让他们醒来一次，检查其余同伴的健康状况和机器的运行情况。之所以需要两年就醒来一次，是因为迄今为止，连续冷冻睡眠的实验时长最长也只有两年半。”

“6个人？”公共安全委员长奥弗特用沙哑的声音嘀咕道，“只有6个人？……那么单程12年……大概需要多少预算呢？”

“如果从预备测试阶段就开始累计，估计要花掉世界天文学联合会近3年的全部预算……光是恒星探测飞行计划，估计就得花掉这20年来的预算累加值。因此，为了在理事会上能够通过，我们可是费了好一番功夫，最近刚刚获批。接下来，在评议会通过后，就等着纳里卡主席签字了。”

“只有那……一艘吗？前往巴纳德星的载人飞船……”副总统舒克洛

夫斯基欠身问道。

“其实，考虑到安全问题，我原本想让两艘飞船编队飞行的……”温克尔副主席略带嘲讽地回答道，“可是这样的话，预算即使不翻倍，也将达到原来的1.5倍……远远超过联合会理事会的承受范围吧。”

“不过，费用之所以那么高，是因为这是出于学术研究的目的吧？”舒克洛夫斯基紧紧咬住这个话题不放，“假设不是6个人，而是6000人……我想预算应该不至于达到现在的1000倍。”

“这个嘛——估计得看选哪种方式了……”奥托·温克尔歪着头说道，“现在，如果我们需要准备拥有最高性能的6000个冷冻睡眠舱……那么在接下来的两年内到底能不能生产出来？火星的生物工程学研究财团制造的CST-X400，包括还在临床阶段的，全太阳系一共只有24台。因为目前成本还高得离谱，而我们项目预算有限，所以最后决定只采购10台，实际上到目前为止只购买了4台，余下的6台还处于备选阶段。而更加遗憾的是，已购买的其中2台已经和‘太空之箭号’一起失踪了。否则在经过两年的实测后，如果能平安归来，我想应该会根据实际表现情况，对剩下的6台在某些细节方面进行一些更改。”

“也就是说，以现在的生产线，两年内根本不可能制造出6000台？”

“CST-X400和精致的手工艺品一样，目前并没有上生产线。”

“这么说来……乘客就需要在没有冷冻睡眠的前提下，度过12年的漫长旅程了，是吗？”

“要在长达12年的时光中，一直待在逼仄的船舱内，过着单调的生活，反反复复地醒来又睡去，这究竟会导致什么样的后果呢……”温克尔皱着眉头说道，“首先，如果要这么做的话，就必须按人数准备好12年的食物。孩子们还需要有学校……对吧？教育机械和娱乐设备又会占用多少载荷呢？”

“如果要解决食物问题，把太空农场也一起拉上怎么样？”舒克洛夫斯基环视四周，露出“此法岂不妙哉”的表情，然后继续说道，“在太空农场上安装一个助推器，让它跟随船队一起飞行……那样，不管途中需要花费多长时间，粮食方面也不会再出现问题了吧？”

“不好意思……”和韦伯隔着一个座位、看起来有点神经质的男人为难地看着韦伯，插话道，“现在的太空农场使用的都是太阳的辐射能，所以它们所处的轨道比地球还要更靠近太阳内侧。如果把太空农场带到火星轨道上，那么光合作用的效率就会下降到原来的1/3。如果带到木星轨道上，那么即使能够利用木星对太阳光的反射，其效率也会低到无法想象的程度。如果把太空农场搬到距离太阳好几光年远的太空……”

“而且，太阳本身还不知道会怎样呢……”韦伯不耐烦地说道，“移民船队——如果要编组成为这样的玩意儿——肯定得把所有的能量源都带走吧？ 2亿人的话，就必须有足够创造2亿人份食物的能量源。”

“等一下，埃德……”舒克洛夫斯基焦躁地说道，“你刚才说的2.5亿人……该不会大部分都将从太阳系宇宙空间里挑选吧？”

韦伯的脸瞬间涨得通红。他紧闭双唇，似乎在强行压制内心即将涌起的怒火，然后深深地吸了一口气，平息了一下心情，一字一句地说道：“我压根就没考虑过太阳系宇宙空间的事。我一直都在计算如何动用所有可能的手段，让现在居住在地球上的人能够脱离地球表面的重力，并把他们送到太空中去……”说到这里，韦伯又深深地吸了一口气，接着说道：“地球表面1G的加速度绝对不是一个小数目。在月球上，我的动作灵活得就像个体重只有30千克的少年，但一旦回到地球，我就感觉要被自己这接近160千克的体重彻底压扁。——一个半世纪以前，在人类首次实施登月计划时，为了把载有3个人、只有45吨重的装置送往月球，就使用了将近2700吨的燃料。现在因为有了高效的质量加速器，所以能节省大部分能量。即便如此，假设一个地球人的平均体重为50千克，那么加上随身携带的食物和水，一个人的总重大概也有100千克。要克服地球表面的重力加速度和大气的阻挠，使其加速到每秒11.2千米的第二宇宙速度……还要把2.5亿人份的、相当于2500万吨重的质量从地球表面发射出去，势必需要相当强劲的技术和大量的能源。而且人是有生命的，所以和大炮发射炮弹不一样。最多也只能使其加速到6G，而且必须配备具有一定气压的温暖空气……每个人都需要水、食物和排泄物处理装置，还需要医疗设备和药品。这还仅仅是把人从地球送到太空的阶段。要想逃离太阳系，移民到五六光年之外的恒星系……到底需要多少装置，我暂时还无法预测。”

“我们真的已经到了不得不考虑向太阳系以外的恒星系移民的地步了吗？”公共安全委员长奥弗特喃喃地说道，“总觉得……这一切距离我们还很远，谁知突然就出现在了面前，让人觉得一点都不真实……那个黑洞真的会在两年后撞向太阳吗？这一点可以确定吗？”

直到这时，英二才第一次听到了“黑洞”这个词。由此，他终于明白现场的众人一直在争论的核心问题是什么。

这时，英二还没有感到多么强烈的冲击，而是堵在心里的那块石头终于落了下来：“哦，是这样啊。原来如此，原来是这么回事，我终于明白了。”

但奇怪的是，过了一会儿，一阵惊悚感倏地从脚尖传来，迅速蹿到膝盖、腰、腹、胸，最后蹿到了喉咙处。他这才感到一阵难以遏制的恐慌。

——什么？……刚才说的是什么？……“黑洞”……会撞向太阳？……怎么可能，这也太荒谬了……

“目前还不好说。系统工程师说，具体的撞击路线可能有60多种。”韦伯说道，“随着事态进一步明朗，其变动幅度也会相应变窄。”

这时，墙边的通信员回头对韦伯说了句什么。韦伯点了点头，然后提醒大家注意看墙上的一个显示器。

“各位，这是来自‘巨眼’的第一份报告……”韦伯说道，“嚯……看这路线，简直就是精准撞击……现在距离撞击还剩1.8万小时……也就是说还有两年略多一点的时间。”

6. 1.8万小时

1.8万小时——

听到这个数字的时候，会议室里的空气顿时泛起了一阵涟漪。

墙边的通信员和电脑操作员们也都屏住了呼吸，纷纷将目光投向墙上的一个显示屏。虽然只有几秒钟，但周围充斥着莫名的寂静。

仿佛要刻意打破这片寂静，只听哔的一声，一阵高亢的紧急秘密通信的呼叫信号突然响彻全场。

“温克尔副主席……”墙边的通信员回头说道，“是来自‘巨眼’的指挥卫星COS-7的紧急亲启通信要求，好像是您儿子发过来的。”

温克尔副主席把挂在下巴处的无线耳机挂到耳朵上，然后在桌上的触摸屏键盘上输入个人通信密码。通话中的温克尔脸色很难看，其间还向韦伯举手示意。

“我儿子希望能取得将无人观测机作为标记物投放的许可，目的是精确追踪X点……”温克尔说道，“他说要半年以上才能遇到X点……可以吗？”

韦伯点了点头，向他身旁的男人示意了一下。当男人站起身并向墙边走过去时，韦伯的视线从英二的脸上扫过。

“那么……”韦伯肥大的身体无力地瘫靠在椅背上，重重地叹了口气，说道，“各位……我们照例连续讨论了8个多小时。在剩余的1.8万小时中，我们不如拿出宝贵的1个小时稍微休息一下，怎么样？”

“我反对！”公共安全委员长奥弗特固执地撇着嘴叫道，“我还想再听听专家们的意见。好不容易才稍微明白了一些条件……就我自身而言，在累得倒下之前大概还能再撑3个小时。”

“我知道了，道格。”韦伯耸了耸肩，然后点头道，“那——你想问什么？”

“1.8万小时后，太阳……太阳系会变成什么样呢？这个问题我想再请教一下专家。”

椭圆形桌子前的空气再次陷入了短暂，但比刚才更紧张和沉默的氛围之中。

围坐在桌边的众人原本散乱不一的视线逐渐集中到了身材矮小的世界天文学联合会主席纳里卡身上。纳里卡有些犹豫地环视了投射在自己身上的视线，然后垂下双眼，轻轻咳了一声。

“我不是黑洞方面的专家，而且目前对于X点还有很多不清楚的地方，比如正确的轨道要素，以及X点本身的状态——是否正在自转、其自转周期是多少、是否带有电场等，所以现在我也没法断言……”

纳里卡主席略微停顿了一下，然后将视线投向半空中。

“一旦黑洞进入外行星轨道，那么行星的运行就会受到很大的影响。当然X点的前进方向附近，如果碰巧有行星……众所周知，引力是由两个物体质量的乘积和距离的倒数决定的，所以如果有一颗相当大的行星正好位于X点附近，那么它被X点牵引并吞噬的情况也是完全有可能发生的。如果是这样，也许就可以在一定程度上了解到X点的行进路线……但是，如果质量接近太阳1/10的一个质点，以相对于太阳系每秒2000千米的速度狂奔，那么或许对X点本身的运动轨迹不会产生太大的影响。”

“那个……当某颗行星被拉扯并掉进黑洞时，究竟会发生什么样的情况呢？行星会四分五裂吗？”

“这也要看两者在最接近时的位置关系，以及行星本身的质量和内部结构吧……如果真的发生了这种情况，那么首先行星会因为X点的引力而脱离原有轨道，朝X点坠落，并在接近X点的过程中因巨大的潮汐力而被分解为碎片。如果X点正在自转，那么这些碎片还会在其赤道上形成一个甜甜圈形状的圆盘，并围绕X点旋转。圆盘的宽度和厚度取决于被破坏的行星的质量，一般而言，最外侧比较厚，旋转速度也比较缓慢，物质大概能保持小行星或宇宙尘那般大小。不过，这个甜甜圈形状的圆盘越往中心走，其旋转速度就越快。到了黑洞的事件视界附近，速度会变得更快，差不多几百分之一秒即可绕X点旋转一周。由于内外速度的差异，旋转过程中会产生强烈的摩擦热，物质会转变为气态，最终达到超过1000万摄氏度的高温。当然，在内侧环落向事件视界内侧之前，由于过多的物质被一下子塞入极小的空间内，基本粒子之间也会相互碰撞并产生高温……一旦达到这样的温度，其中就会放射出很强的X射线或伽马射线……”

“射线强度一定很强吧？”舒克洛夫斯基副总统目光锐利地问道。

“应该是吧……X射线或伽马射线的能量是由能量发生源的温度决定的，而它的量和持续时间却是由掉落到黑洞中的物质的总质量和黑洞的大小决定的。但不论是哪种情况，都会产生非常强烈的X射线，让人压根不想靠近……”

“与电力和核力相比，重力的相互作用要弱得多，所以很容易让人产生错觉。但在将物质转换成能量时，它的效率却高得惊人。”奥托·温克尔副主席插话道，“现在，即使是我们在远程火箭的推进中使用的核聚变反应，也只能让质量的0.4%左右转化为能量。但重力却能让质量的30%以上都转换为能量。理论物理学家们认为，在高速旋转的黑洞赤道周围，利用黑洞强大的重力，粒子等可以在不被黑洞捕捉的情况下加速——也就是说，能够让黑洞的引力场工作的能层是完全有可能存在的……不过，搞应用物理的人想要在这个领域进行研究，估计会非常困难……”

“对了，如果X点直接撞向太阳……究竟会带来什么样的后果呢？”公共安全委员长奥弗特紧锁着双眉，忍不住发问。

“如果黑洞直接撞向太阳……具体的爆炸规模我现在还无法计算出来，不过应该会堪比一场超新星大爆炸吧……”纳里卡主席以极其冷静的语气回答道，“太阳的质量约为地球的33.3万倍——大约是2000万亿吨的2000万亿倍……如果与其1/10左右的质量发生引力碰撞……即使最终双方质量中只有30%左右转化为能量，也将是一场规模相当大的宇宙奇观。——不过，在现实情况下，我们还没有精密观测过黑洞和恒星相互碰撞的案例。虽然也曾有过两三个疑似案例，但还没有超出模型计算的范围……”

“如果黑洞真的和太阳相撞，太阳系内的各大行星又会如何？”

“恐怕会一个都不剩吧……”纳里卡主席垂下眼皮说道，“爆炸时产生的猛烈的高能量辐射……以及爆炸后向四周扩散的高温气体云，会将一切都化为灰烬。”

“如果能够错开哪怕一点点……是不是就不会这么严重了？”舒克洛夫斯基副总统探身问道，露出一副想要努力抓住最后一根救命稻草的表情。

“就算二者之间有一定程度的偏离，也还是会因为双方之间的引力而不断相互靠近——在这种情况下，依然可能导致非常严重的后果，X点大概率会和太阳构成一个双星系统，围绕一个共同的质量中心旋转。”

“如果是这样的话……又会如何？”

“情况虽然没有直接相撞那么激烈，但也差不了太多。——太阳系……尤其是地球，将不再是一颗适合生物栖息的星球。”纳里卡主席摊开双手道，“X点的轨道半径及其他……都会因为路线的改变而相应发生一定程度的改变……X点会一边围绕太阳旋转，一边凭借潮汐力从太阳中不断抽取高温气体和等离子，然后吞噬进黑洞之中。当然，在这个过程中也会产生非常高的能量辐射……金星和地球的大气会消失，生物也会被全部烧死。甚至连火星附近都将不再适合居住。——根据情况的不同，危险甚至可能波及木星周边区域。因为X点在围绕太阳旋转的同时，会不断利用潮汐力晃动太阳，所以太阳本身会变得极不稳定，行星的运行轨迹也会变得乱七八糟。”

“在座的各位应该都知道，今年地球上出现了非常严重的气候异常。”公共安全委员长奥弗特低声说道，“先是遭遇了寒流，紧接着热浪来袭，出现了暴雨和大旱。在全球范围内，无论是人类、家畜还是农作物，都遭受了巨大的打击。按照某些学者的说法，这是太阳黑子有所增加或减少，或是太阳活动变得活跃或衰退导致的结果……这么看来，一旦X点开始围绕太阳旋转，那么后果将远不止于此。”

“不，道格……如果是那样，地球上就不会再出现异常气象，也不会再有暴雨和干旱了。”韦伯用一种莫名平静、开导孩童般的语气说道，“来自太阳的高能放射线和高热气体会使地球表面的大气和海洋全部蒸发，所谓的‘气象’将会就此从地球上消失。地球会变成一个被烧坏的、完全没有生命存在的单调的岩石星球。当然，前提是这坨岩块能够停留在太阳周围的某个区域。”

“搞不好，从太阳抽离的高温气体还会在X点周围形成一个圆盘，并扩散到地球轨道附近。”纳里卡主席说道，“不过嘛，这个就要看两个天体形成双星系统时的条件了。”

“到那个时候——也就是说，当太阳和X点成为双星时，是否还留存有适合人类生存繁衍的行星呢？”舒克洛夫斯基继续问道。

“这个嘛……”纳里卡主席来回看着韦伯和温克尔，吞吞吐吐地说道，“不知冥王星可不可以……或者是海王星……”

“这种事很难说！”温克尔副主席干脆地说道，“不论发生哪种情况，行星轨道都肯定会变得愈加紊乱。总的来说，就算最后黑洞和太阳真的形成了双星系统，届时太阳的辐射强度和辐射量能达到多少，以及太阳自身又能保持多久的稳定，依然是未知数。因辐射量的不同，或许海王星上的大气会蒸发，冥王星上的冰层会全部融化，甚至连冥王星本身也有可能整个蒸发——这些都是无法预测的。而且，更重要的是，太阳和X点究竟能否形成双星系统并稳定下来，我们也完全不知道。”

“唯一可以确定的是……”韦伯用低沉而又疲惫的声音说道，“在碰撞发生之前，人类应该尽量远离太阳系……哪怕只是总人口的1%、2%也好。”

“然后……剩下的99%只能坐以待毙了，是吗？”奥弗特揉搓着脸，无力地说道，“坐以待毙的同时，欣赏着太阳系50亿年的历史中第一次也是最后一次出现的宇宙奇观。”

“人选也是个令人头疼的问题。”舒克洛夫斯基副总统低头嘀咕道，“除了使用最大的政治骗术，几乎别无他法。”

“内阁秘密会议什么时候召开？”韦伯窥探着副总统的脸色问道，“一回到地球就立刻召开吗？”

“这个……总统应该在考虑吧。”舒克洛夫斯基眼神暗淡地说道。

“回去后，我应该会马上和总统一起着手政治性日程的安排……接下来会很艰难。应该在何时、以何种形式公布目前的情况……一想到这些，我就毛骨悚然，甚至想死。前方到底还有多少艰难险阻在等着我们……又需要处理多少骚乱……或许我会被人杀掉。”

“地球文明社会……尤其是在政治方面，进展得并不顺利……托尼……”韦伯转动椅子嘟囔道，“或许人类社会本来就应该是这个样子。我原本想，也许可以让太阳系宇宙空间和地球上稍微有所不同……但是，看样子是来不及了。”

伴随着一阵吱嘎声，韦伯再次晃动椅子与舒克洛夫斯基正面相对，然后坚定地说道：“托尼，回到地球后，你去告诉参议员沙德里克……既然一定会召开内阁会议，那么不管多保密，那家伙肯定都会探听到些许风声……我不会因为人类的这场危机就与他休战。但希望他不要以此为筹码，在政治上采用卑鄙的手段来对我施加压力……考虑到接下来的日程，我应该没时间去搭理他了。”

“总统好像是想把这个问题的对策中枢部门交给你……”舒克洛夫斯基整理着散落在桌上的文件，说道，“如果紧急权力被启用，你和你的太阳系开发机构将被置于总统的庇护之下。我认为没有什么可担心的。”

舒克洛夫斯基把文件装进公文包里，然后站起身，命令坐在他身后的秘书立刻安排飞往地球的航班。

“那么——”他伸了个大大的懒腰，嘀咕道，“距离出发还有一个半小时……那我先去冲个澡，然后稍微躺一会儿。道格……你是和我一起回去还是……”

联邦公共安全委员长奥弗特双肘支在桌子上，嘴里含混不清地回了句什么，用巨大的手掌不停地揉搓着自己的脸，大概是想尽快从困倦中清醒过来。过了一会儿，他好像突然发现了什么似的，转头看向韦伯一直盯着的位于会议室一角的墙面显示屏。

显示屏上是地球和月亮的半圆形影像。因为从月球背面的H.G.威尔斯重力研究所无法看到地球，所以这个影像很可能是从L4宇宙殖民地附近拍摄的。

月亮的背面此刻正闪耀着银白色的光芒，从地球看正好是新月。而在那个有着白色旋涡状云团和蓝色大洋、绿色和红褐色的陆地相互交缠的地球上，北美大陆刚刚迎来了一天的正午时光。

“再过1.8万小时……”舒克洛夫斯基看着屏幕中的影像喃喃地说道，“那颗行星也会消失掉吗……真的不敢相信……”

奥弗特的双眼布满了血丝，呆呆地望着影像。突然，他像是意识到了什么，对墙边的通信员说道：“喂……地球全球网络的28个频道都能在这个屏幕上收看到吗？今天好像是9月16日？”

“有什么事吗？”韦伯回头问道。

“没什么。今天下午，在盐湖城有世界足球锦标赛的决赛……”奥弗特有些不好意思地揉了揉鼻子，“我的孙子……第一次作为欧洲队的边锋参赛。”

“现在是下半场的第25分钟……”电视转播画面出现时，通信员一边听着转播的声音一边报告道，“现在南美队领先一球……不，刚刚欧洲队又进了一球。左后卫远射……扳平比分。”

“太好了！”奥弗特大叫着站了起来。

“是我孙子！干得漂亮！”

7. 100比1.3

舒克洛夫斯基副总统和奥弗特联邦公共安全委员长，以及随行的工作人员因为要返回地球，所以已经全体离开了座位。现在，围坐在大会议室中央椭圆形桌子旁的人数只剩下原来的一半不到。接下来又有几个人陆续离开会议室，前往单间休息，于是会议便自然而然地暂停了。

依然待在会议室里的，只有世界天文学联合会主席纳里卡、副主席温克尔、太阳系开发机构总裁韦伯、兰森部长和英二，此外还有一个英二不曾见过的上唇留着黑色胡子、一脸憔悴的人，正是穆罕默德·曼苏尔。

除了这些人，沿着会议室墙边一溜儿放着的通信器和电脑终端前，还站着不少工作人员，他们一如既往地忙碌着。墙壁上挤得满满当当的显示屏上，各种影像、数字、文字、图形正在急促地闪烁着。

英二进入会议室一段时间后，才终于明白整个太阳系即将发生的事情。然而，这件事是如此突然，又实在过于离奇，他虽然了解了来龙去脉，但感情上一时还无法接受，只能以局外人的角度，茫然而又扫兴地看着这毫无胜算的局面。

黑洞和太阳系——不，准确来说是黑洞和太阳本身要发生碰撞？……这确实是一件疯狂到让人无法接受的事情。

但是，在太阳系附近的宇宙空间里，恒星的分布密度非常小，无异于太平洋中漂浮着两个西瓜。宇宙尘之类的东西姑且不论，大天体之间发生碰撞的概率其实小之又小。

的确，在相对于银河圆盘垂直分布的球状星团等天体中，恒星的分布密度是太阳系附近的平均5倍以上，中心区域的密度更是达到了太阳系附近的好几十倍，因此恒星之间相互碰撞的概率要大得多。另外，在整个宇宙中，巨大天体之间发生碰撞的例子也不少。在遥远的超星系团中，曾经发生过两个直径达10万光年的旋涡星系斜向相撞，然后擦身而过的情况。甚至还存在着旋涡星系正面相撞的痕迹。另外，在太阳系所属的银河系中心区域，恒星和星际物质的密度也要比周边区域大得多。在这一区域，超巨星规模的碰撞，以及物质集中到中子星和黑洞的过程中都非常有可能产生巨大的能量。

但是，在太阳系附近——至少在最近数千万年间——恒星和星际物质的密度要小得多，天体之间发生碰撞的概率也极小。普通的G型恒星太阳诞生于银河系中一个相对平静的区域，特别是在最近的数千万年间，太阳一直在平静中度过。

但是现在——太阳即将与某个天体发生碰撞。太阳即将迎来在过去50亿年的历史中从未经历过的不幸事件。

而且，将要与它发生碰撞的天体是各类天体中最特殊的一种——黑洞。

确实，自21世纪下半叶以来，随着宇宙观测技术和观测精度、观测密度的不断提高，人们已经知道，在这个浩瀚无垠的宇宙中，黑洞并非特别罕见。黑洞的质量既有达到单个星系规模的，也有小到不能再小的。

话虽如此，但在太阳系所处的、距离银河中心约3万光年的英仙座旋臂和猎户座旋臂附近，黑洞依然属于极其罕见的存在，或者可以说，完全没有出现过黑洞存在的征兆。至少，自人类意识到这种天体在理论上可能存在，并开始有意识地在天空中寻找类似天体存在的间接性证据以来，在这不到两个世纪的观测史中黑洞还从未出现过。

然而，它此时突然出现在了太阳附近。更准确地说，在它潜入太阳系势力范围的深处，来到距离太阳仅1%光年处之前，没有一个人注意到它的存在。如果那场导致“太空之箭号”中的两名船员丧生的异常事故不曾发生，也许人类还要再过很久才能发现它。

而且，黑洞居然会采取一条与太阳本体发生精准碰撞的路线！从概率上来说，这是近乎无限小的一种偶然。

而且碰撞在两年略多一点，即1.8万小时之后就会发生……

英二感觉自己就像在一场平缓的噩梦中飘荡，一边感受着一种类似晕船的恶心感，一边努力想要理解这一“罕见的偶然”的全貌。但也许是因为太过震撼，他一直未能成功，只是任由自己的想法停留在浅层，朝着荒诞诡异的方向发展。

——要逃离太阳系，并移居到巴纳德星？

——就连载人恒星探测的首次尝试都还要等到4年之后……难道要在这2年之内，就把数以亿计的人类迁移到5.9光年之外的M6型恒星上去吗？

——到底需要经过多少年才能抵达巴纳德星呢？这要由飞船的规模和性能来决定吧？以现在的技术，最快也要花费25年……不，是30年左右吧？

——但是，如果要运送2.5亿人……不，那是不可能的！……从现在开始的短短两年时间内，不可能为此做好充分的准备。

——即便如此，190亿人类中的2.5亿人……也只占1.3%啊！那剩下的98.7%……难道就任由他们自生自灭吗？从100个人中选出1.3个人……政治家和官僚们又要如何筛选呢？是偷偷进行吗？是要选出特别的人，还是随机挑选呢？

——即便如此……即使人数只有不到2.5亿人一半的1亿人，这也将是一场惊人的“大逃亡”……要用到1万艘飞船……不，不行！即使准备了1万艘飞船，平均每艘飞船也只能搭载1000人……考虑到还要带上食物和能源，而且是以光年为单位的长途飞行，一艘飞船或许搭载几百人才更好一些……最后能逃出太阳系的，最多也只有几百万人吧……

——巴纳德星……如果有机会，我倒是想去看看……但是……我真的有机会去吗？

突然，玛丽亚的身影在英二的脑海中一闪而过。她那闪耀着光泽的金发、蓝色的眼睛、犹如春风般美丽的肌肤和曲线都纤毫毕现地浮现在了英二的心头。

——对了！玛丽亚……

英二屏住呼吸，默默注视着自己脑海中的形象。

——玛丽亚……她是不是可以和我一起离开呢？不，哪怕让我留在这里为逃亡行动做后援工作，至少也要让她离开……

“兰森……”突然，韦伯用极其干涩而又清晰的语气说道，“在今后的两年里……不，在接下来的一年半时间里，如果太阳系开发机构举全力建造，大概能够建造出几艘长途飞船呢？”

“1000艘……是极限了吧。”坐在英二身旁的兰森像是突然从梦中惊醒似的，挺直身子回答道。

“而且，这是指用现在的规格来说的长途飞船。如果是要飞到恒星的那种飞船……那我就不敢保证了。载人恒星飞船，就连搭载6人的测试船的细节都还没决定下来呢。”

“那地球上能建造几艘？”

“也就1000艘左右吧？不过……如果选择在地球上的工厂建造的话，精度、性能和安全性等方面，我是不太信任的。”

“实话实说，以地球工厂的那些老旧设施，连制造往返于土星轨道的飞船都是比较困难的。”奥托·温克尔副主席插话道，“我自己为了那个4年后的载人探测计划曾经做过调研……地球上的企业与太空的企业相比，在技术上至少存在50多年的差距。首先，他们对于飞船制造本身就缺乏热情。地球上使用的运载工具都是些非常时髦、非常奢侈的东西……就算赶鸭子上架，也只能多生产一些摆渡船或质量加速器罢了。”

“我也这么认为。”兰森眼神阴郁地说道，“地球方面还是把精力集中在怎样脱离表面重力，把人送往太空吧。”

“最近每年有多少人往返于地球和太空？”

“请稍等……”

兰森先是在椭圆形桌子上调出触屏键盘，然后唤出重力研究所的智能电脑并询问起来。

“从去年的实际情况来看，离开地球的人员有2200多万。不过其中的绝大部分……大概1800万人是前往月球和L4、L5的，即属于前往地球周边的游客。从火星或更远的地方，往返地球的人员累计只有400万人。”

“只有这么点人啊……”韦伯皱着眉头喃喃地说道，“要在两年内让这个数字翻10倍，恐怕有点……”

“完全不现实。”兰森摇摇头道。

“现在，载客量为500到1000人的摆渡船只有600艘处于运营状态。备用的也只有150艘，此外全世界共有120台用于货运的质量加速器。目前，每艘飞船在卫星轨道和地球之间平均每月往返3次。从已有环境和其他条件来看，要想把这个运转率提高3倍是不可能的。如果要用质量加速器来运送客运集装箱……总之，不管怎么说，都必须增加飞船的数量。或者……该怎么办呢？要不要让地球那边也来制造飞船？”

“汉堡、川崎、西雅图……除此之外，全世界最多还有三四家值得信赖的工厂了。”温克尔副主席说道，“话说回来，如果是现在订购，又能造出几艘呢？就算NC程序全部由这边提供，那材料呢？这些也要由太空这边供应吗？”

“只能这样试试看了。”韦伯耸了耸肩说道，“就算是给大家一个安慰也好。”

“太空这边怎么办？”兰森问道，“太阳系开发机构……能马上进入紧急模式吗？”

“不，再等等看，”韦伯沉思道，“除了企划本部的工作人员，对其他人员我们还要继续保密。对于通信航行管制局总部，只向高层通报情况，先把准备工作做好。在企划总部组建‘X对策总部’，要彻底摸清楚，除去整个开发机构目前正在着手的工作和项目，咱们究竟还有多少生产余力，还能挤出多少力量。期限是……4到5天。我们这边会与你们同步着手制订转向X的大致计划。从第3天开始，两边对接，一周后确定方向。剩下的只能看地球上的政治家决定什么及如何决定了。”

“我想问您一件事……”兰森颇有点不满地问韦伯，“我听您对奥弗特委员长说……不会对太阳系宇宙空间里的5亿人采取特别的避难措施，而是会优先考虑住在地球上的人，是这样吗？可宇宙空间里也同样有女人和孩子啊。”

“兰森……”韦伯的声音突然哽咽起来，“这我知道……我们当然要尽可能地让母亲、孩子和老人们都加入避难队伍中。但是……我们是宇宙方面的专家。而且，作为最前沿的太阳系……宇宙空间，对于我们来说是赌上了一辈子的工作场所。你要考虑到这一点……”

“我明白了……”兰森垂下双眼，喃喃道。

对话一中断，椭圆形长桌周围便弥漫起一股疲惫的气息。纳里卡主席已经趴在桌子上，发出一阵轻微的鼾声，提前一步进入了梦乡。温克尔副主席和穆罕默德·曼苏尔也在不停地打着哈欠，看起来疲惫至极。

“对了……”好不容易逮到说话机会的英二有些胆怯地开口问道，“之前的那个‘JS计划’的……U阶段该如何调整呢？”

韦伯朝英二看过去。他那双布满血丝的眼睛不知为何竟隐隐透露出一种慈爱和温和。

“再坚持一段时间……我想想，再坚持7天到10天……就这样吧。还有，你需要留在这里一段时间。我要先回一趟莱布尼茨总部，两三天后会再回这个研究所。总之，在之后的一个星期内，对于太阳系开发机构的中枢部门，也不会公布‘X问题’。因此，虽然有点对不住这个研究所，但接下来的一周，这里——这个研究所的地下6层和5层将被作为‘X问题’的秘密情报中心。”

说着，韦伯又将目光从英二身上移开，投向了别处。

“‘JS计划’第一线的那帮家伙应该很生气吧。虽然我给你们的‘授权’在形式上还没有取消，但你们接二连三地接到了高于‘授权’的机密紧急指令。”

“可是，他们把那些指令都扔到一边了。”英二回想着木星那遥远且巨大的红色身影，说道，“您知道卡洛斯·阿尔瓦雷斯这个家伙吗？如果放任他折腾一个星期，机密紧急指令什么的都会被他抽骨去芯，编入U阶段。论要手段，他绝对是太阳系首屈一指的厉害人物。”

“那也没关系。就继续放任他折腾一个星期吧。不过，你千万不要从这边主动联系他们……‘巨眼’的那帮家伙终于捕捉到了X点，现在正在对轨道要素进行精密检查，他们会将之与太阳系的运动轨迹进行比对，这样就能更准确地计算出碰撞的路线和时间了……误差估计能缩小到几天到几小时之间。”

“只是，它会径直冲向太阳吗？在那之前，不会有外行星被吞没或拖走吗？”

“这些问题，负责‘巨眼’的那帮家伙会帮我们搞清楚的。这些应该取决于X点进入太阳系行星轨道内时与行星的位置关系吧。或许冥王星也会连带着卫星‘卡戎’被一起干掉。那种质地脆弱、主要由轻型气体和冰构成的行星，就算是作为飞船船队的临时避风港，恐怕也起不了多大作用，即使真的被黑洞吞掉也没什么可惜的。”

“逃亡船队肯定是要朝着与X点行进方向相反的方向离开吧？”英二考虑再三后说道，“碰撞发生时，哪怕只是暂时性的，如果能让远方的行星作为移民团的临时避难所，其实也不错。”

“这个嘛，怎么说呢……如果太阳的辐射量像新星爆发一样瞬间增加到10万倍以上，那么冥王星附近的大部分东西应该都会被熔化并蒸发掉吧？”

“如果真是那样的话，冥王星附近的辐射量将达到水星现在所受辐射量的10倍以上。但是，如果用远方巨大行星的‘影子’作为临时避难所……”

“总裁……”这时，墙边的通信员突然回头说道，“刚刚火星上一位名叫米莉森特·威廉的女性给总裁发来了一条私人信息。这是一份不算特别紧急的普通亲启报告……您需要马上看吗？”

第八章

倒计时

1. 地球上的秋天

仿佛是为了弥补因夏天气候异常而造成的缺憾，这个秋天，地球北半球的中纬度地带，始终都是阳光和煦、气候温和的好天气。

在亚洲、美洲和欧洲，蔚蓝的天空犹如水洗过一样，偶尔才会飘过几缕淡淡的白云。在金黄色的暖阳照耀下，大地上的树木都仿佛披上了一层金色纱衣。树叶开始慢慢变红，地球上的万物正在迎来一个丰收的季节。

在北京，已经刮起了北风，怕冷的人已经在夜里套上冬装；在遥远的西北山区，冬天的气息越来越浓。在巴黎，布洛涅森林里的树叶随着掠过的秋风四散飘落，每个街角都可以嗅到和去年记忆中一模一样的烤栗子香味。美国东部某些大学的古旧建筑上攀附着的常春藤叶子，不知在何时已经变成鲜艳的红色，就连不久前还穿着清凉服装在校园里散步的学生，也纷纷套上了粗花呢或法兰绒的大衣。

日本各地逐渐进入了红叶的最佳观赏期，来自世界各地的旅游团纷至沓来。人们对于东亚传统活动的热爱所引发的世界性热潮，虽然在21世纪末到22世纪初一度有所消退，但依然保持着非常高的人气。每年的这个时候，都有超过2000万的游客从日本以外的地方赶来。不过，无论是在日光、藏王，还是在京都的高雄、奈良，得益于旅行社对旅行路线的巧妙安排，倒并没有给游客留下拥挤的印象，甚至那些由电脑控制的巴士和交通工具也只进行了0.1秒的微调。

秋天也是一个体育赛事异常密集的季节。各大洲纷纷举办国际田径锦标赛，争夺即将于11月上旬举行的世界大赛的参赛名额。网球、高尔夫、棒球、足球、橄榄球、美式足球等职业和业余赛事的日程安排得非常密集，简直像一张密密麻麻的大网一样覆盖了整个地球。此外，著名的泛美公路汽车拉力赛、横跨澳大利亚拉力赛和穿越非洲越野赛等汽车越野赛事，以及横跨太平洋和大西洋的航空比赛也相继拉开了序幕。不仅是体育赛事，北半球的秋季也是话剧、歌剧、交响乐和流行音乐等交相辉映的季节。各式新款时装在巴黎、莫斯科、北京、纽约、东京和开罗等大城市竞相亮相。

在这秋色渐浓之际，地球上的人们纷纷拥向这些全球性的活动和庆典。这是一种既不同于春天到来时才会有的终获解放的感觉，也不同于夏季烈日下那种汗流浃背的狂热，而是一种自带内在满足感的实实在在的快乐。在这个季节，人们或是在澄澈的碧空中用眼睛追逐着棒球比赛中那白色小球的飞行轨迹，或是在古老的寺庙前观看穿着五颜六色传统服装的舞蹈，然后在凉意渐起、暮色渐浓的黄昏时分，返回家中或酒店，换上正装后再度前往剧院、音乐厅或豪华酒店的展厅，与朋友们一起尽情欣赏戏剧、歌剧或音乐，最后回到酒店的休息室或是直接去街上找家有名的餐厅，一起吃饭喝酒，敞开胸怀彻夜畅谈。——室内灯光明亮，温暖宜人，金银餐具锃光瓦亮，玻璃酒杯在灯光的照耀下闪烁着迷人的光芒，桌子上不时传来一阵阵的欢声笑语。不过，当喧嚣渐渐退去、周围沉寂下来时，在这夜色浓重的星空笼罩之下，人们在室内又能通过皮肤真真切切地感受到深秋的日益临近。

这就是最近几个世纪以来，地球北半球文明地带的人们所津津乐道的品味秋天的方式。尤其在今年，秋天来得比往年更早一些，日子也更为平静，所以人们也能够比往常更长久和更深切地去品味这一切。

在围绕太阳公转的轨道上，地球已经从秋分点离开，并向着冬至点至少迈进了1/3的距离。地球每绕着与它的公转轨道呈23.5度夹角的自转轴转一圈，太阳的光和热射向南半球的时间便会变得更长一些，而地球的南半球也在这一过程中逐渐迎来了属于它的初夏时刻。

50亿年前，在宇宙一角聚集的大量尘埃和气体中诞生了最初的太阳系，大量的物质在不断集中并形成秩序的过程中释放了重力势能。于是，地球这颗小小的岩石行星通过重力势能获得了最初的动能，并一点一点地与宇宙空间进行能量的交换。与此同时，它像一个飘浮在宇宙中的巨大时钟一样，一边自转，一边围绕着母恒星公转。它的旋转周期在这漫长的岁月里一点点地发生着变化。但自从智慧生命出现在这颗行星上并开始对时间计量之后，地球的旋转周期就再没有发生过太明显的增减，而是像时钟一样走得极为正确和精准，一直以一天258万千米的速度在围绕太阳公转的轨道上不停移动着。现在，突然有一颗破坏力惊人的“黑色子弹”从天空的另一端袭来，向这个不停运动了几亿年甚至几十亿年的巨大时钟的中心奔去……

这个北半球的秋天，玛丽亚是在京都大原深处一个看上去很传统的乡间小屋里度过的。

自从在L4宇宙殖民地的信息处理卫星上，因为给大型计算机的操作中心安置炸弹而被捕以来，玛丽亚就陷入了相当严重的抑郁状态。在被L4安全局拘押期间，杜妈妈曾和她进行过一次深度交谈——虽然最初并没有这个打算——在镇静剂的作用下，玛丽亚接触到了隐藏在意识深处的东西；另外，因为每次行动时她都会按照安妮塔的命令，服用接近危险水平的兴奋剂，所以当她被遣送回地球时，精神状态已经不太正常。不过，在地球上的审判对她来说还算友好。和其他成员不同，在经过一场简单的审判后她就被宣布暂缓起诉。作为替代，她将在一年内不得离开位于佛罗里达的朱庇特教团的私有土地，而且每月必须前往一家不属于教团的指定医院接受两次检查。

但是，还不到一个月，她的身影就从教团的海滩上消失了。其实不仅仅是玛丽亚，和她一起参与袭击计算机操作中心的那伙人中，除了一个人被判监禁两个月，其他受到罚款和管制处分的人也都相继从佛罗里达神秘消失了。

代理人以财团形式管理玛丽亚祖母留给她的遗产，原本打算在得到法院的许可后，就将玛丽亚转运到加拿大的曼尼托巴精神疗养院。然而，就在出发前一周的某个深夜，不知是谁派来一艘直升飞船，从教团的海滩将玛丽亚接走，并转运到了海上的一艘飞艇上，又经由中途岛把她带到了神户，接着将她带到现在这个位于京都东北部大山深处的乡间小屋。

一开始，玛丽亚还以为这一切是安妮塔安排的。可是，从她被从海滩接走到现在，安妮塔的身影一次也没有出现过。从中途岛途经神户再到京都的这段路程，待在她旁边的只有一个名叫恩里科·莱昂内的男人。这个男人身材矮小，上唇留着一簇小胡子，给人一种凶残和阴狠的感觉。

玛丽亚很喜欢大原深处的这间充满日本民俗风格的乡间小屋。在这里，她并没有受到特别的监视，只有一位从神户赶来的不爱说话却和蔼可亲的华裔中年护士和她住在一起，负责照顾她的生活起居。

刚来这里的头3天，玛丽亚虽然没有吃药，却昏昏沉沉地睡个不停。

从第5天开始，她的精神才有所好转，也终于有了食欲，甚至有精力在这个几百年间都没什么变化的山村里四处走动一下。但是在玛丽亚到这里刚满一周的那天，当她看到仿若涂上一层水彩色的山峦上突然掠过一阵灰色的骤雨时，抑郁症再度发作，她抱着头蹲在房间的角落里。这之后的两三天里，玛丽亚什么东西也不吃，也不说一句话，只是不停地哭泣着。

护士没有给她注射镇静剂，只是在一旁温柔地劝解着。后来，就连住在附近的一个年轻漂亮的尼姑也实在看不下去了，于是赶来一起劝说。在这位尼姑的一番努力之下，玛丽亚终于开始喝水和吃药。

待到玛丽亚终于能够吃点东西并想要出去看看时，四周的红叶已经过了最佳观赏期，早晨和晚上愈发寒冷。深山里的秋天持续的时间很短，晚秋的气息总是比平原上来得更早一些。不过，到了晚上，四周依然可闻成片的虫鸣声。月亮升起时，原野上的芒草穗上沾满夜露，在月光的照耀下恍如白银一般璀璨。夜风拂过，整片原野上的芒草便会随之起伏荡漾，远远望去像极了一片银色的海洋。

这天晚上，那位年轻貌美的尼姑再度来到玛丽亚居住的小屋，随身还带了一包点心、一个插花用的水盘和一把剪刀。尼姑在廊檐上拔下几根芒草和不知名的野花，将它们插在了水盘里。

“这就是插花吧……”玛丽亚好奇地看着尼姑的动作，喃喃地说道，“这还是我第一次现场观看插花。”

“其实现在已经过了插芒草的季节。”尼姑用略带京都口音的英语说道，“不过，当我昨天看到月光照在芒草穗上时，突然萌生出想要将干枯的芒草也插上去的想法。”

“可是，那边的野花不是还没有枯萎吗？”玛丽亚小口啜饮着香味浓郁的茶，打趣地问道，“作为一个佛教徒，剪下有生命的东西也是可以的吗？”

“这些花很快就会因为霜冻的到来而枯萎……”尼姑手里拿着一株开着粉红色花朵的小草，有些难为情地笑着说道，“即使它结出了果实，撒下了种子，也并不意味着明年就一定会发芽，绝大部分都会死掉……植物之间也会通过释放有害物质相互争斗，抑制竞争物种的发芽，或使其成体枯死，你知道吗？”

“可是，如果人类介入其中，杀戮或破坏它们就不好了……”玛丽亚插话道，“人类没有权利这么做……当然如果像芒草那样种子脱落且已经枯萎的东西，就另当别论了。”

“所有生物都是靠为彼此创造出来的盈余而生存……”尼姑站在插着芒草的水盘旁，一边插着那株野花，一边说道，“而且……这些野草的本体并没有死掉，因为它们是多年生草本植物。它们深埋在地下的根茎依然活着，过了这个冬天，到了明年还会再次发芽、开花。”

“这个回答可不怎么样……”玛丽亚笑着说道，不过她并不打算就此放过这个皮肤白皙的美丽尼姑，于是继续说道，“那如果是一年生草本植物，在它还活着的时候是不是就不应该收割了呢？”

“生命，到底是什么呢？玛丽亚小姐……”尼姑一边继续手上的动作，一边微笑着问道，“在我进入佛门之前，就觉得生命非常不可思议，所以在学校里还特意学了一阵子生物学，当然主要是植物学……所谓生物，就是可以通过自身的活动，将地球表面上的各种物质，以各种形式进行搬运的存在吧。每个生物的物种和个体，都可以将这些物质以各种各样的形式存储起来……无论是植物、动物还是我们人类，最初的组成元素都是完全一样的，所谓的不同也仅限于外在的形态……虽然每个人类个体都是无可替代的，且都会在某天走向死亡，但人类的‘种子’会不断经历生死的轮回，一直存续下去。‘种子’或许会在某一天走向消亡，地球上的所有生物，也都会在某一天失去生命的形态，再度返回到生命诞生之前的物质状态。”

“那心呢？”玛丽亚问道，“人的灵魂呢？”

“是指那种可以看到的美丽或不可思议的生命……吗？”尼姑歪了歪头说道，“不过，玛丽亚小姐，我们还是不要再提这个话题了。如果你再因为各种事情而陷入苦恼之中就不好了。”

尼姑把剪刀放在一旁，又把水盘推到廊檐边某个适当的位置，然后娉娉而起。

“重新沏壶茶吧。顺便叫下那个护士吧。”

“她正在洗澡……估计得等一会儿。”玛丽亚回答道。

水盘上那株只剩下白色绒毛穗子的芒草在夜风中微微摇曳。在它那已然变成茶色的茎干旁边，还插着一株茎干为浅绿色、长着小小的叶子和粉红色花朵的很不起眼的野花。在尼姑的精心打理下，早已干枯的芒草的叶子和茎干仿佛再度挺直了躯干。

这幅场景就像一个幼小的生命正在鼓励一个早已衰弱无比、满头白发且身形佝偻的老婆婆要坚强地活下去。当夜风拂过芒草穗时，这幅景象又像极了一位虽已衰老却依然挺立的老婆婆正在温柔地对年幼的孙儿点头。

玛丽亚盯着那株芒草，脸上写满了不可思议。她被插花这门神奇的艺术深深震撼。它能够让即将枯萎并化为泥土的东西重新组合在一起，并创造出更高级，甚至接近戏剧性或象征性的形式。

“今天的月色可真不错……”尼姑从厨房里端着茶具走了出来，感叹道，“要不要把灯关掉？”

玛丽亚没有说话，不过，很快就从房间的一个角落里传来一阵轻微的响声。灯随即熄灭，取而代之的是皎洁的月光，从窗外径直照入约8个榻榻米大小[①]的房屋中央。

水盘上的芒草穗在月光的照耀下，在地面上留下一道长长的黑色影子，从廊檐一直延伸到了榻榻米上。尼姑把盛着茶具的托盘放在廊檐上。

随着屋内灯光的熄灭，不知为何，四周草丛里的虫鸣声瞬间变得清晰可闻。

“好像已经不怎么能听到金蛉子的叫声了……”尼姑侧耳倾听着，自言自语道。

“以后每晚的虫鸣声都会越来越少，最后估计只剩下地板下的蟋蟀还会继续叫了……”

接着，尼姑将头转向玛丽亚的方向，用眼神询问玛丽亚是否要到她旁边来。于是，玛丽亚从客厅里走出来，也坐在了廊檐上，将双腿从廊檐垂了下来。

正值满月，夜空中不见一片云彩，却能看到不少星星。

玛丽亚就像沐浴在阳光中一样，将脸朝向月亮，惬意地闭上了眼睛。

“玛丽亚小姐，你经常来日本吗？”尼姑端起一杯茶递给玛丽亚后问道。

“没有，也就来过一两次……不过，能这么悠闲地品味日本的秋天倒还是第一次……”

说到这里，玛丽亚突然想起，日本……这里不正是英二的祖先生活的地方吗？虽然英二是在火星上出生的……

“你有喜欢的人吗？——对不起，我总觉得你的眼神告诉我你有。”尼

① 约13平方米。——编注

姑微笑着说道。

“确实有……不过，他现在正在木星附近工作。”

玛丽亚用眼睛在夜空中搜寻着，虽然是满月，但她还是一眼就看到了闪耀着红色光芒的火星，以及木星……

“无论是在月球、火星还是木星上，现在应该都有很多人在工作吧……”尼姑抬头望着月亮说道，“我还从来没有去过太空呢。那里一定非常壮观和美丽吧……”

“不！才不是呢！”玛丽亚突然大吼起来，“太空……压根就不是人类该去的地方。人类最好不要移居太空……像这样静静地从地球上远眺月亮和星星才是我们最好的选择。”

玛丽亚抬头望着月亮和木星，目光中充满了伤感。两个女人在寒冷的夜晚倾听着阵阵虫鸣声，一边喝着茶，一边抬头望着月亮、火星和木星。这时的她们还不知道，为了应对从遥远太空不断逼近的巨大威胁，人类正在为一场规模巨大的战斗秘密做着准备……

2. 暗战

在地球和太阳系的隐秘角落里，一场表面上完全看不到的波澜正在不断扩散。

波澜在看似平静的海面下暗暗涌动着，就像内部蕴藏着巨大破坏力的海啸一样，以大多数人感受不到的极低的振动频率，晃动着包括地球在内的整个太阳系社会的基本结构。

相比于地球，这种暗流下的涌动在太阳系宇宙空间扩散得更为迅猛。有人原本打算和往常一样预约从火星飞往月球的客运飞船，却郁闷地发现从现在到两周之后都无票可售。在小行星带边缘地区从事观测研究的学者们翘首以待的观测材料被突然通知将延期送达，而当他们吃惊地询问究竟发生了什么事，以及何时才能送达时，对方却回复他们也不知道。还有一家人正在L5宇宙殖民地上等待时隔几个月、即将从遥远的外行星空域执勤归来的男主人，妻子却意外地收到了一条冷冰冰的消息，说他的丈夫临时接到了紧急任务，在接下来的几个月内都无法返回。

某个专门负责建造高级飞船的太空工厂，接到了来自地球的VIP专用豪华太空客轮和宇宙殖民地酒店部的订单，在它已完成设计、准备订购材料并马上开始建造时，却突然发现在整个太阳系宇宙空间都找不到需要的原材料或机械和器具等的库存。这家工厂的负责人顿时陷入恐慌之中，一边紧急派人前往宇宙空间的各处仓库搜寻材料，并尽量跟客户协调延期交货的事宜，一边向材料制造厂商询问下次的发货时间，表示只要能够尽快交货，他们不惜主动加价。但遗憾的是，无论哪家厂商，给他的反馈都一样，即他们也不知道下次交货的时间是一年后还是两年后。

最后在使尽浑身解数之后，那家工厂终于在表示愿意接受质量差和价格高的前提下，从地球上的各个制造厂商那里搜罗到了制造所需原材料的70%，而剩下的30%则打算使用自家工厂里的陈旧设备和机床来制造。然而，地球发过来的第一批货物极其诡异地在卫星轨道的转运点消失了。就在他们全力追查货物下落的时候，地球那边又传来一个噩耗，说本应搭第二趟航班的物资因为“上级”的紧急指令，被临时调配去了别的地方。出离愤怒的工厂负责人实在搞不明白这个“上级”到底是何方神圣，也搞不明白为什么自己通过正规的订货手续购入的材料和零件，明明已经过了交货日期，却被调配到了别的地方，这分明是违法行为。虽然他向法院申请了紧急处理，关于货物究竟被运往了何处，却一直没有收到回复。气急无奈的他只好选择打电话给地球上的发货公司，可是接电话的并不是公司的负责人，而是一个自称搬运工的男人。

“这家工厂已经没有人了……”对方回答道，“有人委托我把这个工厂里的设备都搬运到一个新的地方，我已经搬得差不多了，现在只剩下冰箱和按摩椅之类的东西了……机器要搬到哪里？这个我就不知道了，我们只是负责把机器拆卸下来并打包，然后搬到机场的货运飞机上，至于发货单什么的会直接寄给机场。”

就在工厂负责人被震惊得目瞪口呆时，工厂的主任技师和副技师又先后给他发来了信息，说应某人的要求，他们将不得不离开工厂并前往新的工作岗位，可是下订单的客户又通知他说会在一周之内前来工厂视察……负责人一时不知道如何是好，几乎要抓狂了，只好四处求朋友帮忙。

而那个原本打算以宇宙观光的名义从地球前往那家工厂访问，并视察豪华客轮制造进度的有钱有势的客户，发现不管如何动用与高层的关系，依然无法弄到一张前往太空的船票。所有航班都被“官方”预订一空，而且不知什么时候才会有余票。这名客户几乎要被气疯，与此同时，他与自己下订单的那家工厂之间的联系也突然中断。当他要求身在附近某个太空基地的一名代理人前去调查时，才发现那家飞船建造厂连同其负责人早已原地蒸发。他开始怀疑这是一起有预谋的犯罪，至少是一起欺诈事件。正当他张皇失措时，才发现承揽方不知何时已通过法院与他解除了合同，并支付了一笔相应的赔偿金。因此这个订单在法律上已经不再具备相应的约束力了。

通过这些事，人们慢慢注意到，在包括地球在内的整个太阳系社会，似乎正在发生着什么。但是，这个奇妙变化的背后究竟隐藏着什么，地球上和太阳系宇宙空间内的190多亿人中的绝大多数却完全没有察觉到，也没有被告知。知道背后真相的只有在联邦政府、太阳系开发机构和世界天文学联合会中占据核心位置的极少数人……

不过，在太阳系宇宙空间内知晓这个秘密的人数已经有好几千人，接着达到了上万甚至好几万人。与此相反，在地球上，真正知晓危机真相的却只有100人左右。在联邦总统府内，关于何时、以何种形式对外公布这个危机，以及在此之前通过什么样的程序、采取什么样的对策、如何看待这次危机等问题，总统府的幕僚们展开了激烈的争论。全球各地的大学和研究所的著名优秀社会学家、经济学家、政治学家和通信工程学家们，相继被总统府秘密接到了一个远离人烟、位于大山深处的政府的别墅内。在这里，他们可以通过秘密线路与外面的各个数据库时刻保持联系。对于一个如此庞大的项目，他们就像在拼一幅巨大的拼图，需要一边保持整体模式的平衡，一边对细节逐一讨论。

就在这个时候，世界联邦总统雅各布·明博士接到了来自参议院宗教及哲学问题委员会委员长阿尔丁·沙德里克的邀请，对方希望他能出席该委员会组织的一次例行午餐会。

不过总统年事已高，而且因为应对“X问题”，已经不分昼夜地连续工作了好几天，身心都太过疲惫，所以就以健康状况不佳为理由，委托同样疲惫的副总统舒克洛夫斯基代为出席。

就在副总统前往距离总统府1000多千米外的某个大城市参加午餐会时，参议员沙德里克却突然造访总统府，并希望与总统会面。虽然他名义上是来探望总统的健康状况，但总统刚接到他来访的消息时，就立刻猜透了他的本意。他和沙德里克的见面是迟早的事，不管对方采取什么态度，他都必须与沙德里克所领导的政治势力进行协商，这是不可避免的步骤。

所以在沙德里克提出会面请求后，总统立刻让24小时随侍的医生给他注射了药物，然后才郑重地邀请他的“政敌”来到办公室内。

很快，参议员阿尔丁·沙德里克就迈着轻快的步伐，大步跨进了总统那间简朴的办公室内。沙德里克与总统仅仅相差几岁，即将年满90岁，他穿着一身非常合身的珍珠色高级西装，身高足有1.92米，身材魁梧而挺拔。

“好久不见……”参议员沙德里克说话时，嘴唇上方那簇经过精心修剪的花白胡须在微微嚅动，“有人对我说您的身体状况很糟……确实，您看起来精神状态不太好。”

“还不是拜今年夏天的异常气候所赐……”总统走到椅子旁，勉强地笑了笑，“上了年纪，气候一反常就会受到影响，因此很抱歉没能去参加今天的午餐会，不过我已委托副总统代我出席了……你不出席也没关系吗？”

“比起午餐会，我更担心阁下的健康……且碰巧我正在首都……”参议员的眼睛里闪耀着灰色的锐利光芒，“近来事务繁忙，想必您一定累坏了吧？”

“确实……这段时间以来，宇宙开发问题特别委员会的委员长、副委员长都因为意外而死亡，气候异常又导致各地灾害频发，我们忙得不可开交……”总统故意装糊涂道，“这次任期结束后，我也准备彻底退隐了……我的年纪也大了，不可能一直承受这么繁重的工作。”

听到总统这么说，沙德里克参议员那鹰隼般的眼睛顿时好似蒙上了一层薄膜，闪烁着犹疑不定的光芒。他将参加下届总统竞选的事情早已不再是秘密。按例，在联邦议会的参议院和众议院的选举结束之后，将由议会对总统候选人进行投票表决。因为沙德里克的性格过于强势，所以他不太可能直接无条件当选。即便如此，他依然拥有极大的优势，因为目前根本找不到比他更强的候选人了。如果他参选，很有可能在第二轮投票中就获得过半数的选票。当然，他自己早在好几年前就开始为此事积极谋划了。

“您不要再开这样的玩笑了……”沙德里克低声说道，“对了，我有件事想拜托您，只需要5分钟，可以不用录音吗？”

“为什么你会这么说？”总统摊开双手道，“从一开始就没有录音。要不要检查一下？”

沙德里克参议员瞪大双眼，狐疑地环视了周围好一会儿，才垂下双眼，压低声音说道：“您打算何时……向议会及公众公布？”

“公布什么？”总统把椅子略微旋转了一下，反问道，“关于什么事？”

“您别再装糊涂了……”参议员的眼眸深处燃起了一团隐隐约约的火焰，“我也有很多情报来源，包括宇宙空间那边。”

“关于何时、以何种形式对外公布，我的幕僚们还在讨论。不过，应该很快就会有结论了。您作为公职人员，在信息正式公布之前，还请务必保密，参议员先生。”

“这是自然，我一定会全力配合……不仅如此，我也愿意用我所掌握的全部力量来拯救阁下和联邦政府。”沙德里克参议员的声音变得愈加低沉，“我的力量随时都可以动用。总统阁下……不知阁下是不是现在就需要我的协助呢？”

那是当然……总统的话刚欲出口，又马上咽了回去。因为他突然意识到，参议员提出愿意帮助解决人类社会面临的危机一定不会是毫无条件的，而很可能是一种交易。

“总统阁下……阁下已经连任这一要职两届了，最近又面临这一前所未有的巨大危机，您年事已高，却肩负着如此紧要而又繁重的工作……您自己是如何判断的呢？面对人类社会从未遇到过的巨大危机，您是否有自信仅仅凭借您一个人的力量就处理好呢？”

“不管有没有自信……我现在都必须承担起这一责任。既然站在这个位置上，我就只能竭尽全力。这是我的职责所在……”总统转动了一下椅子，望着窗外说道，“当然，光靠我一个人的力量是不可能处理好所有事情的，所以我需要我的幕僚，以及像你这样拥有聪明才智的优秀人才的全力协助。现在，我们正在将具体情况逐步告知其他人，很快就会有1万人……”

“但是，在190亿人类中，只有一两亿甚至更少的人才有可能逃离太阳系。您真的认为这种想法能得到所有人类的同意和支持吗？”

总统的脸上闪过一丝极为痛苦的神色。他剧烈地咳嗽了两三声。

“关于人选的问题……无论怎样努力，要想得到完全的同意和支持，都是极其困难的，甚至可以说是完全不可能的。但是，我们没有别的选择。”

“与其这样，还不如选择完全不向大众公开的方案，您考虑过这么做吗？”

总统盯着参议员的脸，脸上露出一副怀疑自己听错了的表情，又似乎再询问对方："你说这话是认真的吗？"

但是，沙德里克参议员的脸始终保持平静，眼神冰冷而又充满力量。

"那样……"总统用嘶哑的声音说道，"那样做的话……有悖于选民对我的信任，也有悖于我身居的这一职位。"

"不过，还是请您务必好好考虑一下……"参议员那刻有浅浅皱纹的脸颊上，浮现出一丝嘲笑的意味，"如果考虑这么做，事情就会变得简单许多，相应地，也能发挥最好的效果……在很久以前，当癌症还是一种不治之症的时候，一旦病情发展到一定程度，患者本人是不会被告知真实病情的。与其将真相告诉那些知道自己无法存活的人……告诉大部分人他们肯定会在接下来的几年内死去，让他们痛苦至死，陷入狂乱状态，进而干扰到我们苦思冥想后才终于想出来的最佳措施，还不如……"

"稍等一下……"总统的脸已经因为过于愤怒而变得缺少血色，"这压根就不是一回事。即使预测到会发生足以使政府的存续受到威胁的混乱，站在被信任者的立场上……"

"这种混乱难道不会导致人类无法做出最佳选择吗？"参议员的眼神亦变得冷峻，仿佛在窥探总统的内心，"我想你恐怕没法做出这一'最佳选择'。你是在公众的支持下才走到这个位置的……这也变成了你自身的一个弱点。因此，面对这场前所未有的巨大危机，你很难用更强硬的手段或者更冷酷的意志来贯彻这一最佳选择。"

"你想说换成你就一定能够做到，是吗？阿尔丁……"总统盯着沙德里克的脸，生气地说道，"不告诉人们真相，仅仅依靠少数人秘密行事……即使这样做真的能取得最佳效果又如何……"

"是的，我觉得你做不到，但我可以……"沙德里克紧绷着脸，用毫无感情的冷酷语气说道，"因为你能依靠的只有你自己的良心，我却信奉远比弱小和零散的人类良心强大的——远远超越人类存在的神的意志。通过聆听来自宇宙深处的永恒之声，我不会对有限的人类个体的逝去而感到伤心，也不会让自己的判断受到影响，只要有利于人类在这个宇宙中的存续，我就能毫不犹豫地做出最佳选择……"

"抱歉，我可能不得不去处理别的工作了。"总统把手伸向办公桌，按下蜂鸣器，说道，"非常抱歉，会面的时间有点短。"

“换作我，一定可以做到。我会证明给你看……”沙德里克参议员向前探出身子说道，“如果因为程序上的问题，你很难马上移交权限……至少，可以先让我来拯救你。你需要一个强大的意志来拯救你，而这种意志只有在彻底看清宇宙和人类的本质之后才能诞生。这也是为了人类……”

“很遗憾，阿尔丁……”总统突然对着沙德里克微微一笑，“我听不到你一直在倾听的‘神的声音’。我能听到的声音似乎和你听到的声音完全是两回事。”

3.“X计划”

在位于火星卫星轨道上的OPDO-3S——外行星开发机构总部第三支部卫星的休息室里，本田英二遇到了一个令他意想不到的人。

OPDO-3S原本是作为火星上外行星开发机构总部新的信息通信中心而建设的。在“X问题”出现时，这个总惯性质量达到6.3万吨、定员450人的太空基地已经完成了将近98%的外部装修和95%的内部装修，甚至部分通信功能也已正式启用。

不过，在地球联邦总统和副总统、公共安全委员会委员长、太阳系开发机构及世界天文学联合会的主要成员陆续秘密造访月球表面的H.G.威尔斯重力研究所，并就“X问题”召开紧急秘密会议之后，OPDO-3S就变成了“X问题”对策总部的核心部门。随即一条指令下达，对OPDO-3S的部分细微功能进行了变更，并让其直接受太阳系开发机构总部管辖。

在秘密会议进行至最后一个阶段时，英二奉命从密涅瓦基地来到了H.G.威尔斯环形山，随即他作为“X计划”的筹备组成员，又被派往OPDO-3S，参加将信息通信系统纳入“X计划”专用的中枢系统的工作。从那时起，在非公开场合，OPDO-3S也被称为OPDO-AX，不过这一名称的变更尚只限于外行星开发机构总部的部分人知晓。

英二一直在犹豫，要不要对密涅瓦基地的实施总部发出通知或指令，告诉他们JS计划已中止或已变更。可是韦伯总裁反复对他说：“暂时什么都不要告诉他们。在接下来的一段时间内需要保持原状。”

变更OPDO-AX上的部分功能一共花了3周左右的时间。而从工作尚未结束的第二周开始，“X计划”所需的工作人员就陆陆续续从月球、L4、L5、火星和小行星带抵达OPDO-AX这个太空基地。目前光学、无线电和X射线望远镜卫星群“巨眼”——正在对不断向太阳系逼近的黑洞X点进行不间断观察。这些工作人员则负责解析从“巨眼”不断传输过来的相关信息，并将其纳入“X计划”的零阶段（即综合准备阶段）的基础条件之中。

OPDO-AX基地原本只能容纳450人左右，但某一段时期，因为负责功能紧急变更的工作人员和负责零阶段的工作人员集中拥入，OPDO-AX上的人员总数一度达到了550人，超过定额100人。此外，由于居住空间的很大一部分要么被搬运来的各种设备占据，要么被当作临时会议室，部分工作人员只能在办公的地方放上床垫和睡袋用来休息。

3周后，功能变更方面的工作基本宣告结束，不过英二继续以借调的形式，作为X计划总部的附属职员被留在了OPDO-AX上。兰森被总统府叫去了地球，返回火星的时间比原定时间推迟了一周以上。而韦伯则在大约10天前就来到了火星，不过他暂时还没有在OPDO-AX上露面。

不知不觉间，英二已经在OPDO-AX上度过了一个多月。

英二的工作非常忙碌，以至于每天的平均睡眠时间只有三四个小时。饶是这样，英二依然对自己负责的“JS计划”念念不忘。他的心底一直对“JS计划”和参与该计划的伙伴们怀着一种深深的自责。他现在参加的“X计划”还停留在零阶段，仍处于绝密状态。筹备组成员严禁与外部进行任何私人通信，和外界的一切联系都交由保安部派来的特命管制官全权负责。因此，英二甚至没法向密涅瓦基地发送一条“暂时无法回去”的通知。

密涅瓦基地的布克、卡洛斯和智能电脑南希都在干什么呢？……原本需要花费将近5年的时间才能完成的“JS计划”——“木星太阳化计划”，在大家不眠不休的疯狂努力下，仅用了不到原计划一半的时间，即只用了2年左右，就进入了U阶段……另一方面，由于他们不知道的某个原因，原本应该优先调拨给他们的材料和设备，却一个接一个地不见了踪影。作为现场最高负责人，本来要去找上级抗议，但从基地出来后已经5周多了，却一次也没有再和基地联系过。而且……离开基地时他说的是去月球，但离开月球之后他又去了哪里，却并没有告诉布克他们。

在月球背面的H.G.威尔斯环形山待了几天后，英二就和几十名刚认识的伙伴一起搭乘直达航班飞往火星，然后再度飞往OPDO-3S。和他同时抵达OPDO-3S的，还有在月球和火星上收集的通信器材和智能电脑……此后，英二就作为兰森的代理人，每天都疾风暴雨般疯狂忙碌着，过着几乎没有一丝闲暇的日子。所有的信息和通信光缆都陆续向OPDO-AX汇集而来。在接下来的一周里，这个太空基地将会汇集包括地球和太阳系宇宙空间在内的所有人员、技术和物资情况相关的实时数据，并与每时每刻都从“巨眼”传送过来的有关X点动向的信息相对接。接下来最大的问题是，如何将太阳系宇宙空间和地球的政治及社会状况的数据进行连接，不过这属于第一阶段的工作了。不管怎样，作为“X计划”指挥中心的OPDO-3S的基本功能变更已经接近尾声。但是，英二自己却不知道今后究竟会发生什么，不知道消息何时才会在太阳系开发机构内部公开，也不知道该何时下达将“JS计划”变更为“X计划”的指令。这些问题犹如一座座大山，死死地压在英二的胸口，几乎让他喘不过气来。

就在这乱糟糟的情况下，英二在走廊上与一名工作人员擦身而过，后者告诉他F休息室里有一个人在等他。此时工作刚好告一段落，英二也想回去休息一下。既然有人想见他，那就早点结束，于是他很快就来到了离居住区不远的F休息室。

F休息室里，约有一半人躺在沙发上小睡，剩下的一半人则或在桌子上摊开EL屏幕，或一边拿着终端机导出数据，一边唾沫横飞地讨论着，使得整个休息室像临时会议室一样乱七八糟的。房间里弥漫着浓重的男人体味和汗臭味，英二微微皱起了眉头，向有人休息的那一半空间望去。

一瞥之下，他没有从任何一个人的表情上看出有谁在等他。正当他一边环顾四周，一边继续向前走了两三步时，一条穿着脏兮兮牛仔裤的腿突然从旁边伸出，挡住了他的去路。

“嗨，主任……”伸腿的是坐在沙发上的一名青年，他抬头看向英二，微笑着说道，“好久不见……差点让我以为这里变成木星了呢。”

“卡洛斯！”英二的喉咙里仿佛堵着一口痰，他激动地用嘶哑的声音喊道，“卡洛斯·阿尔瓦雷斯……好……好，你能来这里真是太好了。”

卡洛斯从沙发上缓缓站起来。他长长的头发乱蓬蓬地披在肩上，栗色的胡须没有修剪，脸颊向内凹陷，颧骨向外突出，与以前判若两人。他双眉间甚至出现了两道深深的皱纹。这名昔日的年轻天才卡洛斯比以前苍老了许多，就连表情也变得严肃了。

“英二，你的胡子也长长了不少……”卡洛斯用干涩的声音说道，“脸色也不太好，整个人消瘦了很多。”

“密涅瓦基地上的伙伴们……大家都还好吗？”英二略略将脸别到一边，问道。

“大家都很好，不过我们……一直在担心你……其实，自从你去了月球之后，就不知道发生了什么事，再也联系不上了……没想到你来到了这里……”卡洛斯突然在英二面前摊开了双手。他的眼睛里闪烁着干涩而又冰冷的光芒，嘴角浮现出带有讽刺意味的笑容，略显滑稽地左右晃动着张开的双手。

“我明白……”卡洛斯耸了耸肩道，“我不认为一个主任会没有任何理由就突然离开现场长达5周，并且完全不和我们联系。所以，一定是发生了什么事……而且，整个太阳系好像正在发生某件奇怪的、非常重大的事情，而你也被卷入了其中……这种事我多少也能感觉到……”

“你和布克已经交接好工作了吗？”英二坐在旁边的扶手椅上问道，“他还好吗？”

“布克当然还像以前一样斗志十足……”卡洛斯的眼睛闪烁着奇怪的光彩，说道，“但是，U阶段……现在近乎停滞了，情况就是这样。”

卡洛斯把双手伸到英二面前，然后把张开的十个手指互相交叉着紧紧握在一起，接着又试着使劲扭动手掌。

“只能这样了……我已经竭尽全力，想尽一切办法，但是现在我们和另一个异常庞大的神秘项目紧紧地咬合在了一起，就像两艘巨大的油轮相撞，其中一艘的船首还插入了另一艘的船身，进退两难。在接下来的两周左右，工作还能按现在的节奏进行下去，但之后只能彻底停滞了。无论怎么做，我都弄不到开工所需的材料、原料和工作船只。那么，接下来我们该怎么做呢？……正是为了这件事，我才特意从木星赶到了火星。当然除了来OPDO吵闹一番，寻找你也是我的目的之一。”

“不过——你能找到这里可真不容易……”英二环顾四周，喃喃地说道，“关于这里的事，信息应该还没解禁吧。”

“我赶到OPDO，本来是要找企划总部的兰森部长，但工作人员告诉我兰森部长不在。我一直缠着他不放，说换一个人也行，于是对方就说兰森在这里有个代理人……他应该就此请示过上级，是谁来着，好像是一个很了不起的家伙……”

“是总裁！”英二小声叫道，“一定是的。韦伯总裁现在就在火星上。”

“啊——这可真够罕见的，老大居然会亲自从莱布尼茨市的总部赶过来。”卡洛斯吃惊地睁大了眼睛，“主任……这么一寻思，我总觉得好像有什么大事要发生……究竟发生了什么事？现在还不能告诉我吗？难道是……”

卡洛斯话刚说到一半，突然神经质地咯咯笑了起来，接着扑通一声坐在了英二的身旁。

“不会是太阳系的末日要来临了吧？”

英二听到卡洛斯这么说，脸上顿时一阵紧张，为了不让卡洛斯看到他的表情，他特意把脸扭向了另一边。刚巧在他的视线里出现了三四十个男人，他们有的扛着包，有的拿着行李和工具箱，一窝蜂地从休息室的门口拥入。他们迈着疲惫而又匆忙的脚步径直穿过休息室，准备从对面的出口出去。

在这群人中，有一个50岁左右的壮硕男子朝英二挥了挥手。

“你好，主任……我们组马上就要搭乘刚刚抵达的航班先行离开这里了。”男人对英二说道。

“辛苦了，谢谢大家。”英二挥动手臂回应道，“你们接下来要去哪里？”

“有一半人会去火星上的通信航行管制局。那里好像也有个改造工作在等着我们，另一半人则会去太空工厂。”

“太空工厂？”英二反问道。

“难道你们还负责建造飞船？”

“飞船建造也包括大量和通信相关的工作。”男人一边转过身大踏步离去，一边说道，“这样一来，在接下来的3个月里，我又将见不到老婆的面了。”

“大家请注意……AX临时指挥中心刚刚发布了一个通知……”休息室的扬声器里响起一阵广播声，像是在背后呼喊那些即将离去的男人，“‘X计划’的零阶段的结束时间，将比原计划提前80个小时，再过48小时，这个阶段就将彻底结束了，然后进入第一阶段。因此，零阶段的工作还没有完成的部门，请务必按照计划尽快完成……重复一遍……”

“那我们的U阶段该怎么办？”卡洛斯突然大吼起来。

英二以为卡洛斯又要感情用事，赶忙想要去制止他。但卡洛斯只吼了这么一声后，就重新坐回到了沙发上，满含嘲讽地大笑起来。

英二发现卡洛斯并没有像在密涅瓦基地时那样，动不动就陷入歇斯底里的状态，多少松了一口气。不过很快他就发现，现在的卡洛斯和以前那个动不动就会害羞的卡洛斯已完全不同，听着卡洛斯那嘲讽的、带有很强攻击性的笑声，英二隐隐觉得卡洛斯无论是在神经上还是精神上可能都遭受了相当严重的打击，因此他的性格才会日益变得暴躁。想到这里，英二的胸口瞬间痛了起来。

这时，一群刚抵达的人从休息室的出口走了进来，与刚刚出去的那群人擦身而过。"不要大声叫嚷了……"这群新来的人中有人大声喊道，"这里的每个人神经都很紧张。"

卡洛斯听到这句话后，猛地回过头来，双目圆睁，摆出一副要打架的样子。

"哎呀，原来是兰森部长……"当认出了声音的主人后，卡洛斯缓缓地从椅子上站起来。

"好久没有看到您了。那我现在就安静地向您请教，关于我们负责的……'JS计划'的U阶段，总部的方针究竟是什么，接下来我们又该怎么做，可否请部长明示？只要得到答复，我就马上返回密涅瓦基地，将情况告知那些正处在崩溃边缘的伙伴们。"

"我知道了。你暂时就先和我们待在一起吧。现在还处于绝密阶段，不过很快……在48小时内，至少会在外行星开发机构总部内部解禁吧。"

"也就是说……按照你的说法，至少在48小时内我不能离开这里？"卡洛斯的语气依然充满火药味。

"啊，英二……火星上来了一些稀客……"兰森部长没有再理会卡洛斯，而是用拇指指了指身后，对英二说道，"我和他们乘坐的是同一艘航班。"

当刚刚到达的客人行色匆匆地从休息室穿过时，英二的目光落在了人群中最后一个高个子老人和一个身材挺拔的栗色长发美女身上。"伯纳德博士！……米莉！……"英二不由得大声叫了起来，"你们怎么也被叫到这里来了？"

"我一直缠着他给我介绍一个重力理论方面的专家，于是他便把我带到了这里。"太空考古学泰斗雷·伯纳德博士摸着自己光秃秃的脑门，脸上浮现出一丝平静而又疲惫的微笑。

“这里聚集了很多优秀的专家……”

4. 总统遇袭

太空基地OPDO-AX位于火星卫星轨道上，在距离OPDO-AX中央位置不远的一个大厅内，安装有6面大显示屏、4面中型倾斜屏幕，以及30多台呈阶梯式排列的控制台。在阶梯的最上方一角，由隔音墙围起的独立空间中央摆放着一张圆桌，圆桌上面放着一个多元显示装置。这里暂时被用作员工休息室。

兰森带着英二等人朝那个被围起来的员工休息室走去。包括这个临时员工休息室在内的这一整片空间，以后都将属于“X计划”的中央指挥中心。不过，现在这个地方还乱糟糟的，到处堆放着机器和光纤，有些材料甚至还没来得及拆掉包装。自动小车和轻型升降机在狭窄的过道上左右穿梭，有几名工作人员正贴在天花板上，忙着布线或测试，地板上也有十七八名指挥中心的成员在控制台前忙碌着，处理着通信和信息集成方面的工作。在6面大屏幕中，除了2面屏幕正不断闪烁着各种测试图案，剩下的4面屏幕上，全部都是“巨眼”传送过来的观测信息，以及太阳系宇宙空间中的材料、人员、船舶和工厂等的动态信息。这些信息每时每刻都在以数字、文字、图表或实时影像的形式被呈现出来。

当兰森一行人穿过控制台进入休息室时，他们发现里面已有两个人。其中一个是一名中年男子，一头黑发，皮肤呈浅黑色，嘴唇上留着一簇小胡子；另一个则是一名皮肤白皙、脸上长有雀斑的金发青年，年龄大概只有25岁。他们俩正盯着多元显示装置上的一张图表，认真地讨论着。

当兰森他们5个人走进员工休息室时，圆桌旁的两个人同时抬起了头，看到伯纳德博士和米莉，脸上都露出了惊讶的表情。

“没想到……”皮肤呈浅黑色的男人微笑着小声说道，“伯纳德博士……和米莉……威廉博士也到了。”

“嗨，穆罕默德……”伯纳德博士冲他挥了挥手，“想必另一位就是天文学联合会温克尔副主席的公子了。你们也是这里的工作人员吗？”

“虽然还没有收到正式的任命通知，但看情形，我可能会在这里待上很长一段时间。”曼苏尔回头看了一下多元显示装置后说道，“看来，果真要出大事了。”

“黑洞真的会对太阳系造成非常大的影响吗？”米莉森特·威廉插话道。

听到这话的曼苏尔和小奥托·温克尔不由得对视了一眼。

“这么说……你们还没有接到现阶段的确切情报？”

“是的，穆罕默德，”兰森点头道，“相关消息要再过48小时才会在太阳系开发机构内部公开。不过你现在可以先给她简单介绍一下。”

英二听到旁边传来一阵类似高压蒸汽泄漏的声音，赶紧回头看。他发现卡洛斯的脸色白得像一张纸，一阵强烈的气息正从他紧闭的齿缝间喷出。

“黑洞……原来是这样……”卡洛斯呻吟般低声说道，“原来……原来是这样……”

“和我在L4的信息处理卫星上见到你的时候相比，现在的信息明显清晰多了。而且也更糟糕了……”曼苏尔望着投射到多元显示装置上的图像，用沉痛的声音说道，“这种事情居然会在这个宇宙中……在太阳系附近发生，说实话，我无论如何都没有想到过。X点，即现在距离太阳系约几百或上千亿千米的某个黑洞，在不到两年的时间里，也就是说再过1.7万小时左右，就将直接撞向我们的太阳。”

无论是米莉还是伯纳德博士此刻都屏住了呼吸。而卡洛斯则哧溜一声瘫坐在了圆桌旁的椅子上，一边挠着他那一头乱糟糟的长发，一边嘟囔着什么。

“直接撞向太阳？”伯纳德博士发呆似的喃喃道，“是从正面撞过来吗？”

“那个——黑洞的质量有多大？”米莉问道，“大概是太阳质量的几倍？”

“没有那么大……只是一个中等规模的黑洞，大概只有太阳质量的1/10……”正在曼苏尔对面操作着多元显示装置的小奥托·温克尔回答道，“刚刚X点观测装置群的‘巨眼’发来了一份最新的解析信息。据推测，X点的质量远不到太阳质量的1/10……估计只有太阳质量的1/30到1/50。”

“即便如此，这个黑洞的质量也有木星质量的20到30倍吧。”英二喃喃道，“不过，如果它只有那么大，找起来可就费事了。”

“是啊。那样的话，它的施瓦氏半径最多也只有几百米吧。当然，其引力场的影响范围估计有最小型恒星的一半左右。所以，在它完全接近我们之前，我们压根就没法发现它。怎么说呢，因为黑洞会吞噬所有的光、电波和粒子射线，而且它本身不会发出任何信息。”

曼苏尔长长地叹了一口气道：“不过，如果一个质量相当大的物体坠入其中，因为大量物质突然被塞入一个极小的空间内，所以也会产生高热并发射X射线……现在看来，在过去的20多年中，来自太阳系外的彗星数量之所以急剧减少，很可能就是因为其中一个距离太阳在0.1光年至0.05光年的‘彗星之巢’正好被偶然靠近的X点吞噬了。因为‘彗星之巢’是由稀薄的冰、甲烷和氰化物的微小晶体组成的，所以即使‘彗星之巢’在坠入黑洞时会发出射线，其数量想必也非常少……而且，因为黑洞是从银河系的中心飞过来的，所以它被彻底湮没在了背景噪声中，完全没有被发现。但是后来，经过一段长期的精密观测之后，终于还是发现了一系列微弱的X射线耀斑。这些耀斑已经被确认为存在于极遥远之处的X射线源……而这也成为我们成功推断出X点的固有运动的重要线索。”

“这个黑洞被发现的直接原因……”米莉森特·威廉用低沉的声音说道，“应该和执行彗星源探测特别计划的‘太空之箭号’的遇难有关吧？”

“您说得没错……”曼苏尔那长长的黑色睫毛垂了下来，悲伤地说道，“那个计划的直接负责人就是我……在对‘太空之箭号’遇难的情况认真调查后，我十分肯定，那艘飞船之所以会发生异常事故，就是因为很不幸地遇到了X点。——在那场事故中，我失去了两个非常好的朋友……”

“我也……失去了一个人。”米莉用嘶哑的嗓音说道。

“我又何尝不是呢……”英二心想，“霍贾·金……没能和你喝上一杯最后的饯行酒，真的非常遗憾……”

“那个……黑洞冲入太阳系的速度会有多快呢？”伯纳德博士结巴地问道，“对于这种几乎无迹可寻的点，你们究竟是如何追踪到的呢？”

“它与太阳系，或者说与太阳的相对速度是每秒2000千米左右。”小奥托·温克尔说道，“如果你将太阳系相对于银河中心的每秒250千米公转速度也计算在内，那么在不到两年的时间里，这个黑洞就像一枚装有精准定位系统的鱼雷般，从某个地方直奔太阳这艘航行中的巨大飞船。黑洞一旦进入太阳系，就会产生引力归巢效应……虽然这条路线多少也会有一些误差，但现在基本可以认定它将会从水星轨道的内侧通过。这样一来，即使没有与太阳直接相撞，太阳也会因为潮汐作用而受到破坏性巨大的干扰吧。

先不说火星轨道，就连木星轨道和土星轨道也将彻底不再适合生物生存。哪怕是最幸运的一种情况，即X点并没有撞上太阳，而是在太阳附近和太阳形成一个双星系统，对于太阳系来说也将是一场巨大的灾难。而如果黑洞直接撞向太阳，就会出现在银河系中心和塞弗特星系都非常罕见的‘冲撞型超新星现象’。”

小温克尔的手指在多元显示装置的键盘上飞快地跳动着，很快就在显示屏上调出了一张星图。

“得益于‘巨眼’集中探测的结果，在探测空间内我们发现了恒星的引力透镜现象，据此能够大致推算出X点的位置和路线。现在，我们可以利用整个宇宙的2.7K背景辐射、X射线背景辐射和其他来源捕捉这些背景引力极化现象，从而实现对X点的24小时不间断观察。此外，我们还将向X点发射两个高速无人探测器，大约一年后，应该就可以实现对黑洞的抵近观测了。”

“那么，现在有什么措施来应对两年后的碰撞呢？”卡洛斯坐在距离圆桌最远的一个角落里，用嘶哑的声音问道。他的眼神空洞而呆滞，双手交叉着放置在圆桌上，两个大拇指不停地相互绕着。

“现在……我们正在积极查探X点的性质和它准确的行进路线……此外我们也在为另一项秘密计划做准备。该计划将使一部分人类，或者说是极少数的一部分人类在黑洞撞向太阳之前，成功逃离太阳系。”兰森部长清了清嗓子后说道，“这就是‘X计划’。而我们现在所在的这颗卫星将被暂时作为该计划的指挥中心……还有……需要特别注意的是，X点将撞向太阳这件事，在地球上的185亿人口中，除了总统府的核心幕僚，其他人都尚不知晓。这件事在何时、以何种形式向大众公布，目前已成为总统和联邦政府都深感棘手的极其艰难的政治抉择，所以我们每个人都要注意严守这个机密。太阳系宇宙空间内，目前知晓这个消息的，只有包括核心机构成员在内的五六万人。48小时后，‘X计划’将进入第一阶段，届时现场的数百万工作人员都会陆续知道这件事。但何时将消息向宇宙空间内的普通居民公布，恐怕依然需要和地球上保持一致。”

“极少数的一部分人，大概能有多少人呢？”英二问道。

“前几天，在总统和韦伯总裁的谈话中提到过2亿到2.5亿的数字。”兰森表情略显痛苦地说道，“不过，那是在接下来的两年内能够从地球逃离的人数上限，真正能从太阳系危机中成功逃离的人数只会更少。'X计划'的关键在于以下两点：一是如何建造更多的恒星际飞船，从而使尽可能多的人类能够从太阳系成功逃离；二是究竟应该将逃离的人类送往哪个恒星系。……或许能够成功从太阳系逃离的人数，会比刚才提到的数字再小两三个数量级……而能成功抵达其他恒星系的人数恐怕还要再少很多。"

"难道我们唯一的对策就是让人类逃离吗？"英二问道，"除此之外，就没有再考虑别的方法吗？"

"还能有什么别的方法呢？——一个质量达到太阳几十分之一的黑洞，正在以每秒2000千米的速度向我们狂奔而来。面对如此巨大的动能，人类目前还不具备相应的应对技术……"兰森对英二的问题颇为不屑，"你觉得还可能有什么别的办法？难道是让大家一起向上帝祈祷吗？"

"稍等一下……"卡洛斯举手说道，"那个黑洞一直都在旋转吗？有没有带电？"

"类似这样的细节我还不太清楚。不过，据说大部分学者都认为，根据种种迹象推测，这个黑洞应该在不停地旋转。"小奥托·温克尔回答道，"不过，角动量是多少、旋转轴如何、是否带电等具体情况就一无所知了。等无人探测器开始对黑洞抵近观测后，这些信息就会被陆续传送回来……但是，即使我们了解了关于X点的这些性质，也依然无能为力。毕竟这是一个质量达到木星质量的数十倍，而且还拥有巨大动能的天体。"

"我们一直在调查的宇宙信息不知道是否有用？"米莉向前探了探身后问道，"最近，在火星的极冠下发现了火星图案。得益于此，我们对纳斯卡信息和小行星带的外星人信息的破解工作都取得了很大的进展。10万年前造访太阳系的外星人会离开他们曾生存繁衍的母恒星，原因也与黑洞有关，这一点已经非常明确了。只不过那个黑洞是否与现在正在接近太阳系的X点为同一个黑洞，就不得而知了。"

"哦……"小温克尔恍惚地回应道，仿佛在思考着什么，"10万年前曾造访太阳系和地球的那些外星人的母恒星，距离我们的太阳系大概有多远呢？"

"关于这一点，因为信息有部分缺损，所以不太清楚……不过我觉得应该在10光年到100光年之间。"

"如果它和X点是同一个黑洞，那么我们的计算可能就会存在偏差。"小温克尔一边飞快地在显示装置上计算着，一边喃喃道，"如果X点的固有运动速度保持不变……那么，10万年前，它应该在距离我们630亿光年的地方。”

“不过，它也有可能由于某种原因而出现加速的情况。”伯纳德博士说道，“也正因为如此，重力理论的专家才会一股脑地被你们找了去，所以我们只好找了一位业余但对这方面相对了解的老人，让他对这些信息做了一定程度的分析……那些家伙——也就是留下信息的外星人，似乎把他们母恒星附近的小型黑洞作为一种新的能源利用……结果导致黑洞发生了某种异变，进而给他们的母恒星带来了破坏性的影响，以至于他们不得不彻底抛弃母恒星系，踏上漫长而又曲折的宇宙殖民之旅。”

“这……是真的吗？博士……”兰森部长紧紧地盯着伯纳德博士问道，“也就是说，那些家伙已经掌握了黑洞工程学？”

“我不是那方面的专家，所以也不好说什么。最好还是请专家来详细研究一下……而且，一直围绕木星大红斑旋转的那个被称为‘木星幽灵’的东西，几乎可以肯定就是他们的母船。如果能想办法把它拉上来，认真调查一番，想必能获取不少和他们的技术相关的信息。”伯纳德博士停顿了一下，无奈地摇了摇头，“可是，现在……我们已经没有时间了，而且也来不及了吧……”

这时，从员工休息室外传来一阵沉重的脚步声，紧接着门被推开，韦伯总裁和两三个手下一起走了进来。

“大家都在这里啊？”韦伯总裁的脸上阴云密布，径直走向圆桌最里侧的位置，“形势可能会有所变化。刚才总统遇袭，虽然生命没有危险，但……”

5.“黑色闪电”

总统被人狙击……

当韦伯总裁向大家宣布这一消息时，员工休息室内的空气顿时变得冰冷，仿佛要冻住一般。

“雅各布……”伯纳德博士用嘶哑的、几乎难以听清的声音喃喃地说道，“他……像他那样德高望重的人会是因为什么被人狙击呢？”

“我先提前说一下，这个消息绝对不能泄漏出去。”韦伯在圆桌前的椅子上坐下，说道，“舒克洛夫斯基虽然将这个消息告诉了我，但在地球上，他们并不打算对外公布。总统被狙击的地点就在总统府里院的露台，当时总统旁边只有他的侍从和警卫。”

“总统虽然没有生命危险，可是他的伤势究竟如何呢？”兰森满脸紧张地问道，“严重不严重？”

韦伯总裁瞥了一眼兰森，随即摇了摇头。

“有一名警卫被第二枪击中，肩膀上被打出了一个大洞。”韦伯揉捏着下巴上的胡须，说道，“可是，射向总统的第一枪并没有击中。”

“凶手用的是什么武器？”

“紫外线激光枪……好像威力不小。在距离官邸约1500米的公园森林上空发现了一架悬停的无人机，疑似是遥控狙击。”

“是紫外线激光枪吗？”英二怔了一下，问道，“居然没有击中目标？——难道意图仅仅是恐吓？”

“安全部门的人说，凶手的目的绝非恐吓，而是真的想要总统的命。”韦伯用拇指的指甲挠了挠鼻子，说道，“是因为一个非常幸运的偶然，才救下了总统的命。你们猜是什么？——是一只乌鸦。”

“什么？！”米莉森特·威廉不禁大喊道，“乌鸦是怎么救下总统性命的？”

“就在紫外线激光发射的那一瞬间……一只很大的公乌鸦飞到了枪口和总统之间。激光光束正好被乌鸦挡住了。就在这时，发现情况不对的警卫立刻将总统推倒在地，并扑在了总统身上。那只乌鸦被当场打死并掉落在了地面上，第二枪只打穿了另一名警卫的肩膀，无人机则很快逃离了现场。”

这时，从圆桌的另一端传来啪嗒一声巨响。所有人都惊讶地转过身来，原来是自始至终都对韦伯所说的事情没有表现出一丁点的兴趣，而只是一个劲地摆弄圆桌中央的多元显示装置、专心研究黑洞行进路线的卡洛斯，突然从座位上站了起来，一不小心将放置在圆桌上的文件柜碰落在地。卡洛斯转头看向韦伯。但不知为何，他的视线一直盯着天空。

“不过，这乌鸦来得可真够巧的。”米莉长出了一口气道，“这种概率大概只有几亿分之一……或者几千亿分之一吧。”

“而且，如果不是乌鸦，而是麻雀之类，也许根本就无法挡住那么强烈的激光束。”穆罕默德·曼苏尔摇着头说道，“只能说运气真的太好了。”

“这是一只很大的乌鸦，这五六年来一直都住在总统官邸院子前面的榆树上。”韦伯的表情略微缓和了一些，“它是一只相当凶猛和淘气的家伙，一名和它很熟悉的园丁给它起了一个绰号，叫‘黑色闪电’。官邸里的宠物狗和猫都非常害怕它。当总统知道是‘黑色闪电’在巧合之下变成了他的替身，并救下他的性命后，很是哀痛，于是下令在官邸庭院的一角专门给这只乌鸦立了一个小小的纪念碑。”

“呵呵……这确实是雅各布的风格。”伯纳德博士小声说道。

这时，卡洛斯突然哈哈地发出一阵怪笑。英二回头一看，只见卡洛斯正凝视着天空的方向，目光炯炯有神，嘴里还不停地嘀咕着什么。

“闪电……哈哈，原来如此……”

“对了……”兰森扫视了一圈在场所有人的脸，然后向韦伯探身过去，“您说对总统的暗杀未遂可能会导致局势发生些许变化，不知具体指的是什么？”

韦伯的目光在大家的脸上一一扫过，又摆弄了一下自己的胡子，似乎在犹豫要不要说。

“还有——凶手居然想要狙杀德高望重的雅各布，他的背后究竟是谁，现在有线索了吗？”伯纳德博士关切地问道。

韦伯总裁有些为难地望向这位老太空考古学家的脸。

“雷……就个人而言，无论品格多么高尚，只要是执掌政权的人，就一定会有反对势力。这就是地球型人类社会的特征，是亘古以来就存在的人类政治的一大顽疾，是一种思想和哲学上的固有矛盾……”韦伯轻咳了一声，“舒克洛夫斯基尤其提醒我们注意的一点是……‘X问题’似乎已经被泄漏给了总统亲信之外的人——甚至有可能被泄漏给了总统的敌对方……而且，他们似乎打算就这件事采取某种行动。因为凶手还没有被抓到，所以这起暗杀未遂事件和敌对势力的联系暂时没法被确认。这样一来，总统和幕僚很可能为了抢占先机，被迫提前向议会和普通公众公布‘X问题’。”

“那么……大概会在什么时候对外公布呢？”兰森盯着自己交叉的双手问道，“很多事情都还没有做……联邦政府到现在都还没有制定出应对的大纲，更别说对外公布了。”

“副总统说，要看形势的发展。他暗示了一种可能性，即最近7天到10天。”韦伯回答道。

“绝对不行！”兰森突然站起来大声喊道，“这……太早了！我们连整体的基本对策都还没有准备好……在这种情况下，如果选择对外公布，势必会导致局势严重混乱，稍有不慎，就会满盘皆输！”

“冷静一点……”韦伯总裁冷冷地对呆立在一旁的企划部部长兰森说道，“不管上面如何决定，我们都没有说三道四的权利。总统和他的幕僚已经和联邦议长、副议长及最高法院院长进行了磋商。再过不到48小时，磋商的结论应该就能出来。”

“是关于哪方面的磋商？”小奥托·温克尔小声问道。

“关于授予总统特别紧急权力的程序性问题。”

大家的表情瞬间都僵住了。要赋予世界联邦总统特别紧急权力，必须先通过联邦议会的表决，再通过全体选民的投票。与过去相比，虽然大城市的投票程序在技术上更加成熟，但由于地域差异和文化因素，仍有一些地方固守着陈旧的程序。

如果有效投票数达不到全体选民的2/3以上，而且赞成票没有过半数，总统就必须暂时辞职并接受议会的质询。

而且，让人感到奇怪的是，居住在太阳系宇宙空间内的5亿人并不具备从地球外直接投票的资格。在太阳系宇宙空间内，只有太阳系开发机构总裁埃德·托马斯·韦伯一人拥有在居住地投票的资格。此外，作为特例，只有在月球轨道上的天体工作未满一年的人，才有资格经过申请获得直接投票的资格。

而居住在其他天体或宇宙殖民地上的人，原则上必须在地球上的登记出生地进行投票。此外，对于在宇宙空间出生的人，虽然目前他们的总数已经超过了太阳系宇宙空间内居民总数的3/4，但一旦涉及整个人类的问题，他们并不具备直接投票的权利。虽然从形式上看，他们对太阳系开发机构内部的问题拥有投票权，但迄今为止，涉及该机构内部的问题几乎没有进行过任何投票。而关于共识的形式和意见的分布，因为行星社会之间的隔阂完全是光速障碍般的存在，所以基本都是通过其他交流方式，依靠机构自身的意志来决定的。

但是，在地球社会中，具有悠久历史的直接投票制度仍然存在于政治决策过程中的各个角落。虽然这种方式极为古老、朴素，而且效率低下，但因为其本身的有效性，仍得以延续。

而且，现在程序上又出现了必须经过全体选民直接投票的问题。授予世界联邦总统特别紧急权力，是在一个多世纪前，在未经过深思熟虑的情况下做出的临时性规定，实际上历届总统从未对此有过要求。

但是，雅各布·明总统现在向议会及整个地球上的人类社会提出了这个要求，而且他是在近乎被逼得走投无路、处于非常危险的政治状况下提出的。

“对了……”英二忐忑地向韦伯问道，“我不是很明白，总统特别紧急权力应该会涉及太阳系宇宙空间吧。”

“那是当然！”兰森急吼吼地回答道，“从特别紧急权力生效的那一刻起，太阳系开发机构就将自动由总统直接领导。”

“不……似乎没有那么简单……”韦伯打断了兰森的话，“我和信息处理卫星的司法电脑曾经认真讨论过……在世界联邦和太阳系宇宙空间社会之间，关于法制的解释，依然存在着不少模棱两可的地方或者空白。所以当下是否要利用这一点，取决于我们的基本态度……例如，开发机构总裁一职需要先由各行星机构的推荐和信任来决定，然后还需要经过联邦议会宇宙开发问题特别委员会的批准，最后由总统任命，但不一定会直接隶属于总统。总统应该会委派一名直属的监督官，不过现在则是由我来直接兼任这个监督官。除此之外，宇宙空军，当然这只是临时称呼，原本是由救援队发展壮大而来的，完全独立于联邦空军系统，因此很难立即纳入总统的直接指挥之下。”

“确实，以前，部分宇宙开发项目被外包了出去，所以制度中依然留有这种痕迹。”兰森一脸无奈地说道，“不过话说回来，埃德……如果您像以前的新大陆征服者一样，直接自命为总督的话……”

“我说的不是这个！”韦伯罕见地大声说道，“你想想看，兰森……现在是非常困难的时刻，总统正面临着巨大的难题，即如何解决政敌的阻碍，以及如何说服议会和各个团体，对于总统来说，我们太阳系开发机构……太阳系宇宙空间应该是被隐藏起来的最后一张王牌。如果总统在全体选民投票或议会的信任投票中失败……从地球人类社会的整体政治程序来看，我们将依然拥有非常少，但是相对性的自由。我们要最大限度地利用这个有限的自由，把包括地球社会在内的整个太阳系人类社会，尽可能地从灾难中拯救出来。”

“这一点，我明白。”兰森点头道，“虽然明白，但是……我依然觉得现在就将这个问题公之于众并不合适……这必然会在地球上引发一场大规模的骚乱，而且一定会波及太阳系宇宙空间……”

“48小时到72小时之后，地球上的太空机场应该会全部关闭，不能正常使用。”韦伯瞄了一眼多元显示装置上的数字时钟，喃喃道，“我想联邦公共安全委员会会动用联邦空军，将其纳入管辖范围之内。”

“总裁，你能不能想办法去说服总统？”兰森的脸上渗出了密密的汗珠，脸上浮现出一抹苦闷之色，“至少，将对外公布的时间再往后拖一个月……那样无论是我们还是太阳系开发机构都能对X点有更进一步的认识。不管结果如何悲观，我们都将争取掌握最起码的量化数据……如果连这些都没有就突然对外公开，我实在没有信心能够承受随之而来的混乱。”

“也就是说，希望总统能够在正式对外公布之前，哪怕只是略微，或者只是安慰性地安抚一下地球上的人类，多多少少让他们暂时安心，或者继续抱有希望，是这样吗？”韦伯使劲地揉了揉鼻子，说道，“原来如此，你曾经当过前任总统的首席秘书官吧……对于一个负责任的政治家来说，在尚没有任何解决方案和措施的前提下就被迫对外宣布确实很痛苦，我非常理解你的心情……但是，在这种情况下……”

兰森和韦伯继续你一言我一语地激烈争论着，伯纳德博士和米莉悄悄地交换了一下眼神，一起走出了员工休息室。穆罕默德·曼苏尔也在有人来叫他时，乘机离开了座位。

卡洛斯则不知从何时开始，隔着多元显示装置，与小奥托·温克尔小声地聊了起来。两人将正在冲向太阳系的黑洞X点的轨迹显示在屏幕上，一会儿将其放大，一会儿删掉之后重画，热烈地讨论着。

只有英二依然被韦伯和兰森的争论吸引，认真倾听着，同时在心里思考：所谓的法律制度，对于人类社会来说究竟意味着什么呢？它的“程序”，对于一个真实的、活生生的“社会集团”，在一个什么都可能发生的宇宙中可能遇到的各种不可预测的事态，究竟在根本上具备多大程度的有效性呢？……

突然，卡洛斯对小温克尔说了句“稍等”，然后向英二使了一个眼色。等英二走到他们身边时，小温克尔指着显示装置，向英二详细介绍起未来两年内X点的最终行进路线。紧接着，卡洛斯又借助其他算式和图表，用异常投入的口吻开始对英二进行讲解。

听着听着，英二的脸紧绷了起来，他的喉结不停地上下活动着。当英二回头看向还在激烈争论中的韦伯和兰森时，他的脸色变得像纸一样白。

“部长，先暂停一下……可以吗？”英二用略显怪异的声音说着，向兰森走去，“其实——我还有一个提议。或许可以改变X点的行进路线……”

6. 击飞“X”

兰森一脸茫然地看向英二。

他的表情像极了有人突然提醒他裤子的拉链没拉，但他一时没反应过来对方说了什么，所以只能目不转睛地盯着对方的脸一样。

“什么？”兰森的目光在英二和他身后卡洛斯的脸上来回移动，然后才诧异地问道，“你刚才说什么？”

“嗯，那个……”英二结结巴巴地说着，回头看向卡洛斯和小温克尔，“刚才……我和他们讨论了一下……或许，我们有能够让X点的轨道发生改变的方法。虽然还没有进行严格的测算，不过，在技术上应该具备一定的可能性。”

“这样啊，我知道了。”兰森点了点头，“那么，你将技术上的可行性汇总后汇报给我……”

“等一下，”韦伯插话道，“现在，他不想听我说的，我也不想听他说的……改变X点的行进路线究竟是怎么回事？即使可能性只有针尖那么大，也可以说来听听，但这种可能性确实存在吗？英二……如果真的存在，你就说明一下它的根据。”

兰森似乎还想说些什么，却被韦伯用眼神制止了。

“我知道你的想法，兰森……你一定在想，关于这个问题，向议会公布的时间就在48小时到72小时之内。事到如今，已经没有时间再去听这些年轻人不靠谱的想法了，对吗？不过，你刚才也说了，总统现在已经被敌对势力逼到走投无路的地步了，在这个问题上已经没有任何措施可以提供哪怕一丝一毫的希望，所以只能选择向议会和普通民众公开真相。也就是说，现在的事态已经糟到了不能再糟的地步……所以，再怎么不切实际的想法，甚至是毫无根据的谎言，即使事后会对政府的信用造成一定的损害，只要它是一颗可以带来希望和曙光的种子……那么，当总统将‘X问题’向公众公布时，它完全有可能成为一股强大的力量。并不需要当时就告诉大家那颗种子是什么。但是，在你公布真相时，这颗种子能给你带来一种微妙的自信。即使后来发现这个方法不靠谱，就目前而言，这股自信也能暂时保住大家对你的信任，为你争取到更多的时间。如果没有这样的种子，那么我们除了逃跑就再也没有其他对策了，这只会给人留下一种领导人极度无能的印象……想要寻求特别紧急权力也将变得非常困难。所以，无论如何，我们都先听听他们的想法吧。或许真的会成为一颗种子。”

“明白……”兰森长叹了一口气道，“那么，英二……你就给大家介绍一下吧……关于改变X点行进路线的可能性……”

“你认为我们现在有可能改变那个怪物的行进路线？”韦伯扯了扯自己的胡子问道。

“不，不能。虽说它只是一个中型黑洞，但是它的质量达到了太阳的几十分之一，所以在这个阶段我们什么也做不了……”英二回头望向卡洛斯，“但当它飞进太阳系之后……也就是在它即将正面撞上太阳之前……”

“你的意思是，在黑洞进入太阳系之后？”兰森皱起了眉头，“这也太过冒险了吧？”

“当然，如果不冒险，怎么可能成功？一切只能看运气了。”

“说实话……”卡洛斯在英二身后低声说道，“这是我刚才突然冒出来的想法。是那只被唤作‘黑色闪电’的乌鸦提醒了我。”

“‘黑色闪电’？”兰森不由得张大了嘴，“这么说来……是什么来着……啊，对了，那个……”

“嗯，就是刚才总裁提到的，总统遭到激光枪狙击时突然冲到光束前面，救了总统一命的大乌鸦。”

“哦，原来是这样……”兰森的脸上浮现出一丝不耐烦，强压着脾气说道，“那么，乌鸦怎么了？——别那么多废话，直接说！”

“这个就交给奥托吧，让他来给大家详细介绍下关于X点的最终行进路线。”卡洛斯说着，回头望向那个披着一头金发的青年。

“现在，我们已经知道了X点的准确行进路线和将要撞向太阳的具体日期和时间。这条路线精确得就像某个宇宙恶魔特意用精确制导系统瞄准了太阳并撞过来一样。对此我们大家也都非常清楚了。不过，对于那时其他行星在什么位置，估计就不是很清楚了。因为一旦太阳和X点正面相撞，地球自不必说，太阳系的其他行星最终也会被全部撞飞，所以估计大家都不会太在意这种事了吧……不过，在'JS计划'进入U阶段之后，我每隔4个小时就会在脑海里重新测算一遍未来两年内木星在轨道上的位置。我偶然发现，在X点冲入太阳系内并沿着既有行进路线一路冲向太阳的过程中，会在某个时刻从非常接近木星北极的位置掠过……"

"非常接近的位置……大概有多远呢？"

"现在还没法精确地测算出来……不过，根据我刚才的粗略推算，这个位置距离木星北极大概是绕木星最外侧运行的木卫九平均轨道半径的2到3倍，充其量也就几千万千米。也就是说，X点将在距离木星北极不到1亿千米的上方掠过。"

"木星会受到很大的影响吧……"韦伯喃喃道，"或许会偏离原来的轨道。其他行星……比如土星又会怎样呢？"

"X点进入太阳系后，除木星之外，其他行星要么飞往与X点的接近方向正好相反的方向，要么与X点的接近方向呈90度角远离……嗯，那个，海王星多少也会受到影响……总之，X点行进的方向是一条直线，太阳系的行星里只有木星正好位于其正前方。"

"那样的话，又会发生什么？木星一旦接近X点，在潮汐作用的影响下，木星是否会脱离原来的运行轨道……而X点在木星引力的影响下，其轨道是否也会发生改变呢？"

"不会的，不管怎么说，X点也达到了太阳质量的几十分之一，以每秒2000千米的速度行进的质量如此大的一个质点，其动量是非常惊人的。……无论木星的引力有多大，木星的质量毕竟只有太阳的千分之一，即X点的几十分之一。这种程度的相互作用，对于木星的轨道所造成的影响或许会很大，但对于X点的行进路线所造成的影响则微乎其微。不过……"

"不过……什么呢？"

"如果给木星施加一定程度的加速度，并使其撞向X点的话……则有可能会使X点的行进路线出现更有意义的变化。"

兰森紧抿双唇，像看某种稀罕事物似的，目光来回在英二和卡洛斯的脸上移动着。这个过程中，他不时地轻微点头，并用略带嘲讽的语气说道："原来如此……原来如此……"

"嗯，的确如此。不过，我们又不是要拍很久以前的那种廉价的科幻电影，你要如何移动木星并使它撞向冲过来的黑洞呢？现在的我们有这种级别的技术吗？就算把核聚变火箭全部都安装在木星的南极上并点燃，木星的固体表面也不会受到多大的影响吧？"

"请稍等一下……"英二举起手道，"让木星加速并不意味着要给木星装上火箭……"

"可以利用'木星太阳化计划'安装的中微子枪和被嵌入木星中心的核聚变触发装置……"卡洛斯垂下双眼，结结巴巴地说道，"这是我的主意……如果改良一下……我们就可以引爆木星。"

"而且，卡洛斯认为，如果能够很好地运用中微子工程学，就可以在一定程度上控制爆炸气体的喷射流……"英二继续说道，"这么一来，木星1/3甚至是一半的质量，就会以相当大的最终速度从与X点行进方向呈90度的直角直接撞向黑洞。虽然黑洞是否在自转、它的自转轴相对于行进方向呈几度角、它的角运动量到底有多少，我们目前还不太清楚，不过奥托可以肯定它一直在自转。如果选择好在某个角度的时机，让木星正好撞向那个旋转面，就会像给一个陀螺的旋转面施加力量一样，黑洞很可能被直接弹飞出去，从而大幅偏离原来的轨道。"

兰森仿佛挨了一闷棍，身体僵硬地俯视着英二和卡洛斯两人。他像是被一道强大的闪电击中，半张着嘴，眼睛要爆出来一般，脸色异常苍白，额头上渗出了黏糊糊的汗珠。

他的嘴巴翕动着，仿佛要说什么，但声音被卡在了喉咙里，一个字也说不出来。

"木星……让木星……爆炸？"他喘着气，用嘶哑的声音说道，"'JS计划'的……准备工作……"

突然，英二感到眼前一花，紧接着，他的身体向后飞出三四米远，猛地撞在了远处的小奥托·温克尔身上。随后两人一起倒在地上，倒下去的时候，他的后脑勺重重地撞到了后面的墙壁，神志瞬时模糊了。

原来是兰森利用他的身高优势，用一记直拳猛地砸在英二的脸上。英二鼻血四溅，嘴里满是鲜血的味道，眼前直冒金星。

“你……这个……”勃然大怒的兰森大踏步靠近英二，一把揪住英二的衣领，猛地把英二提了起来，“你是我们‘JS计划’的……主任……却要把那颗木星……击飞？”

兰森用左手揪住英二的前襟，让他站起来，紧接着又举起了右拳。卡洛斯大声叫嚷着，从后面抱住了兰森，想要把他拽开，可是手无缚鸡之力的他根本不可能拦得住身材高大、长着一身腱子肉的兰森。

“兰森！”背后传来韦伯的怒喝声。兰森似乎也吃了一惊，终于松开了左手。

“不错……再来一拳吧。”韦伯毫无感情地说道。

“这一拳，算你替我打的。”

哐！兰森的第二拳直接打在了英二的下巴上，英二的身体再度向后飞去，后背重重地撞在了墙上，以至于他差点没喘过气来。不过，这第二拳并没有第一拳那么凌厉，所以，英二摇摇晃晃地还想再站起来，但是很快，他就感到一阵头晕目眩。英二伸出手，用手背抹去嘴角的鲜血，摇了摇头，终于慢慢地站了起来。他本能地把嘴里的血和唾液吐在了地上，幸运的是他的牙齿没有掉落。

企划部部长兰森站在英二对面，双臂耷拉着，大口喘着粗气。他的脸上毫无血色，额头上的汗水不断滴落在他那布满血丝的双眼上，他的眼神看起来异常凶恶，仿佛要择人而噬。

“对不起……”兰森摇了摇头，将颤抖的手伸向英二。他指关节处的皮肤也破了，渗出了不少血。“我的神经绷得太紧了，所以刚才没忍住……突然听你说要把我们的……‘老爹’……击飞，就爆发了。”

兰森的眼中闪烁着泪光。的确，对兰森来说，“JS计划”可以说是他在太阳系开发机构的大部分职业生涯中倾注了最多心血的作品。

“好了——可以到那边去了吧。”韦伯啪的一下重重地拍在了圆桌上，大声吼道，“别感情用事了，兰森。如果太阳系都被撞毁了，‘JS计划’自然也就不复存在了。如果只是牺牲一个木星，就能挽救整个太阳系，那为什么不去做呢？来吧，孩子们，到这边来，再详细说说你们的想法。卡洛斯，你刚才说只要对‘JS计划’稍微改造一下，就可以引爆木星，那这样的改造大概需要多长时间呢？”

“差不多需要两年。”卡洛斯吞吞吐吐地回答道，“但是，如果不打破之前搭建起来的U阶段，而是按照现在的节奏推进变更计划的话……”

“按照现在的节奏……这是否意味着我们要解除‘X计划’方面针对U阶段的各种干扰和冻结？”

“没错。”卡洛斯点头道，“如果这么做，我想时间上应该来得及。只不过从事‘JS计划’的伙伴们的工作日程将比以前更紧张。”

“话虽如此，但也不能将所有的鸡蛋都放在这一个篮子里。政治上也是如此。‘EX计划’也要同时推进。希望你能明白这一点。”

“什么是‘EX计划’？”

“逃离太阳系的计划……即在黑洞撞上太阳系之前，尽可能多地制造带有核聚变火箭的‘诺亚方舟’，让尽可能多的人能够成功逃离太阳系的计划。”韦伯突然脱下上衣，把它扔在了旁边的椅子上，然后卷起衬衫的袖子，露出他那毛茸茸的、像松树根一样的手臂，“不过话说回来，你说的这个计划也非常值得我们认真考虑一下。到目前为止，好像除了逃跑我们什么都没法做，只是在考虑让哪些人逃出去、让哪些人留下来这样的问题。但是，如果不只是站在被动的立场上考虑，而是能对那个‘黑色怪物’施以一刀的话，我想应该会有一些人挺身而出吧。毕竟，我们将不仅仅能防御性地逃跑，还可以对X点这个王八蛋进行反击，哪怕最终徒劳无功，也一定要还以颜色……兰森！帮我联系一下舒克洛夫斯基。要双向通话，我不在乎是否有时间差。对了，那个小伙子，是温克尔的儿子吗？对X点进入太阳系后的准确行进路线，以及它与木星的轨道交叉的精确计算，你大概什么时候能完成？”

“还需要至少半年……”奥托略微有些慌张，结结巴巴地说道，“在接下来不到一年的时间里，无人观测机就能成功接近X点，剩下的事情就比较简单了。”

“好的，没问题，不过你需要在接下来的一周内先交给我一些基本的数据。你可以随意征调天文学家和重力学家，不管多少人。还有英二、卡洛斯……关于在关键时刻如何正确引爆木星的过程，我希望你们能在两周内给我提交一份可以让实践物理学家们闭嘴的报告。还有你们的这个计划暂时也属于绝密事项，一定要注意保密。”

7. "BBJ计划"

现在，距离联邦总统险遭无人飞行器暗杀刚好过了72个小时，地球上的200多个太空机场中的180多个民用机场已经全部被封锁。封锁命令是在6小时前就提前宣布的，具体的封锁行动则是由联邦空军和公共安全部队负责执行的。但奇怪的是，封锁才持续了一个半小时，就又在没有任何征兆的情况下突然解除。

联邦公共安全委员会的发言人说，这项紧急措施针对的是可能发生的某起重大政治性犯罪。但在采取措施后，政府发现这种可能性很小，因此马上解除了封锁。另外，"政治性犯罪"具体指什么，现在还不到公布的时候。

总统险遭暗杀这件事，不仅对媒体严格保密，甚至连总统府内部也仅有极少数相关人士知晓。因此，对于当局故弄玄虚的言论，在媒体中出现了各种猜测。欧洲的某大众周刊报道说，最近以信息处理卫星爆炸事件为代表，反对宇宙开发的情绪正在地球上的部分地区蔓延，并指出这种情绪正与一些过激的破坏活动相结合。报道还称，据可靠消息，一群试图摧毁太阳系开发机构中枢部门，并对重要人物实施暗杀的危险分子，正在从太空中的某个空域乘坐航天飞机，或者直达月球轨道的航班前来。这篇报道还采访了部分对宇宙开发持反对意见的知识分子、保守的宗教反对分子，以及一个坚持"反文明"运动的激进派集团的领导人。虽然该集团的成员只有区区一百四五十人，但该集团领导人过激且杂乱无章的言论还是引起了一番轰动。在那篇特别报道中，还在很小的位置上特别刊登了朱庇特教团安妮塔小组中某个年轻人的意见："宇宙救济委员会——保护宇宙免遭人类文明的毁灭，救救宇宙！"这也是他们这个团体的代表性意见。

在那篇特别报道的最后，以一种推心置腹的方式写有如下非常醒目的标题："太阳系老大、太阳系开发机构总裁E.韦伯当时并不在月球总部！"要知道在平时，韦伯总裁很少会离开位于月球背面莱布尼茨环形山的太阳系开发机构总部，但是在"太空机场突遭封锁"前后的40多个小时里，他居然从太阳系开发机构总部神秘失踪了。而且，关于这件事，几乎所有的总部委员们都不知情，甚至连中枢部门都不知道他究竟去了哪里。这样的消息像独家报道一样被刊登在报纸上，让人自然而然地猜测：反对宇宙开发的激进派们试图暗杀的重要人物是不是就是韦伯总裁呢？在假设的基础上不断假设，最终被一种近乎独断的推理方式驱使，频频煽动起地球对宇宙开发的反感。最后，记者们纷纷打听韦伯的行踪，以及他为何不在总部的理由。他们不断尝试给月球上的莱布尼茨市打电话，最后终于逮到了韦伯的第二秘书，并将对其的采访问答刊登在了报纸上。

记者：你真的不知道总裁现在在哪里吗？

秘书：不知道。日程上写的是休假。

记者：哪怕是在休假，他作为最高负责人，却不告知秘书其行踪，是不是也太说不过去了？

秘书：第一秘书知道。

记者：你联系得上第一秘书吗？

秘书：我联系得上，不过，是否将总裁所在的位置公之于众，得由他来决定。

记者：我想直接和第一秘书聊聊。

秘书：根据规定，我不能把他的联系方式告诉外人。

记者：那么，我希望您能去问一下第一秘书，我们想知道总裁现在去了哪里休假、正在忙什么。如果连这些都不能告诉新闻媒体的话，恐怕大家就会无端猜测，怀疑这里面是不是存在什么重大隐情。

秘书：我试着帮你问问看吧。你一会儿再打过来。

（2小时后，再次致电第二秘书）

秘书：这毕竟涉及总裁的个人隐私，所以不能告诉您太多细节。

记者：你说的隐私具体指什么？

秘书：（犹豫了片刻后）总裁现在正在太阳系宇宙空间的某个诊所内，休假期间他会一直待在那里，但是我不方便对外透露那个地方的具体地址。

记者：总裁去那里是因为健康方面的问题吗？总裁的身体是不是出了大问题？

秘书：（突然压低声音）你能答应我不对外公布吗？

记者：这个我不能保证。这取决于您的诚意和您所提供的具体内容。总裁为什么要秘密前往诊所？

秘书：为了减肥。

（电话啪的一声被挂断了）

采访的最后提到了韦伯总裁的体重和与之相关的几则逸事，记者自始至终都在非常认真地倾听着，似乎完全没有意识到自己被别人开涮了。

这是一份来自西亚的保守派报纸，该报纸在政治和经济报道方面具有很高的权威性和声望。不过比起这篇报道本身，联邦公共安全委员会委员长道格拉斯·奥弗特更关注报纸上的评论内容。评论中只是简略提到了太空机场突遭封锁一事，但同时也详细报道了在此之前曾有好几位“政要”偷偷前往“月球或月球轨道”上的宇宙空间一事，并附上了他们的正式行程和在太空港的相关记录。评论表示有“确凿证据”表明，所有机场突遭封锁一事并不是针对那些从地球前往太空的人，也就是说，该措施并不是针对“地球内部”，而是大概率针对太阳系宇宙空间，即“地球之外”。报道中还发表了与大多数新闻媒体的论调完全相反的看法，即认为宇宙空间现在“正有某种怪事发生”，这次的机场突遭封锁一事就是专门针对此事举行的军方和公共安全机构的演习。

“了不起……”奥弗特看到那篇报道后感叹道，“不过，对于我们来说，这绝非好事……你知道写这篇报道的记者A.A是什么人吗？”

“A.A好像是多名一级记者共同使用的笔名。”负责媒体的调查专员回答道，“我只认识其中一人——不过从报道的笔法来看，肯定不是他。”

“这份报纸跟S（沙德里克）有关系吗？”

“当然有，报纸的老板就是沙德里克参议员的侄子……15年前，他旗下的能源系资本就接管了这份报纸；10年前，他的侄子更是成了报社的老板兼总编。现在虽然具体的编辑工作已经交给了其他人，但他依然是实际上的操控者。那篇报道有什么问题吗？”

“也不知该说好还是不好……”奥弗特用他硕大的手掌啪的一声拍在了桌子上，“其他报道都在批评地球上的混乱局势，只有这篇报道巧妙地把人们的疑惑和注意力引向了太空。虽然我们不知道沙德里克的消息源自哪里，但毫无疑问他肯定在太空拥有自己的情报渠道，他对这次的‘X问题’也知道得非常多，甚至将之作为和总统讨价还价的政治筹码。这篇报道要么是他在这一问题上的再一次警告，要么就是虚张声势。”

“他到底要干什么？——他给总统施加压力的目的是什么？”

“他应该是想让总统把关于‘X问题’的正式公布时间推迟到最后一刻……”奥弗特把他那肥胖的身躯嵌入椅子里，然后抹了抹脸道，“即使是议会，现在也只有秘密会议才知道这一情况。‘EX计划’，即逃离准备和对登船逃离人员的筛选工作都是在极其秘密的状态下进行的。好像沙德里克曾告诉总统，如果总统能接受他的提议，他就会动员自己的政治势力与总统进行合作，否则就会通过某种方式对外泄漏自己所掌握的情报，和政府唱反调。”

“你准备怎么做……”调查专员耸了耸肩道，“如果现在沙德里克就将信息泄漏出去的话，人类社会……”

“作为政治家，他有他应对危机的构想；此外，作为宗教哲学家，他也有异常坚定的信念。而我们却几乎不具备这一点……”奥弗特苦笑着说道，“他有一种狂热的、近乎宗教般的执念，认为只有他的方式才能真正拯救人类。而我们则想尽可能多地拯救一些人。这个原则虽然一直没有变，但需要根据形势的变化，再来采取当下最合适的对策。这就是所谓的“永恒的补救措施”。有时我很羡慕那些拥有信仰的人，不管这种信仰是宗教性的还是狂热性的。

“话说回来，总统现在到底在忙什么呢？”调查员不无担心地抬头看了看数字日历，“对外发布究竟要推迟到什么时候？”

“我也不知道。总统现在闭门谢客。除了两三个亲信，连我也见不到他。我觉得他把自己关起来，是为了更好地静下心来思考并尽快做出决定吧。因为他就是这样的人。现在舒克洛夫斯基去了火星，等他回来后，应该就会对外公布了吧。”

不过，舒克洛夫斯基副总统在火星上停留的时间比原计划多了两三天。位于火星卫星轨道上的太空基地OPDO-AX的指挥中心内，韦伯、兰森、天文学联合会主席纳里卡、副主席奥托·温克尔和他的儿子小温克尔、穆罕默德·曼苏尔、英二、卡洛斯，以及重力理论、黑洞理论、行星工程学、超粒子工程学的相关专家们轮番上阵，夜以继日地进行着激烈的讨论。他们列出了庞大的计算公式，反复进行着计算和修改。他们频繁地给外面打电话，向“巨眼”和开发机构生产总部强行要来了大量的数据。最后，他们的工作更是“占领”了太阳系内80%的计算机和智能电脑。

在代号为“X计划”的庞大项目中，原本最重要、最优先的“EX计划”，即“人类逃亡计划”，此前一直在以疾风骤雨般的速度疯狂推进，现在韦伯总裁却突然向所有系统发出了“暂时待命”的特别命令。同时，以木星的密涅瓦基地为中心，正在以极限状态推进的“JS计划”，即“木星太阳化计划”，也收到了暂停的指令。虽然信息处理和通信方面的重组仍在按照原来的节奏推进，但是与“EX计划”和“JS计划”相关的工作陆续陷入了停滞状态，等待下一步行动指令的一线部门正在不断增加。

“只告诉我们‘暂时待命’，但究竟要待命到什么时候呢？”在“EX计划”中一个与建造恒星移民飞船相关的原材料采购现场，一名仓库工作人员焦躁地向同事问道，“你说是不是因为X点，也就是那个黑洞已经突然向右绕开，跑到别处去了？”

“不是这样的……”一名对情报敏感的运营人员说道，“这位‘X先生’会严格按照预想的路线冲过来，只是包括‘EX计划’在内的整个‘X计划’将有一些大的调整，这是从高层得到的消息。好像是他们在问题中发现了一个新的要素，打算把与此相对应的‘BBJ计划’纳入整个全新的计划中。据说中枢部门正在拼命加班，只为了能够尽早将‘BBJ计划’和‘EX计划’更好地整合起来……”

“BBJ？”调度员皱着眉头问道，“这是什么？是什么名称的缩写？”

“我也不知道。我是在去总部的时候听到的。甚至连BBJ这个代号到目前为止好像都属于绝密事项。”

副总统舒克洛夫斯基全程参与了OPDO-AX上各种无休止的会议、争论和讨论。他有时会直接参与讨论，有时作为会议主角忘乎所以地大吼大叫，不过，大部分时候，他只是耐心地坐在一旁，等待专家们一步步地得出“暂定结论”。作为一名政治家，他的年龄还不算太大，但是他的体力已经明显达到了极限，神经更是处在濒临崩溃的边缘。

尽管有副总统的亲自督战和参与，但OPDO-AX上无休止的会议依然迟迟无法取得结果，比预定的时间晚了2天、3天，甚至一周。除了火星卫星轨道上的太空基地，以及所有收到“暂时待命”命令的太阳系宇宙空间，在以总统府为中心的地球政治中心，焦躁感一天比一天强烈。全体内阁成员和参众两院的议长、副议长，宇宙开发问题特别委员会的主席、副主席、秘书长，以及最高法院院长、联邦公共安全委员会的成员，在总统险遭狙杀事件的48小时后，在各自组织的紧急秘密会议上，就事态的核心部分，在听取了总统、副总统和总统特别助理的说明后，开始秘密着手准备向议会及媒体公布的手续，但在总统本人的要求下，公布的时间一次又一次地被推迟，之后就再也没有收到任何通知了，拟定公布的时间也从延迟3天、4天，到延迟7天，再到延迟10天，一拖再拖。

这种紧张和焦躁是如此强烈，以至于一切虽然都在极度保密的情形下推进，但依然被一部分媒体察觉。一些报社开始派人24小时跟踪重要人物的动向。而这又反过来刺激到了重要人物的神经，使他们更加焦躁和不安起来，甚至在内部出现了诸如总统到底打算怎么做、要不要再召开一次秘密会议之类的声音。

就在这时，某知名媒体旗下的科学杂志突然刊登了一篇耸人听闻的报道，标题为《“木星太阳化计划”中存在重大的理论疑点——如果继续采用现有方法，木星会爆炸吗？》。

这篇报道的执笔者虽然是那家杂志社的记者，却附上了地球上著名天体物理学家和基本粒子物理学家们的署名意见。这些科学家联名要求重新对“JS计划”进行更审慎的讨论，特别是针对整个计划的理论和技术方面。报道最后还附上了要求学会、政府检查的请愿书。

接着，该请愿活动又将阵地转移到了杂志所属母公司的报纸上，声势愈发浩大起来。该项活动的核心人物是一名在30多年前就曾取得极高成就，在学术界享有很高声望，但现在已经脱离主流学术圈，转而投身于某种生活运动的著名超粒子工程学专家。该工程学专家认为，作为“JS计划”支柱的中微子工程学背后的一些理论模型可能存在严重错误，并对“木星太阳化计划”中使用的超大型中微子枪的基本设计提出了质疑。他认为如果再不对该计划加以控制，很可能会导致木星内部核聚变反应的点火失控，进而引发木星的大爆炸。因此，他强烈呼吁政府立即下令中止该计划，并由官方机构进行全面、彻底的重新审查。

“你对这个怎么看？”拿着这篇报道，急匆匆赶到总统别墅的公共安全委员会委员长奥弗特的脸色一片铁青，“我不认为这是偶然。当然，这是沙德里克的一张暗牌，但是，即使在太阳系开发机构内部，也仅有极少数人知道‘BBJ计划’的相关信息，现在却被泄漏给了沙德里克一方。”

“我知道……”总统点了点头道，“明天，舒克洛夫斯基就要返回地球了。而且在前天，他们也终于完成了对整个计划的讨论，舒克洛夫斯基将带着蓝图离开火星。他一回来我们马上就……”

“但是，很可能会赶不及。”奥弗特小声说道。

8. 特别紧急权力

一艘宇宙空军的高速客货两用飞船从火星出发，正在前往月球轨道上的L4宇宙殖民地。就在它即将抵达第一减速点时，一艘小型救援艇从这艘飞船上快速驶离。

这种型号的小型救援艇是专门为紧急用途设计的，非常坚固耐用，加速性能也是各类救援艇中最好的。据说其最高速度甚至可以媲美正在试验中的恒星际载人飞船。如果以巡航速度飞行，它的续航里程甚至可达1亿千米。太空中一旦有事故发生，它就必须在第一时间赶赴现场，向后方汇报情况，并采取紧急救援措施，因此它被设计成一款高速、运动性能好且能适应各种恶劣环境的飞船。但它也存在着较为明显的缺点，那就是它的使用空间太过逼仄。在船员需要休息时，三人中只有一人可以躺在后部狭窄的睡床上休息，其他两人只能轮流在驾驶舱内小睡。

最初担任这艘RE7000S型救援艇试飞员的资深宇航员，在经过一系列的性能测试之后，曾经一脸惊讶地说道：“20世纪末的坦克和长途卡车是不是就设计成这样？我还没有坐过。”

这句话后来成了一句名言，RE7000S型救援艇也获得了一个绰号INRT，即“没有坐过的坦克”。

现在，这艘隶属于宇宙空军特别救援队的RE7000S型救援艇，正以近乎紧急发射的速度，从满载的高速客货两用飞船上弹射而出，瞬间加速度达到了6G到7G，像一支光箭一样冲向地球。

客货两用飞船的最终目标是L4宇宙殖民地，位于距离地球达36万千米的月球轨道上，而救援艇已越过月球轨道，直奔呈蓝、白、棕三色的地球。当距离地球只有几万千米时，救援艇再次将核聚变火箭引擎开到最大，开始紧急减速。等减速完成，救援艇进入环绕地球的轨道，一艘世界联邦空军的巡逻艇出现，并在第一时间向救援艇靠了过去。

距离地球表面约3.6万千米、位于地球同步卫星轨道与月球轨道之间的空域，按例由太阳系开发机构直属的宇宙空军和世界联邦空军共同管理，而地球同步卫星轨道内侧的空域则由世界联邦专属管理。在距离地表3.6万千米的轨道上飘浮着数不清的同步通信卫星、太空中转基地或者是能源站，在该轨道略靠外侧，救援艇和巡逻艇已进入平行飞行状态。这时，从巡逻艇上飞出一辆开放式的太空滑板车，向救援艇缓缓靠近，然后从救援艇上接过一个身穿宇航服的人，并将其转运到了巡逻艇上。从救援艇里出来的人，不知是不是因为心理作用，看起来异常疲惫，从他所穿的宇航服的颜色和胳膊上的标志可以看出，他是一位大人物。

接上这位大人物后，涂有金色和绿色两种颜色的宇宙空军救援艇和涂成红白相间的宇宙空军巡逻艇，就像彼此相互排斥一样，很快就从上下两个方向各自飞了出去。一艘向着黑漆漆的太空中那正闪耀着皎洁光芒的月球飞去，另一艘则驶向下面那颗蔚蓝色的美丽星球——地球……

巡逻艇在距离地球表面约1200千米的高空，与外表涂有白蓝两色的空军第一师的军用航天飞机顺利对接。紧接着航天飞机将从巡逻艇分离出来的船员舱直接装进了它那巨大的有效载重舱内，然后掉头向地球飞去。从空军的日程来看，这艘从火星飞来的救援艇和空军巡逻艇的接触与人员交接，以及那艘巡逻艇与空军第一师航天飞机的对接，都仅仅是一次常规训练。

但事实上，这次常规训练的气氛异常紧张。空军航天飞机上的序列号不知为何被用耐热密封条遮住了，它那比民用航天飞机速度快得多、运动性能也好得多的机身，随着可变翼的翻转，迅速进入大气层。这时又从地面上飞起两架超高空战斗机，在两侧为其护航，最后一起降落到了大西洋百慕大岛上的联邦空军试验基地。

在基地内，几架同样遮住序列号、普通涂装的直升机，已启动引擎在原地待命。很快，从航天飞机上依次下来三名身穿相同服装、体格相似、年龄也相仿的人，然后他们分别登上了这三架直升机。

三架直升机几乎同时从地面起飞，却一架向东，一架向南，另一架向西，分三个方向飞走了。

几个小时后，其中一架直升机出现在了联邦总统府的上空，并在一架正在巡逻的公共安全部门的直升机的引导下，缓缓降落在了总统府的后院。

而现场的另一架巡逻机则一直悬停在距离地面150米的高空处警戒。

两名身穿制服的警卫和两名身穿便衣的保镖一起冲向刚刚降落在官邸露台前的直升机。螺旋桨仍在不停旋转着，舱门一打开，他们就看到飞行员好像正脸色大变地喊着什么。

“担架！”警卫回头看了看露台对面敞开着的法式窗户，接着飞行员的话说道。

“谁能去一下医务室！那里有医生！”一名保镖从直升机的舱门处抱下一个身穿深灰色西装的人。那个人的帽檐压得很低，还戴着一副墨镜，不过他的脚刚踩到地面，就一下子屈膝跪倒在了地上。

保镖赶紧扶起他，然后用肩膀支撑着他的腋下，扶着他摇摇晃晃地朝露台走去。与此同时，另一名保镖迅速拔出激光枪，在敞开的舱门一侧对着树丛保持警戒。两名警卫则手持装有五连发转轮弹盘的便携式导弹发射器，一人对准天空的方向，另一人则丝毫不敢大意地紧紧盯着直升机另一侧舱门前的树丛方向。

一辆无线电操控的医用推床很快就从法式窗户后面冲了出来。推床后面紧跟着一名身穿白大褂的护士和一名身穿运动服的医生。他们拿着装有诊断装置的箱子和急救箱，飞快地向前冲来。待推床在草地上停稳，推床前面的伸缩腿缩回，床面倾斜过来，保镖赶紧将刚从直升机上下来的那个人轻轻地抱上推床。随后，医生用一只手操控着遥控器，让推床前面的伸缩腿再度伸长，使床面恢复到水平状态。而护士在将装有诊断装置的盒子放在床边后，取下了那个人的帽子，在他太阳穴的位置贴上电极贴，然后又在他左手腕上缠上了一条带电线的带子。

“强心剂……”医生看着诊断器彩色液晶屏上的图案，简明扼要地说道，“应该是过度劳累……肝脏和肾脏的情况现在都很糟糕。还有点发烧……必须马上送到医务室进行体液调整。立刻安排……”

护士将一个带有药液雾化器的氧气面罩扣在了那个男人的嘴上，又从胸前的口袋里掏出一个通信器，开始联络医务室。医生则一边盯着显示装置，一边继续操控遥控器，让装有6个滑轮的推床向官邸移动。保镖回头向这边看了一眼后，将左手手指伸进嘴里，咻地吹响一声口哨，然后向直升机使劲挥了挥手。这名保镖接着从腰部掏出一部对讲机，对一直盘旋在上空的巡逻机说了些什么。随后，空军的这架直升机迅速从地面起飞，在留下一股刺鼻的离子气味后，与一直盘旋在空中的另一架巡逻直升机并排向远方飞去。它们一起飞过后花园边界处的树林，并很快就消失在了视野中。而一直在上空警戒的巡逻机似乎也快没油了，于是开始缓缓地向公共安全部门的基地方向飞去。警卫和保镖们一边警戒着，一边退回到了总统官邸内部，当法式窗户也被关上后，总统官邸的后院瞬间恢复了原有的平静，只剩下沐浴在夕阳之下的贴有银灰色陶瓷的总统官邸依然孤独地矗立着……

“舒克洛夫斯基，”雅各布·明总统盯着床上躺着的人，不无痛心地皱起了眉头，“你没事吗？这趟旅途过于鲁莽了。而且，你在火星上的行程安排过于紧张。”

“总统阁下……”躺在床上的舒克洛夫斯基副总统缓缓睁开颤抖的眼皮，铅灰色的脸上勉强挤出一丝微笑，“年龄……不饶人了。真没想到在第二次加速到7G时……我的肋骨居然会骨折。是我强行让飞行员加速的……否则就会来不及……”

舒克洛夫斯基尝试着将右手探向床边，他的脸因为疼痛而微微扭曲，但他依然没能够到自己想要的东西，于是皱起了眉头。

“不要逞强……”总统握住舒克洛夫斯基伸出来的右手，轻轻地拍了拍，然后把它放回到原来的毛毯上。

“是这个吗？——你要这个？”

在床边的桌子上放着一个耐热耐辐射的茶色塑料公文包。总统拿起它，按了密封锁上的组合密码。

“对……就是那个。——BBJ。”舒克洛夫斯基努力睁开双眼，微微点了点头道，“在那张全息表格上，基本事项都……概率目前已经达到了百分之二三十。总统……还有……在从火星过来的客货两用飞船上……有面向议会及大众发表的讲稿草案……我已经试着写好了概要。您再好好检查一下……我……虽然累得够呛……但我愿意为此倾注我全部的心血！”

“谢谢你，舒克洛夫斯基……”总统打开公文包，从一个很薄的镶嵌着玻璃的金属盒内取出几张直径约20厘米的圆盘，略微看了看，然后说道，“写得很好……我马上召开内阁扩大会议，好好研究一下。”

“其中也有我对于政治措施的一些看法……这是大家……OPDO司令部

的工作人员……共同的智慧结晶。简直就像马拉松一样……不眠不休……和‘BBJ计划’齐头并进。”

“那个‘BBJ计划’……不知怎么回事，好像已经被泄漏到了地球上。”

“你说什么？”舒克洛夫斯基试图挪动自己的身体，但一阵疼痛袭来，让他不由得皱起了眉头并合上了双眼，“怎么回事？”

“我也不知道怎么回事。”总统紧蹙双眉，摇了摇头道，“4天前——在某个科学杂志和一份影响力很大的报纸上，以地球上某个著名学者为代表的科学家公开批评‘JS计划’的危险性，并要求公权力对此进行彻底调查。那些人认为‘木星太阳化计划’……存在着根本性的理论缺陷，技术上也同样有问题，如果继续推进，有可能会引发木星的大爆炸……”

“不是有可能。而是我们的目的就是让它发生爆炸……”舒克洛夫斯基闭着眼睛喃喃地说道，“如何……在合适的时机，让木星以预想的规模发生爆炸……是‘BBJ计划’面临的最大的难题。为了解决这个难题，大家……”

“今天——他们通过一个很有影响力的团体，向参众两院议长提出，希望政府部门重新审查‘JS计划’，并由议会监督。估计他们还会向联邦法院提出，要求在公权力结束重新审查之前，暂时中止‘JS计划’。”

“沙德里克……这个又是他主使的吗？”

“没错。他虽然明面上没有出现……但有一天，他突然来找我，提出了带威胁意味的合作要求。当然，被我拒绝了。”

“因此，他选择了这个时候……”舒克洛夫斯基呆呆地望着天花板，说道，“原来是这样……那家伙……参议院……会开始动摇，太阳系开发机构即使不至于解体，也会被置于议会的监督之下。”

“关于‘X问题’的情报，沙德里克肯定掌握了不少。”总统反复思考后说道，“这是在——情报管理还不够完善的时候难以避免的事，所以在某种程度上有可能被泄漏出去——‘BBJ计划’目前还属于绝密情报。除了OPDO-AX指挥中心和我的幕僚，应该没有其他人知道。你发现谁向他传送情报了吗？”

舒克洛夫斯基沉默了一会儿，凝视着天花板。

“没有……不，我不知道……”他用嘶哑的声音说道，“那个家伙……不可能在他们中间。总统……大家……我指的是太空里的那些家伙，他们每个人都非常了不起。他们站在地球人类的……我们文明的最前沿，他们在地球上无法比拟的、极其恶劣的条件下，始终保持着乐观的心态，从不气馁，发挥出了惊人的智慧、力量和士气。他们一直在非常努力地工作着。……他们才是我们的未来……是人类最优秀的一分子。或许只有他们……才能拯救这个地球……太阳系……因此，我们必须确保他们可以发挥出他们拥有的全部力量。绝不能允许任何力量，哪怕只是暂时性地干扰到他们……我们必须做到这一点……总统……我们必须尽快取得特别紧急权力。只有这样，才能用你的全部权力，确保'BBJ计划'……尽早完成……"

舒克洛夫斯基的话突然中断了。他那遍布皱纹的脸颊上，突然出现了一道深深的泪痕。

"总统阁下……"站在总统身后的总统官邸的医生轻轻地摇了摇头，"聊得太久了，得让副总统休息了。"

总统拿着公文包，从床边站了起来。舒克洛夫斯基的脸上还挂着泪痕，半张的嘴里却已传出轻微的鼾声。

"他——身体没事吗？"总统在门口小声地向医生问道。

"三四天内，依然需要绝对的静养。"医生垂眼说道，"我们正在对他的体液进行综合调整，但稍有不慎就有可能引发脑溢血。我们已经采取了预防措施，也做好了以防万一的准备。"

"那……就麻烦了。"总统阴沉着脸说道，"要想尽一切办法……让他恢复，决不能让他在这里倒下。"

在病房的门外，出现了联邦公共安全委员长奥弗特的身影。他的眼底同样可见明显的黑眼圈。

"内阁成员都到齐了……"奥弗特说道，"舒克洛夫斯基不能参加吗？"

总统摇了摇头，把公文包递给了站在公共安全委员长奥弗特身后的首席秘书官。

"道格，参谋长联席会议主席和最高法院院长也来了吧？"

总统一边向会议室走去，一边问道。奥弗特急忙点了点头。

"2小时后，参众两院议长、副议长和宇宙开发问题特别委员会的常任委员都将在议会会场等候。关于紧急权力的授予，议会那边应该不会有什么问题。"

"那会议结束后，你去召集新闻媒体的负责人……"总统看了看手表说道，"那边……哦，对了，是4小时之后。能召集起来吗？"

“可是4小时后正好是半夜。”奥弗特小声嘀咕道。

“道格……你应该没问题吧？”

“各位联邦议员……”3天后，在参众两院议员几乎全员出席的联邦议会全体会议会场的主席台上，雅各布·明总统静静地翻开了讲稿的第一页，“今天，在这里，我必须向地球上的所有人类，向我们整个太阳系，报告一场正在向我们不断迫近的重大危机……”

9. 抢跑

“已经开始了……”英二瞥了一眼多元显示装置的一角，小声说道。

“什么？”卡洛斯漫不经心地问道，在刚刚过去的整整15个小时里，卡洛斯一直都在利用3D图表分析庞大的矩阵图。

“总统在议会的演讲……”

英二指着显示装置上一块小小区域内的影像说道。影像来自地球，旁边标有太阳系标准时间、地球标准时间、地方时间，以及电波从地球到达火星的时间。——在目前地球和火星之间的相对距离下，通信时差不到6分钟。

“要看看吗？——需要把图像放大吗？”

“不用……就算认真听了，也没法改变什么……”卡洛斯盯着不断起伏变化着的曲面和全息树形图，摇了摇头道。

“反正也就是个政治性的仪式吗？针对议会的工作应该已经结束了……”

“不过，有传言说，要想让议会批准进入全民公投的程序，依然需要投票并获得足够的票数。但根据目前的推算，得票数可能有点危险……反对派好像一直在努力运作……”

“反对又能怎么样？不就是自己掐自己的脖子吗？”

“他们的想法没有那么简单，毕竟他们是政治家。即使很清楚地知道发生了什么，对于最佳对策的选择，意见也很可能存在分歧……不仅如此，还会牵扯到各种不同团体的想法。”

“我实在搞不懂地球上的政治……”卡洛斯不停地切换着图表，嘟囔道，“总而言之，那是一种……有着悠久历史的相互不信任体系，对吗？”

“……我再说一遍，根据科学家和专家们的推断，黑洞和太阳肯定会在大约20个月后发生碰撞……”画面中的雅各布·明总统以沉痛但又平静的语气，一字一句地读着讲稿上的文字，“我第一次接到关于这次危机的报告是在7周之前。从那以后，专家和我们政府的工作人员就一直忙于查明真相，并大致勾勒出了这次灾难的规模和性质。现在我就向联邦议会及地球上的全体居民汇报关于这次危机的整体情况。为了应对我们太阳系面临的这次前所未有的巨大危机，我衷心希望各位议员及人类社会全体成员能够团结起来，全力支持政府的行动……”

“喂，大家集合一下……”位于火星卫星轨道上、现在被作为“X计划”临时指挥中心的OPDO-AX的员工休息室内，太阳系开发机构总裁韦伯低声说道，“卡洛斯和英二……在吗？好的，还有几个人？大家都先待在这里。赶紧集合一下。”

“兰森部长呢？”英二问道，“需要去叫他吗？”

“他现在去了火星的外行星开发机构总部，估计还需要5个小时才能回来。我稍后会专门找他谈谈的。总之，大家都先到这边来，我想听听大家的意见。”

卡洛斯把多元显示装置切换成自动模式，从显示装置前站起来，伴随着椅子咔嗒咔嗒的响声。

员工休息室中央的多元显示装置周围，有六七个人在紧张地忙碌着。听到韦伯的话后，他们不约而同地停下了手头的工作，陆续来到椭圆形桌子旁边的一张小桌子周围——这里原本是挤在员工休息室里工作的员工们临时休息的地方。他们把折叠椅、坐凳等拉过来，围成了一圈。

“总统的讲话已经开始了……”韦伯看着多元显示装置说道，“英二……把画面放大一点，声音不用调……”

“全民投票的结果大概什么时候出来？”人群中有人疲倦地靠在椅背上，打着哈欠问道。

“即使所有程序全部结束……投票和统计也都顺利，最快也需要10天，不，两周吧……议会批准全民投票后，至少也需要再花一周的时间来宣传……”韦伯侧眼看着总统演讲的画面，低声说道，“这还得是在最理想的情况下。有的地区，投票和统计需要的时间可能会很长。因为有些地区不允许使用按钮式电动计票……”

“这也太不可思议了……”英二说道，“虽然有办法让每个人都了解这些问题，有办法即时统计出每个人的判断和选择，也有办法自动识别投票者并登记投票结果，但是……在这么重要的问题上，有的地方却不准使用这些方法？”

“人类社会并不是一个单一的个体，而是类似木片拼花的工艺品……在地球上，文化与文化的拼接和生态学上的拼接一样，各有其意义。只要允许生命存在的环境能够持续下去……”韦伯拿起小桌子上不知是谁喝剩下的果汁，一饮而尽后继续说道，“但是，它从来没有遇到过像现在这样的情况。在地球这一看似残酷，但对生命来说却无比温和的漫长历史中，尚未经历过宇宙环境被其他宇宙现象完全破坏的情况，因此在应对时难免……啊，总统的讲话差不多要结束了。接下来，是沙德里克的提问。”

“沙德里克参议员？”英二有点吃惊地问道，“是不是有点像……针对性的演说？”

“嗯，或许差不多吧，当然也有想拖延议程的意思。估计他的目标是在这个问题上，让普通老百姓对受到全人类的信任、要求被授予特别紧急权力的总统及其幕僚产生不信任感吧。”

“他这么做的目的是什么？”小奥托·温克尔有些吃惊地问道，“在这种时候，却要助长社会混乱，他到底想要得到什么？又究竟想要做什么呢？”

“关于这个，可就说来话长了。因为这涉及20世纪以来，或者是更早以前的人类社会的历史……好了，英二，把画面缩小吧。沙德里克的演讲待会儿看录像就行。现在，我想听听大家的意见。”

韦伯在小桌子后探出身子，用锐利的眼神环视大家。

“大家也差不多该到能得出结论的阶段了吧。关于X点对策，在‘BBJ计划’和‘EX计划’之间，按什么比例来分配资源，效果才会最好呢？”

面对韦伯的提问，大家面面相觑。

“BBJ计划”，即木星引爆计划，是指改变黑洞的行进路线，避免让它直接撞向太阳。而“EX计划”则是指让一部分人类成功逃离太阳系、进行星际移民的逃亡计划……在“X计划”中，这两个方向完全不同的子计划，究竟应该分别被赋予多大的权重呢？

“也就是包括所有能够动员的材料、工厂、机械、飞船、人员究竟该按何种比例分配的问题，是吗？”不知是谁低声问道。

“嗯，是的。不过，在数字上不那么精准也行。在现阶段，只要大家心中有初步成形的比例……嗯，不管是印象还是直觉，只要能把他们联系起来就行。希望你们都能说一下。”

“好难啊……”周围有人嘀咕道。大家要么面面相觑、抱着胳膊，要么将目光投向空中。

“粗略的估计也可以，直觉也行……”韦伯强调道，“当然，计算机和智能电脑已经计算出了大致的范围，而且对于选择哪种比例分别会发生什么情况，也做了一定的预案。不过，遗憾的是，计算机到现在还没有达到帮我们做决断的地步。当然，这也在情理之中，因为一直以来我们都是这样调教计算机的。”

“也就是说……”小温克尔战战兢兢地说道，“总裁，您接下来打算做这样一个重大决断吗？”

“请告诉我你们的决断。决断和决定是不同的。决断是某个人到了最后，哪怕是向神祈祷，也必须选择的唯一的方向。这就是领导者的职责……”

“那，就选择50比50吧。”一个秃头、长着一对浅棕色眼睛的男人说道，“这就是我的意见。BBJ50，EX50。”

“2比3。”另一个男人抚摸着从卷起的衣袖中裸露出来的胳膊，说道，“BBJ2，EX3。”

“我正好相反，”一位30岁左右的银发女性立刻说道，“BBJ3，EX2。这是我在分析和模拟的时候一直考虑的比例。”

“1比3，”一个留着一头长发的男青年举手说道，“木星爆破是1，大逃亡是3。理由一，‘BBJ计划’的成功率目前只有20%。理由二，‘BBJ计划’是对‘JS计划’的修正，应该不需要那么多的资源。”

“英二你怎么看？”韦伯回过头问道，“卡洛斯，你的意见呢？”

“9比1。”卡洛斯小声说道，“当然，BBJ是9……不过……”

听到卡洛斯这么说，韦伯抱着胳膊哼了一声。其他人的脸上也浮现出一副“就知道你会这么说”的表情。

“不过……这仅限于‘X计划’的上半场阶段。整个计划可以分为上半场和下半场两个阶段。在上半场阶段，首要目标就是完成BBJ系统。因为……我认为，BBJ经过最终阶段的微调，其预期成功率有可能从现在的

20%提高到25%，甚至是30%。而且……与‘EX计划’相比，‘BBJ计划’一旦获得成功，其效果将是决定性的。哪怕它的可能性只有20%……甚至是更低……”

“是啊……”一名体格健壮、酷似职业摔跤手模样的统计工程学专家附和道，“即使是1比3……不，1比5的赔率也不错，这显然比蹩脚的赛马或买彩票好得多。只不过，这家伙不能随便买……”

“所以……无论如何，在上半场阶段，对于‘BBJ计划’，我们都必须全力以赴，在下半场阶段再逐步提高‘EX计划’的比重。当中微子枪和超粒子加速器在木星周围的配置达到一定数量之后……BBJ也就过了最紧要的关头。接下来就可以把人员和工作用飞船等尽数调往EX了。”

“好的，我知道了……”韦伯松开交叉的双臂，长长地叹了一口气，“的确……‘BBJ计划’虽然类似一场一击定胜负的赌博，却非常值得一试。如果期望落空，最坏也不过和现在一样。所以与其优先‘EX计划’，降低胜率，还不如索性下定决心赌一把。不过，要让地球上的那些家伙接受这一点估计会非常困难……但是，‘EX计划’其实有点像一个泥潭，我们不知道结果究竟在哪里，到底要追到什么程度，完全无法预测。对了，从现在到‘BBJ计划’度过最紧要关头，大概还需要多久？”

“一年半……”卡洛斯结结巴巴地说道，看起来没什么自信。

“时间相当紧啊……之后还需要两个月左右的微调时间……而且，必须尽快取得许可命令。现在，‘JS计划’虽然收到了‘暂时待命’的指令，但大家可一点也没有松懈，而是和以前一样玩命工作。不过，我们差不多已经达到努力的极限了……我们不能再让前往木星及其周边地区的材料和工作船只继续处于停摆状态了。不过，在这段时间内，为了让‘JS计划’顺利变更为‘BBJ计划’，我们一直在不断地对相应的程序和数据进行修正……”

“好……那就由我来做这个决定吧。BBJ和EX的比例暂且先定为3比1。整个计划只要按这个比例确定下来，马上就可以重启。‘暂时待命’很快就会被全面解除，这样可以吗？卡洛斯……那么，就让我们所有人一起加油干吧！”

“请稍等一下……”英二叫住了正要起身的韦伯，“那个……现在，在上面还没有批准的情况下，我们就选择全面开干合适吗？——不是只有在总统被授予紧急权力……联邦政府就此事成立特别委员会，并在获得该委员会的批准之后才能开始吗？从程序上看，我们现在是不是在抢跑呢？”

“是的——我就是在抢跑。我已经下定决心了……”韦伯在员工休息室门口停下脚步，环视众人后说道。

“听好了……刚刚我得到了一个情报，总统要想获得紧急权力，必须先通过联邦议会的表决，再通过全体选民的投票，并取得足够多的票数……但现在，通过全民投票获得的票数可能也不一定足够……敌对集团很可能会采取大规模的搅乱战术……万一拿不到足够的票数……我们也会继续按照现在这个制度走下去，至于地球上的政治性程序的合法性什么的，在这个时候就暂时顾不上了。如果总统能够顺利拿到特别紧急权力，那我们的抢跑行为自然不会被追究，但即使总统没有被授予特别紧急权力，在我们被用枪指着、被戴上手铐之前……也依然需要继续按现在的决定走下去。因为我们要面对的是宇宙和……时间……我们一旦出错……所谓的政治合法性也就不具备任何意义了。但如果一切都进展得非常顺利……他们难不成还要把我们带到法庭或其他地方去吗？”

韦伯那长满胡子的脸上绽放出一丝笑意，随即补充道：“反正我们从一开始就已经飞离了地球上的那个社会。所以趁着这个机会，我们何不飞得再高一点呢？各位，让我们一起飞翔吧，行动！”

在朱庇特教团的海滩边，上面是明晃晃的阳光，一棵大王椰子树的树荫里，两个年轻人正赤身裸体地紧紧拥抱在一起。教祖彼得从他们旁边走过，脸上带着淡淡的愁容。

“你看到玛丽亚了吗？”彼得向那个男人问道，“最近一直没看到她。”

“哎呀，您这么一说，我才想起确实有一段时间没见到她了。”男人回答道。

“在开始表决之前，关于这一点，请总统务必解答一下。”电视里，沙德里克参议员说道，“针对这一事态，你有什么根本性的对策吗？请告诉我们你究竟做了什么？”

10. 行动!

这是一个由恒星和星际物质组成的旋涡星系，它的直径达10万光年，不过这种规模的星系在宇宙中也只能算是中等或者偏小。在宇宙中，类似这样的星系也只存在于相对稀疏而又偏僻的空域，哪怕是距离它最近的另一个旋涡恒星系也在200万光年之外。现在，在这个拥有1000多亿颗恒星、很普通、规模也很小的G型恒星系中，出现了一场在外面看来再微小不过的恐慌。

恐慌发生在一个规模很小的恒星系中。这里距离恒星密度极高，动辄会因为碰撞、爆炸而释放出远超整体平均水平能量的旋涡状银河的中心，大约有3万光年。从远处看，这个恒星系处在一片暗淡的光雾和由恒星及星际物质组成的旋臂中间，并随着旋涡的旋转而缓慢地移动。如果从距离最近的另一个星系——200万光年以外的仙女座星系观察，这个恒星系小得不能再小，甚至很难作为一个单独的光点被区分开来。

这个小得不能再小的光点的移动路线很快就会与一个比它小得多、只有针尖那么大的小黑点的移动路线交叉、相撞，别说是从其他星系，就是从距离那颗恒星最近的其他恒星系上也很难被观测到。——如果这两个小点发生碰撞，那么这里就会出现新星或者是小型超新星程度的爆炸，在很短的时间内释放出大量与以往不同的强光和高能量，那时哪怕是从距离此处很远的恒星系上——假设那里存在具有一定文明的智慧生命——也会注意到这颗恒星会突然变亮，释放出大量能量，接着迅速变暗并彻底消失的现象。

不过，即使是在规模中等的星系内，每年也至少会有好几百颗新星在其中的各个角落出现，而且每隔几十年甚至几百年就会有一颗超新星出现，并在极短的时间内释放出相当于太阳能量10亿倍的能量。与此相比，上面提到的那两个小不点儿的相撞可能引起的爆炸，在这个星系中是再普通不过的现象，绝大部分甚至连记录都不会留下。

更何况，放眼整个宇宙，在极其狭窄的空间内，存在着由数千个星系组成的好几个超星系团。在那里，星系与星系会相互碰撞，或者两个旋涡星系会斜着擦身而过，又或者质量达到普通星系几万倍的巨大星系会突然发生恐怖的大爆炸，这样的现象几乎随处可见。与这种现象的巨大规模和强度相比，偏僻的中等星系边缘一个小型恒星的爆炸，就连星系内一个微弱的闪光都算不上……

即使在靠近太阳系的地方，也很难发现明显的危机迹象。太阳这颗小小的恒星，几十亿年以来一直持续燃烧着。在它的周围还飘浮着一些远比它小的看起来像是岩石碎片的行星，它们也一直在各自的轨道上，以各自的速度不停地围绕太阳公转。其中一些较大的行星，比如木星和土星，它们的表面一直被寒冷的气体覆盖，其面貌在几万年甚至几亿年以来都基本没有改变，一直在缓慢地围绕着太阳旋转。与太阳相比，这些行星是如此之小，以至于在其他恒星的光芒掩映下，很难被分辨出来，看起来就像是散落在太阳周围广阔空间里的微小沙粒。就连最大的行星木星，其直径也只有太阳直径的1/10，这个比率只相当于地球与月亮直径比例的1/3。因此，从太阳赤道面的方向望去，木星不过是一个小小的半月形红色光斑，如果不注意，很可能会被忽略。

但是，如果有智慧生命在附近长期观测这个小小的G型恒星系，并详细记录某一波长的电波信号，那么他们可能会注意到，从某个时期开始，这个恒星系发出的通信电波突然出现了大幅增加，而且还会发现，像闪烁的微尘一样，拖着核聚变喷射火焰尾巴的人造飞行器，其往返飞行的次数正在一点点地增加。——而且，数不清的飞行器正在朝这个恒星系的第5颗行星，也是体积最大的行星——木星周边的一个焦点聚集……

与太空中的紧张情况相比，这个恒星系中唯一拥有水、大气和生命的第3颗行星——地球，看起来却毫无变化。远远望去，那颗小小的行星上可以看到由海洋的深蓝色、陆地的褐色和桦木色组成的花纹。这些花纹上还覆盖着一层呈旋涡状的白云斑纹，不过看起来和以前并没有什么不同，一如既往地美丽和平静，几十亿年如一日地在轨道上围绕着太阳公转。即使从太空仔细观察这颗行星的表面，并从中发现了拥有技术文明的智慧生物活动的证据……比如随处可见的大城市、耕地，以及宛若小寄生虫一样不停移动着的交通工具，估计也无法发现，在这个由智慧生物组成的小小"社会"里，正在掀起一场巨大的恐慌………

"请政府拿出对策来！"示威群众举着标语牌，并使用扩音喇叭大声呼喊道。

"请政府公开全部信息！"

"政府准备如何对待我们？"

"我不想死！"

“有资格登上方舟的究竟是谁？”

人们纷纷拥上街头，散乱的人群中充斥着愤怒的叫喊声、此起彼伏的口号声、尖叫声和哭泣声。

“示威人群正在前往行政中心！”一名执勤的警察对着通信器喊道，“还没有得到使用镇静气体的授权吗？”

“暂时还没有。”声音从警车里的扬声器内传来，“上级下达指示，要我们尽量避免使用镇静剂。麻醉枪也只能用于威吓。”

“那让我们出来的目的是什么？”车里的一名警察不满地说道，“从刚才开始，我们就在距离他们最前排20米的地方不断后退。难道我们就这样一直把他们引到行政中心吗？”

突然，咔的一声，一个空酒瓶飞了过来，猛地砸在了警车上。

“看来是喝了酒。”另一名警察闻到摔碎的瓶子里传来的气味，嘟囔道，“我们也想喝一杯。”

哔！紧急联络警报响起，从对讲机里传出一个慌乱的声音。

“投票统计中心的电脑室被炸了！是炸弹……紧急通知各小组！一定要保护好附近的微波转播塔！现在，在A6地点已抓获一名试图炸毁天线的男子。”

“难道只是让我们负责佯攻吗？”警察钻进警车嘟囔道。

“我想应该是这样。虽然示威游行看起来声势浩大，但其实人数不算太多。”

警车猛地加速，从地面跃向空中。当警车盘旋着从人群上方飞过时，另一名警察突然打开窗户，把一个涂成蓝色的储存罐扔了出去。

“喂！不是有命令说不让使用镇静气体吗？”握着方向盘的警察说道。

“是失手掉出去的。”他的搭档耸了耸肩，将目光投向天空，“他们也该累了吧？让他们稍微休息一下也好。”

“全世界范围内出现严重干扰投票行为的地方一共有几处？”投票管理委员会委员长焦急地向秘书长询问道，“如果出现太过恶劣的情况，就不得不考虑出动警察维护秩序了。”

“到目前为止，全世界一共有3个地方的投票中心遭到了破坏。”秘书长看着显示装置说道，“其中一处，刚接收完数据的存储器略有受损，但影响不大。不过，如果受到干扰的次数太多，在统计结果出来后，有人指责统计数据的处理过于混乱就不好了。虽然不至于被判无效，但也会带来不少麻烦，所以得提醒他们多加小心，注意防备。”

秘书长接着又改变了显示器的模式。

“反对投票的示威游行，虽然看起来声势浩大，但实际上参与的人数并不多。领头的和煽动者都是一人分饰多角，可真够忙的。”

“可是，等投票结束后，会不会继续出现其他问题呢？”管理委员会委员长盯着显示屏说道，“没有采用远程投票的地区接下来会变得非常拥挤。”

“如果在那之前，有效票数就已经超过规定票数就好了。”秘书长也有点担心地用手指咚咚地戳着显示器上的数字说道，“要是它能变长一点就好了。——现在，终于过半数了。”

“离投票结束还有4天。”管理委员会委员长叹了口气后站起身来。

“嗯，上涨的速度越来越快，应该没问题吧。”

“截止到目前的分析显示，如果有效票数超过规定票数的5%，应该就可以勉强过关了……但是如果弃权票太多就不好说了……”秘书长瞄了一眼管理委员会委员长说道，“那个……如果最后总统没有被赋予特别紧急权力，会发生什么情况？难道……”

“应该不会发生总统辞职或议会解散之类的事情。希望不会那么糟糕，S（沙德里克）先生那一派也不可能把议会操纵到那种程度……估计需要议会对总统进行形式上的信任投票，并在现行体制内进行应对。”

“真是麻烦啊。”

“嗯，在设计特别紧急权力的时候，也完全没有预料到会面临现在这样的情况。”管理委员会委员长苦笑着说道，“所以，对于总统来说，特别紧急权力可以说是一把传家的宝刀，但也正因为如此，在赋予它的时候，有很多手续上的限制条件。”

“那么，当时设想的又是什么情况呢？”

“内乱……”委员长耸了耸肩说道，“还有陷入失控状态的政治、社会的混乱……特别紧急权力是在一个多世纪前提出的，之后一次也没有真正行使过，因此也没有对这一方案修订过。”

“即便如此，在没有被赋予紧急权力的情况下，如果要处理事态，会发生什么事呢？——随着对状况的逐步了解，会不会发生大规模的骚乱呢？”

“只能用别的方法来暂时压制，并强行挺过去吧。虽然最后可能会变得非常糟糕……但这毕竟是人类自己做出的选择。”

“在黑洞撞上太阳之前，能制造出多少艘逃生飞船呢？”秘书长看着又开始变换图案和数字的显示屏，低声问道，“最终，又有多少人能够真正逃出去呢？”

“这个嘛——应该还在测算中。就算现在开始动工，中途形势也会发生变化，很难预测究竟能完成多少。说实话，我对这种事不感兴趣。”委员长轻咳了一声道，“我……从一开始就打算放弃登船权。我已经这把年纪了，实在无意再去遥远的宇宙尽头，经历一趟没有目的地的旅行了。”

“说实话，我也一样。”秘书长突然笑着说道，“我已经取消了今年和明年的全部年假，作为交换，我在一年半后申请了长假。政府已经批准了我的申请。”

“那就好。”委员长也微微一笑道，“怎么样？要不要在我的别墅度过你最后一个假期？那里位于山腰，视野开阔，下面的溪谷里还经常能钓到大鳟鱼。”

“那可太好了。”秘书长敲击着显示面板上的按键，说道，“对了，除了逃亡计划，总统还在议会上提到过另一个计划——能够消除危机本身的计划究竟是什么样的呢？总统在面对质询时回答说，关于这个计划还在认真讨论中，还没有到发布的阶段……不过听说好像是要对木星做些什么？……据说代号是‘BBJ计划’。”

“你是从哪里听到这个计划的名称的？”委员长的目光突然变得犀利起来，“它目前还属于绝密信息。”

“啊——大洋洲区的最终统计结果出来了！”秘书长兴奋地叫道，“情况很不错。这是非常好的结果。这样后期就轻松多了。”

“还有，东亚的票数要是再多一点就好了。”委员长小声说道，“这样一来，西亚、非洲再怎么磨蹭也不会有什么问题了……哟，好像有新闻插播进来了。”

“请稍等一下……”秘书长也注意到了正在不停闪烁的“紧急插播”的指示灯，于是他按下了旁边的按钮。很快显示屏右下角就出现了几行文字形式的新闻。“嗯……好像是一本叫作《SKIO》的科学杂志做了一期特别报道。报道称政府将投入巨额资金，试图通过引爆木星来改变黑洞的行进路线，这是一场鲁莽而又极度危险的赌博……”

“这就是‘BBJ计划’。”选举管理委员会委员长的脸色瞬间变得像纸一样惨白，“《SKIO》这本科学杂志不久前以‘JS计划’的危险性为借口，鼓动科学家们联名提出暂时中止‘JS计划’和进行全面审查的运动……当然，作为这本杂志母公司的报社，据说和沙德里克关系匪浅。”

“行动！”在密涅瓦基地的总部指挥中心内，卡洛斯盯着巨大的显示装置，对着无线麦克风大声喊道，“啊，对。指令没有变更。‘BBJ计划’优先，总之开干就对了！把货运飞船也尽可能全部都调过来。等这边的系统一弄好，就会全部再调到EX那边去……对，就是这样。如果想让我们早点结束，那就尽快给我们调过来。我刚刚和总裁确认过，只同意勉强增加5%的调度船只……证据？你在说什么？这是胆识，胆识……哦，先别把那艘机器人工作船送回小行星了，补给燃料后先调到P2去。极点方向的触发系统，虽然机器都齐备了，但负责组装的人手一直没有凑够。”

“哇！”突然，指挥中心的一角响起了一阵欢呼声。

“我们赢了！卡洛斯！”有人大声喊道。

“非洲地区的投票结果出来了。大获全胜。总统的特别紧急权力已经胜券在握……”

“等等！现在有新闻说刚才是误报……”一个将耳朵贴在通信器上的男人说道，“中美洲地区出现了大量弃权票。——有一份杂志曝光了‘BBJ计划’，受此影响，有人叫嚣说应该罢免总统和他的幕僚，因为他们试图投入大量的人力物力去实施一个如此危险的计划。”

“我才不管地球上那些乱七八糟的政治斗争呢——”卡洛斯大吼道，“总之，我们开干就行了！喂，别再盯着这种投票的新闻看了。大家谁有空，赶紧去看看时钟卫星。我本想打开–550D（倒计时550天）的标志，但灯一直都不亮，用遥控器也不管用。”

“我去看看吧。”布克从卡洛斯身后走过，拍了拍他的肩膀说道，“反正我正好要去4号现场。我会顺路过去看看。”

布克的单人联络艇出发后不久，木星密涅瓦轨道上的无人时钟卫星上就突然出现了一个巨大的、闪着红光的标志。

X–550D？ 00H？ 00M……离X日还有550天……

即使从密涅瓦基地上也能非常清楚地看到宇宙空间中浮现出的这列血红色的数字。

然而，布克再也没有回来。不久，有人发现了他乘坐的那艘联络艇，不过里面空无一人。

第九章

再见了，朱庇特

1. 直接接触

离开太阳系后，两架无人探测器“猎犬X–1”和“猎犬X–2”继续以平均每秒1000千米的高速在浩瀚的太空中向前飞行着。这时，飞在最前面的“猎犬X–1”发回了一份报告，声称其已“接近”正向太阳高速逼近的邪恶黑洞——X点。与此同时，在紧邻木星密涅瓦基地轨道内侧运行的6颗时钟卫星上，赫然可见一行闪耀着红色光芒的文字——232D06H，表示此刻距离黑洞撞上太阳还剩232天零6个小时。

这是一处距离太阳约40亿千米的空域。

这里紧邻太阳系内的地球轨道外侧，与太阳的平均距离约为1.8亿千米。这是一个由为数众多的有人和无人的光学、无线电、X射线和伽马射线望远镜卫星群组成，围绕太阳的极地轨道运行的专门针对X点的观测系统。“猎犬X–1”根据从“巨眼”接收的观测数据，一边不断调整自己的飞行路线，一边通过4颗恒星极其细微的相对位置变化测算不断逼近的黑洞所产生的重力影响。

“猎犬X–1”通过内置程序进行了几次变轨操作，并通过惯性测量单元和恒星天体测量法计算出了轨道误差，一步步精准地测算出了黑洞目前所处的位置。然后，相关数据信息又被立即传送到后方与其相距约3000万千米的“猎犬X–2”探测器上，而“猎犬X–2”在接收到“猎犬X–1”发回的相关信息后，也会根据自己的判断，立刻启动相应的配合行动，以便能进一步确定X点的具体位置。

过了整整36个小时，两架无人探测器发送出的信号才终于抵达了“巨眼”附近，并被“巨眼”的超大天线成功接收。这时，“猎犬X–1”和黑洞之间的相对距离仍在6亿千米以上，黑洞所在的位置正好与“猎犬X–1”的行进路线呈几度的夹角。现在，两者之间的距离正以每小时1000多万千米的速度迅速拉近，不过“猎犬X–1”的行进路线由于受到了黑洞引力的影响而略呈曲线，这无疑导致它们在数千万千米之外就会擦身而过。

“猎犬X–1”内置的小型高性能智能电脑立即对当前的航线进行了修正，“猎犬X–1”直奔黑洞而去。随后，“猎犬X–2”也修正了自己的行进路线。两架无人探测器就这样相互配合着，分别沿着不同的路线接近黑洞。——“猎犬X”原本是无人恒星探测器的最新改良型，其性能较之以前已经大为提升，以前是“单程型”探测器，但现在已升级为可探索恒星并自行返回的“往返型”探测器。这次对黑洞的探测，可以看作对下一阶段载人恒星探测的预演。因此，两架探测器都拥有充足的动力。即使遇到紧急情况，也完全可以支持长时间的高速飞行。当它们携带的4台核聚变引擎的能量被全部耗尽后，还有4台核聚变引擎和2台辅助引擎可用，其功率足以支持探测器顺利抵达黑洞强大的引力场边界，并对其进行自由观测而不用担心会被黑洞这个具有强大引力场的“魔鬼”吞噬。

“猎犬”无人探测器的智能电脑接受的任务只有一个，那就是尽可能地接近X点，并在追踪X点时尽量多地获取相关信息。为了达成这一任务，智能电脑可根据现场的实际情况自行判断并采取相应的行动。

两条“猎犬”就这样在黑漆漆的太空中不停歇地飞奔着，它们竖起耳朵，全身紧绷，追踪着“猎物”的气味。因为周围一片漆黑，所以“猎犬”压根无法真正看到这个藏身于黑暗中、正气势嚣张地向太阳的侧面狂飙的黑暗凶兽。它们唯一可以借助的是从这个邪恶怪兽身上发出的气味，即隐藏在空间漏斗对面的一个巨大的质量所造成的引力场的扭曲。现在，这两条“猎犬”正朝着气味的中心迂回前进。它们一边绕着圈，一边不断缩小着所绕行的圈。随着它们越来越接近猎物，黑暗巨兽那巨大的体形和被它隐藏起来的恐怖力量爆发出来的强大气场，顿时彻底压倒了它们，让它们不由得腿脚酸软，瑟瑟发抖。这个怪兽潜伏在空间无底洞深处一个比针眼还小的点后面，正凭借其极为恐怖的力量疯狂吞噬着一切敢于靠近它的东西——甚至是质量为零的光粒子。这个黑暗怪兽在太空内肆无忌惮，横冲直撞，对周围的一切全无顾忌。两条循迹追踪过来的小“猎犬”对它来说甚至还不够塞牙缝。在宇宙现象的巧合之下，它的行进路线被设定为一条通往前方的直线，而在这条直线上它会被安排与前方的一颗恒星相撞，并毁灭这个恒星系中的所有生命，这就是它的命运。此刻，两条“猎犬”正一边围着那只没有眼睛的黑暗巨兽转来转去，一边狂吠着发出警告，随即像是受到了某种强烈的恐怖刺激一样，开始发出刺耳的惨叫声。

两条“猎犬”颇为神经质的叫声在历经整整37个小时后终于成功穿越40亿千米的距离，顺利抵达了正围绕太阳旋转的“巨眼”天线群。

“小心！”“巨眼”计算机集群立即分析并破译出了猎犬发出的颇为神经质的悲鸣声。

“这家伙真的非常可怕……它体形巨大，异常狂暴……而且还隐藏有极为恐怖的破坏力量……”

“猎犬”发回的报告被破译后，立刻就被传送至位于火星轨道OPDO-AX太空基地内的“X计划”指挥中心，接着又被发往位于月球背面H.G.威尔斯环形山的重力研究所，然后被转发至位于木星轨道密涅瓦基地内部的“BBJ计划”总部，随即第一时间被编入各个计划的运行及控制程序之中。

“X点仍在以极高的速度自转！”卡洛斯看着“巨眼”破译并传送过来的源自“猎犬”的数据，小声说道。

“角动量是多少？”英二看着控制台上的屏幕，从卡洛斯的身后问道。

“还不是很清楚，上下限的范围非常大……”卡洛斯啧啧地低声感叹道，“这太奇怪、太模糊了，我完全看不懂。或许我们需要找一个专家来对这个怪物进行解读……”

“叫一下斯瓦米。”英二按下通话键说道，“正是为了这种时候，我才特意把他留了下来。今后那家伙可有的忙了。就让他在你手底下帮忙吧。”英二对卡洛斯说道。仿佛早就知道会叫他过来一样，短短几秒钟后，斯瓦米·巴尔巴那瘦弱的身影就出现在了指挥中心的入口处，然后如滑行般迅速来到了中央控制台前。巴尔巴是印度裔，年仅17岁，是一名天才数学家和重力理论专家。

当“BBJ计划”正式获批后，英二就想到，必须给这个计划的核心部门，即密涅瓦基地的原“JS计划”指挥中心配备一名重力问题专家。他利用人事计算机进行了反复的检索和查询，却无奈地发现，那些能力出众的重力理论专家早已全部被分配给了“巨眼”系统和“X计划”的核心部门，已经再无一人留给“BBJ计划”。

于是，英二立刻改变了人名检索的方向，不再局限于从学界、大学、研究所的成员名单中筛选，而是将目光投向最近几年在学术杂志、科学杂志上发表的论文和研究报告。向他建议这么做的正是在火星太空基地

OPDO－AX工作的米莉森特·威廉。

“连我们都完全没想到，那个负责机械维修的老人居然会对重力问题有如此深的了解……”米莉苦笑着说道，“所以，至少在太空中，你在选拔人才时不能将目光局限于下属机构、官方头衔和具备相关经历等方面。按理说，在这种事上，你应该比我更懂。”

“确实，我看走眼了，米莉。”英二挠了挠头说道，“不过，怎么说呢，有句话叫‘受教于负婴’。”

“什么？你说的意思是……”

“这是一句日本的俚语……”伯纳德博士插嘴道，“对了，智能电脑不仅可以检索论文，还可以根据你的要求来评估和筛选，这个你知道吗？”

“不知道——我暂时还没这么试过。毕竟我是一名工程师，而不是一名学者，我从来没想过要做那种事。”

“那就由我来给智能电脑下指令吧。”伯纳德博士把手伸向键盘，说道，“太空考古学这门梦幻般的学科，长期以来在学术界都得不到足够的重视。所以，我早已习惯使用智能电脑来处理一切遇到的事情了。”

就这样，在花了很长时间后，他们终于通过电脑系统筛选出了三个人。其中一人正是米莉曾提到过的那位在火星上负责机械维修，但目前因胸部疾病而处于静养中的老人。而在这三人中，英二最后选中的则是斯瓦米·巴尔巴，后者当时还是火星奥林帕斯高等数学研究所的一名特招生。

斯瓦米·巴尔巴当时已经发表了两篇关于如何求解重力场下各种变动模型的论文，此外他还对真实存在的X射线脉冲装置进行了深入研究。他对在该装置中心高速旋转的黑洞进行了观测，并取得了相应数据，然后发表了一篇关于如何制作该模型的报告。

智能电脑从专业角度对该论文进行了认真的评估，最后给出了“A+”的高度评价。如此优秀的人才之所以还没有被“X计划”抢走，是因为他当时仅16岁，仍属于未成年人。不过，根据《英才待遇法》，他在年满17岁后即可成为研究所的正式成员。而一旦他获得研究所正式成员的资格，估计很有可能就会被前辈们直接拉去“巨眼”系统。

现在距离斯瓦米·巴尔巴的17岁生日仅剩两个月，而英二又恰好来到了位于火星卫星轨道上的太空基地。他立刻启程赶往位于火星最高点奥林帕斯山顶上的高等数学研究所，并在宿舍见到了肤色浅黑、长着一对大眼睛、身材瘦削的少年巴尔巴，英二毫无保留地向巴尔巴介绍了相关情况。

“明白了……”巴尔巴看似很感兴趣地点了点头，他那双黑色的大眼睛里闪烁着异样的光芒，“我自己也在想，如果我去了‘巨眼’，那里肯定会有很多老前辈。那样，我可能就没机会接触到全部数据和信息了。你们的工作听起来好像更有意思。所有从‘猎犬’探测器上传回来的数据都会被整理出来，并在第一时间传回到密涅瓦基地上，对吗？”

“是的，不过，那边还没有专业人员及时分析这些数据。”英二回答道，“顺便说一下，非常欢迎你来木星工作，不过研究所你准备如何应对？你能向你的导师、前辈……或是理事会转达我们的意图和你的意愿吗？你能说服他们吗？”

“如果那样做的话，估计就麻烦了，而且会浪费很多时间。”巴尔巴调皮地闭上一只眼睛，然后对着英二眨了眨眼，站起身来说道，“我先去总务科一趟，提交请假申请。自从成为特招生以来，我还从未请过假，所以他们应该很快就能批复。我先暂时请一周左右的假……总之，只要我去了你们那里，即使他们再说什么也没用了吧？我稍后会跟所长打招呼的。”

真是个厉害的家伙……英二目送着巴尔巴离开，在心里说道。

虽说太阳系即将面临毁灭……但在那家伙的身上看不见一丝一毫的担心，简直就像趁着老师不注意，打算偷偷溜出去免费旅行的淘气学生一样……年轻，究竟是什么呢？是指还没有培养出能够理解事态真正的严重性和规模的想象力吗？还是说，在不知不觉间，与之前完全不一样的“宇宙新一代”已经成长起来了呢？当他们这一代人面对一个人的生与死，或者是面对一个行星生命系统的历史与灭亡时，是否就像看待宇宙中的新星和超新星的爆炸一样，觉得都是再平常不过的事情呢……

“劳驾，能帮我把275号房间的东西拿下来吗？”巴尔巴从门口探进头来小声说道，“舍监现在正好不在。所以我想给她留一个休假申请，然后直接去木星……”

后来，少年巴尔巴才告诉英二，那个宿舍的舍监正好是他的舅妈，一个极其爱唠叨的女人。

当英二把巴尔巴带到密涅瓦基地介绍给大家时，卡洛斯明显吃了一惊。因为斯瓦米·巴尔巴那瘦高的身材、浅黑色的皮肤、大大的黑色眼睛和拳曲的漆黑头发，让他瞬间就想起了死去的布克·拉法耶特。

在卡洛斯来到这里之前，布克就已经是密涅瓦基地的第一位新闻发言人兼人事部主任了，他几乎与英二同时到任。说到组织内人际关系问题的处理，可以说找不到比他更合适的人了。他从非洲人的天性中继承下来的热情、亲切和柔韧的个性，在日程安排日趋紧张的“JS计划”中……以及方向骤然转变后的整个“BBJ计划”中，可以说都发挥出了非常大的缓冲作用。尤为重要的是，布克还兼具剃刀般锐利的锋芒，可以在需要的时候爆发出最猛烈的攻击，这使得布克成为性格暴躁的卡洛斯的完美搭档。

布克的死非常突然，甚至一度让人难以置信。布克死于时钟卫星上一个小型助推器的爆炸。该助推器建造在卫星的外部，是由一些有缺陷的零件拼凑而成的。布克的死虽然和卡洛斯并无直接关系，但卡洛斯还是因此陷入了深深的自责。因为事发前卡洛斯曾抱怨说时钟卫星上显示剩余时间和日期的照明系统有问题，布克原本要前往别的地方，但当他听到卡洛斯的话后便顺道赶往时钟卫星查看，谁知道却遭遇了不幸。

也正因为这样，斯瓦米·巴尔巴和卡洛斯之间的关系不太融洽。不过，和一直待在研究室不停地做研究相比，男孩对密涅瓦基地的一切似乎都充满了兴趣，因此对于卡洛斯略显敌意的态度也就不以为意了。

英二交给这个男孩一个任务，让他就X点的行进路线和“BBJ计划”的成功率做一次基本的检查。不过，由于无人探测器和黑洞之间的直接接触已经开始，数据也像风暴一样迅速涌来，所以英二判断，现在已经到了该让卡洛斯和巴尔巴正式搭档的时候。

“斯瓦米……检查一下从‘猎犬X’发回来的这条数据……”英二指着显示器上一个数值说道，“X点的角动量数值不够精确……”

“啊……以现在的数据来看，这并不奇怪。”男孩迅速摸向键盘，回答道，“因为黑洞在理论上是一个体积为零的空间点。所以只要取其附近两点的重力斜率，得出近似值，就可以直接求出角动量了。你看……”

“即便如此，这个范围也太大了吧。”卡洛斯粗暴地说道，“应该取哪里的平均值呢？”

“只要这样就可以求出施瓦氏半径……”少年的手指在键盘上飞快地跳动起来，“所以，在事件视界附近，我们需要首先求出平均值的近似值。这片扭曲的空间就是能层……”

“自转轴的斜率是多少？”卡洛斯不耐烦地打断了巴尔巴的话。

"和行进方向几乎平行……但是，好像在做旋进运动……"

"本田主任……"从房间的角落里突然响起了一个声音，"'EX计划'的第一批船队马上就要出发了……"

2. 星际逃亡船队

在密涅瓦基地"BBJ计划"指挥中心的多视图显示屏的左上角，显示着从天卫一轨道上的太空基地发回来的影像。

通过影像可以清楚地看到，在这颗主要由冰和气体组成的淡青色行星的赤道方向，有平铺着展开的五重薄环，再外侧一点则是由闪烁着光芒的天卫二和天卫三等组成的卫星群，更远处则依稀可见不少闪烁着光芒的"星星"。然而，如果仔细观察的话，就会发现这些"星星"的运动方式与其他自然天体截然不同。它们正在黑漆漆的太空和天王星这一巨大的蓝白色球体之间不停地移动着。

太阳系各大行星的运行轨迹图则被投射到了大屏幕中央偏左的位置。通过这个运行轨迹图，可以清楚地看到紧邻木星轨道外侧运行的是土星，它与木星隔着太阳遥遥相望。而天王星和海王星则以太阳为中心，刚好与木星形成一个60度到90度的夹角，天王星与木星之间的距离此刻达到了20亿千米以上。

"EX计划"（即"太阳系逃亡计划"）的绝大部分星际移民飞船，都是以特洛伊群小行星为中心建造的。这些小行星在木星的摄动作用下，与木星共用一个轨道，一起围绕太阳公转。当然也会从其他的小行星群中选取最容易加工的成分，然后利用木星的引力将它们运往特洛伊小行星群；同时，在移动的过程中，工作船亦会持续对它们进行加工。

在"X计划"的第一阶段，一切工作都紧紧围绕星际飞船的建造而展开。因此，随着工作进程的不断推进，集中在木星周围的众多飞船被陆续移走，而相对于木星来说位置最稳定的特洛伊小行星群则被选为星际飞船的建造基地。

400艘飞船陆续被运抵这里。这些飞船原本都是用于太阳系内的载人飞行，载客量普遍只有几十人到几百人。于是工作人员对它们进行扩容改造，同时对其远程导航系统进行了升级。而在月球轨道上的L4、L5和L6上新建造的太空工厂里，也开始生产第一批的8000台核聚变火箭引擎。

为了让改进后的飞船性能达到“EX计划”要求的水平，工作人员需要克服重重困难。在过去的几十年里，为了配合当时的要求和技术革新，以每年10艘左右的速度建造出来的这些飞船，截止到现在，部分船龄已经超过了25年，而且规格不一。简直就像过去的大航海时代一样，既有像运奴船那样专门用来运送太空工作队的破旧飞船，也有趁宇宙观光旅行热潮而制造的极其豪华和奢侈的观光邮轮。最终，当新设计的A-1型标准飞船开始建造后，剩余的飞船部件就全部被拆解开来，并被用于标准飞船的生产。

“BBJ计划”高潮到来的时间，比原计划提前了6个多月。在计划正式启动后的第320天前后，在木星周围已经组装好了几十座中微子枪、6座核聚变触发器和十几座超粒子加速器，以确保能够真正诱发木星“爆炸”，而不是“太阳化”。此外还完成了一些粗略的轨道配置工作。

工作整体进度之所以会大大提前，完全得益于在OPDO-AX的“X计划”总部的一次非正式会议上，太阳系开发机构的韦伯总裁对于“抢跑”的拍板。其时，作为木星爆破计划母体的“木星太阳化计划”……即通称的“JS计划”，因为不再属于紧急事项而遭到临时搁置，如果搁置时间继续延长，那么好不容易才整合在一起的各个系统的组成部分，势必会逐渐走向崩溃。虽然韦伯并不是因为知道这一点，才在人民投票授予总统特别紧急权力之前，就提前下达了“抢跑”的命令，但不可否认的是，这确实是一个非常好的时机。而且，在“X计划”的前半阶段，韦伯为了能够完成目标，已经将70%至80%的人力和物力都投入到了“BBJ计划”中。但到了计划中期，联邦议会突然要他将更多的资源转移到作为“X计划”另一支柱的“EX计划”上。不过韦伯以他特有的强硬态度将这项决议顶了回去。也正因此，在“BBJ计划”启动后，卡洛斯和英二像疯了一样，在非常短的时间内，即在不到两周的时间里，就以难以想象的速度将“JS计划”迅速变更为“BBJ计划”。

“BBJ计划”脱胎于“JS计划”的U阶段。早在太阳系的危机尚未被人们察觉之前，埃德·韦伯总裁就出于政治考量，下达了一个命令，要求将“JS计划”的预计完成时间从原本的5年缩短为2年。因为这项命令，卡洛斯·阿尔瓦雷斯使尽了浑身解数。不过，在计划真正启动之前，即使是卡洛斯本人，也根本无法预料到自己究竟要为此付出多大的代价。

在整个系统正式启动后的6周内，“BBJ计划”（即“JS计划”）的U阶段已经进入白热化状态。包括地球、月球、金星等在内的太阳系宇宙空间内，所有人员、信息、通信、能源、材料、机器设备、生产工厂和运输工具等全部都被卷入其中，到处都是忙碌的声音。

“怎么办呢？这和之前告诉我们的完全不同！”负责逃亡计划的官员在第6周时终于无法忍受，叫起苦来。“按照‘X计划’，我们在初期阶段不是只需要完成全部工作的25%就可以了吗？现在却是整个‘BBJ计划’工作量的75%，甚至100%。”

“坚持……再坚持一下……”这是在密涅瓦基地上一直紧盯项目进展的英二说得最频繁的一句话，“大家再稍微坚持一下就好了。过了这段时间就不会这么忙了，过了这段时间就好了，还有不到100小时，我们就会进入下一阶段。没关系，交给我吧！……那边的事情也需要再加把劲……”

当“BBJ计划”动用了太阳系开发机构近乎全部计算机和电脑系统后，卡洛斯随即从木星飞往火星。他借助火星太空基地OPDO-AX上的主电脑系统，成功地搭建了可以完美连接“BBJ计划”和“EX计划”的一整套系统。当然，为了达成这一目标，“EX计划”的几位负责人在接下来的日子里还必须进行通宵达旦的磨合。而其中起主导作用的，正是卡洛斯这位天才系统工程师。卡洛斯现在是唯一能够将这两个计划成功整合在一起，并使其在整个“X计划”中始终都保持连贯和动态变化的人。

事实上，在整个系统开始运行后的第6周到第7周，太阳系中的一切才被连根拔起般彻底投入到了“BBJ计划”之中。此时，包括一直监测黑洞的监测机构“巨眼”的辅助动力系统，以及计算机网络的一部分，也全都被卷入了这个系统之中。即使是世界联邦的计算机，实际上也有近2/3被紧急调动了起来。如果不是雅各布·明总统好不容易才获得了法定人数的支持，终于取得了特别紧急授权，并全权委托韦伯来处理，这种状态势必将在政府机构和议会中引发巨大的问题。

7周之后，“EX计划”终于正式启动。而在启动之后，卡洛斯搭建的这两个系统，对各种不同的情况都显现出了非常灵活的应对能力，它们的各个子系统之间也都保持着非常好的协调性，可以说没有出现哪怕一丝一毫的迟滞。随着时间的推移，人们愈发清晰地看到，这两个系统简直就像两个巨大的生命体一样可以在工作中进行非常完美的配合。尤为令人惊叹的是，该系统虽然横跨从金星轨道到海王星轨道近50亿千米以上的距离，但仿佛完全没有发生光行时差和传输时间的延迟，完全实现了一体化运行。当然，这是因为设置在关键部位的独立预测和推算智能电脑可以相互平行地控制工作。不过，相互独立、可以分散处理数据的多台中枢智能电脑，还需要尽量压缩操作误差产生的延迟。为了达到这个目的，整个太阳系开发机构的工作效率提升到了正常水平的3倍。

可用于星际飞船的核聚变火箭引擎会先在地球、月球、太空基地和火星上进行组装，然后在完成60%到80%的状态下，再被陆续送入太空。有些工程会在运往太空的同时进行不间断处理，有些则会由太空中的工作飞船来处理。各行星的轨道运行被极其巧妙地组合在了一起，在太空运输方面也完全没有浪费任何时间。从某种意义上来说，它就像太空中一个巨大的传送系统。随着各行星的运行，这个横跨整个太阳系的流水作业带的传输方向，亦在慢慢地发生着改变，最后指向了位于特洛伊小行星群的最终组装工厂。

随着“BBJ计划”的推进，完成作业的工作飞船会逐渐从该计划撤离，然后转往“EX计划”。另一方面，在希尔达群小行星和火星上，“EX计划”专用的太空工厂和工作飞船也正在被陆续制造出来，原本用于“BBJ计划”的工作飞船和一众工厂也都被改造为“EX计划”专用。

与此同时，在土星、天王星和海王星上，可用作核聚变燃料的氦-3和氘的采集与加工工作也在如火如荼地进行着。

由于绕太阳公转，土星目前正在逐渐远离木星，所以在土星上采集到的燃料元素将主要用于为太阳系内部的飞船提供动力。而从第一批逃亡船队出发时的相对位置来看，天王星和海王星最终被选定为向星际逃亡船队提供核燃料供给的地点。

“EX计划”的进程从进入第二阶段后开始加速。两艘无人驾驶飞船正式启航并驶向了5.9光年外的巴纳德星，比原计划提前了3周。而3艘载有6名资深宇航员和1名专家的探测飞船也已出发，比原计划提前了25天。

现在，比原计划提前两周出发的第一批逃亡舰队EXF-M001，已经离开特洛伊船队基地，正在接近天王星附近的第一个燃料补给站UAF-01。该船队由大约1000艘飞船组成，搭载人数约为130万人，包括800艘A-1

型标准星际客运飞船，该飞船单艘重量达1.35万吨（不包括燃料），可容纳1200名乘客；160艘A–2型标准飞船，该飞船重量为2.2万吨，可容纳2000名乘客；还有20艘4万吨级的工作补给飞船，以及10艘宇宙空军的指挥舰，这些指挥舰除了携带有救援艇，还携带有兼备战斗功能的紧急工作艇。此外，船队中还有3艘专门用于通信和信息处理的飞船。整支船队目前正在最后一个补给地，即天卫一燃料基地接受燃料的补给，飞船一艘接一艘地接收装有氦–3和氘的储存罐，然后又一艘接一艘地沿着原有路线继续向前飞去。

继第一批M–1船队之后，在特洛伊基地和希尔达基地又组建起了规模庞大的M–2和M–3船队，同样为1000艘左右，搭载人数亦同样达到了150万人级别。而位于火星工业区内的太空船坞，现在已基本脱离“BBJ计划”的管控，迅速发展成“EX计划”的第二中心。在这里，由标准A–2改进而来的SA–2星际飞船，以及单纯只考虑飞行速度和搭载人数的B–1型飞船，正处于紧锣密鼓的建造之中，目前已初见雏形。M–4船队将主要由这些新型飞船组成，一个船队的载客量预计可达200万到250万人之间，几乎达到了第一批星际飞船船队载客量的2倍。

不过，即使有100批这样的逃亡船队，且每批船队都配备有1000艘以上的飞船，最后能够成功逃离太阳系的人类，估计也不会超过1.5亿人。

虽然“EX计划”喊出了“在‘X日’来临之前运走1亿人！”的口号，但现实是，无论“EX计划”如何加快进度，在“X日”到来之前，估计最多也就能派出60批、大概6万艘飞船的船队。以每艘飞船平均搭载1400人来计算，最多也只能运走8400万人。

但是，地球上有多达185亿的人口，8400万人充其量不过是其中的0.5%。部署在太阳系宇宙空间的大约5亿人中，有机会登上逃亡船队的人仅占每支船队的不到1%，还都是从宇宙空军中专门遴选出来的专业人员。这些专业人员将负责飞船的驾驶工作，一艘飞船可搭载1200人，但这样的专业人员每艘飞船上只会配备10人左右，其余的船员，包括医疗、保健和行政人员等都将全部由生活在地球上的居民组成。然而，即使是这个非常必要且低到极限的数字，也比地球总人口中可登船人员的占比0.5%高出了一倍以上。随着逃亡计划的日益明朗，国会中出现越来越多的抱怨声。当然，根据总统特别紧急权力，在秘密会议上得到的具体数字是被严格禁止对外泄漏的。事实上这些数字也会随着情况的变化而发生巨大变化。但一旦泄漏，势必会在表面看似平静、实则焦虑和紧张不断升温的地球社会舆论中引发一场难以控制的风暴。

尽管极其罕见，但在地球诞生以来，当然也是自太阳系诞生以来，前所未有过的生物种群大逃亡，依然在有条不紊地向前推进着。第一批逃亡船队，包括天卫一基地的可移动燃料补给船在内的共1000艘飞船，总计达2000万吨的庞大船队，已经出现在了天王星的卫星轨道上。当现场影像从距离地球极其遥远的地方被传输回来时，人们的视线顿时被这颗缠绕着彩虹般光环的苍白而又冰冷的巨大行星吸引。随着相机的变焦，在行星旁边的黑暗背景下，无数微小的、闪闪发光的光点逐渐变得清晰起来。这是来自28亿千米外的太阳微弱的光芒照在千余艘飞船上，继而再次反射后形成的结果，除此之外，还夹杂着核聚变引擎点燃后发出的蓝白色的等离子光，以及飞船上不停闪烁着的舷灯光等。这幅景象远远望去，就像是有谁在天王星旁边撒上了一层五彩的光砂一般。

当画面被切换到燃料补给基地时，指挥中心里爆发了一阵无声的骚动。

“太了不起了……”不知是谁由衷地赞叹道。

这句话似乎道出了在场所有人的心声——不，是道出了在太阳系的各个角落，不知延迟了多少小时才看到同一段影像的所有人的共同心声。

在近距离镜头的视野下，载重达到1.35万吨到2.2万吨的巨大的飞船正在空中缓缓移动着。无论是镜头前面的上方、下方，还是更遥远之处，视野所及之处都是连绵不绝的船队。每艘飞船都长达200米到300米，其中还可以看到长度超过400米的4万吨级巨型工作补给船。在画面的正前方，一艘颇显精悍的指挥船正横着从屏幕上驶过，还有一艘燃料拖曳船，正一边拖着球形或圆筒形的核聚变燃料罐飞行，一边匆忙地给各艘飞船提供补给。

飞船一艘接一艘地从屏幕上掠过，似乎永无休止。

“这也太震撼了……”护士卡罗琳在旁边小声说道，“不过飞得这么密集，它们不会撞在一起吧……”

“差不多也该出发了……”英二望着画面一角一排不停闪烁着的绿色灯光说道，“简直就像是……即将起航的太空帆船比赛……”

这时，屏幕上出现了一个身材魁梧、满头白发、上唇留着一小簇胡子的男人。

“M-1船队的诸位——地球以及太阳系的诸位，我是M-1船队司令官埃米尔·伽罗瓦提督……”屏幕中的那个男人开口说道，“EXF的第一批M-1船队，已经在UAF-01基地顺利地完成了最后一次燃料补给，即将开启前往巴纳德星的第一段航程。愿我们在上帝的护佑下一路平安……也祝愿地球以及太阳系一切无虞……”

3. 恒星之旅

在地球人类历史上，第一支真正意义上的恒星移民船队M-1的993艘飞船，已全部启动辅助引擎，并缓缓驶离天卫一的轨道，其先头部队越来越接近向着牵引路线逼近的天卫三。

从计划伊始到现在，一切都在有条不紊地进行着，即使偶有误差，也都被控制在了几分钟之内。

从某种意义上来说，这绝对是一件令人难以置信的事情。因为组成船队的两种运输船、指挥船，以及其他特殊用途的飞船，是在太阳系的各处工厂分别建造或改装而来的，而且有时是以数十艘为单位，有时则只有一艘，然后又像散落的沙粒一样被聚拢在一起，并全部汇集到了天王星附近的空域。

在此期间，尤其是在地球上，一系列准备工作相继展开。比如要筛选出约120万人的第一批乘客，做好移民准备工作，以及将他们一一运送到登船点。为了避免对周围群众造成过度刺激，地球上的筛选工作和出发准备都是在秘密状态下进行的。为了实现以上目的，联邦政府一共派出了5万多名经过特别训练的公职人员，他们一直在人们注意不到的隐蔽状态下，不分昼夜地辛勤工作着。

就这样，近千艘大型飞船、120万移民和10万名船员陆续从太阳系的各个角落赶来，他们三三五五组为一队，在天王星附近集结。第一批船队M-1的集结地和出发点都定在了天王星，从天王星出发的时间也事先进行过精密的测算，恰好能够使飞船充分利用天卫三的牵引力。原本以为在天王星上会耽误大量时间，但只要不超过42小时就好。实际上舰队的集结、分组、燃料填装和出发只比原计划晚了几分钟。这几分钟的延误其实也完全是出于外因。据说是因为在月球轨道上，有两艘飞船在改造时发生了事故——很明显，这是激进派团体的蓄意破坏。是继续允许这两艘飞船参加M–1船队，还是将它们转交给第二批出发的船队？因为没人拍板，这一问题就这样被遗留到了最后阶段。

这是一项非常庞大的工程，轨道半径达到了30亿千米，一直扩散到了天王星附近。即便如此，最后阶段也仅仅比原计划延误了几分钟。这无疑是一个奇迹，甚至连“EX计划”的当事人都惊呼“难以置信”。这一奇迹得以实现的一个重要因素就是使用了“卡洛斯方法”，该方法在“JS计划”的最后阶段得到了充分验证。卡洛斯在船队组建还完全没影的时候，就已经准备好了1000台智能电脑。为了使其能够成为船队中某一艘飞船上的主电脑，卡洛斯对它们进行了逐一训练，同时将建造船只和在出发地集结的时间表作为命令传达给了它们。

电脑与人类不同，它们非常冷静，不会着急上火，也不会动辄就陷入恐慌。分散在太阳系各个角落的1000台智能电脑，按照自己早早就被设定好的使命和日程表，选择最优方法，互相联系，互相帮助，分别制造出了相当于自己身体的飞船船体。

而且，在预定出发时间日益临近时，就像当时被作为卵和幼虫放置在大自然中的动物，长大后一到交配期，就会不受任何人的命令从四面八方自行聚集到某个地方来一样，近千艘大型飞船从太阳系的各个角落纷纷聚集到了天王星附近。

“我是船长……船队再过15分钟就要出发了……”广播声突然在飞船内响起，“在只剩5分钟的警报器响起之前，希望大家都能坐到抗重力座椅上。虽然起飞的加速度并不是很大，但儿童还是应该注意一下……完毕……”

“船长这种说法可真是稀奇啊。”乘客中的一名年轻女性转头对旁边的一名男性说道，“一般不是都叫机长吗？”

“可能是因为船长叫扬·斯坦，是荷兰人吧。”男人回答道，“在地球上，船长是指像快艇那样的小船的掌舵者……不过，在太空中，看来并没有一定之规。这都是无所谓的事，因人而异。”

“不好意思……”这时，一个上唇留着一簇小胡子的中年小个子男人向两人走过来，问道，“你们应该是F舱的人吧。”

“嗯，是的……”年轻男子点点头说道，“您也是吗？”

“不，我是D舱的……”小个子男人伸出一只手来说道，“我叫文森佐·科蒂。不好意思，你不会就是范德比尔特先生吧？”

“范德比尔特是我母亲的姓氏……”年轻男子惊讶地说道，“我叫费舍尔。比尔·费舍尔……这位是我的妻子米莲。难道您认识我的母亲？”

“不，或许我认识的应该是您的外公吧。因为您和他长得非常像，他曾在我小时候给予过我不少帮助。”

“以前就有不少人说我长得很像外公……”比尔·费舍尔微笑着说道，“可是，没想到我居然会和认识外公的人同乘一艘移民船。”

“怎么说呢，这还是我们第一次见面。”科蒂也笑着说道，“可是，真的很奇怪，在这里有上千人，但我居然一眼就看到了你，而你又像极了我的一位故人。”

“您来自意大利吗？”

“不，我来自里奥加耶戈斯。我一直在巴塔哥尼亚南部当医生。”

“我们之前一直在冰岛的雷克雅未克做地质调查方面的工作。”比尔说道，“相对你来说，正好位于地球的另一侧？”

“不过，今后大家就都认识了。”米莲微笑着说道，“这将是一段漫长的旅程。”

这时，在通道的另一头出现了一个小男孩，他挥舞着手臂，冲这边大声喊叫着。在小男孩的背后还有一个貌似是他母亲的女人。

“不好意思，我可能要先走一步了。”这名自称是巴塔哥尼亚医生的男人看向那边说道，“待会儿我们再找机会慢慢聊！”

“您是和家人在一起吗？”米莲问道。

“是的，我和妻子及两个孩子在一起——我的宠物浣熊却只能被留在地球。真的很遗憾……”

通过随处可见的电子显示屏可知，现在距离出发还剩8分钟，绝大多数乘客都已进入客舱并坐在了座位上。比尔和米莲也朝F舱的入口处慢慢走去。重达1.3万吨的标准A-1型星际移民飞船“玛蒂尔达号”，即将与1000艘其他飞船一起踏上漫漫征途，开启人类真正意义上的第一次恒星之旅。

“终于要出发了……”米莲一边尽量靠向墙边，躲避通道上急冲而来的船员，一边轻轻地抓着丈夫的手臂低语道，“终于，我们……真的，要向别的恒星出发了……”

“是啊……”比尔发呆似的喃喃自语道，“可是……我觉得好像一切都没有变……”

“原来你也一样？”米莲抬头望向丈夫的脸，“我也和你一样……即使是现在，当我半夜里突然醒来时，还是会忍不住想要去给花盆里的天竺葵浇水。”

就在几个月前，两人才刚刚结束对冰岛中央冰川下火山爆发的调查，并在时隔3周后再度回到他们租住的、位于首都雷克雅未克市湖畔的别墅里，一起吃了一顿只属于他们两个人的烛光晚餐。北半球正值秋高气爽之际，不过冰岛的北半部位于北极圈内，白昼已经开始逐渐变短，而夜幕则来得比以前更早。很快这里就将迎来近乎极夜且到处都是冰雪的冬季了。

两人一边享用简单的晚餐，一边聊着工作暂告一段落后究竟选择去哪里过冬的事。比尔说他想在巴哈马一边享受日光浴，一边悠闲地写研究报告，米莲则说她想去圣莫里茨滑雪。比尔说，冰岛的雪和冰已经够多了，但米莲坚持说，她就是想要去看看蓝天和阳光照耀下的冰。

关于这一点，两人最终还是没能达成共识。于是他们索性不再讨论，而是拿出酒杯，喝了些红酒，又冲了一个热水澡，舒舒服服地相拥着上了床。他们已经许久没有做爱了，所以酣畅淋漓地欢好了足足两次才作罢。云雨之后，正当他们迷迷糊糊地即将进入梦乡时，枕边的电话突然响了。

“请问您是费舍尔先生吗？您夫人也在家吗？——这里是联邦政府。”电话里是一个男人的声音，“很抱歉这么晚给您打电话，不过事出紧急，而且需要当面和您讲。我们现在正开车从凯夫拉维克过来，还有15分钟就到。”

果然，15分钟后，比尔家的门铃准时响了起来，三个穿着朴素西装和大衣的高个子男人出现在了他们家门口。三人先向比尔出示了身份证件，然后其中一个人开口对比尔说道：“经过政府特别组织的筛选，贵夫妇非常幸运地成为第一批恒星移民。你们是否愿意接受联邦政府的安排呢？”

比尔和米莲闻听此言不由得面面相觑。他们当然知道太阳系正面临一场巨大的危机，也知道联邦政府为解决这个危机打算采取两种对策。但是，与地球大气层底部那琐碎的、在长期“稳定”的传统上展开的日常生活相比，危机也好，对策也罢，总觉得距离现实生活太过遥远。他们甚至在想，无论如何也要赶在毁灭之日到来前，把一直搁置的研究课题彻底整理出来。

至于等到太阳碎裂、地球被吹飞之后，“冰河重量对地壳和火山活动的影响”这类课题究竟是否还有人关注，他们则完全没有考虑……不，即使考虑到一切都将成空，他们两人也只会选择尽快完成其研究吧。现在，这个课题已经与能否在人类科学的庞大体系上再添上一颗小小的砖块彻底无关，而是成为他们在毁灭之前再多活一年的意义所在。

不过，现在情况突然发生了变化。当这三个男人被请进屋内，并和他们聊了大约15分钟后，比尔和米莲告诉三个男人希望能暂时给他们夫妇俩一个独处的空间。然后，他们在起居室里单独聊了大概10分钟，随后爽快地表示愿意接受联邦政府的安排。

“我再次请求你们能够履行这项艰巨的义务。和留下来与这颗行星共度命运相比，联邦政府赋予你们的任务其实更艰巨，也更重要。”三人中为首的那个男人将文件放在桌上，说道，“当然，你们有拒绝的权利。不过，看来二位暂时没有想要拒绝的想法。”

比尔没有回答，而是默默地掏出了笔。

“研究文件等资料也可以一并带上吗？”正在签名的比尔突然停下笔问道，“我有一个无论如何都想要完成的课题……但在出发前，我可能还弄不完……”

“随身携带行李的重量限制，以及其他需要注意的事项，请直接询问电脑。我会给你身份识别号码和通行证。”为首的男人站起身说道，“我们将于一周后，从亚速尔群岛太空基地搭乘航天飞机出发。请你们务必保密，包括对你们的亲人。”

三名联邦政府职员待了30分钟后便迅速启程离开。这时，夜空中飘起一片片的雪花，隔着窗户玻璃，米莲凝视着夜色中渐渐远去的汽车尾灯，孤寂地说道：“看来晚饭时我们之间的争论已经有了结果……”

之后的几天，费舍尔夫妇先是来到了大西洋上的亚速尔群岛，接着又从那里乘坐航天飞机飞往月球轨道，在那里接受了简单的训练后再度飞往火星。在这期间，他们周围的人在不断增加。当他们在小行星带登上标准A-1型星际飞船时，周围的人已经增加到了1000人。这些乘客虽说是客人，但在整个飞行过程中，他们中的大部分人都在从事事务性的工作。通过交谈发现，飞船上几乎所有的成员都和费舍尔夫妇一样，都是在某天突然遭遇联邦政府公职人员的探访，然后在几天后，他们就像去简单旅行一样，几乎没有和邻居打招呼，就直接离开了熟悉的家，并来到了秘密集结地点。

费舍尔夫妇出发的时候，地球上的大部分地区依然很平静，但个别地区因为紧急体制下的报道管制，引发了当地群众的强烈不满和抗议。随即谣言四起，在那个地区还零星爆发了好几起小规模的冲突。然而，地球整体上平静得让人感到害怕。从社会层面的活动来看，几乎看不出人们对于即将到来的这场巨大的危机有什么特别的反应。各种各样的体育活动也和往年一样如常举行；夏天在休斯顿首演的电子音乐剧甚至掀起了全球性的热潮，看样子极有可能会刷新长期公演历史上的最新纪录；很多旅游景点的游客数量也比往年增加了好几个百分点。

不过，略有不同的是，已经成为上个世纪遗物的家庭用避难所，突然在欧美成为被爆买的对象。囤积食物的人也开始增加，跨区域的宗教集会也相继涌现。最令人奇怪的是——这似乎是基于一种集体性的错觉，购买人寿保险的人远远超过取消购买的人。保险公司还就此事征求了政府的意见，但政府并没有给出解释。除此之外，露营设备、高级便携式通信器、小型天文望远镜等产品的销售额增长率从去年的40%迅速飙涨到了60%。总之，地球社会似乎还没有完全对迫在眉睫的巨大危机做出足够的反应……

“还剩5分钟出发。”米莲听着警报声说道，“我们也赶紧去客舱吧。”

从A到J，飞船上一共设有10个客舱，每个客舱可容纳100人，因为座椅可以自由移动和固定，所以乘客可根据需要切换3种模式。比如在加速度很高的时候，可以将座椅调整到抗重力模式；在加速度比较低时，则可以设置成休息模式；睡觉时则可使用睡眠模式。

现在，座椅采用的是高加速度情景下的模式，座椅一律朝向机舱前方放置。前方的一整面墙变为巨大的屏幕，通过屏幕可以看到一支规模极其庞大的船队正在逐渐偏离天卫三的切线路线，在天王星苍白光线的反射下，一直延伸向黑漆漆的宇宙深处。

“终于要出发了……”米莲从旁边的座位上把手伸向丈夫，用嘶哑的声音喃喃自语道，“我们马上就要向远在6光年之外的星球飞去……途中据说需要好几十年……”

“现在还不确定是否一定会去往那边……”比尔紧紧握住妻子伸过来的手说道，“如果……另一个计划，即‘BBJ计划’进展顺利的话，我听说我们中途就有可能会折返。”

从天卫三附近飞掠而过的星际船队M-1，终于迎来了正式出发的时刻。

飞船以10艘为单位，分别组成梯形方阵。这样做的好处在于，后面的飞船刚好能够避开前面飞船喷射的气流。而每10个这样的单位，即100艘飞船又会组成圆锥体阵型。船队司令埃米尔·伽罗瓦提督乘坐的指挥舰“克里斯托弗·哥伦布号”正好位于这个巨大圆锥体的顶点位置。此刻，在位于“哥伦布号”中枢位置的船队指挥中心内，以提督为首的一干核心人员已全部坐入抗重力座椅内，在他们正前方是一块巨大的电子显示屏和控制台。他们全都一言不发地紧盯着屏幕中央的数字时钟。10支船队的993艘飞船已全部向指挥中心发来了一切正常、只待出发的信号。

“还剩30秒。”领航员说道。

“终于要出发了。”副司令也喃喃自语道，“我们即将踏上需要耗费60年之久的星际之旅。”

“希望我们在通过第一个点之前就能原路折返。”提督说道，“不过，就我个人而言，即使太阳能躲过这次撞击，我也倾向于继续向前飞行。”

“出发！”纳维格特用平静的声音说道。

数字时钟上的数字在这一刻全部变为0，整个屏幕彻底变为一片绿色。

4. 宇宙神之子

在距离天王星非常近的地方，突然出现了一个光点，这个光点是那么强烈，以至于即使身处木星附近，使用低倍率的望远镜也能看得一清二楚。

如果使用放大倍数更高的望远镜来看，就会发现这个光点其实是由无数的白色光粒组成的。它正向远处黑漆漆的太空移动。如果将视线移向与该光点移动方向相反的一侧，则会看到另一组明显暗淡许多的光粒子。它们如同彗星一样排成一列，从小行星带的一个角落出发，向天王星空域不断逼近。

在逃亡船队M-1之后，船队M-2的1006艘飞船中有将近80%完成了编组，剩余的飞船也正在加速朝着作为最后燃料补给点的天王星空域飞来。

然而，在M-3之后，船队组建的速度骤然放缓。这是因为在地球上的不少地方都陆续出现了社会性的动荡。

“就算去询问地球上的治安机构也没什么用吧。”在火星的卫星轨道上，OPDO-AX内的“X计划”指挥中心，韦伯正愁眉不展，“现在，为了防止地球上那些乱七八糟的事影响到太阳系宇宙空间，联邦公共安全委员会和宇宙空军应该会进行双重封锁……请帮我转告奥弗特，地球那边就拜托他们了，我们这边则由我们来负责，现在已经到了最后的冲刺阶段。”

“可是，联邦公共安全委员会委员长奥弗特已经来了。”秘书说道，“是偷偷来的——和总统府的人一起过来的。”

“奥弗特来了？”韦伯瞪大了双眼，“要来我们这里？”

“是的——刚刚从火星出发，马上就要到这里了。”

“为什么不早点通知我？”

“我也是刚刚知道的。好像奥弗特正在对整个安保体系进行秘密检查。”

“他难道连宇宙空间的警备也要检查吗？”

“我有不得不这么做的理由。”突然，一个巨大的身影出现在了韦伯的背后，“嗨，埃德……计划进展得如何了？”

“‘EX计划’的进度略有落后。”韦伯咬着拇指上的指甲，头也不回地答道，“为了提高成功率，‘BBJ计划’不惜血本全力向前推进……按照乐观估计，成功率将超过30%，但如果想要将成功率继续提高到50%，那么在‘X日’到来之前，我们都将不得不在木星附近安排大量人员，但这么做势必将增加伤亡人数。”

说了这么多，韦伯才终于回过头来向身后望去。

“嗨，道格……你进入别人的房间，难道就不能先敲门吗？”

“我原本打算敲门来着，但即使敲了你也听不到吧？”

联邦公共安全委员会委员长奥弗特四下打量着宽敞的指挥中心，一面巨大的多视图显示屏首先映入他的眼帘，接着是在无数控制台之间忙碌着的大量工作人员。

“对了，可以找个方便我们聊天的地方吗？”

“需要密谈？”

韦伯大摇大摆地从控制台前的座位上站了起来。

“安娜……我要使用我的单间。记得帮我屏蔽声音和无线电波。”

当韦伯站起身正要迈步离开时，兰森四下张望着，慌慌张张地走了过来。

“啊，总裁……”看到韦伯，兰森立刻小跑着迎了上来，“我刚刚从警卫那里听说，好像有VIP从地球偷偷过来了。”

“你说的VIP是指这家伙吗？韦伯毫不客气地用拇指指了指站在他身后、比他还要高出一大截的奥弗特委员长的鼻子，“你说的‘偷偷’就是像这样，藏在某个角落里？”

“啊，这是……公共安全委员长……”兰森不由得吃了一惊，张皇失措之下，脸色瞬间变得通红，“我没注意到您……原来您已经到了……”

“只有这些事吗？”韦伯打断了兰森的话，“你还有什么要向我汇报的？”

“嗯，那个……”兰森瞥了一眼奥弗特，欲言又止。

“没关系，直接说吧。”韦伯捻着自己的胡子，扬了扬下巴说道，“在他面前，任何隐瞒都是徒劳的。他可是能一眼看穿太阳系所有角落的公共安全委员长。”

“我又不是安全局局长。”奥弗特苦笑着说道，“就算是他，也有很多不知道或不明白的事情。至少，他总是这么对我说。”

“是这样的，在地球和火星之间，处于移动作业中的一个太空工厂突然发生了爆炸。”兰森环顾四周，压低声音说道，“损失本身倒不算太大，但由于正在组装的、拟用于指挥舰上的智能电脑的线路遭到了严重损坏，所以为防万一，或许M-3船队在出发时将不得不同时配备两艘指挥舰。此外，我更在意的是，在爆炸物的残骸中还发现了一条信息。”

“是一条什么样的信息？应该不会是类似‘生日快乐’那样的无聊信息吧？”

兰森默默地把攥在一只手里的便条递给韦伯。韦伯接过便条，抚平褶皱后，大声读了出来。

“太阳系开发机构应将涉及‘X计划’的一切信息，立即向地球人民公开！——宇宙神之子。”

“只有这些？”奥弗特问道，“如果信息真的只有这些……那就太外行了。按理说还应该再加上‘如果不马上公开就如何如何’之类的威胁。纸条上的说法不太像出自专业人士之手。”

“‘宇宙神之子’这个名字像是恶作剧。”韦伯说道，“多少让人觉得有点恶心。”

“我想公共安全委员长您应该对此非常清楚吧。在地球上，有很多团体的名字都颇为奇怪，比如‘宇宙保存联盟’或‘自然的愤怒’等。”兰森从韦伯那里接过递回的便条，说道，“不过，比这更重要的是，这是在地球和月球空域外侧发生的第一起破坏性和干扰性的事故。”

“这些顽固分子终究还是将手伸向了太空。”韦伯挠了挠鼻子说道，不过脸上看不出一丝担心，“你知道炸弹是在哪里制造的吗？该不会是在地球上制造，然后在运往火星的途中才被发现的吧？”

“现在宇宙空军保安部正在对此事进行调查，不过，发生爆炸的地方并非存放从地球运来的零件的地方。如果有可能的话，应该是在进行组装工作的L4附近。”

“虽说月球轨道和地球之间有着非常严格的管控措施，但毕竟往返的人太多了。”奥弗特耸了耸肩说道，“L4那边，联邦公安部应该也在调查，迟早会弄清楚他们的阴谋。”

“啊，对了……”兰森突然想起什么似的补充道，“刚才有消息说，本田英二想在前往地球的途中，顺便到这里来一趟，他希望得到您的批准。”

“现在这么忙，他怎么又要去地球？”韦伯回过头来，不由得皱起眉头问道，“而且那边的治安情况好像比以前差了不少。”

“我也不太清楚。好像是他那边急需一个特殊的设备，如果从头开始组装，大概要花两年左右的时间。他们在找遍整个太阳系后，终于在地球上……在佛罗里达州一个叫坦帕的地方找到了这台设备。不过这台设备属于某个研究所，而且目前正在使用中，这个研究所无论如何都不肯放手，所以英二只能亲自去一趟，找对方协商。”

韦伯用来休息和睡觉用的单间与指挥中心仅仅隔着一条短短的走廊。等他们来到单间门口后，韦伯的秘书和陪同奥弗特过来的两名安保人员没有进去，而是搬来椅子坐在门外警戒。韦伯则和奥弗特一起走进了房间，随后韦伯将双层隔音门紧紧闭上。此刻，这个单间内，除秘密无线对讲机外，所有通信已全部被隔断。紧接着韦伯又按下了一个设备的开关，这个设备可以检查电波和声音是否外泄。

“这样应该就没问题了。”韦伯说道，“告诉我有什么事，道格……地球那边的情况如何？”

“虽然情况变得越来越糟，但还没有到发生暴动的地步。”联邦公共安全委员会委员长道格拉斯·奥弗特在把自己庞大的身躯嵌入沙发里后，终于放松地长出了一口气。

“不过……到处都有试图煽动闹事的人。怎么说呢，毕竟事态已经发展到了这个地步……无论是煽动者还是被煽动者，都只是被不安的情绪支配的可怜人，时而向左，时而向右。就像一群因为害怕而变得神经质的家畜一样，稍有刺激，就会暴走。对于大部分人来说，即将到来的危机还没有让他们产生切实的感受。虽然太阳系就要毁灭了，但在现实中，到底会如何，人们一时还难以想象。——今年，北半球的4月到5月间，世界上的每一处角落都很精彩，埃德……

“或许生活在太空中的你们，压根难以理解这一切吧。除了西印度爆发了一起不合季节的大洪水，其他地区的5月都非常不错。晴空万里，鲜花盛开，阳光洒满天地……人们在蓝天下吹着清爽的风，或是郊游或是玩帆船。每个人的身体纷纷从漫长的冬天和略微让人感到不安的春天中被解放了出来，莫名其妙地开始兴奋……年轻人衣着光鲜……看着这样一幅景象，压根没人会相信这个世界……5月里如此灿烂的太阳，居然再过不到一年就会发生爆炸，整个世界会熊熊燃烧……”

“‘季候正逢春光，恰是早春四月’……是这样吗？”韦伯揉搓着胡须，凝视远方，“‘四月某天的早上’……是这样吗？‘清晨正好7点钟，露珠布满山坡，云雀正在飞翔’……后面我就不记得了。”

“我也是。”奥弗特苦笑道。

“我只记得那句‘蜗牛趴在荆棘上，上帝端坐在天宫，万物各得其所’[①]。”

瞬间，两人同时陷入了沉默之中。奥弗特和韦伯……两个身体依然强壮、年龄却都超过80岁的男人，此刻正看向不同的方向，在他们的眼神中，隐隐可见对于未来的担忧。

“政府大概公布到了什么程度？”韦伯低声问道。

“‘BBJ计划’和‘EX计划’……‘战斗’和‘逃亡’，除了这两个方向的基本对策，具体数量、具体安排什么的都还没有对外公布。”

“能否成功，现在还不好说。政府已经竭尽全力了，可是……”韦伯

① 源自英国诗人罗伯特·勃朗宁的抒情诗剧《比芭经过》中的插曲《比芭之歌》。中译版诗句摘自当代翻译家屠岸所译的《琵帕的歌》（《英国历代诗歌选》，译林出版社）。——译注

狠狠地盯了一眼奥弗特，“到底会怎么样，政府一直没有给我们明确的答复，只是得过且过……这让人心情很难平静下来，甚至变得异常沮丧。即使看到了5月的阳光，心底的焦虑也难以消失。”

“很久以前，在癌症还是不治之症的时候，即使知道是癌症，医生也只会选择告诉患者家属，而不会直接告诉患者本人。他们会安慰病人他得的是别的病，会好起来的，这是一个医生的道德……现在，关于这场巨大的危机，我们能够救出的人类还不到1亿。而且，我们不能保证在逃离太阳系后，一定能找到适合人类移居的天体。至于人选，为了避免产生混乱，政府会通过电脑来遴选，所以只能说‘请交给我吧’之类的话。一旦揭开盖子，将一切公之于众，搞不好只会引发混乱，导致能逃出来的人数急剧减少。”

“试试又会怎么样？”韦伯挑起一边的眉毛，低声说道，“我想看看，人类作为物种集团，究竟能够承受多大程度的真相。”

“虽然我不认为总统会受这种诱惑的驱使，但是提前公开基本数据的可能性越来越大。至少，M-6船队的组建等，或是不同情况下M-5船队何时离开天王星空域的时机，应该都会在某种程度上予以公布。”

“M-6是第一支以千万人为单位组建而成的船队吧……”韦伯露出沉思的眼神，“为什么一定要这么早公开呢？一开始，不是有很多人主张在‘BBJ计划’完全失败之后，再公开全部情况吗？而且你也说过，即使离太阳被破坏仅剩4天左右，也有足够的时间去和各种各样的东西告别。”

“原因之一是公众正变得越来越焦虑和不安。我们经过分析后认为，暴动出现的时间可能要比我们预期的更早。越来越多的人认为，尽管这样做非常危险，但为了避免更加不可控的混乱，最好在不安全感彻底演变成对政府的不信任和冲动性攻击之前，将真实情况对大众公开。”

“只有这一个原因吗——还有其他方面的原因吗？”

“最近，各种奇怪的反政府和反社会团体的运动和煽动性活动激增。他们四处散布谣言或虚假信息，甚至通过可疑的宗教仪式和群众行动造成死亡和欺诈。我们需要将普通民众与这些人的影响隔绝开来。否则，这将是压死骆驼的最后一根稻草，此外……”

“还有吗？”

“虽然大部分反社会团体不算太过分，但也有一些并非如此。而且他们正在陆续获取绝密性的情报。其来源甚至包括太阳系开发机构的核心部门。”

韦伯的脸顿时僵住了，宛如一尊石像。

“是沙德里克吗？”韦伯的嘴唇几乎一动不动，用极为低沉的声音问道，“那家伙手下的间谍……是否已经潜入了我们内部？”

“从某种意义上来说，沙德里克已经向我们妥协了。导致他这么做的直接契机是，他一直仰慕的某个宗教的导师因为一场意外去世了。这导致他变得异常虚弱。他的政治信念需要得到某种心灵上的情感支撑——他现在迫切地想要获取一张登船的票。而且最好是类似船队指挥者那样与其地位相符合的身份。”

“那就给他一艘飞船算了……把他的那些亲信也全都塞进去。越早把这种衣冠楚楚、盛气凌人的混蛋从太阳系里扔出去越好。”

“虽然他已经转变了方向，但一些他培植起来的团体却已经慢慢不再受他控制。这些狂热、异常团结、拥有惊人智慧的团体，正在从我们的内部不断获取情报。我不知道情报究竟是以何种方式流出去的，不过，从那几个集团的煽动行为来看，他们的确掌握了一些异常精确的数据，并借此组织了一系列煽动活动。而且，就像刚刚被安装在太空工厂里的爆炸物一样，他们在我们密切的监视下，依然成功钻了空子，对关键零部件伸出了破坏之手。”

“我终于明白了，”韦伯的肩膀无力地耷拉了下来，“我知道你为什么要悄悄跑到火星来了。”

“我们也需要在这里安排几名联邦安全人员。因为宇宙空军并不擅长反间谍行动。”接着，奥弗特从口袋里掏出一张小磁卡，“还有，这里是我们从几个最具危险性的团体中获取到的部分成员的照片和数据，也就是被通缉的那些家伙。”

5. 佛罗里达的酷暑

本田英二早已浑身湿透，仿佛置身于蒸笼之中。

新大陆南部佛罗里达半岛西海岸的坦帕市上空，7月的太阳正在发威，狠命地炙烤着下方的广袤大地。在墨西哥湾吹来的湿热海风的加持下，这座古老的港口城市愈发闷热起来。

不过，绿荫之下依然可以享受到难得的几许清凉，人们纷纷拥向延伸至海岬的街道绿荫，或是喝着冷饮，吃着冰激凌，或是尽情啜饮着冰镇的马提尼酒、朗姆酒或鸡尾酒。

像往常一样，海边到处可见紧紧搂抱在一起，或是像睡着一样一动不动地长久亲吻在一起的情侣们。此外，似乎完全无惧头顶上方的烈日，有的年轻人和同行的家人依然在广场上闲逛。他们或是把脚踩在喷泉上，或是几乎赤身裸体地躺在草坪上晒着太阳。海边也依然可见四处乱转的狗和猫，以及闲庭信步般寻找食物的鸽子，在广场的一个角落里还聚集着一群人，其中似乎有谁在大声叫喊着什么。

英二用手背擦了擦额头上的汗水，抬头望向天空。正午的新闻报道说，在加勒比海上出现了一股小型飓风，不过，此刻的天空澄澈如洗，只有淡淡的几片云彩点缀其中，怎么看也不像会有风暴来袭。

天空中反射的阳光和太阳直射而来的刺目光线，让英二感到一阵头晕目眩，连脚步都踉跄起来。在木星上长期的过度劳累和睡眠不足，导致他略有松懈，疲劳感就会瞬间袭来，几乎将他击倒在地。

“您没事吧？”跟在后面的坦帕超粒子工程学研究所的年轻职员赶紧一把扶住了英二摇摇晃晃的身体。

“没事……只是阳光太过刺眼。”英二勉强挤出一丝笑容，“不过，现在已经没事了。”

“我们到树荫下稍微休息一下吧。拖车马上就会过来。”

研究所职员抓着英二的胳膊，在刺槐树荫下的一张桌子旁坐了下来。

“要喝点冷饮吗？”研究所职员问道。

“不，不用了。”

“那我去看一下拖车。”

说着，这名年轻职员向位于广场旁边的研究所大门一路小跑过去。

英二解开衬衫的领口，透过上方树枝间的空隙望着天空，大口喘着粗气。与太空相比，地球上的空气实在太过浓郁，湿气非常重，而且还很热，光线也过于刺眼。

此外，周围杂乱的生物气息太过浓厚，给人的感觉就像是一锅被搅动着的、热乎乎的豆奶一样。英二面前这张桌子的油漆早已斑驳脱落，红色的小蚂蚁和大脑袋的黑蚂蚁正排队向桌上早已融化的冰激凌爬去。小飞虫和蜜蜂发出嗡嗡的声音，在英二面前飞来飞去，一只花蜂径直越过英二的头顶飞入了一朵盛开的刺槐花里。

突然，英二发觉脚边有什么东西在动，低头一看，原来是一只脏兮兮的黑色麻雀正在草丛间蹦跳着向他靠近。于是英二伸手把洒落在桌子上的面包屑掸到了地上，但那只麻雀走过来，只是假装啄了几下，就又跳起来，猛地扑向桌子另一端，将一只趴在桌面上、正打算逃走的蓝色尺蠖一下子叼走了。

这时，英二又觉得有什么东西在触碰他的小腿，原来是一只长着一身茶色绒毛的小狗。它正睁着一双异常惹人怜爱的黑色大眼睛向上望，尾巴摇个不停。英二伸出手，抚向小狗那又冷又湿的鼻尖，而小狗则用它那柔软而又温暖的舌头，讨好地舔舐着英二的手掌。

"彼得……"一个稚嫩的声音响起，"彼得……你究竟在哪儿？"

一个步履蹒跚、长着蓝色眼睛的金发女孩，手里拿着一朵红色的雏菊，向这边走了过来。小狗从英二的脚边跳起来，快步冲向女孩，然后在她周围一边低声叫唤着，一边欢快地奔跑跳跃着。这是一个3岁左右的小女孩，她穿着一身紫色花纹的衣服，正抬头打量着英二的脸。突然，她张开嘴，露出豁牙，冲英二微微一笑。

"这是你的狗？"英二问道。

"不是，是邻居的。"女孩摇头回答道。

"你是和妈妈一起来的吗？"

"还有爸爸。"女孩腼腆地说道，"爸爸和妈妈现在正在车里生宝宝呢。"

英二哑然失笑。

"玛丽亚！"远处传来一个女人叫喊的声音，"你去哪儿了？我们要回去了。"

女孩赶紧朝声音传来的方向挥了挥手。

"你的名字叫玛丽亚？"英二问道。

"嗯……"女孩点点头，然后伸出小手摆了摆，"再见，叔叔……"

英二眯着眼睛，目送小女孩迈着小碎步从人群中缓缓离去。无论是长着金色头发的那颗小脑袋，还是依然缠在他脚边的小狗的茶色毛发，都让他心中遭到沉闷而又沉重的打击。——玛丽亚……彼得……他的玛丽亚曾想和他生一个孩子。如果现在他和玛丽亚有了一个孩子，有了一个和刚才那个小女孩一样可爱的孩子，那么他又会如何看待这次太阳系面临的巨大危机呢？……在玛丽亚诱拐他失败的那次东京之行前——对了，他从东京的太空考古学特别会议会场被诱拐的时候，也是在这样一个炎热、潮湿而又晴朗的夏天。他又想起了在L5宇宙殖民地玛丽亚曾经留给他的那张便条，上面写有“请与彼得见一面”……彼得正是朱庇特教团这个新兴宗教团体的教祖……

后来，当他顺路去火星卫星轨道上的OPDO-AX指挥中心，申请前往地球出差时，巧遇悄悄赶到那里的联邦公共安全委员长奥弗特，后者向他展示了一些狂热团体的部分被通缉人员的照片。这些团体要求公开“X计划”的全部信息并且一直在持续进行着各种破坏活动。而在那些照片里就有玛丽亚，被归类为“朱庇特教团旗下某极端主义教派”的一员，此外还有一名叫安妮塔·琼·波普的女性，以及其他四名男性青年。

“拖车来了，”年轻的研究所职员一边气喘吁吁地跑着，一边大声喊道，“你要和我们一起搭车去圣彼得斯堡吗？”

只见一辆带空气脚轮的拖车从研究所的大门口开了出来。拖车内有一个长约8米、宽约2米的金属箱。为了弄到金属箱内的特殊超级粒子流精密控制设备，英二与设计制造这台机器的学者进行了长达6个多小时的漫长谈判。

该装备的制造理论早在几年前就已经对外发表了。因此，在“BBJ计划”进行到80%的阶段时，为了进一步提高成功率，卡洛斯提出想要那个装备。但是，即使知道设计理论，要想制造出该设备，以及再经过一系列调整使之真正投入使用，最少也要花两年左右的时间。此外，这台设备被实际制造和投入使用的地方，在整个太阳系也只有一处，即位于佛罗里达州坦帕市的这个研究所。然而，发明该设备并自行生产和组装的学者，在行业内是出了名地孤僻。对于“BBJ计划”总部的要求，那位学者毫不客气地拒绝了。理由是他的研究目前正在使用该设备，且为了配合自己的研究，已经对该设备进行了相应调整，所以不能移动。虽然他们多次请求，但学者每次都拒绝了。如果强制征用这台设备，英二又担心这位性格乖僻的学者一怒之下毁坏设备。那样的话，这台设备就再也无法使用了，所以最后只能由英二亲自出面来说服学者。

“你们要用它来做什么？”这是对方问的第一句话——很不客气，且语气中充满了不耐烦。

“坦白地说，是为了拯救太阳系。”英二说道，“使用这台设备，我们成功的概率应该能再提高几个百分点。”

“我制造这台设备的初衷并不是为了服务于别的多么伟大的事业。”身材矮小且近乎秃头的学者嘟囔道，“我是为了自己的研究才埋头苦干并将它成功组装出来的。多年前我就发表了制造它的相关理论，并到处申请预算和资金，却没有一个人感兴趣。万般无奈之下，我只好申请加入了这个研究所，四处筹措资金，终于在一年前将它制造出来并成功启动。我是为了我长年以来的研究课题，才制造和组装这台设备的，并不是为了拯救太阳系。”

“可是，如果连太阳系都毁灭了，你的这些研究又将发表给谁看呢？——又有什么意义呢？”

“我不在乎，我的研究和这件事情无关……”说到这里，学者那布满皱纹的脸上突然浮现出内疚的表情，“至少……再等我半年可以吗？那时，我的研究就能告一段落了。之后……”

“可是，再等半年，X点就要撞向太阳了……”英二耐着性子说道，“为了将它融入我们的BBJ系统中，时间已经非常紧张了。”

这样的谈判持续了将近6个小时。6个小时后，对方终于做出了让步，但也因此陷入了半癫狂的状态。他把文件一股脑地扔到了地上，不停地大喊大叫，最后一个人躲进了一个房间内，开始不停地抽泣。而该设备则被彻底停了下来，就地拆卸、打包。

英二以拯救太阳系的名义，冠冕堂皇地拿到了这台设备，心里却很不是滋味，仿佛强行抢走了一个孩子最珍爱的玩具。但是，今后或许还将经历很多类似的痛苦和不是滋味的感觉。地球上那些参与“X计划”的伙伴，或许也要忍受更难耐的痛苦。想到这里，英二给自己打气，开始加快设备的拆卸和运输工作。

“到圣彼德斯堡的联络港需要多长时间？”英二向旁边的职员问道。

“大概需要1个小时吧。不过，我刚才问了航天飞机的航班信息，其中一架飞机因为状况不佳正在维修，替代的飞机要在上午8点左右才能装机，出发则要等到晚上10点左右了。”

“时间倒还充足。”英二望向广场心想。

“到大沼泽地需要多久？”

“你是要搭乘GEM（气垫车）出租车吗？——直线距离是250千米左右，需要2.5到3个小时。”

“有没有更快的交通方式？”

“那就租一架水陆两用的VTOL飞机吧？——那样的话不到1个小时就能赶到了。”说着，职员诧异地望向英二的脸，“你现在就要去大沼泽地吗？难道那边您有朋友？”

“那就帮我租一架VTOL飞机吧。”英二低头说道，“我还有点事就先走一步了，在将设备装进航天飞机之前，我会赶回圣彼德斯堡的。”

研究所职员跑到拖车那边，似乎在要求司机用无线通信帮他联络什么，两三分钟后他又跑了回来，然后说道：“15到20分钟后，会有包机抵达这个广场前面公园里的赛狗场。今明两天没有赛狗比赛，所以你跟门卫说一声就可以直接进去了。那我就先坐拖车走了。哦，对了，包机属于一家名为‘飞行短吻鳄’的小公司，请务必小心。”

研究所职员刚坐进驾驶室，拖车就发出一声低鸣，随即向前滑了出去。英二向它随意地挥了挥手，然后站起身来，慢慢地向公园走去。

广场的一角仍然聚集着一群人，演讲者站在人群中央，声音正变得越来越激昂。当英二从旁边经过时，发现演讲者是一个30岁左右的墨西哥男人。他讲述了即将到来的世界末日和神的救赎的可能性，转而又开始攻击当前政府的无能和高层的腐败。他认为应该建造一艘可以惠及全人类的“诺亚方舟”，并呼吁扩大抗议范围，迫使政府公开现有的对策。这种方式和从L5宇宙殖民地到达拉斯太空港，面向大规模静坐示威者进行的演讲几乎毫无二致。在达拉斯太空港，有人要求进入内部，与安保人员发生了一些小摩擦。听说在市内还发生了针对州政府大楼的规模颇大的示威游行，汽车被烧毁，玻璃被砸碎，甚至还有人开了枪，导致有人受了伤。

世界各地都因为即将到来的生存危机而出现不安的情绪，甚至出现了一定程度的社会动荡。虽然目前事态还没有发展到恐慌甚至是暴乱的地步，安保措施似乎也还不错，但谁也不知道在什么时候、什么地方，火药桶就会被点爆。

广场上的煽动者开始再次阐述世界末日和神的救赎，英二一边听着煽动者的演讲，一边抬头望向天空。

有史以来，历经几千年，曾说过“世界末日即将到来”的预言家有几万名吧？具有讽刺意味的是，当世界末日实际上就在眼前——也许用不了半年，不仅是地球上的世界，整个太阳系都将濒临崩溃时，先知们的语气与想法依然和过去一样刻板与虚假。围着的数十人似乎被演讲深深吸引，虽然被太阳晒得满身是汗，但都在专心聆听着。在他们周围，更多的人却在尽情享受球赛和游戏带来的快乐，或是你侬我侬地窃窃私语，或是在音乐中翩翩起舞，又或是近乎偏执地在烈日下炙烤着皮肤。

现在，黑洞正以每秒2000千米的速度向他们头顶的天空一角逼近，它将以数千万倍的能量引爆公园上空那颗正在发出耀眼光芒的太阳。然而，从广场到公园的人群中，没有一个人想要抬头仰望天空，看看太阳。即使抬头望去，看到的也只是和往常并无二致的炙热的夏日碧空、洁白的云朵，以及发出刺眼光芒的太阳。天空中还没有显现任何毁灭的征兆。

英二朝公园内部慢慢走去，浓厚、沉重的空气，以及地球上巨大的重力再次令他喘不过气来。周围是人们的笑声、音乐声、孩子们的高声叫喊声、狗和小鸟的叫声，还有夏日午后城市的喧闹，到处都弥漫着生命的气息，让人觉得呼吸困难。港口的方向可见白色的船帆，公园的树上站立着成群的五颜六色的鹦鹉。草坪上，放养的锦鸡正慢悠悠地漫步而行，仿佛在向人们炫耀它们色彩斑斓的羽毛。

英二在喷水池边停下脚步，喘了一口气。在池内混浊的水面上，一朵可爱的粉红色花蕾即将绽放，在睡莲的叶子上还蹲着一只小青蛙，喉咙正一鼓一鼓地呱呱叫着。水中，红白相间的鲤鱼成群结队地嬉戏着，水黾和龙虱则在水面上惬意地滑行着。

“这颗行星……”英二盯着池面想着，“无论是在天空、地面、水中还是地下，到处都有生命的存在……这里是与宇宙、太阳系的其他地方完全不同的地方。这个到处充满生命气息的行星就是我们的故乡……”

从木星的密涅瓦基地登上飞往火星的飞船时，英二曾特意来到联络艇外面，将救生绳放长，然后让联络艇拖着自己走了好一会儿。当基地内狭小封闭的空间让他感到窒息，当他想感受浩瀚无垠的宇宙，或是想亲自感受真实的自己是何等渺小与孤独时，英二偶尔就会选择这样一种方式。包裹着他身体的宇航服外面是极寒的真空。在他旁边的则是早已被他视为第二母星的那颗无比巨大的红色木星。但当他将目光转向另一侧时，出现在他视野内的却是那可怕的黑洞，以及远处稀稀拉拉散落着的昏暗的星辰。这种令人窒息的空虚感，反而使他对太阳系和人类的怀念之情愈加热烈。

正在这时，从头顶上方传来一阵低沉的鸣笛声，英二赶紧加快了脚步。前面一架伸展着黑色机翼的VTOL飞机正在向公园的某个角落缓缓下降。

6. 朱庇特海岸的午后

“朱庇特教团比大沼泽地更近一些。”VTOL飞机的驾驶员一边转动着方向盘让飞机尽量倾斜着飞行，一边对英二说道，“在沙布尔角的北边，有个叫‘朱庇特海岸’的人工海海滩，那里经常聚集着很多年轻人，看起来像是朱庇特教团的总部。”

“教祖彼得一直都待在那里吗？”英二问道，“如果贸然前去，不知能否见到他呢？”

“这个就不知道了。教祖大人好像一般都不会离开那里。因为朱庇特也在那里。”

“朱庇特？”英二颇感吃惊地问道，“这个朱庇特是……”

“是一只海豚……”飞行员耸了耸肩道，“一只个头很大的海豚，它和彼得非常亲近。它是教团的吉祥物，不过其实更像是教团的神体……朱庇特教团这个名字据说也是取自这只海豚的名字。”

这架属于“飞行短吻鳄”公司的水陆两用VTOL飞机的舱盖上满是伤痕，甚至还有一处裂缝。当向左急转弯时，飞机的右翼就会有明显的震颤，舱内甚至还能闻到一股非常奇怪的味道。不过飞行员辩解说这是飞机经常被租来钓鱼的缘故。

几乎没有什么爬升力的VTOL飞机将飞行高度堪堪维持在了1500米左右，然后就沿着佛罗里达半岛的西海岸一路向南飞行。在飞机右侧下方是波光粼粼的墨西哥湾，海面上可见点点云影。左侧下方则是被一片浓绿覆盖的佛罗里达半岛，海浪不时翻腾起一片片白色的浪花，争先恐后地拍向岸边，随后变成一条白线向南延伸。

海面上还能看到不少游艇和垂钓的小船。英二将视线从下面的景色移开，抬头望向西边耀眼刺目的太阳。

从南边的地平线上正涌来一片积雨云，不过头顶的天空依然澄澈如洗，光线刺得人睁不开眼睛。蓝色的大气层宛如一个庇护所，为地球上的万物挡住了外面黑漆漆的宇宙空间，也为人们带来了北半球一年一度的夏天和亚热带温暖湿润的空气。

“人类，以及地球上的生物，全部都诞生于大气层底部沉重而又混浊的水陆表面，世代繁衍，生存至今……”英二一边思考着，一边因为刺眼的阳光而不由得皱起了眉头，“现在，只有人类从大气层底部浮了上来，知道在这个宛如毛毯般厚厚的舒适的大气层之外是无尽的太空，那里既没有顶部也不存在底部，有的只是黑暗、真空和极寒。在太空里，人类比在地球上更早地感觉到了从遥远太空逼近的灾难。然而，从这个温暖湿润的大气层底部向上看，一切都被强烈明亮的散射光掩盖，根本无法察觉到危机即将到来的气息。

“还有半年，太阳就要毁灭了吗？”飞行员瞥了一眼正在仰望太阳的英二，低声问道，“我住在佛罗里达州，怎么完全没有这种感觉啊……万一真有什么事，我就开着这架破旧的VTOL飞机跑掉算了，可是能把这家伙开到太空去吗？”

看起来像是墨西哥裔的飞行员露出一口洁白的牙齿笑了。不过英二并没有回答他的话，而是俯视着不断逼近的那片墨绿色的森林。

“嗨，怎么没看到你的家人呢？”飞行员斜眼望向英二，“难道你是单身？”

“嗯……”

“我和第二任妻子生了三个小饿鬼。和第一任妻子也有两个孩子，不过都已经成年了……前不久，我的女儿和她的恋人殉情自杀了……”留着漂亮的黑色小胡子的中年飞行员平静地说道，“果然，随着末日的临近，自杀的人也越来越多了……不仅是上了年纪的人，现在连年轻人也……”

“没必要这么着急去寻死……”英二低下头小声说道，“或许……有救也说不定……”

“我听说他们正在建造大型飞船，打算让人们从地球上陆续撤离。但是，要想成为被选中的撤离对象，简直比中联邦彩票特等奖还要难。”飞行员一边猛打方向盘，使得VTOL机体倾斜向上，一边努力寻找着陆点。

“我不太想被选上。因为我已经太老了，也太累了，不能再进行任何长途旅行了。如果末日就要来临，我打算和小家伙们一起坐着游艇去旅行。”

VTOL飞机开始向美丽的白沙和椰子林环绕的海岸慢慢降低高度。海岸边人头攒动，海面上还漂浮着无数小船和浮动的甲板。

VTOL飞机在离海岸稍远的一个几乎空无一人的停车场上成功着陆，飞行员回头对英二说道：“那么，我就在这里等你吧。回来后，我们就直接去圣彼德斯堡。”

英二挥了挥手，从驾驶舱下到地面。当他向教团所属地的入口走去时，VTOL飞机跟在他身后向一处树荫滑行了过去。

“啊？……你说什么？”

英二注意到飞行员打开VTOL飞机的舱罩，对他吼了句什么。可是引擎的声音实在太大了，完全盖住了飞行员的声音。

过了一会儿，VTOL飞机终于停在了一处树荫下。熄火后，飞行员用力挥动手臂，指了指自己的左上臂。

“我劝你最好把太阳系开发机构的标志遮起来！”飞行员冲着英二大声喊道，“因为你的肤色过于苍白，本就长着一张太空人的面孔。如果再佩戴如此醒目的标志，一看就知道你来自太空。——虽然这里的年轻人一般都很老实，不过还是有很多人对太空怀有很强的敌意。”

英二挥了挥手，表示自己知道了，不过他并没有遮住短袖工作服左臂上的SSDO标志，而是径直走向挂有“朱庇特教团”牌子的海滨沙滩入口。这块牌子的背景为蓝色，上面画着一只跃起的海豚，看起来多少显得稚嫩且拙劣。招牌上还写着“朱庇特教团私有地”的字样，不过仅此而已。既没有栅栏，也没有门卫，这块牌子的对面，可以看到不少穿着清凉、半裸，甚至是全裸的年轻男女。

英二下身穿着一条浅蓝色的长裤，脚上是一双系带的皮鞋，上身穿着一件拉链拉到领口且有很多口袋的上衣。在这片明亮、开阔的海滩上，英二的穿着明显格格不入，不过那些享受着日光浴的朱庇特教团的年轻男女们似乎对此全然不关心。

在椰子树的绿荫里，在茅草棚或帐篷的阴凉下，半裸的男男女女随心所欲地躺在地上。有人在阳光和海风的吹拂下，毫无顾忌地相互爱抚着，海滩上，随处可闻各种各样的音乐声。

“彼得在吗？”英二拦住两个上身赤裸、身材娇小的女孩问道。她们看起来很像一对双胞胎，都留着一头黑色长发，一看就有东方血统。

“在的……”栗色皮肤、给人的感觉很像暹罗猫的女孩回答道，“他从来不去别的地方。”

“那他现在在哪儿呢？”

“在那边。”另一个女孩伸出手，指着海边连绵不绝的树丛对面的红色屋顶说道。

于是英二向远处的红屋顶走去，为了避开强烈的直射阳光，也为了防止笨重的长筒皮靴陷进松软的沙子里，他特意走在大王椰子树下面的草坪上。

草坪上，随处可见以各种姿势躺在一起的情侣。正当英二想要从几棵扶桑花树旁绕过时，他差点被其中一个女人的脚绊倒。

“对不起！”英二踉跄了一下，身体顿时失去平衡，不由自主地单膝跪了下来。当他看到绊了他一下的那个女孩的腿依然一动不动时，还以为她睡着了。

但是，当他的目光从并排仰面躺着的这对20岁左右的男女的脸上扫过时，他不由得大吃一惊，随即弯下腰来仔细查看。

“你好……”英二走向一个满脸雀斑、正靠在旁边一棵椰子树上懒洋洋地弹着尤克里里的年轻人，对他说道，“这些人看起来不是很正常。赶紧叫救护车。”

看到躺在地上的那对男女的脸已从苍白色变成铅灰色，英二的声音不由得变得尖锐起来。

但坐着的年轻人似乎完全没有听到他的声音，只是瞥了一眼，就继续全神贯注地盯着手中的尤克里里，再次拨动琴弦。

“他们已经死了……”一个满脸雀斑、穿着长裙和背心的十几岁少女，在年轻人的身旁坐下，倦怠地撩起挂在脸上的麦草色长发，说道，“从今天早上开始就这样了……”

“也就是说，昨晚就死了？”英二的脸僵住了，“你们没有报警吗？”

“中午之前就有人报过警了，不过警察一直没来。”少女拔下一片青草放在唇上，眼神疲惫地望向大海，“我们和警察的关系向来不怎么好，最近自杀的人又多，再加上城市里每天都有游行示威和小规模的暴动，估计警察也疲于应付吧。——在这里已经出现了3组以上自杀和殉情的人。”

“这两个人不是殉情……”那个靠在椰子树上的年轻人拨动琴弦，说道，“他们是药吃多了。有一次，他们不顾周围人的劝阻，吃下了达到危险剂量3倍的药，结果昏迷了两天两夜。”

“可是，他们不是经常在一起旅行吗？——所以应该是殉情才对。”

“不是这样的……他们两个人压根就没有相爱过。”

英二一边听着两人喋喋不休的对话，一边摸了摸躺在地上的那对男女的身体。——不知道他们已经死亡多久，因为这里的气温很高，所以已经过了死后僵硬期，尸体已经开始变得松弛，与地面接触的裸露皮肤上甚至长出了尸斑。当英二把脸靠近那个女孩时，甚至能闻到女孩嘴角逸出的淡淡的腐臭味。英二拉起死去的那对男女的胳膊，把他们的手臂交叉置于各自的胸前，然后掏出一块皱巴巴的手帕，盖在了那个女孩的脸上。

“有布什么的吗？”英二转身问道，“最好把那个男人的脸也盖一下。”

青年低头看着自己手里的尤克里里，手却伸进旁边少女的胸口，扯出了一条薄围巾。

“不要！”少女伸出手去想要把它抢回来，“那是我刚买的。你竟然要把它放在尸体的脸上！”

“你们不是朋友吗？”英二把带花纹的薄布盖在死去的那个男人的脸上，说道，“最好去催一下警察。已经发臭了。”

英二用手赶走落在布上的苍蝇，向前走出两三步，然后停了下来，回头问道：“你们认识一个叫玛丽亚的女孩吗？”

“哪个玛丽亚？这里叫玛丽亚的人可不少呢。”长着一头麦草色长发的少女吮吸着草茎说道，“我也叫玛丽亚。可是我并不认识你。”

“她叫玛丽亚·贝斯哈特……留着一头金色长发，还有一双蓝色的眼睛，长得很漂亮。虽然已经24岁了，不过面相上看起来要更年轻一些。”

“如果没有照片，很难知道你说的是谁。”年轻人似乎终于意识到这一点，调着琴音说道，“你去问彼得吧。虽然这有点让人难以置信，但彼得能记住教团内几乎所有成员的长相和名字。”

“彼得是不是不在这儿？他好像和一个叫安妮塔·琼·波普的女人在一起。”

一听到这个名字，两个年轻人都吃惊地抬起头来，用满怀戒备的眼神看向英二。

“你究竟是什么人？是刑警吗？”少女尖声大叫道，“你是专门来调查安妮塔的吗？她根本就不在这里。你回去吧！这里欢迎任何人，但警察除外。”

“不——这家伙不是条子。”年轻人拨弄了一下尤克里里，嘲弄地大声说道，“这家伙来自太空！你看！这家伙是太阳系开发机构的人，和宇宙破坏者是一伙的！”

英二很快就明白了，年轻人提高嗓门并不只是想挑衅他，而是想让周围的同伴听到。

果然，附近的四五个青年听到声音后，立马转身走了过来。

“你来自太阳系开发机构？——你来这里的目的是什么？我们不欢迎太空人——你是来调查安妮塔一伙的事吗？”

“这家伙真的是从太空过来的吗？”

“啊，对了——你看那家伙衬衫的左臂，上面印的正是臭名昭著的‘太阳系破坏机构’的标志！”

拨弄着尤克里里的年轻人恶毒地大声叫道，周围顿时一阵哄堂大笑。

英二没有理会他们，径直朝前方那栋红色屋顶的建筑物走去。晒得黝黑的年轻男女们散发着热烘烘的体臭，一个个跟在他后面。霎时，嘲笑声、叫骂声、怒吼声纷纷从英二背后传来，但当他停下脚步并回头看时，声音又立刻变小，只剩下躲躲闪闪的，夹杂着厌恶、憎恨和几分恐惧，但又宛如利箭的视线。

当英二再度迈步向前走去时，嘈杂的声音再次从背后袭来。突然，砰的一声，一颗小石子砸到了他的后脑勺上，还有一截干枯的小树枝擦着他的肩膀向前飞去。

“不过是一群只懂背后偷袭的小人罢了。”英二愤愤地说道。

但为了以防万一，他还是从口袋里取出紧急通信器——当他把音量调到最大并按下一个特殊的开关时，通信器就会发出巨大的、震耳欲聋般的声音。英二紧紧地把紧急通信器攥在左手，同时默默地计算着1G的重力会给自己肌肉的反应速度套上多大的枷锁。

虽然后面的人群中颇有几个大块头的家伙，不过从他们的动作和肌肉的形态来看，单独任何一个人都无法和英二对抗。但如果他们选择一拥而上，那就麻烦了。如果真到了那个时候，就用擒拿术控制住一个人当作人质吧。英二一边紧张地留意着自己左右和背后的动静，一边继续向前走去。

突然，一个全身晒得通红、体形肥硕的大汉从左前方摇摇晃晃地走了过来，挡在了英二前面。他的手臂和胸前都长满了乌黑的毛发，脸上也长着浓密的黑色胡须。

“喂，小子……”大个子用有点含糊的语气说道，“听说你是从太空过来的？你来自哪里？火星还是土星？”

“我来自木星。”

“你……你是在太空出生的吗？你们已经对太空造成了很大的破坏和污染，不是吗？怎么，连地球也不放过吗？”

“确实，我出生在火星，是在太空长大的……”大个子吐出的气息中带着一股酒味，英二只得稍稍别过脸去，“之前我一直都在为太阳系开发机构工作。不过现在我正在为拯救太阳系的计划而努力。我们要选择一个合适的时机，将木星击飞，改变将要撞向太阳的黑洞的行进路线。”

“你们要摧毁木星！”英二的话音刚落，人群中便爆发出一片惊呼声。

“可否让一下？”英二握住大个子伸向他鼻尖的手指，“我想见见彼得……”

这时有人呼喊着彼得的名字向前跑去。英二看见前面一个比周围的人高出一个头的大汉正转过身向他而来。

7.“巨婴”

大汉被一群半裸或衣着暴露的年轻男女们团团围住。他右手拎着一把漆面斑驳脱落的白色作曲家吉他，正仔细打量着英二。

他披着一头灰褐色的长发，晒得通红的娃娃脸上戴着一副椭圆形的无框眼镜；胖乎乎的胸部和手臂也被晒得通红，下身只穿着一条褪色的百慕大短裤，脚上趿拉着一双凉鞋。

虽然无框眼镜后面的眼睛看起来很和蔼，但面对第一次见面的陌生人，他的脸上还是能看到些许戒备的神色。

“彼得！”那些原本跟在英二身后一个劲地咒骂他的教团年轻人此刻高声大喊起来，“这个家伙是从太空来的……您一定要小心。他好像是来调查我们的！”

“那家伙是太阳系开发机构的人！……和宇宙破坏者是一伙的！”

“没错！那家伙甚至想要炸毁木星！”

最后一个声音犹如在人群中扔下了一颗炸弹。轰！……人群中的空气似乎瞬间凝固起来。

“你好……”英二全然不顾周围的敌视目光，径直走到教祖面前，向他伸出手来，“你就是彼得？”

“对……我是彼得·特鲁顿……”彼得的嘴角浮现出一抹生硬的微笑，他睁大惺忪的眼睛，握住了英二伸过来的手问道，“你呢？”

“本田英二……来自木星的密涅瓦基地。我不知道你此前有没有听说过‘BBJ计划’，我是这个计划的现场负责人之一。”说着，英二回头向后望了一眼，“正如刚才有人所说，炸毁木星并利用其动量来改变黑洞的行进路线，这是一个相当疯狂且充满太多不确定性的计划。”

“那么——你来教团究竟所为何事？”彼得满是疑惑地俯视着英二的脸，“你不应该很忙才对吗？”

“我本来是要去坦帕拿一台机器……”英二抱着胳膊，环视着周围的年轻人说道，“但因为还有一点时间，所以就想顺便过来看看你。我想和你见一面，还有……我想向你打听一下玛丽亚·贝斯哈特的消息。”

“你一定要小心！彼得……”从旁边传来一句尖锐的叫喊声，“那家伙是来抓玛丽亚和安妮塔的！他是安全局的奸细！”

“不是的……”彼得没有回头看向叫喊的那个人，而是用柔和且响亮的声音说道，“这个人是玛丽亚的恋人……我经常听她说起……”

周围顿时一片喧哗声。

“大家先散了吧……”彼得举起手臂大声说道，“我们想单独谈一谈……是吗？英二……”

“对……”英二擦着额头上不断滴落的汗珠，点了点头道，“我不会耽误你太多时间的。”

不过，周围那些充满敌意的年轻人并没有马上离开，彼得刚抬起脚，三四名男女就立马跟了上来，在不远处戒备着。彼得领着英二来到一座小型泳池前，泳池是沿着红顶白墙的地中海式平房建造的。

“玛丽亚·贝斯哈特很久前就不在这里了。”彼得示意英二在遮阳伞下的简陋椅子上坐下，说道，“虽然我也很担心她——但确实不知道她去了哪里。”

“她和安妮塔·琼·波普在一起吗？”英二问道。

乍一听到安妮塔的名字，彼得波澜不惊而又充满阳光的脸上浮现出痛苦的表情，虽然仅仅是一刹那，但还是没能逃过英二的眼睛。

“这两个人都是极端主义的危险人物，联邦安全局和宇宙空军保安部都对她们发出了通缉令。”英二低垂着眼眸说道，“一同被通缉的还有你们教团的另外三四个人。”

“玛丽亚是被安妮塔强行带走的。”彼得看向远处的大海，表情痛苦地说道，“即使是安妮塔……我也从来没有教过她要憎恨什么。”

“他不是坏人……”英二看着彼得的侧脸，在心里说道，“甚至可以说是个心地不错的人。”

“请你不要误会，我并不是来责怪你的。”英二用指尖敲着海风吹拂下的桌子，说道，“我只想和你聊聊，看看你究竟是一个什么样的人。当然，我也想来见见玛丽亚。”

“玛丽亚也说要介绍你给我认识……她说你们不仅从小一起长大，而且还是恋人。”

“这么说来，你现在的角色类似于玛丽亚的父亲？因为她的父母于很早之前就在一次飞船事故中丧生了。”

“我也是从婴儿时期开始就成了一名孤儿……”彼得望着大海，莫名露出一丝微笑，“在我还是个不会说话的婴儿时，家乡爆发了洪灾，于是我被放在了一艘塑料小船里，一直在密西西比河的入海口一带漂啊漂……”

“我也是。从出生到现在都不知道自己的亲生父母是谁……”英二挑起一侧的眉毛说道，“我是在火星上——经由冷冻卵子与冷冻精子的结合诞生的。”

“太空中像你这样的人是不是很多？”

“这个我也不太清楚……”英二摇了摇头道，“在太空中，我们不会去谈论彼此的出身或是过往的经历。大家都是地球人。这就足够了。”

彼得似乎还想说些什么。英二于是用手指轻轻击打着桌子，等着彼得开口。

但是，彼得似乎没有找到合适的措辞。他长长地叹了一口气后，随即拿起吉他，简短地弹了一段甜蜜而又悲伤的曲子。这个旋律很感人，英二瞬间就被深深地吸引住了。

“你的教团为什么会对太空，甚至居住在太空里的人那么反感呢？”

"我……从来没有煽动过这样的情绪……"

"不过，我在这里好像不是很受欢迎……要是他们注意到我袖子上的标志，就会从后面向我扔石头。"

"年轻人经常会做一些过火的事情。无论是在感情上还是在行动上……如果其中有人故意往某个方向煽动，那就更糟了。"

"你身为教祖，难道就没有试图去阻止或予以纠正吗？"

"事先声明一下，我才不是什么教祖！"彼得以令人吃惊的激烈语气，甚至带着几许厌恶说道，"我从来没有对周围的人宣扬或说教过什么，我只是将自己对某些事情的感悟转换成音乐，再写成歌曲唱出来。即使听众很少，只有一小部分，我也会觉得很高兴、很愉快。不过原本我只是以歌曲的形式表达我对生物、自然、地球……以及生命本身的感受，我并不在乎是否有人喜欢听我的歌。如果没有人听，我也不会太在意。"

看着彼得的表情，英二不知不觉间攥紧了拳头。他觉得自己好像开始明白什么了。彼得，他就像是一个"巨婴"……

"我只是……喜欢唱歌而已，但从没打算要唱给谁听……就这样，不知从什么时候开始，周围聚集起了很多喜欢听我歌的年轻人。然后不知道是谁把我的一首歌录了下来，还做成了唱片。结果那家伙居然卖了好几亿张，好像赚了不少钱，但具体赚了多少我并不清楚。我只要有这把旧吉他、短裤和T恤……还有大海、太阳和海豚朱庇特就够了，我并不需要其他东西。不过，确实是以我的名义赚来了不少钱。"

"这些钱应该被当作你们这个团体的基金了吧。"英二说道，"不过，朱庇特教团是按照宗教法人来注册的吧。"

"我不知道有没有注册，这些都是由安妮塔来帮我弄的。"

"也就是说，你实际上对教团不负有领导责任？"

"责任……怎么说呢？从社会意义上来说，我或许是一个没有什么生活能力的人。但是，我自己并没有教导或引导过谁。那样的事，我认为自己做不到，也不打算去做。我不会凭借灵魂救赎的说法，以信仰为代价去谋求金钱、权力和服从。也许有人会说我不负责任，但我自己也一样放弃了社会上的一切权利。只有一项权利除外，即唱出我心中之歌的权利。"

叽……叽……随着几声低鸣，一只红脑袋的小鸟从泳池边走了过来。彼得的舌头在嘴里灵活地动来动去，也发出一阵惟妙惟肖的鸟叫声，随后又用胖胖的手指指向桌面。只见小鸟一点都不害怕地径直跳到了桌子上，然后停在彼得的手指上，用粉红色的喙轻轻啄着他的指尖。

“我自己并不想要求任何人或任何事，也打算放弃一切这样的权利，但即使是这样的我，至少也有生存的权利和歌唱的权利吧。”彼得注视着停在自己指尖上的小鸟，疲惫地微笑道，“就像这只小鸟一样。”

英二一时不知道说什么才好。对于这样一个人，即使他周围的人做了错事，也很难指责他对此“负有领导责任”或“不负责任”吧。在英二心里，这种感觉正变得越来越强烈。

“一方面，我确实明白你所说的话，可是，现实中你周围的年轻人被你以外的其他人带入了错误的仇恨之中……虽然你将某种美好的生活方式作为你自己的生活方式来追求，这的确是任何人都无法干涉的权利，但是那些受这种生活方式影响的人，并不能像你一样真正处理好。他们还太年轻，没有足够的能力，一旦受到这种生活方式的强烈刺激，就很容易陷入一种类似毒品成瘾的状态，以至于对其他生活方式产生不健康的仇恨和破坏性的冲动。这也将会给你追求自己的美好生活方式带来阴影，不是吗？”

这个问题在英二的脑海中反复盘旋着。然而，一种压倒性的东西从眼前的彼得身上向他袭来，让这个问题顿时变得很无力，也让英二不得不闭上了嘴。

彼得与普通的人类略有不同，他大大超出了人类社会的束缚，是一种无限巨大而又温柔的生物。

人们看到大象这种生物，被它的体形、威严和聪明折服，蜂拥而上，将它神化，争相崇拜它，为如何崇拜它而产生派别纷争，甚至把它变成淫乱的神龛，但这是大象本身的责任吗？

“真想听一次你的歌……”英二用沙哑的声音说道，“我不知道你是怎么想的，不过听了这首歌的人，都会对宇宙开发产生反感——我很想知道究竟是什么让他们变成这样的。”

“那不是我唱歌的目的……”彼得喃喃道，再次用他那把破旧的吉他弹起一首很短却充满温情的曲子，“我只是在……歌唱大海、太阳、月亮和风……歌唱天空、云朵、晚霞和朝露……歌唱鸟虫、野兽、游鱼、树、草、花。歌唱活着的东西……歌唱与我们这些生物休戚与共的地球和星星的共同感受……虽说唱歌的是我，但这并不是属于我一个人的歌……而是与它们之间的交流抑或是对它们的问候……更确切地说……我只不过是借用人类的声音，用人类的表现手段，将它们添加到大家唱的歌里而已。”

突然间，英二似乎在彼得高大的身躯后面感觉到了地球的存在。

“原来是这样……”英二在心中喃喃自语道，“这家伙是地球环境的代表人物。在地球上出生、成长，从未去过地球以外的任何地方，与这颗星球拥有共同的历史和命运……”

“你去过太空吗？”英二问道。

“没有……”彼得的手指离开吉他，摇了摇头说道，“我没有去过，也不想去。或许是我一出生就漂在海上的缘故吧。我很喜欢大海，以前也经常潜水……比起去太空，我更喜欢像现在这样在地球上眺望太阳、月亮和星星……就像鱼、鸟、虫、兽那样，和那些无法前往太空的人一起。”

“要是你能去一趟太空就好了……”英二望着西边渐渐落下的夕阳低声说道，“去了太空……再从太空看地球和月亮……或许你的歌会随之发生改变。”

“听说你住在木星，英二。”彼得低头说道，“玛丽亚曾对我说过，木星是一颗巨大而又非常了不起的星球……听说她去木星就是为了去找你。”

“她去木星是为了破坏我们的基地，反对宇宙开发。”

英二突然非常强烈地想念起玛丽亚来。他的身体微微颤抖，鼻子深处隐隐泛起一股酸痛感。对了，那个时候……在密涅瓦基地的情人酒店，那个令人眼花缭乱的激情一刻……只是一场再也无法重温的梦吗？

“我听说……你们想要毁掉木星……”彼得低着头，用伤感的声音低声说道，“黑洞……是不是已经距离我们很近了？”

“还有半年左右就会撞上太阳。”英二揉着鼻子说道。

彼得没有再搭话，他弯曲肥大的身体，把手伸向桌子下面。这次出现的不是小鸟，而是一只小松鼠。它慢吞吞地向彼得凑过来，用后脚站立起来，摇动着蓬松的尾巴，睁着一双黑豆似的眼睛，不停地嗅来嗅去。

“很可爱吗？”彼得对抓着他的指尖、在他手背上摸来摸去的松鼠微笑着说道，“太空里也有这样迷人的小家伙吗？”

“太空里禁止饲养宠物……”英二说道，“对了，你还记得2095年世界生物学联合会和联邦环境问题委员会共同发布的那个声明吗？……现在，地球上包括微生物在内的所有生物物种，如果人类不积极、认真地加以保护和管理，将很难继续生存下去，为此必须立即采取政治和法律方面的相关措施……”

“当然知道……因此而采取的各种措施中，最有效的就是成立了基因银行……”彼得轻轻地把松鼠推开，低声说道，“‘必须积极地进行保护和管理’……不过在这之前，人类已经走得太远了。在采取管理和保护政策之前，我们本可以更谦虚一点，为其他生物留出空间，不是吗？”

倾斜在墨西哥湾上空的太阳开始泛红，即将西坠。彼得看着这一幕，孤寂地再次弹起了吉他。“生物……包括我在内，终究都会死去。即便是物种，也会走向消亡，其数量会逐渐减少。太阳也好，地球也罢……即使半年后不会毁灭，再过几亿年或几十亿年，也终究会走向崩溃吧。你们可能会尽可能地延长这个时间……但我只想在这里静静地守护着它们，直到它们彻底走向毁灭。我想通过唱歌来安慰地球和太阳，回忆彼此的那份美好。”

“为什么不把那首歌录下来，让它和最后一批逃亡船队一起离开呢？”英二的语气非常平静，不带丝毫的讽刺，“即使船队找不到可以栖息的星球……录音也可能会被传播到某个遥远的智慧宇宙种族……听了这首歌，他们说不定还会为太阳系哭泣呢……”

就在这时，海边传来了一阵骚动。哭泣声和叫喊声交织在一起，几个年轻人发狂似的朝这边跑了过来。

“彼得！不好了！”其中一个年轻人用嘶哑的声音大喊道，“朱庇特……朱庇特被鲨鱼咬伤了！”

8. 再见了，朱庇特……

朱庇特被鲨鱼咬伤了！

听到叫喊声，彼得那肥大的身躯像是受到了电击似的，一下子从椅子上弹了起来。强大的反作用力使得椅子猛地向后飞去，咣当一声撞翻了桌子。

“鲨鱼？”彼得的嗓音变得尖厉，哭泣般嘶喊道，“什么……鲨鱼怎么会跑到这片海滩的？”

“听说是达布和奥黛丽在小船上嗑了药，稀里糊涂地把防鲨网解开了！”不知是谁气喘吁吁地说道。

“不是的！都怪毛毛，是毛毛的错！”另一个女人歇斯底里地大声哭喊道，“毛毛……嗑了药后变得异常兴奋，他说卡在防鲨网上的鲨鱼好可怜……所以……所以……”

“朱庇特怎么样了？”彼得一边踉踉跄跄地向海滩边跑去，一边梦呓般地向周围的人问道，“朱庇特究竟怎么样了？……”

“当达布他们的小船遭到鲨鱼群的袭击时，朱庇特突然冲过来，将他们的小船和鲨鱼群隔了开来……”一个皮肤晒得黝黑、瘦得像竹竿的女孩情绪很激动，她握紧拳头，不停地捶打着自己单薄的胸膛，大声说道，“我本来想操纵小船，离开鲨鱼群，结果……”

在落日的映衬下恍若被染上了一层血色的海滩，此刻陷入了一片恐慌之中。

从海里尖叫着拥上岸来的人，与跑到海边打算去看海的人撞在了一起，一时间，场面变得异常混乱。每个人都在挥手大喊着，尖叫着，但环顾四周，没有一个人采取应急措施。

“船在哪儿？”英二一把揪住正在挠头叫嚷的大胡子男子的衣襟，大声问道，“最好是大一点的快艇。然后你帮我把它推到海里去！”

“这里没有那种东西！”男人伸出手臂大声叫嚷道，浑身散发着一股浓烈的酒味，“这里所有船只的马达都不超过2马力！”

四周都是汗流浃背的半裸的身体，他们像正在被清洗的芋头一样，相互间不停地碰来碰去。英二试图拨开人群，冲向海边，却被周围已陷入半疯狂状态的家伙死死挡住，只能从他们的后背和肩膀之间的空隙处看到已经弃掉小船和快艇，正在疯狂向岸边游过来的一大群人。

“啊！”身边突然响起了一声惨叫。

“彼得！你要做什么！彼得！”好几个女人的声音同时响起。

“谁来拦一下彼得……快点！”

“快停下！彼得……别做傻事！”

视野所及之处，三四名男女被猛地撞飞了出去。人群中的彼得就像球门前的橄榄球运动员一样，不顾一切地向前冲去。试图阻拦他的人都被纷纷撞翻在地，但依然有人紧紧抓着他，就像吊在他身上一样。

“放手！”彼得朝天空大声咆哮道，“我要去救朱庇特……去救达布他们……”

“达布他们好像已经得救了……”挂在彼得左臂上的男人几乎把嘴贴在彼得的耳朵上大声吼道，“现在过去太危险，那里有很多鲨鱼！”

英二终于从人群中挤了出来，横着向海边的一处小高地跑去。他一边跑，一边盯着人影稀疏的海滩，估算着与那片翻腾起巨大水花的海面之间的距离，从胸前的口袋里拿出通信器，按下之前就已调好的VTOL频道的通话键。

“‘飞行短吻鳄8号’……你能听到吗？我是乘客……”英二几乎要咬住麦克风似的大声吼道，想起自己和那个水陆两用VTOL飞机的飞行员一起飞了将近1个小时，却连对方的名字都不知道，顿时有种哭笑不得的感觉，“现在请您立即出发，到海滩上来。距离海滩300米处有鲨鱼出没。”

“明白……那边好像发生了什么事，我刚刚已经发动了引擎……”飞行员回答道，“你准备怎么办？”

“我打算乘船去现场。飞机上有没有什么对付鲨鱼的武器……比如鱼叉什么的？”

“真不巧，没有鱼叉。倒是有手钩……对了，还有一种能把鲨鱼吓走的水下炸弹，不过威力不算太大。”

“也可以。”英二一边将沙滩上的塑胶船推入水中，一边把通信器重新放进胸前的口袋里，把耳机插在插头上，然后牢牢地戴在头上，“请保持联络状态。到时候我会给你发信号，你一看到就明白了，出发吧！”

“明白，尊敬的乘客……”飞行员麻利地回答道，“对了，我该怎么称呼你呢？”

“我叫英二，你呢？”

“我叫里科。那现在就开始行动吧。”

耳机里顿时响起了一阵飞机引擎的轰鸣声。——海滩上停放着好几艘小船，这些小船上都装有小型篮球大小的舷外发动机。英二从这些小船上拆下几个舷外发动机，将其中两台安在了塑胶船上面，将另一台作为备用扔进了船舱内，随后启动了引擎。英二双手紧紧握着两台引擎的操作杆，单膝跪在船尾，弯下腰，向着波涛汹涌的海面冲去。重量很轻的塑胶船偶尔会出现一些颠簸，有时候甚至会跃向空中。这是英二第一次驾船，如果掉到海里，他并不会游泳。而且他虽然有生物学方面的知识，却不知道采取什么行动才能有效对付鲨鱼这种动物。不过，到目前为止，在太空，特别是在密涅瓦基地周边，每当发生不测事态时，英二总是能幸运地逃过一劫，因此他有信心独自驾着小船赶往事发现场。

待英二赶到事发水域时，只见前方浪花激荡，飞沫四溅，水面宛如滚开的水一样不停地向上冒着气泡。这时，一个滑溜溜的、黑中带灰的庞然大物猛地跃出了水面。在它的旁边，则是两只体形略小的纺锤形生物，它们有着蓝色的背鳍和灰中带青的硕大肚子，尖尖的鼻子向后弯曲。即使海豚已经跃出水面，它们依然死死地咬住这只巨大的瓶鼻海豚。海豚的腹部和尾部不断有鲜血喷出，它那被撕裂的伤口中甚至可见大片的白色脂肪。但这两条苍白色的凶猛异常的大白鲨没有丝毫怜惜，依然用它们那锯齿状的锋利牙齿不停地撕咬着，试图进一步扯开伤口。它们在空中拼命扭动身体，像是一定要生生从海豚身上拽下一大块肉来才肯罢休。虽然这个画面只有一瞬，却像噩梦中的一幕一样清晰可见。当海豚和鲨鱼在空中缠斗着再度落回水面时，英二赶忙转舵，以免巨大的水花和波浪把小船掀翻。

“我来啦！”耳机里响起了里科的声音，“我看到事故现场了，我就在你后面一点，我该怎么做？”

“降落到水面上！”英二对着麦克风大声吼道，“跟在我后面。你能看到右手边那艘红白相间的橡皮艇吗？”

“可以看到，上面好像还有人。”

“上面的人没能及时逃走，我先去救那个女孩。准备好武器，有一群鲨鱼正在追她。”

随着喧嚣声越来越近，英二能清楚地感觉到一个黑影在他的视野后方快速向他逼近。英二一边注意着被鲨鱼袭击的海豚，一边向橡皮艇的方向急冲而去，橡皮艇上的女孩好像已经没有力气再喊叫，只是发出一阵阵微弱的哭泣声。突然，哐的一声，英二乘坐的塑胶船的船底好像撞上了什么东西。他踉跄了一下，双膝猛地跪了下去。一个呈尖锐三角形的蓝黑色背鳍劈波斩浪般地紧贴着英二的小船掠过，而前方，另一个露出水面的背鳍也在向小船逼近。

这似乎是一群饿急了的鲨鱼，而“食物”的血腥味让它们变得愈发狂躁。不得不说，橡皮艇到现在还能浮在水面上简直是一个奇迹。橡皮艇的一个气囊已经被鲨鱼锋利的牙齿撕得粉碎，小船因此向一侧倾斜了。如果另一个气囊也被咬坏，小船势必会倾覆，上面的人自然也会落入水中，再无生还的机会。幸运的是，鲨鱼群的主攻对象是那只海豚，橡皮艇周围只有两三条体形较小的鲨鱼。

“抓住我的手！”英二冲躺在橡皮艇底部的女孩大声喊道，降低船速靠了过去，“坚持住！”

女孩好不容易才抬起头来，迷迷糊糊地勉强举起了手，却压根没有力气抓住英二伸过来的手。两艘船错身而过，英二很快又把船头掉了过来，决定换另一种方法来搭救被困的女孩。

橡皮艇周围的鲨鱼加快了撕咬的速度。无论是英二的小艇、降落到水面正不断靠近的VTOL飞机，还是其他任何新的东西的靠近，都可能进一步引发它们的戒备心理，甚至使它们不顾一切地发动最后的攻击。

英二驾驶着塑胶船绕到了橡皮艇半沉的一侧，然后慢慢地将船头靠过去。随着波浪的起伏，待到英二所乘小船的船头马上就要钻入橡皮艇下方时，他猛然加快了小船的速度。加速的时间把握得刚刚好，但凡再早一点或晚一点，橡皮艇都有可能被撞翻，女孩也有可能直接掉入海里。幸运的是，女孩的身体如英二设想的那样从潮湿的橡皮艇底板上滑了下来，径直落到了英二的船头。没有片刻停顿，英二全速向前冲去，橡皮艇被塑胶船的船头掀起，飞向了空中。这时，两只青白色的纺锤形生物从水中跃起，冲着橡皮艇的方向追击，紧接着就传来气囊被咬破时发出的啪啪的声音。

“快来，里科！”英二焦急地大声喊道。他用一只手控制着操舵杆，让小船在原地打转，用另一只手紧紧地抓着女孩的脚腕，以防她被甩出船外。“用救生绳先把女孩救出去。然后把武器给我！”

“你还要干什么？”驾驶着VTOL飞机靠近的里科掀起舱盖大声喊道，“你一个人能行吗？”

“我必须去救那只海豚……”英二说着，将里科扔过来的救生绳打了一个圈，然后将绳圈从女孩的腋下套到了她的背上。“我未必救得了它，但无论如何也得赶走那些鲨鱼吧。你先别走，一会儿说不定还要用到绳子。”

里科似乎早已见怪不怪，在不伤及女孩皮肤的前提下，极为麻利地把已经失去知觉的女孩吊起来，并拉入驾驶舱内。随后，里科把一个蓝色的背囊和一个手钩扔给了英二。

“拔出引信后3秒，炸弹就会爆炸！”里科冲着英二大声喊道，“小心一点！海浪越来越大了。如果你被抛到海上，在这里被鲨鱼吃掉，太空中的一些家伙可就有麻烦了。"

“把绳索全部放出来！”英二操纵着小船离开VTOL飞机，挥手喊道，“我在前面，你跟着我。”

前方三四米远的海面就是海洋动物们殊死搏斗的现场。海豚朱庇特还在水面上疯狂地跃动着，不过战斗已经接近尾声，海豚的左鳍被咬掉了一半以上。英二将操舵杆夹在两腿之间，然后从背囊里拿出几个比棒球略大、涂成绿色的水下炸弹，拔出引信，往鲨鱼聚集的水面扔去。这种炸弹的声音很大，但实际上威力并不大。不过当炸弹在一条大鲨鱼的鼻尖处爆炸时，它还是摇摇晃晃地沉入了水中。这时，又有一条鲨鱼冲过来想要从海豚身上再撕下一块肉，却被英二用手钩挡住。与此同时，英二用牙齿拔出另一枚炸弹的引信，将它径直扔向这条鲨鱼张开的巨口中，这一动作发挥出了惊人的效果。但是，不知道这里的鲨鱼还有多少，海豚身体上的肉依然在被一块接一块地撕咬下来。由于失血过多，海豚肉眼可见地变虚弱了。

英二不再犹豫，将手钩插入虚弱的海豚体内，把它拉到船舷边，想就这样带着它离开。但鲨鱼又怎肯放弃到嘴边的美食，于是愈加凶猛地围攻上来。

“里科！再靠近一点，使用垂直喷射！”英二大声喊道。

“垂直向下吹吗？”里科问道。

“不是，让通风管保持倾斜，使劲吹，鲨鱼群就在下面。”

里科立马领会了英二的意图，他操纵着VTOL飞机，靠近鲨鱼背鳍聚集的区域，等海面向上涌起时，就倾斜着向下喷射气流。

鲨鱼的攻击暂时停了下来，英二抓住这一机会，赶紧用绳子套住了海豚那滑溜溜的尾巴。

“好样的，里科！——拉！——不，是上升！”英二大声喊道，“这样总比被鲨鱼咬得只剩下骨头要好。当你到达海滩时，就将它轻轻放入水中。”

“绳子只有20米长……即使它没有变成一段骨头，如果处理不好，你得到的也将是一整只烤海豚。”里科小声嘀咕道，“好吧。我们试试吧……祈祷这只可怜的海豚不会被引擎烤焦。”

随着一声巨响，VTOL切着水面升到了空中。绳索绷紧后，海豚的身体被拉离左舷。英二的塑胶船快被喷射的强大气流和侧面来的波浪打翻了。他赶紧面朝下卧倒，终于保持住了平衡。

当滴着海水和鲜血的海豚的巨大身体慢慢升到空中时，一条不甘心的鲨鱼笨拙地跃起，试图从海豚身上撕咬下最后一块肉，但并没有成功。英二扫了一眼向海滩飞去的VTOL，朝仍留在此处的四五条鲨鱼又扔了几颗水下炸弹。当炸弹在水下，尤其是在鲨鱼的要害附近爆炸时，威吓效果着实不赖。英二只瞥了一眼，就能看到海底躺着好几条露出白肚皮的鲨鱼尸体。剩下的鲨鱼估计已经穿过拆开的防鲨网逃到外海去了。总之，不到一会儿工夫，那些长着狰狞背鳍的鲨鱼就彻底失去了踪迹。

就在英二刚松了一口气的时候，从小船的斜下方突然传来一股巨大的冲击力。这次是真的差一点就掀翻了英二的小船，他的头重重地撞在了船舷上，瞬间有点迷糊。不过，他很快就清醒了过来，而且清楚地意识到，最大、最凶恶的敌人正在报复性地对付这艘船和船上的人，以取代逃跑的猎物，并填满它那仍未吃饱的胃。这条鲨鱼的一只眼睛已在刚才的战斗中被英二扔出的炸弹炸伤，但它凭借着仅剩的一只眼睛准确地冲向英二的塑胶船，并用它那巨大的嘴巴咔嚓一声咬碎了一处船舷。英二的20多枚炸弹已消耗一空，他只能拿起手钩迎了上去。当手钩也被这条凶恶的鲨鱼撞碎后，他又弯腰抱起了放在船底的那个备用舷外发动机。当旁边的鲨鱼张开长满白森森的锐利牙齿的恐怖大嘴时，英二将引擎的油门开到最大，然后把全速旋转的螺旋桨死命塞向鲨鱼的喉咙深处……

英二好不容易回到岸边，却看到海滩上正围着一群低头抽泣的人。在人群的中心，则是抱着浑身是血的海豚朱庇特、像婴儿一样号啕大哭的彼得。

“朱庇特牺牲了自己，保全了人类的生命……”英二环顾四周后继续说道，“我杀了很多条鲨鱼，或许你们又会说我是‘大自然的破坏者’了。但在大自然中也存在着我们的敌人，我们必须与之斗争，我们没得选择……因为我们要活下去！”

这时，里科在后面拍了拍英二的肩膀，然后指了指手表。英二点了点头，正当他要迈步离开时，突然看见彼得抬起满是泪水的脸，拿起那把白色的吉他弹了起来。……面对被血色残阳染红的海豚朱庇特的尸体，彼得拨动着琴弦，用悲痛无比的声音对着天空慢慢地唱了起来。

再见了，朱庇特。

我的大朋友……

终章

来自太阳的悼念

1. 危险的赌局

狰狞可怖的黑暗旋涡终究还是侵入了太阳系的领域。

在距“X日”还有一个多月时，黑洞越过了冥王星的轨道，然后在太阳引力的作用下，开始一点点地改变轨道，一点点地加速，就像被某种盲目的意志牵引一样，始终瞄准它的目标，径直向前狂奔。

从距离太阳100亿千米的空域直到黑洞附近，飞行着数不清的无人观测机和好几架载人观测机，它们正不间断地对黑洞的特征和行进路线进行着精密观测。其中一些无人观测机很早前就已经抵达X点附近，并一直在向“巨眼”传送它们观测到的各种信息。不过在燃料耗尽之后，它们很快就被卷入了那漆黑一片、无边无际且高速旋转的黑洞中，被彻底揉搓成了粉末，继而被极高温的气体吞噬得一干二净。还有一架无人观测机在观测黑洞的能层时，因为转向舵突发故障，只得从施瓦茨柴尔德极限的上方高速掠过，结果却被以每秒几千千米的速度抛向了遥远的太空。而船体自然也被猛烈的重力加速度撕成了碎片……

随着X点的日渐逼近，在由科学家和专家组成的观测小组中，那些专门研究引力理论的专家开始表现出一种超乎异常的兴奋。怎么说呢？虽然之前他们对黑洞这种存在多少也有一些了解，但是几乎所有的黑洞都远在几百甚至是几千光年之外。让他们没有想到的是，原本再过几百年也绝对无法靠近并观测的黑洞，现在居然正在向他们飞来。

通过对X点的直接近距离观测，关于引力理论的几个谜底相继被解开。随着能层的特征，以及若隐若现的“裸奇点”——一个似乎在向两极翻转的时空场的离奇特性被相继揭示后，这些专家开始强烈要求增加近距离观测的密度，同时也希望能够延长观测的期限。

“我已经说过很多次了，这事绝无可能！”“巨眼”系统的最高负责人、世界天文学联合会主席纳里卡黝黑的脸涨得通红，表情异常严肃地断然拒绝了这一请求，“我非常明白，这是一个千载难逢的机会。但我们也要考虑当前的实际情况！我们已经无法再匀出更多的观测设备了。我们将严格按原计划撤离‘巨眼’。我能说的只有这些！”

“哪怕再多给一点点时间也行，那样我们就能针对X点再多做几个实验了。”提议的专家组代表失望地小声嘀咕道，“时空之门的问题只差一点点就可以解开了。”

“即使我们真的解决了这个问题又能如何——如果因为我们计划的突然变更而导致‘BBJ计划’的成功率降低，该怎么办？”纳里卡主席摇了摇头，接着说道，“我们必须尽快汇总观测到的全部信息和数据。‘巨眼’马上就要进入无人值守状态，我们也将在12小时后全部撤离这里，并在50小时后登上EX舰队M–48。大家应该都接到通知了吧？我再重复一遍，计划绝不可能变更。”

“是我们这里的所有人都随M–48一起离开吗？”一名年轻的科学家问道，“主席您也和我们一起走吗？”

“我——我可能会晚一些再走，和稍晚出发的船队一起。”纳里卡主席把椅子转过来，靠在椅背上喃喃道，“温克尔和我在总统府还有一些事情需要处理。”

“您不会……不上船吧？”

“没问题的话就赶紧去干活！”纳里卡背对着这名年轻的科学家大声吼道，“如果我们再不抓紧时间，这个可怕的黑洞就会把我们所有人都吞掉！现在X点距离这里还有多远？”

“X点即将进入海王星的轨道内侧。”那名年轻的科学家抬头望了一眼墙上的显示屏，低声回答道。

“距离撞上太阳的时间还剩630个小时。”

“也就是说……只有不到4周的时间？”纳里卡主席把椅子转过来，抬头看着墙上的显示屏说道，“距离‘BBJ计划’的引爆时间还剩多久？”

“大约还有520个小时……一线的人估计也要撤离了。”

“JN系统……距离第二轮测试还有5分钟。”

密涅瓦基地的“BBJ计划”指挥中心内响起了一阵广播声。一听到广播的声音，脸上满是汗珠、正死死盯着显示屏上的数据的英二，立即拿起麦克风，大声喊道：“我是现场主任本田！……红组的全体人员请注意！大家应该都知道，我们现在的进度已经严重滞后……比原计划晚了6个小时以上。为了尽快赶上进度，第二轮测试的最后阶段和第三轮测试的开始阶段的用时将大幅缩短。也就是说，在第二轮测试的第五阶段，木星发电机的电流将被增加到测试极限；在第六阶段，电源不会被切断，而是会被减少到测试水平的1/3，并在这种状态下进行适度微调，然后就将直接进入第三轮测试的第二阶段。大家都听明白了吗？除非遇到特殊情况，否则我们都不会切断电流。第六阶段中对各个点的检查将在电流通电的状态下进行，请现场各部门务必注意！完毕。”

“是的……就是这样……”突然，从英二身后传来一个嘶哑而又虚弱的声音，“我也在想，如果时间确实不够用，就把这个阶段砍掉好了……虽说没有什么比细心更重要，但我认为比起切断电源，还是把这个步骤砍掉更合适。”

“卡洛斯！……”英二回过头来，吃惊地瞪大眼睛说道，“你……怎么来了？你怎么能离开病房？不，比这更重要的是……你为什么没有搭乘上一班的飞船撤往火星？”

“你可以把我从这里扔出去……”坐在轮椅上的卡洛斯无力地笑道，“我不能离开。而且我已经恢复得差不多了。你知道，那个新来的护士卡罗琳真是个好姑娘。这5天来，她寸步不离地守护在我身边，给我做护理和治疗……她说我已经完全好了。”

“你在说谎！主任，我绝没有那么说过！”扬声器里传来女护士的声音，“但阿尔瓦雷斯先生就是不听我的话。”

“乖，卡罗琳，求你不要再嚷嚷了……”卡洛斯将智能轮椅移到控制台前，大声说道，“嘿，别发呆了，主任……第二轮测试是不是马上就要开始了？”

“距离第二轮测试开始还剩3分钟……”广播声再次响起，“系统一切正常。”

“巴尔巴！”卡洛斯突然向不远处的印裔男孩大声喊道，“快把正面右上方那个该死的时钟卫星影像给我关掉！只要我在，就不准再打开它。”

卡洛斯把目光从他正前方的大屏幕上移开，小声嘟囔道：“我一看到这些该死的红色数字……就会不由自主地想起死在那里的布克。”

英二一言不发地盯着卡洛斯的侧脸。卡洛斯的脸因为病痛的折磨而消瘦了很多，脸色苍白，乍看像换了一个人似的。

卡洛斯为了检查JN系统（即木星新星化系统）的第一轮测试，乘坐JADE-Ⅲ进入木星的大气层，结果却被测试引发的恐怖的带电粒子风暴卷走，差一点就被带到了大红斑旋涡的底部。同行的飞行员受了重伤，命悬一线，卡洛斯也伤得不轻。当时，JADE-Ⅲ与外部的通信全部中断，本来已经看不到任何生还的希望了，但得益于湍流的多变和JADE-Ⅲ极其强大的自动操控装置，在事发整整10个小时后，飞船居然成功地降落在了一个远离大红斑的救助站上，卡洛斯他们奇迹般地获救了。

这是发生在3周前的事情。不过，飞行员在被送到密涅瓦基地后不久还是因为抢救无效去世了。本来英二想把卡洛斯马上送回后方的基地，但他像被高烧烧昏了头一样，无论如何都要留下来，在这里接受治疗。

“距离引爆时间还剩384个小时……”虽然巴尔巴很快关掉了屏幕上悬浮在木星卫星轨道上的时钟卫星影像，但在关掉前的刹那，卡洛斯还是瞥见了闪着红光的数字信息，并从牙缝中挤出一句话，“看！已经晚了将近6个小时，我会尽快把这6个小时补回来。”

“我们将在引爆前60小时开始撤离。千万别忘了……”英二抬头看着前方的大屏幕说道，“撤离的最后期限是引爆前5小时。这还是我们在与宇宙空军紧急救援小组反复沟通后才争取到的结果。如果撤离时间再往后推，连他们自己也没信心能够活下来。”

“距离测试开始还剩2分钟……”广播声第三次响起。

“只要在爆炸开始前，我们能够抵达距离这里1800万到2000万千米的地方，就不会有事。”卡洛斯操作着控制台说道，“即使JN系统已经启动，也不会马上引爆。木星首先会沿着赤道直径收缩，木星的自转速度随之增加，然后木星的南极会向中心塌陷……在朝向极轴的方向，会发生小型新星爆炸，使木星像火箭一样向北极方向急速飞去。不过，需要30甚至40分钟才会发生一次小型新星爆炸；然后再过三四个小时，才会真正撞上X点。”

“我们真的要炸掉木星吗？”英二用手背抹了一下额头上渗出的汗珠，低声问道，“我……这段时间经常……做恶梦。在梦里，我总是看到木星瞪着一只血红色的巨眼，几乎要压在我的胸口上一样死死盯着我……似乎在对我说，你们……居然想要毁掉……我这个……太阳系中……最大的行星，我要抗议。”

“距离测试开始还剩1分钟。”广播声再次响起。

“对了，主任……不知道这件事我有没有和您说过？”卡洛斯低声说道，“我被卷入大红斑的旋涡中后……在视频和通信即将中断前，看到了你和伯纳德博士曾经看到过的那个‘木星幽灵’，它从旋涡的云层之间一闪而过。”

“没有，你没有和我说过这个事情。JADE-Ⅲ的档案因为强电流的攻击和带电粒子束的干扰而彻底紊乱了。”

“距离测试开始还剩30秒……现在开始倒计时……”陷入一片沉寂的指挥中心里再度响起了广播的声音。

“不仅仅是这些……在通信中断前，似乎还有非常微弱的信息从‘木星幽灵’处传来。”

“什么？——你说的是真的吗？”

“我觉得是真的，不过我也不敢百分之百确定。毕竟，JADE-Ⅲ刚刚遭受了最严重的冲击，我们也马上失去了知觉。”

“如果是真的……我得告诉米莉……”英二说道，“不过现在或许已经来不及了。”

“15秒……”广播声再度响起，“10、9、8、7、6……”

“伊万！”米莉·威廉拿起麦克风大声喊道，“请再次检查承担红组撤离任务的超级增速太空船的运行状态。‘闪电鸟8号’怎么还没有发来准备完毕的信号？”

“明白……我也是刚刚才注意到这一情况，已经就此询问过宇宙空军……”伊万的声音迅速在耳机里响起，“‘闪电鸟8号’核聚变引擎中的燃料喷射枪好像出现了故障，现在正在降速检修中。预计将比原计划晚2小时归队。”

“收到……红色阶段开启是在引爆前60小时。请提醒‘闪电鸟8号’的船员，截至目前他们还有不到300小时的时间。”

“明白，大妈。230小时后，整个‘闪电鸟’船队将在木星周围完成集结。”

“你居然叫我‘大妈’？！”米莉对着话筒大吼起来，“伊万！下次千万别让我看到你，否则我一定会狠狠揍你一顿，让你长长记性。你给我记住了……”

“哦，知道了，威廉博士……”伊万结结巴巴地回答道，“今后我一定会注意的。那我应该怎么称呼你才好呢，大小姐？”

“如果你敢叫我‘大小姐’，我就把你的眼睛挖出来，怎么样？”

正在这时，一杯香味扑鼻、热气腾腾的汤被捧到了米莉的鼻子前。

“喂，大小姐……”韦伯说着把杯子递过来，还抛了一个媚眼，“喊得太多，嗓子会受不了的。我的眼睛会不会也要被挖出来呢？”

“如果是您的话当然可以这么叫了，埃德……”米莉红着脸，微笑着接过杯子，“毕竟您的年龄足以当我的祖父了。”

“我刚从月球来到这里，就听到了你的声音。”韦伯总裁眺望着OPDO-AX说道。OPDO-AX是飘浮在火星卫星轨道上方的太空基地，也是“X计划”总部的指挥中心。“你是什么时候来的？是志愿申请过来的吗？”

“是的，我一周前就到这儿了，现在属于红组撤离作战总部。对了，伯纳德博士也在这里，不过他属于另一个部门。”

“伯纳德也在这里？”韦伯的脸色变得阴沉，“你们……在地球的学会组织里也是有一定地位的人，绝对有资格在EX舰队中拥有席位。”

“我是主动申请过来的。”米莉喝了一口汤后，把杯子轻轻地放在桌子上，然后抬头看着正前方多视图显示屏上的木星特写影像，说道，“我……自从我的恋人被黑洞吞噬后，我的眼睛就再也无法离开它了……何况，在8亿多千米之外的行星周围，还有很多人正在参与一场极为危险的赌局。我希望能亲眼看到他们安全撤离。”

“赌局……得益于英二和卡洛斯的努力，这场赌局的胜率似乎在逐步提高……”韦伯看着屏幕上巨大的木星影像，眼中流露出一丝痛苦的神色，“我对它……有种非常复杂的感情。毕竟，我们的筹码现在只剩下那个星球了。而我自己几十年来一直在挣扎，想把这个筹码投往其他方面。让它成为人类太阳系时代的新标志……现在，我们却不得不把这个唯一的筹码，扔在一场胜算不到50%的赌局里……”

“无论是我还是伯纳德博士，对这个星球都怀有一丝留恋。”米莉小口喝着汤，用平静的口吻说道，“‘木星幽灵’……在我们尚无法确定那是不是外星人飞船的情况下，它却彻底脱离了我们的掌控……不过，在考古学中，这种事情早已屡见不鲜了。”

“说到‘木星幽灵’，我刚刚读到一份来自密涅瓦基地的报告……”

就在他准备继续说下去的时候，突然广播中开始呼叫韦伯，说有他的一个私人电话。

“是谁打来的？”韦伯拿起旁边的麦克风问道，“是来自M–58船队吗？”

“是沙德里克先生……”对方回答道，“请使用秘密线路……现在能进行双向通话。”

韦伯的脸顿时紧绷起来，但还是移动着他那肥胖的身躯，向通信室大步走去。

2. 兰森

在“X计划”综合指挥中心的一个角落里有3个并排放置的秘密通信包间，韦伯径直走进中间的包间，砰的一声关上了门。

通过包间门上的小窗，可以清楚地看到外面指挥中心大厅内忙忙碌碌的工作人员。韦伯用余光扫了一眼外面后，拉上了百叶窗，将自己一只毛茸茸的大手啪的一声拍在了通信台的证件盒上。玻璃下的红光和白光闪烁了一两秒钟，确认使用者为本人后，“通话”的按钮亮起。

韦伯像被强行灌下一碗苦药的孩子一样，气鼓鼓地喘着粗气，一动不动地盯着屏幕，终究还是下定决心，按下了通话键。

画面一颤，背景是飘浮着红色火星的黑暗宇宙，一支庞大的恒星际飞船船队缓缓经过。屏幕上出现“EX FLEET（EX舰队）M–58”的字样，以及不停闪烁的红色“ERROR（错误）”。很快，画面被切换。这一次，屏幕上是一张老人的脸，他满头银发，上唇留有精心修剪过的胡须，皮肤黝黑，面容威严。

“嗨，埃德，”沙德里克僵硬地笑了笑，用浑厚的声音说道，“你看起来气色不错……看来‘X计划’进展得非常顺利。”

“好久不见，参议员阁下，”韦伯板着脸，略带讥讽地说道，“托你的福，我们在牺牲之路上走得还算稳当。想必你已经拿到特等船票了吧。我从心底为你感到高兴。对你的舱室还算满意吧！我打赌里面肯定还附带桑拿房，对不对？”

“你还是和往常一样爱开玩笑，埃德。”沙德里克咧嘴尴尬地笑了笑，接着说道，“好了，先不开玩笑了。在这支船队……这艘飞船上，联邦议会经过严格的挑选，选出了一批肩负重要使命的议员代表，而我则被指定为该议员代表团的团长。”

“哦，那可太好了……不过这是你的事情，我想你早已成功地让多数人都听从你的吩咐了吧。”

“埃德……”沙德里克干咳了几声，“我在这样十万火急的时刻申请和你秘密通话，不是为了和你吵架，而是希望在这个非常时期，我们能暂时放下过去的不愉快，达成休战与和解。”

“恕我直言，参议员阁下，”韦伯扯了扯乱蓬蓬的络腮胡子说道，“我从来没有向你发起过挑战或斗争。我只是在坚持做我自己应该做的事情。”

“在这一点上，我也不例外。”沙德里克的表情突然变得严肃，语气中透着坚毅，“我20多岁时开始从政。我的父亲也是一名政治家，我的祖父是一名军人，而我的曾祖父是一个国家的王族。我知道你和你的手下站在你们的立场上，可能对我有一些看法，但我所做的无不源于我的政治理念，而不是出于恶意或私心，我希望你能明白这一点。”

“我明白……”韦伯叹了一口气，摸着自己的光头说道，“我当然明白……无论如何，在剩下的不到300个小时内，要将一切都搞定。你将去往一个非常遥远的尚不知是否适合人类居住的星球，而我们将留在这里……如果运气够好，一切都顺利的话，或许我们还会有再次见面的机会，但那时，不管是我还是你……也不管是在太阳系宇宙空间还是在地球上，或许我们都将不得不重新去做一切事情。事到如今，就让过去的事都一笔勾销吧，参议员先生……如果你把我特意叫出来，只是因为你想在离开太阳系之前消除你我之间的心结，那么我真的很感谢你。我这里现在已经完全没事了。衷心祝愿你一路顺风……”

“等等，埃德……”沙德里克冷不防压低声音说道，“请稍等一下……”

“你还有什么事吗？”

“听着，埃德……正如我刚才说的那样，我是一名政治家。政治家为了实现自己的目的，难免会使用一些手段，这是人所共知的常识。这一点你能理解吧？”

“你究竟想说什么？”韦伯突然感到一阵不安，他的身体不由得靠向屏幕，“那么，你是要……”

“这一次，为了实现自己的目的，我也在暗地里使用了一些手段。但是，后来情况发生了变化，我的想法也随之发生了改变，我现在想要尽快收拾残局。我原本想的是彻底改变原来的计划，确保不会留下任何麻烦。然而，这个计划包括很多个步骤，在这个过程中，我的手下出现了严重的动摇和混乱，以至于最后仍然有一些事情未能彻底处理好。总之，我因为被卷入很多事情，所以没有足够的时间……但是……对于一些基层组织来说，如果改变原计划的指令不能得到有效执行，他们很可能会自作主张而乱来的……”

“你说的是……破坏活动，”韦伯的脸瞬间变得通红，额头上青筋暴出，“还是专门从事暗杀活动的恐怖分子？”

“遗憾的是，现在哪怕是我手边也没有完整的情报，我不知道还剩下哪些团体，也不知道他们打算去哪里、准备做什么。从我这里到基层有好几个层级，虽然大部分都严格按照我的命令变更了计划，但是，从某个时期开始，传达指令的网络就陷入了混乱之中，虽然可能性非常小，但还是存在一定的危险。”

“事到如今……”韦伯的声音陡然拔高了几度，但依然在极力控制着自己的情绪，他擦了擦额头上渗出的汗珠，“也就是说，你觉得自己对这件事负有责任，所以特意在这个时候告诉我？还是说，你只想让我们知道你已不能再对此事负责，或者这并不是你的责任？”

“当然，正是因为我觉得自己对此负有一定的责任，所以才会拉下脸来告诉你。你要知道，你并不是一个好沟通的人……”沙德里克低着头，喃喃地说道，“现在，我即将踏上一段漫长的旅程。但是，作为一个崇尚完美主义的人，我不想留有遗憾。所以，我想我应该告诉你这件事，同时给你一个人的名字，他或许知道其中某个团体的情况。说实话，在你们的组织内部，就有一个给我们提供情报的线人。而且，是在中枢部门……”

“是……兰森吗？”韦伯用疲惫、低沉而又平静的声音问道。

“你一直都知道？”沙德里克吃惊地瞪大了双眼。

“不……只是……直觉而已。”

“他一度匿名联系过我。直到过了很长一段时间，我们才发现，原来打电话的人是兰森……然而，在我们知道他是谁之后，我们也向他提出了很多要求，让他几乎走投无路……提前说一句，他并没有要求获得报酬或是提什么交换条件。他只是……突然对他老板的做法产生了深深的不安。他觉得老板是一个刚愎自用到极点的人，想把太阳系宇宙空间和地球强行分开，却又完全把地球蒙在鼓里。”

“那么……你是打算让兰森去帮你收拾烂摊子吗？沙德里克！”韦伯涨红了脸大吼道。

可是，因为M-58船队正在远离火星，所以从刚才起，双向对话就变得不再同步，对方的回应也开始变得延迟。

“私人线路关闭的时间马上就要到了。”沙德里克环视一圈后说道，“好了，再见了，埃德……衷心祝愿你们的‘BBJ计划’能够取得成功。”

“听着！沙德里克！”韦伯猛地站了起来，指着屏幕中的沙德里克大声吼道，“听着，作为个人，我可以原谅你。但作为一名公职人员，我永远不会原谅你！如果这个计划因为你而遭到破坏或是最终失败，我会恨死你的。整个太阳系的仇恨都将跟随你直到宇宙的尽头！”

这时，屏幕上出现“TIME OUT（通话结束）”的字样，画面一闪，通话屏幕随即自行关闭。韦伯也不知道自己最后发出的诅咒有没有成功传输给对方。

韦伯满头大汗地瘫坐在座椅上，他紧紧地抱着头，大口大口地喘息着。过了很长一段时间，他才慢慢将手伸向通信台，用沉重的语气对智能电脑说道：“兰森呢，他现在在哪里？”

“他在中央指挥中心的6号控制台前。”智能电脑回答道，“要叫他过来吗？”

“告诉他我要见他……不，稍等一下。让他到旁边的私人通信室来。”

韦伯思考了一会儿，关闭了与沙德里克通话的摄像头和视频屏幕，然后才打开了通往隔壁包间的音频线路。

很快，一阵脚步声从门外经过，扬声器里随即传来了隔壁包间开门和关门的声音。

“兰森，是你吗？”韦伯问道。

“是的，总裁。”扬声器里传来了兰森的声音，“你现在在哪里？——我这里怎么看不到画面……是发生故障了吗？”

“我就在你隔壁的包间里。我没有打开摄像头和视频屏幕。”韦伯用手指揉着眉心说道，“刚才沙德里克向我辞行，同时也向你致以最美好的祝福。”

隔壁的包间内，兰森惊得倒抽了一口气。

“兰森……你与偷偷潜入‘X计划’的破坏分子是否有联系？”

“没有……”兰森用嘶哑的声音回答道，“我也感觉到了这一危险，并全力进行过调查……但是，我从未与他们有过任何直接接触……”

“后来他们是否威胁过你？”

“就一次……仅仅一次，他们强迫我到一个地方与一个人接头。到了那里后我很快就失去了知觉，并在很长一段时间内都毫无意识。我当时并没有意识到，但后来一想，我怀疑就是在那段时间里他们盗取了我的个人密码。”

“是备忘录的密码吗？”

“是的……在我意识到这一点后，我立刻修改了密码，但在修改之前……”

“中央智能电脑不定期更换的密码从那时起就被他们盗取了吧？”

“对不起，总裁……”兰森抽泣着说道，“我……我……对此负有不可推卸的责任……”

“够了，兰森……反正还有不到300个小时就能知道最后的结果了。你先回去工作吧。之后你还需要去见见保安部的那帮家伙，但现在你还不能离开你的岗位……快去吧。”

扬声器另一头沉默了一会儿，但很快响起了一阵拖沓的脚步声，隔壁包间的门随之缓缓打开又合上。当脚步声渐渐远去后，韦伯在逼仄的私人通信室内又待了一段时间。他不仅满头大汗，嘴里还不停地嘀咕着什么。

“喂，田中……”米莉森特·威廉从自己的控制台前抬起头来，对一个匆忙从她身后经过的男人喊道，“从刚才开始，你就一直慌慌张张的，你到底在忙什么？我都没法静下心来工作了——发生什么事了？”

“啊，米莉……”名为田中的物资调度员手里拿着一个笔记本大小的平板电脑，显得很烦躁。他抹了一把额头上的汗水，说道：“是这样的，我们最后一艘前往密涅瓦基地的无人驾驶货运飞船，实际飞行时间比原计划长了些，虽然仅仅是略微延长。我们在飞船出发后才注意到这一情况，随即提高了飞行速度，但从燃料的消耗情况来看，似乎所载货物超重了。我担心是不是因为多放了什么东西，所以刚才一直在检查装载清单和装载时的情况。”

“这点事也值得你这么紧张，真是神经过敏。”米莉苦笑着说道，“超重了多少？”

“不是太多，我计算了一下，超重了二百二三十千克，最多不会超过250千克。话虽如此，但也有近1/4吨，究竟错放进了什么东西呢？如果不彻底弄清楚，我的心情根本没法平静下来。”

“那艘货运飞船运送的都是些什么东西？”

“除了特殊设备，大部分都是红色阶段，也就是我们开始从木星周围撤离的阶段必需的东西。比如逃生舱、备用宇航服，等等。”

“二百二三十千克，相当于4个人的重量……”米莉若有所思地说道，“最好还是联系一下密涅瓦基地，等飞船抵达后，让他们好好检查一下。”

“我也打算这么做，不过在这之前我还是想先自己查一下。而且，通信线路一直占线，此外，密涅瓦基地的人早就满腹怨气了。如果我再说些什么，估计会招来他们的一顿臭骂吧……”

就在他说这话的时候，指挥中心的入口处突然出现了一阵骚动，两三个脸色大变的男人冲了进来。当他们发现韦伯踉踉跄跄地从一个私人通信包间里走出来时，他们立马赶了过去。

“不好了，总裁先生，兰森部长他……”一个穿着工作服的男人气喘吁吁地说道。

“出事故了。我们已经无能为力。”

“事故？”韦伯转过他那张满是汗水的脸，大声吼道。

“什么事故？”

“嗯，那个——当时我们已经封锁了走廊，正在切换动力线……这时，兰森部长突然走过来，跌跌撞撞地闯进了被封锁的区域……在我们还没有反应过来之前，他就打开盖子，将手伸进了电源开关里……或许是要自杀。”

“混蛋！”韦伯气得涨红了脸，大声吼道，声音大得整个指挥中心都为之一震，“这不是自杀，是事故！——立即按照事故来处理！明白了吗？”

首先发现韦伯行为异常的人是田中。他将手上的平板电脑放在旁边的控制台上，悄无声息地一步跨到满头大汗且身体前后摇晃的韦伯身后，小心翼翼地保护着韦伯以防他摔倒。

“兰森……你这个混蛋……我原以为你是一条硬汉……”韦伯喃喃自语着，几乎同时，他的身体向一侧倒了下去。

“米莉！……快来帮我一把！”田中冲米莉喊道，死命地想要托住韦伯那肥胖的身躯。OPDO-AX上的重力约为0.5G，但对于体格瘦小的田中来说，要想托起身材高大的韦伯依然不是一个轻松活。幸好米莉很快就赶了过来，她帮助田中将韦伯的身体平放在地板上。

“没什么大事……只是劳累过度和血压上升……”拥有医师资格证的田中一边给韦伯做着检查，一边说道，“不过，您最好先休息12个小时左右……”

“叫保安部部长过来……”躺在地板上的韦伯用含糊不清的声音说道，“马上……好吗……保安部……”

在一艘飞往木星的无人货运飞船的第三个货舱内，堆放着12个逃生舱。其中4个已经开启了生命支持系统，里面各躺着一个人，其中一个人就是玛丽亚。

3. 引爆前100小时——“闪电鸟”

“第五次测试结束……”在密涅瓦基地的“BBJ计划”指挥中心内，大家习以为常的JN系统智能电脑的合成音再度响起，“距离最后的引爆时间还剩106小时27分03秒……比日程表上的时间晚1小时12分00秒……”

哇，宽敞的指挥中心内顿时爆发出一阵无声的欢呼。英二终于松了口气，满脸疯长的邋遢胡子使他的脸看起来比原来大了不止一圈。他笑着拍了拍轮椅上卡洛斯的肩膀，似乎在说“干得漂亮”。

“不愧是整个太阳系最好的系统专家，”英二说道，“只用了三步，就为我们追回了5个小时。”

“距离好戏上演还差两步……”卡洛斯用干枯的双手揉搓着自己苍白的脸颊，小声说道，“好！我会在接下来的时间内继续追回延误的1小时12分钟，估计再给我2个小时就够了。”

“其实追回这么多时间已经差不多了。在最后阶段的测试和红色阶段之间应该会有几小时的余裕。”

“黄组的第二批撤离计划将按原计划进行……”广播声再次响起，“再次重复一遍……黄组的第二批撤离计划将按原计划进行。请所有人确认自己的撤离顺序。现在开始确认第二批撤离人员。从A-3班到A-5班的全部黄组成员……从F-2到F-4的全部黄组成员，H、I、J和K各小组的所有成员……VX-6、QR-3的全部黄组成员，请各班负责人尽快确认撤离成员，按照原定撤离计划，在登船结束后依次汇报……”

“你不会在红色阶段开启前就把我送走吧？”卡洛斯瞥了一眼前方大屏幕上显示的数字，对英二嘟囔道，“我想和你一起最后一批撤离，可以吗？”

“你属于第三批撤离人员……”英二垂下双眼回答道，“你属于橙组……你要多考虑自己的身体。”

“那么，现在就帮我换一下吧。”卡洛斯说得好像是要求把咖啡换成红茶一样随意，“事到如今，就不要再拿我的健康说事了，主任……再说了，我也没有要为木星陪葬的想法。但是，使用如此庞大而惊人的系统，对我们来说绝对是巨大的挑战……我们只有这一次机会，不可能重新来一次……在正式启动之前，系统的某个地方很可能会出现小问题……条件也可能会随之发生细微的变化……为了应对这样的情况，以及尽可能地把成功率提高到接近完美，我觉得我有必要待到最后一分钟。总之，我就是想让这个计划能够离成功更近一步……”

“红色阶段是从爆炸前60小时开始……”英二屈服了，他一边命令智能电脑重新登记，一边喃喃道，“爆炸前5小时是全体人员撤离的最后时间……在此之前还有两次撤离，分别是在爆炸前40小时和爆炸前20小时。”

“我要求最后一批撤离，我已经表达得很清楚了。”卡洛斯一边检查着第四次测试的方案，一边说道，“对了，你也是最后一批撤离吧？其实你可以选择在前一批撤离的。”

“别胡说。”英二苦笑着说道，“别再开我的玩笑了。”

广播中仍在不停播放着黄组即将撤离的通知，甚至在密涅瓦基地的指挥中心，也有被编入第二批撤离小组的人员开始陆续离开他们的岗位，他们或是与留下来的伙伴握手道别，或是不舍地抬头望向显示信息的大屏幕，指着控制台向留下的同事叮嘱着什么。广播里反复通知联络艇即将从基地起飞，指挥中心里的人们愈发慌乱起来。

几个男人和女人从英二和卡洛斯的身旁走过，一边和他们告别，一边快步离去。其中，斯瓦米·巴尔巴那稚嫩和黝黑的脸庞尤其引人注目，他的肩上还扛着一个袋子，上面有狗和猫的标志。

“啊，主任……卡洛斯……”斯瓦米·巴尔巴摊开手，露出一口醒目的白牙，咧嘴笑道，“我无论如何都不能待到下一趟飞船出发时再走吗？其实我很想留下来……”

“不行！”英二故意皱起眉头说道，“所有的行动都必须严格按照计划执行，不能有丝毫的偏差。”

“不过，我认为这里需要我……”这位17岁的天才少年噘着嘴说道，“我希望能成为阿尔瓦雷斯的助手……我想若是和那些早已疲惫不堪、快要疯掉的人相比，我的表现无疑要更好一些。”

“谁快要疯掉了？”英二马上问道，“是在我们这个指挥中心吗？”

“是的……不过，已经跟医疗班的卡罗琳说过了……”巴尔巴支支吾吾地回答道，“我在这里受到了大家很多的关照，所以还好，但是在这样的工作内容和如此紧凑的时间表下，我估计无论是谁都有可能疯掉吧。”

“卡罗琳知道的话就没事了。”英二点头道，“在第三批撤离时，尽可能让这些同事先走。一会儿让卡罗琳好好检查一下吧。”

“不过，卡罗琳自己的精神状态也不是很好，处于即将崩溃的边缘。”巴尔巴耸了耸肩说道，“卡洛斯……你不会一点都没听过关于她的事吧？”

“快闭嘴！浑小子……”卡洛斯盯着控制台低声吼道，“好了，快点走吧。联络艇马上就要出发了，广播在催了。”

“好，那就……”正要离开的少年巴尔巴好像突然想起了什么，于是转过身来语速飞快地说道，“那个，卡洛斯……我还有一些刚开始的计算工作，稍后你可以问下南希。请帮我再检查一下。具体来说，是从文件FOR6到AFT2。密码是Mahyna[①]60。”

“是关于什么的计算？”

“嗯……有迹象表明，由于受到太阳和木星的摄动影响，X点正逐渐脱离原有轨道。我加入了这一假设条件，试着提出了三种解决方案。已经完成了80%，接下来……”

---

① Mahyna：“大乘”的梵语发音，既指“大乘佛教”，也有“大船”的意思。——译注

“明白了，巴尔巴……”卡洛斯两眼紧盯着控制台，向巴尔巴的方向伸出了手，“谢谢你。你做得非常棒……我从心底里感谢你……”

巴尔巴吃惊地看着卡洛斯伸过来的手，但马上就反应过来，紧紧地握住了它。“保重，卡洛斯……”他哽咽道，“我们……还会再见面的。一定会的……”

巴尔巴露出牙齿，试着扮出一副笑脸，但他那双圆圆的大眼睛里突然涌出了大颗的泪珠。他平静地挥了挥手，径直跑向出口。同时，他曲起肘部，用紧握的拳头擦拭自己迷蒙的泪眼……

指挥中心的第二批撤离人员中，巴尔巴是最后一个离开的。等他一走，身后的大厅顿时陷入一片寂静。指挥中心里曾经有100余人在热火朝天地工作着，现在却只剩下不到30个人。大屏幕上的数字、图表和影像，以及控制台上的显示器和指示灯依然在不停地闪烁着，但整个地方已经变得相当冷清。

在沉寂的指挥中心内，代表联络艇即将离开的警报声通过走廊隐隐约约地传了过来。卡洛斯把手伸向控制台，将正面大屏幕上的影像切换到了基地周围的区域。

屏幕右侧1/3处是木星这颗巨大星球的赤道区域，而屏幕的中央区域则是一颗六边形卫星时钟。黑暗的背景中浮现出巨大的红色数字，显示为106小时，而分钟以下则刚好为0。起初，卡洛斯非常讨厌去看这个时钟，因为这会让他想起在那场事故中丧生的布克。不过，最近卡洛斯什么也没说。

屏幕的左侧边缘处则是红褐色木卫一的影像。虽然因为太远没法看得很清楚，但是现在正有无数大大小小的联络艇从部署在木星周围的JN系统装置群和工作基地卫星上陆续飞出。它们闪烁着红色、绿色和黄色的导航灯，就像银色飞虫一样发出点点光芒，向泊在密涅瓦基地轨道上的15艘高速客货两用飞船集结而去。承担第二批撤离任务的太空船队所使用的信号灯为黄色，代表黄组。

在大屏幕的左上方区域，则是承担第三批撤离任务的太空船队。船队共有12艘飞船，正在朝木星的方向急速驶来，目前和木星的距离约为1000万千米。

“密码是Mahyna。”卡洛斯抬头看着巨大的显示屏嘟囔道，“要是巴尔巴那个家伙……能弄到一张恒星际飞船的船票就好了。”

“这种可能性不是没有。”英二小声说道，“在M-43船队离开后，星际飞船对太阳系开发机构已部分开放。主要是面向妇女和儿童……船队的最后一支，即M-59和M-60，预留了大量位置。”

“不过是由电脑来选择的，不是吗？”卡洛斯低声说道，“对了，我听到一个谣言，说兰森是自杀而不是死于事故……但我猜他是因为受不了工作带来的巨大压力，想加入撤离小组，对吗？”

“兰森部长不是那样的人……”英二加重语气说道，“兰森是死于事故。总裁是这么说的。他太累了……”

突然，一个红蓝相间的信号在他们面前的大屏幕左下角闪烁起来。

“收到来自宇宙空军的信息，”智能电脑的声音响起，“来自SBS①船队‘闪电鸟’。”

“马上接入。”英二说道。

正面影像很快切换到了SBS船队。这些飞船看起来很奇怪，甚至略显狰狞。它们的船体看起来都非常结实，整体呈尖针状，船尾各安装了4个巨大的圆锥形可分离式高速助推器。屏幕切换后，由一大批绰号为“太空热破②”的超级助推器飞船组成的船队顷刻间占据了整个屏幕。这种超级助推器能够连续15分钟以上维持6G到7G的加速度，不过现在还没有被点燃，而只是启用了1/3安装在船体上的核聚变火箭，正在加速或减速。

“密涅瓦基地，红组的各位成员……这里是紧急撤离船队‘闪电鸟’……我是船队司令官达尔格伦上校……”

屏幕右上方出现了一个戴着宇宙空军钢盔、看起来非常精悍的军人，大约三十五六岁。

“我们的船队一共有16艘飞船，正在通过距离木星1亿千米的空域。再过30小时，我们就将抵达木星附近的指定位置。我们将按计划随时为你们最后的撤离提供帮助。祝愿你们在‘BBJ计划’的最后阶段一切顺利……完毕。”

达尔格伦上校的脸从屏幕上消失了，不过依然可见“闪电鸟”船队的

---

① SBS：下文“超级助推器飞船”的英文缩写。——编注

② 热破：电影《变形金刚》中的角色。——编注

行进画面。只见十几艘飞船闪烁着航行灯，组队向前飞行着，背景则是低沉而又嘈杂的音乐。

“信号紊乱？”卡洛斯开口问道，“这是什么音乐？最近在通信中时不时地混杂进来。”

“这首歌名叫《再见了，朱庇特》。没听过吗？”英二抬头看着屏幕回答道，“最近这首歌非常流行，无论是在地球上还是在太空中。这是由佛罗里达州一个名叫彼得的歌手创作的，他是某新兴宗教的教祖。歌名里的朱庇特是他非常喜爱的一只海豚的名字。这只海豚类似于他们宗教团体的吉祥物。当它被鲨鱼袭击致死后，彼得便写下了这首歌。他写这首歌的时候，我正好在他旁边。”

“‘再见了，朱庇特……我的大朋友……’”卡洛斯靠在椅子上，双手交叠在脑后，闭上眼睛，跟着这首歌的旋律轻轻哼唱着，“我还以为这是一首关于我们的‘BBJ计划’——Bye bye Jupiter（再见了，木星）的歌呢……真是一首令人伤感的歌。与其说是写给海豚的，还不如说是写给木星的歌呢。”

“又是这首歌。”达尔格伦上校回头看了看通信员，皱着眉头说道，“歌是好歌，却莫名地让人觉得伤感……是哪艘飞船上在播放？”

“不是来自我们船队……”通信员稍稍调低音量，回答道，“现在，‘BBJ计划’第一批撤离的船队正在约2万千米外与我们擦肩而过，或许是他们在飞船上正好看到了木星，于是一边哭泣一边合唱。我想一定是这样。”

“哦……”上校看着驾驶舱正面屏幕上那个表面环绕有橙色和白色条纹、几乎占去大半个屏幕的巨大星球，“‘再见了，朱庇特……’的确，再过仅仅100个小时，我们就不得不和这颗巨大的星球永远说再见了。”

“快看，司令官……”驾驶员突然指着屏幕惊讶地说道，“木星上的大红斑……像不像在流泪？”

“再见了，朱庇特……”

在“闪电鸟”船队前方约6000万千米处，一艘正在飞往木星的无人货运飞船的第三个货舱内，隐约响起这段旋律。准确地说，歌声来自和其他设备一起被装进货舱的那12个逃生舱中，已启动生命支持系统的4个逃生舱内部。

“安妮塔，”躺在逃生舱里的玛丽亚微微扭头，对枕头边的麦克风低声说道，“你怎么又在听那首歌了？”

“不是我。”躺在旁边逃生舱里的安妮塔用沙哑的声音回答道，“通信器里说是离我们不远、与我们交错而过的飞船内播放的。”

“可怜的彼得……”玛丽亚喃喃自语着，眼泪夺眶而出，“可怜的朱庇特……”

安妮塔在逃生舱里睁大眼睛，静静地聆听从耳机里传来的混着许多杂音的旋律。“你们根本不懂……”安妮塔目光炯炯地盯着逃生舱窗外的黑暗空间，想道，“没有一个人知道。这首歌……其实是彼得想要传达给我的使命……海豚朱庇特已经死了。但是，我们决不能让太阳系的朱庇特也死掉……一定要守护好朱庇特……这是彼得给我的一个特别的信息。为什么这么说呢……为什么这么说呢……因为我是唯一一个真正理解彼得的内心……理解他本质的人。我和他就如同一张牌的正反两面，我们是一体的。因为他真正爱的朱庇特并不是那只海豚，而应该是我……哦，他的那首歌……那个声音……这首歌全部都是在说反话。我知道……在说‘再见’时，他实际上是在说要保护好即将被摧毁的木星……他在冲我喊，让我一定要保护好他在太阳系中的分身——木星……要我保护好我自己——要我保护好他……”

“安妮塔……”一个男人的声音从另一个逃生舱中响起，“还要多长时间？还没到吗？”

“还要十几个小时……”安妮塔摸着身旁装有武器的盒子说道，“大家先喝点营养剂，再睡一会儿。”

4. 引爆前60小时——红色阶段

“最终测试结束！”还没等智能电脑广播，英二就紧紧握住麦克风大声喊道。

“现在距离引爆时间还剩62小时14分09秒……再过2个小时，整个系统就将全部进入红色阶段。大家表现得都非常棒。希望我们能将这种状态一直保持到红色阶段。——红组留下，橙组请立即撤离。完毕。”

英二话音刚落，智能电脑马上开始广播关于第三批撤离小组的登船说明。

在“BBJ计划”的作业高峰期，在木星周围，以密涅瓦基地为中心，一度聚集了近4万名工作人员。

不过，随着第一批和第二批撤离计划的成功实施，先后已有3万多人离开了这里。等第三批撤离计划实施后，剩下的大部分人也将离开，在JN系统被正式启用后的红色阶段，木星附近将只留下不到1000人。而红组将坚持到最后一个阶段，然后每隔20小时分批搭乘专为紧急撤离临时组建的“闪电鸟”船队，陆续从木星附近撤离。最后，将只剩120多人继续留在密涅瓦基地。这120多人从木星周围撤离的最后期限是引爆前5小时……即木星被炸毁前的5小时。

在密涅瓦基地的行动指挥中心，大部分人已经通过第二批撤离计划离开了。预计第三批撤离的只有十六七名工作人员。包括英二和卡洛斯在内的14人将坚持到红色阶段……其时，整个密涅瓦基地将只剩下六十几人。

属于第三批撤离的橙组成员正在陆续从中央控制台前或是他们自己的座位上离开，向出口走去，他们的脸上无不写满了疲惫。不过有一些人正手脚麻利地将行李搬往自己的工位。

“再见，主任……”其中一个人在经过英二身边时，握住了英二的手，说道，“我就先行一步了。希望主任和大家都能平安无事……祝你们成功。”

“辛苦了……谢谢……”正在和离开的人一个接一个握手的英二点了点头，随后拍了拍他的肩膀道，“没事的，一定不会有问题的……我们也会很快从这里撤离……”

无论是英二还是即将离开的人，看向彼此时都在努力挤出一点笑意，但笑容仿佛僵在了他们的嘴角，于是他们只好尴尬地将目光投向脚底。虽然他们即将离开这里，但他们的脸上找不到在完成一个漫长而又艰巨的任务，并得以从危险区域顺利离开时应有的喜悦，而是被笼罩在了一片铅灰色的阴影中，满脸都是沉重、苦涩，甚至是不安和恐惧。

终于要离开了……

他们每个人脸上的表情似乎都在诉说着心中涌上来的那份沉重和苦闷。

木星……终究还是躲不开被炸掉的命运……系统正式运行后是否会一切顺利呢？……木星真的会像我们计算的那样发生爆炸吗？……如此巨大的木星是否真的会有一大半质量和爆炸能量，如我们所愿直接冲向黑洞呢？……黑洞这个“怪物”真的会改变其原有行进路线，绕开我们的太阳吗？……

每个从指挥中心离开的橙组成员，走到门口时都会不约而同地转过身来，再度将目光投向指挥中心，投向那块显示各种图像、算式和图表的大屏幕。其中一些人还会久久站在原地，恋恋不舍地环视着指挥中心，就像他们要离开自己生活了很多年的家一样，他们非常认真地逐一查看和确认屏幕上的图像和中央控制台上显示的内容，似乎想要把它们彻底地烙印在自己的记忆中。

“主任……”英二的背后，响起了一个女人嘶哑的声音。他转过身来，发现是“BBJ计划”开始不久前才调来的那名年轻的女护士。

“嗨，卡罗琳……”英二把手轻轻地放在护士的肩膀上说道，“你本应跟随第二批撤离团队离开的……你表现得非常棒！”

卡罗琳看起来憔悴无比，她面色灰白，头发凌乱，脸上的黑眼圈尤其醒目。卡罗琳原本可以更早些撤离，但她主动申请继续留在这里，直到现在第三批撤离计划实施时才决定离开。因为过度劳累，这里的工作人员一个接一个地相继病倒，而她则一直在努力地照顾着他们。原本在医务室，除了她还有四个人，但是医疗班的成员因为过度劳累而要么相继倒下，要么成了半个病人，于是最年轻和身体最好的她就这样彻底陷入了不眠不休的境地。“BBJ计划”就像一个黑洞，以肉眼可见的速度疯狂吞噬着她的青春。

“主任……请你一定帮我多多照顾下阿尔瓦雷斯先生……”卡罗琳抽咽着说道，“他的身体还没有彻底恢复……尤其是在撤离时一定要多照顾他。你们是最后一批撤离，想必那时候更会忙得连轴转……”

“我知道了，卡罗琳……”坐在控制台前的卡洛斯背对着她说道，“你是一个好姑娘，你也一定要照顾好自己。”

“还有……”卡罗琳环视着周围，压低声音说道，“在红组中，有好几个人因为疲劳和精神方面的重压，已经患上了严重的精神疾病。一定要多多留意他们。我们已经对他们进行了治疗，所以应该不会有什么大问题，不过……”

英二突然想起斯瓦米·巴尔巴在离开时也对他说过类似的话。

“我知道了。我会留意的……”英二点了点头说道，“那么，据你所知都有哪些人呢？是不是也有我们指挥中心的人？”

“嗯……”卡罗琳的眼睛看向地面，支支吾吾地说道，“指挥中心这里，吉尔的症状相对比较严重。如果他出现症状，记得不要给他注射镇静剂，而要注射安眠剂。我觉得使用D型安眠剂会好一些。”

一听到“吉尔”这个名字，英二不由得朝隔了三四个控制台的地方望去。

吉尔从刚才起就一直死死地盯着控制台上的显示屏，两眼放光，一副咬牙切齿的模样。在他旁边，还站着一名即将离开的橙组成员，正在不厌其烦地对他说着什么。

“吉尔，你在听吗？”那个男人说道，“好吧，我再说一遍。在红色阶段，人员撤离时必需的救援备用设备是由无人驾驶货运飞船RC209负责运输的，但是现在出了一些状况，RC209的抵达时间将大大晚于原定时间。按照原计划，这艘飞船此刻应该已经抵达这里，但它延误了五六个小时，所以要等到进入红色阶段才会到。泊位都安排好了，在F甲板。当然，只要不发生事故，这些设备也不太可能用得上，但在红色阶段，还是应该提前预备好。关于飞船延误的原因，据火星总部解释，似乎是货运飞船搭载的货物重量与原计划不符，超重了少许。只是通信信号不太好，所以更详细的情况我还不太清楚。因此，如果货运飞船RC209顺利抵达这里，一定要记得先检查货物。——货物清单在这里。”

“知道了！知道了！知道了！”吉尔猛地张开双臂，脸色通红，双目圆睁，咆哮道，“现在不要和我说话！我还在忙着做一个非常重要的计算……如果你有事情，直接给我的控制台写留言！总之，别来烦我！赶紧给我滚开！”

那个男人显然被吉尔的反应吓了一跳，无奈地耸了耸肩，开始通过吉尔身边的助理终端来填写备忘信息。

“或许应该将吉尔从红组中剔除出去，让他现在就撤离……”英二的脑海中闪过这样一个念头。但是，他很快就抛弃了这个想法，因为吉尔现在是仅次于卡洛斯的核心成员，而且他想不出第三批撤离人员中有谁能替代得了吉尔。

“原来如此。”英二回过头来，盯着卡罗琳说道，“我很久之前就认识吉尔了，他是一个工作狂人，一旦在工作中过度投入，就会变成这样。不过，这没什么大不了的。因为他是一个非常坚强的人……不管怎么样，我会留意的。谢谢你，卡罗琳……”

英二说着，把手放在卡罗琳的肩膀上，把她拉到自己身边，然后凝视着她那不施粉黛、略显干涩的脸庞，轻轻地吻了下去。卡罗琳吃惊地缩了缩脖子，试图躲开。但当两人的唇即将触碰到一起时，英二的鼻端嗅到了一股扑面而来的汗馊味。味道来自卡罗琳那脏兮兮的衣服领子下，卡罗琳自己也似乎意识到了这一点，身体瞬间变得僵硬起来。

“可怜的人……她忙得甚至没有时间换衣服和洗澡……”英二不由得感到一阵心痛，轻轻地推开了卡罗琳的身体，“这么年轻的女孩……却干着这样的工作……”

“再见，主任……再见，卡洛斯。”

卡罗琳的脸颊绯红，赶紧向英二和卡洛斯告别，从他俩面前离开了。

“很快了……”旁边不知是谁在小声嘀咕着，“再过不到1个小时，就将进入红色阶段……木星引爆系统即将正式启动……”

火星轨道上OPDO-AX的“X计划”指挥中心内，所有人都抬起了头，目光全都投向大屏幕右上角闪闪发光的数字时钟。

“总裁怎么样了？”米莉叫住了从旁边经过的田中，问道。

“已经完全恢复了。他马上就会过来。”田中说道，“总裁说他已经彻底厌倦了在火星中心医院的特殊病房里遥控指挥。他说，再这样下去，他的血压又该上来了，最终，主任医师拗不过他，只好同意让他返回岗位。”

“虽然一直待在医院里会更好，安静的环境更有利于恢复，不过，总裁住院的时间还是超过了我的预期。”

“这是我在中央医院听到的，你可千万不要对外说啊，他的身体状况非常糟糕。毕竟他一直以来都待在月球，早已适应了相当于地球1/6的月球重力。他来到这里后，据说身体不是这里出问题就是那里出问题……”

“以这种状态来这里能行吗？”

“没问题……现在已经完全康复了。身体上不存在任何问题，头脑也很正常。只是有一点失忆，不过医生说这是可以慢慢恢复的。”

这时，指挥中心的入口处突然变得嘈杂起来，紧接着韦伯那肥胖而又魁梧的身体出现在了众人的视野里，旁边还跟随着好几个人。韦伯坐在轮椅上，身材高大的伯纳德博士则陪伴在一旁。

正当人们以为韦伯要和跑过来的几人握手时，他却突然拿起了轮椅上的话筒，大声说道："我是韦伯。大家待在原地听就行。我已经没事了，现在重新回到指挥中心工作。"现场顿时响起了一片欢呼声和掌声。

"再过几分钟就将进入红色阶段。我们对计划的各个方面，尤其是对木星周围的JN系统团队的支持，一定要做到万无一失。我就先说这么多吧。"

说完这席话，韦伯就用手灵巧地操纵着轮椅，来到了米莉身边。

"好久不见，总裁……"米莉站起身来，笑着对韦伯说道，"你的气色看起来非常不错。"

"米莉……"韦伯目不转睛地盯着米莉，好像第一次见到她一样，"你是米莉森特·威廉博士？"

"是的……哦不，埃德……你难道不记得我了？"

"不是……怎么说呢，你看起来和以前不太一样……好像老了一些……哦不，我知道这么说很不礼貌……"韦伯嘟囔道，"其他倒没什么，就是对于最近的事情，我记不太清，记忆总是有点模糊……对了，米莉……不知道你是否还记得，我……在晕过去之前，是不是就在这里接到过沙德里克的电话？"

"是的……"

"然后，我有没有对你或是对其他人说过我和沙德里克的通话内容？"

"没有……你从私人通信室出来后就直接回到了这里，然后很快就有人向你汇报关于兰森部长的事故，后来……对了，你和沙德里克议员之间究竟发生了什么？"

"哎……我怎么都想不起来当时的情况了，这简直令人抓狂……不过我隐约记得沙德里克好像对我说过一件非常重要的事情……我好像也曾试图告诉谁，但怎么也记不起来了。或许这与兰森的自杀有关。"

"等一下……"一直陪在韦伯身边的伯纳德博士表情怪异地打断了他的话，"埃德，你刚才说什么？你说兰森是死于自杀？"

"啊？"韦伯看着伯纳德和米莉，眼神中满是疑惑，"我之前不是这么说的吗？"

"不是……"米莉看着伯纳德博士的眼睛，斩钉截铁地说道，"你没有那么说过。你之前说兰森部长是死于事故。"

"韦伯总裁……"这时，智能电脑的声音突然大声喊道，"总统来电。"

"距离进入红色阶段还剩5分钟……倒计时开始……"智能电脑的声音

听起来冰冷而又机械。

密涅瓦基地的JN系统指挥中心内，寂静得让人感到沉闷，所有人都高度紧张。

在一大排控制台之间，稀稀拉拉地坐着红组人员，他们屏住呼吸，极为紧张地盯着各自控制台上的显示器和正前方那个巨大的多视图液晶显示屏。他们将在这里坚守到最后一刻。现在，液晶显示屏的中央位置显示的是巨大的木星影像，而它的两侧则是飘浮在木星赤道面轨道和极地轨道上的无数JN系统装置的符号和表示运行状态的数据群。其中左侧显示的是整个系统的状态，全部为彩色，右侧显示的则是X点……即黑洞与太阳系相对位置的示意图，以及具体数据和图表。

这个恐怖的黑暗旋涡很快就要接近木星了。它与木星的相对距离已不到4.4亿千米，已进入土星轨道内侧，与木星的距离小于木星轨道与火星轨道的距离……即使身处指挥中心内部，也依然可以真切地感受到撕开虚无空间、一路飞奔而来的“重力陷阱”带来的极其沉闷、不断迫近的压力。

“距离进入红色阶段还剩3分钟……系统全绿……倒计时继续……”智能电脑的声音再度响起。

“不！”这时，吉尔站起身，惊恐地大声喊道，“不！……这太恐怖了……这简直是在白日做梦！……靠人类这点微不足道的力量怎么可能炸掉如此巨大的行星……这绝不可能成功！必定会失败！……伙计们，你们看！……你们真的认为我们可以将它击飞吗？你们都疯了吗？你们真的相信人类可以炸毁这样一颗巨大的星球，成功地将它击飞并命中黑洞吗？”

“不，不，不！”吉尔哭喊着，开始拼命地敲打控制台。他一把抄起身边的通信器，猛地砸向显示屏，显示屏顿时火花四溅，升起一股浓烟。

“请大家不要离开自己的工位！”英二一边冲着站起来想要跑开的几个人喊道，一边迅速跑到吉尔身后，伸出双臂抱住了他，然后将手中的D型安眠剂注射器扎在了他的颈动脉上。

“没事了，吉尔……你先好好休息一下……各位，请立即启动系统紧急检查。”

“距离进入红色阶段还剩2分钟……系统全绿……倒计时继续……”智能电脑提醒道。

5. 引爆前40小时——第二步

"'X计划'整体进展得非常顺利，总统阁下。"在一个秘密通信包间内，正在与总统进行视频通话的韦伯停顿了一下，将目光投向右上方显示器上的太阳系标准时间，接着说道，"截至目前，'BBJ计划'的推进非常顺利。此外，JN系统也已完成全部测试并正式投入运行。报告还需要四十几分钟才能出来，不过根据我们的观察，系统肯定能按计划正常运行。"

显示屏的另一端正是地球上的总统办公室。

身材矮小的总统雅各布·明坐在一张矮桌前的轮椅上，轮椅上放着他常用的手杖，而他的妻子——一位优雅的、穿着和服的银发日本女人，恭谨地依偎在他的旁边。总统身后站着他的秘书和助理，旁边则是面容憔悴、有些脱相的副总统舒克洛夫斯基，他也同样坐在轮椅上，此刻正用双手紧紧抓着轮椅上的扶手。

"在太阳系，现在到处都是坐着轮椅的人……"韦伯看着视频里的总统和副总统，又联想到了自己和卡洛斯，不由得想道。

"X计划"指挥中心所在的OPDO-AX位于火星卫星轨道上，与地球之间的通信单程所需的时间不到5分钟，但来回也需要10分钟左右。因此，虽然视频一直处于连接状态，但双方必须耐心地等10分钟才能再次进行对话。

当总统接收到这里的声音并做出答复时，韦伯就会用祈祷般的眼神盯着标准时间显示器。2分钟前，JN系统应该已经进入最后的红色阶段，正沿着没有回头路的轨道缓缓向前飞去。太阳系最大的行星即将变成一颗小型新星，猛烈的爆炸将使它偏离原轨道并成为一枚攻向黑洞的超大型导弹。

"希望能一切顺利……"韦伯知道这样做毫无意义，但他还是握紧拳头，在心中默默地祈祷着，"系统应该已经顺利启动了吧？……该死！要是报告能早点发送过来就好了……"

"已进入红色阶段30分钟……"智能电脑那不带一丝温度的、机械式的声音再度响起，"所有系统均运行正常。"

"密涅瓦基地红组的各位成员……"突然，一个像破钟一样的声音被切入通信线路之中，“我是‘闪电鸟’船队指挥官达尔格伦上校……和原计划相比，我们晚到了45分钟，本船队现在已完成在预定空域的部署，并进入撤离待命状态。红1，红2，可随时登机。完毕。”

“这里是密涅瓦基地BBJ指挥中心……谢谢你，达尔格伦上校……”英二打开麦克风，对着话筒说道，“20小时后的第一批撤离人数将略有变化。红1将增加一个人……哦不，是两个人。现在由智能电脑来向你汇报新增人员的姓名。”

在即将进入红色阶段时，精神突然异常的吉尔在被注射安眠药剂后，躺在指挥中心走廊的长椅上，身上紧紧地裹着一块毛毯。尽管他已进入深度睡眠状态，但他的身体还是会时不时地颤抖，牙齿也会跟着打战。在进入红色阶段4分钟后，飘浮在木星周围的加速器群中的一艘控制飞船上，又有一人因为过度紧张而产生了幻觉。

“需要找人顶上吗？”英二斜前方控制台上的一个年轻人转过身来，担心地问道，“要不要我留下来？”

“不，不用了。”英二在挂断和“闪电鸟”的通话后说道，“等你忙完手头的活，能帮我把吉尔送去医务室吗？”

“当然可以。不过，这样做没问题吧？现在医务室一个人都没有。”

“我想让他好好睡五六个小时。”英二回头看了看面色苍白的吉尔，他正发出一阵阵鼾声，“要不我们拿一个逃生舱过来，先让他躺在里面？”

“不错的主意。”

指挥中心的多视图显示屏左侧的角落内，一个紫色的方框正在不停闪烁着，伴随有断断续续的蜂鸣声。

“这是什么？”英二转过头来问道。

“那艘因故延误的无人货运飞船刚刚抵达密涅瓦基地。”有人从大厅的一个角落里回答道，“已自动进入F甲板。”

“怎么现在才到，简直让人无语。飞船里装的究竟是什么东西？”

“是特殊机械的备件，以及为撤离时准备的逃生舱等。没有什么太重要的东西。哦，对了……总部发了一条关于这艘货运飞船的消息，说是货物超重，飞船到了之后，希望我们能帮着检查一下。”

“不会是塞了一口棺材吧？”另一个声音低声说道，“还是悄悄塞了一个酒桶？”

“好了，等有时间了就去检查一下吧。”英二说道。

“卡洛斯！”一直坐在第一排控制台座位上的男子转过身来，大声喊道，“木星低纬度地区的电磁脉冲现象正变得越来越严重。加速器B7的传感器遭到直接轰击，已无法正常工作。”

“马上使用备件！”卡洛斯在英二旁边大声喊道，“如果还不行，就在B6和B8之间的通信线路上再增加一个通道。传感器功能恢复了吗？”

“我马上试一下。”

“不要急躁，卡洛斯。”英二把手放在卡洛斯的肩膀上说道，“如果连你都变成和吉尔一样……那我就彻底完蛋了。”

“我不会有事的……”卡洛斯瞅着控制台上的显示屏说道，“我只是有点生气，因为直到现在，我们还没拿到关于X点的下一批最新数据，观测机的数据还没有传送过来。该死的！从上一批数据里，已经可以观察到些许细微的变化了。”

在距离木星轨道2.5亿千米的“阿耳戈斯号”观测母船上，穆罕默德·曼苏尔正呆呆地盯着一个屏幕。上面是无数个模糊而又黯淡的斑点，其中一些斑点呈扭曲的半圆形，其弧状部分全部指向同一个方向。

“这是彗星！”曼苏尔默默地盯着这些斑点，在心中反复嘀咕道，“没想到这个时候……居然看到了这么庞大的彗星群……”

作为为数不多的彗星研究专家之一，他在感到惊讶的同时，也感受到了命运的嘲讽。

穆罕默德·曼苏尔曾发现太阳系外0.1光年处“彗星之巢”的彗星数量在最近几年急剧减少，于是提出并推动了彗星源探测特别计划。然而，基于这个计划发射的“太空之箭号”在距离太阳1200亿千米的太空突然失去了联系。不过，也正因为这起事故，悄悄靠近太阳系的X点——黑洞才被人类发现。

现在，黑洞距离太阳只剩下不到12亿千米，而距离木星更是只剩4亿千米左右。这个时候，在土星轨道附近却突然出现了大量彗星，这究竟是怎么回事呢？也许是因为受到了黑洞的影响，“彗星之巢”严重偏离了原来的旋转路线，于是不少彗星也在脱离“彗星之巢”后，开始向太阳坠落。

“现在地球上的夜色一定美极了。”曼苏尔想道，“能一下子看到数量如此多的彗星……这种机会在地球的历史上也绝无仅有吧？”

“穆罕默德……”一位观测员正在解析从X点周围几艘无人观测机上发回来的数据，他转过头来对曼苏尔说道，“现在，最新一批数据已经出来了。我们需要尽快将这些数据传回BBJ总部，请帮我压缩一下！”

曼苏尔这才猛然间惊醒，慌忙在椅子上坐下来，开始进行数据模式化的操作。

“轨道因素基本没有发生任何变化，不过黑洞的自转好像出现了少许新的变化。”曼苏尔说道，“感觉自转轴发生了非常轻微的进动[①]现象。”

“是不是因为受到了太阳引力……或是木星引力的影响……”观测员说道，“那我们该怎么做？要不要把6号观测机的轨道调整到两极方向？”

“哦……”曼苏尔用手背擦拭着脸上渗出的汗水，含糊不清地回答。

“但是，如果我们选用这个轨道，很可能会飞出能层，面临被黑洞吞噬的巨大风险……我们现在还有几架无人观测机？”

“7架——不，12号马上也无法使用了，所以还剩6架。”

曼苏尔的眼睛盯着显示屏上的一个分屏。从一架配备X射线和紫外线传感器、与X点赤道呈15度倾角飞行的观测机上发回的整体图像上，可以隐约看到黑洞周围有一个由稀薄物质形成的环。越靠近环的内侧，温度和密度就越高。在环的中央，则是一个看不到底的黑色空洞，那是通往虚无底部的“永恒陷阱”。

“木星那边已经进入红色阶段了吧。”曼苏尔看着显示屏上的分屏，喃喃道，“不知是否有观测机一直坚持到引爆木星的时候。好吧，只能试试看了。”

“引爆前50小时……进入红色阶段已有10小时……”在总统办公室内，负责通信的工作人员转过身说道，“系统全部按原计划顺利运行。我们已经收到‘BBJ计划’指挥中心发往总部的消息。虽然仍然有一些细节需要调整，但系统整体运行状况良好，目前一切都在按原计划顺利推进……他们将很快锁定第二步。”

“距离引爆木星还剩50小时。”一名助手轻声地向总统汇报道，“要想

---

①进动：一个自转的刚体受外力作用导致其自转轴绕某一中心的旋转现象。——编注

真正知晓计划能否成功，估计还需要再等四五个小时。要不您先休息一下？如果您一直坐在这里，身体会撑不住的。”

“要不搬一张床到这里来？”总统看了看墙上的显示屏说道，“一张简易床就可以……我想在这里坚持到最后。”

“EX舰队M-60刚才已离开火星轨道。”秘书汇报道，“这是我们对外公布的最后一支船队。不过，还有一支拥有21艘飞船的特别预备船队MS6，目前正在地球轨道上集结。可容纳人员为24万人。”

“即使我强行命令韦伯登船，他也绝对不会听从吧。”总统喃喃自语道，“进入红色阶段后，我已将和太阳系宇宙空间相关的全部权力都授予了韦伯，为时100个小时……就是不知道他的身体是否已经完全康复。”

“这里是关于骚乱的最新消息……”新闻发言人看着记录说道，“亚洲有2起，中东有4起，欧洲有2起，非洲有1起，新大陆有3起，均属于小规模骚乱，都在控制之中。在欧洲的太空港发生了一起较大规模的骚乱，造成了一些人员伤亡，不过目前局势已经得到了有效控制。”

“还剩50个小时……哦不，还有55个小时……”总统抬头看向天空，喃喃自语道，“看来……很快就将尘埃落定……一切都将……”

“您是在向上帝祈祷吗？”副总统舒克洛夫斯基低垂着双眼，小声问道。

“不是，虽然我这么说可能过于傲慢不逊，但我觉得与其祈求上帝的帮助，”总统摇着头说道，“还不如将希望寄托在……人类的智慧和技术上。”

总统说完这句话之后，脸上掠过一丝苦涩。

“是不是我错了？”总统侧过头来，望向自己的夫人。

“我不知道……”总统夫人浅浅一笑道，“不过，既然你认为这样做是正确的，那想必是不会错的。”

“此前，我也曾不止一次想要一个人祈祷，或是向上帝寻求帮助……”总统低着头，忏悔般喃喃自语道，“但是，这一次，不知为什么……我突然……开始怀疑这个宇宙中压根就不存在什么上帝。人类……最终还是要靠自己才能生存下去。”

“或许您说的是对的……”副总统皱着眉头说道，“不管怎样，再过55个小时，答案就将揭晓。无论答案是什么，失败也好，成功也罢，你说的应该都不会错。”

“好，现在开始锁定第二步！”英二对着麦克风喊道，“现在距离引爆木星还剩42小时13分钟05秒……距离第一组撤离还剩2小时13分。需要休息的人一会儿可以稍微休息一下。各小组负责人请尽快检查撤离用的联络艇。”

“喝杯咖啡？”这时，一旁的年轻人递过来一杯冒着热气的咖啡，“哦，对了，我得赶快检查一下刚抵达的那艘无人驾驶货运飞船上的货物。”

“不用那么着急。”望着小跑离开的年轻人的背影，英二喊道，“又不是什么大不了的事。”

英二喝着热乎乎的咖啡，对身旁满头大汗、埋头于复杂计算的卡洛斯说道：“卡洛斯，你也稍微休息一下吧。”

“谢谢！”卡洛斯盯着控制台上的显示屏回答道，“这个该死的黑洞，都到这个时候了，居然还试图改变方向！……该死！我想把这一因素也纳入系统中，但我的电脑已经超负荷了……对了！‘阿耳戈斯号’现在到哪里了？”

“距离木星还有2亿千米。”

“单程需要10分钟左右……好吧，那我就先借用一下那家伙的电脑吧。毕竟，阿耳戈斯就像一个由电脑和天线组成的怪物。”

“喂……你现在在做修正计算吗？”英二震惊地说道。

“全部完成大概需要多长时间？”

“20小时……请祈祷吧，不管是向上帝还是向魔鬼。”

“主任……这里是F甲板。我刚刚检查了货运飞船上的货物……”声音在扬声器里响起，“根据运输指挥部的说法，搭载货物的总重量比清单上多出了二百三四十千克，但是现在我们检查了全部货物，并没有发现超重的情况。无论是货物的种类还是总重量，都与清单上完全一致。难道是测量机器出现了问题？”

“收到。还有其他情况吗？”

“12个逃生舱中，有4个逃生舱的生命支持设备好像发生了泄漏，电池和生活必需品都所剩无几。”

“收到……”虽然觉得哪里不太对劲，但英二还是挂断了电话。

6. 最后一步

这是一个荒废已久的仓库，里面亮着唯一的一盏灯，发出的光线昏暗无比，还隐隐带着几许血红。突然，从仓库外面传来一阵刺耳的警笛声，伴随着模糊不清的广播声。

很快，从外面的走廊上传来一阵急促的脚步声，好像还有好几个人喊叫的声音。

“发生什么事了？”一个低沉而又略显惊恐的声音在一个堆放着捆扎材料的仓库角落响起。

“嘘！”从另一个方向又传来一个嘶哑的女人的声音。

“现在距离最后的引爆时间还剩20小时45分……正好是红组第二批撤离的时间。”

突然，从地板上传来一阵微弱的震动。紧接着是第二次和第三次震动。

“是联络艇起飞的动静……”另一个男人的声音传来，“也就是说……现在只剩下三艘大型联络艇了。”

“我们离成功越来越近了。”那个嘶哑的女人的声音说道，“再过15个小时……密涅瓦基地的所有人都会撤离。”

“再给我们讲一遍吧，玛丽亚……”第一个男人的声音说道，“不知为什么，虽然听了很多遍，却总是记不住。”

“好的。”从对面的角落里传来一个年轻女人的声音，“大家都到这边来。这儿更安全一些，即使有人进来，也很难在第一时间发现我们。”

从捆扎材料后面走出两个黑影，从一个稍远一些的集装箱后面又走出一个黑影，他们一边警惕地盯着大门的方向，一边快步跑向对面的那个巨大的搬运机，很快消失在了搬运机后面。

玛丽亚·贝斯哈特环视着向她迅速靠拢的同伴们，用手撩起散落的褐色头发，然后从口袋里掏出一个黑色的小圆筒。玛丽亚将她原本金色的长发染成了褐色，并剪成齐颈的短发。她的脸上戴着人工皮肤做成的面具，这使她看起来好像完全变成了另一个人。安妮塔也把她的一头红发染成了黑色，并且和其他两人一样，戴着一个与自己长相完全不同的面具。他们四人很早就潜入了L5宇宙殖民地，并按照潜伏在那里的内鬼的指示，使用别人的身份徽章、戴着面具接受了一系列训练。无论是身份徽章还是面具，其背后都确有其人，但原本在太阳系开发机构任职的这四个可怜鬼究竟落得了什么样的下场，他们就不清楚了。

很快，他们就被送到了火星。其间通信一度中断，虽然最后终于恢复了，但联络员因为一次意外事故而丢掉了性命。接替的联络员一直都没有与他们联系，但计划好的日期已经到了。后来凭借组长安妮塔的钢铁般的意志和独立判断，他们才终于设法抵达了密涅瓦基地，即“BBJ计划”的最前线。

“好消息是什么？这个计划虽然是基于2小时前从这里的智能电脑截获的信息制订的，但我认为不会有太大变化。”玛丽亚说道，“在动手之前，如果可以的话，我想再检查一下。”

“这也太危险了吧？”一个留着胡子的男人用低沉的嗓音说道，“这里的智能电脑承担的工作应该正在陆续减少。如果他们发现了我们的闯入……”

“好了，我来解释一下。”安妮塔不耐烦地说道，“其实大家完全不用担心……即使最后一个阶段被锁定，这里的智能电脑也会因为监控系统的启动，而一直处于非常忙碌的状态。”

玛丽亚按下黑色圆筒上的一个按钮。随即从圆筒的一端射出一道光，并在仓库的墙壁上形成了一个长30厘米、宽20厘米的投影，显示的正是密涅瓦基地内部的地图。

“我们现在所在的仓库在这里。”玛丽亚指着投影中的某处说道，“现在距离最后的引爆还剩20小时，密涅瓦基地的绝大部分工作人员都已经撤离，只剩下约122人留守……JN系统的其他加速器群里也只剩下20人左右。再过12个小时，有可能是提前1小时，也有可能是延后1小时，整个木星引爆系统将被锁定在最后一步。届时，所有的系统活动都将被移交给距离这个基地十二三千米外的控制卫星。”

“哦，我在飞往这里的联络艇的窗口看到过，就是那个上面显示有红色数字时钟的卫星吧。”另一个没有胡须的青年说道，“你之前不是一直管它叫时钟卫星吗？”

“是的，不过，当进入红色阶段后，那里的控制装置就会启动，所以称呼也随之发生了改变。”玛丽亚说道，“正如你先前所看到的那样，在系统被锁定前后，是工作人员最紧张的时候，也是智能电脑最忙碌的时候。所以，在最后一步被锁定之前，我们必须离开这里，经过这个过道，通过紧急出口，然后去往G甲板……也就是这里。”

玛丽亚又按了一下按钮，将投影切换为另一张图片。“G甲板上现在一个人也没有，只有两三艘小型联络艇和小型货运飞船……稍后我会检查智能电脑上的信息。虽说我们可以随时从这里起飞，但这里的交通工具应该会和密涅瓦基地一起被遗弃……红组的最后一批成员将在引爆前的最后5小时全部从D甲板撤离，然后搭乘‘闪电鸟’逃离木星区域。所以我们将在最后撤离的2小时前，前往G甲板，并偷偷潜入某艘飞船里待命，一旦发现‘闪电鸟’起飞，我们就立刻前往控制卫星，摧毁那里的关键部件，阻止系统的运行。从基地到控制卫星，单程应该需要45分钟左右，我们进入卫星需要15分钟，破坏装置需要30分钟……然后我们立刻离开，并返回这个基地，等待救援。”

“安妮塔，真的会有人来营救我们吗？”戴着假胡须面具的男人不安地问道，“我们已经和上级失联很久了……如果我们还按照原计划行动，不会有什么问题吧？”

“即使没有人来营救我们，我也有别的办法！”安妮塔非常强势地回答道，“一直以来不都是这样吗？听我的就好了。除非指令取消，否则行动继续进行。”

“控制卫星内部……还是没有搞清楚吗？”那个没有胡子的男人向玛丽亚问道。

“没有。智能电脑的防护系统做得非常好……除非亲自到现场，否则根本不可能搞清楚。所以，我们预留进入的时间才会比较宽裕。我也是花费了很大工夫才终于破解了卫星紧急出口上的门锁密码。”

“如果我们不能让JN系统停止运行……又会怎样？”胡须男神经质地把手指攥紧又松开，“即使我们有能力逃离木星，留给我们的时间也远远不够。即使我们想要逃离，也没有可以搭乘的远程飞船……”

“到时候……或许我们只能和木星一起迎接死亡。”安妮塔用嘶哑的声音说道，“不过我们既然参加了这次行动，就要有面对死亡的觉悟，难道不是吗？”

“但是，我没想到我们的时间会变得这么紧张。”胡须男低下头嘟囔道，“我原以为我们可以更早一些去破坏那些关键部件，让他们彻底放弃。”

“那么……如果该系统不起作用，木星也就逃脱了被毁灭的命运，可是黑洞怎么办？”另一个男人低声说道，“难道就让它这样直接撞向太阳？”

“现在不要去想这些了。”安妮塔突然用温柔而又舒缓的语气说道。

“既然我们已经来到了这里，那我们现在应该考虑的只有如何去拯救木星。我们不要自己吓自己。而且……黑洞未必真的会撞向太阳。发生这样精准碰撞的可能性几乎没有。高层不是也说过吗？存在一定的风险，只是太阳系开发机构的科学家和总统这些胆小鬼，在事情尚未明朗之前就决定牺牲木星……我们绝不能相信那帮家伙所说或所做的任何事情。”

“可是——如果他们说的是对的呢……”胡须男抱着头，用颤抖的声音说道，“我们……将要做的就是一件错事，不是吗？”

“我们将要做的是一件无比正确的事情……丹！”安妮塔把胡须男的头轻轻地搂在怀里，“至少你是在做你认为正确的事情……请不要忘记彼得的教诲。他一直都认为人类、地球上的生物和太阳系都是兄弟姐妹，是命运共同体，不是吗？如果太阳消亡了，我们也都会走向死亡。我们不应该为了拯救其他人，就牺牲我们的兄弟——太阳系中最大和最古老的行星。”

“再见了，朱庇特……我的大朋友……”被搂在安妮塔怀里的胡须男抽泣着轻轻唱道，“我明白，安妮塔……你是我们的神女……如果没有你的神谕，我们绝对不会自作主张地穿过任何一条道路……”

“你疯了，安妮塔……”那个没有胡子的男人用双手搂着自己的膝盖，神经质地抖动着，低声说道，“我觉得……你发疯了。虽然我不知道你究竟有多疯狂，但是……”

“你说这话是什么意思？”

“我不知道……但我认为你想成为一个殉道者……你不在乎木星是否真的能够幸免于难，也不在乎太阳系是否真的会走向灭亡，这些事情对你来说完全不重要。你仅仅是……想为你认为正确的事情殉道而已。”

“是的，就是这样！我疯了！……你们也疯了！”安妮塔突然用刺耳的声音大吼道，“如果我们疯了……那么，在这里工作的人呢？太阳系开发机构那些想出BBJ这样一个疯狂的计划、试图将之付诸行动的人，以及授权他们这么做的总统，又是怎么回事？他们难道不是疯了吗？难道不是吗？你难道没有听说过吗？如果我们摧毁木星，也只有20%的机会能够拯救太阳系！但是，他们把如此多的人员和资源全部浪费在了确定性如此低的事情上，难道你不认为他们是在发疯吗？”

“嘘！”玛丽亚关掉了手中的投影仪，制止了安妮塔的躁动，“冷静一下，安妮塔……我好像听到有人过来了……”

在紧挨着仓库的一条通道里，响起了一阵急促的脚步声。仓库内的四个人赶紧屏住呼吸，迅速躲到了设备后面。很快，脚步声从门口经过，向指挥中心的方向逐渐远去。

那个戴着假胡须面具、叫作丹的男人不知何时已经安静地睡着了，他的头依然靠在安妮塔的怀里，正发出一阵阵轻微的呼吸声。

“安妮塔。”当脚步声渐渐远去后，玛丽亚搂着膝盖小声问道，“是你杀掉了朱庇特，对吗？”

“啊？我们不是来保护朱庇特的吗？”

“我说的不是这个，我说的是那只叫朱庇特的海豚……”玛丽亚用脸颊轻轻地蹭着膝盖，说道，“你……一直都在嫉妒朱庇特。”

“朱庇特是被鲨鱼咬死的！”安妮塔辩解道，“彼得……曾经通过那只海豚与太阳系中的木星进行过交流。现在地球上的朱庇特已经死了，如果太阳系中的朱庇特也被摧毁的话，彼得不知该有多伤心。”

“我觉得不是那样的。”玛丽亚小声说道，“安妮塔……自从你在火星上听到那首歌，听说朱庇特死了以后，感觉你整个人都变了。在此之前，一旦与上级失联，你就会非常着急，会不惜一切代价重新与上级取得联络。但是自从你听到那个消息后，你压根就没有再尝试这么做。我们的一切行动都只取决于你的判断。你听说朱庇特为了拯救教团的人而牺牲了自己……又听说彼得为了朱庇特，特意创作了那首歌，你的心中充满了不服。你不想输给那只海豚。你为了做成一件更伟大的事，甚至不惜牺牲自己，只为了能让彼得也给你写一首歌。”

“哟，你什么时候变成心理分析师了。”安妮塔用嘲讽的语气说道，“那么，你呢？像你这样一个充满浪漫情怀又娇生惯养的富家小姐，一路跟着我们来到这里……又是为了什么呢？是因为你的恋人也在这里吧？如果你真的爱那个叫英二的家伙，就应该现在马上去找他，阻止他继续在这条恐怖的道路上越走越远，以免犯下不可饶恕的罪行。你为什么不利用你的爱情魔力去拯救你的爱人，让他免于犯罪呢？”

突然间，玛丽亚感觉到一种热乎乎的东西在心间涌起，她的泪水开始在眼眶里打转。

是啊，英二！……现在我距离他已如此之近！……就在我现在触摸的这个地板……这个地板延伸出去的某个地方，隔着若干个房间，距离这里仅仅几十米的同一个基地的指挥中心里，就有我的英二！……我从地球出发，途经宇宙殖民地，在火星上等待了那么漫长的时间，才终于穿越黑漆漆的太空，来到距离他如此近的地方……现在，只要我走出前面这扇门，沿着道路向左跑10秒钟左右，就可以看到英二，不顾一切地扑到他的怀里……可是……

“不过……即使我劝他停下，他也肯定不会听我的。”玛丽亚用含混不清的声音说道，“因此……我能做的只有在他离开后，尝试阻止他一直在推进的恐怖设备的运行，以此来阻止他犯罪，我能做的只有这些了。”

“你哭了？玛丽亚……”安妮塔不怀好意地问道，“又哭鼻子？”

“给我药，安妮塔。”玛丽亚从搂着的膝盖上抬起头说道。

“玛丽亚，你吃得太多了。”

“没事的，给我。”玛丽亚用膝盖蹭着自己满是泪花的双眼，说道。

“‘闪电鸟7号’——红组第二批人员已到齐……人数没有变化。”一个嘈杂的声音突然在驾驶舱内响起。

“‘闪电鸟7号’——收到。”副船长转向达尔格伦上校的方向回答道，“红组第二批已全员到齐！”

“很好——‘闪电鸟7号’，马上准备出发！”“闪电鸟”船队指挥官下命令道，“‘闪电鸟5号’和‘闪电鸟3号’还在等什么？我应该告诉过你们，人员到齐的船只请依次出发。”

“‘闪电鸟3号’已经出发。接下来出发的是‘闪电鸟5号’……‘闪电鸟7号’……”

“终于到最后一轮了……”上校抬头看了看时钟，嘟囔道，“还剩13个小时……最后一组很快就到了。到时候，我一定要让你们好好体验7G加速度是什么样的感觉。”

“加速器D组！赤道表面电流上升得太快了！D组，你们能听到我的声音吗？”英二看着正前方多视图液晶显示屏上的一角，对着麦克风喊道，“再调低一点！因为电磁流体效应，木星大气的等离子体正在不断汇集。无论如何我们都必须让电流维持在10万亿安培……快看K8显示屏！发散曲线究竟是……怎么回事？好吧，看来只能采取紧急措施了。将加速器A6、A8、F4和G3全部旋转90度！”

“能不能让我安静一下？”旁边的卡洛斯低声说道，他的脸上渗出了密密麻麻的汗珠，“我的计算马上就要结束了，但如果你继续这样喋喋不休的话，可能会导致我的计算出错。”

“你还需要多长时间？”英二回过头来问道，“在最后一步按计划锁定之前，我们还有不到2个小时的时间。”

“时间居然这么紧张了。”卡洛斯看着控制台的三面显示屏低声说道，“我还需要1个小时……不，1.5个小时。”

“卡洛斯……你先看看那个……”英二抓住卡洛斯的肩膀说道，“木星有点奇怪。似乎——正在发生意料之外的事情。”

7. 引爆前5小时——全员撤离

“到时间了！”黑暗中传来了安妮塔沙哑的声音，“喂，伙计们……我们马上就要迎来大结局了。请大家一定要坚持住。我们已经没有退路了。”

从仓库的捆扎材料和设备后面站起来了一个又一个黑色的影子。安妮塔向每个影子伸出手去，好像在分发着什么东西。

“检查一下各自的武器和炸药。”安妮塔背靠着门旁边的墙壁，命令道。

“千万别落下什么东西。丹，外面没问题吧？”

“稍等一下！”玛丽亚看着手表上的小型显示屏说道，“奇怪……怎么还没有关于最后一步被锁定的通知……难道是计划推迟了？”

“那怎么办？”门口的丹回过头来问道，“我们要不要再等一会儿？”

“现在外面是什么情况？”

“这条通道上目前一个人也没有。”

“那么，我们开始行动吧。”安妮塔拍了拍玛丽亚的背部说道，“大家一定要小心。”

丹卸下激光枪上的保险，把它紧紧夹在腋下，然后从仓库门的缝隙中闪身而出，偷偷溜入密涅瓦基地内的第四通道。他环视一圈，没发现什么问题，于是迅速向后挥了挥手，示意大家继续前进。

接着出来的是安妮塔和玛丽亚，最后是舒尔，他抱着一箱带有定时装置的炸药，溜进通道后，向左边快步走去。

“快点！”安妮塔低声呵斥道，“往那边的紧急出口走！加快速度！”

但是安妮塔突然停了下来，因为走在最前面的丹举手示意大家退回去，她的脸猛地撞到了丹的胳膊，发出了无声的惨叫。

“嘘！……好像有人过来了！”丹一边向后退，一边用嘶哑而又慌张的声音说道，“快……躲到那里去！”

“这边……”玛丽亚拉着安妮塔的胳膊说道，“快躲到这根柱子后面去。”

与第四通道呈十字相交的另一条通道传来一阵急促的脚步声。

“喂！……发生什么事了？”脚步声的主人朝通道的尽头喊道，“最后一步已经完成锁定了吗？有什么问题吗？”

“没有……主任还没有发出执行指令……”另一个声音从通道的另一端传来，“黑洞的状态与我们之前预期的略有不同，所以卡洛斯正在对整个系统进行微调。”

“这会延误多长时间？我们还能让G甲板上的联络艇按原计划起飞吗？”

“所有撤离计划都按原计划进行。一旦最后一步完成锁定，我们将全员撤离。”

“明白。”

随后，脚步声的主人从与第四通道相交的那条通道上跑开了。可以看到一个身穿银色防火服的身影像一道闪电一样在安妮塔和其他四人藏身的柱子前几米处一闪而过，随后像是踩在舷梯上似的，传来一阵嘈杂的声音，然后才逐渐远去。

“好了，”安妮塔拍了拍丹的肩膀说道，“我们也马上出发！”

他们四个人迅速冲向十五六米外的紧急出口。丹试图转动紧急出口门上的把手，却差点弄伤了手指，不禁低声呻吟起来。安妮塔也扑了过来，直到把与齿轮紧紧啮合的把手彻底旋转出来，她才气喘吁吁地松开了手。虽然这个过程只持续了四五秒钟，但从安妮塔所戴面具的人造皮肤上的小孔中渗出了大量汗水，一直流到了她的下巴处。

他们四个人从打开的紧急出口处跳了进去，最先跳进去的丹又迅即关上了门。

“向右直走。”玛丽亚看着手表上的显示屏说道，“从第三条舷梯下去，然后在第三层的狭窄通道向左拐。”

虽然他们穿的都是软底鞋，但踩在由超薄材料制成的狭窄通道和舷梯上还是发出了一阵刺耳的嘎嘎声。舒尔扛在身上的装有炸药的袋子还一不小心触碰到了栏杆，发出一阵巨响。

在穿过管道和结构材料的空间后，通道前面出现了一个岔路口。“稍等一下……”玛丽亚看了看手表上的显示屏说道，“从这里向右转就是G甲板……在G甲板前面，可以一眼望到E甲板和F甲板。”

“丹，你去看看情况！”安妮塔说道，“好像有人在说话。”丹弓着身体从通道上向右跑去，然后从另一个紧急出口向外张望了一下，又迅即缩回头来。

“不行。无论是F甲板还是G甲板前面，现在都有人。他们正在把燃料或是别的什么东西搬往D甲板。”

“那怎么办……难道我们就一直在这里死等？”舒尔气喘吁吁地说道，“如果我们在这里被人发现的话……”

玛丽亚从胸前的口袋里拿出一个圆柱形的投影仪，然后按下了其中一个按钮。顿时，在墙壁上投影出了密涅瓦基地内部的若干结构示意图。然后她指着其中一幅结构示意图说道：“如果我们从这里穿过这个管道，就可以直接抵达G甲板。”

“G甲板上应该有空气吧。”丹担心地说道，“我可没有戴头盔。”

“如果和20小时前一样，那就没问题。”玛丽亚说道，“安妮塔，我们现在该怎么办？”

“只能边走边看了。”安妮塔说道，“我们必须尽快潜进去，而且必须找到一艘合适的飞船。”

“这边……”玛丽亚挥了挥手道，“舒尔……打开那个管道的盖子。”

“‘闪电鸟1号’呼叫密涅瓦……”副船长烦躁地看着各个显示屏，对着麦克风喊道，“密涅瓦……JN系统指挥中心，请回答。”

“这里是密涅瓦……”扬声器里终于传来一个匆忙的声音，“‘闪电鸟1号’，我现在非常忙。接下来可能会有一段时间不在线上，还请多多原谅。”

"等一下，密涅瓦……我是达尔格伦……""闪电鸟"船队的指挥官急忙插话道，"怎么了？你们那边是不是发生什么事了？最后一步的锁定时间似乎已经大幅晚于原计划。"

"快了……"扬声器里的声音感觉很不耐烦，"我想，再过三四十分钟……不，再过四五十分钟就能锁定了。我们正在努力，希望最后能将成功的概率再提高哪怕0.1个百分点。"

"明白……我并不是在催你们。"达尔格伦上校说道，"我们剩下的全部飞船将会一直保持待命状态，直至撤离前的最后一刻，即引爆木星前的4小时30分，所以请大家放宽心……完毕。"

"你没事吧，上校？"副船长抬头看着显示屏，担心地问道，"现在距离引爆木星还剩不到10个小时……最后一步的锁定时间比原计划晚了2个小时以上。距离最后的撤离，我们仅剩下不到5个小时了。"

"不管有没有事……JN系统早在50小时之前就已启动。"达尔格伦上校发出一声长长的叹息，然后擦去脸上的汗水，说道，"他们已经点燃了所有导火索……现在正在全力以赴地让燃烧变得更均匀并保持最佳效果。"

"我受不了了。"副船长用手掌擦去煞白的脸上渗出的汗珠，喃喃自语道。

"他们此刻也一定承受着非常巨大的压力。"

"压力已经扩散到我们周围的每个角落了。"上校冲着显示屏抬了抬下巴，"你看重力感应器，木星正在慢慢脱离原来的轨道——现在我们距离X点已经不到1亿千米了。"

"为什么最后一步锁定会推后这么久？"韦伯生气地说道，"又是因为那帮家伙……卡洛斯的完美主义在作怪——差不多就行了，还是早点撤离为好。"

"他们好像正在忙着调整系统。"通信员从前方控制台上回过头来说道，"木星内部的混乱状态超出了我们的想象。"

"如果是这样，那他们是打算留到最后一刻才撤离吗？！"韦伯冲着通信员怒气冲冲地喊道，"白痴！本应该在引爆前12小时就锁定，然后全员撤离……好了，告诉他们现在马上撤离！"

"您确定要把这条命令发送给对方吗？"通信员拿着耳机，回头问道，"现在距离引爆木星还有6小时30分……即使您现在下达命令，也要到45分钟后才能传送到木星。"

“刚刚从密涅瓦基地发来一条消息！”另一名通信员举手大声喊道，“我们将在大约40分钟后进入锁定状态。信息发送时间是引爆木星前7小时15分。”

“一定要快。”韦伯用拳头捶打着控制台吼叫道，“越早撤离越好。”

“英二他们正在全力以赴。”伯纳德博士从米莉身后小声说道，“会不会是进展不太顺利。”

“不管怎么说，这是一个非常庞大的系统。”米莉在衣服上轻轻擦拭手上的汗，低声说道，“他们需要把数量多到惊人的装置全部发射到木星周围……而且，需要将木星的芯点燃。”

“很久以前……当我还是个十几岁的孩子时……”伯纳德博士说着，将目光投向远方，“我曾在学校的信息中心看到过人类第一次登上月球时的影像……那项工程好像是这样的……虽然很夸张，也很幼稚，但在当时绝对是让人难以想象的巨大工程，有数万人参与其中。第一次用危险且看起来粗笨的化学火箭将我们的同伴送到地球外，围绕月球飞行，然后将宇航员送到月球表面，再接上他们返回地球。之后返回舱进入大气层，然后从大海上将返回舱捞起来，全程都充满了紧张、等待和无比的焦虑。”

“是啊……”米莉点头道，“不过，那时候发射的火箭质量只有2700吨左右。现在，英二他们要发射的火箭……是当初那个火箭的10亿倍甚至10万亿倍重……相当于地球质量的320倍。”

“就这样吧。”卡洛斯的目光在面前的控制台显示屏和正前方的大屏幕之间来回移动，然后叹了一口气说道，“只能这样了——我也只能做到这一步了……接下来就听天由命了。”

在JN系统指挥中心正面悬挂着的多视图显示屏的正中央，正好是木星内部状态的三维彩色透视图。

木星是太阳系中最大的行星，其赤道直径超过14万千米，是地球直径的11倍多。此刻，在其磁赤道表面的卫星轨道上有多达60多个巨型多粒子加速器群在运行，此外在其子午线方向的极轨道上也有20多个加速器在运行。它们通过控制单元发出的传感器光束……特别是穿透性极强的中微子束，正在像X射线一样不停地对木星进行扫描。

中微子的质量接近零，它是所有基本粒子中相互作用最弱的粒子，甚至可以轻松穿透达到天体规模的巨大质量而几乎不与周围环境产生反应。不过，即使在这些粒子中也存在一小部分质量很小的E-中微子。E-中微子被发现后，基本粒子工程学的舞台也从地球环境转移到了宇宙中，由此开启了中微子工程学和超基本粒子工程学的新纪元。而且……

此前的“木星太阳化计划”汇集起来的全部成果，以及太阳系开发组织两年总预算的近1/3都被集中使用在了“木星新星化计划”上。“木星新星化计划”，是指将能量以接近光速的速度运送到某个地方，在这个过程中能量几乎不会损失，然后它将以最有效的方式被转化为一种能引发连锁反应的形式……位于赤道面相对两侧、横跨木星主体的一对加速器，通过木星核，与伴随的超元素粒子交换中微子束，从而制造出位相彼此相同的光束。然后，这些光束在几十对加速器之间来回传递，一边转化为中微子高能光束，另一边则转化为反中微子高能光束，并以位于木星中心、温度高达400万摄氏度、压力达到1亿个大气压的木星核为焦点，使木星中心的温度和压力瞬间上升到引发新星反应的程度，从而导致爆炸。

这个计划中最难实现的部分是通过调整伴随的超粒子的种类和中微子的能量水平，使新星反应变得不均匀，从而使气流从木星的南极方向喷射而出，促使木星本体加速向黑洞方向移动；同时，根据后续反应的方式，使木星爆炸时产生的质量和能量能以最有效的碰撞角度和最佳时机冲向快速旋转的黑洞。时间上的些许偏差，或是反应进行的位相上的少许偏差都会使预测效果立刻增减20%或30%。而且，等X点进入太阳系后，由于与太阳或木星之间的重力的相互作用，也将产生意想不到的微妙变化。另一方面，计划本身也存在无数未知因素，属于“一锤子买卖”，绝不可能再进行第二次。

此刻，在指挥中心正面中央的大屏幕上显示的正是木星的透视图，位于木星最中心的是一个处于超高温和超高压状态的固体金属氢核，紧紧围绕着这个“金属氢核”的则是一个由液态金属氢形成的地幔。这是一个由液态氢、液态氦和液态锂组成的“海洋”，在更外面则是一个由冰、氨、氰化物、硫化氢铵、氦、氢等形成的不停旋转的大气层。因为温度、压力、电荷、磁力和电流等的不同，木星的大气呈现出绚丽的色彩，并不断发生微妙的变化。

围绕木星的巨大系统早在50多个小时以前就已进入启动状态，在逐渐接近引爆时间的过程中，每时每刻都在增加流经其中的能量水平。

流经木星周围的钠环，然后又从极点流向木卫一和集电卫星通量管的高达几兆安培的电流，以及在木星大气层和大气层下面的液态氢、固态金属氢核中产生的相当于前者数10亿倍的巨大电流，会持续成为一种稳定的能量来源。位于木星中心位置的木星核，有时会被作为聚透镜，有时又会被作为反射镜，从而使得粒子束可以不停地做来回往复运动，并在这一过程中不断提升它们的能量水平……现在，每个加速器的功率都即将达到数亿太瓦（1太瓦=1兆瓦）。

“你搞定了吗？”英二向卡洛斯问道，“距离引爆木星的时间只剩下6个小时了……距离全员撤离也只剩下1个小时左右了。”

“好了！应该不会有问题了吧。”卡洛斯遗憾地重重地拍了下控制台后说道。

“虽然依然不太满意……但现在也只能这样了。”

“开始最后一步锁定！”英二激动地冲着话筒喊道，“锁定结束后，所有人员立即开始撤离！请大家加快速度！通知‘闪电鸟’船队，我们已完成任务，马上撤离！”

“该死的……我没想到黑洞竟会如此迅速地对木星核产生这么强烈的影响。”卡洛斯摇着头站起来说道。

“仔细想想，这很自然，因为木星的重心就在木星核。”

“密涅瓦基地的全体人员，这里是‘闪电鸟1号’，我是达尔格伦上校，”扬声器里响起了一个声音，“我们已经做好了接走你们所有人，并在预定时间内完成紧急撤离的全部准备工作。请大家快点过来，就像你们要登上一艘大船一样。”

“大船？”突然，卡洛斯的神色一变，他猛地抓住了英二的胳膊，“对了！我忘了去检查巴尔巴的Mahyna60了！”

8. Mahyna60

“给我15分钟的时间……不，10分钟就行！”卡洛斯扑向控制台，冲英二喊道，“稍等一下，我马上就好。斯瓦米·巴尔巴曾就黑洞对木星的摄动所带来的影响进行过假想计算，其中很可能有更好的解决方案。让我检查一下。”

“可是，现在我们已经无能为力了。”英二撩起垂到额前的头发，低声说道，“最后一步已经锁定。现在绝不可能再解锁。”

“没关系的，我来想办法。”卡洛斯将密码Mahyna60输入并发送到智能电脑，然后说道。在显示屏上很快就出现了一个文件代码，紧接着又开始出现各种算式和图表。卡洛斯将最后检查的速度提高到了原来的3倍。

“这件事和大家没关系，你们完成最后的操作后就请依次从各自岗位上撤离！”英二对着麦克风喊道，“现在距离引爆木星还剩不足6个小时。距离我们最后的撤离时间仅剩1个小时不到。请所有人员立即撤离！”

在看起来很空旷的指挥中心内，完成自己手头工作的基地人员一个接一个地从控制台前站起，然后疾步离开。

在指挥中心正面的多视图显示屏的右侧区域有一个彩色的方框图，其中的大部分方块目前都是红色，只有不到10个显示为橙色。每当有一个人从控制台前站起身，就会有一个橙色方块立马变为红色……最终，当“BBJ计划”的最后一步被完全锁定后，所有的红色方块又会全部变为绿色。

当指挥中心内红组的2/3成员离开后不久，地面上就传来一阵轻微的震动，原来是第一艘联络艇已经从D甲板起飞。在显示屏的左侧，可以看到D甲板上一共停放着12艘联络艇，其中的一艘正闪烁着白色的光芒，并很快从画面中消失。

“最后一组……请从L班基地撤离……”广播声再度响起。

“马上就好……”卡洛斯紧张得满头大汗，喘着粗气喃喃道，“马上就好，再给我一点点时间。”

“最后一组……已开始从密涅瓦基地撤离。”“闪电鸟1号”的驾驶舱内，通信员回过头来向达尔格伦上校汇报道，“1艘联络艇正在向船队靠近……还有2艘联络艇也已从基地起飞，正在向我们飞来。”

“这里是联络艇红5……”一个嘈杂的声音从驾驶舱的扬声器中传来，“我们正在靠近‘闪电鸟’船队……现在正在通过RE点……飞行路线608A…032Y…124Q……速度09……请求‘闪电鸟’船队调度指示。”

“红5，这里是‘闪电鸟’船队调度中心……”调度员对着话筒说道，“路线确认……在RV点请进行速度和路线的变更……请将导航光束传感器设置为0109。一旦进入绿色螺旋跑道，请以速度07待机！飞船入舱‘闪电鸟8号’。完毕。”

“红5明白。”对方回复道。

“好的，来吧。”达尔格伦上校用尽全身力气紧紧抓住座位上的扶手，然后说道，“居然会坚持到最后一刻——还剩下56分钟。”

“这里是‘闪电鸟8号’……刚刚红5已完成登机！”扩音器里传来另一个声音，“现在红7正在靠近……一旦登机完毕，马上就可以起飞。”

“依次逃离这里！”上校对着话筒大声喊道，“你不需要再向我们申请出发许可。一旦乘客登机完毕，你们就可以自行出发。”

“4艘……”丹躲在G甲板上的小型货物艇后面说道，他一直在默默地数着联络艇起飞时通过地板传来的冲击声。“5艘……6艘……”

“一共有12艘联络艇……”安妮塔在黑暗中向玛丽亚说道，“其中有一半……已经成功起飞了。”

“花了这么长时间……”舒尔嘀咕道，“距离全部撤离还剩下52分钟……不知我们是否还有时间控制卫星并关闭设备。”

“我们并不了解控制卫星里面的具体情况，可能有点棘手。”玛丽亚说道。

“最后一步……已经进入锁定状态！”火星卫星轨道上的OPDO-AX指挥中心内有人大声喊道，“现在，密涅瓦基地的最后一批人员已经开始撤离。撤离将从……引爆木星前6小时06分开始。”

“哼！”韦伯低哼一声，“真是混蛋！——尽让人担心。”

“一旦撤离开始，最后的‘闪电鸟’船队肯定能在30分钟内全部出发。”米莉安慰道，“不过，估计需要使用好几分钟的7G加速度，时间仍然比较紧张。”

“终于……”在总统办公室内，一位助手低声说道，“在大概50分钟前，定时装置终于被设定好了。”

“什么时候事态才会明朗？……还有几个小时？”总统小声咳嗽着问道，“啊……对不起……能给我一杯水吗？”

“50分钟后，木星的中心位置将达到临界状态。但是……正如你看到的，这是一个巨大的星球，我们已经对反应的进度进行了精准控制，使爆炸能量尽可能多地击中黑洞，而不至于扩散……完全进入爆炸状态需要5

个小时……此后的3个小时，爆炸则会导致木星中的很大一部分质量，以及粒子和光束流产生的能量击中经过木星北极方向的X点……究竟能否成功，还要再过一段时间才能知道。”

“所以要想知道结果究竟如何，我们还需要再等上9个多小时。”总统把水杯递给妻子，歪了歪头说道，“在这之前要不要稍微休息一会儿？——舒克洛夫斯基……要不要喝一杯睡前酒？”

“好啊……”副总统回答道，“你想喝点什么呢？”

“来点格洛格酒①吧……或者热白兰地，蛋奶酒②也行。”总统轻咳了一声，微微笑道，“我得了感冒……如果我不行了，就把这个可恶的流感病毒也一起带走，一想到这里，心情就好了不少。”

“已经到时间了吗？”

在佛罗里达半岛西海岸的朱庇特海滩上，朱庇特教团的几名年轻男女正躺在树影婆娑的椰子树下观看着3D电视里的节目。这时，一个浑身晒得通红、只穿一条内裤的年轻人从他们身后走了过来，大声喊道：“还要再等8个小时左右——不过，从木星附近到地球，以光的速度也需要花费四五十分钟，所以要9个小时之后……也就是明天凌晨，才能知道最后的结果。”

“木星一旦爆炸，即使在白天也能看得很清楚。”一名半裸的女孩轻轻拂去身上的沙子说道，“可是，我听说安妮塔他们好像已经出发去阻止引爆木星了，这是真的吗？你认为他们能够成功吗？”

“怎么可能！”一个戴着墨镜的少年模样的人说道，“那个……那个安妮塔不过是虚张声势！”

“你居然这么想？——那我们打个赌吧。”

“嘘！”年长的女人伸出手，在半裸女孩的大腿上啪地拍了一巴掌。

“别再提这件事了……彼得就在那里。”

在距离这里约50米的海滩上，彼得正拎着他的吉他在散步。他似乎是要前往海豚朱庇特的墓前，但却突然停了下来，目不转睛地凝视着那一轮

① 格洛格酒：用朗姆酒兑水制成的鸡尾酒。——译注

② 蛋奶酒：用烈酒和蛋、牛奶搅拌而成的饮品。——译注

渐渐沉入墨西哥湾的红色夕阳。随后彼得迎着海浪坐下来，抬头望着暮色渐浓的天空，轻轻地拨动起了吉他，很快他又停止了弹奏，而是用悲伤的眼神久久地凝视着从海天相接处慢慢落下的夕阳……

“亲爱的……”一个头发半白的妇人冲着屋顶上喊道，“吃饭了。”

一阵含糊不清的声音从屋顶上传来，紧接着，一位白发苍苍的老人从屋顶上下来，然后拉出放在院子里的餐椅。

“哦——是毛豆啊。”老人看了看桌上的菜，诧异地说道。

“可惜啤酒没有冰镇过。”妇人微笑着将鲜啤酒桶里的啤酒倒进冰镇过的啤酒杯里，“这是今天早上住在长畑的时男先生带过来的。”

“那可太感谢他了。”老人用手帕擦着手说道，“嗯——孙儿们看来是要迟到了？”

“他们要先去饭店吃完饭再过来……应该得晚上8点多才能过来吗？”

“希望大家8点钟都能躲进避难所。”老人掰了一块火腿扔给脚边的京巴，说道，“我不确定木星爆炸时产生的能量究竟有多大，其中又有多少能量会穿透地球大气层到达地面……但我的一位学者朋友说，最好还是不要待在外面。”

“那个……木星爆炸后还需要几个小时才会撞上黑洞？”

“好像还需要三四个小时吧。”老人伸手去拿鲜嫩的毛豆，“不过，要是进展不顺利……”

“那之后还需要多久？”

“不知道。我听说要是按照现在的速度，只需要四五天，黑洞就会撞向太阳。”

“有这么快吗？”妇人睁大了双眼，“如果是这样，那我们还不如找个地方去旅行。”

“哦，不……可能没法去太远的地方旅行了。如果黑洞靠近，在它撞上太阳之前，估计已经发生了很多事情……可能我们顶多只有两天的空闲时间。”

“看来，还是待在这里比较好。”妇人松了一口气，望着高冈下那片绿色掩映下的美丽住宅区说道，“不过，怎么说呢？都要发生这种事了，今年却不见有什么异常，而是特别平静，气候宜人。”

“是啊……”老人把勺子伸向盆里的凉拌豆腐，扫了一眼夜幕下的大海，“可是，今年的菊花……估计没法再看到了。”

“你疯了！”英二不由得大声喊道，“事到如今……你还要做这种蠢事。”

“还有47分钟……”卡洛斯两眼放光，张开双手，用嘶哑的声音说道，“你看！和我们约定好的一样，11分钟就给出了答案，对吗？巴尔巴那家伙真是个天才。他早就预料到了这种情况。现在开始还来得及，按照那家伙的想法，只要稍微……稍微调一下就行了。只需要改变可变电路的程序……”

“可是，接下来……”英二感到头部血压正在飙升，他看向指挥中心内的显示屏，以及快步离开的红组的最后几名成员，“接下来去控制卫星……”

“从这里出发到控制卫星需要12分钟，进入卫星内部需要再花5分钟，重新设置大概需要25分钟……不，只要22分钟应该就足够了，总共需要39分钟。现在距离飞船最后起飞，还有30分钟。”卡洛斯炽热的眼眶里突然间泛起了泪花，紧接着眼泪从眼眶里喷涌而出，“让我去吧，主任……如果有什么事，我一个人也可以应付。你们按计划撤离，我一个人留下来就行。拜托，让我去吧……我……我不是说过要亲手……把木星击飞吗？不仅如此……我……我不会让木星这颗如此巨大的行星……死得毫无价值。为了不让它的爆炸毫无意义……哪怕是微不足道的事，我也想亲手去做。”

“距离全体撤离还剩45分钟……”智能电脑的广播声响起，听起来仿佛是从某个非常遥远的地方传来的。

“除了你和我，还需要几个人？”英二感觉自己的脑袋像被火烤着一样烫得要命，但他环顾一圈后还是这样说道。

“三个人……不，两个人就可以。”

“维托里奥！……铃木！……”英二冲着正要离开控制台的两个人喊道，“事态紧急。不好意思，请你们和我与卡洛斯一起去趟控制卫星！如果联络艇无法使用，就准备一艘速度比较快的其他飞船！”

“对不起，主任……”卡洛斯用双手撑在地上，泪水从脸颊上啪嗒啪嗒地不断滴落到膝盖上，“谢谢……”

“‘闪电鸟’！这里是密涅瓦基地，我是本田主任，请求紧急联络……”英二拿起麦克风大声喊道，“我们将不得不进行最后一次调整，我们有四个人需要马上去趟控制卫星。预计结束时间为从现在起39分钟后……希望能尽量延后最后一艘撤离飞船的出发时间。可以听到吗？”

“这里是‘闪电鸟’……收到……”对方回复道，“我们将把指挥飞船‘闪电鸟1号’的起飞时间延后30分钟，设为引爆前4小时30分。这是我们能够延迟起飞的最后极限。请务必加快速度，完毕。”

通往G甲板的门突然被打开了，紧接着冲进来两个气喘吁吁的男人。安妮塔他们四人被吓了一跳，赶紧躲进小型货物艇的货舱内。货舱里放眼望去空空如也，只有停泊在最里面的一艘小型救生艇。

冲进来的两个人并没有靠近货物艇，而是打开了旁边一艘小型联络艇的座舱罩。其中一人迅速钻进了驾驶舱。

“现在可以起飞吗？”另一个人喊道。

“啊……不，不可以！燃料连1/3都不到。”驾驶舱内的男人咋舌道，“如果是四个人，单程也够呛。”

“检查一下我们的货物艇吧，维托里奥！”一个男人的声音和脚步声随即响了起来，“速度先不说，但它的续航能力肯定没问题。”

随着砰的一声巨响，货物艇的驾驶舱门被打开了。一个东方人模样的中年男子跳了进来，急匆匆地打开了灯，然后打开了开关。

“铃木，怎么样？”外面传来询问的声音。

“没问题！这里的燃料甚至足够支撑我们飞往木卫一并再次飞回来！”接着驾驶舱内的男人又对着麦克风说道，“主任……马上就要出发了，请赶紧登船！”

“维托里奥！……帮我把卡洛斯弄进去！”这时，外面传来另一个声音。

“发动引擎，铃木！”

听到这个声音，躲在黑暗中的玛丽亚顿时被吓了一跳。

“出大事了……”丹紧贴在货舱门旁边，把激光枪举到肩头，用颤抖的声音低声说道，“如果我们被发现的话……”

“不会有事的……如果真被发现，就把他们踹出去，然后劫机。”安妮塔在救生艇后小声说道，“如果一切顺利，他们会带我们去的，不要多生是非。”

“没时间放掉甲板上的空气了。”门外传来英二的声音。

"就这样紧急起飞吧。"

"轻型货物艇LC202，即将从G甲板紧急起飞。"货舱后面，在轰鸣的引擎声中夹杂着飞行员的声音，"联络艇，请清除G甲板前方。"

嘭！货舱中传来一阵猛烈的冲击声，丹瞬间被抛向了后面的墙壁。

穿过迸裂开来的气闸门，在风压和巨大助推器的喷射下，LC202像子弹一样冲向了外面的太空。

9. 控制卫星

"提速怎么这么慢？"英二坐在小型货运飞船的驾驶舱里，盯着仪表盘，焦躁地说道，"引擎的输出功率是正常的……维托里奥，请帮我看一下货舱，是不是堆了什么多余的东西？"

维托里奥默默地从座位上站起身来。

在飞船的后部货舱，因为担心舱门被再度打开，安妮塔一行四人赶忙躲到了逃生用救生艇的后面，紧紧拿着激光枪并屏住了呼吸。

维托里奥没有走进货舱，而是从入口大致扫了几眼就又关上了门。

"货舱是空的，"回到驾驶舱后，维托里奥报告道，"里面除了紧急逃生用的救生艇，什么都没有。"

"难道是那艘救生艇上有什么东西？"英二沉思道，"用加速度计看了一下，好像重了将近200千克。"

"飞船马上要开始减速了。"副驾驶席上的铃木说道，"我们比预定时间晚了1分钟左右。"

"船队全员请注意！除了本田小组的四名成员，红组全部人员均已登船完毕。"指挥舰"闪电鸟1号"的驾驶舱内有声音汇报道，"'闪电鸟6号''闪电鸟9号''闪电鸟10号'即将出发。"

"知道了。""闪电鸟"船队副司令对着麦克风回答道，"'闪电鸟1号'的出发时间将延后30分钟，好迎接本田小组登船。祝你们好运。"

"本田小组，现在已经抵达控制卫星……"通信员回过头来汇报道。

"距离最后的登船时间还有27分钟……他们比原计划晚了1分钟。"

“一定要抓紧时间。”达尔格伦上校用攥紧的拳头击打着手掌，喃喃自语道，“都到这时候了，我真搞不懂他们还想要干什么……无论如何都要抓紧时间啊。”

“‘闪电鸟6号’……还有30秒出发。”

最后一组从密涅瓦基地撤离的红组成员，被固定在一个犹如巨型气球的颇为奇怪的缓冲座椅上。这时他们的耳畔里传来一个微弱的广播声：“再次提醒诸位，加速会有点猛烈。请深呼吸并全身放松……15秒……10秒……7、6、5……”

当数到0时，“闪电鸟6号”的4个巨大的核聚变超级助推器同时发出一阵炫目的紫白色光芒。紧接着，“闪电鸟8号”“闪电鸟10号”相继出发……在表面环绕有红色、橙色和白色条纹的巨大木星旁，3艘飞船就像小型超新星爆炸一样闪耀着恐怖的光芒，犹如利箭一般向着太阳急射而去。由于7G的巨大加速度，飞船内的红组成员和船员都深深陷入了那个气球模样的缓冲垫里，没有声音，甚至没法喘气。在突然增加到7倍的重力下，他们几乎失去了知觉。好在这无比漫长的40秒终于还是过去了。

“中央控制室……”卡洛斯喘着气说道，“快点！我们已经浪费了1分40秒。”

当铃木打开控制卫星的紧急出口甲板，把货运飞船停进去的时候，铃木因为过于着急，一不小心把锁定密码弄错了，导致他们比预定时间又晚了几十秒。英二几人推着坐在轮椅上的卡洛斯，在通道上气喘吁吁地跑着。

控制卫星整体呈棱镜形状，长为160米，边长则为42米。它的3个面像以前被称为时钟卫星时一样，依然闪烁着巨大的数字，提醒着距离爆炸所剩的时间。中央控制室则位于这个棱镜的中心，是一间棱形的房间，边长为20米，整体长度则为25米。在这间房间里面安装有英二专门从佛罗里达州坦帕市带过来的那台超粒子流精密控制装置。

在无人控制室内，到处都闪耀着蓝色或绿色的光。通过墙壁上一排排泛着淡光的显示屏可以知道，目前所有的操控装置都已自动朝着爆炸时间启动。

“好了，开始吧。”卡洛斯把轮椅停在控制室中央的主控制台前，把钥匙插了进去，然后掀开看起来很坚固的塑料罩，“帮我看下时间，主任……铃木！做好程序K6273λ和M4730ϕ的修正准备……劳烦主任您……帮我把电脑A4和G6的内容备份一下。维托里奥……你去一趟电路控制室，先关掉电路226A和电路蓝8……然后等我给你发信号，你一收到信号就立刻再打开。”

在控制卫星内部通往应急甲板的门被缓缓推开了，一个放下头盔面罩的人缓缓探进头来。他看了一下通道左右，然后向后方挥了挥手。

“这帮人究竟在干什么？”丹用含混不清的声音问道，“他们去了哪里？控制中心在哪里？”

“嘘！……我们先观察一下情况。”安妮塔神经质地挥舞手臂说道，“我们的炸药数量很少，而且这里的整个装置肯定有双重甚至三重补偿电路，所以我们必须确保能够有效地摧毁控制中心。”

“接下来，你准备怎么做？等他们离开后再行动，还是想办法从这里逃出去？”舒尔不无担心地问道，“或者是，干掉他们……”

“你待在这里，看好这艘飞船就行，舒尔。”安妮塔斩钉截铁地说道。

“等他们要离开的时候，就拦住他们，确保我们能够离开。剩下的两个人，跟我走……我倒要看看这帮人究竟在哪里，以及想要干什么。现在他们要去的地方，肯定是控制中心。”

“从电路上看，这里应该就是控制中心。”玛丽亚将带有传感器的小型电脑贴在墙上小声说道，“在那个拐角处右转。”

“如果过了20分钟，还没有收到我们的消息，你就过来看看情况。”安妮塔回过头对正往门后躲的舒尔说道，“通话会在20分钟后终止。”

“已经过去了15分钟。”这时，从连接中央控制室的通信器里传来“闪电鸟1号”副司令的声音，“距离红组最后撤离的时间仅剩6分钟……本田小组，你们在听吗？”

“吵死了！”卡洛斯满头大汗地小声咒骂道，“主任！……程序W2366ω四倍检查……结束后，输入代码4778……还有，铃木……内存239准备。”

基于斯瓦米·巴尔巴设想的Mahyna60的新修正程序，已经被植入控制卫星的中枢智能电脑。剩下的就是等待它与庞大的程序逐步磨合了。但是，不管怎样，这是一种极其微妙的类似脑外科手术的高超技艺，能在这么短的时间内完成任务的，可能除了从一开始就参与设计JN系统的卡洛斯，再也找不出第二个人了。因此，英二等人也只能按照卡洛斯说的在一旁协助。

“这里是‘闪电鸟1号’……已经过去了16分钟……”扬声器再次响起，“本田小组……请报告你们的情况。”

“‘闪电鸟’船队已经成功将红组人员全部接到了飞船上。现在距离引爆时间还剩5小时10分……”“X计划”指挥中心内，通信员回过头来对韦伯说道，“船队已全部起飞。”

“稍等一下……”另一个通信员突然捂着耳机叫道，“还有一架……是指挥飞船‘闪电鸟1号’……现在，以本田主任为首的四个人正在控制卫星对系统进行最后一次微调。‘闪电鸟1号’为了接上这四个人，已将起飞时间推迟了30分钟。”

“什么？”韦伯大吼道，“都到这个时候了……英二那家伙还要干什么……”

“已过去18分钟……距离红组最后撤离时间还剩2分钟……”扬声器里传来一阵咳嗽的声音，“本田小组，请回答……本田主任！请立刻汇报你们的情况。你们在听吗？控制卫星……你们能听见吗？”

“搞定了！”卡洛斯猛然大喊道，“搞定了！全部搞定了！电路控制室，把电路黄4、绿7恢复原状，然后打开全部电路！……铃木……让所有电脑全部返回操作A！返回后立刻进行锁定！”

“‘闪电鸟1号’……这里是控制卫星本田小组……”英二拿起麦克风喊道，“现在已完成全部工作，我们将马上撤离并前往贵船。请做好接收准备……电路控制室，维托里奥！电路接通后请马上前往紧急起飞甲板，准备起飞！我也会马上过去。”

“电路控制室收到。”维托里奥回答道。

舒尔焦急地等待着，还没有到20分钟，他就迫不及待地打开了应急甲板上的门，来到通道上。他一出来，就和走出电路控制室、沿着通道拐向甲板的维托里奥打了个照面。

“什么人！你是谁？”维托里奥不由得大声喊道。舒尔慌忙举起大型激光步枪，并扣动了扳机，可是他却忘记了打开保险。

“主任！有人侵入控制卫星！”一瞬间，维托里奥猛地扑到墙上的通话器前并大声喊道，“是破坏分子。”

这时，舒尔已经打开了枪上的保险，并用激光步枪击中了维托里奥，右胸被击穿的维托里奥顿时发出一声惨叫，倒在了地板上。

“有入侵者？”卡洛斯愕然抬头看向传来维托里奥声音的扬声器，喃喃自语道，“他们究竟是怎么闯进来的？”

“和我们一起进来的！”英二怒气冲冲地说道，“肯定和超重有关！”

来到中央控制室入口处的安妮塔和丹，在得知维托里奥和舒尔发生冲突后，立刻持枪冲了进来。但因为对枪械不够熟悉，再加上过度紧张，所以只是向前方胡乱地发射激光光束，并没有瞄准，但一个连射后激光还是击穿了卡洛斯的肩膀，反射后又击中了铃木的左腿，受伤的铃木瞬间倒在了地上。

“小心！”英二大叫一声，把卡洛斯从轮椅上拽了下来，拖到配电装置后面，自己也钻了进去，同时从腰上取出一把小型激光手枪开始还击。铃木在地板上翻滚着，拔出激光手枪果断地还击。丹的左上臂很快就被激光枪击穿，发出了野兽般的嚎叫声。

这时，中央控制室的中央显示屏上突然闪烁起了赤红色的光芒。

“现在已到红组最后撤离时间……”“闪电鸟1号”的声音传来，“本田小组……请报告你们的情况……你们已经离开控制卫星了吗？”

在应急甲板前的通道上，将维托里奥击倒在地的舒尔因为过度恐惧而陷入了惊慌失措的状态。他远远地望着仰面倒下的维托里奥的头部，一时不知如何是好。“杀人了……我杀人了……”头盔下的舒尔已汗如雨下，不停地喃喃自语道。

舒尔绕过维托里奥的身体，准备前往通道深处，这时，倒在地上的维托里奥突然跳了起来，一把抓住舒尔，然后一个德国式背摔，将他向后甩了出去。舒尔的后脑勺重重地撞在地板上，他皮带上绑着的定时炸弹掉了下来，骨碌碌地滚到了通道边的一个角落里，在灭火器后面停了下来。

曾经获得过火星摔跤冠军的维托里奥，对着舒尔挣扎的身体又是一招狠辣的膝击，然后顺势拾起掉落在一旁的激光步枪，一枪就击毙了舒尔。随后，维托里奥一手端着步枪，一手捂着右胸，靠着墙壁踉踉跄跄地向控制室走去。

在控制室内，铃木的前额很不幸地被丹的激光束击中了。当他倒下时，他的激光手枪也从他的手里掉落，顺着地板滑到了配电装置附近。这时，维托里奥正好踉踉跄跄地走进来，从丹的背后开了一枪，击穿了他的心脏。然而，与此同时，登上控制室墙壁的狭窄通道，并绕到英二他们背后的玛丽亚的激光枪也从正面穿透了维托里奥的喉咙。维托里奥两眼圆睁，双腿一软，向前倒了下去。

在配电装置后面，英二端着激光手枪，盯着从左前方的柱子后面持枪慢慢走过来的安妮塔，整个人都僵住了。此时，他的武器几乎已经耗尽了所有能量。当包含着他最后希望的一束激光掠过安妮塔的肩膀消失后，他知道自己已经再没有任何办法，只能正面迎接离他越来越近的死亡了。

安妮塔的脸在面罩下露出一丝残忍的笑容，她慢慢地将步枪对准了英二的头部。而在身后，站在狭窄过道上的玛丽亚也同样试图将英二的后脑勺放入步枪瞄准镜的视野之中。

"英二！"玛丽亚努力抑制着身体的颤抖，在心中呐喊道，"不行！不能射击……"

玛丽亚闭着眼睛，扣动了扳机。但她下意识地将准星从英二身上移开，对准了对面的安妮塔。当光束从背后射来时，英二闭上了眼睛，向右前方扑了过去，一把抓起从铃木手中滚落的激光手枪，朝安妮塔的方向扣动了扳机。只听啪的一声，一股烧焦的气味传来，原来是一束极光从玛丽亚手中的激光步枪射出，穿透了安妮塔的左胸和右肩，安妮塔惨叫着倒在了地上。

翻滚着倒在地上的英二端着手枪，用难以置信的眼神看着倒在地上的安妮塔。但瞬间他又从地上跳起来，拾起掉在地板上的步枪，对准安妮塔，并摘下了她的头盔。

"你们是来干什么的？"英二摇晃着安妮塔的肩膀，怒吼道，"你们一共有……几个人？"

"混蛋……玛丽……"安妮塔喃喃自语道，"彼得……再见了……"

话音刚落，安妮塔的头便向后仰去。

"他们到底怎么了？"达尔格伦上校坐立不安地盯着驾驶舱上的显示屏，"距离红组最后撤离时间已经过去了6分钟，我们还有最后24分钟。"

“货运飞船从控制卫星上起飞了！”飞行员喊道，“正全速向我们赶来！”

“好！”上校点了点头道，“收容甲板做好准备……随时准备出发。”

“是本田主任的电话……”通信员按着耳机说道，“好像是有人侵入了控制卫星……3名试图进行破坏的特工……在战斗中被全部击毙……我们这边也有两人死亡，工程师卡洛斯重伤。”

“什么？”副司令吃惊地说道，“喂！让急救小组待命！……设备有事吗？”

“设备平安无事……”英二一边操控着货运飞船，一边说道，“可是，保安部究竟在干什么？居然让3名破坏分子潜伏在里面！明明已经发现超重了近200千克，为什么没有进一步检查？”

说到这里，英二突然停住了。两男一女，身体的重量似乎对不上，他想起安妮塔临死前说的那句话：“可恶……玛丽……”

“卡洛斯……是不是很难受？马上就要到了。”英二回头询问身旁的卡洛斯，解开安全带，“听好了……接下来，我要再次乘坐救生艇返回控制卫星……没关系，路线我已经设定为自动驾驶。接下来，‘闪电鸟1号’应该会处理好的……卡洛斯，保重！”

10. 来自木星的信息

“货运飞船正在向我们靠近！”“闪电鸟1号”上的领航员大声喊道，“飞船貌似开启了自动驾驶模式……它正在给我们发送信号，请求对其进行回收控制。”

“怎么回事？难道本田主任也受了伤？”副司令嘀咕着拿起了麦克风，“回收班，急救班，请马上前往C甲板！引擎室……待货运飞船上的船员被送到病房后立刻出发。绝不可以超过红组最后撤离时间30分钟以上，明白了吗？”

控制卫星中央控制室的舷梯上，失去知觉的玛丽亚静静地躺在地上。她没想到自己会对英二开枪，这给她的冲击实在太大了，不过等她的意识慢慢恢复后，她才想起来自己射杀的不是英二，而是安妮塔。玛丽亚捡起地上的激光步枪，从舷梯上向下望去，只见控制室的地板上横七竖八地躺着4具尸体。玛丽亚迈着沉重的步伐缓缓走下舷梯，跪倒在安妮塔的尸体旁，将她的双手轻轻地交叠在胸前。

“对不起，安妮塔……”玛丽亚喃喃地说道，“不过，你放心，剩下的事就交给我好了。”

玛丽亚将丹、铃木和维托里奥的尸体也仰面放好，让他们的双手也交叉置于胸前。为了慎重起见，玛丽亚还特意去紧急甲板看了看，再次确认英二不在，货运飞船也已离开。回来的时候，她顺道摆放好了舒尔的尸体，让他的双手交叉叠放在胸前。现在，在这个长达160米、安装着密密麻麻各种设备的巨人的控制卫星上，只剩下她一个活人了，她已经没有办法再从这里离开了。想到这里，玛丽亚的心底不由得升起一股孤寂之感。她将带定时装置的小型炸弹从安妮塔和丹的皮带上取了下来，加上她自己携带的，现在她一共拥有6枚炸弹。她环顾控制室，将炸弹依次安装在了她认为的关键部位。

“C甲板……货运飞船已经收容完毕……”“闪电鸟1号”的驾驶舱里响起一个气喘吁吁的声音，“我们已经对受伤人员进行了急救，并安置在了病房的抗重力病床上。接下来……”

“很好——”达尔格伦上校将身体缩进抗重力座椅里，长长地舒了一口气，“立刻出发。”

驾驶员立刻将手伸向控制台，在火箭助推器喷火前的30秒，蜂鸣器在飞船内反复地回响着。

“指挥中心！这里是回收班！”这时，扬声器里传来一阵异常慌乱的叫喊声，“我们在货运飞船内只找到了阿尔瓦雷斯工程师，并没有发现本田主任的身影！再重复一遍……”

“知道了，回收班的所有人请立刻坐到旁边的抗重力座椅里去！”副司令大吼道，“现在距离点火仅剩20秒！事到如今我们也没有其他办法了。不想被挤扁的话，就赶快坐到座椅里去！”

当英二进入货运飞船的货舱，乘坐单人救生艇，再次接近控制卫星的紧急出口时，正好从舱罩的斜后上方看到了一抹令人目眩的闪光。英二明白，留在木星附近的最后一艘紧急撤离飞船“闪电鸟1号”也已经离开了。

他已经不可能再离开这里了，他将被永远地留在5个小时后即将发生爆炸的这颗巨大的行星旁边……

从应急甲板进入控制卫星内部后，英二注意到倒在前方通道上的舒尔的尸体变了姿势，双手交叠放在了胸前。英二不禁皱起了眉头。他环顾四周，迅速冲入卫星内部的监控室，依次打开了各个房间内的监控视频开关。刚打开几个监控视频的开关，他就在视频中发现了一个戴头盔的人正在往中央控制室里安装炸弹。英二对控制室的摄像机进行反复切换和变焦后，拿起从救生艇里带来的激光手枪，冲出了监控室。

潜入中央控制室后，英二躲在暗处慢慢靠近了维托里奥的尸体，然后拿起被扔在旁边的激光步枪，检查残余能量并重新调整了输出功率，偷偷靠近前方那个人影的背后。

“好了，到此为止吧。”英二举起枪口，压低声音说道，“马上放下武器，举起双手！”

此时，玛丽亚正在打开远程控制器，以便启动爆炸定时装置。听到背后有人说话，她猛地一惊，急忙用一只手取下激光步枪的保险，缓缓做出要放到地板上的样子。但是，突然间，她把枪贴着地板向后一扔，身体则扑向另一侧，随即从腰间拔出一把激光手枪，向英二射击。在地板上滑动的激光枪也走火了，苍白色的光束在房间内四处乱射。玛丽亚的手枪发射出的光束紧贴着英二的侧腹掠过，英二则沉着地朝玛丽亚侧翻出去的身体连开了两枪。

光束穿入玛丽亚的右胸并切开了她的右肩，接着又从头盔的颈部一直延伸到她的左额。只听啪的一声，玛丽亚头盔上的面罩裂开了。

英二小心翼翼地拿着武器走了过去，用枪口挑下了头盔。激光手枪发射的光束不仅烧坏了头盔，也烧焦了玛丽亚左脸颊上的人造皮肤，使之翻卷起来。英二伸手将那张残破的人造皮肤面具一把扯了下来。

“玛丽亚！”当英二看清面具下的那张脸时，惊愕得几乎发不出声音，他颓然跪倒在玛丽亚身边，“果然……是你啊！”

“啊……英二……你没事……太好了……”玛丽亚苍白的脸上满是密密麻麻的汗珠，她大口喘息着，淡淡地笑道，“终于……见面了……我们！”

“获救的只有卡洛斯一人？”位于OPDO-AX上的“X计划”指挥中心

内，韦伯气得须发倒立，大声怒喝道，“居然有破坏分子潜入？一定是沙德里克那家伙搞的鬼……英二现在还在控制卫星上？JN系统有没有遭到破坏，是否还在运行？”

“非常遗憾……最后从木星附近起航的‘闪电鸟1号’，现在还处于6G加速度中，无法进行通信。”通信主任说道，“但是，通过遥测仪来看，整个JN系统目前运行正常……此外，因受到黑洞逐渐靠近的影响，此前一度有些异常的木星和部分处于混乱状态的系统，现在也逐渐趋于稳定。”

“你安装的炸弹全部在这里吗？”英二从振荡器后面取下最后一枚被涂成绿色的炸弹，问道，“一共有6枚？”

“嗯……”玛丽亚横躺在桌子上，双眼紧闭，表情痛苦地点了点头。

“啊……我觉得舒尔身上应该也有炸弹。”

“定时装置……那个遥控装置一旦被启动，就再也无法停下来了，对吗？”

“是的……”玛丽亚点点头道，“刚才……我将爆炸时间设定在了30分钟后。”

那现在只剩下十五六分钟了……英二顿时觉得自己的头都要大了。那么……该怎么办才好呢？是把这些炸弹扔到卫星的安全仓库或别的什么地方，让它爆炸，还是……可是，他并不清楚这些炸弹的威力，玛丽亚似乎也不太清楚。应该只有安妮塔一个人知道，可是她已经死了。

“玛丽亚……你没事吧？”英二的脑海里突然闪过一个念头，他盯着躺在桌子上的玛丽亚的脸说道，“我需要先去处理这些东西，马上就会回来……然后再帮你清理伤口。”

“你真的还会回来吗？不会一走了之吗？”玛丽亚微微睁开眼睛，悲戚地望向英二，“你不用管我，直接离开就好了。英二……你赶快离开这里……让我……留在这里接受惩罚吧！”

“你在胡说些什么！”英二轻轻地吻了吻玛丽亚因发烧而干裂的嘴唇，鼓励她道，“我马上就会回来。我绝不会把你一个人丢在这里的。”

说完，英二就向出口跑去。在冲向紧急甲板的途中，他先是越过舒尔的尸体，但很快又折回来，从舒尔尸体的皮带上摘下一枚炸弹。虽然这些炸弹不会发出任何声音，但英二知道一旦遥控装置被开启，它们内部的时刻表就会启动，不断接近设置好的爆炸时间。英二将冷冰冰、沉甸甸、扁平且呈绿色的7个“小恶魔”放入了他刚刚乘坐的那艘小型救生艇的座位上，并将救生艇设置为从外部操作即可起航。随后他又将驾驶模式设定为自动驾驶，将前进路线设置为前往木星。英二关上紧急甲板的大门，然后打开操作箱，打开气闸门，按下了发射按钮。很快，地板上传来一阵轻微的冲击感，英二终于长出了一口气，用手背擦了擦脸上的汗水，顺便看了眼时间。

距离爆炸还剩2分40秒……

引擎全开的无人救生艇，2分40秒后绝对可以飞离控制卫星很远吧。应该不会再带来什么危险了……

想到这里，英二悬着的心终于放下了，但同时疲惫感也涌了上来。他久久地靠在墙壁上，长舒了一口气。只是这样一来，他就再无可能逃离这颗卫星了，不知卡洛斯是否已经平安被“闪电鸟1号”救下。当他拖着铅一般沉重的身体，想着必须回去给留在中央控制室的玛丽亚处理伤口时，那枚从舒尔皮带上掉落下来、滚落在灭火器后面的炸弹却在他的背后突然爆炸了。英二的身体在过道上被抛出四五米远，狠狠地撞在了墙壁和地板上。

“英二！”中央控制室内，听到爆炸声的玛丽亚强忍着上半身的剧痛，从桌子上滑了下来。她踉踉跄跄地向着硝烟弥漫的入口跑去，大声叫喊着：“英二！你怎么了？你没事吧？”

这时，中央控制室的所有面板都发出了橙色的光芒。距离引爆木星仅剩下4个小时了。终于，引爆木星的系统进入了最后阶段。在木星内部，核聚变反应也已超过了临界点……

“刚刚有消息从木星空域传来……”发言人特别助理看着通信员递过来的便条说道，“发信人是本田英二……‘BBJ计划’的木星现场主任……信息发出地是JN系统的控制卫星。”

“是直接发往总统府的吗？”副总统问道。

“不是……是发给‘X计划’的所有相关人员……当然，也包括作为最高指挥官的总统阁下。”

“读吧。”总统举起手指示意道。

“一共有四名破坏分子侵入控制卫星，其中三名被击毙，一名在卫星内被捕……安装的全部破坏装置都已被成功拆除，并被运离卫星……控制装置一切正常……JN系统运行正常。”

“天啊……”舒克洛夫斯基副总统双手合十，闭上眼睛喃喃道，“没想到在这么紧要的关头……竟然还有破坏分子侵入如此重要的核心区域……幸好，设备在最后关头躲过了袭击……感谢老天护佑。”

“我，本田英二，将和被逮捕的玛丽亚·贝斯哈特一起留在控制卫星内……现在距离引爆木星还剩4小时……木星被点着后……接下来，一切通信估计都将被切断……祝我们的太阳系好运……再见……各位……”

“我的眼睛好像看不见了……”英二转动着脸，用沙哑的声音说道，“帮我看一下，玛丽亚……现在显示屏上的背景是什么颜色？”

“一直都是橙色的，不过现在几乎变为了浅绿色。”玛丽亚气喘吁吁地环视一周后回答道，“其中一部分……即显示屏的上半部分现在变为非常漂亮的紫色。”

“太好了……看来系统到现在为止依然运行正常……”英二闭着眼睛，痛苦地微笑道，“本来，到了这个阶段，这里就不该有人了。因此，即使没有这样的颜色变换也没有问题……但考虑到万一有人必须留在这里……还是提出了这样一个方案……提出这个方案的是一个叫布克的男人，在很早之前他就死了，死于这颗卫星的一次外部事故。他是密涅瓦基地的……我们团队中……一名非常优秀的公关人员……也是一名设计师。”

突然，中央控制室的地板出现了一阵剧烈的晃动，平躺着的英二和玛丽亚的身体开始慢慢滑向墙边。玛丽亚慌忙地想要拉住英二的身体，但失去了重心，重重地撞在了英二的胸部。

“卫星正在偏离原有轨道……”英二被玛丽亚撞得胸口和肩膀生疼，皱着眉头说道。

“木星……现在它的赤道位置已经开始向中间收缩……符合我们之前的预想……很快，这颗卫星……还有周围的加速器群……一切都将向着木星的中心位置坠落……”

被英二搂在怀里的玛丽亚，不禁轻轻地吻向了英二的唇。

“疼吗？”玛丽亚问道。

"不怎么疼……"英二回答道。

他在通道上被定时炸弹爆炸时产生的强烈气流击中，全身有多处骨折、瘀伤，还伴有内出血，但究竟有多严重现在还无法查明。

"你没事吧？你的身体发烫……还出了很多汗……"英二轻轻地抚摸着玛丽亚的脸庞，说道，"房间里……好像也越来越热了……"

卫星停止了自转，两人的身体轻飘飘地从地板上飘起来，又慢慢地落回到了地板上。"好热啊……我可以脱衣服吗？"突然，玛丽亚的眼神一变，仿佛想起了什么，不由得低声说道，"如果可以的话，你也……英二……就像……我们在情人酒店里时那样……"

英二没有回答，而是用没有受伤的左手拉开了胸前的拉链。玛丽亚也坐起来，先是脱掉了自己的衣服，然后又开始帮英二脱衣服。玛丽亚那近乎完美的裸体是那么白皙和迷人，只是从她的胸口到右肩有一道被激光灼伤后形成的丑陋疤痕。玛丽亚反射性地想要遮挡这条醒目的疤痕，随即想到英二已经近乎失明，于是不再顾忌什么，轻轻地将自己的身体向英二贴了过去，并伸出双手紧紧环住了英二的脖子。

"不过……这样也好……最后能和你在一起……"玛丽亚摩挲着英二裸露的皮肤，轻轻地叹了口气道，"安妮塔也死了……本以为我会在这里孤零零地死去。"

"玛丽亚，能帮我打开控制台旁边的信号接收开关吗？"英二轻吻着玛丽亚的胸部说道，"说不定我们可以接收到远方的信息或轻音乐……和情人酒店相比……这里也就不会显得那么孤寂了。"

玛丽亚正准备起身去打开开关时，控制卫星突然再次剧烈地摇晃起来，两个人的身体完全飘浮在了空中。卫星已经彻底脱离了原有轨道，开始自由落体般向木星的中心位置坠落。

"又听到那首歌了……"扬声器里传出卫星和木星大气层摩擦而产生的滋啦滋啦的噪声，其中还伴随有微微起伏的旋律，英二喃喃自语道，"《再见了，朱庇特》……或许是'闪电鸟'船队或是其他什么地方正在播放这首歌吧。"

"不知道写这首歌的彼得现在在干什么。"玛丽亚伸手抓住飘向屋顶的赤身裸体的英二，低声说道，"那只叫朱庇特的海豚……听说已经死了。"

"对……当时我正好在现场……"英二在空中将玛丽亚紧紧搂住，"朱庇特……是为了保护人类而死的。”

在这颗小小的控制卫星上，英二和玛丽亚两个人疯狂而又热烈地紧紧拥抱在一起，全然忘记了身体上的疼痛，尽情地相互索求着。现在，在充斥紫色强光的控制室里，只剩下那首混杂着杂声的“朱庇特之歌”，依然在执拗地倾泻着一个个音符。

再见了，朱庇特……我们的大朋友……

突然，有别于杂声的另一种声音响起，就像是从洞穴底部反射回来的呐喊声。

“那是什么？”英二吃惊地抬起了头，“你有没有听到什么……或者是谁的……声音……”

“不要！抱紧我！不要离开我！”玛丽亚说道，“不要，英二……”

“快听！玛丽亚……”英二喊道，“是木星……是木星在对我们说话！”

11. 掉头

在我们的印象中，木星是一个周身披着红白条纹、南北呈扁平状、赤道附近则鼓胀起来的巨大星球。不过在JN系统正式启动后，木星的形态已经发生了巨大的变化。

在木星中心的木星核中，正在进行人为控制下的核反应。在这个过程中产生了大量质量为零的中性微子，它们不断将木星中心的能量搬往赤道，导致赤道周围的质量迅速向中心凹陷。木星正在逐渐变成一个以自转轴为长轴的橄榄球状物体。

当然，在木星的大气层表面，由甲烷和冰云形成的美丽的红、橙、白三色条纹，也在发生着剧烈的变化。赤道附近的白云几乎已经完全消失，取而代之的则是深红色、蓝色和紫色等色彩对比极为鲜明的彩色云层，在云层的底部隐隐可见暗红色的光芒。在条纹与条纹之间，还可以看到由淡紫色光芒交织而成的巨大电网，在大气层深处正在发生小规模的核聚变反应，因此而产生的爆炸性云雾和闪光从闪电和云雾的底部不断向上涌起，进而绽放出红色和白色的炫目光芒。

尽管发生了如此的巨变，大红斑依然顽强地固守在原来的位置。但是随着赤道附近旋转速度的逐渐加快，它的旋转速度也变得越来越快，面积则越来越小，它的形状在赤道方向被越拉越长。眼看着就要裂成两个小红斑，这时由核聚变反应产生的红热气体和淡紫色光芒却从底部涌了上来，再次将它们连为一体。现在的大红斑与其说是木星一眨一眨的巨大眼睛，不如说是身形正变得愈发瘦削的木星的一张“喘息着的红色嘴巴”。从位于小行星带最前线的无人高倍望远镜基地发送回来的影像可以看到，面对正在向其两极迫近、打算将其一口吞下的黑暗怪兽，木星似乎也张开了它那张巨大的红色嘴巴，借助闪电和云层，向着太阳系，向着整个宇宙，从它的身体深处发出一阵阵凄惨的叫声。

而在大红斑的底部，一个巨大的“幽灵”也在超过音速的暴风雨旋涡的挤压下，发出绝望的呼喊。

这是一艘不知来自何处的外星飞船，长达140千米，曾经多次被飞临木星的大气探测飞船发现，被称为“木星幽灵”。它大概在10万年前就来到了太阳系，却在木星的卫星轨道上，因为遭遇了某种事故而掉入了木星的大气层中，并被卷入了大红斑那直径达4万千米的风暴旋涡之中。它被冲击波一样的巨大风暴不停地抛来抛去，被远超正常电流几亿倍的雷电反复击中，并承受着从木星中心位置喷涌而出的核聚变爆炸所产生的可怕热量和辐射。它那庞大的船体感觉马上就要被折断，整个船身也因为高温而泛起红色的光芒，船身的一端布满电光，而像是船头的另一端仿佛在呼吸一般，发出一阵令人窒息的白光和蓝光。

就在这时，在木星的大气层深处沉睡了将近10万年之久的某个东西，终于在这艘巨大的外星飞船中醒来，并开始发送某种信息。

“木星正在对外发出某种智慧生命信号……”

火星卫星轨道上太空基地OPDO-AX的指挥中心内，木星观测小组的一名成员盯着显示屏，呆呆地小声嘀咕道。

“木星附近的人造卫星和JN系统的装置群已陆续开始坠落，是不是哪里的通信系统发生了故障？”一名通信员回过头来说道，“或许是磁带的声音。”

“不是的，这种信号和我们所知的那种不一样……这是一种非常强烈的……类似语音通信的连续信号……怎么说呢，它使用了一种非常奇妙的音律变化方式……”观测员戴上耳机，不停地切换着显示器屏幕，“电波信号是从木星本体发出来的……观测飞船‘阿耳戈斯号’也捕捉到了这个信息……信号发出的地点……好像在大红斑附近。”

“从大红斑发出来的……智慧生命信号？”伯纳德博士从上面的通道回过头来，吃惊地问道，“喂，你！能不能用最精确的方法帮我把它记录下来？也通知其他基地……”

“明白……”那名观测员再次在控制台前坐好，调出观测网络，“不过，因为木星的自转速度越来越快……信号也不太稳定，不知道能否记录下来……”

“喂！玛丽亚……快听一下！你能听到吗？木星……木星好像正在对我们说着什么……”

控制卫星正朝着木星的赤道方向急速下坠，飘浮在中央控制室中的英二好像在发烧说胡话一般，不停地喊叫着。

“你知道吗？玛丽亚……木星……现在，正在向我们道别……你听到了吗？”

“英二！……英二！……你怎么了？快抓紧我！”玛丽亚拼尽全力想要抓住英二赤裸的身体，但英二挥动双手，发疯似的朝某个方向拼命游去。

“那……一定是从正在不断缩小的木星的哪个地方发出来的电波杂声……对了，它和惠斯勒波产生的哨声一样长、一样响亮……”

“不对！如果是惠斯勒波的声音，我已经听过不止一次了……它绝不可能是惠斯勒波。”

的确，在中央控制室内部回荡着的犹如怒涛拍岸，又或是瀑布倾泻而下的杂声，以及电闪雷鸣般滋啦滋啦的空气摩擦和电流的声响之间，好像还能听到一种类似于巨鲸——抑或是其他不明巨兽发出的咆哮声。这种声音时高时低，时断时续，有时听起来像是从远处传来的海狗的悲鸣，有时又像在倾诉着什么，从低音到高音，形成了一首完整的曲子。

但是，无论怎么听，也还是难以理解其含义。不过，在遭受炸弹气浪的强烈冲击后，衰弱、几乎发狂的英二的脑袋里，或许可以感知到其中包含的某种明确的语言信息。

“对了……玛丽亚……你听……或许你也能明白……木星……正在向

我们道别……”英二在紫色的光中不断左右晃动着脑袋，像是要彻底抓住那个声音，“玛丽亚，你一定也听到了吧？……木星……为了保护太阳系……将变成气体彻底消失……木星说这样很好……但是，生存下来的人们……还需要……横跨太阳系……”

“英二！……停下！……不要到那里去，危险！”

玛丽亚伸出自己受伤的那只手，终于抓住了英二的指尖。正当她将另外一只手也伸过去，想要拉回英二时，那只手却触摸到了一个柔软的带状物。玛丽亚条件反射般地把它缠绕在手上，然后用这个带状物将自己和英二的手腕交叠着牢牢地绑在了一起。

不知是什么东西撞到了控制卫星，它的外壁发出一阵当啷啷的声响，好像有什么东西从上面滚落下去。在已达成全部任务的控制卫星内部，装置群虽然仍在正常运行，但似乎已经开始与木星表面附近那些同样完成使命的加速器、太空基地、被遗弃的飞船及卫星群碎片接连发生碰撞。

“喂，玛丽亚……快听！”英二炯炯发光的双眼望向巨兽咆哮般的声音传来的遥远方向，一只手伸向空中，喊道，“朱庇特……它在跟我们说再见……喂……你听到了吗？……再见了……再见了……朱庇特……”

当刺耳的杂声响起时，扬声器突然沉默了。好像是接收天线被什么东西撞坏了。之后，只剩下电路发出的微弱噪声。

从控制卫星上某个更远的地方又传来了一声撞击声，接着是外壁的碎裂声，以及气体在某个地方簌簌泄漏的声音。在中央控制室内部，到处都闪耀着紫色的光芒，不过有一部分光线正在逐渐变暗。

“玛丽亚……你在哪里？”英二用虚弱的声音说道，他将没被绑住的那只手伸向空中，“我什么也听不见了……什么也看不见了……我不知道你在哪里，我看不到你……”

“我在这里，英二……”玛丽亚强忍住疼痛，拉扯着被绑住的手腕，利用反作用力，从正面紧紧地搂住了英二的身体，说道，“我不会离开你的……”

“好冷……”英二微微哆嗦着，喃喃地说道，“好冷……好暗……我们正在向着黑暗而又寒冷的地方……坠落……”

玛丽亚的眼泪喷涌而出，她的四肢像八爪鱼一样，从正面紧紧地缠绕住英二的身体。她对着英二的唇深深地吻了下去，疯狂舔舐着英二那干裂的嘴唇，可是英二的脸已经变得冰冷，玛丽亚的内心不由得感到一阵刺痛。

英二的四肢和胸口变得和冰块一样寒冷，只有小腹位置还留有一点点温度。这时，刺耳的簌簌声从房间的各个角落陆续传来，气温和气压迅速下降，玛丽亚裸露的后背感到一阵刺骨般的寒冷。

“英二……”玛丽亚把嘴唇贴在英二的耳朵上，在心里小声说道，“亲爱的，你还活着吗？”

英二的心脏已经感觉不到跳动，他的四肢似乎也变得僵硬。控制大厅内的光线开始或明或暗地闪烁起来，不久，亮度缓缓地减弱，一部分红色、橙色、紫色的发光体开始燃烧，随即又几乎全部熄灭，最终完全陷入了一片漆黑之中。

当玛丽亚想要再度搂紧英二的身体时，处于一片黑暗中的两人的身体开始纠缠着翻滚起来。

“你还好吗……英二……只要我一息尚存，我就会始终这样给你温暖。”黑暗中，玛丽亚流着眼泪对已无生命迹象的英二说道，“现在，我们的周围一片黑暗，也非常寒冷……不过我们马上……就要去一个非常温暖而且非常明亮的地方了……然后，变成白色的气体，爆炸……”

“来了……”“X计划”指挥中心内，有人用嘶哑的声音嘟囔道，“来啦……和原计划一模一样……”

木星变成了一颗小型新星，爆发出骇人的白色光芒，变成灼热的气体和粒子。这一爆炸的瞬间，被位于海王星带、火星卫星轨道、月球表面和地球上的数千万双眼睛看到。爆炸所产生的白色光芒出现在了太阳系数以万计的大型显示器屏幕上，这无声的白色光芒把盯着屏幕的所有人的脸都映照成了一片白色。不过这一刻并没有人起身欢呼，每个房间都被异常沉重的沉默充塞。几十秒后，在OPDO-AX的“X计划”指挥中心内，不知是谁轻轻地嘀咕了一句：“我们做到了！”

遥测仪显示，木星的质点已经向北极移动。木星将核聚变产生的巨大气流喷向南极方向的同时，也点燃了自己，并沿着自转轴一边延伸一边崩塌，成为一个气态的巨大火球，携带着巨大的质量和能量向迫近的黑洞急速飞去。不过，要在数个小时之后，人们才能真正知道木星究竟会有多少质量和能量撞上那个急速旋转的黑洞，并被黑洞吸收，以及在多大程度上能改变黑洞撞向太阳的路径。

EX舰队M-48船队由350艘A-1型标准恒星客运飞船和612艘A-2型标准飞船组成。当船队即将进入距离太阳系100亿千米的第一待机空域时，船队司令却突然接到了一份来自地球且标注“紧急”“绝密”字样的邮件。

这个时候，从M-1到M-20的第一批出发的船队已抵达距离太阳500亿千米的第三待机空域，从M-21到M-40的第二批出发的船队也已抵达距离太阳300亿千米的第二待机空域。这两支船队应该也在同样等待着来自地球的最终指令。

当带有密码的信息抵达船队旗舰“塔里赫号”上时，在通信室当值的恰好是上尉级别的通信联络官小奥托·温克尔。看到邮件开头接二连三出现的“U·TS·CC”代码时，他不由得皱起了眉头。因为这个代码代表着“紧急”、“绝密”和“司令官亲启”。

“到底是什么呢？”通信员在接收完加密信息后，从接收器的卡槽中拔出那个塑封的通信卡递给了奥托，不安地问道，“难道是发生了什么特别的事情？”

“谁知道呢。”奥托虽然不知道信息的具体内容，却很清楚这份邮件的性质。他努力做出平静的表情，伸手接过了这张卡片，然后说道：“我马上去一趟司令官那里——他现在应该正好在房间内。”

在专属司令官的单人房间内，汉斯·迪安提督正在观看木星爆炸时的画面。这是由一架安装在M-48船队上的望远镜拍摄到的。即使在100亿千米外的空域，木星爆炸所产生的亮光也还是那么耀眼。不过，爆炸时的景象传输到船队这里时，已经是爆炸9个小时以后的事了。

奥托走了进去，在他简要地汇报完毕之后，这位身材魁梧、有着福建海商血统和北欧维京血统的76岁提督，眼神瞬间变得凝重起来。奥托手中递出的绝密通信卡在轻微颤动着，而正要接过它的汉斯·迪安提督伸出去的手也不由得轻轻颤抖起来。

提督很快就打开了塑料封皮，然后在个人专用办公桌前坐下，开始破译密码。奥托没有被要求离开，所以也只能紧张地站在那里。

终于，提督开口了。“啊，天哪！”提督用颤抖的声音说道，随即掩面哭泣起来。奥托看着哭泣的提督，准备悄悄从门口退出去。

这时，他听到咣当一声，原来是提督居然从椅子上滑了下来，一屁股坐在了地上。奥托被吓了一跳，赶紧停下了脚步。

汉斯·迪安提督从地上爬起来，用单肘撑在办公桌上，另一只手捂着脸，肩膀剧烈地颤抖着，低声呜咽着。奥托顿时明白了一切，他的心情瞬间黯淡下来。奥托转过脸，揉了揉眼睛。他觉得自己的鼻子深处一阵发痒，眼泪似乎马上就要夺眶而出。

“我可以退下吗？”奥托用沙哑的声音问道，“还是现在马上向船队报告？——或者再等一会儿？”

“现在马上——向大家报告……做好准备……”提督小声抽泣着，用含混不清的声音说道，“不——在那之前，必须先向全体船队发出变更航线的指令……让领航长到我这里来一趟。”

奥托一脸困惑地呆立在原地。

“发什么呆，温克尔上尉……”提督终于从办公桌上抬起头来。他那张长着浓密灰色胡子的脸早已被泪水打湿，变得皱巴巴的，但他通红的眼睛和嘴角浮现出灿烂的笑容。“还不去叫领航长吗？——我们需要立刻转向180度……太阳系得救了。X点正在从距离太阳4亿千米的地方逐渐远离……”

10分钟后……

在M-48船队近千艘恒星际飞船上，到处都是欢欣鼓舞的热闹景象，每艘飞船内的系统都出现了一段时间的瘫痪。但当这一切都平息后，各艘飞船又戏剧性地180度掉头，开始变更航线。

所有飞船的显示屏上，都是天体观测专用飞船上的大倍率光电望远镜拍摄到的太阳那安然无恙的样子。根据太阳和船队的位置关系，可以观测到木星爆炸后产生的气体残留，在太阳的前方形成一个细长的、昏暗的带状阴影。

那是为了悼念舍身保护太阳家族的太阳系的“长子”，作为父亲的太阳特意戴上的黑纱……

12. 写给虚无的墓志铭

“全世界的各位同胞……太阳系宇宙空间的各位地球同胞……”

世界联邦总统雅各布·明博士通过3D电视的太阳系网络，用平静的语气开始了演讲。

“从宇宙另一端突然袭来的灾难，一度给我们人类、地球母亲，甚至整个太阳系带来了前所未有的巨大危机。不过得益于我们许多人的智慧、勇气、努力和牺牲，最终我们还是成功地躲过了这一巨大灾难。作为世界联邦总统，我非常高兴地告诉大家，虽然灾难带来的影响在今后或许还会继续存在，但太阳系遭受完全毁灭的危险已经彻底解除……”

由于身体严重衰弱，总统是在医生的看护下在总统办公室发表的演讲，虽然联邦议会照例允许通过3D电视的形式参加会议，但无论是参众两院的议员还是议长，超过70%的人都选择了现场出席。还有数十名议员正和EX舰队一起，从距离太阳数十亿千米的宇宙空间向地球赶来，他们或许还要好几个小时后才能聆听到总统的演讲。

地球及太阳系宇宙空间的近190亿人，大部分都在电视机前认真聆听着总统的演讲。而剩下的那些人中的一大半则没有听总统的演讲，他们已经再次回到了平静的日常生活之中，有的正在忙碌地工作，有的则在悠闲地享受着自己的假期生活。太空机场虽然还处于关闭状态，但地球上的大城市和城镇正在逐渐恢复往日的活力，重新开业的旅行社也因蜂拥而至的旅游申请而忙得不可开交。公园里到处都是小孩子们欢快而又喧闹的声音，小狗跑来跑去，年轻男女们躲在各处的长椅上你侬我侬地说着甜言蜜语，蜜蜂在姹紫嫣红的花丛中忙碌地飞来飞去——而在高高的天空上，太阳一如既往地向大地抛洒它明亮而又温暖的光芒。

但是，乍看上去和以前并无二致的太阳，实际上由于木星曾在距离它仅数亿千米的位置经过，还是多少受到了木星巨大质量引发的潮汐作用的影响，在略微偏离北极的方向上，喷出了好几条巨大的耀斑。虽然对于更深层的暂时性扰动正在逐渐恢复，但今后这种微妙的内部状态究竟会持续多长时间、是否会留下什么后患，依然有待观察。此外，在太阳的北半球上新出现了不少太阳黑子，这让太空里的大批专家对太阳的表面和内部状态都产生了强烈的担忧，他们正全力以赴地对太阳进行着不间断的观察。不仅是太阳，太阳系的几大行星轨道也都受到了非常大的影响。冥王星的轨道出现了倾斜，公转周期也发生了改变，海王星和火星的轨道离心率变大，部分小行星则大幅偏离了原来的轨道……其他行星的情况也不是很稳定，尚不知道今后会如何。而地球的复杂气候更是和太阳紧密相关，即使太阳发生再小的变化，也很可能会给地球上的生物带来异常重大的影响，气象学家们正在紧张地观察着，以防未来出现异常情况……

“……但是，为了避免这场毁灭性的灾难，我们不得不付出巨大的代价，除了好几千名地球同胞献出了他们宝贵的生命，我们太阳系也做出了巨大的牺牲……”总统眨了眨眼后继续说道，“我们不得不亲手摧毁了太阳系最大的行星，那颗美丽而又神秘的木星。即使没有其他任何办法，但诞生于这个小小地球上的人类，真的可以这么做吗？为了拯救太阳系的其他部分和地球上的人类，我们选择牺牲了这个恒星系最大的行星。作为总统，在做出这个决定之前，我非常痛苦。这个决定不仅仅关系到我个人，也关系到太阳系中所有的地球人类。我想大家对此也都非常清楚。从今以后，当我们，甚至我们的子孙再度仰望夜空时，将再也无法找到那颗最明亮、最美丽的地球的‘兄弟’了。”

研究所卫星LabSat2位于月球轨道上的L5宇宙殖民地，这里目前是世界天文学联合会总部大会的会场，联合会主席纳里卡和副主席温克尔均已到场，这里似乎正在举行一个奇怪的仪式。

在会场中央的地板上放置着一个直径达20米的巨大的太阳系仪——这是太阳系内所有宇宙殖民地太阳系仪的“原仪”。此刻，大会书记员正准备从这个巨大的太阳系仪里取出代表木星的金属球。

会场中央环绕着一圈圈的阶梯状座椅，差不多一半的座椅都空着，剩下的一半座椅上则坐着出席会议的世界天文学联合会的会员，他们每个人都戴着黑色的袖章。身材高大的书记员更是一身黑衣，戴着黑色的领结。他在这些会员们的注视下，从横跨太阳系仪的舷梯上走到木星的轨道旁，跪了下来，从金属环臂上取下那颗外表缠绕着淡白和橘色条纹的金属球，放入内衬为黑天鹅绒的红木箱中，恭恭敬敬地捧在胸前。

与此同时，在联合会主席纳里卡的示意下，奥托·温克尔副主席按下了手边控制台上的按钮。在会场正面的大屏幕和场内所有座位前的显示屏上，显示有太阳系各大行星轨道的电脑图像中，代表木星的标志顿时消失了。在逐渐变暗的会场灯光中，大屏幕上出现了从一个小行星基地上发送过来的影像——在木星曾经所在的那片宇宙空间，此时有一片不规则形状的气体云团在发出朦胧的光芒。

伴随着一阵微弱的抽泣声，场内渐渐响起了一阵低沉的歌声，这首歌的名字叫作《再见了，朱庇特》。有的人深深地埋下了头，有的人则用噙满泪水的双眼凝视着那片云团的影像，继续为这颗曾经存在过的最大的行星唱着挽歌……

“我认为，我们人类今后依然会向着宇宙，向着更远、更深、也更浩瀚的太空进军。这是拥有智慧的生物的使命，或者也可以说是宿命……”总统清了清嗓子后，继续以无比沉痛的语气说道，“但是，在承认这一点的基础上，我认为我们也有必要通过这次危机，从内心深处重新审视摆在我们面前的问题。既然我们按照智慧生命的宿命或使命，在这个宇宙中繁衍和生存，有时为了生存，我们或许不得不对宇宙的一部分进行破坏，或是对宇宙秩序的一部分进行破坏性变更，但这种行为真的应该被允许吗？……对于‘熵增’这一全宇宙的宿命，作为注定要以‘局部秩序的恢复’来挑战的存在来说，这是理所当然和不可避免的行为吗？”

在火星轨道附近，飘浮着一颗铁质小行星2079XK6，此刻，一艘小型飞船缓缓地降落在这颗小行星的表面。在距离飞船舷梯稍远的地方，五名身穿宇航服的人围成一个半圆形。他们是太阳系开发机构的韦伯总裁和秘书伊冯娜、米莉森特·威廉和伯纳德博士，以及坐在轮椅上的卡洛斯·阿尔瓦雷斯。

在他们五个人的前面，一个工艺机器人正在用激光将两个长约30厘米、宽约20厘米的小小钛制墓碑焊接到小行星表面裸露的、几乎为纯铁的矿床上。当激光的苍白光束和火花消失，被烧红的铁质沉积物的光芒也逐渐褪去后，韦伯走近墓碑，将一个附带磁铁的小型干花花圈放在了英二的墓碑前。接着，米莉在玛丽亚的墓碑前也放上了一个花圈。

“你终于还是先我一步离开了这个世界，英二……”戴着头盔的韦伯对着墓碑说道，“能和你倾注了那么多热情的木星命运与共……而且死的时候能和恋人在一起，多少也算是一件值得庆幸的事……即便如此……也不应该让你这样的年轻人先走……留下像我这样的老东西……一个已经没有未来和希望的老朽之物……估计，我很快就要去找你了……”

伊冯娜突然抽泣起来。

“亲爱的，别哭了……”米莉温柔地拍打着伊冯娜的胳膊，低声说道，“在头盔里哭的话……不仅你的妆会花，而且你没法擦眼泪……”

“可是，总裁……请您不要再说那种让人伤心的话了。”伊冯娜哭着说道，“总裁，请您一定要好好活下去，开发机构绝对不能没有您。”

“不——我的梦想已经结束了……我的人生也……”韦伯仰头望向那星光闪耀的天空，平静地说道，“男人的梦想和希望，是和他用一生培育出来的现实融为一体的东西……如果这个现实被打破……梦想或希望之类的东西也就彻底失去了意义。我的人生现在不过是一个空壳。我太老了，没法再从头开始了……重建太阳系社会……重建人类宇宙时代的梦想就留给下一代了……”

“我没有那么绝望……我不认为自己的梦想已经破碎到再也无法实现的地步，埃德……”伯纳德博士抬头望向那片由木星残骸形成的如幽灵般或隐或现的气体云团，安慰道，“因为学问本身……原本就是可以超越时代、由一代代人传承的巨大的梦……就算因为这次的事失去了一些重要的线索……就算前进的步伐慢了一些，若干代之后的人们也还是能发现点什么吧。或许，在太阳系之外……梦会再度开始吧，一边梦想着那一天，一边也就能继续抱有希望……”

“我服了……真羡慕你们这些学者，伯纳德……”韦伯重重地叹了一口气道，“我也曾想过，要是自己不是政治家，而是学者就好了……”

这时，从飞船那里传来了即将起飞的催促信号，伊冯娜轻轻扶住了韦伯的手臂。伯纳德则护在他的身后，一起向飞船走去，而卡洛斯和米莉则十分不舍地凝视着英二和玛丽亚的墓碑，久久不愿离去。这颗长轴只有2000米左右的小小的、不规则的、凹凸不平的铁质小行星飘浮在黑暗的宇宙空间中，而那两座小小的墓碑则静静地矗立在它的表面，墓碑是那么简朴，上面只是很简单地刻着死者的姓名、死亡年月和享年，就那么静静地沐浴在这冰冷的星光之下。

“英二……玛丽亚……”卡洛斯用含混不清的声音说道，“只留你们两个人在这里，总觉得有点对不住……”

“他们两个人已经成为那些气体的一部分了吧。”米莉呆呆地望着木星残骸方向那若隐若现的光亮说道，“木星消失后……小行星的轨道也会随之发生不少变化，不知道我们脚下的这颗小行星又会飘去哪里呢？虽然听说墓碑上有标记，但还是不太确定下次扫墓的时候我们还能不能找到这里。”

“米莉……我想拜托你一件事……”卡洛斯一边转动着轮椅的轮子向飞船行去，一边说道，“如果我比你先死……你能把我的坟墓也建在这颗小行星上吗？我想和英二、玛丽亚他们在一起。”

“不！”米莉突然用尖厉的声音喊道，“绝对不行！”

在米莉的身后，传来卡洛斯惊愕的喘息音。

“为什么？”停顿了一下后，卡洛斯小心翼翼地问道。

“为什么……因为我不想再给我喜欢的人……喜欢的朋友们建墓了——绝对不可以……”

卡洛斯将轮椅停了一会儿，然后继续朝飞船行去。米莉依然固执地背对着正在离去的卡洛斯和飞船，将脸扭向两座墓碑。但是，她的眼睛并没有盯着脚下的墓碑，而是越过那片泛着暗光的小行星岩石表面，一直看向那片遥远的由木星残骸形成的烟气云团，以及云团背后那无边无际的黑漆漆的太空和散落在上面的无数冰冷的星星所发出的光芒。

“威廉博士……出发了……请您快一点……”米莉的耳机里反复响起副船长催促的声音，但她茫然不觉，只是呆呆地踩在铁质的矿床上，仿佛已经成为这小小的、冰冷的铁质星球的一部分，独自面对笼罩着她的无边无际的宇宙的黑暗。

此刻，她突然极其清晰地感受到了宇宙的冷酷、残忍和惨烈。宇宙将她的恋人，将充满朝气而又漂亮的恋人们，将无数优秀的人，以及那些伟大不屈的人们的希望和梦想，尽数夺去，吞掉，咬得粉碎，还原成一把基本粒子和能量。不仅如此，它还极其贪婪地将一切东西全部吞噬进它那由狂暴的星球、星系、超星系等冲撞爆炸形成的“地狱之炉”中，将一切都烧得精光，试图还原成各向同性的虚无。米莉真切地感受到了这个冷酷而又陌生的赤裸裸的宇宙实体，以及现在已没有任何幻想、与之赤裸相对的自己。

宇宙本身其实并不存在任何希望，也并不具备韦伯所描绘的能够实现人类“未来之梦”的“希望之地”的内在品质。如果怀抱梦想，并希望梦想能在未来实现，那么作为这种存在的人与宇宙的关系只能说是不合逻辑的。

在这个宇宙中，谁也不能保证人类的梦想和希望一定能在未来的某一天实现。而且，在没有梦想，也没有希望的情况下，人类还是会继续向着这片不合逻辑的土地进军和发起挑战吧。或许，这就是人类自身的宿命使然……

“威廉博士！……你怎么了？”副船长提高音量大声喊道，“发生什么事了？需要我们去接你吗？”

“再见了……木星……”

米莉对着远处天空中那抹若隐若现的朦胧气体云团喊道。她感觉到自己的心正在变得冰冷、坚硬，像石头一样粗糙……

“你通过我们的手变成了气体，让黑洞远离了太阳……因为你的牺牲，人类才能够再度得以繁衍和延续……在这个结果中，既没有神的恩宠和依靠人类智慧最终取得胜利的所谓荣光，也没有牺牲太阳系中最美丽和最大的行星的所谓悲惨……今后，在宇宙中，人类面对突如其来的危机，也只能选择做自己能做的事……我想今后可能会出现新的‘宇宙一代’吧，他们将不再使用神话中诸神的名字来称呼你们……对于我来说，虽然会有点寂寞，但那也是没有办法的事……就这样吧……再见了……朱庇特……”

译后记

小时候，读“万户飞天”的故事，十分不解，觉得怎么会有如此傻的一个人，居然妄想在椅子上绑上火箭，就把自己送入太空，甚至不惜为此付出了生命的代价。长大以后，我才慢慢明白，原来当时的我还不懂什么叫作梦想。

因为梦想，人类发明了飞机，从而能够像鸟儿一样在天空中自由翱翔，让世界的联系变得更为紧密；因为梦想，人类破开了大气层这一包裹在地球外围的厚厚的茧，成功地将宇航员送入太空，并在月球上留下了人类的足迹，开启了我们的太空时代……正是因为一个个梦想和为此不断付出的努力，人类才开始真正了解我们繁衍生息的地球，以及地球所在的太阳系，并一次又一次地探索太阳系宇宙空间。

在小松左京笔下的22世纪上半叶，人类的航天技术取得了巨大进步，不仅实现了移居月球和火星的梦想，还在小行星带和木星附近建立起了大量太空基地，甚至开始筹划冲出太阳系，向着更远、更深、更为浩瀚的太空继续进军。生活在太阳系宇宙空间的人类接近5亿人（当然与居住在地球上的185亿人口相比，太空居民依然属于绝对少数），他们形成了一个既与地球紧密联系又相对独立的社会体系。但太空对于整个人类的意义越来越重要，地球已经离不开太空了。在过去的3/4个世纪里，基础科学领域的重大发现和应用技术领域的划时代创新，有70%以上都来自地球以外的宇宙空间。地球上所消耗能源的40%也来自宇宙空间。此外，地球上使用的大量具有极高附加值的精密工程产品、高纯度物质和特殊合成物，也都是在太空工厂里生产出来的……但是，太空与地球上的人类之间却存在着观念上的巨大鸿沟。

围绕针对太阳系尤其是木星的开发活动，太阳系开发机构和地球上的一些团体之间爆发了激烈的矛盾和冲突。与此同时，一个关系到整个太阳系生死存亡的巨大危机也正在悄然逼近……

小说整体而言有两条明线。一条是针对外星人宇宙信息的破解。人类为了解决火星上的水源问题，决定融解火星极冠上的冰原，却在冰原下面意外发现了酷似纳斯卡巨画的图案。火星上的巨画无论保存状态还是完整度都远远超过地球上的纳斯卡巨画。后来在太空考古学权威伯纳德博士和宇宙语言学家米莉森特·威廉的努力之下，基本确定这是10万年前从遥远的恒星系来到太阳系的外星人留下的信息。米莉还发现这些信息中隐含着某种警告，但破解的关键线索却遗失在了木星的大红斑中。那里有外星人迁徙到太阳系时所乘坐的巨大母船，只有找到母船，才有可能解开警告信息背后的真相，以及弄明白外星人为何要离开他们的母星，长途跋涉到太阳系这样一个偏远的恒星系来。

另一条明线则是针对彗星源的调查。世界天文学联合会意外发现近几年来彗星的数量急剧减少，于是展开了调查工作，并派遣最先进的远程飞船“太空之箭号”，前往太阳系最外围的“彗星之巢”去调查原因。但是该飞船在越过冥王星的轨道后却突然离奇失踪……两条明线在之后合并为一条，即黑洞的发现和应对之策。这也是全书的真正主线。

此外，书中还穿插着一条暗线，即主人公本田英二和玛丽亚之间的情感之路。英二是出生在火星上的“太空一代”，是由冷冻的精子和卵子结合而出生的。他自始至终都不知道自己真正的父母是谁，对于地球也没什么特殊感情。而玛丽亚虽然也在火星上长大，却出生于地球，她的父母死于太空中的一次飞船事故，事后玛丽亚被外祖母接回地球。因此她虽然和英二是青梅竹马，但对于地球和太空的看法却截然相反。在玛丽亚的心中，存在着一种与对英二的爱完全不同的东西。

他们的矛盾也可以说是基于梦想的一种意见上的分歧。玛丽亚认为地球比太空好一万倍。那里有鸟兽虫鱼，有茂密的森林，有野花盛开的草原，清风拂过，嫩叶轻摇，海浪拍岸，还有美丽的夕阳……所有生物都可以和谐共存，优雅地吟唱着温情洋溢的歌谣……但英二更喜欢太空，他觉得继续向太空进军才是他应该做的。宇宙是如此无边无际，如此巨大和神秘，与之相比，我们地球上的每一个人都像一粒氢原子一样渺小。但就是这么渺小的存在，如今却亲眼看到了浩瀚的宇宙……既然已经看到了宇宙，既然看到宇宙的是人类，我们就不得不面对一个问题：我们这些渺小的、有意识的存在对于这浩瀚的虚无来说究竟意味着什么？我们不得不去寻找这一问题的答案，直至宇宙的尽头……他希望即使自己这一代办不到，有朝一日他的后代也能够走出太阳系，甚至走出银河系，去到更广阔的宇宙中。他们会无限逼近宇宙的奥秘，逼近其中诞生的生命和意识所蕴含的意义……而现在这个时代需要做的，就是朝着这个方向去迈出坚实的一步。所以，为了达到这个目标，哪怕将木星炸掉也并无不可。

木星，在西方又被称为“朱庇特”，其直径约为地球的11倍，质量接近地球的318倍，相当于太阳系内其他七大行星总和的2.5倍，是一众行星中当之无愧的“大哥”。月朗星稀之夜，在地球上仅凭肉眼就能很容易找到木星。如果天气够好，据说还可以看到它最大的那4颗卫星——伽利略卫星。

作为太阳系家族“长子”的木星在太阳系形成后的几十亿年间一直默默地围绕太阳旋转。它围绕太阳一圈正好是12年，所以在中国又被称为“岁星”。它也一直在默默守护着其他“兄弟姐妹”的安全，为我们的地球挡下了很多次彗星和小行星的撞击。

在小松左京的笔下，木星起着无比重要的作用。先是人类想要将其太阳化，为太空探索提供能量，后来在邪恶黑洞袭来时，为了挽救整个太阳系，这颗巨大的行星又被成功引爆，像一颗巨大的导弹一样冲向了黑洞……从此太阳系中再也没有了它的身影。而在地球上也有一个朱庇特，它是一只瓶鼻海豚。但它和天上的朱庇特一样，最后都为了挽救人类的生命而死。在某种意义上，可以说海豚朱庇特是木星朱庇特在地球上的投影。

《再见了，木星》是一本非常经典而且硬核的科幻小说，早在20世纪80年代就被搬上了银幕，描写的场景极其宏大，细节处理上也相当到位，既引人入胜，又发人深省。书中描绘的场景几度从地球到月球，月球到火星、火星到木星，甚至是到冥王星外的太阳系最外围，存在着巨大的空间跳跃。此外，故事的时间场景被设定为22世纪前叶，相较于成书时的20世纪80年代存在着100多年的时间跨度。这种时空上的巨大跨越，让人动辄神游数亿千米，一念之间便可穿梭百年。

科幻是现实对于未来的期许，也是未来对于现实的折射。书中很多看似不可思议甚至是荒谬的技术，已陆续成为现实，或正在成为现实，比如书中出现的笔记本电脑、电子邮件、视频会议、无人驾驶汽车、全息投影、可搭载武器的无人机、星际旅行……当然还有对于未来生活方式的想象。书中描述的100多年后地球人类看似颓废的生活方式，又何尝不是现在年轻人所崇尚的一种“躺平”方式呢？人类社会经历高速发展后必然会迎来一段滞胀期，周而复始，复苏、过热、滞胀、衰退不仅是经济周期，也暗合社会发展的规律，所谓兴衰交替正应于此。

除了预见性，小松左京的作品也具备显著的科学性。小松左京借用各种场景，将包括月球、木星、太阳系、黑洞、引力和电磁学在内的天文学和物理学等方面的内容一一做了介绍。这些内容并非来自凭空的臆想，而是有着非常严谨的科学依据，因此相比于教科书上的枯燥说教，这本书无疑能让我们更为形象和直观地学到很多相关知识。

接下《再见了，木星》这本书的翻译工作时，我的内心既兴奋又不安。兴奋的是，这本书是小松左京的代表作之一，而小松左京是日本最负盛名的科幻作家之一，与星新一、筒井康隆一起被称为日本科幻的“御三家”，能翻译他的作品于我而言是一种荣幸。不安的是，众所周知小松左京的书很难翻译，他的文字极具想象力，且经常会涉及比较专业的知识和内容，这就要求译者的知识面必须足够宽广，最好是能具备理工科方面的知识储备。总之，小松左京的小说具有科学性和文学性的双重特质，如何准确表达其意境和思想成为我在翻译过程中不得不去面对的一大挑战。

不过，感受到更多的还是快乐。因为译者可以自由地徜徉在作者所塑造出的未来世界中，将自己代入到喜欢的角色里，通过他们的视野真切地感知各种科幻场景，有时还可以化身为整个宇宙的主宰，在浩如烟海、宛若尘沙般的万千星系之中去寻找银河系，以及位于其中某个不起眼位置的太阳系，继而细细地凝视那颗被三色条纹所环绕的美丽的木星，以及人类所在的那颗小小的蓝色星球——地球。

我小时候是一个狂热的科幻迷，只不过限于条件，能够入手的科幻小说非常少，更别说像《再见了，木星》这样优秀的硬核科幻作品了。通过自己的努力，将一本优秀的外国科幻作品引荐给大家，并且能够先睹为快，带给了我极大的满足。因着这次翻译，我那早已湮没于时光的灰尘中、干枯如芨芨草般的对于科幻的热爱和源自儿时的太空梦想也仿佛突然间遇到了天降甘霖，再度变得丰盈舒展和生机勃勃。我细细咀嚼和品味着书中的每一句话，甚至是每一个单词和每一个标点符号，多次失陷于小松左京笔下那浩瀚的太空画卷之中……

这本小说也提出了一些值得我们深思的问题，比如宇宙的有序与无序、人类的发展与破坏等，尤其是关于梦想的论述，可以说贯穿了整本书。小松左京在书中借主人公之口告诉我们，梦想不等于未来，梦想也不一定会有答案，或者根本就不会有答案。在这个宇宙中，谁也不能保证人类的梦想和希望就一定能在未来某一天实现。而且梦想本身也可能是错的，或者梦想通往的前方什么都没有。但是，我们依然需要梦想，因为梦想的目的不重要，重要的是梦想本身……这些问题的探讨使得《再见了，木星》不仅仅是一部科幻小说，更是一本具有思想性和启示性的作品。真心希望这部科幻作品在带给我们阅读享受的同时，也能让我们重拾对于太空的向往，激发我们对于未来的思考。

马彦荣

癸卯年仲夏于北京